《重庆谈判》（油画）　作者：刘勇　创作年代：1982年　规格：166cm×250cm

毛泽东
—— 与 ——
蒋介石

叶永烈 |著|

天地出版社 | TIANDI PRESS

图书在版编目（CIP）数据

毛泽东与蒋介石 / 叶永烈著 . —成都：天地出版社，2019.4（2023年12月重印）
ISBN 978-7-5455-3659-1

Ⅰ.①毛… Ⅱ.①叶… Ⅲ.①报告文学—中国—当代 Ⅳ.①I25

中国版本图书馆CIP数据核字（2018）第030177号

毛泽东与蒋介石
MAO ZEDONG YU JIANG JIESHI

出 品 人	杨　政
著　者	叶永烈
责任编辑	杨永龙　李建波
封面设计	思想工社
内文排版	九章文化
责任印制	王学锋

出版发行	天地出版社
	（成都市锦江区三色路238号　邮政编码：610023）
	（北京市方庄芳群园3区3号　邮政编码：100078）
网　　址	http://www.tiandiph.com
电子邮箱	tianditg@163.com
经　　销	新华文轩出版传媒股份有限公司

印　　刷	北京文昌阁彩色印刷有限责任公司
版　　次	2019年4月第1版
印　　次	2023年12月第8次印刷
成品尺寸	170mm×240mm　1/16
印　　张	38
字　　数	658千
定　　价	78.00元
书　　号	ISBN 978-7-5455-3659-1

版权所有◆违者必究

咨询电话：（028）86361282（总编室）
购书热线：（010）67693207（营销中心）

如有印装错误，请与本社联系调换

序

从千里之外飞回上海，坐进书房"沉思斋"，我的身上似乎还散发着重庆的雾气。我写作的纪实长篇《毛泽东与蒋介石》，重庆谈判是全书的高潮。我实地踏勘了当年毛泽东下榻的红岩村、国共谈判所在地张治中公馆"桂园"以及蒋介石的官邸，采访了许多当事人，使我下笔之际，充满了现场感。

蒋介石与毛泽东是国共两党的旗手，从 20 世纪 20 年代至 70 年代，蒋介石与毛泽东的合作和斗争，就是半个世纪的中国历史风云，就是国共两党的关系史。诚如美国前总统尼克松所言："半个世纪以来的中国史，在很大程度上是三个人的历史：一个人是毛泽东，一个人是周恩来，还有一个是蒋介石。"

我正是选择了这么一个特殊的视角，透过国共两党的领袖蒋介石与毛泽东以及周恩来的谈谈打打、打打谈谈、边谈边打、边打边谈，把半个多世纪的中国历史风云浓缩于本书之中。

《红色的起点》和《历史选择了毛泽东》是断代史：《红色的起点》写的是1921 年中国共产党的成立，虽说也写及中共一大代表们后来的命运；《历史选择了毛泽东》写的是 1935 年的遵义会议，虽说也写及遵义会议前后的一些事件。然而，《毛泽东与蒋介石》却囊括了半个多世纪的中国现当代历史。

《毛泽东与蒋介石》的时间跨度那么大，给写作带来的困难，比前两部长篇要大得多。我不能不做更为广泛的采访，包括国共双方的人物——而前两部书的采访，主要是在中共人物的一方。我在写作时，绘制了毛泽东和蒋介石的"历史曲线"，描出他们之间关系的"波峰"和"波谷"。这起伏的曲线，既是中国现当代史的艰难发展历程，也是全书情节起伏的波澜。

由于内容实在太丰富，我不能不详略结合。西安事变、皖南事变是毛泽东与蒋介石关系史上一起一伏的重大事件，而重庆谈判则是两人关系史上的高潮，我均予以详写。尤其是重庆谈判，是毛泽东和蒋介石面对面交往的43天，写了5万字。而1949年10月后至他俩去世，漫长的二十六七年，也只写了两章而已。

关于毛泽东和蒋介石在20世纪20年代的交往，是历史研究的一个空白点。我徜徉于历史的文献之中，从雪泥鸿爪中加以细细考证，终于写成本书的第一章"最初岁月"。

世上有"比较文学""比较政治学"，我不知道有没有"比较领袖学"。本书着眼于比较，即处处、时时把毛泽东和蒋介石加以比较，比较他们的策略，比较他们的品格，比较他们的思想，比较他们的功过。毛泽东与蒋介石一辈子都是政治对手，无处、无时不在思索着如何战胜对方。正因为这样，我认为只有用比较的目光、比较的手法，才能写好他们，才能写好这本《毛泽东与蒋介石》。也正因为从未有人这样写过，从未有过这样的"比较领袖学"，我感到艰难，也感到只有用人所未用的观点和手法，才能创新。

内中，我设计了三场毛泽东和蒋介石的"书面对话"，即如何看待西安事变，如何看待皖南事变，以及1949年元旦的"新年对话"。这样的"书面对话"，除了所用手法是作者虚拟之外，"书面对话"中所采用的毛泽东与蒋介石的每一句话，以至每一个标点符号，都是准确的，都是出自历史文献，都是毛泽东与蒋介石的原话。这三场"书面对话"，正值历史的关键时刻。设计这样的"书面对话"，也正是出自"比较政治学"。

美国《世界日报》曾经这样评论《毛泽东与蒋介石》一书：

> 毛泽东和蒋介石的个人传记多如牛毛，但将这两位影响中国半个世纪历史风云的国共两党领袖，以比较政治学的手法合在一起来写，本书应是第一本。正因为作者选择了特殊的视角和人所未用的手法，使本书令读者耳目一新。

《毛泽东与蒋介石》具有很强的可读性，是用文学笔调写党史，属于新品种——"党史文学"。它是文学与史学的结合，讲究史实的准确性。正因为这样，我做了大量的采访，也查阅了大量的档案、史著。我注重"两确"，即立论正确、史实准确，亦即史观、史实"两确"。

在中国大陆，历来对于毛泽东仰视，对蒋介石俯视；而在台湾，正好相反，历来俯视毛泽东，仰视蒋介石。我写这本《毛泽东与蒋介石》，对他们两人都以平视的角度看待。两人之中，相对而言，写蒋介石难于写毛泽东。我采访过毛泽东多位秘书和身边工作人员，对他的情况比较了解，对他的评价也有1981年6月中共十一届六中全会通过的《关于建国以来党的若干历史问题的决议》作为依据。对于蒋介石则不然。我只能以自己的分析，来对他做出评价。我对他的一生进行了仔细查考。在《毛泽东与蒋介石》的1993年初版本中，我便明确指出：

>　　蒋介石一生，虽始终反共，但也做过三件好事：一是领导北伐，二是领导抗战，三是退往台湾之后，坚持"一个中国"，并着力于发展台湾经济（虽然台湾的经济起飞是在蒋经国时代）。

在中国大陆，蒋介石向来被视为"独夫民贼"。在1993年这样评价蒋介石，在当时是独特的，不多见的，冒着政治风险的。果真，《毛泽东与蒋介石》在1993年完成之后，不像《红色的起点》《历史选择了毛泽东》那样在中国大陆列为献礼书，而只在1993年10月由香港利文出版社出了香港版、1993年11月由台湾风云时代出版社出版了台湾版，却无法在中国大陆出版。其中台湾版《毛泽东与蒋介石》成为台湾畅销书，一版再版。

13年之后的2005年2月，《毛泽东与蒋介石》终于获准在中国大陆出版。此书在中国大陆问世，才过了5个月，一篇题为《纪念抗战胜利要警惕一种倾向》的文章，便把《毛泽东与蒋介石》一书作为值得"警惕一种倾向"进行"批判"：

>　　叶永烈出了一本《毛泽东与蒋介石》的书。某报7月12日转载该书时，使用的标题竟是《蒋介石在上海血战日军》。叶永烈写道：蒋介石"一生有三件事是受到人们赞赏的：一是领导北伐，二是领导抗战，三是振兴台湾经济"。蒋介石"毕竟是中国抗战的领袖。为抗日做出了贡献。"……叶永烈这样叙述，显然是在突出蒋介石的"积极抗战"的形象，……除了愚蠢、无知和可笑之外，恐怕还是别有用心的。

幸亏在一个多月之后，2005年9月3日，中共中央总书记胡锦涛《在纪念中国人民抗日战争暨世界反法西斯战争胜利60周年大会上的讲话》中，明确肯定了以国民党军队为主体的正面战场在抗日战争中的重大贡献：

中国国民党和中国共产党领导的抗日军队，分别担负着正面战场和敌后战场的作战任务，形成了共同抗击日本侵略者的战略态势。以国民党军队为主体的正面战场，组织了一系列大仗，特别是全国抗战初期的淞沪、忻口、徐州、武汉等战役，给日军以沉重打击。

由于胡锦涛的这一讲话，使《毛泽东与蒋介石》不再成为"纪念抗战胜利要警惕一种倾向"。

正是因为作者在 1993 年写作本书初版本的时候，就能够给蒋介石以准确的评价，所以《毛泽东与蒋介石》在 2000 年再版时，并没有在观点上作大的修改，而只是在史料上作诸多补充。尤其是作者 8 次前往美国、7 次前往台湾地区，在美国斯坦福大学查阅蒋介石日记，在台北进行诸多采访，包括采访蒋介石侍卫长郝柏村（后来担任台湾"行政院"院长）等，对《毛泽东与蒋介石》一书做了很多补充。

2013 年 1 月，波兰马尔沙维克出版社出版了《毛泽东与蒋介石》英文版 *MAO ZEDONG AND CHIANG KAI-SHEK*。

接着，在 2013 年，美国全球按需出版公司 Demand Global 出版了《毛泽东与蒋介石》法文版 *MAO ZEDONG ET JIANG JIESHI*。

叶永烈
1993 年 7 月 30 日　完成初稿
2000 年 5 月 3 日　修改、补充
2014 年 6 月 24 日　改定

目录

小　引　**世纪棋局** / 1

第 一 章　**最初岁月**

　　毛泽东挥泪别妻赴粤 / 2
　　孙中山电催蒋介石赴粤 / 4
　　国民党"一全"大会冷落了蒋介石 / 10
　　毛泽东进入国民党高层 / 14
　　转眼间毛泽东跌入逆境 / 19
　　蒋介石出任黄埔军校校长 / 21
　　毛泽东携妻回故里 / 23
　　蒋掌枪杆子、毛握笔杆子共事于广州 / 26
　　毛、蒋在国民党"二全"大会一起登台 / 29
　　"政治新星"蒋介石处境不妙 / 34
　　蒋介石披起"红衣衫" / 37
　　爆发"中山舰事件" / 39
　　毛泽东头一回痛斥蒋介石 / 43
　　蒋介石果真"得步进步" / 46
　　毛泽东专心于农民运动 / 49
　　蒋介石陷入国民党内部的群雄纷争之中 / 51
　　国共分别确立蒋介石、毛泽东为领袖 / 54

第二章　幕后密使

　　陕北小城保安成了红都 / 60
　　"马夫"叶剑英潜入西安 / 62
　　毛泽东、张学良之间架起了热线 / 64
　　天主教堂里的彻夜密谈 / 67
　　毛泽东从"反蒋抗日"到"逼蒋抗日" / 70
　　杨虎城曾两度申请加入中共 / 73
　　红色密使频访杨虎城 / 76
　　射向汪精卫的子弹帮了蒋介石的大忙 / 79
　　何香凝的裙和续范亭的血 / 82
　　"波茨坦"号上奇特的"随员" / 84
　　国共莫斯科密谈 / 86
　　肩负重任的"红色牧师" / 88
　　在上海四马路暗中接头 / 90
　　毛泽东和蒋介石开始幕后对话 / 92
　　张子华穿梭于南京与陕北之间 / 94
　　筹划中的蒋介石、周恩来的秘密会谈 / 97
　　周小舟联络"姜府"和"龚府" / 102
　　"小开"架起新的国共之桥 / 105
　　潘汉年、陈立夫会谈于上海沧州饭店 / 107
　　蒋介石的"猛力进攻"和毛泽东的"决战动员令" / 111
　　从"山穷水尽"到"柳暗花明" / 113

第三章　西安斗智

　　刘鼎子夜急购干电池 / 118
　　华清池笼罩着紧张气氛 / 119
　　张、杨终于发出扣蒋令 / 123

九秩老人张学良回首当年 / 126

"先礼"不成，这才"后兵" / 128

古城西安沸腾了 / 132

毛泽东笑谓"元凶被逮，薄海同快" / 134

南京衮衮诸公各抒己见 / 137

毛泽东提出公审蒋介石 / 139

宋美龄急派端纳飞赴西安 / 141

红军先声夺人：占领延安 / 144

周恩来成为"西安之谋主" / 146

拘押之中的蒋介石 / 149

中共、张、杨结成"三位一体" / 151

苏联否认"莫斯科魔手" / 154

斯大林反对"倒蒋" / 156

毛泽东改变了对蒋策略 / 158

中共定下"和平解决""放蒋"方针 / 160

宋美龄终于飞往"虎穴" / 163

"三位一体"和二宋谈判 / 165

阔别十年，蒋介石、周恩来晤谈于一室 / 168

圣诞节的"最大赠礼" / 171

毛泽东和蒋介石在圣诞之夜都未合一眼 / 175

毛、蒋对西安事变作了"书面对话" / 178

第四章　再度合作

蒋介石又在演戏 / 184

审张、赦张、幽张 / 186

密使又活跃起来 / 190

周恩来、顾祝同西安会谈 / 193

曲里拐弯的国民党五届三中全会 / 196

蒋介石和毛泽东讨价还价起来 / 200

3

西子湖畔蒋、周会谈 / 202
毛泽东笑谈"换帽子" / 204
枪林弹雨突然朝周恩来袭来 / 206
蒋介石居然要毛泽东"出洋" / 210
蒋介石、周恩来庐山会谈 / 212
蒋介石密邀毛泽东赴南京 / 217
中共首脑聚集洛川私塾窑洞 / 219
国共终于第二次合作 / 221

第五章　并肩抗日

蒋介石和毛泽东在抗日中分工合作 / 226
蒋介石在上海血战日军 / 228
毛泽东再度成为"游击专家" / 232
南京陷落于一片血海之中 / 235
毛泽东以"齿病"婉拒蒋介石之邀 / 237
毛泽东致信蒋介石盛赞其抗日精神 / 241
毛泽东战胜了分庭抗礼的王明 / 244
汪精卫突然出走河内 / 246

第六章　皖南突变

蒋介石着手"溶共" / 250
毛泽东坚决拒绝"溶共" / 252
"摩擦"成了最流行的政治术语 / 254
毛泽东以"有理、有利、有节"为反"摩擦"方针 / 256
周恩来摸透了蒋介石的脾气 / 259
蒋介石"三喜临门" / 262
你发《皓电》，我来《佳电》 / 265
毛泽东和蒋介石眼中的叶挺 / 268

叶挺、项英先后摜"纱帽" / 271

蒋介石下令解决"N4A" / 274

蒋介石在圣诞节演了一幕轻喜剧 / 277

鲜血染红了皖南山林 / 279

叶挺军长身陷囹圄 / 284

项英之死迷雾重重 / 286

皖南事变引起蒋介石和毛泽东的论战 / 289

第七章 风云多变

国共关系陷入僵局 / 294

蒋介石想找台阶下台 / 297

毛泽东在参政会得了大面子 / 300

蒋介石夫妇笑宴周恩来夫妇 / 303

蒋介石出任中国战区盟军最高统帅 / 306

毛泽东以"感冒"为由第四次拒晤蒋介石 / 309

蒋介石、林彪重庆谈判 / 313

共产国际的解散如同"新闻原子弹"爆炸 / 316

毛泽东成为名副其实的中共最高领袖 / 318

毛泽东抓住张涤非来了个"质问国民党" / 320

蒋介石的《中国之命运》引起一番风波 / 323

蒋介石出席开罗"三巨头"会议 / 326

赫尔利邀毛泽东去重庆会晤蒋介石 / 330

赫尔利和蒋介石的双簧 / 334

对台戏：中共七大和国民党"六全"大会 / 337

第八章 重庆谈判

毛泽东说"蒋介石在磨刀" / 342

妙棋乎？刁棋乎？ / 346

各方关注延安枣园的动向 / 352

毛泽东决策亲赴重庆 / 356
毛泽东的八角帽换成了巴拿马盔式帽 / 358
枣园·桂园·林园 / 361
国共两巨头历史性的握手 / 363
初次会谈风波骤起 / 367
国共谈判在山城艰难地进行着 / 370
各方关注桂园"何先生"的行踪 / 374
"毛诗"引起的"《沁园春》热" / 377
毛泽东临别前山城突然响起枪声 / 381
周恩来冷静平息"谋杀"风波 / 386
毛泽东握别蒋介石 / 390

第九章　国共决战

《双十协定》只是"纸上的东西" / 396
迷航的飞机泄露了蒋介石的"天机" / 398
大规模内战正"不宣而战" / 401
马歇尔充当"调解人"的角色 / 403
紧张时刻发生紧张事件 / 405
毛泽东笑称蒋介石是"纸老虎" / 408
毛泽东用林冲战略对付蒋介石 / 412
蒋介石为"光复中共赤都"兴高采烈 / 414
毛泽东笑谓胡宗南"骑虎难下" / 416
蒋介石下令"通缉"毛泽东 / 418
毛泽东称蒋介石为"匪" / 421
蒋介石步上中华民国总统宝座 / 423
大决战前夕双方摩拳擦掌 / 428
东北之败使蒋介石气得吐血 / 430
55万蒋军被歼淮海 / 433
古都北平在没有硝烟中交接 / 436

第十章　风卷残云

蒋介石"文胆"陈布雷之死 / 442

毛泽东和蒋介石新年对话 / 446

毛泽东斥责蒋介石求和是虚伪的 / 449

蒋介石忍痛宣告"引退" / 451

李宗仁"代行总统职务" / 453

毛泽东论蒋介石、李宗仁优劣 / 456

国民党代表团在北平受到冷遇 / 458

敏感时刻发生敏感事件 / 462

"百万雄师过大江" / 465

毛泽东通向李宗仁的"暗线" / 467

蒋介石在上海差一点被活捉 / 472

"紫石英号事件"震惊世界 / 474

国共之战已进入尾声 / 479

别了，司徒雷登！ / 481

五星红旗的诞生 / 486

毛泽东在北京主持开国大典 / 490

蒋介石对中国大陆的最后一瞥 / 492

杨虎城将军遇害 / 497

第十一章　隔着海峡

蒋介石只能实行第三方案 / 502

蒋介石对退往"美丽岛"作了周密部署 / 505

蒋介石迫使李宗仁让位 / 508

蒋介石反思失败的原因 / 510

美国政府既"抛蒋"又"弃台" / 512

朝鲜的枪声使蒋介石喘了一口气 / 516

毛泽东的解放台湾和蒋介石的"反攻大陆" / 519

"克什米尔公主号"的迷雾 / 523

周恩来在万隆首次提出和平解决台湾问题 / 526

章士钊和程思远各负特殊使命 / 529

曹聚仁为北京和蒋经国牵线 / 531

蒋介石派出宋宜山密访北京 / 533

第十二章　未完的棋

万炮齐轰金门震惊了世界 / 538

金门成了毛泽东和蒋介石争斗的焦点 / 541

叶飞透露了炮击金门的内情 / 543

曹聚仁在紧张时刻出现在北京 / 545

戏剧性的炮击金门 / 547

毛泽东的经济政策失误使蒋介石幸灾乐祸 / 551

毛泽东笑谓李宗仁归来"误上贼船" / 555

曹聚仁穿梭于北京—香港—台北 / 557

"文革"狂潮时期的毛泽东和蒋介石 / 560

毛泽东和蒋介石都着手安排身后事 / 562

基辛格密访北京如同爆炸了原子弹 / 568

台湾被逐出联合国成了太平洋中的孤舟 / 570

尼克松眼中的毛泽东和蒋介石 / 572

毛泽东派章士钊赴港"重操旧业" / 575

毛泽东和蒋介石都垂垂老矣 / 577

蒋介石自知不起口授遗嘱 / 580

病危的毛泽东给华国锋写了"你办事，我放心" / 582

邓小平和蒋经国继续着那盘没完的棋 / 584

小 引
世纪棋局

20世纪的中国,一场波澜壮阔、跌宕曲折的棋局,决定了中国的命运。

执蓝子者,光溜溜的脑袋,长袍马褂,讲起话来喜欢拖腔拉调,一口浙江"官话"。平时他不苟言笑,着急时,会骂"娘希匹"。

执红子者,长长的头发朝后梳,一身中山装,讲起话来不紧不慢,一口湖南腔。平日喜欢说说笑笑,富有幽默感,发脾气时会骂"放屁"。

两人都富有男子汉风度,一米八几的个头——光头者似乎比长发者还稍稍高出一厘米。在他们身后,分别插着青天白日旗和镰刀铁锤红旗。

这两位主帅的头衔分别是:

中国国民党总裁、中华民国总统;

中国共产党主席、中华苏维埃共和国主席(后来为中华人民共和国主席)。

他们手下的军队分别是:中国国民革命军和中国工农革命军(后来改称中国工农红军,又改称中国人民解放军)。

论军职,他们一个是陆海空军大元帅、军事委员会主席、总司令,一个是中共中央军委主席。

他们的大名分别是:

蒋瑞元,谱名周泰,学名志清,字介石,后仿效孙中山,改名中正。世人常以他的字相称——蒋介石。介,"大"的意思,介石即巨石,是从谱名"泰"字衍义的。

毛泽东,字润之,亦作润芝,笔名二十八画生("毛泽东"三字繁体共28

画),世人以他本名相称——毛泽东。这本名是按"祖恩贻泽远"辈序取"泽"字,"东"则意味着东方,太阳升起之处,蒸蒸向上之意。他曾敬佩梁启超(梁任公),取过别号"子任"。至于他的字润之,那"润"是"泽"的衍义,所谓"雨露滋润"。

他俩是同时代人:蒋介石,长毛泽东5岁,早毛泽东一年去世,活了88岁,毛泽东活了83岁。这样,有82年,他俩同存于世。

论个性、气质,他俩截然不同:

蒋介石军人气质,每日清晨即起,操练一番。他以《俾斯麦传》《曾胡治兵语录》《曾文正公家书》为三件宝,不时诵读。

蒋介石不抽烟、不喝酒,甚至不喝茶,只喝白开水,喜食海鲜、咸菜烧黄鱼和绍兴霉干菜。

毛泽东则诗人气质,擅诗词,喜狂草。他昼夜颠倒,每日晏起。他手不释卷,一部《资治通鉴》不知读了多少遍,从历代治乱兴邦之道中汲取教益。

毛泽东只喝葡萄酒,但嗜烟如命,且喜浓茶、尖椒,常以红烧肉"补脑子"……

他俩有着相近的政治经历:

1924年,蒋介石出任中国国民党陆军军官学校校长(因校址设在广州黄埔,世称"黄埔军校"),日渐在军中发展势力,掌握军权,从军事委员会委员,进而成为国民革命军总监,以至总司令。他一生视军队为命根子。

毛泽东于1927年秋在湖南发动秋收起义,出任前敌委员会书记。不久他和朱德会师江西井冈山,成立中国工农革命军,朱德为军长,毛泽东任党代表,从此以这支"朱毛红军"跟蒋介石对抗。毛泽东的名言是:"枪杆子里面出政权。"

毛泽东曾说,蒋介石"看军队如生命","有军则有权,战争解决一切"。毛泽东还笑谓,军队对于蒋介石,如同"大观园里贾宝玉的命根是系在颈上的一块石头"。毛泽东称,"对于这点,我们应向他学习",在这一点上,蒋介石是"我们的先生"。[1]

毛泽东又说:"共产党员不争个人的兵权,但要争党的兵权,要争人民的兵权。"他认为,"枪杆子里面出一切东西","整个世界只有用枪杆子才可能改造"。

毛泽东和蒋介石都是美国前总统尼克松的朋友。尼克松曾这样比较两人之

---

[1] 分别引自《毛泽东选集》第2、4卷的《战争和战略问题》及《评战犯求和》两文。

间的异同：

> 这也许是巧合，两人有许多相似之处。两人都是东方人。毛仅出国两次，1949年一次，另一次在1957年，都是去莫斯科同苏联领导人会晤。蒋也仅仅离开过亚洲两次，1923年去过莫斯科一次，1943年作为四强之一到过埃及参加开罗会议。两人不时摆脱日常政务，长时间深居简出。毛利用这时间作诗，而蒋则在山间散步，吟诵古诗。两人都是革命的。毛反对父亲的专制和整个社会制度，蒋反对清朝的腐败以及对外屈膝。顺便一提，他反叛的象征姿态（剪掉辫子）比毛早七年。
>
> 他们的差异既有表面上的，也有深刻的地方。毛懒洋洋地躺在椅子上，像一大口袋土豆被人漫不经心地扔在那里；蒋坐在椅子上，正襟危坐，脊骨像是钢造的。毛潇洒自如，谈笑风生；我同蒋见面几次，从来没有见他有任何幽默感。毛的书法龙飞凤舞，字里行间，不拘一格；蒋的书法笔画端正，四四方方，格局分明。讲得深刻一点，他们把中国看成是神圣的，但表现有所不同。两人都爱这国土，但毛要清理掉它的过去，而蒋则要在上面进行建设。取得胜利后，毛简化了中国繁体字，不仅仅是为了促进识字运动，而且是为了扫除每个繁复字体的历史涵义。蒋败走台湾时，在逃亡船上腾出空位，运走达四十万件古董文物，却把差不多数目的对他忠心耿耿的助手和官兵遗弃在大陆。[1]

尼克松对于毛泽东和蒋介石的比较，可谓入木三分。

不过，蒋介石有时也具有幽默感。有一次，当一份洋洋数万言的《抗日胜利后之建军计划》放在蒋介石的办公桌上时，他无暇细看如此冗长的报告，提笔在天头上写下五个字批语："我非字纸篓。"蒋介石的批语，使他的部下哭笑不得。

蒋介石甚爱清洁、整齐，他的办公室、军营从来都是干干净净、井然有序。蒋介石在台湾福大招待所下榻，在散步时偶见路旁一堆狗屎，顿时怒从心头起，把招待所的主管臭骂一顿，那主管竟然因此郁郁而死。

毛泽东也极爱干净，即便在长征途中，他也从不睡别人家的床，总是拆下门板，作为临时床铺。不过，他爱清洁而不整齐，他的书房、办公室以至卧室，到处摊着翻看了一半的书。他喜欢同时看许多本内容截然不同的书，而蒋介石

---

[1] 尼克松著，施燕华等译：《领袖们》，海南出版社2008年版。

则总是在看完一本书之后再看第二本书。

蒋介石每年要发表众多的文告。他的文告，大都由秘书代为捉刀，他自己细细地修改一遍又一遍。毛泽东手中有如椽大笔，不仅他自己的文章一概出于自己笔下（个别的讲话稿由秘书记录、整理），他还以《解放日报》《人民日报》、新华社评论员的名义写了众多的社论、评论，甚至他还替人捉刀，以朱德、彭德怀的名义发表了许多文告。

毛泽东和蒋介石对立了一辈子。贯穿于蒋介石的一生的是"反共"两字。可是，如此对立的政敌，在政治上也有共同之处。比如，他俩都坚持"一个中国"。这样，1972年，当尼克松总统访问中国大陆，和周恩来在上海发表著名的《中美联合公报》，写及："美国政府认识到，在台湾海峡两边的所有中国人都认为只有一个中国，台湾是中国的一部分。美国政府对这一立场不提出异议。"

当然，毛泽东和蒋介石的"一个中国"的内涵，截然相反。

毛泽东心目中的中国是中华人民共和国，而蒋介石心目中的中国是中华民国。

有时，他俩会在严重对立之中，也采取相同的政治行动。比如，1971年4月9日，美国单方面发表声明，将位于台湾东北一百余海里的钓鱼岛列岛主权交给日本时，毛泽东指令中共中央机关报《人民日报》于5月1日发表社论《中国领土主权不容侵犯》，台湾也开展"保钓运动"，蒋介石提出了"保土爱国"的口号。毛泽东和蒋介石都向美国发出了抗议之声……

蒋介石在党内的对手是汪精卫和胡汉民。经过三番五次的格斗，这才在1938年3月的武昌会议，即中国国民党全国临时代表大会上当选为总裁，最终确立他在中国国民党内的领袖地位，成为说一不二的党魁。

毛泽东则在党内战胜了对手王明、张国焘，在1935年1月的遵义会议（中共中央政治局扩大会议）上，确立了党内领袖地位。在1943年3月，他当选中共中央政治局主席，最终在组织上确立了他的中共领袖地位。

他俩的婚恋之路，也颇相似：

蒋介石先是由母亲王采玉做主，在14岁时娶了比他大5岁的毛馥梅（后来因馥字难认，乡下人称她毛福梅）为妻。此后，他在上海又先后与江苏吴县人氏姚怡诚以及苏州姑娘陈洁如同居。最后，他与宋美龄结为政治夫妻，人们取了蒋中正之"中"字，与宋美龄之"美"字，戏称为"中美联姻"，一语道出个中奥秘。

毛泽东亦有四次婚姻。也是在14岁那年，也是由父母做主，给毛泽东娶了大他 4 岁的罗氏，但他从未和她生活在一起。此后他在长沙和杨开慧恋爱、结婚，又在井冈山和江西永新姑娘贺子珍同居。进入延安之后，上海电影女演员江青（艺名蓝苹，本名李云鹤）出现在他面前，他最终选择了她。

蒋介石是一位铁腕人物、独裁型领袖，实行"一个政党，一个主义，一个领袖"的"三一"式统治。一个政党即中国国民党，一个主义即三民主义，一个领袖即蒋某人也。

毛泽东对蒋氏的"三一"不以为然。1945 年 7 月 1 日至 5 日，六位国民参政员褚辅成、黄炎培、章伯钧、左舜生、冷御秋、傅斯年访问延安。据左舜生回忆，毛泽东曾对他如此说："蒋先生总以为'天无二日，民无二主'[1]，我'不信邪'，偏要出两个太阳给他看看！"[2]

果真，中国出现"天有二日，民有二主"的局面！其实，在毛泽东说这句话之前，已经是这样的局面；直至蒋介石和毛泽东先后离世，也还是这样的局面。

以蒋介石为一方，以毛泽东为另一方，以中国广袤的 960 万平方公里的国土为棋盘，双方下了一盘震撼全球的棋。

把这一棋局记录下来，便是一部中国现代史。

这是一场错综复杂的大搏斗，其中固然不乏刀光剑影、枪炮轰鸣、硝烟弥漫、杀声震天，却又不时互派密使、幕后斡旋、打打谈谈、谈谈打打。

双方曾激烈地对骂：

蒋介石骂毛泽东是"毛匪"，还有"赤匪""共匪""奸党""奸军"之类。

毛泽东则反骂蒋介石为"独夫民贼""人民公敌""头号战犯""蒋匪"，那词汇似乎比蒋介石更丰富些。

不过，两位主帅居然也有笑脸相迎、握手言欢之时。在重庆，酒量都浅的两位主帅居然都高高举起盛着通红葡萄酒的高脚玻璃杯，互称"毛先生""蒋先生"。

在那山城和谈的日子里，毛泽东得知蒋介石不仅自己不抽烟，亦不喜欢别人在他面前抽烟，蒋介石的朋友之中虽不乏"瘾君子"，但见他之前总要漱口，以免说话时那烟味使他不悦。毛泽东虽然不至于去漱口，但尊重蒋介石，在他面前不吸烟。

---

[1] 语出《孟子》。

[2] 左舜生：《近三十年见闻杂记》，《近代史中国史料丛刊》第 49—50 辑，台北文海出版社 1967 年版，第 540 页。

这一小细节，使蒋介石大为感动。私下里，蒋介石对文胆陈布雷说出了一番极为难得的对毛泽东的话语："毛泽东此人不可轻视。他嗜烟如命，手执一缕绵绵不断，据说每天要抽一听（50支），但他知道我不吸烟后，在同我谈话期间竟绝不抽一支烟。对他的决心和精神不可小视啊！"

毛泽东呢？他擅长戏谈。一位国民党方面的记者问他对蒋介石的印象如何，他答曰："蒋乃草字头下面写个将，'草头将军'也！"

重庆谈判一年之后——1946年8月——美国女记者安娜·路易斯·斯特朗在延安访问毛泽东，又问及对蒋介石的印象。毛泽东只用六个字作答："蒋介石——纸老虎！"

果真，毛泽东以三年时间，横扫中国，战胜了蒋介石……

如今，硝烟早已消散，枪炮声早已沉寂，两位棋手（其实也是国共两党的旗手）也相继撒手离世。然而，细细探究那盘恢弘壮观的棋局，细细探究这两位棋手，细细探究两位棋手如何影响中国之命运，却是令人回味无穷的。

这部《毛泽东与蒋介石》，便着眼于毛、蒋，透视那盘举世瞩目、惊心动魄的历史棋局。

棋谚曰："棋子木头做，输了重来过。"历史棋局却无法"重来过"。然而，追溯那逝去的往事，却会给人以历史的思索和启迪……

第一章
最初岁月

◎ 国民党"一全"大会时,蒋介石在国民党内的地位,远远不如"跨党分子"毛泽东。那时的毛泽东,既是中共中央执行委员,又是国民党候补中央执行委员。

毛泽东挥泪别妻赴粤

珠江在缓缓地流淌，波光粼粼，像一条闪光的围巾，围在广州的脖子上。

虽说已是腊月，这里却无寒冬之感，街头巷尾的大榕树依然翠绿，姹紫嫣红的花儿把这座五羊之城点缀成一座花城。

1923年岁末的广州，春意欲来，理着平头、留着八字胡的孙中山画像和青天白日满地红的旗帜随处可见。国民革命军战士们戴着大盖帽，背着长枪，在车站、桥头、大楼前站岗。

不过，在广州西南、珠江的一个小岛——英租界沙面——还能见到英国的巡警。自从1840年鸦片战争洋炮轰开中国的大门之后，英国人在这里建起了一幢幢欧式小洋楼。

用黑色沥青铺成的新式马路正在市内伸展，公共汽车已经出现在街头。只是那些小巷依然那般狭窄，连阳光都难以照进去。

不论是浓妆艳抹的小姐，还是脸色黝黑的女苦力，差不多都迈着一双大脚。那年月在北方农村还能见到的留长辫的男人，在这里早已绝迹。

一位身材颀长、穿一身灰布长袍、足蹬一双黑布鞋的湖南青年，出现在广州街头。此人头发长而密，眉毛却稀疏，一双眼睛大而明亮，下巴左侧长着一颗醒目的痣。他手提行囊，腋下挟着一把油纸伞，那模样颇似在"文革"中印行了9

毛泽东父母的卧室，1893年12月26日毛泽东出生在这里

亿张之多的刘春华笔下的油画《毛主席去安源》的画中之人。

子曰："三十而立。"此时的毛泽东刚刚过了他的三十华诞。毛泽东出生于清朝光绪十九年（癸巳）十一月十九日，他向来过阴历生日。直至20世纪40年代他的名声大振之后，他的生日才被人们"译为"公历——1893年12月26日。此后，他才开始在公历12月26日过生日。也真巧，1923年的12月26日，恰恰是阴历十一月十九日。

他从长沙来。长沙小吴门外清水塘22号，住着他的妻子杨开慧、长子岸英以及出生不久的次子岸青。已成为职业革命家的他，风里来，雨里去，走南闯北，这一回难得在家中住了两个月，对任劳任怨、独力挑起家庭重担的爱妻，算是莫大的精神慰藉。

无奈，中国国民党第一次全国代表大会（依大陆习惯，称国民党一大，而台湾则习惯于称国民党"一全"大会。本书为叙述方便，采用后一种称谓）马上要在广州召开，作为湖南代表，他不能不前往那里。

毛泽东颇重感情，离别妻子之际，挥笔写下一首情深意长的《贺新郎》，托出一颗赤诚之心：

> 挥手从兹去。更那堪凄然相向，苦情重诉。眼角眉梢都似恨，热泪欲零还住。知误会前番书语。过眼滔滔云共雾，算人间知己吾和汝。人有病，天知否？
>
> 今朝霜重东门路，照横塘半天残月，凄清如许。汽笛一声肠已断，从此天涯孤旅。凭割断愁丝恨缕。要似昆仑崩绝壁，又恰像台风扫寰宇。重比翼，和云翥。[1]

毛泽东的才与情，跃然纸上。毛泽东不愧为诗中高手，后来博得"诗人"美誉并不过分。这首《贺新郎》情意绵绵，已显示出他的诗词功底非同凡响。

毛泽东经衡阳，过韶关，一路风尘，一路艰辛，终于到达广州。

一回生，二回熟。对于毛泽东来说，广

早年时的毛泽东

---

[1]《人民日报》1978年9月9日。

州已不是陌生之地，因为他在 1923 年 6 月，曾来过这座南国名城。他来到广州永汉路太平沙望云楼，那是中共中央执行委员会委员长陈独秀的寓所。当时，四十来位中共代表聚集那里，召开了中国共产党第三次全国代表大会。

会议的中心议题是国共合作。身材壮实、声若洪钟的共产国际代表、荷兰人马林，传达了共产国际《关于国共合作的决议》，要求中共党员以个人名义加入国民党，实行国共合作。张国焘表示坚决反对，毛泽东则表示积极支持。结果，在投票选举中央执行委员时，张国焘落选了，毛泽东以 34 票当选。会议选出的五位中央执行委员是陈独秀、毛泽东、罗章龙、谭平山和蔡和森。陈独秀仍任委员长，毛泽东任中共中央秘书，负责中央的日常工作。

根据中共三大的决议，毛泽东加入了中国国民党，成了一位"跨党分子"——既是中共党员，又是国民党员。

毛泽东在广州勾留到 9 月，随中共中央机关迁往上海。不久，他离沪返湘，在长沙住了两个月。

此番，毛泽东作为国民党代表，由湘入粤，出席国民党"一全"大会……

孙中山电催蒋介石赴粤

就在毛泽东前往广州之际，一封又一封电报从广州发往浙江奉化的一个小

蒋介石故乡溪口风光（叶永烈摄）

第一章 最初岁月

镇——溪口——催促正在故乡为母亲王采玉做六十冥寿的蒋介石,早早动身前来广州。

溪口,山明水秀之所在。这里地处四明山南麓,青山蓊郁,剡溪迂回其间。剡溪的南北两条支流汇合处,人称溪口。几百幢青砖黑瓦的平房,鳞次栉比地拥立在剡溪北岸,汇成一条带鱼般的长街,米店、麦店、杂货店、小饭铺、剃头铺混杂其间。这里,便是溪口镇。

溪口镇是"蒋"姓的大本营,镇上一半以上的居民姓蒋。小镇东头,有一城门,名曰"武岭门"。进了武岭门,沿着窄窄的街面往前,有一座二层楼房,一堵白色围墙,中间一道青砖拱门,如同一个字母"U"反扣在那里,那便是"素居"所在。

素居,亦即蒋介石祖宅,后来改名"丰镐房"。这"丰""镐"两字,颇有来历,取义于西周文武两王都城之名——周文王建都丰邑,周武王建都镐京。丰镐房内有小院,有十来间房子,在小镇上算是优雅、舒适的处所。

蒋介石的祖父,名唤蒋玉表,在小镇上中街簟场弄口开了名为"玉泰盐铺"的三间店面,以卖盐为主,兼营石灰、酒、大米。

蒋玉表生有二子,长子蒋肇海,次子蒋肇聪。因蒋玉表的二哥无后,蒋玉表以长子过继,于是玉泰盐铺便由次子蒋肇聪经营。

蒋肇聪果真聪颖,而且为人精明,在当地有着"埠头黄鳝"的诨号(意即黄鳝在洞里好捉,游到河埠里,那就难以逮住了)。

蒋肇聪颇有商业头脑,接手玉泰盐铺之后,生意做得红红火火。他走在小镇上,脸上也有光彩了。

蒋肇聪娶妻徐氏,生一女一子。女儿叫蒋瑞春。儿子名周康,小名瑞生,号介卿,字锡侯,人们通常称之为蒋介卿。

1882年(光绪八年),蒋肇聪41岁时,徐氏病故。不久,蒋肇聪娶蒋王庙镇孙氏为继室,又病故。这时,玉泰盐铺的账房王贤东向蒋肇聪举荐其堂妹王采玉,一言定局。

那王采玉是一位年轻寡妇,当时不过二十有二。她初嫁竺某,丈夫脾气暴

蒋介石母亲王采玉

躁，常受打骂。未几，丈夫病故。王氏欲带发修行，堂兄怜她命运坎坷，为之作伐。

蒋肇聪第二次续弦，没有大操大办，一顶轿子将王采玉抬入玉泰盐铺，那是1886年，亦即光绪十二年，蒋肇聪已是四十有五了。

翌年——光绪十三年九月十五日，亦即1887年10月31日——在玉泰盐铺东楼，王采玉产下一子，接生者为蒋肇富之妻。这个男孩子，便是蒋介石——他出生时，祖父蒋玉表为他取名蒋瑞元，谱名周泰；上中学时，他取了学名蒋志清，字介石；后来他追随孙中山，改名中正。

唐人所著《金陵春梦》称蒋介石本是河南许州（今许昌市）人氏，本名郑三发子，是其母嫁给奉化人蒋肇聪时"拖"的"油瓶"。此乃小说家言，不足为凭。

王采玉嫁给蒋肇聪后，除生长子介石外，又生长女瑞莲、次女瑞菊、幼子瑞青。瑞菊、瑞青早亡。

1895年，蒋肇聪病故，终年54岁。当时蒋介石8岁，已迁入蒋家祖宅丰镐房，由寡母王采玉在艰难中抚养。为此，蒋介石深记母恩，事母甚孝。

蒋介石幼时，跟小伙伴们玩打仗游戏，常喜欢自封"大将军"。他登台指挥，颇有点"草头将军"的派头。

蒋介石得以出人头地，成为真正的"大将军"，在他的人生道路上，有着三次关键性的机遇，而且这三次机遇是连环机遇，总是前一次为后一次留下伏线：

第一次是1906年，19岁的他结束在奉化龙津中学的学习，得以东渡日本，

蒋介石出生地（叶永烈摄）

奉化蒋氏宗祠（叶永烈摄）

学习军事。在日本，他结识了正在警监学校学习的陈其美，并由陈其美介绍，于1908年加入同盟会。他与陈其美、黄郛三人结为异姓兄弟。归国后，陈其美出任沪军都督、上海讨袁军总司令，蒋介石在他手下出任第五团团长。

第二次是在1922年。借助于陈其美的关系，蒋介石投奔孙中山——1914年，中华革命党（中国国民党前身）成立，孙中山任总理，陈其美为总务部长。两年后，陈其美在沪被刺身亡，蒋介石投奔孙中山。1918年春，孙中山任命蒋介石为总司令部作战科主任。虽说蒋介石曾一度因没有实权而向孙中山辞职，回到上海醉心于做证券交易，但1921年年底他还是应孙中山之召赴桂林，参与筹备北伐。1922年6月16日，陈炯明突然反叛，率部炮轰广州孙中山的总统府，孙中山急电蒋介石："事紧急，盼速来。"蒋介石赶赴广州，登上孙中山座舰永丰舰，协助孙中山反击陈炯明。蒋介石侍立孙中山左右，与他共患难、同生死，并于8月10日护送孙中山离粤返沪。蒋介石又及时利用这一机遇，写了《孙大总统广州蒙难记》，请孙中山作序。于是，蒋介石声名鹊起，被孙中山任命为大本营参谋长。

第三次便是此时此刻，孙中山给正在溪口的他发来了电报，命他速赴广州，筹建黄埔军校。这第三次机遇，正是源于永丰舰上那难忘的日日夜夜，使孙中山产生了对蒋介石的信任感。

蒋介石怎么会离开风起云涌的广州，跑到风平浪静的家乡溪口小镇呢？

那是因为孙中山虽委以大本营参谋长重任，但蒋介石仍认为没有实权。他曾一度"久困目疾，不能阅书，不能治事，愤欲自杀"。

孙中山在广州实行"联俄、联共、扶助农工"三大政策，与苏联[1]的关系日臻密切。共产国际代表马林建议孙中山派出"孙逸仙博士代表团"访苏。正在香港的蒋介石获知这一信息，对于访苏倒是有着莫大的兴趣。他于1923年7月13日给大元帅府秘书长杨庶堪去函，表示：

> 为今之计，舍允我赴欧外，则弟以为无一事是我中正所能办者。
> 如不允我赴俄，则弟只有消极独善，以求自全。

既然蒋介石如此热望访苏，孙中山也就满足了他的愿望。

于是，8月5日，蒋介石在上海会晤了那位来自荷兰的壮汉——共产国际代表马林。两年前，当中国共产党在上海贝勒路李书城私寓秘密召开全国第一次代表大会时，便是这位马林代表共产国际出席，并发表长篇讲话。

经与马林磋商，议定了"孙逸仙博士代表团"赴苏事宜。

这个代表团共四人，蒋介石为团长，团员有张太雷、沈定一、王登云。张太雷英语流利，乃著名的中共人士，早在1920年10月便加入北京共产主义小组。沈定一即沈玄庐，亦是中共早期党员，《新青年》杂志的一员猛将。王登云为蒋介石的英文秘书。

蒋介石率团于8月16日启程，访苏三个多月。到达莫斯科时，本要会晤列宁，只因列宁正患病，住在郊外吾尔克村，蒋介石未能拜会他。不过，蒋介石拜见了苏联其他领袖人物：军事人民委员托洛茨基、外交人民委员齐采林、苏维埃主席团主席加里宁。他还会晤了正在莫斯科的越南革命领袖胡志明。

给蒋介石印象最深的是托洛茨基，他曾说："我在莫斯科期间，与托洛茨基相谈最多，

青年时的蒋介石

---

[1] 1922年底，俄罗斯、乌克兰、白俄罗斯和外高加索联邦（即阿塞拜疆、亚美尼亚、格鲁吉亚）4个苏维埃社会主义共和国宣布组成苏维埃社会主义共和国联盟，简称"苏联"。后来加盟共和国扩大至15个。1991年苏联解体。

而且我认为托洛茨基的言行亦最为爽直……"[1]

蒋介石在苏联着重考察军事,参观了红军的许多军事院校。

在苏联,蒋介石处处跟共产党人以"товарищ"(同志)相称呼。

1923年12月15日上午9时,蒋介石乘船返抵上海,匆匆会晤国民党在沪的要人胡汉民、廖仲恺、汪精卫、陈果夫、张人杰之后,又于当天下午3时上了另一艘驶往宁波的轮船。翌日晨,船抵宁波,蒋介石立即雇轿,急急回溪口老家。下午2时半,他一到溪口,又马不停蹄,上白岩山了……

蒋介石如此心急火燎,因为这一天——12月16日——乃是他母亲王采玉的六十冥寿。

王采玉是在1921年春病重的。蒋介石亲自侍候母亲,为她煎药、喂药,以报答寡母抚养之恩。那时,孙中山要率师出征广西,发急电要他赶赴广州。蒋介石不得不于5月10日离家赴穗,5月20日抵达广州,只逗留五天,挂念母病,又返溪口。翌年,王采玉病危,于6月14日清晨7时去世,终年57岁。

蒋介石葬母于白岩山鱼鳞岙。他颇信风水,据传,那墓地是风水先生反复踏勘择定的:山形如同一尊弥勒佛,而墓地选在肚脐眼上!

蒋介石请孙中山手书"蒋母之墓"四字,请胡汉民作墓志,请汪精卫作铭,隆重安葬母亲。

奉化溪口慈庵(叶永烈摄)

---

[1] 蒋介石:《苏俄在中国——中国与俄共三十年经历纪要》,1956年。

在蒋介石访问苏联的那些日子里，白岩山上正在砌造新屋。那是依据蒋介石的意思，在离蒋母坟墓不远处盖了几间平房，蒋介石题了"慈庵"两字，当地人则称之"坟庄"。

蒋介石从苏联归来，风风火火赶回故乡，当夜便住进新建的慈庵，为母亲举行六十冥寿仪式。此后，蒋介石回家乡，常居于慈庵。

蒋介石知道孙中山急于获悉他访苏情形，写就《游俄报告书》托人带往广州，自己仍在家乡逗留。

12月30日，孙中山发来电报："回粤报告携代表团赴俄考察的一切，并详筹中俄合作办法。"

蒋介石见了电报，仍在慈庵居住，为母焚香、植树。

廖仲恺、汪精卫、胡汉民、张人杰又接二连三给蒋介石发来电报，催促他速速启程。蒋介石依然笃悠悠带着次子蒋纬国在鱼鳞岙散步。

蒋介石如此怠慢孙中山，其中自然有他的原因：当时，中国国民党第一次全国代表大会即将在广州召开，按照规定，每省的代表名额六人，其中三人由总理孙中山指定，另三人由该省党员选举。浙江出席的代表六人，由孙中山指定的是沈定一、戴传贤（戴季陶）和杭辛斋，党员们另选三人为戴任、胡公冕和宣中华，居然没有蒋中正！倘若说是因为蒋介石到苏联去了，被"疏忽"了，但作为访苏团员的沈定一却被孙中山指定为代表。何况，沈定一还是中共党员呢！

毛泽东作为湖南代表前往广州参加了会议，但并不是孙中山指定的，而是由湖南的国民党员们推选的。

蒋介石本想在家乡过了春节再去广州（甲子年正月初一为1924年2月5日），但电报频频催来，碍于孙中山的面子，蒋介石不能不从溪口动身了……

此时都已显露锋芒、又都尚未位居显要，中国政坛的两颗未来的巨星——毛泽东和蒋介石——终于头一回会合了。

国民党"一全"大会冷落了蒋介石

1924年1月16日，当蒋介石到达当时中国革命的中心广州时，那里一片热闹、繁忙的景象。

星罗棋布在全城每个角落的茶楼，人们在悠悠然饮茶之际议论着国共合作，孙总理要召集国民党"一全"大会——原本最关心生意经的广州市民，眼

国民党"一全"大会旧址（叶永烈摄）

下也关心起政治来了。

一队队士兵在街上荷枪而过，腰间围着又宽又厚的子弹带，看上去仿佛套着个救生圈。

人力车夫们拉着那些操南腔北调的"一全"代表，奔走于刚刚铺好沥青的大街上。

> 万郊怒绿斗寒潮，
> 检点新泥筑旧巢。
> 我是江南第一燕，
> 为衔春色上云霄。

正在广州的中共才子瞿秋白写了这首诗，附在信中，寄给在上海的恋人王剑虹。

国民党"一全"大会海内外代表共计196人，其中165人到达广州。[1] 如此众多的代表之中，居然没有蒋介石！在"汉口特别区"的代表中，倒有一位名唤"彭介石"！

---

[1] 据台湾罗家伦《中国国民党第一次全国代表大会出席代表名单》，《革命文献》1955年第3辑。

一批著名的国民党人，名列代表名单之中：廖仲恺、戴季陶、于右任、谭延闿、程潜、吴铁城、柏文蔚、叶楚伧、孙科……女代表有何香凝、陈璧君等。

一批著名的共产党人，也名列代表名单之中：陈独秀（未出席）、李守常（李大钊）、谭平山、林祖涵（林伯渠）、沈定一、毛泽东、罗迈（李维汉，未出席）、王尽美……据李加福考证，国民党"一全"代表之中，有中共党员24名。[1]

论历史，中国国民党比中国共产党要早得多，然而，国民党的"一全"大会却比中共一大差不多晚了三年！这是因为中国国民党走过了曲折的道路。

追溯中国国民党的起源，不能不回溯它的缔造者孙中山的历史足迹：

1894年11月24日，28岁的孙中山在美国檀香山借卑涉银行经理何宽的寓所召集二十多位侨胞开会，成立了反清组织兴中会，通过了孙中山草拟的《兴中会章程》。该会的秘密誓词为"驱除鞑虏，恢复中华，创立合众政府"。这句话精辟地道出了该会的宗旨。

自兴中会诞生，各地响应，纷纷成立反清团体。1905年8月20日，在日本东京赤坂区坂本珍弥宅，孙中山主持召开了中国同盟会成立大会。中国同盟会是以兴中会和华兴会为基础，联络光复会部分成员建立的。大会推举孙中山为总理。今日人们习惯于称政府首脑为总理，而彼时孙中山以政党首脑而出任总理。中国同盟会以"驱除鞑虏，恢复中华，建立民国，平均地权"为纲领，这一纲领后来概括为"民族""民权""民生"三民主义。

中国同盟会领导了1911年10月10日武昌起义，推翻了清王朝，结束了中国漫长的封建专制统治。因这一年是中国旧历辛亥年，所以历史上

孙中山

---

[1] 据余齐昭《中国国民党第一次全国代表大会期间若干史实考》（载《中山大学学报》1984年1期）一文，中共党员在国民党"一全"代表中为23人。另：李加福加以补充考证，认为余文漏了中共党员李永声，应为24人（载《中山大学学报》1985年1期）。

将武昌起义称为"辛亥革命"。1912年元旦，46岁的孙中山就任临时大总统，成立中华民国临时政府。1912年，也就成了中华民国元年。

1912年8月25日，中国同盟会联合统一共和党、国民共进会、国民公党、共和实进会，在北京成立了国民党，孙中山出任理事长。1992年6月23日中国新闻社北京电讯，报道了北京市有关部门在抢修虎坊路两侧的湖广会馆时，发现并确定了此处乃是国民党的诞生之地。国民党在国会中，与以袁世凯为首的中国共和党相对抗，成为当时中国两大政党之一。

翌年11月4日，国民党被袁世凯勒令解散。1914年7月8日，流亡日本的孙中山在东京筑地精养轩成立中华革命党，出任该党总理。中华革命党实际上就是原先的国民党。

中华革命党处于秘密活动状态，外界仍称之为国民党。于是，在1919年10月10日，孙中山又改组中华革命党，称中国国民党——在"国民党"之前加了"中国"两字，以示区别于1912年成立的国民党。该党以孙中山为总理，以"巩固共和，实行三民主义"为宗旨。

如此这般，中国国民党倘若追溯其源，可从1894年的兴中会算起，比起中国共产党的历史要悠久得多。不过，倘若仅就中国国民党正式成立而言，则只比中国共产党早两年而已——正因为这样，中国国民党的"一全"大会反而比中共一大迟了近3年。

中国共产党简称"中共"，不论外界或中国共产党自己，都用这一简称。至于"共党"，则是后来蒋介石对中国共产党的"专有"简称——中共自己从不称"共党"，虽说"共党"一词似乎并不含贬义。

中国国民党倘若依照"中共"那样简称，那就成了"中国"了，与国家之称中国混为一谈。照理，应简称为"中民"，但是因为在中国国民党之前，已有了国民党，也就习惯地简称为"国民党"——虽说这一简称不甚准确，因为别的国家也有国民党。

据蒋介石自述："光绪三十三年加入同盟会。"[1] 亦即1907年，蒋介石经陈其美介绍，在日本加入同盟会。正因为这样，蒋介石说："我是21岁入党。"那一年，蒋介石正好虚岁21。在蒋介石看来，加入同盟会，亦即加入国民党。

1913年10月29日，由陈其美的盟兄弟张人杰监督，蒋介石在上海秘密加入了中华革命党。那时，孙中山正在筹建中华革命党，至翌年7月8日才正式成立，所以蒋介石成了最早加入中华革命党的几个人中的一个。蒋介石在加

---

[1]《武岭蒋氏宗谱》"蒋周泰"条——此系蒋介石亲自所撰条目。

入中华革命党之后一个多月,由上海来到日本东京,由盟兄陈其美介绍,第一次见到孙中山。如其自述:"直到 27 岁,总理才对我单独召见。"此处他所说的依然是虚岁,而总理则是指孙中山——国民党人习惯于称孙中山为总理,诚如共产党人习惯于称周恩来为总理,只是一个为党的总理,另一个为政府总理。

在国民党内,论资历蒋介石虽然比不上陈其美、胡汉民、廖仲恺那一批元老,不过也不算浅。照理,当选国民党"一全"代表,蒋介石是够资格的——他已是入党 17 年的老党员了。然而,居然长长的代表名单里,没有"蒋中正"三字。如果他"避居"在老家溪口,目不见也罢,此时此刻他却应召前来广州,眼前晃来晃去的身影皆是"一全"代表,蒋介石的心中难免不是个滋味。就党内地位而言,蒋介石显得太差了!

最使蒋介石不悦的是,由孙中山指定名列浙江六名代表之首的杭辛斋虽因病缺席(杭辛斋在大会期间,1924 年 1 月 26 日去世,"一全"大会致电哀悼),但大会宁可空其席位,也未让蒋介石替补!

毛泽东进入国民党高层

榕树的长须低垂,一条长长的广州老街越秀路从树下穿过。街边的人行道上方是骑街楼,这种便于躲雨的旧房一望而知是 20 世纪上半叶的南洋建筑风格。在越秀中路与文明路交叉口,一圈高高的围墙抱住一个偌大的院子。这里原本是清朝广东举行科举考试的贡院,1912 年改为广东高等优级师范学校。这所学校后来与广东农业专门学校、广东政法专门学校合并,以孙中山的名字命名,自 1926 年起称中山大学。在茂密的木棉树和古榕树掩映之下,有一座镶着白边的淡黄色砖木结构的建筑。这座建筑前半部为办公楼,两层,后半部为礼堂,一层。从正面看过去,这座建筑呈"山"字形,在两层楼正中上方"戴"了一顶高高的"方帽子",四面有钟,人称"钟楼"。[1]

礼堂的正门是用拱形圆柱廊装饰的,张灯结彩,洋溢着节日的气氛。这里被选定为中国国民党第一次全国代表大会会场。

就在蒋介石到达广州后的第四天,1924 年 1 月 20 日,国民党"一全"大会在这里隆重开幕。

孙中山选择 1 月 20 日这天开幕,因为"二十"即"双十"——武昌起义在

---

[1] 2008 年 10 月 26 日,作者在广州参观中国国民党第一次全国代表大会会址。

1911年10月10日，亦是"双十"。正因为这样，那天上午9时，当孙中山穿着有七颗纽扣、四个口袋的"中山装"登上主席台，发表演说，便如此说道：

> 革命党推翻清朝，第一次成功是在武昌。那天的日期是双十日，今天是民国十三年的一月双十日，所以这个会期同武昌起义的日期，都是民国很大的纪念……[1]

广州国民党一大会场（叶永烈摄）

孙中山发表演说之际，他的身后悬着中国国民党党旗——青天白日旗。大会刚开幕，他领着代表们向党旗三鞠躬。这党旗是1894年孙中山创立兴中会时，由会员陆皓东设计的，那蓝色象征青天，正中为白日，向四周射出叉光。最初，叉光的数目多寡不一，由孙中山定为12叉光，既象征12干支，又表示12时辰。黄兴认为青白两色之旗不美，后来孙中山建议加上红色，变成"青天白日满地红"，红、蓝、白三色，象征自由、平等、博爱。在孙中山出任中华民国临时大总统时，决定用"青天白日满地红"之旗作为中华民国国旗。"青天白日旗"后来则定为中国国民党党旗。

主席台下是一排排深褐色木长椅，前排为临时中央执行委员座席，后面为会议代表座席，再后面是列席代表座席。正式代表对号入座，座位上贴着代表的姓名。

开幕式那天，165位代表和6位国民党临时中央执行委员会委员出席大会，代表们对号入座，第39号席上，坐着湖南代表毛泽东，他显得兴高采烈。

蒋介石也坐在会场里，但他不是代表，只是列席会议，所以显得很是沮丧。

这是毛泽东和蒋介石人生轨道头一回交叉，同聚于一个屋顶之下。虽说在此之前，他们都已知道对方，却未曾谋面。不过，这一回，毛泽东和蒋介石

---

[1] 中国第二历史档案馆编：《中国国民党第一、二次全国代表大会会议史料》上卷，江苏古籍出版社1986年版，第4页。

只是彼此见到对方而已，并无交往。国共两党的大旗，由孙中山、李大钊高擎着。

孙中山在开幕式上刚刚发表了长篇演讲，就按议事日程，讨论组织主席团。140号席位上的廖仲恺站了起来："提议主席团人数五人，由总理指派。"

这一建议得到众多代表附议，孙中山便宣布："现由本席指定胡君汉民、汪君精卫、林君森、谢君持、李君守常为主席团主席。"

大会以绝大多数票通过。于是，中共领袖"李君守常"（李大钊）坐上了大会主席台。

翌日上午的大会，提到了"毛君泽东"的大名。那天会议是由国民党元老林森主持的。林森以浓重的福建口音宣布国民党章程审查委员会19位委员名单，其中提及"毛君泽东"。大会通过之后，毛泽东便成了章程审查委员会委员。

"毛君泽东"是一位活跃的人物。早在大会开幕的那天下午，"39号毛泽东"便就大会第七项议程"组织国民政府之必要"作了发言。当时的会议记录上记录了他的话："此案为'组织国民政府之必要'，并未说明怎样组织政府暨何时组织政府，请主席以此标题付表决。"

此后，这位"39号毛泽东"又多次在大会上发言，显示了他的外向型性格。

蒋介石则只是坐在一侧，静静地听着。他似乎并未意识到，这个一口湖南话的青年，后来竟成了他一生的政治对手。

大会的高潮是在1月30日上午，选举国民党中央执行委员和候补中央执行委员。毛泽东名列于候补中央执行委员之中，而"蒋介石"三字不见踪影。

中央执行委员共24人，如下：

胡汉民、汪精卫、张静江、廖仲恺、李烈钧、居正、戴季陶、林森、柏文蔚、丁惟汾、石瑛、邹鲁、谭延闿、覃振、谭平山、

国民党一大会场（39号席是毛泽东座位）（叶永烈摄）

石青阳、熊克武、李守常、恩克巴图、王法勤、于右任、杨希闵、叶楚伧、于树德。[1]

候补中央执行委员 17 人，如下：

邵元冲、邓家彦、沈定一、林祖涵、茅祖权、李宗黄、白云梯、张知本、彭素民、毛泽东、傅汝霖、于方舟、张苇村、瞿秋白、张秋白、韩麟符、张国焘。[2]

在中央执行委员中，有 3 名中共党员：

谭平山、李守常、于树德。[3]

在候补中央执行委员中，中共党员达 7 名：

沈定一、林祖涵、毛泽东、于方舟、瞿秋白、韩麟符、张国焘。[4]

其中林祖涵（林伯渠）当时系中共秘密党员，尚未公开身份（他在 1914 年加入中华革命党，1921 年经陈独秀、李大钊介绍加入中共）。

十名中共党员成了国民党中央执委及候补中央执委，既表明了国民党"一全"大会确是国共合作的大会，亦表明了中共的政治活力。

国民党比之中共，历史久而人数多，在召开"一全"大会时，国民党党员已达 8218 人。但是，国民党大而松懈，连孙中山也不得不说："本党虽有主义，亦曾为革命而奋斗，但民国以来，内有军阀，外有列强，交相侵凌，岁无宁日，其故实由于本党组织之缺乏，训练之不周……党的内部，渐形涣散。"

中共成立不过两年多，党员不过五百，却显得小而精悍，组织纪律远胜于国民党。即便是出席国民党"一全"大会，亦规定"出席此大会的同志们在每次会议之前，须秘密集会"，以便"主张一致"。[5]

---

[1] 中国人民解放军政治学院党史教研室编：《中共党史教学参考资料》第 13 册，1985 年版，第 6 页。
[2] 中国人民解放军政治学院党史教研室编：《中共党史教学参考资料》第 13 册，1985 年版，第 6 页。
[3] 中国人民解放军政治学院党史教研室编：《中共党史教学参考资料》第 13 册，1985 年版，第 6 页。
[4] 中国人民解放军政治学院党史教研室编：《中共党史教学参考资料》第 13 册，1985 年版，第 6 页。
[5] 中共中央：《对于国民党全国大会意见》，1924 年 1 月 1 日。

蒋介石在国民党内的地位，远远不如"跨党分子"毛泽东。那时的毛泽东，既是中共中央执行委员，又是国民党候补中央执行委员，够"红火"的。

1963年，蒋介石回首那段在党内没有地位的不愉快的日子时，曾这么说及：

> 我是21岁入党的，直到27岁，总理才对我单独召见。虽然以后总理即不断地对我加以训诲，亦叫我担任若干重要的工作，但我并不曾向总理要求过任何职位，而总理亦不曾特别派我任何公开而高超的职位；一直到我40岁的时候，我才被推选为中央委员。[1]

1924年1月30日下午3时50分，广东高等师范学校礼堂里传出洪亮的三呼"中国国民党万岁"的口号声，宣告了这次历史性的大会结束。

翌日，毛泽东出席了中国国民党一届一中全会（第一届中央执行委员会第一次全体会议）。会议决定成立各地执行部，毛泽东被派往上海执行部工作。

蒋介石呢，他也获得了新的任命。孙中山急急催他来粤，不是要他出席国民党"一全"大会，而是另有任职：1924年1月24日，孙中山宣布成立陆军军官学校筹备委员会，以蒋介石为委员长，委员七人，即王柏龄、邓演达、沈应时、林振雄、俞飞鹏、张家瑞、宋荣昌。28日，孙中山指示，以位于广州东郊、珠江黄埔长洲岛上的广东陆军学校和广东海军学校原址，作为新办的陆军军官学校校址——由于位于黄埔，从此亦称黄埔军校。

原来，孙中山从多年的失败之中，痛感国民党必须要有一支自己的有力的军队，决定兴办陆军军官学校。在孙中山眼中，蒋介石原本在日本学军事，是一位将才，因此只在军事上倚重蒋介石，并未把他作为一位政治活动家——正因为这样，在遴选"一全"大会代表时，"忽略"了蒋介石。孙中山希望蒋介石专心办军校。

蒋介石不屑于区区陆军军官学校筹备委员长一职（此时他尚未意识到这一职务对于掌握军权的重要），掼了"乌纱帽"。2月21日，蒋介石向孙中山及国民党中央执行委员会递交了辞呈。未等批复，他就打道回乡，到老家溪口去了。

也就在这时候，毛泽东也离开广州去了上海。毛泽东住在上海闸北香山路三曾里的中共中央机关里，一面做中共中央局的秘书工作，一面又做国民党上海执行部的工作。

---

[1] 宋平：《蒋介石生平》，吉林人民出版社1987年版。

毛泽东和蒋介石这两颗中国政坛新星在广州短暂地同处了一个多月，一个挂着笑脸，一个哭丧着脸，离开了那里……

转眼间毛泽东跌入逆境

毛泽东和蒋介石一别一年半，当毛泽东和蒋介石重逢之际，蒋介石今非昔比，已是手握重兵的国民党新贵了。

毛泽东呢？他显得疲惫、苍白，用他自己的话来说："赵恒惕派军队追捕我，于是我逃到广州。"[1]

赵恒惕，当时的湖南省省长兼湘军总司令，湖南的霸王。

风云变幻无常，人世沉浮无定，毛泽东跟蒋介石的境遇恰恰倒了一个个儿。

原本在"国""共"两边都颇为得意的毛泽东，在这一年半中，落得了那般的困顿……

在上海，毛泽东出任秘书处文书科主任兼组织部秘书，常常进出于法租界环龙路（今南昌路）44号，那里是中国国民党上海执行部的所在。作为秘书，每逢召集执行委员会议，总是由毛泽东担任记录。

在中共方面，毛泽东也是秘书。

这秘书不好当。不论在国民党里，还是在共产党内，毛泽东这秘书都遇到了麻烦。

在国民党里，毛泽东的资历甚浅。在那些元老们眼里，毛泽东不过是"毛头小伙"而已！在上海执行部，毛泽东遭到了国民党中央执行委员会叶楚伧的排挤。

叶楚伧常被人们误以为姓叶，其实他姓单名叶，字行，别字小凤。叶楚伧乃江苏吴县人氏，早年就读于上海徐家汇南洋公学。虽说叶楚伧只比毛泽东年长5岁（与蒋介石同庚），但他早在1908年便加入同盟会，1912年在沪创办《太平洋日报》，1916年出任广有影响的《民国日报》总编辑（与邵力子合办）。国民党"一全"大会之后，他作为中央执委，担任了国民党上海执行部常务委员。他处处为难秘书毛泽东，不仅仅因为这位"毛头小伙"资历浅，更重要的是因为毛泽东乃中共党员、"跨党分子"。叶楚伧对孙中山的联俄联共政策持反对态度（1925年3月孙中山去世后，叶楚伧便参加了邹鲁、谢持召开的西山会

---

[1]〔美〕埃德加·斯诺：《西行漫记》，生活·读书·新知三联书店1979年版，第135页。

议，公开亮出"反俄反共"之旗）。

自然，毛泽东在叶楚伧手下，那小媳妇般的日子可想而知。1924年11月17日，孙中山北上，路过上海时，毛泽东向他呈交了一封联名信（与在国民党上海执行部一起工作的恽代英、罗章龙等共同署名）：

> 上海执行部自8月起经费即未能照发，近来内部更无负责之人，一切事务几乎停滞，职员等薪金积压4月之久，拮据困苦不言可知。务乞总理迅派负责专员进行部务，并设法筹款，清理欠薪，实为公便。[1]

杨开慧和儿子毛岸英、毛岸青

写此信时，毛泽东正挈妇将雏，在上海慕尔鸣路（威海路）甲秀里石库门房子里过着艰难的日子——妻子杨开慧在这年6月携岸英、岸青两子来沪，与他同住。

在共产党方面，毛泽东作为中央秘书起初还不错，许多署名"钟英"（"中央"的谐音，当时中共中央的代号）的文件，由毛泽东起草，或者由陈独秀、毛泽东共同签署。

不过，渐渐地，总书记陈独秀和中央秘书毛泽东之间产生分歧，毛泽东在共产党内的日子也变得不好过。因为他毕竟是秘书，而陈独秀的"家长"作风又颇盛，容不得不同的意见。

屋漏偏遇连阴雨。心境不佳的毛泽东，得了失眠症——夜里睡不着，白天工作没精神，人显得异常疲困乏力。据云，毛泽东后来变得昼夜颠倒、昼眠夜作，其源始于此病。

蒋介石对于故乡热土有着深深的眷恋之情，特别是在他失意之际，总是退隐于故乡，在那里使受伤的心灵得到慰藉。毛泽东也一样，有着浓浓的乡思、乡情，在失意之时，他携妻带子，以"养病"为理由，回故乡去了。他的中共

---

[1] 胡长水，李瑗：《毛泽东之路·横空出世》，中国青年出版社1995年版，第252页。

中央秘书一职，由罗章龙代理。

毛泽东是在 1924 年 12 月底离沪的，就在他离开十多天后，1925 年 1 月 11 日，中共四大在上海召开。毛泽东避开了大会，也正是他心境郁然的写照。中共四大在上海开了十几天，由陈独秀主持，出席者 20 人。会议选出了新的中央执行委员 9 人，候补中央执行委员 5 人。毛泽东不但在执行委员的选举中落选，就连候补中央执行委员也未当上——须知，在中共三大，毛泽东不仅是中央执行委员，而且排名仅次于陈独秀！中共四大，选举陈独秀为中共中央总书记，兼任中央组织部主任……

蒋介石出任黄埔军校校长

蒋介石呢？他倦恹恹地从广州回到老家溪口不多日，1924 年 2 月 29 日便接到孙中山发来的电报：

沪执行部转介石兄：

军官学校，以兄担任，故遂开办。现在筹备既着手进行，经费亦有着落。军官及学生远方来者逾数百人，多为慕兄主持校务，不应使热诚倾向者失望而去。且兄在职，辞呈未准，何得怫然而行。希即返，勿延误！

孙中山的电报，使蒋介石在失落之中得到鼓舞，其中"多为慕兄主持校务"一句表明，他在孙中山心目中颇被看重。于是，他在 3 月 2 日复电孙中山，说明

陈独秀

本书作者叶永烈偕夫人在黄埔军校旧址合影

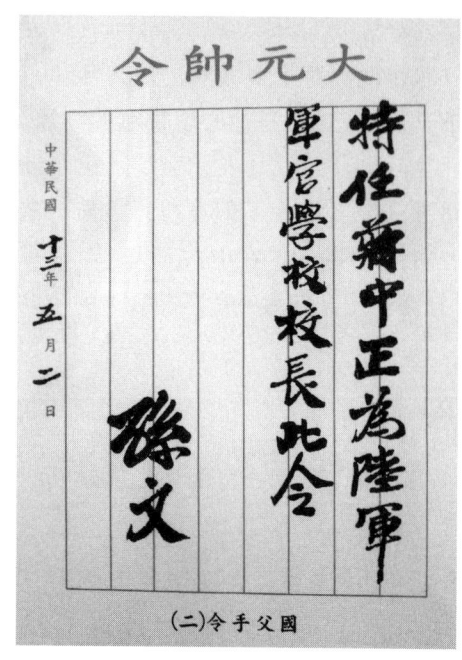

孙中山任命蒋介石为黄埔军校校长的手令

自己"怫然而行"的缘由：

> 受人妒忌排挤，积成嫌隙，由来者渐，非一朝一夕之故也……

蒋介石的话表明，他在国民党内也非"春风得意"，而是"受人妒忌排挤"，所以连国民党"一全"代表都未选上。再说，在他当时看来，主持黄埔军校校务并非要职，更何况有传闻说，黄埔军校将以"程潜为校长，蒋介石、李济深为副校长"。[1]

蒋介石要屈居程潜之下，作为一名副校长，这更使他"怫然而行"。

继孙中山的电报之后，廖仲恺又发了三通电报给蒋介石，催他南下。

蒋介石又磨磨蹭蹭了一阵，在4月14日才打点行装启程，21日到达广州拜见孙中山。

4月26日，蒋介石终于到任，在黄埔军校作训词《牺牲为革命党唯一要旨》。翌日，又作训词《怎样才是真正的革命党员》。

5月2日，孙中山任命蒋介石为黄埔军校校长，兼粤军总司令部参谋长。这一天对于蒋介石来说是历史性的日子，是他手握军权的开始——虽说当时的他并未完全意识到这一任命是他一生政治生涯的里程碑。从此，蒋介石被人称为"蒋校长"，这是他第一个带官衔的称谓。即使他后来成为总裁、总统，他的老部下依然喜欢称他"蒋校长"——表明当年曾是他的学生，显得更为亲昵。

身为一校之长，时时处处为学生表率。蒋介石每日清早一听到起床号就翻身下床，军服笔挺，风纪扣严严实实，三天两头向学生发表训话，入夜则悄然巡视于各宿舍、教室……蒋介石养成了军人生活习惯。

孙中山自任黄埔军校总理，任命廖仲恺为党代表。党代表一职在以前的中国军队中从未有过的，是仿照苏联红军建制设立的。

---

[1]《包惠僧回忆录》，人民出版社1983年版，第151页。

6月16日，黄埔长洲岛上飘扬着青天白日满地红之旗，高悬着红色横幅，横幅上自右至左横写（如今中国大陆习惯于自左至右横写）着"中国国民党陆军军官学校开学典礼"一行大字。

操场上，响起嘹亮的快节奏的国民革命军军歌：

> 打倒列强，打倒列强，
> 除军阀，除军阀，
> 国民革命成功，国民革命成功，
> 齐欢唱，齐欢唱。

孙中山在雷鸣般的掌声中发表演说，他的一席话，说出了创办黄埔学校的宗旨：

> 我们今天要开这个学校，是有什么希望呢？就是要从今天起，把革命的事业重新来创造，要用这个学校内的学生做根本，成立革命军。

孙中山还痛切地说：

> 中国革命所以迟迟不能成功的原因，就是没有自己的革命武装……现在为了完成我们的革命使命，所以我才下定决心改组国民党，建自己的革命军队。

头戴黑檐大盖帽，身穿四个衣袋军服的蒋介石，听着总理这番话，对于校长一职的重要性，有了深层次的认识……

毛泽东携妻回故里

当蒋介石在广州红红火火的时候，毛泽东却和妻儿回到湖南长沙东北隅的板仓

毛泽东的导师、岳父杨昌济

毛泽东的父亲毛贻昌

冲自己的岳父、岳母家，过了春节。

然后，在1925年2月6日（正月十四），毛泽东头一回携妻返回自己的故乡……

毛泽东出生在湖南湘潭韶山冲。韶，美好之意，韶山，亦即美丽之山。据《毛氏族谱》记载，毛泽东原籍江西吉州府龙城县（今江西吉水县）。在元朝末年，毛泽东的祖辈毛太华参加朱元璋的农民起义军，朱元璋当了明朝皇帝，奖赏三军，毛太华在湖南湘乡县分得田产，于是毛氏落户湖南。后来，又从湘乡迁往湘潭韶山。如此这般，毛氏在韶山繁衍，毛太华之后第18代人毛恩普，字翼臣，便是毛泽东的祖父。毛恩普生一子，取名毛贻昌，字顺生，号良弼，此人便是毛泽东之父——毛氏家族按"祖恩贻泽远"排辈，毛泽东属"泽"字辈。

毛氏祖宅坐落在韶山冲上屋场，是一幢当地人称为"一担柴"的平房，毛泽东就出生在那里。

蒋介石出生于盐商之家，后来成为军人，他的气质是军人加商人。

毛泽东祖辈向来务农，而他熟读文史，具有诗人加农民的气质。

这一回毛泽东回故里，身边站着穿大襟蓝布衣、短发、大眼睛的妻子杨开慧，乡亲们投来热情的目光。

韶山的毛氏公祠变得热闹起来。毛泽东在那里办起了农民夜校，杨开慧也成了那里的教员，公祠里传出琅琅书声："长江长，黄河黄。发源昆仑山，流入太平洋。"

这里教的不是《三字经》《百家姓》，教的是"新学"。毛泽东教到最后一个"洋"字时，借题发挥起来，引出了"洋油""洋火""洋人"，又从"洋人"引出了"列强"，引出了"打倒列强"的议论……

杨开慧呢，她教学员们唱新歌：

金花子，开红花，
一开开到穷人家。
穷人家，要翻身，

世道才像话。
今天望，明天望，
只望老天出太阳。
太阳一出照四方，
大家喜洋洋。

在家乡，毛泽东的神经衰弱症仍日甚一日。他的友人贺尔康在1925年7月12日的日记中，曾这样记述毛泽东当时的疲困之状：

> 润之[1]忽要动身回家去歇。他说，因他的神经衰弱，今日又说话太多了，到此定会睡不着。月亮也出了丈多高，三人就动身走，走了两三里路时，在半途中就越走越走不动，疲倦得很了，后就到汤家湾歇了。[2]

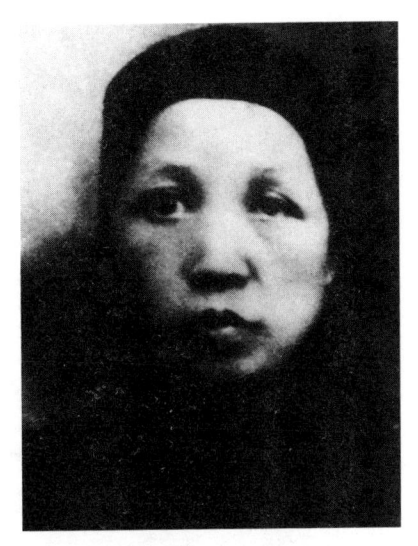

毛泽东的母亲文七妹

毛泽东在韶山郭氏祠堂成立了"雪耻会"，惊动了韶山土豪成胥生。1925年8月28日，韶山热得像蒸笼一般，毛泽东忽得来自湘潭县城的密报：

> 润之兄：
> 军阀赵恒惕，得土豪成胥生的密报，今日已电令县团防总局，决定即日派兵前来捉你。望接信后，火速转移。[3]

赵恒惕，闻名遐迩的"南霸天"。当孙中山当选非常大总统时，赵恒惕曾以"全体湘军将领"名义通电反对。他当然视毛泽东为仇敌。

不得已，毛泽东匆匆告别妻儿，告别故乡韶山冲。到哪里去呢？向南，到革命的中心广州去！

毛泽东走了不久，二十多个拖着长枪的"团防总局"士兵便包围了那座"一

---

[1] 即毛泽东。
[2] 中共中央文献研究室编：《毛泽东年谱》上卷，人民出版社、中央文献出版社1993年版，第134页。
[3] 胡长水，李瑗：《毛泽东之路·横空出世》，中国青年出版社1995年版，第290页。

韶山的毛氏宗祠

担柴"毛宅,只是最终一无所获。

杨开慧带着孩子在韶山冲亲友家躲了两个多月,未见毛泽东返回故里,只得去自己老家长沙板仓冲了……

蒋掌枪杆子、毛握笔杆子共事于广州

毛泽东已是三下广州了:头一回是去开中共三大,第二回是出席国民党"一全"大会,这一回则是急急匆匆逃亡广州。他到达广州时,已经是1925年10月初。

广州街头的孙中山像,披上了黑纱,画像两侧,则挂着对联:"革命尚未成功,同志仍须努力。"

像一口洪钟坠地,1925年3月12日9时

广州中山纪念堂(叶永烈摄)

25 分，身患肝癌的孙中山病逝于北京，发出震惊华夏的巨响。临终之前，孙中山自知不起，在病榻上口授遗嘱，由汪精卫笔录，孙中山签名——这便是著名的《总理遗嘱》。

孙中山逝世之后，汪精卫俨然成了孙中山的继承人。1925 年 7 月，汪精卫出任国民政府主席兼军委主席。此外，胡汉民任外交部部长，廖仲恺任财政部部长，许崇智任军事部部长。这样，汪精卫、胡汉民、廖仲恺、许崇智成为国民党的"四巨头"。此时，蒋介石尚未显山露水，只是担任军事委员会委员兼黄埔军校校长以及广州市卫戍司令。

辛亥革命先驱廖仲恺

一个月后，一声枪响，打破了刚刚形成的国民党"四巨头"格局。

那是 1925 年 8 月 20 日上午 9 时 50 分，一辆小轿车驶抵广州国民党中央党部，一位中等身材、微微驼背的年近花甲的瘦削男子，在一位年岁相仿的妇女陪同下刚刚下车，枪声骤响，那男子饮弹而倒，鲜血喷涌。急送医院，才一个多小时，他永远闭上了眼睛。

此人便是"四巨头"之一的廖仲恺，那妇女是他的夫人何香凝。

廖仲恺乃孙中山的倚柱，国民党内左派领袖，用当时中共广州临时委员会委员罗亦农的话来说："廖仲恺是中国国民革命运动中的健将，中山先生死后，中国国民党中，真能继续中山先生的遗志，实际上领导革命群众实行革命的首领。"[1]

刺客的子弹，使"四巨头"变成了"三巨头"。

一名受伤的刺客当场被捕，据传与胡汉民有瓜葛。

当日，国民党中央执行委员会、国民政府委员会及军事委员会举行党、政、军紧急联席会议，决定成立"处理廖案特别委员会"，以汪精卫、许崇智、蒋介石三人为委员，付以政治、军事、警察全权。胡汉民受廖案牵连，被排斥在外。于是，形成了汪、许、蒋"三巨头"局面，蒋介石头一回进入国民党领导核心之中。

---

[1] 罗亦农：《廖仲恺遇刺前后的广州政局》，《向导》第 130 期，1925 年 9 月 18 日出版。

经审查，刺廖乃由朱卓人、胡毅生、魏邦平、林直勉等主谋，其中有的是胡汉民旧部下，也有的僚属许崇智。

于是，8月25日，蒋介石下令，拘捕胡汉民。

于是，9月19日深夜，蒋介石派兵包围许崇智司令部，迫使许崇智去沪"养病"。许崇智身为军事部部长兼粤军总司令、广东省政府主席，原本手下兵强马壮，称雄广东。

"鹬蚌相争，渔翁得利。"那一声枪响，死了廖仲恺，抓了胡汉民，走了许崇智，一下子使原先的"四巨头"少了三个。"渔翁"蒋介石崛起，取而代之，把许崇智的部队归于自己手下，成为国民党内手握重兵的最有实力的人物——蒋介石在这次政治大格斗中，头一回显示了他具备商人的精明和军人的铁腕。

正是在此情形下，毛泽东来到广州。毛泽东两手空空，没有一兵一卒，手中只有一支笔。跟蒋介石相比，毛泽东一介书生，无权无势。

虽说毛泽东失去了他在中共中央的职务，不过，他毕竟还是国民党的候补中央执行委员。于是，他来到那刚刚响过枪声的地方——国民党中央党部——在那里住了下来。

毛泽东擅长写作，自然最宜于做宣传工作。倒也凑巧，国民党中央宣传部部长一职正空缺，便安排毛泽东出任国民党中央宣传部代理部长，可算是最恰当不过的了。

国民党一届一中全会，原本推定廖仲恺、戴季陶、谭平山三人为中央执行委员会常务委员，戴季陶兼任中央宣传部部长。

戴季陶其人，亦乃一笔杆子，曾任孙中山的机要秘书。孙中山病重期间，戴季陶侍立于病榻左右。据其自云，孙中山在病中反思一生道路，对戴季陶不时谈及自己的所闻所见。于是，戴季陶也就得到孙中山学说的"真传"，遂易名"戴传贤"。孙中山故后，戴季陶闭门两月，奋笔疾书，写出《孙文主义之哲学的基础》和《国民革命与中国国民党》两书，俨然成了孙中山学说"正宗"的继承者、捍卫者、发展者。然而，两书一出，舆论哗然，有人讽之为："孔子传之于孙中山，孙中山再传之于戴季陶。"寥寥一语，弄得戴季陶哭笑不得！

戴季陶一度是左翼人士，曾参与中共的创立。中国共产党纲领，最初便出自他的笔下。不过，他没有加入中共，因为他声称，孙中山先生在世一日，他便不能加入别党。此后，他由左翼倒向右翼。在国民党"一全"大会上，他曾反对过联俄联共。

1925年11月23日，坐落在北京远郊的西山碧云寺，忽地出现一群衣冠楚楚的客人。明朝马汝骥曾诗云："西山台殿数百十，侈丽无过碧云寺。"碧云寺乃西山明珠，平日游人常来，自1925年3月之后，游人倍增——因为孙中山在北京去世后，灵柩暂停于此（1929年后移葬南京中山陵）。

于是，这群衣冠楚楚的人物，也选择此处开会，表示对孙中山的"忠诚"。

来人之中，有国民党中央执委及候补执委林森、居正、邹鲁、覃振、叶楚伧、石青阳、石瑛、邵元冲、茅祖权、傅汝霖，还有已经退出中共的沈定一，以及国民党中央监察委员谢持、张继。这是国民党右翼人士的大集会，他们自称这是"国民党一届一中全会"。他们与在广州的国民党中央党部相抗衡，另行成立了一个国民党中央党部。由于会议在西山召开，史称"西山会议"；这批头头脑脑，也就成了"西山会议派"。

戴季陶

戴季陶理所当然支持西山会议，欣然北上，欲与邹鲁、林森等共赴西山。事出意外，一位国民党右翼元老冯自由（原名冯懋龙）却听了误传，说戴季陶乃中共党员，于是派人对他拳打脚踢，弄得戴季陶好不难堪！这位孙中山"嫡传"弟子颇为扫兴，狼狈离京赴沪——不过，他列名于西山会议的通电之中，依然是西山会议派的一分子。

戴季陶正陷于风波之中，何况他已站到广州国民党中央党部的对立面了，当然他那国民党中央宣传部部长一职成了虚设，毛泽东也就代理了中央宣传部部长之职。

一时间，蒋介石掌握枪杆子，毛泽东则掌握笔杆子，共事于广州……

毛、蒋在国民党"二全"大会一起登台

"谁是我们的敌人？谁是我们的朋友？这个问题是革命的首要问题。中国过去一切革命斗争成效甚少，其基本原因就是因为不能团结真正的朋友，以攻击真正的敌人……"包含以上文字的《中国社会各阶级的分析》一文，如今是《毛泽东选集》开卷首篇。虽说《毛泽东选集》上注明此文的写作（发表）时间是"1926年3月"，实际上此文首次发表于1925年12月1日出版的由中国

国民革命军第二司令部主办的《革命》半月刊第4期上。

毛泽东是一位写作高手：他出任国民党中央宣传部代理部长后，手中的笔杆子变得异常忙碌。虽说此前他曾发表过一百来篇文章，但是他以《中国社会各阶级的分析》作为《毛泽东选集》首篇，表明他自认为这是他的思想日渐成熟的开端。

不过，载入今日《毛泽东选集》的《中国社会各阶级的分析》一文，曾作了修改。当时的原文是：

> 谁是我们的敌人？谁是我们的朋友？分不清敌人和朋友，必不是个革命分子。要分清敌人与朋友，却并不容易。中国革命亘三十年而成效甚少，并不是目的错，完全是策略错。所谓策略错，就是不能团结真正的朋友，以攻击真正的敌人……

毛泽东为1925年10月中下旬召开的中国国民党广东省第一次代表大会起草了宣言。

11月下旬，又为中国国民党中央起草了《中国国民党之反奉战争宣传大纲》。

12月初，毛泽东主编国民党中央的《政治周报》。发刊词出自他笔下，《共产章程与实非共产》等杂文亦出自他的手笔。

在毛泽东到达广州不久，他的妻子杨开慧携岸英、岸青两子也来广州，同住于东山庙前西街38号。

就在毛泽东忙于起草宣言、主编刊物之时，蒋介石正忙于东征——征讨广东军阀陈炯明。蒋介石被任命为东征军总指挥，而总政治部主任则是27岁的中共党员周恩来。

那年，周恩来刚刚回国——离别祖国四年，1924年9月初自法国来到广州。他先是出任中共广东区委宣传部部长，旋即脱下西装，

蒋介石一向以孙中山的忠实信徒自居

穿上军装,被派往黄埔军校担任政治部主任。从此,周恩来跟校长蒋介石共事。蒋介石颇为欣赏周恩来的才干,只是暗地里叹息:"可惜,这个浓眉大眼的周恩来是共产党!"

蒋介石率3万之众东征,依然遵循国共合作惯例,请周恩来出任东征军总政治部主任。

1925年10月1日,东征军出师。10月14日,首战大捷,一举攻克陈炯明老巢惠州城。紧接着,蒋介石挥师乘胜追击,到11月底,荡平了陈炯明部队。班师回归羊城,蒋介石名声大振!

在蒋介石顺风顺水的时候,中国国民党"二全"大会紧锣密鼓,准备召开:一是根据党章规定,一年一度召开全国代表大会;二是西山会议派们那么一闹,另立中央,广州不能不开"二全"大会,对他们进行"弹劾"。

毛泽东积极参与国民党"二全"大会的筹备工作,成为"代表资格审查委员会"的5位委员之一。毛泽东还执笔起草了《中国国民党对全国及海外全体党员解释革命策略之通告》。

广州国民党中央党部门口,高高扎起了绿色松柏门楼,门楼两侧写着对联:"革命尚未成功,同志仍须努力。"中央党部大礼堂内,高悬孙中山遗像,旁置"奋斗"两个大字。1926年1月4日上午8时半,礼炮轰鸣,两架飞机在空中翱翔,抛撒着纪念品。9时,中国国民党"二全"大会在中央党部大礼堂开幕。大会主席为汪精卫,秘书长则为共产党人吴玉章。毛泽东坐在代表席上,他的座位为15号。这次大会到会代表258人,国民党左派和中共党员约占优势。

蒋介石今非昔比。在国民党"一全"大会时,他连代表都未曾当上。这一回,他不仅是代表,而且在1月6日下午,向大会作军事状况报告。蒋介石成了"东征英雄",他慷慨激昂地宣称:"去年可以统一广东,今年即不难统一中国!"

蒋介石报告毕,全场报以雷鸣般的掌声。此时,代表李子锋站了起来,提出一个动议:"请全体代表起立,向蒋介石同志致敬,勉其始终为党为国奋斗。"[1]

在国民党的历史上,全国代表大会为一位并非领袖的人物起立致敬,尚是首次。国民党左派人士詹大悲(在"二全"大会上当选为候补中央执行委员)看不下去,给大会主席团写了一信,要求从大会记录上删去李子锋的动议。不

---

[1] 见《政治周报》第6、7期合刊。

过,当年蒋介石呼声甚高,成了国民党的一颗政治新星,倒是由此可见一斑。

两天之后——1月8日——下午,毛泽东步上主席台,作《宣传部两年经过状况》报告。

在1月18日下午,毛泽东和蒋介石相继上台讲话。当时的会议记录上,这么记载着:

> 一、甘乃光同志报告商民运动决议案。
> 二、毛泽东同志报告宣传审查委员会决议案。
> 主席[1]:赞成者举手。(大多数,通过。)
> 三、蒋中正同志提出改良士兵经济生活案。
> 主席:以赞成照原案交国民政府办理者举手,付表决(通过)。[2]

这是毛泽东和蒋介石头一回同台报告,这也是毛泽东、蒋介石、汪精卫头一回同台亮相——12年后,三人分别成了共产党、国民党、日伪政府三方首脑,形成鼎足三分中国之势。

国民党"二全"大会选举中央执行委员,252张选票中,有3张废票,即有效票为249张。其中汪精卫、谭延闿、胡汉民、蒋中正均得248票的最高票。

毛泽东则以173票当选为候补中央执行委员。

紧接着,1926年1月22日至25日,在广州举行中国国民党二届一中全会,蒋介石和毛泽东都出席了会议。

踌躇满志的蒋介石进入了国民党的领导核心,成为中央执行委员会的九常委之一——汪精卫、谭延闿、蒋中正、孙科、顾孟余、谭平山、陈公博、徐谦、吴玉章。主席为汪精卫。

常委会之下,设一处八部,组成中央党部。一处即秘书处,八部为组织部、宣

1926年的蒋介石

---

[1] 即汪精卫。
[2]《中国国民党第一、二次全国代表大会会议史料》上册,江苏古籍出版社1986年版,第378页。

传部、青年部、工人部、农民部、商业部、妇女部、海外部。

其中，宣传部部长由中央主席汪精卫兼任。

据1926年2月5日中央执行委员会第二次常委会记录载：

> 汪精卫同志提出，本人不能常到部办事，前曾由中央执行委员会全体会议许可另请代理，今请毛泽东同志代表宣传部部长案。
>
> 决议：照准。[1]

茅盾

于是，毛泽东正式出任国民党中央宣传部代理部长，列席中央常委会。

三天之后——2月8日——毛泽东在国民党中央执委会第三次常委会上又提出：

> 沈雁冰为秘书，顾谷宜为指导干事。[2]

于是，沈雁冰出任宣传部秘书。沈雁冰何许人？作家茅盾也。

沈雁冰在其自传中，也曾这么写及：

> 1925年尾，恽代英和我及其他四人被选为左派国民党上海市党部的代表，赴广州出席国民党第二次全国代表大会。会后，我与恽代英留在广州工作。我任国民党中央宣传部秘书，当时毛泽东同志代理宣传部部长。[3]

---

[1]《中国国民党第一、二次全国代表大会会议史料》上册，江苏古籍出版社1986年版，第471页。

[2]《中国国民党第一、二次全国代表大会会议史料》上册，江苏古籍出版社1986年版，第471、476页。

[3]《中国现代作家传略》上册，四川人民出版社1981年版，第40页。

"政治新星"蒋介石处境不妙

在国民党"二全"大会后不久,2月1日,蒋介石被任命为国民革命军总监。于是,他在广州,成了"一人之下,万人之上"的重要人物。

在蒋介石之上的那"一人",乃汪精卫。汪精卫身兼国民党中央执行委员会主席、国民政府委员会主席、军事委员会主席,集党、政、军大权于一身。

汪精卫年长蒋介石4岁。清宣统二年二月二十一日(亦即1910年3月31日)午夜,27岁的汪精卫冒死在北京摄政王载沣王府附近的银锭桥下偷埋炸药而被捕,一时间震惊全国。汪精卫面对死刑,坦然自若,口占五言诗一首:

> 慷慨歌燕市,从容做楚囚。引刀成一快,不负少年头。

辛亥革命一声炮响,汪精卫得以死里逃生。从此,这位反清志士在国民党内享有很高声望。加上他聪慧过人,擅长文笔和演讲,有生花之笔、如簧巧舌,又为人圆滑,深得孙中山器重,以至成为孙中山遗嘱的记录人。孙中山去世后,国民党大大小小的会议召开之际,必定要全体肃立,恭读一番总理遗嘱。自然,汪精卫的声望,高于蒋介石。在人们的心目中,汪精卫乃是孙中山的继承人。

"二全"大会之后,国民党中央常委会通常由汪精卫主持,毛泽东作为列席者一般总是到会的,蒋介石作为常委则是会议当然的出席者,汪、蒋、毛便常常聚会于广州国民党中央党部。此时,汪、蒋已是国民党的两大领袖,而毛泽东只是代理宣传部部长。会上,他们彼此以"同志"相称。会议记录所载,"蒋中正同志"的发言大都关于党务、军务,而"毛泽东同志"的发言则大都关于宣传。

在1926年2月16日举行的国民党中央常委第五次会议上,有这样一行记录:"宣传部代部长毛泽东同志因病请假两星期,部务由沈雁冰同志代理。"

毛泽东生了什么病?

其实,生病只是毛泽东的托词。毛泽东既是国民党员,又是中共党员,他其实是受中共派遣,秘密前往湘粤边界的韶关调查、领导那里的农民运动去了。到了3月9日召开第十一次国民党中央常委会时,毛泽东"病愈"了,又出现在国民党中央党部的会场里。

就在毛泽东"因病请假"之时,蒋介石也不在常委会上露面。2月19日,蒋介石忽地向汪精卫正式提出要"赴俄休养"!

蒋介石日记手迹之一

作为一颗"政治新星",蒋介石正扶摇直上,达到"一人之下,万人之上"的地步,怎么会离开广州,"赴俄休养"呢?

蒋介石跟毛泽东不同,有着写日记的习惯[1]。蒋介石在当时的日记中,如此披露心迹:

> 余决意赴俄休养,研究革命政理,以近来环境恶劣,有加无已,而各方怀疑渐集,积怨丛生,部下思想不能一致,个人意向亦难确定,而安乐非可与……综此数因,不得不离粤远游也。[2]

原本动不动回老家溪口,如今要"离粤远游",其实都是因为处境不佳。这一回,蒋介石"环境恶劣""各方怀疑渐集,积怨丛生",是因为他在国民党内毕竟根基尚浅,资格尚嫩,猛然擢升,不孚众望。牵动蒋介石根基最甚的,是中共!蒋介石能把黄埔军校办成"我党我军的中心",中共出了大力;蒋介石东征大胜,中共亦是出了大力。1926年初,蒋介石手下的第一军三个师的党代表之中,中共占了两个;九个团的党代表之中,中共占七个!蒋介石暗中

---

[1] 有人说毛泽东似乎不写日记,但本书作者在1989年9月采访毛泽东秘书田家英的夫人董边时,她说曾见过毛泽东日记,写在无格毛边纸上,并不逐日而记,只是随手写下旅游见闻或心境,并不涉及政治。

[2] 宋平:《蒋介石生平》,吉林人民出版社1987年版。

担心中共势力过盛，曾要求周恩来交出黄埔军校和第一军中的中共党员名单，遭到周恩来的拒绝。

苏联新派来首席军事顾问季山嘉。季山嘉原名尼古拉·弗拉基米洛维奇·古比雪夫，原任苏联红军喀琅施塔得要塞司令兼政委。原首席军事顾问加伦因病离粤回国治疗。蒋介石跟季山嘉产生了矛盾：蒋介石主张立即北伐，要求"二全"大会对北伐作出决议，而季山嘉认为北伐时机尚未成熟。汪精卫支持了季山嘉，因此"二全"大会没有就北伐作出任何决议，蒋介石气得连"二全"大会的闭幕式也没有参加……

由此，蒋介石得出印象，苏联顾问支持的是汪精卫，不是他蒋介石。

不久，蒋介石跟季山嘉的矛盾又进一步加深：蒋介石独揽军权，给他所领导的第一军以及黄埔军校的经费特别充裕，而季山嘉则认为不该厚此薄彼，主张合理分配，削减了第一军和黄埔军校的经费。

为此，季山嘉找蒋介石谈话。蒋介石以为，季山嘉"语多讽规，而其疑我之心，亦昭然若揭"。

蒋介石在2月11日的日记中写道："苏联同志疑忌我，侮弄我……"

蒋介石决心"消极下去，减轻责任，以为下野地步"。

他掼"纱帽"了：先是提出辞去国民革命军总监之职，又提出辞去军事委员会委员和广州卫戍司令之职，接着则提出"赴俄休养"……

不过，蒋介石嘴里这么说，心里却很明白：当年孙中山在世时，他可以动不动就回溪口老家去，孙中山一定会一次次打电报请他出来。如今全然不同，国民党是由汪精卫"当家"，汪精卫巴不得他一走了之。倘若他真的要"赴俄休养"，那他好不容易把持的军权会马上落到汪精卫手中！

蒋介石只能在他的日记中，记述他心中的苦闷。

3月5日，他这么写道："单枪匹马，前虎后狼，孤孽颠危，此吾今日之环境也。"[1]

3月10日，他则写道："近日反蒋运动传单不一，疑我、谤我、忌我、诬我、排我、害我者亦渐明显，遇此拂逆，精神打劫，而心志益坚也。"[2]

他提及的"反蒋运动传单"，是刘峙、邓演达日前告诉他，有人向各处散发反蒋油印传单。

看来，受到"疑""谤""忌""诬""排""害"，蒋介石的处境不妙。

---

[1] 刘健清，王家典，徐梁伯主编：《中国国民党党史》，江苏古籍出版社1992年版，第253页。
[2] 刘健清，王家典，徐梁伯主编：《中国国民党党史》，江苏古籍出版社1992年版，第253页。

蒋介石披起"红衣衫"

蒋介石当然非等闲之辈。他深知，在那年月，谁想在广州立足，不"左"不丈夫！因为中共已成为国民革命军的骨干、黄埔军校的栋梁，只有说"左"话，唱"左"歌，得到中共、苏联顾问和国民党左派们的支持，才能坐稳交椅。

那时的汪精卫，如同铁蛋掉在铜碗里，是响当当、当当响的左派，他说过这么一段"名言"："中国国民革命到了一个严重的时期了，革命的往左过来，不革命的快走开去。"

就连胡汉民，因廖案涉嫌，不得不在1925年9月11日以"考察"为名离粤赴苏。在苏联，胡汉民在共产国际执委第六次扩大全会上，发表了颇为动听的贺词："国民党的口号是：为了人民群众！这就是说：政权应由工农来掌握。我们这些口号是与共产国际的政策相一致的。共产国际是革命的大本营，是革命的总司令部。"

蒋介石

蒋介石呢，深知不披"红衣衫"，难以得到左派们的拥戴，而广州正是左派们的营垒。

他曾热烈地称颂过俄共：

> 俄国共产党重在纪律，又组织严密，它的党员服从党的命令、遵守党的纪律，是丝毫不能自由的。他们为甚么甘愿牺牲个人的自由呢？
>
> 因为他们明白主义，都有决心牺牲各个人的自由，来救全人类的自由，所以他们成功就那么快。
>
> 我们要党成功，主义实现，一定要仿效俄国共产党的办法，才能使大家知道做党员的责任、本分。
>
> 俄国共产党成功那样快，我们不能成功，真是我们的大耻辱，倒霉！我们要实行三民主义，非仿效他们不可。

他也曾热烈地称颂过中共：

除了共产党之外，其他团体肯与我们本党真正合作革命事业的就很少了。

国民党的同志，对于共产党的同志，尤其不可有反对，因为我们要晓得，"反共产"这口号是帝国主义用来中伤我们的。如果我们也跟着唱"反共产"的口号，这不是中了帝国主义的毒计么？

他口口声声，主张国共合作：

总理容纳共产党加入本党，是要团结革命分子，如果我们反对这个主张，就是要拆散革命团体，岂不是革命的罪人？

我们国民党，现在只有左派与右派之分，不能有共产党与非共产党之分，更不可有国民党与共产党之分。如果国民党员有这种见解，那是无异于削弱自己革命的元气。

跟中共一样，蒋介石非常坚决地反对帝国主义：

我今天可以说：帝国主义不倒，中国必亡；中国不亡，帝国主义必倒。这正是今日世界上帝国主义与反帝国主义一场最后的大激战。

外国资本帝国主义是一样什么东西呢？好如毒蛇身体、美女头面一样的怪物。苟有人和他一会流睐顾盼，其结果必至丧身亡国。

如此这般，蒋介石在当年完完全全是个"红角儿"！

最令人吃惊的是，当邵力子前往苏联访问时，蒋介石居然托他捎话给斯大林：

希望第三国际直接领导中国国民党，不要通过中国共产党。[1]

众所周知，第三国际亦即共产国际，是列宁于1919年创立的世界共产党和共产主义组织的国际联合组织，人称"世界共产党"，是各国共产党和共产

---

[1] 邵力子：《出使苏联的回忆》，《人物》1983年第1期。

主义组织的上级机关。中国共产党一成立，便受共产国际领导。中国国民党并非共产党，亦非共产主义组织，怎么可以由共产国际"直接领导"呢？

正因为这样，邵力子在克里姆林宫见到斯大林时，实在说不出"希望第三国际直接领导国民党，不要通过中国共产党"来领导的话，只能说出"希望第三国际加强对国民党的领导"。对此，斯大林没作肯定答复。

不过，在1926年2月17日至3月15日召开的共产国际执委会第六次会议上，共产国际把中国国民党接纳为"同情党"，蒋介石当选为共产国际主席团名誉委员。

不论怎么说，蒋介石的一系列左派言论、左派举动，在公众中树立了他国民党左派领袖的形象。

不过，在暗地、在私下，蒋介石对于共产国际、对于中共，早有提防。他在1926年3月8日的日记中写道：

> 革命实权非可落于外人之手。即与第三国际联络亦应订一限度，妥当不失自主地位。

3月9日，他又写道：

> 共产分子在党内活动不能公开，即不能相见以诚。

蒋介石的心态异常，行动变得诡秘起来。

爆发"中山舰事件"

毛泽东毕竟是农民的儿子，他熟悉农民，热心于农民运动。他在担任国民党的宣传部代理部长之后，又兼任了国民党中央农民运动委员会委员。

1926年3月17日的广州《民国日报》报道："昨日决定开办第六届农民运动讲习所，选定广州番禺学宫作为讲习所所址，毛泽东为所长。"

正当毛泽东忙于开办农民运动讲习所的时候，蒋介石却在3月17日的日记中，写下愤懑不已的话：

> 所受痛苦，至不能说，不忍说，是非梦想所能及者。政治生活至此，

何异以佛入地狱耶！[1]

也就在3月17日这一天，周恩来从汕头回到广州。机敏的周恩来，马上发觉蒋介石神色不对，而且跟国民党右派人物接触频繁。因为他与蒋介石共事已久，颇知底细。

周恩来当即把蒋介石动向异常的消息告诉张太雷。那时，张太雷担任中共广东区委宣传部部长，并担任苏联顾问翻译。周恩来要张太雷马上把这一情况告诉苏联首席军事顾问季山嘉。季山嘉听罢，并没有当成一回事。

中山舰舰长李之龙

历史证明：周恩来的观察力是那般敏锐，判断是那样准确，而他发出的"预警"讯号又是那么重要！

翌日——3月18日——傍晚，广州文德楼，正在寓所的李之龙忽地接到一封由专人送来的重要公函。

29岁的李之龙，湖北沔阳人，15岁时便加入了国民党，19岁入烟台海军军官学校。1921年底，24岁的他，又加入了中国共产党。1924年春，他奉命到广州担任苏联顾问鲍罗廷的翻译兼秘书。不久，他进入黄埔军校，成为第一期学生。后来，他调到黄埔军校政治部，受周恩来直接领导。1925年10月，他担任海军局政治部少将主任——他原本在海军军官学校学习过。1926年2月，海军局局长、苏联人斯米洛夫回国，由他担任海军局代理局长、参谋长兼中山舰舰长，授中将衔。

此刻，李之龙接到一封要函，全文如下：

敬启者，顷接教育长电话，转奉校长命令，着即通知海军局迅速派得力兵舰二艘，开赴黄埔，听候差遣等因。奉此，相应通知贵局，速派兵舰二艘开赴黄埔为祷。此致海军局大鉴。

中央军事政治学校驻省办事处启

3月18日[2]

---

[1] 刘健清，王家典，徐梁伯主编：《中国国民党党史》，江苏古籍出版社1992年版，第254页。
[2] 宋平：《蒋介石生平》，吉林人民出版社1987年版，第121页。

函中提及的"校长",便是蒋介石。"中央军事政治学校",亦即黄埔军校,不久前改用此名。"教育长",则指邓演达。来人乃海军局作战科科长邹毅所派。

接到公函,李之龙当即照办,写了两份命令,一份给中山舰代理舰长章臣桐,一份给宝璧舰舰长。

中山舰,原为永丰舰。当年陈炯明叛变时,孙中山便避难于此舰,蒋介石与孙中山共患难亦在此舰。孙中山去世之后,为了纪念他,此舰改名中山舰。

中山、宝璧两舰接李之龙命令,便起锚驶向黄埔。

19日清晨6时,宝璧舰在一片朦胧之中抵达黄埔。一小时后,中山舰亦驶抵黄埔。

既然两舰是"接教育长电话""转奉校长命令"而驶往黄埔的,抵达黄埔后当即向校长蒋介石报告。蒋介石不在黄埔。于是,两舰向教育长邓演达报告,而邓演达竟不知有调两舰来黄埔之事!

此事如此蹊跷,后来经调查,才知是误传命令。

原来,有一艘上海商船在黄埔上游遭劫,请求救援。于是,3月18日下午4时,黄埔军校校长办公厅主任孔庆睿便命令管理科科长赵锦雯派舰一艘,前往援救。赵锦雯又把任务交给科员黎时雍去执行。黎一经了解,黄埔附近无舰可派,便打电话到广州,请该校驻省办事处办理。电话是办事处股员王学臣接的。王学臣又打电话,请示办事处主任欧阳钟。不巧,电话话音不清,欧阳钟没有听明白是何人指示,也就猜想一定是教育长的指示。派舰一艘,也被误听为派舰二艘。欧阳钟知道,此事只有请海军局代理局长李之龙下命令,才能调动兵舰,而单凭教育长邓演达的电话指示还不够,于是他又加上了"转奉校长命令"。欧阳钟的公函送至海军局,李之龙不在局里,作战科科长邹毅接此公函,派人送到李之龙家中。李之龙见是"奉校长命令",不敢怠慢,当即照办了……

邓演达疑惑不解,嘱令两舰原地待命。

正在此时,李之龙又接到通知,说是联共(布)中央使团要求参观中山舰。

这个中央使团团长,是资深的联共(布)中央委员布勃诺夫。此人乃十月革命时攻占冬宫的五人领导核心小组成员。后来,他担任苏联红军政治部主任。他率由全苏工会主席列普谢、远东区委书记库比亚克等十余人组成的联共(布)中央使团于1926年2月初来华,先抵北京,再去上海,3月13日来到广州。他们得知中山舰是国民党海军主力舰,又有着保护孙中山的光荣历史,便希望上舰参观——这需要把中山舰从黄埔调回广州市区。

李之龙打电话请示蒋介石,蒋介石才知两舰昨夜去了黄埔。蒋介石一面同意调回中山舰,一面深为惊疑。

中山舰于19日下午6时30分返回广州。

19日这一天,蒋介石在惶惶不安、疑惑重重中度过。他本来就对李之龙代理海军局局长存有戒心,因为他知道李之龙是中共党员,与周恩来过从甚密。

他接李之龙电话之后的第一个反应便是:中共私调两舰前往黄埔,会不会欲谋害他于黄埔?

据蒋介石自述,他在接李之龙电话之前,曾三次接到汪精卫的电话,均问及他今日去不去黄埔。

蒋介石又把苏联首席军事顾问季山嘉跟他的种种矛盾联系在一起,怀疑中共、苏联顾问团联合汪精卫共同陷害他。

他在3月19日的日记中写道:

> 上午准备回汕头休养,而乃对方设法陷害,必欲使我无地容身,思之怒发冲冠。下午5时,行至半途,自忖为何必欲微行,予人以口实,气骨安在?故决回东山,牺牲个人一切以救党国也。否则国魂销尽矣。终夜议事。4时诣经理处,下令镇压中山舰阴谋,以其欲摆布陷我也。

这里提及的"回汕头休养",是指到汕头东征军总指挥部躲避。

也就是说,接到李之龙电话之后,他"怒发冲冠",先是准备到汕头避一下风头。"行至半途",下定决心,重返广州东山,终于在凌晨4时"下令镇压中山舰阴谋"。

也就在3月19日,周恩来又一次通过张太雷,向联共(布)中央使团团长布勃诺夫报告:

> 看来,右派现在准备采取行动了……现在的形势与谋杀廖仲恺前夕的形势相仿,到处是谣言和传单。[1]

初来乍到的布勃诺夫,同样未曾重视周恩来发出的讯号……

3月19日上午,毛泽东在国民党中央党部出席第十三次中央常委会。

毛泽东也"预感到要出事了"。[2]

---

[1] 杨云若,杨奎松:《共产国际和中国革命》,上海人民出版社1988年版,第129页。

[2] 茅盾:《中山舰事件前后》,《新文学史料》1980年第3期。

当中山舰、宝璧舰驶向黄埔时,毛泽东问过李之龙,李之龙答复他:"这是校长的命令。"

19日夜,第一军各部奉命"枕戈待旦",毛泽东又要陈延年注意这一异常动向。陈延年乃中共总书记陈独秀之子,当时任中共广东区委书记,系刚从上海回到广州。他答复毛泽东道:"事出有因,查无实据,只能提高警惕,静观其变。"

广州,风声甚紧。毛泽东对秘书沈雁冰说道:"莫非再来个廖仲恺事件?"

毛泽东头一回痛斥蒋介石

在汉字之中,"旦"字的造型构思颇佳:一轮红日冲出地平线,那正是"旦"。1926年3月20日的广州,当太阳尚未出现在东方,那些"枕戈待旦"的军队已经奉蒋介石之命,全副武装,开始行动了。

蒋介石"终夜议事",度过了一个不眠之夜。与他同在广州东山、相隔不远的毛泽东,在楼下跟沈雁冰不时打听着街上的动静,而毛泽东之妻杨开慧则在楼上陪着孩子熟睡。

夜色如黛,一队队兵士奉"校长"之命,影影绰绰穿过街道,分头执行任务。

一队人马上了中山舰,解除了全舰的武装。

文德楼李寓被兵士包围,新婚不久的李之龙被从床上拖起,当场逮捕。

海军局被占领。

省港罢工委员会遭围,工人纠察队被解除武装。

苏联顾问团住宅受到监视。

周恩来被软禁。

汪精卫住宅被军队以"保护"名义包围。

广州全市实行戒严。

接到蒋介石密令,何应钦把驻守潮汕的第一军中的中共党员全部扣押……

这是震惊广州、震惊中外的一天,史称"三二〇事件",或称"中山舰事件""广州事变"。

导致这一事件发生的原因,是黄埔军校交通股长兼驻省办事处主任欧阳钟在电话不明的情况下擅自做主,声称是"奉校长命令"。欧阳钟之叔欧阳格,当时任海军军官学校副校长,与蒋介石关系密切。事件发生时,前往中山舰缴械和抓捕李之龙的，便是欧阳格。李之龙则只是依照命令办事而已。蒋介石本来就对中共、苏联顾问团及汪精卫积怨甚深，借口中山舰驶往黄埔，声称"中共密谋发动武装政变"，一下子就把事态扩大了。

事件发生之际，毛泽东至为关注——虽说他当时在中共并非主要领导人。他马上要去找中共广东区委书记陈延年。一位工友告诉毛泽东，他在文远楼附近，见到陈延年的秘书，据秘书说，陈延年到苏联顾问团宿舍去了。于是，毛泽东要去苏联顾问团那里。

"路上已戒严，怕不安全，我陪你去。"作为秘书，沈雁冰关切地对毛泽东说。

他俩同行，离开了东山庙前西街38号小楼。

在苏联顾问团住处附近，毛泽东和沈雁冰见到许多士兵。有两个士兵拦住了他们的去路。

"我是中央委员，宣传部部长。"毛泽东抬出了他在国民党中的"官衔"。然后，他指了指那位瘦削、穿长袍的大作家道，"他是我的秘书。"

士兵一听来者是"大官"，也就放行了。

他们进了大门，毛泽东把沈雁冰留在传达室，自己走进里边的会议室。

沈雁冰如此回忆毛泽东当时对于蒋介石突然袭击的激愤：

> 我在传达室先听得讲话的声音，像是毛泽东的。后来是多人讲话的声音，最后是高声争吵，其中有毛泽东的声音。又过一会儿，毛泽东出来了，满脸怒容。我们回到家中坐定，毛泽东脸色平静了。我问：究竟是怎么一回事？毛泽东回答：据陈延年说，蒋介石不仅逮捕了李之龙，还把第一军中的共产党员统统逮捕，关在一间屋子里，扬言第一军中不要共产党员。据苏联军事顾问代表团的代理团长季山嘉说，蒋介石还要赶走苏联军事顾问团。我有点惊异，问：那怎么办？毛泽东回答：这几天我都在思考。我们对蒋介石要强硬。蒋介石本来是陈其美的部下，虽然在日本学过一点军事，却在上海进交易所当经纪人搞投机，当时戴季陶和蒋介石是一伙，穿的是连裆裤子。蒋介石此番也是投机。我们示弱，他就得步进步；我们强硬，他就缩回去。我对陈延年和季山嘉说，我们应当动员所有在广州的国民党中央执、监委员，秘密到肇庆集中，驻防肇庆的是叶挺的独立团……中央执、监委员到了肇庆以后，就开会通电讨蒋，指责他违犯党纪国法，必须严办，削其兵权，开除党籍。广西的军事首领李宗仁本来和蒋有矛盾，加上李济深，这两股力量很大，可能为我所用。

>摆好这阵势对付蒋，蒋便无能为力……[1]

这是毛泽东平生头一回跟蒋介石对抗、交手。不过，他只能向陈延年、季山嘉陈述自己的见解，提出自己的建议，却不能要求中共照自己的意见去办。他毕竟还不是中共的决策人。

起初，陈延年表示赞同毛泽东，但季山嘉表示反对。季山嘉这样一反对，陈延年也就犹豫起来。虽说毛泽东再三跟他们辩论，声调越来越高、嗓门越来越大，也无济于事。

"三二〇事件"实际上是蒋介石发动的一次政变，他动用手中的枪杆子，一箭三雕，获得大胜：

第一，拘捕了李之龙（李之龙当时蒙受双重冤屈，中共内部"疑心李之龙受反动派利用"。后来，他在1926年6月获释，随军北伐。1928年2月6日在广州遭捕，翌日被国民党海军第四舰队司令杀害于广州红花岗），打击了中共；

第二，汪精卫自称"受惊"，"心脏不宁，眼眩头晕，不能视事"，提出"暂时休假"。3月25日他突然"失踪"，蒋介石掌握了党、政、军大权；

第三，威逼苏联首席军事顾问季山嘉离粤回国，苏方表示同意。

蒋介石初试锋芒，一举成功。不过他毕竟羽毛未丰，况且中共势力颇强，加上国民党内反蒋势力也不小，他不得不作一些收敛。他声称："3月18号中山舰案，是与中国共产党本部没有关系的。我绝不承认3月18日那天的事件，共产党有什么阴谋在内……"[2]

蒋介石又声言，"对人不对俄"。他要求撤换季山嘉，但要求原苏联顾问加伦返任。

这么一来，蒋介石保住了"联共""联俄"的"左派"形象，却又在实际上取得了大胜利。

蒋介石受到了中共总书记陈独秀的赞扬。1926年4月3日，陈独秀在中共机关刊物《向导》上著文，称"蒋介石是中国民族革命运动中的一个柱石"。

陈独秀还致信蒋介石，大大称赞了一番：

>事实上从建立黄埔军校一直到3月20日，都找不出蒋有一件反革命

---

[1] 茅盾：《中山舰事件前后》，《新文学史料》1980年第3期。
[2] 蒋介石：《总理纪念周训词》。

的行动，如此而欲倒蒋……这是何等助长反动势力，这是何等反革命！介石先生：如果中国共产党是这样一个反革命的党，你就应该起来打倒它，为世界革命去掉一个反革命的团体；如果是共产党同志中哪一个人有这样反革命的阴谋，你就应该枪毙他，丝毫用不着客气。[1]

陈独秀的这些话，使蒋介石颇为得意……

蒋介石果真"得步进步"

倒是给毛泽东说中了，对于蒋介石，"我们示弱，他就得步进步；我们强硬，他就缩回去"。

在"三二〇事件"之后，中共总书记陈独秀"示弱"，蒋介石也就"得步进步"了。

就在这个节骨眼上，一位瘦骨嶙峋、双腿瘫痪、年已半百的人物自上海赶来广州。蒋介石待如上宾，安排他住在广州东山蒋寓对门，以便朝夕过从。此人为蒋介石在"三二〇事件"后站稳脚跟、"得步进步"，起了幕后谋士以至"导师"的重要作用。

此人姓张，名人杰，字静江，通常人称张静江。他跟蒋介石属大同乡，浙江吴兴人氏，年长蒋介石10岁。

张静江有过传奇式经历：他在20岁时，便患骨痛症，致使双腿行走不便。不过，他却有一颗精明的商业头脑，居然在巴黎开办通运公司，赚了大钱。1905年冬，他回国重返巴黎时，正好与孙中山同船。他仰慕孙中山，前去拜望，并表示可以资助孙中山的革命活动。他告诉孙中山联络暗号，并说以ＡＢＣＤＥ为序，倘电报中写A，即资助1万元，B为2万元，C为3万元，D为4万元，E为5万元。孙中山听罢，将信将疑。两年后，孙中山在日本东京时，同盟会本部经费匮乏，无计可施，想起了船上邂逅的那位奇怪的富贾张静江，便按联络密码往巴黎发电报，电文仅一个字，即"C"。几天后，果真，从巴黎电汇来3万法郎，使孙中山吃了一惊！从此，孙中山的革命活动陷于困顿之际，便向巴黎求援，张静江有求必应。不久，张静江加入了中国同盟会，成了孙中山的亲密战友。后来，他出任中华革命党财政部部长……

---

[1]《中共中央文件选集》（二），中共中央党校出版社1983年版，第101页。

张静江跟蒋介石也有着非同寻常的情谊。1920年，蒋介石在上海证券交易所当经纪人时，便靠张静江资助，认了四股。在张静江指点下，蒋介石投机发财。后来，蒋介石失利，欠了一屁股债，又是张静江替他还清，并劝他还是去广州投奔孙中山为好。在陈炯明炮轰永丰舰，蒋介石侍卫孙中山时，曾把两个儿子托付给张静江……

张静江得知蒋介石在广州发动"三二〇事件"，特地从上海赶来，为蒋介石出谋划策，成为蒋介石的幕后智囊。如张国焘所回忆："他虽从未对外露面，却是人所共知的幕后人物。"[1]

1926年5月14日傍晚，已经从苏联返回广州的苏联顾问鲍罗廷，通知中共代表张国焘和谭平山，说是当晚要去会晤蒋介石，商谈要事。

晚8时，张国焘和谭平山驱车前往东山蒋寓，蒋介石又陪他们来到对面张静江寓中。蒋介石向张国焘、谭平山透露了将于翌日召开的国民党第二届中执会第二次全会的计划，并特别关照他们，中共在翌日不要闹事——这预示着翌日的会议将对中共有"大动作"。

翌日——5月15日——广州街头军警加强了巡逻。在戒备森严的气氛中，国民党二届二中全会召开了。毛泽东作为候补中央执行委员出席了会议。孙中山去世后，国民党中央的会议向来由汪精卫主持，这一回改由蒋介石主持，意味着蒋介石已成为国民党的领袖。

对于蒋介石来说，这次会议是"历史性"的。会上，经蒋介石提议，由张静江接替汪精卫出任国民党中央执行委员会主席，由谭延闿接替汪精卫出任国民党中央政治会议主席兼国民政府主席。这么一来，蒋介石战胜了他在国民党内最重要的对手——汪精卫。虽说他自己并没有出任国民党中央执行委员会主席，但是由张静江担任此职，也就等于由他担任。

走笔至此，顺便交代一下汪精卫的行踪：在中山舰事件爆发后，3月25日，汪精卫便"失踪"了。外界盛传汪精卫经香

汪精卫（右）与胡汉民

---

[1] 张国焘：《我的回忆》第2册，东方出版社1991年版，第110页。

港去苏联了。其实，汪精卫仍秘密隐居于广州。他岂甘大权这般轻易落在蒋介石手中？他窥测着时机。无奈，汪精卫手中无军队，斗不过蒋介石。静观了一个多月，他知道已经没有希望战胜蒋介石，遂于5月11日悄然离穗赴港，然后由香港前往法国。

还要顺便提一笔：蒋介石借助于廖仲恺事件，逼走了另一位资历、声望在他之上的胡汉民。胡汉民来到苏联，发表了一通慷慨激昂的演讲。听说发生了"中山舰事件"，听说汪精卫"失踪"，胡汉民兴奋起来，在4月29日回到广州，盘算着接替汪精卫的空缺。不料，蒋介石不买他的账，冷落了他，弄得他好尴尬。胡汉民无法在广州立足，无可奈何，只得坐船前往香港。

真是无巧不成书，胡汉民也是在5月11日离开广州。他上了船，竟然遇见了那位"失踪"已久的汪精卫！在孙中山去世之后，他俩在国民党内的地位均高于蒋介石，被人们视为孙中山的接班人。眼下，却被蒋介石逐出，坐上同一条驶往香港的轮船，真是不胜感慨！汪、胡的出走，为蒋介石上升为国民党领袖扫清了道路。

会议的另一重要议题，是讨论、通过由蒋介石、张静江研究多日而提出的《整理党务案》。这一《整理党务案》是针对中共的，难怪他事先关照中共代表不要闹事。

《整理党务案》规定：

> 凡他党党员之加入本党者，各该党应将其加入本党党员之名册，交本党中央执行委员会主席保存；
> 凡他党党员之加入本党者，不得充任本党中央机关之部长；
> 对于加入本党之他党党员，各该党所发之一切训令，应先交联席会议通过；
> ……

这里的"他党"，实际上指的是中共。"整理党务"，实际上是从国民党中清除中共党员，虽说蒋介石一再声明，"并不是限制共产党"。

会议开了一周，通过了《整理党务案》，蒋介石获得大胜。

中共内部对于《整理党务案》争论激烈，毛泽东主张"坚持顶住"，但张国焘作为中共中央代表，按陈独秀意见，要大家签字接受。毛泽东拒绝签字。

5月20日，毛泽东在会上作了《宣传部工作报告》。作报告时，大会由蒋介石主持。

会议结束之后，根据《整理党务案》，担任国民党中央部长的中共党员必须辞职。于是，在5月25日举行的国民党中央常委会第二十八次会议上，有这样三项议程：

"毛泽东同志提出辞去宣传部代理部长职务，请另荐贤能继任案"；

"林祖涵[1]同志提出辞去常务委员会秘书及中央财政委员两职，请另选继任，以重党务进行案"；

"谭平山同志提出辞去常务委员会秘书，请另选继任，以重党务进行案"。

在28日举行的国民党中央常委会第二十九次会议上，以上三案均"照准"。会上，"张静江同志提议请任蒋介石同志为组织部部长，顾孟余同志为代理宣传部部长"。

从此，毛泽东离开了国民党中央宣传部。离开之前，毛泽东最后一次出席国民党中央常委会——6月1日的第三十次会议。那次常委会，到会者既有蒋介石，也有毛泽东。这一次，是毛泽东和蒋介石在20世纪20年代的最后一次见面。

此后，毛泽东和蒋介石阔别19年，才在重庆谈判时握手，回叙20世纪20年代同在广州的那段岁月……

毛泽东专心于农民运动

毛泽东在辞去国民党中央宣传部代理部长之后，仍勾留在羊城。他的主要

广州农民运动讲习所旧址

精力，从宣传工作转向农民运动——因为他被任命为农民运动讲习所所长。

这时，毛泽东的助手不再是作家沈雁冰，而是萧楚女。"楚女"这名字，会使人以为是湖北女子或是楚楚动人的女子，实际上却是一位跟毛泽东同龄的男子。萧楚女是湖北汉阳人氏，本名树烈，学名楚汝——后来去掉"三点水"，变成了"楚女"，故意用其反义。有时，他写文章，以"丑侣"为笔名，倒是用其原义。

---

[1] 即林伯渠。

萧楚女其人，出身贫寒，当过学徒、报童、小贩，1922年加入中共。他擅长写作，工作勤勉，为人豪爽。他是担任农民运动讲习所的唯一的专职教员，跟毛泽东一起教授学员。那时，萧楚女正患肺病，支撑病体讲课。

据当时听课的学员笔记所载，毛泽东如此讲述农民运动的重要性：

> 中国的农民问题，在以前没有人研究过，远自文武周公，近至现在各学校都没有人研究它。现在中国能代表一般民众利益的党有两个，一是共产党，一是国民党。共产党对于农民问题比较注重些，而国民党对于此问题，两年前才开始注意。在国民革命时候应该注意农运了。辛亥革命的失败，政权落于军阀之手，完全是未得三万万九千万农民的帮助和拥护。
>
> 国民革命，就是工农商学兵联合起来的革命。唯有把农民动员起来，参加革命，国民革命才能成功。农民一支军，占全国人口80%以上，尤不可抛弃……

正是基于这样的认识，毛泽东醉心于中国农民运动，以至被人们称为"中国农民运动的大王"。

就在毛泽东忙着在广州番禺学宫为农运学员们讲课的时候，蒋介石却步步高升。

6月5日，蒋介石出任国民革命军总司令。

6月29日，蒋介石出任国民政府委员。

7月5日，蒋介石出任国民党中央执行委员会军人部部长。

7月6日，张静江以患足疾为理由辞职，蒋介石出任国民党中央执行委员会主席。

这样，蒋介石集党、政、军大权于一身，成为国民党的第一号人物。

7月9日，广州东校场人头攒动，十万军民云集那里，举行北伐誓师大会。蒋介石头戴大盖帽，一身戎装，在万众欢呼声中宣誓就任国民革命军总司令。

蒋介石发表就职演说：

> 今天，是国民革命军举行誓师典礼的纪念，亦是本总司令就职的日子。本总司令自觉才力绵薄，为中国国民革命的前途负如此重大的责任，惶恐万分。但现在北洋军阀与帝国主义者，已来重重包围我们、压迫我们了，如果国民革命的势力不集中统一起来，一定不能冲破此种包围，解除此种压迫。所以本总司令不敢推辞重大的责任，只有竭尽个人的天职，担负起

来，以生命交给党、交给国民政府、交给国民革命军各位将士，自矢鞠躬尽瘁，死而后已……

这一天，成了蒋介石的"登基"之日。随着传媒的广泛报道，蒋介石的知名度迅速上升，"蒋总司令"之称由此而起，而此时此刻，毛泽东并不为人所注意。

这时，国共依然保持着合作，中共党员和国民党员并肩北伐，苏联顾问亦在总司令麾下效力。蒋介石率八个军，十万兵马，向北推进。

9月3日，蒋介石在武昌城下涂家湾指挥攻城，毛泽东则在广州前往黄埔军校，发表演讲。毛泽东演讲的题目是《国民革命与农民运动的关系》。

11月，毛泽东接中共中央通知，携妻杨开慧及二子离开广州，前往上海。来沪后，毛泽东出任中共中央农民运动委员会书记。不久，毛泽东挈妇将雏经武汉回到老家湖南，写出著名的《湖南农民运动考察报告》——列为《毛泽东选集》第2卷的著作……

瞿秋白

在中共内部，陈独秀并不看重毛泽东，倒是瞿秋白非常赞赏他。1927年4月，瞿秋白为长江书店所印毛泽东著《湖南农民运动考察报告》一书作序，指出：

> 中国革命家都要代表三万万九千万农民说话做事，到战线去奋斗，毛泽东不过开始罢了。中国的革命者个个都应该读一读毛泽东这本书，和读彭湃的《海丰农民运动》一样。

蒋介石陷入国民党内部的群雄纷争之中

就在这时，1927年4月12日凌晨4时，上海响起密集的枪声，显示了蒋总司令手中枪杆子的威力。蒋介石下令"清党",大批逮捕、枪杀中共党员,史称"四一二反革命政变"。

蒋介石走了三步棋:

一年前的"三二〇事件",只是初露头角的他实行反共的"火力侦察";

接着,《整理党务案》的通过,表明他决心从国民党中"分共";

这一回,已经立稳脚跟、大权在握的他,以武力实行"清党",亦即反共。

外电急急报道:"在中国,'KMT'与'CP'火拼,彻底决裂!"

"KMT",国民党的英文缩写;"CP",共产党的英文缩写。

在当时,"CP"自然斗不过"KMT",因为蒋介石手中有着枪杆子。萧楚女、陈延年、赵世炎等,一个个倒在血泊里。

毛泽东倒是从中悟出了一个真理:"枪杆子里面出政权!"虽说有人挖苦毛泽东是"枪杆子主义",毛泽东却不悔。1927年秋天,毛泽东在湖南发动了"秋收起义",然后带着兵马上了江西西部的井冈山,走上了用枪杆子对付枪杆子的道路——用毛泽东的话来说,叫作"武装斗争";用斯大林的话来说,那是"中国革命的特点——以武装的革命反对武装的反革命"……

蒋介石呢?虽说他在清共、反共方面屡屡得手,可是他在国民党内却不孚众望。

他独揽大权,引起了不满。那个汪精卫,依然是他在国民党内的劲敌。虽然汪精卫被迫远走法国,但他的"影子"仍威胁着蒋介石。

1927年3月10日至17日,国民党二届三中全会在汉口南洋大楼召开。会议掀起反独裁运动,蒋介石、张静江拒绝出席。毛泽东作为候补中央执行委员,倒是出席了会议。此次会议推选尚在国外的汪精卫出任国民党中央常委会主席和国民政府主席,裁撤了原由蒋介石担任部长的军人部。这是蒋介石上台后头一回受挫。

于是,汪精卫成了国民党左派领袖,于4月1日兴高采烈地从法国回到上海。

蒋介石发动四一二反革命政变之后,以汪精卫为首的国民党中央下令开除蒋介石的党籍,免去一切职务,通缉拿办。一时间,蒋介石声名狼藉。

不过,到了7月15日,汪精卫在武汉也实行"分共",又跟蒋介石走在一起了!

就在这时,蒋介石率北伐军在与军阀孙传芳作战时败北,受到各方指责。8月13日,蒋介石宣布下野,辞去总司令之职——这是蒋介石政治生涯中头一回跌到最低点,离四一二反革命政变不过四个月而已!

一个多月后，蒋介石出走日本……

挤走了蒋介石之后，国民党内又爆发了汪精卫跟李宗仁的争斗。汪、李相持不下，不得不提出请蒋介石复职。

一下子，蒋介石"行情"看涨，从日本返沪。

1928年2月上旬，国民党二届四中全会在南京召开。跟一年前的二届三中全会截然不同，这一回蒋介石由落到起、由沉到浮，被推举为国民党中央政治委员会主席、军事委员会主席，手中的党政军大权失而复得！

于是，人们对他的称呼，从"蒋校长""蒋总司令"，变为"蒋主席"。

这年10月8日，蒋介石又兼任南京国民政府主席，集三"主席"于一身。另外，他还兼任了海陆空军总司令。

1929年3月，蒋介石主持召开国民党"三全"大会，胡汉民与蒋介石合作，在会上致开幕词。大会通过了《奖慰蒋中正同志案》，大有"大树特树"蒋介石"最高领袖"权威的味道。汪精卫则拒不出席会议，指责会议代表百分之八十由蒋氏"圈定和指派""所谓代表者，已完全丧失其意义"。

"三全"大会加深了国民党内部的纷争，新军阀们纷纷反蒋。先是桂系反蒋，爆发蒋桂战争；接着，阎锡山、冯玉祥又揭起反蒋之旗，爆发蒋、阎、冯大战。一时间，打得好生热闹。反蒋派拥戴汪精卫为领袖，另立中央，选举汪精卫为国民党中央政治会议主席，阎锡山为国民政府主席。汪精卫再度成为蒋介石的对手。

蒋介石和阎、冯在中原大战。好不容易，蒋介石战胜了对手。这时，蒋介石才腾出手来，坐镇南昌，对江西的朱（德）毛（泽东）红军进行一次又一次的"围剿"。

一波刚平，一波又起。担任立法院长的胡汉民，不再与蒋介石合作，在国民党三届四中全会上猛烈抨击蒋介石专制独裁。于是，国民党内部又爆发蒋、胡之争。1931年2月28日，胡汉民被骗至蒋介石的总司令部，被软禁于南京汤山。消息传出，舆论哗然。

汪精卫看准了时机，第三次跟蒋介石作对。汪精卫举起了"护党救国""打倒独裁"之旗，联合反蒋派，于1931年5月在广州另组国民政府，自任主席，向全国发布《反蒋宣言》。

于是，蒋介石调兵遣将讨汪，爆发了宁粤之战……

看来，在四分五裂、群雄并存的国民党里，蒋介石欲成为最高领袖、"绝对权威"，也并非易事。一部国民党史，简直成了蒋介石、汪精卫、胡汉民"三巨头"的纷争史！

国共分别确立蒋介石、毛泽东为领袖

就在蒋汪对抗、宁粤冲突之际，1931年9月18日夜10时，沈阳北大营响起了炒豆般的枪声。日本关东军司令本庄繁发动突然袭击，炮轰沈阳城。蒋介石命令张学良的东北军："遇有日军寻衅，务须慎重避免冲突""绝对不准抵抗"。

蒋介石的不抵抗主义，导致130万平方公里、3000万人民的东三省在不到四个月的时间里便落入日军之手！

蒋介石的不抵抗主义，激起全国上下的愤慨。汪精卫借此机会，猛烈抨击蒋介石，坚持要蒋介石下野。

国民党的四分五裂，此时达到了高潮：

国民党的"一全"大会，在孙中山主持下召开；

国民党的"二全"大会，在汪精卫主持下召开；

国民党的"三全"大会，在蒋介石主持下召开；

眼下，竟然有三个"四全"大会，分别在南京、广州和上海举行！

在南京，蒋介石主持了"四全"大会；

在广州，孙科主持了"四全"大会——理应由汪精卫、胡汉民主持，会议开了一半，胡汉民回粤主持；

在上海，汪精卫也主持召开了一个"四全"大会。

国民党陷入空前的混乱之中：日军侵略，民怨沸腾，而国民党的"三巨头"又如此分庭抗礼！

无可奈何，蒋介石不得不于1931年12月15日发表《蒋主席辞职电》，宣布下野——这是蒋介石平生第二回下野！

蒋介石口中嘟嘟囔囔着"娘希匹"，回老家奉化溪口去了。

总算蒋、汪、胡三派合一，国民党四届一中全会于1931年12月下旬在南京召开。蒋介石"下野"于奉化，汪精卫称病在上海，胡汉民也说自己"血压高"，留在广州，"三巨头"都没有在四届一中全会上

汪精卫

露面，会议由于右任主持。会议提出了折中的方案，即由蒋、汪、胡三人任国民党中央政治会议常委，轮流担任主席。此外，改组国民政府，推举空头元老林森为主席，由孙科任行政院院长。

没有"三巨头"出席的国民党四届一中全会，毕竟缺乏权威性。

就在四届一中全会结束半个月后，一场重要的幕后交易在杭州进行：已经"下野"的蒋介石，从老家奉化来到杭州，住入澄庐。他写了一封密信，托陈铭枢、顾孟余赴沪，面交汪精卫。一直"称病"的汪精卫见信，立即精神抖擞，百病皆无，赶往杭州。于是，这两个多年来互为政敌的巨头，在澄庐通宵密谈，"相见甚欢"。这次密谈，变"蒋汪对抗"为"蒋汪联盟"。

消息不胫而走，胡汉民气歪了鼻子——因为汪、胡有密约在先，两人联合反蒋，谁也不与蒋单独讲和。如今，汪背弃了胡，胡也就决心独力与蒋、汪对抗。

蒋汪携手，返回南京。1932年1月28日，汪精卫接替孙科，出任国民政府行政院院长，主持政府工作；3月6日，蒋介石复出，担任军事委员会委员长兼军事参谋部参谋长，掌握军权。从此，人们对蒋介石改称"蒋委员长"。

从此，形成了维持多年的"蒋汪体制"，形成了"汪主政、蒋主军、蒋汪联合主党"的格局。胡汉民则在两广主持国民党西南执行部，跟蒋汪保持半独立的状态，但毕竟在中央失去了地盘。在蒋汪之间，蒋掌兵权，实力胜于汪……

在中共党内，斗争也颇激烈：

连任五届总书记的陈独秀，因犯了右倾机会主义错误，于1927年7月12日下台；

取而代之的瞿秋白，又因犯了"左"倾盲动主义而下台；

接替瞿秋白的李立三，因犯了"左"倾冒险主义而遭批判；

1931年1月7日，在中共六届四中全会上，由于共产国际代表米夫的支持，他的得意门生王明掌握中共中央领导权，又开始实行"左"倾机会主义……

这一右三"左"，折腾着中共，走马灯似的改换着领袖，从陈独秀、瞿秋白、向忠发、李立三、王明到博古……

1933年2月28日，蒋介石发表了《告共党书》，以讥诮的口吻，论及了中共的党内斗争：

中国自有共产党以来，没有一时一刻不在错误路线当中。

> 十五年、十六年[1]有陈独秀机会主义的错误；十六年、十七年又有瞿秋白盲动主义的错误；十八年六次大会[2]又发生了农民问题及职工运动的错误；至于所谓立三路线的破产，邓中夏退却路线的荒谬，都是你们自己所宣告的。以此推论，你们便再若干年，也无非是一个错误的环境，这种铁的事实是在雄辩着共产主义不能施行于中国，即共产党不能存在于中国。
>
> 无论你是什么策略，什么路线，左的，右的，折中的，总之是此路不通，迟早要寿终正寝……[3]

蒋介石说这番话时，中共确实正处于领袖危机之中——由于中共那时没有一个能够稳稳地掌舵的领袖，使中共连连失误。

然而，在蒋介石说那番话的一年多之后——1935年1月——中共在贵州遵义召开政治局扩大会议，毛泽东脱颖而出，成为中共舵手。

在遵义会议上，张闻天（"洛甫"）成为中共中央负总责的人，而毛泽东被增选为中共中央政治局常委，掌军权，成为中共实际上的领袖。

毛泽东也走过了曲折的时浮时沉的政治道路：

他上了井冈山之后，与朱德会师，成立"中国工农革命军第四军"，朱德为军长，他为党代表。这样，他最初的称呼曰"毛党代表"。

1930年8月，"中国工农红军第一方面军"成立，朱德为总司令，毛泽东为总政治委员。这样，人称"毛委员"。

1931年11月7日，"中华苏维埃共和国"成立，毛泽东出任临时中央政府主席。从此，对毛泽东的习惯称呼便叫"毛主席"。

不过，在中共党内，毛泽东屡受打击，时而被"开除出政治局"，时而被撤销中央农民委员会书记、党代表、前委书记职务。他又几番病重，以至一度误传他病死，共产国际还为他发了讣告！

毛泽东曾在中共党内遭到批判，被戴上三顶帽子：一曰"枪杆子主义"，二曰"一贯机会主义"，三曰"狭隘经验论"。

那时，中共受共产国际领导，毛泽东未曾在苏联受训，得不到共产国际信任，遭到以王明、博古为首的从苏联归来的"二十八个半布尔什维克"的排

---

[1] 此处指民国纪年，亦即1926、1927年。下同，不另注。
[2] 指中共六大。
[3]《蒋介石先生告共党书》，载中统局内部编印的《转变》，1933年12月版，第299—300页。

斥。然而，毛泽东毕竟在错综复杂的党内斗争中显示了他的睿智和才华，特别是处在当时残酷的战争环境中，谁能领导部队打胜仗，谁就会在党内、军内享有威信。如果说蒋介石还算在日本振武学校念过一点军事的话，毛泽东则连这么点"资本"都没有。诗人气质的他，原本书生一个，写文章是他的看家本事，打仗则纯属外行。奇怪的是，此人"从战争中学习战争"，居然从中谙熟韬略。虽说也曾打过几回败仗，但他十有七八能克敌制胜。就连蒋介石坐镇指挥，也多次败在这位"笔杆子"手下……如此这般，当中共中央总负责博古和共产国际军事顾问李德连连指挥失误，几乎断送了红军之际，毛泽东在党内、军内呼声甚高，也就顺理成章。最终，在遵义会议上确立了毛泽东的领袖地位。

遵义会议之后，确立了以毛泽东为代表的新的中央领导。左起：毛泽东、周恩来、张闻天

从此，以毛泽东为领袖的中国共产党与以蒋介石为领袖的中国国民党相对抗，也就开始了以毛泽东与蒋介石为棋手（亦即"旗手"）的两党对抗"棋赛"……

虽说在此之前，蒋介石跟毛泽东有过几番较量。那时，蒋介石似乎对井冈山上的朱毛红军不屑一顾，称之"朱毛股匪"，先是几番"会剿"，接着又几次"围剿"——不过，那只是大搏斗之前的"热身赛"。

在毛泽东的领导下，红军终于从覆灭的边缘得以挽回，没有成为"石达开第二"而葬身大渡河畔。红军挺进陕北，在保安站稳了脚跟，再不是"朱毛股匪"。经过二万五千里长征之后的红军，在陕北迅速扩大，已成为一支不可小觑的军事力量。

于是，在毛泽东和蒋介石之间，开始了第一次真正的较量……

第二章
幕后密使

◎ 这位王牧师——人称"红色牧师"——确实非同凡响,他既与蒋介石有交情,又与毛泽东有交往。通过他,毛泽东和蒋介石之间,终于开始对话。

陕北小城保安成了红都

每当有贵宾来访时，古人常讲究"出郭相迎"。郭，外城也。

对于坐落在黄土地上的陕北小城保安来说，那一道砖墙之外，就算是"郭"了。

保安，"保障安全"之意，位于肤施（今延安）西北，原本是唐朝抵御外敌的要塞，1934年改称"赤安县"，1936年则改称"志丹县"。志丹，即刘志丹，红军著名将领，陕北根据地的创建人之一，保安人氏。1936年4月，34岁的刘志丹在与国民党军队作战时阵亡，于是这年6月中共中央决定以他的名字命名他的故乡——志丹县。

这座原本毫不起眼的小县城，自1936年7月3日起，成了世人瞩目的红都。在这一天，毛泽东和中共中央机关移驻此城。虽说小小保安简直无法跟国民政府首都南京相比，毛泽东所住的那孔简陋的石窑洞也无法跟蒋介石豪华的办公室相比，不过这里毕竟也是首都——中华苏维埃人民共和国中央政府的所在地。这个政府的主席，便是毛泽东。

毛泽东转战陕北

第二章　幕后密使

自从 1935 年 1 月，中共在遵义会议上确立了毛泽东的领袖地位之后，红军走出了困境，完成二万五千里长征，于 1935 年 10 月 19 日到达陕北吴起镇。此后不久，中共中央机关落脚于延安东北角的小镇瓦窑堡（今子长县县城）。一时间，这座小镇成了临时红都。1936 年 6 月 21 日，国民党高双城部队袭击瓦窑堡，毛泽东率中共中央机关向西退至磁窑，然后转往保安，在这"保障安全"的小城安顿下来。

就在毛泽东住进保安的石窑洞不过十来天，一位勇敢的"高鼻子"——美国新闻记者埃德加·斯诺——冲破重重封锁线，成了进入保安的第一位"外宾"。7 月 16 日，斯诺在一孔石窑洞里首次拜访了毛泽东。

斯诺在他的名著《西行漫记》中，如此记述他当时见到的毛泽东：

> 我到后不久，就见到了毛泽东。他是个面容瘦削、看上去很像林肯的人物，个子高出一般的中国人，背有些驼，一头浓密的黑发留得很长，双眼炯炯有神，鼻梁很高，颧骨突出。我在一刹那间所得的印象，是一个非常精明的知识分子的面孔，可是在好几天里面，我总没有证实这一点的机会。我第二次看见他是傍晚的时候，毛泽东光着头在街上走，一边和两个年轻的农民谈着话，一边认真地在做着手势。我起先认不出是他，后来等到别人指出才知道。南京虽然悬赏 25 万元要他的首级，可是他却毫不介意地和旁的行人一起在走。[1]

斯诺还写道：

毛泽东和他的夫人[2]住在两间窑洞里，四壁简陋，空无所有，只挂了一些地图。毛氏夫妇的主要奢侈品是一顶蚊帐。除此之外，毛泽东的生活和红军一般战士没有什么两样。做

1939 年，毛泽东与美国记者斯诺在延安

---

[1]〔美〕埃德加·斯诺：《西行漫记》，生活·读书·新知三联书店 1979 年版。
[2] 指贺子珍。

了十年红军领袖，千百次地没收了地主、官僚和税吏的财产，他所有的财物却依然是一卷铺盖，几件随身衣物——包括两套布制服。[1]

就在斯诺访问毛泽东之后五个多月，一彪人马沿着黄土山路朝保安城进发。来者十余人，从西安乘汽车来到洛川，然后改为骑马，向北急驰。骑者一律穿张学良的东北军军服。

为首的一位，年约四十，相貌堂堂，颇为斯文，与其说是军人，倒更像书生。

这一队人马离保安尚有二十余里，一位穿红军军服的长者，出郭相迎。

两人见面时，长者刚说了一句："老叶，一路辛苦了！"那来者便大笑道："林老，你不是来接我，你是来接'光洋'的！"

那"老叶"，乃叶剑英也。"林老"，则是林伯渠。

林伯渠所惦记的"光洋"，是他从叶剑英拍来的电报中获悉的。林伯渠那时任财政部部长，手头正拮据，得知叶剑英此行运回5万光洋，喜出望外，理所当然出郭迎接。虽说5万光洋还只是蒋介石悬赏毛泽东首级的25万大洋的五分之一，不过对于困顿之中的红军已是久旱甘霖了。

叶剑英哪来这么多光洋呢？

"马夫"叶剑英潜入西安

两个多月前，1936年9月下旬，也是一队人马，出了保安城，朝鄜县（今富县）张村驿前进，由那里进入东北军驻地，再换乘汽车，直奔西安。

那一行人，穿国民党军服。为首的那位，胸佩"国民党中央军事委员会"圆形证章，显然是长官。不离左右、腰扎武装带的，则不言而喻是副官。还有一位西装笔挺、头戴礼帽的，风度潇洒，则是秘书。

这一队人马，据云是国民党军事委员会派往保安的代表团，目的是与红军进行谈判。

其实，那位长官名唤边章伍，36岁，河北束鹿县人氏，早年毕业于保定军官学校，曾任国民党第二十六路军师参谋长。但是他1931年12月参加宁都暴动，加入了中共，出任红军第五军团第十四军第四十师师长，并参加了长征。

---

[1]〔美〕埃德加·斯诺：《西行漫记》，生活·读书·新知三联书店1979年版。

那位副官，29岁，河南镇平人氏，姓彭名雪枫。他在1926年加入中共，担任过红军师长、师政委，并参加了长征。

至于那位秘书，平素便有着"小开"的雅号，刚入"而立"之年，江苏宜兴人氏，1925年加入中共。他曾任左翼文化总同盟中共党组书记、中国工农红军总政治部宣传部部长，为人精明，还曾长期在中共特科工作。他的知名度颇高，潘汉年也。

在这支队伍里，还有汪锋、吴自立等。

队伍中最不引人注意的，是一位穿国民党士兵服的马夫。此人才是整支队伍真正的长官——叶剑英将军。

这支队伍的名单，经毛泽东和周恩来在保安窑洞里逐一审定，派往西安。这是一支神秘的队伍，肩负着重要的使命。临行前，毛泽东、周恩来跟那位"马夫"作了长时间的密谈。

这支队伍在鄜县张村驿进入东北军的防区。东北军一位姓刘的师长已经接到张学良的密令，用汽车送他们前往西安，所以一路上通行无阻——毛泽东正在和蒋介石下一盘历史之棋，他把叶剑英一行作为一颗"暗棋"，派入西安城内。

坐镇西安的，乃是国民党军事委员会海陆空军副司令、西北"剿匪"总司令部副司令张学良。那时，在蒋介石的眼中，共产党是"匪"，称之"共匪"。所谓"剿匪"，亦即"剿共"。1935年10月3日，上海《中华日报》在刊载"西北剿总"成立的消息时，用了这样的大字标题：

为彻底肃清匪患将在西安设立
西北剿匪总司令部
俟组织就绪蒋委员长亲往巡视
将来由张学良常驻指挥一切
匪主力窜至甘川陕边境我即开始围剿

年仅35岁的"西北剿总"副司令张学良，众所周知，是"东北王"张作霖之长子。东北是他的老家，他的军队，人称"奉军"，又称东北军。之所以称"奉"，是由于当时沈阳称"奉天"。张学良与日军有着

张学良将军

切齿之仇：1928 年 6 月 4 日清晨，沈阳西北皇姑屯车站附近的南满铁路的一座吊桥突然发生大爆炸，炸毁了正从桥上驶过的一列火车，而车上坐的正是张作霖。张作霖被炸成重伤，急急送回沈阳，当天上午 9 时半断气。那炸药，是日军埋的。这杀父之仇，使张学良与日军势不两立。紧接着，1931 年 9 月 18 日发生九一八事变，日军突然袭击，一夜之间攻陷了沈阳。又花了 4 个月 18 天，全部侵吞了东北三省。张学良失去了老家，东北军被迫"流浪"……

然而，当毛泽东率红军抵达陕北，用蒋介石的话来说亦即"匪主力窜至甘川陕边境"，蒋介石下了一着"妙棋"：把张学良的东北军这颗"大棋子"移至西北，并任命张学良为"西北剿总"副司令。张学良并非蒋介石嫡系。蒋介石用东北军打红军，既可削弱东北军，又可消耗红军，可谓"鹬蚌相争，渔翁得利"。张学良明知是计，无奈迫于蒋介石军令，不得不于 1935 年 6 月间率 13 万东北军开入潼关，坐镇西安……

毛泽东深知张学良的心态。明里，中共那时把张学良跟蒋介石相提并论，骂为"卖国贼"。那篇著名的"八一宣言"，亦即 1935 年 8 月 1 日发表的《中华苏维埃政府、中国共产党为抗日救国告全体同胞书》中，便这么写道：

> 最痛心的，在我们伟大民族中间，却发现着少数人面兽心的败类：蒋介石、阎锡山、张学良等卖国贼，黄郛、杨永泰、王揖唐、张群等老汉奸，数年以来，以"不抵抗"政策出卖我国领土，以"逆来顺受"的主张接受日寇一切要求……[1]

然而，暗里，毛泽东频频派出密使，前往西安城里。叶剑英一行，便是其中一批重要的密使。

"马夫"叶剑英来到西安，摇身一变，成了"吴先生"，住入张学良机要随从参谋孙铭九家中……

毛泽东、张学良之间架起了热线

圆圆的脑袋上密布着薄薄一层白色短发，个子不高而肩胛甚宽，坐在那里，头、颈、背成一条直线，年已耄耋的孙铭九，仍一派军人风度。笔者走访了这

---

[1]《中共中央文件选集》第 10 卷，中共中央党校出版社 1991 年 3 月版。

位"历史老人",在他的客厅里,见到墙上悬着几幅叶剑英元帅1979年和他在上海的合影。[1]

孙铭九是张学良的心腹。张学良将军在世时曾有人问他,如果他重访大陆,要见些什么人?张学良首先便提到了孙铭九。1991年8月,沉默多年的张学良在台北一家饭店首次接受外界采访——向日本NHK电视台导演长井晓讲述了当年坎坷历程。此后不久,长井晓来沪,给孙铭九放映了采访张学良的录像带,并说:"张将军很关心你的情况。"孙铭九一边看录像,一边老泪纵横……

作者在上海采访孙铭九时,见到他家墙上挂着这帧叶剑英(右)与他的合影

孙铭九,1908年1月13日出生于辽宁新民县(今属沈阳市)。往日的报道中,常把他写作"孙铭久"。我问起他怎么会改名,他说上私塾时老师给他取名"明久",弟弟叫"明昌"。后来他去日本,改为"铭久"。解放后,柯庆施当上海市市长,聘他为市政府参事,那聘书上写成"孙铭九",从此也就这样沿用下去了。

孙铭九原本在天津张学铭手下当教官。张学铭是张学良之弟,孙铭九则是张学铭同学。1931年,张学良出任国民党海陆空军副总司令,从南京赴北平路过天津时,张学铭派孙铭九护送哥哥张学良。张学良颇为看重孙铭九,送了一块表面上印着他的头像的表给孙铭九。这表是张学良向瑞士订制的,专送给一些关系密切友情甚笃的友人。以这块表相赠,表明张学良对孙铭九的充分信任。此后,孙铭九成了张学良的机要随从参谋。后来,又担任卫队营营长,成为张学良嫡系中的嫡系。

东北军进军西安,张学良住在城内金家巷,孙铭九则住在不远处的一座四合院。当那"马夫"进城之后,张学良关照孙铭九,一位红军代表"吴先生"要住在那四合院内,务必保证"吴先生"的安全。

孙铭九不敢怠慢,他和夫人刘静坤改住门房,让出了厢房。厢房共三间,

---

[1] 1992年7月20日,叶永烈在上海采访孙铭九。

当中的一间是过道，里间住着中共党员朱光亚，另一间靠近门房的则安排给"吴先生"下榻，而上房住的是张学良随从秘书应德田。孙铭九对放哨的部下说，"吴先生"是他的亲戚，进进出出不得阻挡、不得盘问。

住了数日，孙铭九见张学良总是秘密会见"吴先生"，便知此人来历不凡。

当他从张学良那里得知，"吴先生"原来是红军名将叶剑英，更是加强了安全保卫工作。

通过叶剑英，张学良与毛泽东之间架起了一条秘密"热线"，光是1936年10月，叶剑英在西安城里发往红都保安的密电，便达18次之多。

叶剑英平日深居简出。有一天，他去澡堂洗澡，被孙铭九得知，颇为着急。孙铭九担心，叶剑英当年在黄埔军校担任教授部副主任，学生们都认得他，万一在西安街头被人认出，那就麻烦了。于是，孙铭九关照叶剑英，再不能去公共澡堂。

又有一回，西安城里一个中共秘密联络站附近突然出现许多警察。中共地下人员以为出事，飞报孙铭九。孙铭九当即用汽车从那里接走叶剑英。后来才知道，那些警察并非搜查秘密联络点，于是那汽车载着叶剑英在外兜了一圈之后，又重返那座四合院。

叶剑英不光是沟通了张学良和毛泽东的联系，甚至通过张学良，还沟通着"西北剿总"司令蒋介石和被蒋介石称之为"匪"的毛泽东之间的联系。

毛泽东、周恩来托叶剑英带了一封信给张学良，其中提及："将敝方意见转达蒋介石先生，速即决议，互派正式代表谈判停战、抗日的具体条件。"

10月29日，叶剑英在西安发密电给中共中央："蒋、张已会谈，结果亟恶。蒋表示匪不剿完决不抗日……剑（英）拟3日后离西（安）回保（安）详报。可否，复。"

在11月上旬，发自保安的电波告知叶剑英："回保安商量，并顺便问张将军可否资助我们一点经费？"

叶剑英当即向张学良转告了来自红都的意思。

张学良对红军充满友情，一口答应给红军5万光洋。

叶剑英复电保安，财政部部长林伯渠当然欣喜万分。

正因为这样，林伯渠出郭二十里，前去迎接叶剑英一行……

然而，作为"西北剿匪总司令部"副司令的张学良，怎么在暗中如此慷慨援"匪"呢？

天主教堂里的彻夜密谈

1936年4月9日上午,一架"波鹰"(今译"波音")飞机从陕西中部的洛川县起飞。在那时,黄土地上空难得见到飞机的影子。

飞机钻入云霄,不知去向。

飞机的驾驶员,竟是35岁的张学良将军!

张学良多才多艺,会开汽车、摩托车,也会开飞机。

1934年,张学良乘车去鄂东麻城视察。当地的"父母官"闻张将军至,率部下出郭三十里迎接。等了许久,等不到张学良。后来才知道,公路上曾驶过一辆汽车,那司机便是张学良!

当地的"父母官"见到那辆车,以为是"开道车",张将军的专车必定在后边哩!

又有一回,张学良在天津,因急事要赶回北平。他竟驾着一辆摩托车,独自疾驶,只花了两个来小时,便回到了北平!

他购买了一架"波鹰"飞机,成了他的专机。他喜欢飞来飞去,飞机快捷,办事效率高。

这一回,他亲自驾机飞行,却为的是高度保密。飞机上的三位乘客,是经他严格挑选的:东北军第六十七军军长王以哲、随身机要参谋孙铭九,还有一位神秘的人物。

李克农(左)与钱壮飞

飞机起飞后,绕了一个圈子,然后才朝北飞行。直至机翼下出现蜿蜒的黄浊的延河,还有那小山顶上的宝塔,张学良才降低飞机的高度,稳稳地降落在一片河滩上。那便是肤施,亦即延安。

孙铭九记得,一行四人下了飞机,朝城里步行。没多久,来到肤施城东北军驻地休息,等待着一位重要的人物的到来——此人来自红区,现已在肤施城东川口,准备天黑时分进城。

张学良知道这位要人的到来,是因为他在三天前——4月6日——接到毛泽东、彭德怀从瓦窑堡发给他和王以哲的电报：

> 敝方代表周恩来偕李克农于8日赴肤施，与张先生商谈救国大计，定7日由瓦窑堡启程，8日下午6时前到达肤施城东二十里之川口，以待先生派人至川口引导入城。关于入城之安全，请张先生妥为布置。

原来，那位要人便是周恩来！周恩来一行五人，副手为李克农。

李克农，安徽巢县人氏，1926年加入中共，1928年起便在上海中共中央特科从事秘密工作。1931年4月下旬，中共中央政治局候补委员、特科三科科长顾顺章在武汉被捕、叛变，供出了担任国民党中央组织部调查科首脑徐恩曾的机要秘书钱壮飞乃中共党员，供出了正在上海的周恩来的地址。那从武汉发往南京的电报被钱壮飞知悉，火急转告李克农，李克农迅即安排周恩来及中共中央在上海的机关转移……李克农参加了长征，抵达陕北后出任中共中央联络局局长，张学良便是他的联络对象之一。

夜幕低垂，周恩来一行五人秘密地来到肤施城内天主教堂，张学良早已在那里恭候。这是周、张平生头一回见面。周恩来留着浓黑胡子，张学良称之"美髯公"。张学良与"美髯公"一见如故，相谈甚欢。五十多年后，张学良在台北接受日本NHK电视台采访时，回忆初识周恩来，便作出十二字评价："反应敏锐，言谈出众，学识渊博。"

张学良介绍了与他同机而来的神秘人物，说是他的"秘书"。周恩来一见这位张学良秘书，不禁大笑起来，与他热烈握手。听张学良介绍说"这是贵党的刘鼎先生"，周恩来也就顺口称那人为"刘先生"，说道："刘先生好！"那人也连声说："周先生好！周先生好！"

其实，这位"刘先生"，是周恩来的老部下，33岁，四川南溪人氏，真名阚尊民，化名刘鼎，后来竟以化名传世。1930年，当刘鼎从苏联留学回来，到了上海，便是向周恩来报到的。刘鼎和他的妻子吴先清都是周恩来领导下的特科工作人员。刘鼎精明能干，颇得周恩来赏识。吴先清也是一员强悍的女将。1933年，吴先清调离中共中央特科，在共产国际远东情报局担任谍报组组长，她居然就住在上海市警察局局长闵鸿恩的隔壁！

至于刘鼎怎么会变成张学良的秘书，倒也颇为曲折：

1935年5月，上海曾发生轰动中外的《新生》事件。《新生》是一家周刊，这家周刊在第2卷第15期发表了署名易水的《闲话皇帝》一文。文中写道："目下的日本……舍不得丢弃'天皇'这一个古董，是企图用天皇来缓和一切内部各阶层的冲突,和掩饰了一部分人的罪恶。"还说"在现今的皇帝中,最可怜的,恐怕还要数伪满洲国的伪皇帝溥仪了"……此文发表之后,日本驻沪总领事向上海市政府提出强烈抗议。国民党上海市政府居然以妨害"邦交"为由,由江苏高等法院第二分院判处《新生》发行人杜重远有期徒刑14个月。

杜重远是吉林怀德县人,与张学良私交颇深。1935年11月下旬,张学良由南京来沪时,看望了正在狱中的杜重远。杜重远的一句话,深深打动了张学良的心:"不联共抗日,就是空谈抗日!"

张学良听进了杜重远的话。二十多天后,他在沪秘密会晤了东北义勇军将领李杜。李杜是辽宁义县人,年长张学良二十多岁,曾在奉军任职,担任过长春戒严司令、东北陆军第十五师师长,授陆军中将衔。九一八事变后,李杜任吉林自卫军总司令,揭起抗日大旗。他曾于1933年8月上了庐山,面谒蒋介石,提出组织东北义勇军四条政见,被蒋介石拒绝。张学良在上海见到了老部下李杜,颇为欣喜。言谈之中,李杜的意思与杜重远完全一致:"联共抗日!"张学良知道李杜虽不是中共党员[1],但与中共有联系。张学良以为中共中央在上海,便托李杜与中共联系,以期与中共领导人商谈联合抗日之事。

李杜果真有办法。1936年3月初,李杜从上海给张学良发来电报:"寻找的朋友,已经找到。"张学良当即派了高级参谋赵毅前往上海,把李杜所介绍的"朋友"接往西安。3月11日,张学良跟这位"朋友"首次见面。这位"朋友"便是刘鼎!刘鼎作为中共代表,留在张学良身边工作,而对外则称是"秘书"。

就在张学良主动寻找中共联系之时,中共也在寻找张学良。张学良部

杜重远(左后一)与七君子以及马相伯(前中坐)合影于1937年

---

[1] 李杜后来于1945年加入中共,1949年当选为中国人民政治协商会议全国委员会委员,1956年病逝于重庆。

将高福源，于 1935 年 10 月在榆林桥战役中被红军俘虏，进入中共所办"东北军军官政治学习班"。经过学习，高福源换了思想。1936 年 1 月，高福源携毛泽东、周恩来致张学良的信件抵达洛川，第一次沟通了中共中央与张学良的联系。于是，高福源往返于洛川和瓦窑堡之间。

由于高福源的奔走，中共中央联络局局长李克农出面了。在高福源的陪同下，1936 年 2 月 25 日李克农冒着鹅毛大雪，在洛川与王以哲见面、会谈。

接着，3 月 3 日，张学良又亲自驾机从西安飞抵洛川，与李克农密谈。张学良向李克农提出，希望面晤毛泽东或周恩来……

高福源、李克农、刘鼎秘密地穿针引线，终于促成了肤施教堂里周恩来和张学良的彻夜长谈……

毛泽东从"反蒋抗日"到"逼蒋抗日"

周恩来虽说是跟张学良头一回见面，才说了几句话，便猛然缩短了距离。

据周恩来回忆，他跟张学良一见面便说："我是在东北长大的。"

张学良当即接上去说："我知道，我听我的老师张伯苓说起过。"

张伯苓，天津人氏，曾创办天津南开中学、南开大学，后来，在 1948 年任国民党政府考试院院长。周恩来 15 岁时就读于南开中学，校长便是张伯苓。

周恩来觉得奇怪，张学良怎么也是张伯苓的学生？

张学良笑道："我原来抽大烟、打吗啡，后来听了张伯苓的规劝，完全戒除了，因此拜伯苓为师。"

笑罢，张学良又道："我和你同师。"

这别具一格的寒暄既毕，双方便切入正题。

对于共同抗日，双方无须多言，早已一致：日军占据了东北军的老家，使他们背井离乡来到西北，东北军全军上下一心抗日，与中共的抗日主张

毛泽东讲话时喜欢双手叉腰

完全吻合。

周恩来跟张学良会谈的核心是如何对待蒋介石。

周恩来说明了中共的立场：蒋介石奉行"攘外必先安内"的政策，"安内"即"剿共"，因此中共不能不针锋相对地提出"抗日反蒋"。

周恩来说："愿闻张将军意见。"

张学良直率陈言。他认为红军是"真抗日"的队伍，这毋庸置疑。蒋介石呢？据他观察，蒋介石也可能抗日，"抗日反蒋"这口号不利于团结抗日。

张学良说明了自己的理由：蒋介石是国内最大的实力派，又是国民党的主流派。如果反蒋，势必抛弃了国内最大的一支力量。蒋介石提出"攘外必先安内"，这固然是错的，但蒋介石并未降日。蒋介石现正在十字路口上。

张学良说："在国民党要人之中，我只佩服蒋介石，他尚有民族情绪和领导能力，故寄希望于蒋介石抗日。但是，蒋介石左右也有很多亲日派，使他不能下抗日决心，而且处于极度矛盾之中。我主张，我在里面劝，共产党在外面逼，促使蒋介石改变错误政策，走抗日之路。如果蒋介石真的降日，那我就辞职另干！"

周恩来非常仔细地倾听着张学良这番"抗日必须联蒋"的主张，认为颇为在理。周恩来说："作为我个人，赞同张将军意见。但这是个大政策，我要回去，带上张将军的意见，提请中共中央考虑、决定。"

对于周恩来的表态，张学良觉得很为满意。双方推心置腹，充分信任，会谈直至翌日凌晨4时结束。临别，张学良把《申报》60周年纪念印制的我国第一本比较精确的高投影彩色地图赠给周恩来，意味深长地说："共同保卫中国！"

……

周恩来一行原本五人，离去时变成了六人——刘鼎亦随他前往瓦窑堡，向毛泽东汇报。

对于中共改变"反蒋抗日"口号，张学良的意见起了重要作用。

说巧真巧，就在1936年4月9日夜12时——那时周恩来正在肤施跟张学良密谈——毛泽东在发给洛甫（张闻天）的电报中，便写道：

目前不应发布讨蒋令，而应发布告人民书与通电。

在此时机发讨蒋令，策略上把我们自己最高的政治旗帜弄模糊了。我们的旗帜是讨日令，在停止内战的旗帜下实行一致抗日，在讨日令旗帜下实行讨蒋，这是最便利于实行国内战争与实行讨蒋的政治旗帜，中心口号

在停止内战……[1]

毛泽东所说的"在讨日令旗帜下实行讨蒋",亦即"反蒋抗日"或"讨日讨蒋"。

周恩来一行离开肤施不久,遇到了大雨,不得不中途住在十里铺,于4月12日才回到瓦窑堡,向毛泽东及中共中央汇报了肤施天主教堂密谈的内容,特别是转达了张学良"联蒋抗日"的意见。毛泽东接受了张学良的意见。

1936年5月5日,以中华苏维埃人民共和国中央政府主席毛泽东、中国人民红军革命军事委员会主席朱德联名发表的《停战议和一致抗日通电》中,不再像往常称"卖国贼蒋介石"了,而是以"蒋介石氏"这样中性、不褒不贬的称呼相称。

蒋介石讲话时也喜欢双手叉腰

《通电》向南京政府"诸公"进言:

> ……以"兄弟阋于墙,外御其侮"的精神,在全国范围首先在陕甘晋停止内战,双方互派代表,磋商抗日救亡具体办法,此不仅诸公之幸,实亦民族国家之福。
>
> 如仍执迷不悟甘为汉奸卖国贼,则诸公的统治必将最后瓦解,必将为全中国人民所唾弃,所倾覆。语云:"千夫所指,不病而死。"又云:"放下屠刀,立地成佛。"愿诸公深思熟虑之。[2]

这一段话,有着鲜明的"毛氏笔法"的特色。虽朱毛联名通电,显然出自毛泽东笔下。

到了1936年9月1日,中共中央发出的内部指示,则明确地指示全党改

---

[1]《文献与研究》1985年第3、4期合刊。
[2]《红色中华》第276期,1936年5月16日版。

变"抗日反蒋"的口号为"逼蒋抗日":

（一）目前中国的主要敌人，是日帝，所以把日帝与蒋介石等同看待是错误的，"抗日反蒋"的口号，也是不适当的。

（二）在日帝继续进攻，全国民族革命运动继续发展的条件之下，蒋军全部或其大部有参加抗日的可能。我们的总方针，应是逼蒋抗日。[1]

杨虎城曾两度申请加入中共

周恩来跟张学良会谈后向毛泽东作了汇报，又匆匆离去。翌日——1936年4月14日——毛泽东致电周恩来：

张、杨两部关系，由你统一接洽并指导之，以其处置随时告我们，我们一般不与发生关系，对外示统一，对内专责成。[2]

毛泽东此处提及的"杨"，即杨虎城。

杨虎城是陕西蒲城人氏，与毛泽东同庚，都生于1893年。杨虎城本名杨郶。"郶"是一个很冷僻的字，念"忠"。后来他以号为名改为杨虎臣。据其女杨拯英告诉笔者[3]，杨虎城与谢葆真恋爱时，情书署"呼尘"，亦即"虎臣"谐音。1926年，杨虎臣主持陕西军务，在吴佩孚部将刘镇华攻陕时，他和李虎臣一起坚守西安，人称"二虎守长安"。为表守城之志，两人均改名"虎城"，即杨虎城、李虎城，一时传为佳话。后来，

杨虎城将军

---

[1]《中共中央关于逼蒋抗日问题的指示》,《中共中央文件选集》第11册，中共中央党校出版社1991年版。

[2] 中共中央文献研究室编:《毛泽东年谱》上卷，人民出版社、中央文献出版社1993年版，第535页。

[3] 1991年4月2日，本书作者叶永烈在西安采访杨拯英。

杨虎城竟以此名传世。

杨虎城在1924年加入国民党，旋任国民军第三师师长。1929年投归蒋介石，任国民革命军新编第十四师师长。不久，任第十七路军总指挥，兼任陕西省政府主席，成为陕西权重一时的人物。他的军队大多是本地兵，称"西北军"。与张学良的东北军

1991年4月2日，作者在西安采访杨虎城将军的女儿杨拯英

一样，西北军也非蒋介石嫡系。

1933年3月，蒋介石派嫡系胡宗南部队进入甘肃，以钳制杨虎城。同年6月3日，蒋介石突然宣布解除杨虎城的陕西省政府主席之职，委派邵力子替代。于是，蒋、杨矛盾日益明显。自从张学良的东北军入陕，张、杨两将军很快就结为挚友，因为他们都主张抗日、主张联共，而且又都与蒋介石有着矛盾。

比起张学良来，杨虎城与中共的关系更深，杨虎城甚至两次申请过加入中共……

早在1927年，当杨虎城出任国民革命军第二集团军第十路军总司令时，他的四周便一片"赤色"：军部秘书长蒋听松是中共党员，军部政治处处长魏野畴是中共党员，第一师参谋长寇子严、第二师政治处处长曹力如也都是中共党员。他办了个军事学校，校长南汉宸也是中共党员——后来，南汉宸曾先后出任中共中央统战部副部长、中国人民银行总行行长、中国银行董事长。

给了杨虎城以极大影响的，还有一位意想不到的小女子。她便是前文已经提及的谢葆真。

据杨拯英告诉笔者，谢葆真原名谢宝珍，西安人，比杨虎城小整整20岁。

1927年，14岁的谢葆真剪掉了辫子，换上军装，成为冯玉祥的国民革命军第二集团军总司令部政治部所直辖的"前线工作团"团员。这个"工作团"，近似歌舞团。政治部部长乃中共党员刘伯坚，他早在1922年便加入中共，担任旅欧总支部书记。"工作团"团长乃中共党员宣侠父。宣侠父1923年加入中共，是黄埔军校一期毕业生。受刘伯坚、宣侠父影响，小小年纪的谢葆真加入了中共。

不久，谢葆真被调往正驻守在安徽省太和县的杨虎城部队的政治处宣传科

工作。杨虎城爱上了这位年轻活泼的女性。杨虎城在与南汉宸、魏野畴谈话时，好几次提及，希望能让谢葆真帮助他"读书学习"。南汉宸、魏野畴知道杨虎城所说的"读书学习"的含意。于是，他们向中共河南省委请示——太和县在安徽西北部，与河南相邻，杨虎城部队中的中共组织当时受中共河南省委领导。1928年1月，中共河南省委批准了谢葆真和杨虎城结婚。于是，35岁的杨虎城和15岁的谢葆真，在1928年春节前夕步入太和县教堂，举行了婚礼。

对于杨虎城来说，这是他的第三次婚姻：第一次：1916年，23岁的他和罗培兰结婚。第二次：1919年，26岁的他和张惠兰结婚。

在和谢葆真结婚的宴会上，有人问："杨将军，你为什么爱上小谢？"

杨虎城坦然答道："我知道她思想进步。结了婚，她可以直接帮助我。"

谢葆真即接着说道："我不要你山盟海誓，只要你革命就行了！"

杨虎城高高举起酒杯："好！为革命到底，白头到老，干杯！"

杨虎城决意和谢葆真结合，是因为他知道小谢的政治身份。也正因为这样，杨虎城才会向南汉宸、魏野畴提出要小谢帮他"读书学习"——他知道南、魏的政治身份。

杨虎城在1927年冬，便曾提出申请，要求加入中共。当时，在中共河南省委致中共中央的报告中，便写及：

> 杨本人近来因环境所迫，非常同情我党，并要求加入我党，要求我们多派人到他的部队中去，无论政治工作人员和军事工作人员都欢迎。[1]

但是，中共河南省委又认为，"杨军系土匪和民团凑合而成"。为此，他们没有同意杨虎城加入中共——只是批准了谢葆真和杨虎城结婚。

1928年4月，杨虎城和妻子谢葆真及秘书米暂沉（亦为中共党员）赴日本疗养，在日本再度向中共东京市委提出申请，要求加入中共。他说他要"做一个贺龙"。中共东京市委即向中共中央请示。

1928年10月9日，中共中央函复中共东京市委：

> 杨虎臣入党问题中央已允其加入，交由你们执行加入手续。加入手续如下：须三个同志的介绍，候补期为半年。再望你们与他谈一次话，指明两点：（一）目前党的任务主要是争取广大的群众以准备暴动，而不是马

---

[1] 丁雍年：《西安事变前的中共和杨虎城的关系》，载《杨虎城研究》，陕西人民出版社1991年版。

上就要实行总暴动，总暴动是我党的前途，目前当不是一个行动的口号而是一个宣传的口号，尤不是每个同志一加入就派回国来暴动。（二）每个党员加入后如在工作上需要时，党仍须调其往他处工作，不应给某个同志以固定时期的修（休）养。[1]

此函由于传递延误，送达东京时，杨虎城已于 1928 年 11 月 16 日回到上海，中共东京市委错过了为杨虎城办理入党手续的机会。

杨虎城呢？他误以为中共不同意他入党，既然两度申请均未获准，从此他也没有再提出加入中共的申请——虽说中共中央 1928 年 10 月 9 日函已批准他加入中共。

不过，杨虎城对中共一直有着亲切感。何况，他的妻子谢葆真、秘书米暂沉均为中共党员，不断沟通着他与中共之间的联系。

后来，当他出任陕西省主席时，居然任命南汉宸为省政府秘书长——虽说那时南汉宸自 1928 年因中共河南省委遭破坏而失去组织关系。

红色密使频访杨虎城

毛泽东率红军抵达陕北后，目光关注着这位西北军的首脑。毛泽东知道杨虎城曾有过红色历史，以及和中共的密切交往，便在暗中和他联络。

一位中共密使，怀揣毛泽东亲笔信，于 1935 年 12 月从陕北鄜县西部红军前线指挥部出发，潜入西安。此人名叫汪锋。

据汪锋回忆，他那时正在瓦窑堡，忽地贾拓夫前来找他。贾拓夫那时化名关锋——三十年后"关锋"曾名噪中国，只不过那位"中央文革"的关锋，并非此关锋；贾拓夫这"关锋"在"文革"中挨斗，于 1967 年 5 月含冤去世。

贾拓夫是陕西神木县人，1928 年加入中共，担任过中共陕西省委秘书长，参加过长征。此时，他担任陕甘宁边区中央局白区工作部部长。他通知汪锋，马上赶往前线总指挥部——鄜县西边的套通塬东村。汪锋星夜赶到那里，见到前线总政治部主任杨尚昆，才知是毛泽东找他。

毛泽东在一个土窑洞里接见了汪锋，交给他一封致杨虎城的亲笔信，要他潜入西安，面呈杨虎城。

---

[1] 丁雍年：《西安事变前的中共和杨虎城的关系》，载《杨虎城研究》，陕西人民出版社 1991 年版。

汪锋把毛泽东的信缝入羊皮袄里出发了。他一路日夜兼程，在长武县附近被两个特务所注意，抓住他搜查，搜出了藏在羊皮袄中的信。幸亏那个人是"土特务"，见信是写给杨虎城的，吓了一跳。汪锋也就趁机说自己乃是西北军派往红军的特工，倒是把对方蒙住了。后来，特务同意用卡车"押送"汪锋进西安，使汪锋一路上省了许多麻烦。

到了西安，汪锋把毛泽东的信交给了杨虎城秘书。1935年12月5日毛泽东致杨虎城的信正文如下：

盖日本帝国主义实我民族国家之世仇，而蒋介石则通国人民之公敌。是以抗日反蒋，势无偏废。建义旗于国中，申天讨于禹域。驱除强寇，四万万具有同心；诛戮神奸，千百年同兹快举。

鄙人等卫国有心，剑履俱奋，行程二万，所为何来！既达三秦，愿求同志。倘得阁下一军，联镳并进，则河山有幸，气势更雄，减少后顾之忧，增加前军之力。鄙人等更愿联合一切反蒋抗日之人，不问其党派及过去之行为如何，只问今日在民族危急关头是否有抗日讨蒋之诚意。凡愿加入抗日讨蒋之联合战线者，鄙人等无不乐于提携，共组抗日联军，并设国防政府，主持抗日讨蒋大计。

如荷同意，即祈派代表，前来苏区，洽商一切。重关百二，谁云秦塞无人；故国三千，惨矣燕云在望。亡国奴之境遇，人朽不甘；阶下囚之前途，避之为上。冰霜遍地，勉致片言，风雨同舟，望闻明教。[1]

此时此际，毛泽东所提及的，尚是"反蒋抗日""抗日讨蒋"。

杨虎城看罢，并未对毛泽东的信作出热烈的反应，只是派军法处处长张依中出面，招待汪锋住下，说是容他考虑一些时日。

杨虎城为什么如此冷淡？其实，他读了毛泽东的信，是极度高兴的。但是，他从不认识汪锋，生怕其中有诈——万一那封毛泽东的信是伪造的，而来者是蒋介石手下的特务，事情就麻烦了。他不能不谨慎行事。

杨虎城急派手下的陕西省政府秘书崔孟博去天津。杨虎城知道，崔孟博是中共地下党员，而那时南汉宸正在天津。杨虎城要崔孟博向南汉宸了解，来人

---

[1] 中共中央文献研究室编：《毛泽东年谱》上卷，人民出版社、中央文献出版社1993年版，第494—495页。

汪锋究竟是何等人物,是否真的由毛泽东所派。

崔孟博抵达天津时,不巧,南汉宸外出,未遇。崔孟博于是前往中共北方局,情报部部长王世英接待了他。

王世英,字子杰,山西洪洞县人,刚过"而立"之年。他虽年轻,却从事中共地下工作多年。1931年,他作为中共特派员潜伏国民党的心脏地区南京,派出多名中共党员打入蒋介石的特务部门复兴社。翌年,当新的特务组织蓝衣社成立时,他又派了七八个中共党员打入。后来他被国民党特务察觉,才匆匆离开南京,转往上海,又转往天津,出任中共北方局情报部部长。

知道事关重大,王世英亲自随崔孟博前来西安。

崔孟博一到西安,马上告诉杨虎城的机要秘书王菊人,说是他从天津带来了一位比南汉宸更为重要的人物。

王菊人巧妙地安排杨虎城和王世英见面:他先把王世英带到西安九府街杨虎城的别墅止园,让王世英坐在客厅东面的一间小屋里,然后把门反锁,带走钥匙,交给了杨虎城。中午时分,杨虎城说是要到止园午睡。待警卫们离开客厅之后,他悄然打开小屋的锁,入内与王世英进行低声密谈……

就这样,杨虎城不仅与中共北方局有了直接的联系,而且从王世英那里得到证实,汪锋确系毛泽东所派。

杨虎城脸上狐疑的神色消失了,终于决定亲自会晤汪锋。他跟汪锋热烈地进行了交谈。

汪锋在西安城里住了一个多月,跟杨虎城进行了三次会谈。

此后,毛泽东又频频派出密使,进入那座四四方方的西安城:

1936年春,从德国留学归来的王炳南被派往杨虎城那里,负责杨和中共之间的联络工作。

1936年8月13日,毛泽东又写亲笔函致杨虎城,交秘书张文彬前往西安,面呈杨虎城。26岁的张文彬,湖南平江人,曾任毛泽东秘书。他后来曾任中共南方工作委员会副书记、广东省委书记,于1944年死于国民党狱中,时年不过34岁,所以不大为人所知。

毛泽东这封信写道:

虎臣先生勋鉴:

先生同意联合战线,盛情可感。九个月来,敝方未曾视先生为敌人……先生如以诚意参加联合战线,则先生之一切顾虑与困难,敝方均愿代为设计,务使先生及贵军全部立于无损有益之地位。比闻贵部将移防肤洛，双方更必靠近，敝方庆得善邻，同时切望贵部维持对民众之纪律，并确保经济通商。双方关系更臻融洽，非特两军之幸，抑亦救国阵战之福。具体办法及迅速建立通信联络等事，均嘱张同志趋前商订。专此奉达，不尽欲言。

敬颂公祺

毛泽东

8月13日[1]

射向汪精卫的子弹帮了蒋介石的大忙

走笔行文至此，该掉过笔头，写一写本书的另一主角蒋介石了。

那时的蒋介石，面临着三大对手：

就国际而言，日军步步进逼，威胁着他的生存；

就国内而言，毛泽东领导的中共，被他视为心腹大患；

就党内而言，汪精卫跟他面和心不和，争权夺利日烈。

自1932年1月28日汪精卫出任国民政府行政院长，3月6日蒋介石出任军事委员会委员长，形成了"汪主政、蒋主军、蒋汪共同主党"的"蒋汪体制"。然而，1935年11月1日，一阵突然响起的枪声，击碎了勉强维持了三年多的"蒋汪体制"……

那天，国民党四届六中全会在南京举行。会议按照预定的程序，一步接一步进行着：

清早7时，全体代表到紫金山中山陵谒陵；

上午9时，会议在中央党部礼堂开幕，由汪精卫作报告。

汪精卫的报告不过二十来分钟。报告毕，一百多名中委走出礼堂，在门口拍照留念。中委们分成五排，前排坐，后排站。

前排正中的两把椅子，理所当然是留给蒋介石、汪精卫坐的。汪精卫已经坐定，而蒋介石的位子却空着。

等了一会儿，说蒋介石有事，不来拍照了。于是，9时35分，一阵"咔嚓"声之后，摄影完毕。

就在中委们回身朝礼堂走去时，在记者群中忽地发出"打倒卖国贼"的呼

---

[1]《毛泽东书信选集》，人民出版社1983年版，第38—39页。

当了汉奸的汪精卫

喊，紧接着连响三枪，均命中汪精卫：一枪中左臂，一枪中左颊，一枪中背部肋骨。

汪精卫踉跄倒下。

这突如其来的枪声，吓蒙了张静江，他连忙趴在地上。孔祥熙赶紧钻到附近一辆汽车底下。倒是张群镇静，回过身子一把拦腰抱住那个开枪的记者。那个记者这时又连开两枪。说时迟，那时快，张学良飞起一腿，踢掉了记者手中的短枪。

这时，汪精卫的卫士，击倒了那记者。

蒋介石闻枪声，带着卫士赶来。他赶紧来到汪精卫身边，半跪着，扶起汪精卫的头，那模样极为关切。

正在淌血的汪精卫，以为自命难保，吃力地对蒋介石说道："蒋先生，你今天大概明白了吧。我死之后，要你单独负责了。"

这时，正在一侧的汪精卫之妻陈璧君，对蒋介石不客气了。在她看来，拍照时蒋介石不在场，显然是蒋介石要对汪精卫下毒手。她当着张学良、陈公博、褚民谊等中委的面，对蒋介石大声说道："你不要汪先生干，汪先生就不干，为什么要派人下此毒手！"

顿时，蒋介石如同哑巴吃黄连，有口难辩！他只得强忍着，陪着陈璧君，把汪精卫急送中央医院救治。

此事乃爆炸性新闻，马上被各报刊以醒目位置加以报道，标上"中央震惊""举国震惊"之类大字标题。

议论如沸，蒋介石一时成了猜疑的中心。蒋汪之间，早已面和心不和，所以连陈璧君都当着蒋介石的面，说出那样的话，更何况别人！

不过，也有明显的令人费解之处：蒋如要杀汪，何必当着全体中委的面杀他？

其实，那天蒋介石见现场颇乱，张学良、阎锡山及西南的一些地方实力派都带马弁二名，记者又那么多，生怕出事，便坐在休息厅里，不愿去拍照。汪精卫见蒋介石没有下来，特地去请他。

蒋介石对汪精卫道："今天秩序很不好，说不定要出事，我决定不参加摄影,我希望你也不要出场。"

汪精卫闻言,说:"各中委已伫立良久,专候蒋先生。如我再不参加,将不能收场,怎么能行?我一定要去。"

事情果真被蒋介石言中,汪精卫一去,便倒在血泊中!

杀手究竟是什么背景?

当场被汪精卫卫士击倒的,是晨光通讯社记者,叫孙凤鸣,原本是第十九路军的一名排长。他受伤颇重,送入医院已是垂危了。他断断续续地说:"我是一个老粗,不懂得什么党派和主义,要我刺汪的主使人就是我的良心!"

虽然孙凤鸣被列为"要犯",蒋介石下令全力抢救,以查清此案,宪兵司令谷正伦守在他的床前,但孙凤鸣只说那么几句话,再不愿说什么,寸塱晨死去。

此案惊天动地,自然要深究细查。后来,才弄明白,此次刺杀行动只是孙凤鸣、华克之、张玉华、贺坡光这四位青年策划的,并无大人物指使。孙凤鸣要刺杀的,原本是蒋介石。他们认为,蒋介石对日军步步退让,只有杀蒋介石才能拯救中华民族。

谁知蒋介石诡诈多疑,那天不下来参加摄影,孙凤鸣便把子弹射向了汪精卫。

这四位青年中的华克之,年过九旬仍然在世。他后来奔往延安,受到毛泽东的接见,不久加入中共,成为潘汉年手下的秘密工作者。1992年江苏人民出版社曾出版《华克之传奇》,记述他传奇的一生。

那四位小人物刺杀汪精卫,虽说汪精卫未死,然而重伤使他不得不暂离政坛,出国治疗。如同1925年廖仲恺被刺,成了蒋介石晋升、夺权的绝好机会,这一回,汪精卫被刺又成了蒋介石独揽大权的绝好机会——虽说刺廖和刺汪确实与蒋介石无关。刺客的子弹射向蒋介石的政敌,理所当然给蒋介石帮了大忙。

国民党的四届六中全会,是为召开"五全"大会作准备的。汪精卫遭刺后的第11天(11月12日),国民党第五次全国代表大会在南京召开。12月7日,则召开国民党五届一中全会,蒋介石当选为国民党中央常委会副主席——主席虽是胡汉民,但受蒋排挤而在国外。蒋介石又兼任了原先由汪精卫担任的行政院长。这样,蒋介石也就集党、政、军大权于一身,"蒋汪体制""汪主政、蒋主军、蒋汪共同主党"的局面,从此画上句号。

这时,毛泽东在中共方面的地位与蒋介石颇为近似:在党务方面,虽然名义上张闻天是负总责,但实际领袖是毛泽东;另外,毛泽东是中华苏维埃共和国政府主席,又是红军的最高军事首长之一(虽然中央军事革命委员会主席此时是朱德)。

何香凝的裙和续范亭的血

在四一二反革命政变之后，蒋介石对于中共向来是一个"剿"字：

对于井冈山一次次"会剿"；

对于江西中央苏区五次"围剿"；

红军被迫长征，来个前堵后截；

红军到达陕北后，则来个"西北剿匪"。

面对着日本的侵略，蒋介石的"名言"是"攘外必先安内"。此言出于1931年7月23日蒋介石的《致全国同胞电》。同年11月30日，蒋介石在顾维钧就任外交部长的宣誓仪式上，对这一方针又作了如下解释：

> 攘外必先安内，统一方能御侮，未有国不统一而能取胜于外者。故今日之对外，无论用军事方式解决，或用外交方式解决，皆非先求国内统一不能成功。

廖承志（左）与母亲何香凝（中）

蒋介石把意思说得很明白，那就是只有先消灭中共，方能抗日。

随着日军步步深入，国土成片沦陷，抗日呼声日益高涨，对于蒋介石的"攘外必先安内"国策的不满愈加强烈。

1935年，蒋介石忽地收到一个包裹，其中是一条裙子！是谁给蒋介石寄裙子？干吗给蒋介石寄裙子？包裹内放着署名何香凝的一首诗。何香凝，廖仲恺夫人也。她的诗，全文如下：

为中日战争赠蒋介石及中国军人以女服有感而作

枉自称男儿，甘受倭奴气，

不战送山河，万世同羞耻。

吾侪妇女们，愿往沙场死，

> 将我巾帼裳，换你征衣去。[1]

消息传出，一时间成为新闻笑谈。

刚刚爆过笑的新闻，又爆出哭的新闻：1935年12月26日下午5时，南京中山陵祭堂前忽地传出一声惨叫，一位男子用短剑自戕，血流一地。他的司机急送他至医院，因抢救及时，才算免于一死。

此人便是国民党"五全"大会代表、中将续范亭。他在自戕前，留下《哭陵》一诗：

> 谒陵我心悲，哭陵我无泪；
> 瞻拜总理陵，寸寸肝肠碎。
> 战死无将军，可耻此为最；
> 腼颜事仇敌，瓦全安足贵。

续范亭的诗，道出国民党内抗日军人的心声，恰好和何香凝的诗相呼应。

何香凝赠裙，续范亭自戕，是中国抗日大潮中的两朵花。全国上下，对"攘外必先安内"的抨击日烈。

最使蒋介石惴惴不安的是，在国民党五届一中全会上当选为主席的胡汉民，原是人所共知的国民党右派，却居然发表与"攘外必先安内"相左的言论："与其亡于日，毋宁亡于赤！""宁愿挂红旗，不愿挂日旗！"

蒋介石审时度势，意识到再坚持"攘外必先安内"，会危及他的地位。虽说他仍在那里"剿共"，却在暗中派出密使，希冀跟中共进行和谈……

不过，虽说蒋介石每天都在战场上跟毛泽东交手，可是要找到一条安全、可靠的秘密途径给毛泽东递上橄榄枝，倒也颇费一番周折。

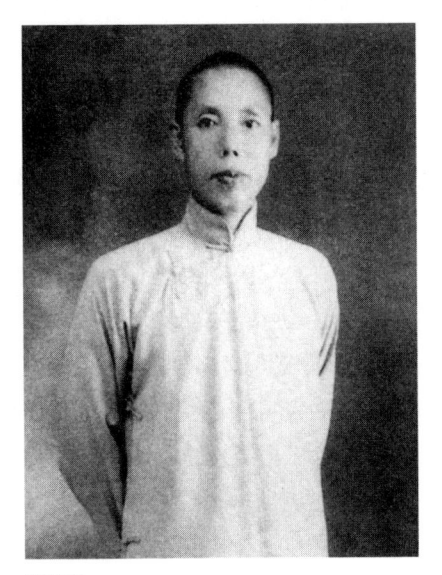

续范亭

---

[1] 廖梦醒：《我的母亲何香凝》，人民出版社1984年版。

"波茨坦"号上奇特的"随员"

1935年底,国民党五届一中全会结束不久,圣诞节前夕,一艘名叫"波茨坦"号的德国巨型邮轮,离开上海黄浦江码头,驶向遥远的欧洲。

船上的贵宾舱里,住着国民党政府新派的驻德大使程天放、少将陆军武官酆悌。此外,还住着随员李融清和江帆南。

按照国民党政府的规定,随员是不能住贵宾舱的,只能住二等舱或三等、四等舱。这一回,为什么破例呢?

原来,那两位随员来历不凡。按职务,此二人比程天放、酆悌高得多。那位化名李融清的,乃国民党中央组织部部长陈立夫,而化名江帆南的则是国民党中央执行委员张冲。其实,这和叶剑英化装成马夫进入西安酷似——国共两党在进行秘密工作时所用手法竟然如出一辙!

陈立夫

35岁的陈立夫是国民党要人。所谓"四大家族",即蒋介石、宋子文、孔祥熙,以及陈果夫、陈立夫二兄弟。

陈果夫、陈立夫是亲兄弟,陈果夫为兄,陈立夫为弟,浙江吴兴人氏。陈家与蒋介石的关系,非同一般:

陈果夫、陈立夫之父,叫陈其业。陈其业之二弟,叫陈其美,亦即陈英士。

蒋介石19岁时赴日本求学,陈其美是他的同学,并介绍他加入同盟会。蒋介石与陈其美为结盟兄弟,也就视陈果夫、陈立夫为侄子,对二人深为信任。

陈立夫早年赴美,获矿业硕士学位。1926年夏,陈立夫经其兄陈果夫介绍,出任蒋介石机要秘书,从此成为蒋介石心腹。

1928年,陈立夫任国民党中央党部调查科科长、国民政府军事委员会机要科主任。以陈立夫和陈果夫为首,建立了"中央俱乐部",英文名称为Central Club,简称"CC"。"CC派"成了蒋介石的特工组织。也真巧,"陈"姓的英文开头字母也是"C","CC"恰好是"二陈"!在国民党五届一中全会上,陈立夫当选国民党中央执行委员会常委,足见他地位的显要。蒋介石

陈果夫　　　　　　　张冲

指派陈立夫为密使，理所当然。至于为什么选择张冲为陈立夫的副手，有三层原因：

其一，比陈立夫小4岁的张冲，浙江乐清人氏，19岁从温州中学毕业后，便入北京大学俄语系，精熟俄语。

其二，张冲是CC派中坚人物，任中央组织部调查科总干事。

其三，一年前张冲曾去欧洲考察政治、经济，熟悉那里的情况。

这样，化装为"随员"的陈立夫、张冲，均为CC派要员，一个精通英语，一个谙熟俄语。

令人费解的是，蒋介石为什么把密使派往遥远的欧洲？

那是因为蒋介石曾非常仔细地读了共产国际七大的文件。共产国际第七次代表大会于1935年7月至8月在莫斯科召开。中共代表团在会上提出关于组织"全中国统一的人民的国际政府"的建议书。

季米特洛夫表示"完全赞同中国共产党的这种提议"。

蒋介石曾访问过苏联，访问过共产国际，深知共产国际是中共的上级。他舍近而求远，派出陈立夫、张冲赴欧，为的是转道苏联，与共产国际取得联系，同时也希求建立中苏抗日同盟。

陈立夫、张冲的行踪虽说极端保密，却瞒不过日本间谍机关的耳目。陈、张在意大利登陆后，正在与莫斯科联系，日本的报章公布了蒋介石密使欲访苏联的消息。蒋介石得知后，急急召回陈立夫和张冲，使两位密使此行半途而废。

国共莫斯科密谈

就在陈立夫、张冲奉蒋介石之命返回中国之际，蒋介石却又发出另一份密电到新疆迪化[1]，急令刚从苏联回到迪化的重要人物重返莫斯科，以求完成陈立夫、张冲未曾完成的使命。

此人不过31岁，湖南醴陵人，姓邓，字雪冰，名文仪。邓文仪和陈立夫、张冲一样，也是深得蒋介石信任的人。他是黄埔军校一期学生，蒋介石的得意门生。1925年从黄埔军校毕业后，邓文仪被送往苏联莫斯科大学学习，两年后回国，担任黄埔军校政治部副主任、代理主任——须知，原本担任主任之职的是周恩来。自1928年起，邓文仪担任蒋介石的侍从参谋、侍从书记，成为蒋介石的心腹。4年后，他和戴笠组织三民主义力行社及中华复兴社，出任训练处长，成为国民党特务系统要员。考虑到他原来在苏联学习过两年，自1934年冬起，他被派往莫斯科，担任驻苏联大使馆武官。[2]

当陈立夫、张冲从上海出发，踏上"波茨坦"号邮轮的时候，正值邓文仪离开莫斯科返国述职，路过新疆迪化。

那时，中共吴玉章等人在法国巴黎创办了一份中文报纸，叫《救国报》。《救国报》初为周刊，后为5日刊，宣传中共的主张，发行43个国家，也在中国国内的北平、上海、天津、西安、武汉销售，总发行量达2万多份。

1935年11月，该报因受法国政府干涉，被迫停刊。但在1935年12月，改名《救国时报》，重新登记，又得以发行。

1935年12月9日的《救国时报》，刊载中共驻莫斯科共产国际代表团所拟的中共宣言，透露重要信息：第一次称蒋介石为"南京蒋总司令"！

宣言指出：

> 赶快停止中国人和中国军队之间的一切内讧；
> 一切愿意抗日的各党派各社会团体和各群众组织立刻开始谈判共御外侮的条件和方法；
> 不论蒋总司令的军队也好，不论其他党派的军队也好，不论共产党领导下的红军也好，马上停止内战，枪口一致对外。

---

[1] 迪化，即今乌鲁木齐。

[2] 邓文仪后来成为国民党中央常委。1949年去台湾，曾任国民党台湾省主任委员。晚年著回忆录《冒险犯难记》，由台湾学生书局于1973年出版，其中透露了他1936年在莫斯科的重要使命。

蒋介石注意到了这条从巴黎传来的驻莫斯科中共代表团的重要信息。

1936年1月22日,蒋介石同苏联驻华全权代表鲍格莫洛夫会谈时,得悉驻莫斯科的中共代表团确有谈判意愿。

于是,奉蒋介石密令,邓文仪重返莫斯科,通过苏联当局,跟中共驻共产国际代表团进行了联络。中共代表团同意与邓文仪接触。

于是,邓文仪与中共代表团团长王明面对面坐在一起,进行了秘密谈判。这是国共两党自1927年决裂之后,头一回直接进行谈判。

据邓文仪回忆,他跟王明"恳谈",首先说及蒋介石注意到中共代表团在共产国际七大上提出的建议书,决定着手与中共进行接触、谈判。

邓文仪传达了蒋介石的三项条件:

(一)取消中国苏维埃政府,这个政府的所有领导人和工作人员参加南京政府;

(二)改编中国工农红军为国民革命军,因为同日作战必须有统一指挥;

(三)国共两党间恢复1924年至1927年存在的合作形式,或任何其他形式。在这种情况下,中国共产党继续独立存在。

五短身材的王明,很仔细地倾听着邓文仪传达的蒋介石的三项条件。

邓文仪还表示,蒋介石已注意到中共的"八一宣言"。

邓文仪说:"当然,红军不会接受国民政府的军事工作人员,但红军和国民政府间应交换政治工作人员以表示互相信任和尊重。蒋委员长知道,红军没有弹药、武器和粮食。国民政府能够给红军一定数量的武器和粮食,以及派出若干军队帮助红军,以便红军开到内蒙古前线,而国民党军队将保卫长江流域。"

王明马上表示,红军不能"开到内蒙古前线",因为那样,意味着红军必须放弃陕北根据地。

王明和邓文仪的莫斯科会谈虽说是短暂的,却毕竟是历史性的——共产党和国民党终于坐了下来,开始秘密谈判。

王明还说明了实情:虽然共产国际是中共的上级,但是要进一步开展国共谈判,还是要找在国内的中共中央,要找毛泽东。只有毛泽东,才能最后拍板。

邓文仪迅即把来自莫斯科的秘密信息电告蒋介石。

于是,蒋介石明白:"舍近求远"不行,要解决问题,还得找老对手毛泽东!

肩负重任的"红色牧师"

又一个重要的讯号，出现在1936年1月29日法国巴黎出版的《救国时报》上。这一期报纸刊载了中华苏维埃人民共和国政府主席毛泽东、人民外交委员王稼祥对《红色中华》社记者所发表的谈话。《红色中华》社，亦即新华社的前身。谈话称："中国苏维埃政府对于蒋介石的态度非常率直明白，倘蒋能真正抗日，中国苏维埃政府当然可以在抗日战线上和他携手……"

这清楚地表明，毛泽东愿与蒋介石"携手"！

也就在这时候，一位神秘的牧师从上海来到古城西安，求见张学良。他向张学良提出了出乎意料的要求：希望通过东北军的防区，进入红军的防地！

此人自称姓周，名继吾，是一位牧师。当然，他深知，光是说自己是牧师，未必能使张少帅答应他那非同一般的要求。他出示了一份重要的证件，那是孔祥熙亲笔签署的"财政部调查员"的委任状。据云，他要进入红军防地进行"调查"。

张学良知道此人来历不凡，但当场没有马上答应。在送走这位牧师之后，张学良马上发密电到南京。南京方面证实，这位牧师确是南京政府派出的重要密使，前往中共中央进行联络。

张学良又用电台跟瓦窑堡联络，那里的回电表明，中共中央也知道此人，并请张学良提供方便，帮助此人前往瓦窑堡！

这位牧师，居然在南京和瓦窑堡都得到认可，表明此人神通广大。

关于此人，后来，斯诺在他的名著《西行漫记》中曾多次若隐若现地提到，但写到紧要关头便打住。在跟斯诺交往时，此人不再姓周，却改姓王，斯诺在《西行漫记》中称他为"王牧师"。斯诺写道，他要从西安去保安，他的一位老朋友作了"指点"：

> 我得到的指点就是到西安府某家旅馆去，要一个房间住下来，等一个自称姓王的先生来访，除此之外，我对他一无所知。确实是一无所知，除了他会设法给我安排搭乘——他们这样答应我——张学良的私人座机去红区！
>
> 我在旅馆里住下来后过了几天，有一个身材高大，胖得有点圆滚滚的，但是体格结实、仪表堂堂的中国人，身穿一件灰色绸大褂，穿过打开着的房门进来，用一口漂亮的英语向我打招呼。

他的外表像个富裕的商人，自称姓王，提到了我在北京的那个朋友的名字，并且还以其他方式证实了他就是我等的那个人。

在这以后的那个星期里，我发现即使仅仅为了王一个人，也值得我到西安府一行。我每天花四五个小时听他聊天，回忆往事，还听他对政局作比较严肃的解释。他是我完全意想不到的一个人。

他曾经在上海一所教会学校里受教育，在基督教圈子里颇有地位，一度自己有个教堂。我后来知道，在共产党中间，大家都叫他王牧师。像上海的许多发达得意的基督教徒一样，他参加过操纵该市的青帮，从蒋介石（也是青帮中人）到青帮头子杜月笙，他都认识。他一度在国民党中担任过高级官员，但是我现在也不能泄露他的真实姓名。

一些时候以来，王牧师就丢官弃教，同共产党合作。这样有多久了，我不知道。他成了一种秘密的、非正式的使节，到各种各样的文武官员那里去进行游说，帮助共产党把他们争取过来，使他们了解和支持共产党的成立"抗日民族统一战线"的建议。

这位王牧师——人称"红色牧师"——确实非同凡响，他既与蒋介石有交情，又与毛泽东有交往。他的真实姓名，毛泽东在1936年8月14日致宋子文函中，倒是提及了：

前次董健吾兄来，托致鄙意，不知已达左右否？[1]

此信收入《毛泽东书信选集》，编选者在信末对董健吾加了这么一条注释：

董健吾，公开身份是牧师，当时在中国共产党领导下在上海等地从事秘密工作。

这大抵是迄今为止关于董健吾的官方的最详尽的一条注释。

比之一般的中共特科人员，董健吾有着从事

董健吾

---

[1]《毛泽东书信选集》，人民出版社1983年版，第45—46页。

秘密工作更好的背景：他与宋子文原是上海圣约翰大学同学，交情颇深。他曾做过古董生意，成为宋家购买古董、字画的"高参"。借助于宋子文的推荐，孔祥熙为他签署了委任状。这样，这位中共特科成员，有了国民党官员的身份。

董健吾还有一层重要的关系：他与宋子文之姐宋庆龄也有着密切联系。

最初，蒋介石打算打通与中共直接的渠道，找了宋子文，宋子文则找宋庆龄，而宋庆龄推荐了董健吾。

董健吾出发前，蒋介石接见了他。蒋介石向他面谈了与中共谈判的条件：

甲，不进攻红军；

乙，一致抗日；

丙，释放政治犯；

丁，武装民众。

宋庆龄则交给董健吾一大包云南白药，因为她听说红军缺乏止血药，托他带给中共中央。

如此这般，"红色牧师"董健吾肩负着重任，前来西安。

与董健吾同行的，还有一位22岁的小伙子。小伙子知道董健吾的真实身份，而董健吾却不知他，以为他是国民党委派的代表……

在上海四马路暗中接头

曾养甫

要说清那位小伙子的来历，又得花费一番笔墨。

陈立夫在奉命和张冲一起赴苏之际，还曾托曾养甫在国内寻觅与中共联系的渠道。

曾养甫原名曾宪浩，也是CC派中人物。他是广东平远人，原本是技术界人士。他毕业于天津北洋大学矿冶系，然后赴美国匹兹堡大学研究院深造。1925年，27岁的他回国，出任国民革命总司令部后方总政治部主任。此后，他当选国民党中央执行委员并出任铁道部次长。1934年，他发起兴建钱塘江大桥。

曾养甫欲在国共之间架"桥",他想起了一个非常合适、能够帮助架"桥"的人物——他在天津北洋大学读书时的同学谌小岑。

谌小岑跟周恩来、邓颖超都有着不错的友谊。1919年9月16日,当周恩来在天津草厂庵学联办公室召开觉悟社成立大会时,第一批会员20人在座,邓颖超、谌小岑都是第一批会员。

谌小岑是湖南安化人,年长周恩来1岁。谌小岑和周恩来、邓颖超同在五四运动中搏击,结下深谊。此后,谌小岑于1920年8月赴武汉,周恩来则赴法国,从此分手。不过谌小岑曾加入中共,后来虽脱离了中共,但仍与中共有着种种联系。

曾养甫虽说过去也认识周恩来,毕竟没有多少交情,所以便找到了谌小岑。为了便于架"桥",他任命谌小岑为铁道部劳工科科长。

1993年,96岁的谌小岑仍然记忆清晰。据谌小岑回忆,架"桥"时他找了左恭。左恭乃清末湘军首领左宗棠的后裔,时任南京《扶轮日报》编辑,又在国民党中央宣传部下属的征集部任主任。当时谌小岑只知他跟中共有联系,但并不知道左恭乃中共地下党员。谌小岑在1932年和左恭合办过《生力》杂志,与他颇熟。左恭从谌小岑那里得知重要信息,即赶赴上海,向中共上海临时中央局作了报告。中共上海临时中央局派出了代表,此人便是前文叙及的小伙子。

大凡形迹诡秘、变幻莫测的人物,换一个姓名,如同换一顶帽子似的,不当一回事。董健吾时而姓王,时而姓周。这位小伙子时而姓黄,时而姓张,而他的真实姓名——王绪祥——倒鲜为人知。如今,人们通常称他张子华——虽说那原本是他的化名。本书也照人们的习惯,称他张子华。

张子华是宁夏中宁人氏。1930年,年仅16岁的他,加入了中共。

1935年,他担任中共上海临时中央局组织部秘书,特科成员。他奉中共上海临时中央局之命,与谌小岑接头。

1936年1月3日,谌小岑从南京赶来,住在上海四马路(今福州路)上一所不起眼的旅社——惠中旅社。不久,张子华也来到那里。

谌小岑如此回忆道:

> 我们面对面坐下来,他答复我他姓黄。
>
> 缄默了几秒钟,我说明了来意,请他代为转达中共中央,派一位正式代表,同南京谈判,停止内战,一致对外。他答应说:"愿为此事奔走。"
>
> 第二天,他来了,我们在一所清静的房间里谈了两个小时,主要是他提出南京政府是否抗日的问题,由我答复。

黄君听了之后，再次表示他愿为此事奔走。第二天，他派了一个交通员来同我联系。交通员是一个二十岁左右的青年印刷工人。

三天后，黄君来对我说，希望南京派一个人到陕北去。这天，曾养甫正好来上海，经考虑，我们一时派不出适当的人来，还是希望中共自己有人为此奔走。几天后，他来表示同意由他自己想办法，我就回南京去了。

派谁去呢？中共上海临时中央局指派"黄君"（亦即张子华）前往陕北。张子华曾任中共豫鄂陕边区特派员，去过陕北一带。

正在这时，那位"红色牧师"也受命启程——虽说董健吾联系的是另一条途径。于是，中共上海临时中央局决定张子华与董健吾同行。

他俩由上海到达西安，正遇雨雪交加，交通断绝。他俩在西安等了些日子，看看天气没有迅速转好的迹象，只得求助于张少帅。

当张学良从南京方面得到证实，知道"王牧师"来头不小，乃是行前见过蒋介石的人物，于是决定用飞机送"王牧师"及其"随员"黄君前往肤施。

不过，也正因为得到南京方面的证实，张学良知道了蒋介石的绝密信息，知道蒋介石与中共之间有密使联系，因此他也就更大胆地与中共暗中来往。

毛泽东和蒋介石开始幕后对话

一时间，张学良也成了"桥梁"。他在与南京联络之后，又与陕北瓦窑堡联络。来自中共中央的复电表明，同意接待"红色牧师"及其"随员"。

1936年2月19日，一架"波鹰"飞机冒着风雪从西安起飞，载着那两名神秘的乘客，朝北前进。

漫山遍野，白雪皑皑。螺旋桨搅动着寒风，飞机在云层中穿行，终于平安降落在肤施城延河边上。

驻守肤施的东北军接到张学良的命令，派出一个骑兵连，护送两位密使，前往瓦窑堡。

2月27日，董健吾和张子华千里迢迢，终于到达中共中央的所在地，红军边防司令李景林，亲自在"边境"迎接他们。

当天，林伯渠、吴亮平、李维汉、袁国平在窑洞里设宴，为两位密使洗尘。

两位密使急于要见毛泽东，但不巧，毛泽东正和张闻天、彭德怀在山西石楼前线。周恩来呢？也不在瓦窑堡。他和刘志丹正在瓦窑堡东面的折家坪。

只有博古在瓦窑堡。

当晚，两位"远客"由林伯渠陪同，前往博古那里。博古仔细听取董健吾的报告，而张子华作为"随员"并未多言。

然而，在与"红色牧师"谈话结束之后，博古却又单独会晤了张子华，听取了汇报——如前文所述，董健吾并不知道张子华也是中共特科成员。

夜深，博古马上向山西石楼发出"关于南京来人谈话结果"的密电，报告毛泽东、张闻天。电报中，博古说明了董健吾的身份系"上海特科人员"，"董左右有前特科一部约十余人"。

也正巧，就在毛泽东接到电报时，那位中共北方局情报部部长王世英正在毛泽东那里，汇报关于和杨虎城密谈的情况。

3月2日，毛泽东致电博古及周恩来，要求他们和董健吾等一起赶往山西石楼，与他见面。

董健吾因急于要回南京复命，未能去石楼。张子华表示，他可以留下来去见毛泽东。

这样，毛泽东于3月4日，与张闻天、彭德怀联名给周健吾（即董健吾）发来一份电报：

博古同志转周健吾兄：
　　（甲）弟等十分欢迎南京当局觉悟与明智的表示，为联合全国力量抗日救国，弟等愿与南京当局开始具体实际之谈判。
　　（乙）我兄复命南京时望恳切提出弟等之下列意见：（一）停止一切内战，全国武装不分红白，一致抗日；（二）组织国防政府与抗日联军；（三）容许全国主力红军迅速集中河北，首先抵御日寇迈进；（四）释放政治犯，容许人民政治自由；（五）内政与经济上实行初步与必要的改革。
　　同意我兄即返南京，以便迅速磋商大计。

张、毛、彭
4日12时

这是毛泽东对蒋介石托董健吾转告的四项条件的答复。

毛泽东和蒋介石之间，终于开始对话，虽说是通过"桥梁"对话的。

知道毛泽东"同意我兄即返南京"，"红色牧师"于3月5日便离开了瓦窑堡。

临走时，博古和林伯渠托他带了别致礼品赠宋庆龄：三枚刻着镰刀斧头图案的银币，那是当年江西苏区铸造的。另外，还有一套红区的纸币。中共用这样特殊的方式，向宋庆龄表示敬意。对于中共来说，宋庆龄是在国民党高层中真诚地表示支持自己的重要人物。那些日子，一个秘密电台便设在宋庆龄的友人路易·艾黎家中，使中共上海地下组织与陕北中共中央保持着联系。

"红色牧师"一路奔忙，风风火火赶回南京，向蒋介石通报了毛泽东的意见。

当"红色牧师"欲再从南京前往陕北之际，风声走漏，"山西王"阎锡山不知从什么途径，获知蒋介石派人去瓦窑堡，当即致电南京责问：为什么联合红军打晋军？

蒋介石知道此事声张出去大为不妙，从此不敢再起用"红色牧师"这一"桥梁"。

张子华穿梭于南京与陕北之间

"红色牧师"的那位"随员"，不声不响，继续穿梭于陕北和南京之间……

张子华没有和董健吾一起离开瓦窑堡。他东渡黄河前往山西前线，去见中共领导人，向毛泽东、张闻天、彭德怀作了详尽汇报。

1936年3月，中共中央政治局在山西石楼附近召开扩大会议，讨论关于与国民党谈判的问题，批准了毛、张、彭致董健吾电报中所提出的五项条件。

会议还就谈判问题作出决定：今后与国民党军队的谈判，集中于军委；与国民党的谈判，集中于党中央常委；全部由常委指挥。

1936年4月下旬，一位重要人物从陕北来上海，当即与鲁迅长谈，传达了中共中央对文艺工作的意见。此人名叫冯雪峰。冯雪峰来沪，除了与鲁迅、沈钧儒等建立联系外，还建立了一个与延安通报的秘密电台。

与冯雪峰同行，一起离开陕北的是张子华。

张子华来到南京，秘密会晤了曾养甫，

鲁迅

转达了中共中央的五项条件，希望南京方面就联共抗日也提出条件。

不久，陈立夫听了曾养甫的报告，作出反应。曾养甫打电话约谌小岑来家里，谌小岑进去见到陈立夫在座，陈立夫当场口授了四条，由谌小岑抄录后，转给了张子华。这四条是：

一、欢迎共方的武装队伍参加对日作战；

二、共方武装队伍参加对日作战时与中央军同等待遇；

三、共方如有政治上的意见，可通过即将成立的民意机关提出，供中央采择；

四、共方可选择一地区试验其政治经济理想。

另外，覃振还交给张子华一封信，托他转给林伯渠。覃振和林伯渠有着旧谊，他们同是湖南人，都于1905年在日本加入同盟会。1908年，覃振在长沙密谋起义，因事泄被捕，判处终身监禁，辛亥革命光复长沙后出狱，后来在国民党"一全"大会上当选中央执行委员。

此后，覃振担任国民政府司法院代理院长。

林伯渠则加入中共，成为中华苏维埃共和国财政部部长。覃振致函老友林伯渠，重叙友情，亦是为了国共再度携手。

张子华深知肩负的使命何等重要，便星夜兼程，从南京奔赴陕北。这一回，他已是熟门熟路了。他赶到了陕北延川县大相寺，中共正在那里召开方面军团以上干部会议，毛泽东、周恩来、博古、彭德怀等都在那里。张子华向毛泽东等当面作了汇报。

这时，正值周恩来赴肤施天主教堂跟张学良会谈不久，毛泽东曾明确提出由周恩来负责与国民党的联络工作。于是，5月15日，周恩来在大相寺亲笔写了两封信，托张子华，亦即"黄君"带往南京。

张子华

周恩来的信有一封是写给谌小岑的，全文如下：

别了十五六年，几如隔世。黄君来，得知老友为国奔走，爽健犹昔，私衷欣慰。

　　十余年来，弟所努力，虽与兄等异趣，但丁兹时艰，非吾人清算之日，亟应为民族生存，迅谋联合。此间屡次宣言，具备斯旨。今幸得兄相与倡和，益增兴感。黄君回，面托代罄积愫并陈所见，深愿兄能推动各方，共促事成。

　　养甫先生本为旧识，幸代致意。倘愿惠临苏土，商讨大计，至所欢迎。万一曾先生不便亲来，兄能代表贲临，或更纠合同道就便参观，尤所企盼。

　　国难当前，幸趋一致，刿在老友，敢赋同仇。春风有意，诸维心照不宣。[1]

这封信表明，在"别了十五六年"之后，周恩来又与谌小岑恢复了直接联系。信中又向"养甫先生"，表示欢迎"惠临苏土"。

周恩来的另一封信，是写给他与张学良之"同师"张伯苓先生的。周恩来写道：

　　不亲先生教益，垂廿载矣。曾闻师言，中国不患有共产党，而患假共产党。自幸革命十余年，所成就者，尚足为共产党之证，未曾以假共产党之行败师训也。

　　去岁末，复闻先生于一二·八事变后，曾拟挺身入江西苏区，主停内战，一致对外。惜当时未得见先生，而先生亦未得见苏维埃与红军历次抗日宣言。向使当时果来苏区，红军北上抗日之路，或可早开，又何致直至去岁始得迂回曲折，以先锋军转入陕甘！经二万五千里历十一省之长征，在事为难能，在红军抗日之意更可大白于天下，而战胜声威，为抗日保存活力，或亦先生所乐闻欤？[2]

周恩来在信中，希望老校长张伯苓也为国共合作、共同抗日出力。

林伯渠也给老朋友覃振写了复函。

张子华带着周恩来、林伯渠亲笔信，返回南京。这样国共之间开始书信往返。

张子华在南京曾养甫家中递交了周恩来、林伯渠的亲笔信之后，突然失踪了！

---

[1]《周恩来统一战线文选》，第16页，人民出版社1984年版。
[2]《周恩来统一战线文选》，第16页，人民出版社1984年版。

张子华到哪里去了呢?

他被曾养甫下令关进了监狱。

如此重要的密使,怎么会身陷囹圄?虽然关于张子华被捕的原因有种种说法,近来渐渐透露出其中真实的原因:蒋介石通过曾养甫—张子华这一途径,与毛泽东、周恩来暗中来往,在国民党内是极端机密的,就连陈布雷这样的贴身秘书也不知道。张子华当时要求谌小岑在南京为他弄了一处住房,他以中共代表身份公开宣传抗日。蒋介石闻讯,连忙下令把他抓进狱中,以免像"红色牧师"那样走漏风声!

一周后,中共上海地下党发觉张子华失踪,指令左恭出面向谌小岑要人。谌小岑对曾养甫说:"两国相争,不斩来使,何况我们正在讲和呢!"曾养甫这才放出张子华,由谌小岑亲自陪同,由南京前往上海。

曾养甫让张子华去上海,为的是避开南京众多的耳目。张子华给了谌小岑一份密电码和上海信箱号码,便于谌小岑在南京跟他保持秘密联系;曾养甫则给了张子华汉口电台的呼号,让张子华与汉口保持无线电联系,由汉口转告南京——倘若直接与南京联系,容易走漏风声……

筹划中的蒋介石、周恩来的秘密会谈

张子华回到上海不久,接到南京密电,要他去一趟南京。

在南京,曾养甫交给他一封致周恩来的信,托他送往陕北。

曾养甫在信中写道:"盼两方能派负责代表切实商谈,如兄能摒除政务来豫一叙至所盼祷。"

这表明,国民党方面希望国共"切实商谈",提高到周恩来这样的高层级别。

于是,张子华携曾养甫的信,第三次前往陕北。

就在这时,1936年7月10日至14日,国民党五届二中全会在南京召开。蒋介石在会上发表演讲,对于抗日作了比较明确的表态:

> 中央对于外交所抱的最低限度,就是保持领土主权的完整,任何国家要求侵害我们领土主权,我们绝对不能容忍,我们绝对不签订任何侵害我们领土主权的协定,并绝对不容忍任何侵害我们领土主权的事实。再明白些说,假如有人强迫我们签订承认伪满洲国等损害领土主权的协定的时候,就是我们不能容忍的时候,就是我们最后牺牲的时候。

蒋介石讲话的调子，比往日提高了一些，虽说他还只是讲"有人"，尚未鲜明地亮出抗日之旗。

中共对蒋介石的演说，作出了公开反应。1936年8月25日，《中国共产党致中国国民党书》公开见报。其中指出：

> 现在是亡国灭种的紧急关头了，本党不得不向贵党再一次地大声疾呼：立即停止内战，组织全国的抗日统一战线，发动神圣的民族自卫战争，抵抗日本帝国主义的进攻，保卫及恢复中国的领土主权，拯救全国人民于水深火热之中……
>
> 蒋委员长依然不愿提出组织抗日统一战线的任务，依然拒绝了立即发动神圣的抗日战争，以亚比西尼亚[1]的失败为借口，继续了自己的退让政策。这是非常可惜的，这是非常不能满足全国人民的要求的。[2]

抗战前夕的蒋介石

信中，中共明确谈及开展国共谈判以结成抗日统一战线的愿望：

> 至于我们方面，是早已准备在任何地方与任何时候派出自己的全权代表，同贵党的全权代表一道，开始具体实际的谈判，以期迅速订立抗日救国的具体协定，并愿坚决地遵守这个协定。
>
> 假如你们同我们的统一战线、你们我们同全国各党派各界的统一战线一旦宣告成功的话，那么，你们我们及全国人就有权利高呼：让那些汉奸卖国贼以及一切无气节的奴才们在日本帝国主义暴力前面高喊"中国无力抗日"罢，伟大的中华民族的子孙是誓不投降、誓不屈服的！我们要为大中华民族的独立解放奋斗到最后一滴血！中国决不是亚比西尼亚！

就在《中国共产党致中国国民党书》刚刚发表，8月27日，张子华风尘

---

[1] 亚比西尼亚为埃塞俄比亚旧称。
[2] 中央档案馆编：《中共中央文件选集》第11卷，中共中央党校出版社1991年版，第77—88页。

仆仆抵达红都保安。张子华来得正是时候,因为他所带来的曾养甫的信,恰恰是代表国民党就国共谈判的表态。

毛泽东、周恩来细细读了曾养甫的信。

中共方面,仍由周恩来出面联络。8月31日,周恩来写就致曾养甫函,告知"亟愿与贵方负责代表进行具体谈判"。

周恩来写道:

> 倘兄及立夫先生能惠临敝土,则弟等愿负全责保兄等安全。万一有不便之处,则华阴之麓亦可作为把晤之所。但弟身外出安全,须贵方代为策划。[1]

这就是说,周恩来愿作为中共代表与国民党谈判,连谈判的地点都具体提出来了。

翌日,周恩来又写一信致陈果夫、陈立夫兄弟,信中提及了"黄君"(即张子华)与"养甫先生"的往来,也提及"两先生"的"联俄之举"——亦即陈立夫化为"随员"和张冲一起远赴欧洲寻求共产国际联络。

周恩来的信,一开头便这样写道:

> 分手十年,国难日亟。
>
> 报载两先生有联俄之举,虽属道路传闻,然已可窥见两先生最近趋向。黄君从金陵来,知养甫先生所策划者,正为贤者所主持。呼高应远,想见京中今日之空气,已非昔比。敝党数年呼吁,得两先生为之振导,使两党重趋合作,国难转机,实在此一举。

周恩来的信中说"两先生居贵党中枢,与蒋先生又亲切无间",希望二陈为国共联合抗日多多出力。周恩来还写道:

1936年的周恩来

---

[1]《周恩来统一战线文选》,人民出版社1984年版,第17—18页。

现养甫先生函邀面叙，极所欢迎，但甚望两先生能直接与会。如果夫先生公冗不克分身，务望立夫先生不辞劳瘁，以便双方迅作负责之商谈。想两先生乐观事成，必不以鄙言为河汉。

同日，周恩来还修书一封，致胡宗南。周恩来的信，称之"宗南同学"，却又写道：

黄埔分手后，不想竟成敌对。十年来，兄以剿共成名，私心则以兄尚未成民族英雄为憾。

周恩来希望胡宗南"立停内战，共谋抗敌"。

张子华带着周恩来的信南下广州，因为他得知陈立夫正在广州。9月20日，张子华赶到广州时，适值陈立夫到广东别的地方去了。张子华见到了谌小岑，把周恩来的信交给了他。

9月23日，陈立夫回到广州，见了周恩来的信，指示由曾养甫出面，与张子华会谈。

9月27日，曾养甫与张子华晤面。曾养甫说，国民党方面如派代表到陕北保安，"恐惹人注意"。所以，他建议请周恩来到香港或广州会谈。他取出国民党政府为周恩来准备的护照，交给张子华，以便周恩来能进入香港。这表明，国民党方面已确实打算与共产党谈判。

曾养甫还转告了国民党方面三项新的承诺：

一、苏维埃区域可以存在；
二、红军名义不要，改联军，待遇与国军同；
三、共产党代表公开参加国民大会。

毛泽东于翌日收到张子华用密电发来的消息。10月8日，毛泽东和张闻天联名给朱德、张国焘、徐向前、陈昌浩、任弼时、贺龙、关向应、刘伯承等人发了一封电报。电报说：

为确保政治、军事外交秘密，从今日起用秘字编号发给你们之电，请指定专人翻译，限于你们九同志阅看后立即烧毁。请你们向我们负责，不使任何别人知道。[1]

这就是说，即使中共方面派密使与国民党接触，也属极端机密的行动，仅限于高层极小范围内知悉。诚如国民党内，也只限于高层极小范围内。

毛泽东的电报写及了张子华的情况：

> 第三次与南京联络之代表[2]9月20日到广州，28日来电称彼方代表北来恐惹人注意，约恩来飞往香港或广州会谈。

毛泽东认为：

> 恩来飞赴广州，在确保安全条件下是可行的。

毛泽东这样判断形势：

> 估计南京在日本新进攻面前有与我们成立妥协可能，但一面仍以重兵压境，企图迫我就范。我们应争取迅速开始主要代表之谈判，求得在实行抗日与保存苏区、红军等基本条件下成立双方之统一战线。[3]

毛泽东在陕北

张子华于10月14日赶到西安，在那里向中共派驻西安的叶剑英作了汇报。

10月17日下午4时，毛泽东和张闻天、周恩来共同署名发出致"九同志"的电报，作了通报：

---

[1]《文献与研究》，1985年第3、4合期。

[2] 即张子华。

[3] 中国人民解放军政治学院党史教研室编：《中共党史教学参考资料》第15册，1985年版，第542页。

与南京谈判有急转直下势,第三次与南京联络之代表 14 日回西安,携来国民党条件。[1]

毛泽东等的电报中,还写及一个重要变化:

蒋介石 16 日到西安,我们正交涉由蒋派飞机到肤施接恩来到西安与蒋直接谈判。

这就是说,周恩来要飞往西安,跟蒋介石直接谈判!
只是事态的变化,使毛泽东预计中的"蒋周会谈"未能实现……

周小舟联络"姜府"和"龚府"

行文至此,该写一写国共联络的另一秘密渠道。

在曾养甫把"打通共产党的关系"的任务交给谌小岑时,谌小岑除了通过左恭找到张子华之外,又打通了另一渠道。

谌小岑记起了同乡翦伯赞。那时,翦伯赞在南京担任南京政府司法院副院长覃振的秘书。

翦伯赞是湖南桃源人,却是维吾尔族。1924 年,26 岁的他在美国学习经济——虽说如今人们一提到他总是称之为历史学家,但那是后来的事。1926 年,翦伯赞回国,加入国民党,1928 年却又因"左倾"(亦即倾向中共)而失去国民党党籍。这时,他在北京结识历史学家吕振羽、谭丕谟,从此开始研究历史。翌年,他参与覃振的反蒋活动,从此跟覃振结下深谊,以至担任覃振秘书。

谌小岑跟翦伯赞在 1932 年曾一起编过刊物《丰台》,知道翦伯赞与"左翼"人士有些联系(翦伯赞后来在 1937 年加入中共)。翦伯赞起初建议,从南京狱中释放一两名中共干部,作为密使派往陕北,但曾养甫认为不妥。接着,翦伯赞提及了吕振羽。

吕振羽那时是北平中国大学教授,北平自由职业者大同盟书记。翦伯赞知道,吕振羽此人亦"左倾",他的学生有不少中共党员,于是建议谌小岑与吕振羽联系。

---

[1] 中国人民解放军政治学院党史教研室编:《中共党史教学参考资料》第 15 册,1985 年版。

1935年11月，谌小岑给吕振羽写了一封颇为有趣的信："近年来，东邻欺我太甚，唯有姜府和龚府联姻，方期可以同心协力，共谋对策，以保家财。兄如有意作成，希即命驾南来……"

信中的"东邻"，当指日本。"姜府""龚府"又是指什么呢？"姜"，蒋的谐音也；"龚"，共产党也。"姜府和龚府联姻"，乃是国共合作的暗语。

果真，吕振羽和"龚府"有联系。他把谌小岑的信，交给了23岁的小伙子周怀求。

周怀求这名字，对于广大读者来说是陌生的。然而，一提他后来改的名字——周小舟——人们就很熟悉了。周小舟在1936年8月起担任毛泽东秘书，解放后曾任中共湖南省委书记。

虽说那时用周怀求之名，为了照顾读者的阅读习惯，此处仍称之周小舟。

那时，周小舟正在中共北平市委工作，看了谌小岑的信，马上请示中共中央北方局。这时，由高文华任中共中央北方局书记。中共中央北方局迅即电告毛泽东。电报说，拟派周小舟、吕振羽赴南京联络。

毛泽东复电同意。

这样，国共之间又开辟了一条新的联络渠道。

为了探明谌小岑的意图，吕振羽先于1935年11月底由北平去南京"姜府"。这时，吕振羽虽然尚不是中共党员，但很得中共中央北方局的信任。吕振羽在南京会晤了谌小岑，把详情写信告诉了周小舟。

周小舟

1936年1月，南京新街口北面的一家旅馆里住进了一位身穿长衫的年轻人。

此人便是周小舟（周怀求从这时起用化名周小舟，与国民党谈判。不料，此后竟一直用周小舟这一化名），他向吕振羽传达了中共关于与国民党谈判的四项条件：

一、立即发动抗日战争；
二、开放民主自由；
三、释放政治犯；

四、恢复民众组织和活动，保护民众爱国运动。

于是，周小舟、曾养甫两人居幕后，由吕振羽、谌小岑两人进行接触。

不久，周小舟前往天津[1]，吕振羽则留在南京，曾养甫任命他为"铁道部专员"，发给他"车马费"。实际上，吕振羽成了在南京的常驻代表。

这时，吕振羽提出了加入中共。1936年3月，周小舟二进南京，通知吕振羽，已正式批准他为中共党员，并由王巨英直接与他联系。

这一回，周小舟从衣服夹层中取出一批写在白绸上的信件，那是毛泽东、周恩来等致宋子文、孙科、冯玉祥、程潜、曾养甫、覃振的信件。

此后，周小舟又于6月、8月三进、四进南京。

当时，周小舟曾赋诗赠予吕振羽：

片衫片履到都门，
伫足三年悟死生。
拟向荆卿求匕首，
雨花台畔刺嬴秦。

吕振羽则和曰：

潜踪南渡到石城，
艰危未计死和生。
为挽狂澜联吴策，
残篇断简续亡秦。

后来，由于"姜府"和"龚府"已通过张子华及另一途径直接联络，中共也就决定放弃通过中共中央北方局转达的这一途径。

周小舟于1936年8月进入陕北，向毛泽东汇报南京谈判的情景。毛泽东很喜欢这位能干的24岁的同乡（他是湖南湘潭县黄荆坪乡人，离韶山冲不远），留下他担任秘书。

---

[1] 中共党史人物研究会编：《中央党史人物传》第24卷，《周小舟》，陕西人民出版社1985年版，第258页。

"小开"架起新的国共之桥

在中共的三位密使——董健吾、张子华、周小舟——以三条不同的途径多方奔走之后，国共之间逐渐开始沟通，正式谈判的条件日臻成熟了。

前文已经写及：1936年9月下旬，一支奇特的队伍从红都保安出发，前往西安。这一群人之中，大多穿国民党军服，唯有一人西装革履。在这支化装成"国民党军事委员代表团"的队伍中，那位"马夫"叶剑英是真正的首脑，而那位戴礼帽、挟黑皮包、穿西装的"秘书"，则是中共特科要员潘汉年。

潘汉年

潘汉年身上，带着周恩来在9月22日写成的致蒋介石的亲笔信。这是一封极为重要的信件。周恩来写道：

> 介石先生：
>
> 　　自先生揭橥反共以来，为正义与先生抗争者倏已十年。先生亦以清党"剿共"劳瘁有加，然劳瘁之代价所付几何？日本大盗已攫去我半壁山河，今且升堂入室，民族浩劫，高压于四万万人之身矣！近者，先生解决西南事变，渐取停止内战方针。国人对此，稍具好感。唯对进攻红军犹不肯立即停止，岂苏维埃红军之屡次宣言、全国舆论之迫切呼吁，先生犹可作为未闻耶？
>
> 　　……
>
> 　　先生为国民党及南京政府最高领袖，统率全国最多之军队，使抗日无先生，将令日寇之侵略易于实现，此汉奸及亲日派分子所企祷者，先生与国民党之大多数，决不应堕其术中。全国人民及各界抗日团体尝数数以抗日要求先生。先生统率之军队及党政中之抗日分子，亦尝以抗日领袖期诸先生。共产党与红军则亟望先生从过去之误国政策抽身而出，进入于重新合作共同抗日之域，愿先生变为民族英雄，而不愿先生变为民族罪人。先生如尚徘徊歧路，依违于抗日亲日两个矛盾政策之间，则日寇益进，先生之声望益损，攘臂而起者，大有人在。局部抗战，必将

影响全国。先生纵以重兵临之,亦难止其不为抗战怒潮所卷入,而先生又将何以自处耶?

奉上 8 月 25 日敝党中央与贵党中央书,至祈审察。迫切陈词,伫候明教。顺祝起居佳胜!不一。

周恩来
9 月 22 日 [1]

潘汉年随叶剑英进入西安城,在那里秘密会晤了张学良,还与从广州前往陕北的中共密使张子华作了长谈。

毛泽东和叶剑英之间,保持着密电往来。

10 月 14 日下午 4 时,毛泽东致电叶剑英:

在进攻未停止,恩来未出动以前,准备派在沪之潘汉年同志进行初步谈判,此项请告毅并转年。年何日去沪,毅何日去宁?[2]

电文中的"年",即潘汉年,"毅",即张学良。

接毛泽东此电,潘汉年便离开西安,直奔上海……

潘汉年其人,有着非凡的活动能力:

红军长征前夕,前往国民党陈济棠部队秘密谈判的便是他。

红军长征至遵义,召开了遵义会议。张闻天找他谈话,派他和陈云前往上海,然后又去苏联莫斯科共产国际汇报遵义会议的情况。在那里,他参加了中共驻共产国际代表团的工作。

在莫斯科,潘汉年又跟国民党政府驻苏联大使馆武官邓文仪接触。

王明告诉邓文仪,将派潘汉年回国作为国共谈判的联系人。邓文仪把回国后如何跟陈果夫联络的途径通知了潘汉年。

1936 年 5 月初,潘汉年抵达香港。按照邓文仪提供的途径,潘汉年给陈果夫去了一信。

不久,陈果夫派出干练的张冲前来香港,跟潘汉年晤面,然后陪他坐船到上海,再前往南京,住入扬子饭店。

陈果夫又派出曾养甫跟潘汉年密谈。不过,陈果夫托曾养甫转告潘汉年:

---

[1]《周恩来统一战线文选》,人民出版社 1984 年版,第 21—23 页。
[2]《文献和研究》,1985 年第 3、4 合期。

"你来自莫斯科,是王明所派,只代表驻共产国际的代表团,不能代表国内的中共当局。你最好去一趟陕北,带来毛泽东的意见——我们的谈判对手是毛泽东!"

7月上旬,潘汉年返回上海时,正值张学良和他的"秘书"刘鼎在上海。潘汉年当即通过刘鼎,跟张学良在上海一家大饭店里见了面。

机智灵活的他,又通过刘鼎,于8月初从上海朝陕北进发。8月8日,他来到陕北,向中共中央汇报了共产国际的情况以及和国民党政府代表接触的情况。不久,他又到陕北安塞,和叶剑英一起做驻守那里的东北军的工作。接着,他又来到西安,秘密会晤张学良。

8月26日,毛泽东给他发来电报,称他为"小开兄"——他风度潇洒,如同"小老板",在上海便得了"小开"的雅号。

毛泽东的电报,全文如下:

小开兄:

(甲)因为南京已开始了切实转变,我们政策重心在联蒋抗日,李毅兄继续保持与南京的统一是必要的。

(乙)你来信及南京密码今日收到,但张子华未到。现急需兄去南京谈判并带亲笔信与密码去,谈判方针亦须面告。但如不能取道肤施,则往返需时过久。能否取道肤施,即复。

东

26日22时[1]

"小开"接到毛泽东电报,赶回红都保安,面领毛泽东关于去南京谈判的机宜。

不久,"小开"一身西装革履,出现在那支奇特的队伍中。这位"秘书",与"马夫"叶剑英一起,进入西安城……

潘汉年、陈立夫会谈于上海沧州饭店

南京方面颇为看重"小开",因为他们知道:

---

[1]《文献和研究》,1985年第3、4合期。

第一，他来自莫斯科，中共驻共产国际代表团团长王明指定他为国共谈判联系人；

第二，他去了陕北，见了毛泽东，又受毛泽东委派，指定他为国共谈判联系代表。

这么一来，南京方面对潘汉年的重视，自然超过了董健吾、张子华、周小舟——值得顺便提一笔的是，不论是国民党还是中共，这些秘密联络渠道往往彼此并不知晓，以求严格保密。即使是与张学良、杨虎城联络，张不知杨与中共有联系，杨亦不知张与中共有联系，而张、杨又不知蒋与中共有联系。这一切，都在幕后极端秘密地进行。当然，也有个别的例外，如张子华知董健吾，潘汉年知张子华。

潘汉年到了西安，由于要帮助叶剑英做东北军的工作，没有马上去南京。他怕南京方面着急，就给张冲拍发了一份密电，告知他已抵达西安。

由于南京方面看重潘汉年，张冲接到电报，竟直奔西安。此人也很神通，他通过潘汉年的姐夫路宝宗，找到了潜藏在西安城里的潘汉年。张冲急于想了解毛泽东对谈判的意向，向潘汉年探听口气。听了潘汉年的介绍，张冲随即赶回南京。

不久，叶剑英接到毛泽东10月14日电报，询问："年何日去沪？"潘汉年得知，料理了工作，便去上海。

10月19日，潘汉年乘火车抵达南京对岸的浦口。那时，旅客们要下车，一节节车厢被推上渡轮，渡过长江，才能抵达南岸南京，再从那里上火车。摆渡要花费两三个钟头。

选择了摆渡那乱糟糟的时刻，趁别人不注意，两位神秘的人物找到了潘汉年，跟他低声交谈着。这两人便是从对岸南京赶来的张冲及其助手杜桐荪。张冲对潘汉年说了到达上海之后的联络途径。就在渡船上，潘汉年把中共中央致国民党中央的信，悄悄交给了张冲。

潘汉年到了上海，一副"小开"打扮，他本来是要跟陈果夫会谈的。

陈果夫患肺病多年，他的衣服口袋里，总是放着一个特制的小痰盂。当他发表演说时，那小痰盂便放在讲台上。讲毕，往衣袋里一放，随身带着。那时，他的肺病加重了，日夜咳嗽，便让弟弟陈立夫出面，跟潘汉年会谈。

11月10日，在上海沧州饭店，国共双方的高级代表——陈立夫和潘汉年，一个是国民党CC派首脑，一个是中共特科要员——终于晤面了。潘汉年向陈立夫递交了周恩来的亲笔信，正式表明他是中共中央指派的联络代表。初次会谈，双方各自阐述立场，互通情报。张冲也参加了会谈。

陈立夫传达了蒋介石的意见。蒋介石说，首先是对立的政权与军队必须取消，中共军队最多只能编三千至五千人，师以上干部一律解职出洋，半年后如回国，量才录用，适当分配到南京政府各机关服务。如军队能如此解决，中共所提的政治各点就好考虑了。

解放后，潘汉年曾任职上海市副市长

蒋介石也深深懂得"枪杆子里面出政权"的道理，所以他开列的第一个条件，便是要解决中共的军队。他的这一条件，理所当然被潘汉年所拒绝。

潘汉年回答道："这是蒋先生站在'剿共'的立场上的收编红军条件，不能说是合作抗日的谈判条件。"[1]

潘汉年又道："请问陈先生，当初邓文仪在俄活动，曾养甫派人去苏区，所谈均非收编而是讨论合作。蒋先生为什么目前有此设想？大概是误认为红军已到了无能为力的地步，或者受困于日本防共之提议。"

接着，潘汉年介绍了中共的立场：

两党应合作抗日，建立全国抗日救国联合阵线；
停止内战；
建立两党代表组成的混合委员会，作为经常接洽与讨论之机关；
双方保持政治上组织上之独立性。

陈立夫听罢，仍强调首先要解决中共的军队，然后再谈别的条件。

这么一来，双方僵持着，首次会谈，便很难谈得拢。

陈立夫建议，请周恩来出来谈判，以使国共双方会谈升级——由周恩来和蒋介石直接会谈。陈立夫道："你我均非军事当局，从旁谈判也无结果，可否请恩来出来一次？"

---

[1]《潘汉年就与南京政府谈判合作抗日给毛泽东、张闻天、周恩来、博古的报告》（1936年11月12日）。

潘汉年则认为,像这样"收编"式的会谈,周恩来是不会出马的。

潘汉年说:"如不把贵党的条件报告,仅说蒋愿见他,岂不是要我骗他出来?!"

第一轮会谈,以毫无结果而告终。不过,不论怎么说,国共双方的代表能够坐下来谈判,这本身就意味着是历史的进步。

潘汉年把会谈的简况,用密电发往红都保安。11月12日,毛泽东复电潘汉年,全文如下:

汉年同志:

(甲)真电[1]悉,张子华亦到。

(乙)南京对红军究能容许至何限度,望询实电告。如果条件使红军无法接受,恩来出去也无益。近日蒋先生猛力进攻不能不使红军将领生疑。

(丙)据张子华说,曾养甫云:

(一)党公开活动;

(二)政府继续存在;

(三)参加国会;

(四)红军改名受蒋指挥,照国民革命军编制与待遇,但不变更红军原有之组织与领导。为一致对日,我们并不坚持过高要求,可照曾谈原则协定。

(五)你在南京谈判地待命。

子任

文亥[2]

电末所署"子任",是毛泽东的笔名。毛泽东字润之,子任乃润之颠倒后的谐音。1925年至1926年,毛泽东在《政治周报》上发表文章时,用过"子任"这一笔名。这一回用于电报署名,显然是为了保密。

至于"文亥","文"即12日,"亥"即亥时,"文亥"指12日21时至23时。

---

[1] 当时流行以韵目代日,"真"即11日。
[2]《文献和研究》,1985年第3、4合期。

蒋介石的"猛力进攻"和毛泽东的"决战动员令"

谈谈打打、打打谈谈、边谈边打、边打边谈。对于国共两党来说，如此这般，见怪不怪。

毛泽东11月12日给潘汉年的电报中所称"近日蒋先生猛力进攻"，便是指蒋介石加紧了"围剿"。

就在潘汉年、陈立夫会谈前，10月22日中午午餐时，一架飞机从南京起飞，朝西飞向西安，于下午3时徐徐降落。步出机舱的是身着马褂长衫、留着八字胡的蒋介石，他的身边是梳着长长刘海儿的宋美龄，身后跟着侍从室第一处主任钱大钧、秘书毛庆祥等十余人。

蒋介石选择这个时候前来西安，一是为了督促"剿共"，因为中共主力已转移至陕北；二是为了"避寿"——眼看着10月31日就要到来，这天是他的生日。这年的生日不比往常，他正好四十九岁。按照中国做寿"做九不做十"的习惯，虚岁五十，要大大庆祝一番。据云，倘若他在南京过五十岁生日的话，那要引起一番轰动。

早在9月27日，上海四家影片公司——明星、天一、联华、新华——的明星们，便假座上海金城大戏院（今黄浦影剧场）举行为蒋介石祝寿的游艺大会，上海各报纷纷刊登巨幅广告，那位蓝苹（江青）也参加演出契诃夫的独幕剧《求婚》……

10月27日，蒋介石在长安军官训练团开学典礼上发表演讲，强调"剿共"：

"军人要明礼义、知廉耻。在家要尽孝，为国要尽忠，要服从长官。"

"不剿共而言抗日，在家为不孝，在国为不忠。对不忠不孝的军人要制裁。"

"革命军人要分清敌人的远近。我们最近的敌人是共党，这是东北军必须要打的敌人。日本离我们很远。"

"如果不积极剿共而轻言抗日，就是远近不分，内外不分，是非不分，缓急不分，本末倒置，便不是革命。"

1936年12月4日，蒋介石飞抵西安，迫令张学良、杨虎城立即开赴陕北"剿共"前线

蒋介石这番话，在东北军中传开，议论纷纷。

10月29日，蒋介石为了"避寿"，来到了洛阳。

然而，10月30日，即便在洛阳，那庆寿典礼也是够隆重的。上午9时，蒋介石偕宋美龄来到洛阳西宫广寒宫，西北各将领傅作义、张学良、阎锡山为蒋介石的"称觞典礼"致贺。空中，排成"五十"两字队形的飞机掠过，造成了"轰动效应"。孔祥熙送来的特大蛋糕最为引人注目。宋美龄亲自切开大蛋糕，分赠宾客们……

1936年，毛泽东在延安

那排成"五十"两字的战斗机，是从西安起飞的。蒋介石调来了100架战斗机、轰炸机。西安机场摆不下那么多飞机，不得不连夜派兵扩建。蒋介石还北调30个师的兵力。这些部队，虎视眈眈，扑向陕北红区——亦即毛泽东所说"近日蒋先生猛力进攻"也。

在潘汉年和陈立夫沧州饭店会晤后的一星期——11月18日——毛泽东面对"蒋先生猛力进攻"，下令猛力反击。以下是毛泽东下达的"决战动员令"全文，从中可窥出当年陕北战场上浓烈的火药味：

一、二、四方面军各兵团军事、政治首长均鉴：

从明日起，粉碎蒋介石进攻的决战各首长务须以最坚决的决心最负责的忠实与最吃苦耐心的意志去执行，而且要谆谆告诫下级首长转告于全体战斗员，每人都照着你们的决心忠诚与意志，服从命令，英勇作战，克服任何的困难，并准备连续地战斗。因为，当前的这一个战争关系于苏维埃，关系于中国，都是非常之大的，而敌人的弱点我们的优点又都是很多的。我们一定要不怕疲劳，要勇敢冲锋，多捉俘虏，多缴枪炮，粉碎这一次进攻，开展新的局面，以作三个方面军会合于西北苏区的第一个赠献给胜利的全苏人民的礼物。

红军胜利万岁！

苏维埃胜利万岁！

抗日民族战争万岁！

（发布到全军的连队）

毛泽东　张国焘　彭德怀　任弼时　朱德　周恩来　贺龙[1]

双方剑拔弩张，一场恶战即将在西北黄土地上展开。

从"山穷水尽"到"柳暗花明"

打管打，谈管谈。就在毛泽东发布"决战动员令"前两天——11月16日——陈立夫从南京给在上海的潘汉年发来电报，邀他赴南京举行第二轮谈判。

翌日，潘汉年赶到南京，张冲告知，陈立夫带着毛泽东12日复潘汉年的电报，到洛阳去向蒋介石请示去了。陈立夫让张冲转告，请潘汉年在南京稍候。

就在毛泽东的"决战动员令"发布翌日——11月19日——陈立夫从洛阳回到南京，马上跟潘汉年会谈。

陈立夫带回的蒋介石的话，口气是非常强硬的。陈立夫说，蒋介石仍坚持原来的意见，绝无让步的可能！蒋介石要潘汉年将此意见电告毛泽东。

潘汉年提及，曾养甫代表国民党，曾经提出关于国共合作的四项条件，与蒋介石今日的意见相距甚远。陈立夫完全否认曾养甫曾提出过四项条件，说："纯属子虚乌有！"

谈判的气氛变得紧张了。

陈立夫说："日德正在拉蒋先生加入反苏战线，中苏关系可能会恶化，那时，红军岂不更糟糕？"

潘汉年针锋相对道："蒋先生要加入反苏战线，就不会抗日，我们今天的谈判也不需要了。"

听潘汉年这么说，陈立夫又道："我们不希望中国加入反苏阵线，因此更希望红军方面能为民族捐弃成见。"

这样一来，第二轮会谈依然没有成果。

11月21日，潘汉年把会谈情况电告毛泽东和张闻天。

22日，署名"东、天"的密电从陈北发到潘汉年手中——

---

[1] 中国人民解放军政治学院党史教研室编：《中共党史教学参考资料》第15册，1985年版。

小开：

（甲）南京两电、上海两电均收到。目前此事无从谈起。恩来事忙，暂难出去。

（乙）我只能在保全红军全部组织力量、划定抗日防线的基础上与之谈判。

（丙）从各方面造成停止进攻红军的运动，先酝酿，然后发动，一处发动，到处响应，以此迫蒋停止"剿共"，此是目前抗日统一战线的中心关键。详容另告。

东、天
11 月 22 日亥[1]

这么一来，国共谈判只好暂且画上休止符。

这时，中共红军和国民党胡宗南部队正激烈交火。战斗在甘肃东部环县山城堡打响，那里离红都保安以西并不太远。自从毛泽东在 18 日下达"决战动员令"，红军一、二、四方面军三大主力开赴山城堡，于 21 日一下子歼灭了胡宗南部队一个旅又两个团。

虽说吃了败仗，蒋介石"剿共"之心愈切。他和宋美龄飞太原，飞济南，飞绥远。

在太原，蒋介石鼓动山西省主席、晋军首脑阎锡山"剿共"；在济南，蒋介石策动山东省主席韩复榘全力"剿共"；在绥远，蒋介石要傅作义调部队"剿共"。

这时，毛泽东则加强了逼蒋抗日的策略。毛泽东等 19 人致书蒋介石。此信一派毛氏文风，况且如今已收入《毛泽东书信选集》，足以确证出自毛泽东笔下——虽说信末是以下 19 人共同署名（其中王稼蔷即王稼祥）：

毛泽东　朱德　张国焘　周恩来　王稼蔷　彭德怀　贺龙　任弼时　林彪　刘伯承　叶剑英　张云逸　徐向前　陈昌浩　徐海东　董振堂　罗炳辉　邵式平　郭洪涛　率中国人民红军同上

此信花了一大段笔墨，回顾蒋介石历次"剿共"的败绩，一直数落到山城堡之败。然后笔锋一转，劝起蒋介石来。毛泽东陈词于蒋介石，时而慷慨激昂，

---

[1] 中国人民解放军政治学院党史教研室编：《中共党史教学参考资料》第 15 册，1985 年版。

时而晓之以理、动之以情。现照录此信后半段原文于下：

> 天下汹汹，为公一人。当前大计只需先生一言而决，今日停止内战，明日红军与先生之西北"剿共"大军，皆可立即从自相残杀之内战战场，开赴抗日阵线，绥远之国防力量，骤增数十倍，是则先生一念之转，一心之发，而国仇可报、国土可保，失地可复，先生亦得为光荣之抗日英雄，图诸凌烟，馨香百世，先生果何故而不出此耶？吾人敢以至诚，再一次地请求先生，当机立断，允许吾人之救国要求，化敌为友，共同抗日，则不特吾人之幸，实全国全民族唯一之出路也。今日之事，抗日降日，二者择一。徘徊歧途，将国为之毁，身为之奴，失通国之人心，遭千秋之辱骂。吾人诚不见天下后世之人聚而称曰，亡中国者非他人，蒋介石也，而愿天下后世之人，视先生为能及时改过救国救民之豪杰。语曰，过则勿惮改。又曰，放下屠刀，立地成佛。
>
> 何去何从，愿先生熟察之。寇深祸亟，言重心危，立马陈词，伫候明教。[1]

就在毛泽东发出此信后不久，12月7日，红军一、二、四方面军会师，决定组成统一的中华苏维埃共和国政府中央革命军事委员会，委员23人，以毛泽东为主席，周恩来、张国焘为副主席，朱德为中国红军总司令，张国焘为总政委。从这一天起，毛泽东一直担任中央革命军事委员会主席（后来改为中共中央革命军事委员会，简称"中央军委"），直至他去世。担任这一职务，表明毛泽东成为中共最高军事首长。与之相应的，国民党设军事委员会，蒋介石任委员长，亦为最高军事首长。所不同的是，一个称"主席"，一个称"委员长"，亦即"毛主席""蒋委员长"。

在毛泽东就任中央革命军事委员会主席的翌日，中共中央发出给潘汉年的电报，对于谈判作了如下指示："离开实行抗日救亡的前提，就没有任何商谈的余地。蒋介石如有谈判的诚意，应立即停战并退出苏区。绝对不作无原则的让步。"

这样，国共谈判落到了山穷水尽的地步！

然而，就在"疑无路"之际，忽地"柳暗花明又一村"了！

那是在几天之后——12月13日——陈立夫在南京心急火燎赶到张冲助手

---

[1]《毛泽东书信选集》，人民出版社1983年版，第88—89页。

杜桐荪家中，命令他在最短的时间里找到潘汉年！

杜桐荪虽说见过潘汉年，可是，从未直接跟他联系过——平时，都是由张冲出面与潘汉年联系，而此时张冲正在西安，无法联络。杜桐荪只隐约记得，张冲似乎说起过，潘汉年住在上海租界的一家小裁缝铺里。不过，杜桐荪并不知道那小裁缝铺在什么街，门牌多少，偌大的租界从何找起？

事情非常紧急。陈立夫不管三七二十一，非要杜桐荪立刻赶往上海寻找潘汉年不可。杜桐荪只得从命。

杜桐荪在上海租界找得好苦。在一片暮色之中，他忽地见到一条小巷里，挂着一块"潘记裁缝店"招牌，不由得心中大喜。

杜桐荪步入裁缝店内，见到一老头子，一问才知道，老板姓潘，已经打烊回家去了。杜桐荪便问，楼上住着谁？老头子答曰："小潘先生。"杜桐荪猜想，这位"小潘先生"兴许是潘汉年！

于是，杜桐荪便在裁缝店里坐等。

夜深，忽地闪入一人。杜桐荪一看，正是潘汉年，顿时欢呼雀跃！

潘汉年一怔：杜桐荪为何深夜等他？

杜桐荪急急说明来意，拉起潘汉年便走，要他马上去南京——陈立夫有十万火急之事找他！

陈立夫为什么如此焦急，要跟潘汉年见面？

那是因为12月12日凌晨，在西安发生了震撼中国的事变——张学良和杨虎城将军下令在临潼扣押了蒋介石……

第三章
西安斗智

◎ 随着时间的推移，各方的反应纷至沓来，毛泽东开始重新考虑如何处置老对手蒋介石。尤其是周恩来1936年12月17日飞抵西安之后，当夜发来电报，提出"保蒋安全"，毛泽东认为在理。

刘鼎子夜急购干电池

几乎很少有这样的顾客，子夜时分擂响电料行的门，说是要买电池，即便是价格高了一倍也行！

那是1936年12月12日，人称"双十二"。凌晨零时，一个身穿东北军军装的汉子三步两脚从西安城里金家巷张学良公馆奔了出来，朝南院门一家电料行急行。用他自己的话来说，那就是"一分钟都不敢耽误"！

此人便是张学良的"秘书"、中共地下党员刘鼎。此刻，西安全城一片漆黑，连路灯也全部熄灭了。他好不容易叫醒沉睡中的电料行店主，买到了电池。又是"一分钟都不敢耽误"，奔了回去……

在凌晨零时，张学良将军忽地把极端重要的消息告诉刘鼎，他的部队已在紧急行动，扣押蒋介石！

听到这突如其来的消息，刘鼎的第一个反应便是马上发电报报告毛泽东。然而，为了配合这一紧急行动，张学良下令西安全城停电。没有电，无法发电报，刘鼎这才风风火火赶去买电池。

张学良将军发动的这一震惊中外的紧急行动，史称"西安事变"。

1993年1月16日，日本《东京新闻》刊登了该报记者不久前在台北对张学良的采访报道。张学良说，他在西安事变发生前，只在延安的教堂里和周恩来见过一次面。他强调指出，西安事变与其说是来自中国共产党的教唆，不如说是他以爱国者的立场主动发起的。

刘鼎的回忆跟张学良与日本记者的谈话

中共驻东北军代表刘鼎，在西安事变中起了很大作用

完全一致。刘鼎是在 12 日凌晨零时张学良主动把紧急行动的消息告诉他时，他才得知的——西安事变确是张学良和杨虎城两将军主动发起的。中共虽然在此前跟他们有过多次秘密谈判，但那都是为了结束内战、一致抗日，而对蒋介石举行"兵谏"，全然是张、杨自己的决策。

据刘鼎回忆："电池买回时，蒋已被抓住了，我即把这个消息发报出去。"

刘鼎的密电，由报务员彭绍昆发出，迅即飞入陕北红都保安。

当年周恩来的警卫员小刘——刘九洲——迄今仍清楚记得：1936 年 12 月 12 日清早，天还未大亮，周恩来早就在土窑洞里工作了。

"周副主席，这么早起床干什么？"刘九洲问道。那时，周恩来担任中央革命军事委员会副主席，人们习惯于称他"周副主席"。

"把蒋介石捉住了，你知道不知道？"周恩来说出了这一惊人消息。

"啊！"刘九洲十分惊诧。

"蒋介石被捉住了，你说杀掉不杀掉？"周恩来问小刘。

"不杀！"刘九洲随口答道。

周恩来一听，大笑道："为什么不杀？"

刘九洲答曰："我们不是规定不杀俘虏嘛！"

小刘的答复，使周恩来笑得更厉害了，夸奖他答得好。毛泽东也是在 12 日清早接到刘鼎发来的密电后，才知道西安城里发生了惊天动地的事变。

毛泽东的第一反应是大笑：哈哈，你蒋介石也有今天！

十年了，蒋介石一直是毛泽东的死对头。如今，这个最大的政敌，突然在一夜之间由总司令变为阶下囚，毛泽东怎不仰天大笑！

笑罢，紧接着而来的是困惑：怎么处置蒋介石？

这突然到来的特大喜讯，给毛泽东及中共领袖们出了一道棘手的难题。

斯诺在《中共札记》中写道："周恩来告诉王炳南：我们有一星期没睡觉……这是我们一生中最困难的决定。"

确实，这是一道政治敏感度极高的难题，需要高超的智慧和反复的权衡，才能作出最为恰如其分的答复……

华清池笼罩着紧张气氛

1936 年 12 月 12 日凌晨，是扭转中国历史的时刻。

一时间，位于西安之东的临潼县华清池，成了举世关注的焦点。

华清池，坐落在临潼县城之南骊山西北麓，早在唐朝贞观十八年（644年），便于此建汤泉宫。唐朝诗人白居易在其名作《长恨歌》中，便写及杨贵妃沐浴华清池的情景：

> 春寒赐浴华清池，
> 温泉水滑洗凝脂。
> 侍儿扶起娇无力，
> 始是新承恩泽时。

1936年10月22日，从南京"避寿"而来西安的蒋介石，住进华清池，把那里作为行辕。行辕，亦即行馆、行宫。10月29日，蒋介石东赴河南洛阳"避寿"，然后于12月4日上午，又入住华清池。

那时的华清池，共有八间客房，其中五间在院内东南隅，依山临水，人称"五间厅"。另三间在东首，称"三间厅"。

朱柱、青瓦的五间厅，在绿树掩映之中。1号房成了侍从室，2号房为蒋介石卧室，3号房是蒋介石的办公室，4号房为会议室，5号房则为秘书室。这样，五间厅便成了行辕的中枢，四周，宪兵和蒋介石的侍卫严密警戒着。

那里，原本没有电灯。为了蒋介石的到来，在那儿安装了一台发电机，使五间厅及其四周有了明亮的电灯。

蒋介石与毛泽东不同的是，他每天记日记。即便是在西安事变那生死攸关的日子里，他依然记日记。他曾依据日记口述，由"文胆"陈布雷捉刀，写出《西安半月记》——在此前不久，他五十大寿之际，亦由陈布雷为之代笔写出《报国与恩亲》。毛泽东与之截然不同，他几乎不发表这类文字。

在《西安半月记》中，蒋介石记述：

本书作者叶永烈偕夫人在西安的华清池留影。西安事变时，蒋介石就住在这里

12月11日，早起在

院中散步，见骊山上有两人向余对立者约十分钟，心颇异之。及回厅前，望见西安至临潼道上有军用汽车多辆向东行进，以其时已届余每日治事之时间，即入室办公，未暇深究……

这就是说，那天他已发觉有点异常的动向，只是"未暇深究"。

傍晚，蒋介石"招张、杨、于与各将领来行辕会餐，商议进剿计划"。

"张、杨、于"，即张学良、杨虎城、于学忠。于学忠是山东蓬莱人，原在吴佩孚手下任长江上游副司令。吴佩孚倒台，他转入奉系，任东北保安司令部长官公署军事参谋官。1930年9月，他任东北军第一军军长，1935年6月，调任陕甘边区"剿匪"总司令，又任甘肃省政府主席。在东北军中，他的地位仅次于张学良。

蒋介石所说的与"张、杨、于"商议"进剿计划"，亦即准备于翌日下达第六次"剿共总攻击令"。

不过，"杨、于"未到，张学良本来也不去华清池的。因为那天晚上，张、杨、于联名在西安城里绥靖公署新城大楼宴请蒋系军政大员。傍晚，蒋介石来电要张学良去华清池，张学良只得从命。

蒋介石与张学良共席，他发觉"汉卿今日形色匆遽精神恍惚，余甚以为异"[1]。

汉卿，亦即张学良。蒋介石直至"临睡思之，终不明其故"。

其实，张学良之所以"形色匆遽精神恍惚"，是因为他急于赶回西安城。他先是赶到新城大楼和杨虎城见面，主持宴会，直至10时席终人散，才又匆匆走向金家巷。

金家巷5号原是西北通济信托公司建造的，矗立着A、B、C三幢三层新楼。

1935年秋刚竣工，正值张学良由汉口迁西安，便租下这三幢楼，人称张公馆。这里青砖朱窗，典雅宁静。

当时，张学良踏着青砖铺成的台阶进了楼，东北军的高级将领已在客厅静候了。

张学良步入客厅，向东北军高级将领们庄严宣告，他和杨虎城将军决定，拘押蒋介石，要求停止内战、一致抗日！

张学良派出手下三员大将前往临潼，执行这一历史性使命：

---

[1] 蒋介石：《西安半月记》。

第一员大将是他的卫队营营长孙铭九。他是张学良心腹，向来参与机要，完全信得过。只是觉得孙铭九乃留日士官生，尚缺乏实战经验，因此，他又加派另外两员大将，即骑兵第六师师长白凤翔和该师第十八团团长刘桂五。

白、刘二人皆出身绿林，枪法极好。据云，夜晚见亮不用瞄准，抬手即中。然而，二人皆非张学良嫡系。张学良敢用他们二人执行如此机密又如此重大的使命，除了因为他们都坚决抗日之外，还对他们进行了一番考验。

据刘桂五回忆：

> 记得有一次，我同副司令（指张学良）在一起，他拿出一个小盒子，盒内忽然冒烟，他赶快跑开，并连声说："不好，炸弹！炸弹！"我拿起来急速扔到窗外。他到我身边说："你怎么不跑？"并摸摸我的心口跳不跳。我说："我能自己跑开，丢下副司令不管吗？"他笑着说："你真行，有胆量。"[1]

在三天前——12月8日——的下午2时，张学良召见刘桂五。见面时，张学良并不开口。刘桂五正感到奇怪，张学良忽地猛然一拍刘桂五的肩膀。刘桂五一愣，问道："怎么，副司令，我有什么错？"张学良笑道："我是想看看你遇事沉着不！"

笑罢，张学良才向刘桂五透露了要对蒋介石实行"兵谏"的意思，并要刘桂五执行扣押蒋介石的任务。刘桂五当即答应了。张学良说："我带你去见委员长，你向他请训，借此机会熟悉那里的环境，便于执行任务。"

到了临潼，张学良把刘桂五介绍给蒋介石，自己却走开了。这使刘桂五极为感动，后来，他曾对同事陈大章说起："副司令让我单独跟委员长在一起，一点都没有担心我会'卖主求荣'，对我够信任的！"

刘桂五提出，白凤翔最好也能参加这一重大行动。张学良接受了他的意见。

白凤翔那时驻守在甘肃固原，接到张学良电报，马上乘小汽车赶到西安。

白凤翔从张学良那里带回两箱共12支手枪，他吩咐副官把枪一一擦好。副官不知何用，白凤翔解释道："西安附近的王曲山上有一只老虎伤人，要准备去打老虎！"

后来，他的部下们才明白，"老虎"原来在华清池里！

---

[1] 汪榕：《刘桂五扣蒋纪实》，载《西安事变亲历记》，中国文史出版社1986年版。

张、杨终于发出扣蒋令

张学良记得，当他成为军人的那一天，父亲张作霖便对他说："你要做军人吗？你要把脑袋割下来挂在裤腰带上！"

在下达扣蒋命令之际，张学良大有"把脑袋割下来挂在裤腰带上"的感觉。

孙铭九对笔者说起，12月11日夜10时左右，当他奉命来到金家巷张公馆，记得张学良这么对他说："现在要你去请蒋委员长进城，但绝对不能把他打死！"

张学良意识到这一"兵谏"之举倘若失败，后果将会如何。他对孙铭九如此说："明天这个时候，说不定我和你不能再见面了。你死，我死，说不定了。"

孙铭九也意识到此行也许有去无回。这样，他在出发前回家向妻子刘静坤告别。他还匆匆写了一张遗嘱式的字条，放在军装上衣右边的口袋里。他写道："如果我回不来，拜托应德田把我的兄弟孙明昌送到陕北或者苏联去学习。"

应德田，也就是跟他同住一个四合院的张学良随从秘书。

午夜，东北军、西北军展开了联合行动：张学良的东北军负责前往临潼扣蒋，杨虎城的西北军则负责扣押蒋介石在西安城内的军政大员。

张学良任命东北军第一〇五师师长刘多荃为总指挥。东北军又分内外线：外线在华清池四周警戒，防止蒋介石的卫队武装突围；内线由第一〇五师第二旅旅长唐君尧指挥，由孙铭九、白凤翔、刘桂五以及张学良卫队第一营营长王玉瓒，深入华清池，执行扣蒋任务。

当一切布置停当，张学良把这一重要消息告诉了秘书刘鼎。就在刘鼎匆忙去买电池时，孙铭九已和白凤翔、刘桂五朝临潼进发了。他们所率的东北军士兵，当时并不知道行动的真相，长官们只对士兵们诈称：副司令张学良被扣押在华清池，赶快前去营救！要活捉蒋介石。因为蒋介石扣了张学良，只有扣了蒋介石才能救张学良！

事先摸清的蒋介石卫队兵力是：院内，约30人左右；院外，禹王庙附近，有宪兵40人左右（后来才知是70人左右）。

王玉瓒率领的第一营，负责解决禹王庙的宪兵。

孙铭九手下的连长王协一，率50人乘一辆卡车，首先出现在华清池大门前。

门卫拦车，王协一的卡车仍朝里开。门卫开枪了，打破了黑夜的宁静。王协一指挥兵士下车还击，双方激烈枪战。

华清池，蒋介石的卧室。西安事变发生时，正在熟睡的蒋介石，在仓皇之中跳窗而逃，光脚奔上骊山。

这时，孙铭九的卡车到达，车上也有50多人。

在混战中，孙铭九率部冲过大门。二道门的火力甚猛，因为蒋介石的卫队听见枪声，火速起床加入了战斗。

孙铭九绕过二道门前密集的弹雨，和连长王协一匍匐摸进了五间厅。当他们闯入蒋介石的卧室时不由得大吃一惊——这里已是人去房空！

环顾四周，桌子上放着蒋介石的军帽、皮包以及假牙，衣架上挂着大衣，孙铭九用手一摸被窝，还是温暖的，这表明蒋介石刚刚出走。床旁的一扇窗开着，说明蒋介石可能由此越窗而逃。

白凤翔、刘桂五带领的队伍也先后到达五间厅。听说蒋介石逃了，都很紧张，于是分头开始搜索。

刘多荃师长在华清池门口接通了张学良的电话，向他报告蒋介石逃跑的消息，张学良也捏了把汗。就在这时，孙铭九前来报告，说是一名士兵在后山墙下发现一只鞋子，表明蒋介石可能翻过墙头上山去了。

"搜山！"刘多荃下了命令。

那山，也就是骊山。骊，亦即毛色纯青的马。那山形似马，山色纯青，得名骊山。此山自古以来便颇有名气，相传周幽王举烽火戏诸侯的那个烽火台，就在此山上。秦始皇陵，在此山北麓；华清池及唐朝华清宫故址，在山的西北麓。

东北军沿着骊山西北麓开始搜山。此时，东北军的士兵们才从长官那里得知，搜山是为了搜蒋委员长，并严格规定，绝对不许伤害蒋委员长——士兵们终于明白此次行动的真正目的。谁活捉蒋委员长，赏钱1万元。士兵们纷纷踊跃搜山。

在半山腰，孙铭九的第二营第八连的班长陈思孝抓住一个蒋介石侍卫。孙铭九闻讯，疾步赶了上去。那侍卫在寒风中哆嗦着，但不肯讲出蒋介石在哪里。事后才知，此人是蒋介石的贴身侍卫、侄儿蒋孝镇。

孙铭九用手枪对着蒋孝镇的脑袋，逼问蒋委员长在哪里。蒋孝镇虽仍不肯讲，但无意朝山上乜斜了一眼。孙铭九敏锐地察觉，也就指挥士兵朝他眼睛所瞟的方向搜索。

没多久，陈思孝在前面大喊："报告营长，委员长在这里呢！在这里呢！"

孙铭九飞步奔过去，见到蒋介石从一山洞里出来，正扶着洞口的岩石站着。此时，天色微明。蒋介石光着脚，灰白短发，上身穿一件古铜色绸袍，下身穿一件白色睡裤，颤巍巍立在朔风之中。事后，才知是蒋孝镇背着他上山，避于山洞之中。

蒋介石此时，尚在云里雾中。他不知突袭华清池行辕的是什么部队——他最担心的是红军发动袭击。于是他问道："你们是哪里来的？"

孙铭九立即答道："是东北军！"

蒋介石一听，松了一口气。

孙铭九继续说道："是张副司令命令我们来保护委员长的，请委员长进城，领导我们抗日，打回东北去！"

关于此后的情景，美国记者斯诺在其1937年出版的名著《西行漫记》中，是这么写及的：

> 孙铭九向他打了招呼，总司令的第一句话是："你是同志，就开枪把我打死算了。"孙回答说："我们不开枪。我们只要求你领导我国抗日。"
>
> 蒋介石仍坐在大石上，结结巴巴地说："把张少帅叫来，我就下山。"
>
> "张少帅不在这里，城里的部队已起义，我们是来保护你的。"
>
> 总司令闻此似乎感到放心多了，要派一匹马送他下山。"这里没有马，"孙铭九说，"不过我可以背你下山。"他在蒋介石前面蹲下。蒋介石犹豫了一会就同意了，吃力地趴在这个年轻军官宽阔的背上。他们就这样在军队护卫下下了山，等仆人送来他的鞋子，然后在山脚下上汽车开到西安去了。
>
> "既往不咎。"孙铭九对他说，"从今开始中国必须采取新政策。你打算怎么办？……中国的唯一紧急任务就是打日本。这是东北人民的特别要求。你为什么不打日本而下令打红军？"
>
> "我是中国人民的领袖，"蒋介石大声说，"我代表国家，我认为我的政策是正确的。"[1]

---

[1]〔美〕埃德加·斯诺：《西行漫记》，第365页，生活·读书·新知三联书店1979年版。本书所引用的这一段，斯诺加了这样的注解：摘自代我在西安府为伦敦《每日先驱报》采访的詹姆斯·贝特兰访问孙铭九的报道。

笔者采访孙铭九时，他还忆及：在山上，孙铭九一说是东北军，蒋介石马上就说："哦，你是孙营长，孙铭九。"

孙铭九很惊讶，蒋介石怎么会知道他的名字？蒋介石解释说："有人向我报告过。"紧接着，蒋介石夸奖他道："你是好青年！"蒋介石的言外之意是说，虽然有人"报告"，但讲的是好话。

孙铭九请蒋介石下山，蒋介石说："我腰痛不能走！"

孙铭九便叫士兵挟架着蒋介石下了山，然后连推带拉，把他送上小汽车。那是一辆敞篷轿车，车牌号为"1577"。在车上，孙铭九坐在蒋介石左边，唐君尧坐在蒋介石右边，前座坐着司机和副官长谭海。[1]

在许多辆载着东北军士兵的大卡车护送下，小轿车朝西安城里进发。

国民党洛阳航空分校校长王勋得知蒋介石在临潼被扣，急派飞行组长蔡锡昌驾驶小型教练机"北平"号，直飞临潼，冒险降落在临潼城外公路上，企图"救驾"。飞机刚一着陆，便被第十七路军装甲团所扣留。

车队驶入西安城，直奔绥靖公署新城大楼，蒋介石便被扣押在大楼内东厢房。

与此同时，随蒋介石来西安的南京军政大员蒋作宾（内政部长）、陈诚（军政部次长）、卫立煌（豫鄂皖边区绥靖主任）等，被扣押在西安招待所。

在战斗中，国民党中常委邵元冲死于流弹，蒋介石的副侍卫长蒋孝先被东北军打死，此外死亡的还有蒋介石速记秘书萧乃华、中央宪兵第二团团长杨镇业、中央宪兵第三团中将杨国珍等。

"双十二"飞舞于华清池的弹雨，从此载入了史册……

九秩老人张学良回首当年

1990年12月9日、10日，随着日本NHK电视台在黄金时间播出该台在台北独家采录的专题片《张学良现在开口诉说》和《张学良：我的中国和日本》，89岁高龄的张学良再度成为新闻人物。

这位历史老人，回首往事，坦然说出了自己发动西安事变的初衷……

张学良透露了自己生日的秘密：前些天，1990年5月31日，在台北圆山饭店，台湾90位国民党党政要员为庆贺他九秩大寿（虚龄）举行仪式，这实

---

[1] 1992年7月20日，叶永烈于上海采访在西安事变中亲手活捉蒋介石的孙铭九。

际上是为他平反。新闻传媒广为报道，轰动海内外。然而，那一天并非他真正的生日！

张学良真正的生日，是光绪二十七年（辛丑年）阴历四月十七日。在1928年，阴历四月十七日，是公历6月4日。恰恰在这一天，皇姑屯一声猛烈的爆炸，他父亲张作霖的专列被日军炸毁，"大帅"死于非命。

晚年的张学良夫妇在台北北投寓所

"我父亲死的那一天正好是我生日。"张学良说道，"从此，真的生日我不要了。我不能过生日，因为这会使我想起父亲。"

日军杀父之仇，深深埋在他的心中。即便过了半个多世纪，他首次打破缄默，也选择了日本电视记者，以便通过日本传媒，使日本年轻一代知道历史的真相。他在接受采访时，一开始便说起自己的"生日之谜"，道出了那段血的历史。

张学良又说及了日军当年侵占东北三省。他说："家仇国难集于我一身，同日本有不共戴天之仇。"正因为这样，他是非常坚决的抗日派。

张学良忆及，父亲被炸死之后，日本政府曾派出特使、中国通林权助前来游说，希望他倒向日本。张学良当时这样对林权助说："林老先生，你替我想的事情比我自己想的都周到，但是你有一件事情没替我想到。"林权助很惊讶，说哪件事情没替你想到？张学良说："我是个中国人呀！"

于是，张学良下令东北易帜，挂起青天白日旗。张学良回忆道："只用三天工夫，被服厂就把青天白日旗做好。我当时要求是很严的，下令做什么，必须要做好。"

1928年12月29日，张学良通电东北易帜。12月31日，国民政府任命张学良为东北边防军司令长官。

从此，张学良开始了跟蒋介石的合作。张学良说："我和蒋先生个人关系非常好，他死时我去看过他。我和他的关系可以用两句话说明——"

说着，张学良拿过一张纸，把这两句话写了下来：

"关怀之殷情同骨肉，政见之争宛若仇敌。"

张学良对他与蒋介石的政见之争，作了说明："我同蒋总统[1]存在政见之争，就是蒋总统主要是安内攘外，我就主张攘外安内，就是攘外就能安内，那么蒋总统说先安内，以后再攘外。从开始我们两人就存在这方面的意见分歧，但没有后来这么尖锐。"

张学良也就谈及了关于共产党的问题。他说："我根本就不愿意剿共。东北军想回家乡是主题。他们要同日本人打，他们不愿意同共产党作战失去力量，想保存力量同日本人作战。当时，中国抗日情绪高，政府不想抗日，共产党利用抗日抓住了民心。"

他说自己坚决反对内战："当时根本不愿和共产党打仗——实实在在地不愿意。"

九秩老人张学良回首话当年，他对日本 NHK 电视台记者所说的对日本、对蒋介石、对中共的看法，也就完全说清楚了他当年下达扣押蒋介石命令时的动机。

当然，他也仅仅是下令扣蒋，而非杀蒋——如他所言，就个人感情来说，他和蒋介石"情同骨肉"。

当年的中国大地上，矛盾纠结于"三国四方"：日本，国民党的中华民国，中共的中华苏维埃人民共和国，而中华民国之中又有蒋介石一方，张、杨另一方。张学良说清了他处于"三国四方"之中的错综复杂的关系，也就理清了历史的思路……

"先礼"不成，这才"后兵"

张学良说及他和蒋介石的"政见之争"，从一开始就存在，"但没有后来这么尖锐"。临潼扣蒋，是"尖锐"到了无法解决才断然发动的。

这"尖锐"，是一步步加剧的。

张学良其实是先礼而后兵的。在"兵谏"之前，张学良对蒋介石进行了一次次"言谏"。

当蒋介石在洛阳"避寿"的那些日子里，张学良曾对他诉说心中的痛楚：

---

[1] 虽然蒋介石在 1948 年才当选总统，但"蒋总统"在台湾已成了对蒋介石的习惯称呼。

"我遭国难家仇,却受国人唾骂为'不抵抗将军',对不起国家,对不起部下,处此环境,有何面目……"

张学良劝蒋介石"停止内战,共同抗日"。

蒋介石大为不悦,说道:"红军已成强弩之末,只要大家努力,短期内不难彻底消灭。安内之后便可攘外。"

张学良与元配夫人于凤至1937年在雪窦山

张学良又与阎锡山一起,劝起蒋介石来。蒋介石益发不悦,斥道:"是我服从你们,还是你们服从我?"

于是,蒋介石在洛阳军官分校训话时,不点名地训斥起来:"有人想联共。任何想与共产党联合的人都比殷汝耕还不如!"

殷汝耕何许人?此人早年加入了同盟会,1935年11月与日本特务土肥原勾结,成为大汉奸,策划在华北五省成立亲日"自治政府"。蒋介石警告张学良,你要联共的话,比大汉奸都不如!

蒋介石咄咄逼人。他知道东北军、西北军不愿"剿共",就于12月6日,在华清池行辕召见张、杨,向他们摊牌了。

蒋介石毫不含糊地说:"无论如何,此时必须讨伐共产党,如果反对这个命令,中央……不能不给以相当的处置。"

蒋介石提出两个方案,让张、杨抉择:

第一方案,服从命令,将东北军、第十七路军全部开向陕北前线,进攻红军;

第二方案,如不愿剿共,则将东北军调至福建,第十七路军调至安徽,让出陕甘两省,由中央军进剿。

这两个方案,显然都是张、杨所难于接受的。蒋介石把张、杨逼上梁山了!

抱着一线希望,张学良于翌日上午再赴华清池行辕,向蒋介石面谏。

张学良此时下了破釜沉舟的决心,直陈己见,直抒胸臆:"日寇侵略我国,贪得无厌,继东北沦陷之后,华北已名存实亡。最近,日伪军又大举进犯绥远(当时的省名。自1928年设绥远省,1954年撤销。辖内蒙古的一些地区,包括呼和浩特、包头等市),进一步窥视我西北。国家民族的存亡已经到了最后的关头,非抗日不足以救亡,非停止内战,不足以救国。继续剿共,断非出路。"

"当今是抗日第一，红军问题可用政治方法解决。只有一致对外，才能安内，一旦抗日，就能统一。东北军抗日情绪很高，不可压制。"

蒋介石听罢，寸步不让，针尖对麦芒一般加以反驳："你明白共产党，你是受了共产党的蛊惑。中国最大的敌人不是日本，是共产党……今天确是到了剿灭共产党的时候了。你不主张剿，而主张联，简直是反动。"

最后，蒋介石说出了最为强硬的话："现在你就是拿枪把我打死，我的剿共计划也不能改变！"

听了蒋介石这句话，张学良知道"言谏"已经不再有什么效果。

随后，杨虎城亦到，又对蒋介石劝说了一番。蒋介石也毫不客气地对杨虎城说："你是本党老同志，要知道我们跟共产党势不两立，消灭了共产党，我会抗日的。红军已成流窜之众，我决心用兵！我有把握消灭红军！十七路军中若有不主张剿匪而主张抗日的军官，你放手撤换，我都批准。"

到了这地步，张、杨心中明白，苦劝是劝不动蒋介石的。就在这一天——12月7日——张、杨定下了实行"兵谏"的决心。于是，张学良便带着白凤翔、刘桂五前往华清池察看地形了。

据孙铭九回忆，使张、杨下定"兵谏"决心的，还有一封密电：

那是12月初张学良部将王化一从武昌发来的。他说，据何成浚（当时任湖北省政府主席）密告，何赴洛阳见蒋介石时，曾在蒋介石侍卫长钱大钧的办公桌上见到一份拟好的电报稿，内容是调东北军到苏皖，然后调福建去，使之与共产党及杨虎城分离开。王化一请张学良有所准备。

这一密电内容，在张、杨12月6日与蒋介石的谈话中得到证实，表明蒋介石早已在安排处置东北军。

就在这柴火已经架好之际，蒋介石反倒自己点了一把火！

那是在12月11日，蒋介石给陕西省主席邵力子送达手谕。这手谕是他12月9日在华清池亲笔写的：

力子主席兄勋鉴：

可密嘱驻陕《大公报》记者发表以下消息：

蒋鼎文卫立煌先后皆到西安。闻蒋委员长已派鼎文为西北剿匪军前敌总司令，卫立煌为晋陕绥宁四省边区总指挥。陈诚亦来谒蒋，以军政部次长名义指挥绥东中央军各部队云。

但此消息不必交中央社及其他记者，西安各报亦不必发表为要。

中正

12月9日 [1]

蒋介石葫芦里卖的是什么药？或许是故意放出空气，要以蒋鼎文、卫立煌取代张、杨，以此逼张、杨"剿共"；或许是借报端披露消息，观察一下张、杨的反应。当然，也可能蒋介石真的要下这一步棋。

另一逼迫张、杨总摊牌的举措，是蒋介石决定于12月12日颁布第六次"剿共总攻击令"。张、杨如不服从总攻击令，便以违反军令处置。

蒋介石的宪兵团和陕西省警察局已在暗中列出了东北军及第十七路军中中共及亲共人员名单，只待第六次"剿共总攻击令"下达，马上着手逮捕。

双方的箭都已在弦上。终于，12月12日凌晨，华清池响起了急骤的枪声。

顺便提一笔，骊山上蒋介石被扣之处，也从此闻名遐迩。国民政府在那里先是建了一座草木结构的亭子，先曰"蒙难亭"，又改称"复兴亭"。1946年，胡宗南令桂永清推倒旧亭，建一钢筋水泥结构的亭子，曰"正气亭"。

1950年，此亭依旧，只是易名"捉蒋亭"。1986年，为纪念西安事

西安事变时，蒋介石在这里被捉。为纪念这一事件，曾修建"捉蒋亭"，后为了给蒋介石面子，改名为"兵谏亭"

---

[1] 王鹏：《〈大公报〉与西安事变》，《纵横》2007年第2期。

变 50 周年，此亭再度改名，曰"兵谏亭"。从"蒙难亭""复兴亭""正气亭"，到"捉蒋亭""兵谏亭"，历史给那小小的亭子打上不同的印记。

古城西安沸腾了

真可谓"一石激起千层浪"，西安事变的消息传到哪里，哪里就轰动。实际上，那是一次对蒋介石的态度的大检阅：反蒋者欣喜若狂，拥蒋者如丧考妣，这两种人虽说心态相左，但都旗帜鲜明。妙不可言的是一些表面上拥蒋暗地里踩蒋一脚的人物，态度暧昧，连连做着小动作……沸沸扬扬，保安—西安—南京，这三座城市的政治舞台上演出了不同的戏。

枪声只是行动，行动需要宣言加以阐明。临潼扣蒋，发生在 12 月 12 日清晨，当天的报纸已来不及加以报道。当天，张、杨印发的第一号《号外》，是关于西安事变的最早报道。现照原件全文抄录于下：

张学良将军在西安一次大会上讲话

号外

第一号

张副司令杨主任暨西北各将领对于蒋委员长实行兵谏：

（一）为停止内战已将委员长妥为保护促其省悟；

（二）已通电全国并要求政府立即召集救国会议；

（三）已请南京政府释放一切政治犯；

（四）此后国是完全决诸民意，容纳各党各派人才共负救国责任。

这第一号《号外》，非常清楚地道出张、杨发动西安事变的本意，那就是两个字——"兵谏"！

"谏"什么呢？紧接着，当日印发的第二号《号外》，阐明了张、杨的八项主张。现仍照原件，全文抄录于下：

号外

第二号

张副司令杨主任暨西北各将领救国主张：

（一）改组现在南京政府，容纳各党各派人才共同负责救国；

（二）停止一切内战；

（三）释放上海被捕之爱国领袖；

（四）释放全国一切政治犯；

（五）开放民众爱国运动；

（六）保障人民集会结社一切之政治自由；

（七）确实遵行孙总理遗嘱；

（八）立即召开救国会议。

这八项主张的核心，一是"停止一切内战"，亦即停止"剿共"；二是"救国"，亦即抗日。

两份《号外》，短短三百来字，简洁地阐明了华清池枪战的缘由。

《号外》只能当天在西安城里散发，张、杨还于当天向全国发出通电表态。电文中写道："蒋委员长介公受群小包围，弃绝民众，误国咎深。学良等涕泣进谏，屡遭重斥……学良等多年袍泽，不忍坐视，因对介公作最后之诤谏，保其安全，促其反省。"

通电中同样开列了那八项主张，阐明"诤谏"的含义。

随着《号外》、通电的发出，古城西安沸腾了。12月12日上午，"捉蒋"成了西安三十万市民最激动、最热门的话题。

街上，一辆辆宣传车在撒《号外》。人们自发组织游行，高呼着口号：

"拥护张、杨八项主张！"

"公审蒋介石！"

"枪毙蒋介石！"

这后面两句口号，虽说从未见之于张、杨宣言，但是东北军、西北军士兵和西安的老百姓，却喊了出来！

西安是座四四方方的古城，城中央的钟楼向来是人来人往最频繁的所在。那里顿时贴满了标语和漫画，标语的主题句是支持张、杨，漫画的大主角则是被抓的蒋介石。围观的市民里三层、外三层,密密匝匝,口号声此伏彼起。

这天下午,西安几十个群众组织纷纷开会,忙着发表宣言,发表通电,不亦乐乎。诸如《致全国将领及全体武装同志电》《拥护张杨救国宣言》《告各党各派书》等,群情激昂,无不拥戴张、杨……

毛泽东笑谓"元凶被逮,薄海同快"

最早得悉西安异常动向的,是毛泽东。那是刘鼎从张学良那里得知即将发动兵谏的消息,立即给红都保安发去了密电。[1]

刘鼎的电报,常被说成是在12月12日凌晨零时30分发到保安的。但据刘鼎自己回忆,他"电池买回时,蒋已被抓到了,我即把这个消息发报出去"。以此判断,电报发出的时间则应是12日清早4时至5时。

刘鼎的密电,报告了西安发生紧急事变。毛泽东事先未曾想到此事发生,所以急切欲知详情。

紧接着,早上6时左右,张学良嘱刘鼎和应德田为他起草了致中共中央电报,立即发出。毛泽东读罢,才略知西安事变的大概:

> 吾等为中华民族抗日利益计,不顾一切,今已将蒋介石及其重要将领陈诚、朱绍良、蒋鼎文、卫立煌等扣留,迫其释放爱国分子,改组政府。兄等有何高见,速复,并望红军全部速集于环县一带,以便共同行动,防胡北进。

电报中提及的"防胡北进",指防胡宗南北进。

张闻天、周恩来、朱德、博古都住在附近的窑洞里,闻此急讯,都赶到毛泽东那里。

"蒋介石恶贯满盈,岂知也有今日!"毛泽东显得非常高兴、轻松。

毛泽东的话,引起众人大笑。周恩来道:"他过去多次悬赏8万元捉拿我,这一回抓他,我们可一文未花啊!"

朱德则接着说:"这次恐怕要首先拿这个委员长开刀了!"

这是突如其来的紧急情况,所知也仅限于电文中那几行字。毛泽东和他的

---

[1]《西安事变资料选辑》,西北大学历史系编印,1979年版,第300页。

同事们着手处置这一紧急事态，最初作出的是两件事：

第一，拟好了《中共中央关于张学良来电称蒋介石被扣问题给共产国际书记处电》。那时，中共受共产国际领导，必须把这一突发事变向共产国际报告、请示。电报中，转摘了张学良的来电——也就是前面所引述的电文。

第二，立即复电张学良，以求证实来电所述情况的可靠性。毛泽东称，"元凶被逮，薄海同快"，表达了他对蒋介石被扣的喜悦。复电建议，张、杨立即将东北军主力调集西安平凉一线，第十七路军主力调集西安潼关一线，由红军担任北面钳制胡宗南部队的任务。复电还提议，派周恩来赶赴西安，和张、杨共商大计。

毛泽东在延安时的照片

毛泽东最初论定西安事变的性质是"抗日起义"，中共对于张、杨持支持的态度。

这样，12月13日出版的中华苏维埃中央政府机关报《红色中华》上，便以这样的标题加以报道："西安抗日起义，蒋介石被扣留——张学良杨虎臣[1]坚决的革命行动"。这期《红色中华》，还加了这么一条大字标语："拥护张学良杨虎臣将军西安抗日起义，驱逐日寇出中国！"

毛泽东的窑洞里，机要人员进进出出，不时送来西安密电，使他对西安突发事态渐渐有所了解。

张学良接到中共复电，知道中共拟派周恩来前来西安，大喜："他来了，一切都有办法了！"[2]张学良马上告诉刘鼎，准备派专机接周恩来到西安。

12日夜10时，毛泽东收到了张学良的复电。

12日夜12时，中共中央发出了致共产国际电报，报告了对于西安事变采取5点紧急处置意见——这是毛泽东对于西安事变的最初措施：

---

[1]《红色中华》的报道，仍用杨虎城的原名杨虎臣。
[2] 张魁堂：《周恩来和张学良的交往和友谊》，《党的文献》1991年第3期。

一、以周恩来、张学良、杨虎城组成三人委员会，以叶剑英为参谋长主持大计；

二、召集抗日救国代表大会，在西安开会，准备半月内实现之；

三、组织抗日联军，以红军、东北军、杨虎城军、晋绥军四部为主，争取陈诚所属之蒋军加入，抵抗日本之乘机进犯；

四、以林森、孙科、冯玉祥、宋子文、于右任、孔祥熙、陈立夫等暂时主持南京局面，防止并抵抗亲日派勾结日本进犯沪宁，以待革命的国防政府之成立；

五、争取蒋军全部。[1]

毛泽东的窑洞，彻夜灯火通明。在12月13日凌晨4时，中共中央又发电报给共产国际。在电报中，毛泽东提出了很重要的策略：

为稳定并争取蒋介石之部下及资产阶级计，我们站在西安事变的侧面说话，并在数日之内不发表公开宣言，以减少日本及汉奸认为西安事变是共产党主动的造谣所能产生的影响。[2]

正是出于这一策略上的考虑，在西安事变发生之后，全国各地大大小小的实权派、大大小小的组织，纷纷发表通电、声明表态，唯独中共保持沉默——虽说中共在致张学良、杨虎城的密电中已明确地表示支持。

中共的动作迅疾如雷。12月13日，位于西安城东北的七贤庄1号，原本的"德国牙医博士海伯特牙科医院"的牌匾，忽地换成了"中国抗日红军驻西安联络处"招牌。

那里，原是刘鼎在1936年春根据周恩来的指示建立的秘密联络站。为了遮人耳目，刘鼎通过美国女记者史沫特莱从上海请来了一位德国的牙科博士，来此开诊所。此人叫海伯特·温奇，犹太人，受德国法西斯迫害来华，同情中共。另外，刘鼎还指派了曾任中共中央政治局候补委员的邓中夏（已于1933年被国民党特务杀害于南京雨花台）之妻夏明，以护士名义，在此从事地下工作。不久，刘鼎又从上海请来在中共中央特科工作的涂作潮，在此屋地下室设

---

[1]《中共中央关于西安事变中我方步骤问题致共产国际书记处电》，1936年12月12日。转引自杨云若，杨奎松：《共产国际和中国革命》，上海人民出版社1988年版，第387—388页。

[2] 杨云若，杨奎松：《共产国际和中国革命》，上海人民出版社1988年版，第388页。

立了电台。这样，七贤庄1号便成了中共在西安的重要据点。华清池的枪声一响，这里也就由地下转为"地上"，公开亮出了红军联络处的牌子……

南京衮衮诸公各抒己见

和红都保安中共中央相比，南京的国民党中央获知西安事变消息，要晚得多。

据当时在南京的陈布雷12月12日日记所载："是日下午1时，余方在寓，忽接果夫电话，询余有无西安之消息。余怪而问之，则谓西安至南京电报已不通矣。"

这表明，南京方面，直至12日下午1时，尚不知西安风云突变。陈果夫只因西安至南京电报不通，感到诧异。

下午3时50分，南京方面这才收到国民党驻潼关部队的将领樊崧甫发来的电报，告知蒋委员长"失踪"。这下子，南京方面才知西安动向异常。

直至下午5时20分，南京方面收到张、杨通电，知道"介公"被扣，这才大吃一惊。比起中共来，南京方面差不多晚了整整12个小时！

像炸开了锅似的，蒋介石被扣的消息，使南京政府衮衮诸公，先是不知所措，紧接着则意见纷纷。

就在保安毛泽东窑洞彻夜灯火通明之时，南京的国民党中央常委们也于12日夜11时聚集在一起，召开紧急会议，商议对策。会议开至13日凌晨3时结束。

接着，又召开中央政治会议，加以讨论。

两个会议作出四项决定：

一、孔祥熙以副院长代理蒋介石之行政院长职；
二、军事委员会执委增至七人，包括何应钦、陈诚、李烈钧、朱培德、唐生智、陈绍宽；
三、军事委员会工作由副委员长冯玉祥及执委负责；
四、陆军部长何应钦及军事委员会成员负责指挥部队。

会议还决定："褫夺张学良一切官职并缉拿严办，同时决定由何应钦指挥部队讨伐叛乱。"

会上,以何应钦为首的主战派占了上风。

陈立夫另有妙计,他认为妥善解决西安事变,可另辟蹊径:通过潘汉年与中共紧急联络。

于是,他急急忙忙去找张冲的助手杜桐荪,命他火速赶往上海寻找潘汉年。国民党和中共在幕后建立的秘密联系,在这关键的时刻,发挥了作用。

当杜桐荪好不容易在上海"潘记裁缝店"里找到潘汉年,已是13日深夜。

潘汉年随杜桐荪赶往南京,与陈立夫见面,则已是14日上午了。

暂且按下潘、陈会谈不表,该叙一叙正在上海的宋美龄。

1936年10月22日中午12时,当蒋介石的专机飞往西安时,宋美龄和他同行,同住华清池行辕。此后,当蒋介石在洛阳"避寿",宋美龄也同往。

五十诞辰那天,蒋介石吹蛋糕上五十支蜡烛时,宋美龄也在一侧帮助丈夫吹。

12月4日,当蒋介石在张学良陪同下,由洛阳飞往西安时,宋美龄因病去上海治疗。这样,当华清池弹雨纷飞之际,宋美龄不在场。

宋美龄发表过《西安事变回忆录》,其中写及"初闻"蒋介石被扣的情形:

1936年12月,西安事变前夕张学良与蒋介石在西安

余初闻余夫蒋委员长为西安叛兵劫持之讯,不啻晴天霹雳,震骇莫名。时适在沪寓开会,讨论改组"全国航空建设会"事,财政部长孔祥熙得息,携此噩耗来余寓,谓"西安发生兵变,委员长消息不明"。余虽饱经忧患,闻孔氏言亦感惶急,时西安有线无线电报交通皆已断绝,越数小时仍不能得正确消息,然谰语浮言,已传播全球。骇人者有之,不明者有之;群众承知之心切,颇有信以为真者,世界报纸竟据之而作大字之标题矣。[1]

当宋美龄从上海赶到南京,已是13日早晨。这时,国民党中央常委会及

---

[1] 宋美龄:《西安事变回忆录》,收于朱文原编《西安事变史料》第5册,台北国史馆1993年刊印。

中央政治会议已经结束，那四项决定已经作出。

然而，宋美龄见了那四项决定，大为不满。她这样忆及：

> 中央诸要人于真相未全明了之前，遽于数小时内决定张学良之处罚，余殊觉其措置太骤。而军事方面，复于此时以立即动员军队讨伐西安，毫无考量余地……然余个人实未敢苟同，因此立下决心愿竭我全力以求不流血的和平与迅速之解决。

这样，南京又出现了以宋美龄为首的主张"不流血的和平"的主和派。主和派包括孔祥熙、宋子文、孙科、王宠惠等。

13日午后，一架由宋美龄所派的专机，从南京机场起飞，朝西北飞去。机上坐着宋美龄指派的特使……

毛泽东提出公审蒋介石

就在宋美龄派出的专机、特使朝西北飞去时，由张学良派出的一架专机离开西安，朝红都保安飞去。

13日上午，保安的红军和老百姓紧急动员，修飞机场。保安这么个小县城，从未有过飞机场。张学良听说中共中央派周恩来前来西安，决定派专机迎接。

于是，中共方面找了保安城外一块平坦的地方，派人急急加以修整，算是保安临时机场。空中响起了飞机的轰鸣声，转了几个圈，飞机无法降落——那临时机场质量太差了。专机只得悻悻地返回西安。

也就在13日上午，中共中央举行常委扩大会议（也有的文献称政治局会议）。会议由中共中央负总责张闻天主持，主题是讨论处理西安事变的方针。

这次会议的记录，现存于中央档案馆。透过会议记录，可以窥见当时会上争论的真实情形。

会议一开始，首先由毛泽东作报告。毛泽东肯定了西安事变，说是有革命意义的，张、杨的行动、纲领都有积极意义，我们应该拥护。

不过，毛泽东报告中谈到的两个问题，引起了争论：

一是毛泽东提议，"是否在西安成立全国政府"？他说："我认为在事变上[1]

---

[1] 会议记录太过简略，有些话不甚通顺，此处似应该是"在西安事变的基础上"。

应成立一个实质的政府,叫抗日援绥委员会。名义上又不是全国政府。"

毛泽东还主张:"我们应以西安为中心来领导全国,控制南京,以西北为抗日前线,影响全国,形成抗日战线的中心。"

对于毛泽东这一见解,周恩来首先提出不同的看法。周恩来说:"我们在政治上不采取与南京对立。"显然,他并不主张"以西安为中心"。

张国焘则说:"我们要以西安为抗日中心。"他认为,这"就包含了以西安为政权中心的意义"。

张国焘主张:"以抗日的政府代替妥协的政府。因此打倒南京政府,建立抗日政府,应该讨论怎样来实现。"

显然,张国焘反对周恩来"在政治上不采取与南京对立"的意见。

这时,张闻天经过久久思索,终于开腔。他明确地支持周恩来的意见。张闻天说,我们"不愿取与南京对立方针。不组织与南京对立方式(实际是政权形式)"。他认为,张、杨所提出的"改组南京政府的口号并不坏"。他说,我们的方针,应是"把局部的抗日统一战线,转到全国性的抗日战线",使中共"合法地登上政治舞台"。

博古最初支持毛泽东的观点,听了张闻天的讲话,觉得言之有理,他修改了自己的话,说西安事变"应看成是抗日的旗帜而不是抗日反蒋的旗帜"。

延安时期的毛泽东

看来,保安窑洞里,中共高层的争论并不亚于南京。其中争论最为激烈的是如何处置蒋介石。

毛泽东在报告中明确地提出"审蒋""罢蒋"。他说:"第一,在人民面前揭破蒋罪恶,拥护西安事变。第二,要求罢免蒋介石,交人民公审。"[1]

毛泽东主张"审蒋""罢蒋",心情是容易理解的。蒋介石跟中共打了十年,是中共的死对头,中共领袖们恨透了他。

朱德主张,杀了蒋再讲其他。

博古也说:"要使群众的抗日运动开展,基本口号应宣布蒋介石罪恶,要求公审。"

张国焘也力主审蒋、杀蒋。后来,他在

---

[1] 程中原:《张闻天论稿》,河海大学出版社1990年版,第318页。

回忆录中写及当时的情形，倒也颇为真切：

> 我们这些中共中央负责人，没有一个想到西安事变可以和平解决；都觉得如果让蒋氏活下去，无异是养痈遗患。有的人主张经过人民公审，将这个反共刽子手杀了，以绝后患；有的人主张将他严密拘禁起来，作为人质，逼南京抗日，并形成西安的军事优势。[1]

对于杀不杀蒋，周恩来、张闻天没有吭声。张闻天含蓄地说："尽量争取南京政府正统，联合非蒋系队伍。"

南京，国民党中常委主战、主和两派争论不休；保安，中共常委也争论热烈。

毕竟毛泽东已是中共权威性领袖，中共的行动，是按照毛泽东的意见去实行的。

12月13日下午4时，保安三四百人举行集会，坚决要求公审蒋介石。斯诺夫人在《延安周记》中，描述了大会群情激奋的情景："从1927年'四一二'以来，蒋介石欠我们的血债高如山积，现在是清算这笔血债的时候了，必须把蒋带到保安由全国人民来公审。"

对于蒋介石的炽烈的仇恨之火，从保安腾起。

美国前总统尼克松在回忆录《领袖们》一书中写及："没有毛泽东，中国革命不会星火燎原。没有周恩来，中国革命将如火如荼烧下去，直至化为灰烬。"

在西安事变最初的日子里，毛泽东和周恩来便显示了尼克松所形容的各自的特性……

宋美龄急派端纳飞赴西安

南京要"讨逆"，保安要"审蒋"，双方剑拔弩张。

南京嗓门最高的是何应钦，他称张、杨乃"劫持统帅""犯上作乱"，必须"马上讨伐"。

保安除了在13日举行要求公审蒋介石的群众大会之外，当天出版的《红

---

[1] 张国焘：《我的回忆》第3册，东方出版社1991年版，第332页。

色中华》报也发出公审蒋介石的呼声。

严重的对立,出现在15日和16日。

15日,以毛泽东等15名红军将领发出《致国民党国民政府电》,其中明确地提出要求:"罢免蒋氏,交付国人裁判。"[1]

16日,国民党中央政治会议议决《讨伐张学良叛逆》,作出三项决定:"决议关于处置张学良叛变:(一)推何委员应钦为讨逆总司令,迅速指挥国军扫清叛逆。(二)由国府即下令讨伐。(三)推于委员右任宣慰西北军民。"

同日,南京国民政府发布《讨伐张学良令》。

何应钦走马上任讨逆总司令,随即宣布:徐庭瑶为前敌总指挥,刘峙为东路集团军总司令,顾祝同为西路集团军总司令,并命令前方各军立即发动进攻。

1936年12月14日,宋美龄派蒋介石的顾问端纳到西安了解事变情况,把宋美龄的亲笔信交给张学良

东北军、第十七路军则和红军决定联合作战,摆开阵势,迎战讨逆军。

一场大规模内战,已是箭在弦上了。

导火索在哧哧燃烧,一寸一寸逼近火药桶……

为了掐断这导火索,两架专机先后降落在西安,分别载着国共特使。

来自南京的专机,早在13日午后便起飞,未敢直接降落在西安,生怕被张、杨部队的炮火所击落——因为在起飞前,宋美龄以及机上那位特使,都曾从南京致电西安张学良,却未收到复电。实在等不及了,专机起飞,经过三个多小时的飞行,降落在离西安不太远的洛阳——蒋介石"避寿"之地。

宋美龄派出了特殊的特使,此人高鼻碧眼,乃洋人也,名唤威廉·亨利·端纳,年已六旬,英籍澳大利亚人。

宋美龄派出端纳前往西安斡旋,可谓"最佳人选",此人既和张学良有着深谊,又是蒋介石所信得过的人,况且凭借着那高鼻子,超脱于中国各党各派之上。

---

[1]《中共中央文件选集》第11册,中共中央党校出版社1991年版,第124页。

端纳出生在澳大利亚，祖先是苏格兰人。1903年他去香港出任《中国邮报》副主笔，从此与中国结缘，以至成了一位中国通。不久，他成为《伦敦时报》和《纽约先驱报》驻北京记者。他的成名在1915年，他从袁世凯的顾问英国人莫理逊那儿看到袁和日本政府秘密签订的"二十一条"，在报端捅了出去，顿时舆论大哗，端纳也从此与中国国民党人建立了友谊。

端纳跟查理宋（宋耀如）结识于1911年，由此跟宋美龄有了久远的友情。不久，他结识孙中山，为民国政府起草了第一个对外宣言。

端纳后来又成为张作霖的私人顾问。张大帅被炸身亡，他便成了张少帅的顾问兼老师。1934年，端纳陪着张学良周游欧洲六国，朝夕相处使他跟张学良友情甚笃。

欧游回来后，端纳陪张学良在上海会晤蒋介石夫妇，深得蒋介石赏识。人们常称端纳为蒋介石的顾问，其实并无此职。蒋介石在《西安半月记》中说得很明白："端纳者，外间常误以为政府所聘之顾问，实则彼始终以私人朋友资格，常在余处，其地位在宾友之间，而坚不欲居客卿或顾问之名义。"

12月12日晚，宋美龄刚一得知蒋介石被扣西安，马上从上海寓所给在国际饭店的宋子文和端纳打电话，要他俩赶赴孔祥熙那里，同商对策。

端纳见到神魂不定的宋美龄，宋美龄焦急地用英语说："西安发生兵变！委员长被绑架，听说已被杀死！"

端纳当即摇头："我不相信！第一，我不相信少帅会叛变委员长。第二，我不相信委员长已经死了！"

端纳的话，安定了宋美龄的情绪。当夜，宋美龄、端纳、宋子文、孔祥熙一起从上海赶往南京。

当端纳从南京起飞时，宋美龄委派了励志社总干事黄仁霖作为翻译同行。宋美龄还写了亲笔信给蒋介石，托端纳带去。

13日日落时分，端纳专机降落在洛阳机场。入夜，宋美龄接张学良电报，说是欢迎端纳入西安。

翌日，西安天气颇为恶劣。至中午，仍不见有好转趋势。端纳不顾气候，要专机起飞，冒险飞行一个半小时，到达西安上空。端纳掷下一降落伞，内有一信，告知如允许着陆，机场上烧三堆火。果真，机场上烧起三堆火，专机降落于西安。

下午5时，由张学良陪同，端纳见到了蒋介石。蒋介石大喜，连声说："我知道你会来的！"

端纳廓清了纷传于南京的五花八门的猜测，从张学良那里得知并无杀害蒋介石之意，只不过是实行兵谏，要求蒋介石停止内战一致抗日。当晚，端纳发电报给宋美龄，宋美龄顿时放下了心中的大石头。

15日晨，端纳又见蒋介石，然后在下午飞返洛阳。飞去洛阳，为的是能与宋美龄通长途电话，报告详情。端纳告诉宋美龄，蒋介石平安无恙，而且张学良请孔祥熙即飞西安商谈……

宋美龄极度兴奋，觉得解决事变有了"第一次希望的曙光"。

红军先声夺人：占领延安

张学良和杨虎城急切地盼望着周恩来的到来。然而，13日派往保安的专机，由于无法着陆，徒劳而返。

保安乃陕西偏僻小县，要使周恩来尽快赶往西安，看来只有取道肤施（延安），从肤施乘飞机飞往西安。

顶风冒雪，15日清晨，一队人马奔出保安城。周恩来上路了。他，面容青癯，满腮黑须。同行者之中，有那位穿梭于南京、保安之间的中共密使张子华，有后来成为公安部部长的罗瑞卿，有后来成为国务院总理办公室主任的童小鹏。

这一队人马，除了周恩来的随行人员外，还有负责护送的一连红军。

山道，积雪，路难行。花了一天时间，周恩来一行抵达以腰鼓闻名四乡的安塞县城，在那里过夜。安塞在肤施之北。翌日，又花了一天时间在雪路上前进。傍晚时分，夕阳映照白雪，周恩来一行抵达肤施北门外，与黄春圃部队会合。

黄春圃，亦即后来审判林彪、江青集团的特别法庭庭长江华，此时用"黄春圃"之名。其实，他本名虞上聪，瑶族，湖南南部江华县人氏，故名江华（自1955年起，那里改称江华瑶族自治县）。江华于1926年加入中共，在井冈山上曾任毛泽东秘书。

据江华回忆，12月12日傍晚，他正在保安的防空洞里睡觉，忽地军委副参谋长张云逸到来，说是周恩来有急事找他。一到周恩来那里，江华得知蒋介石在西安被抓起来了，顿时兴高采烈，手舞足蹈。他记得，1933年，在江西第四次反"围剿"时，听说蒋介石要从南昌到前线视察，江华奉命和杜仲美一起带领一支突击队，要去活捉蒋介石。可惜，他们赶到时，蒋介石已经离开，失去机会。如今，听说"死对头"被抓，怎不雀跃欢腾？

第三章　西安斗智

周恩来告诉江华，西安一发生事变，张、杨忙着收缩兵力，以对付向西安进攻的蒋介石军队。肤施原是西北军驻守的，如今要撤防，城里空虚，只剩下一些保安队。毛泽东决定：抢占肤施！

周恩来问江华手下队伍情况如何？江华说，刚带部队攻下旦八寨，队伍正在休整。周恩来说，你手下的部队就休整吧，你马上带领张国焘的手枪连以及陕北红一团，尽快出发，迅速占领肤施。

毛泽东、周恩来、博古等在延安

江华笑道："我的马还没有回来，怎么'马上'走？"

江华找来了马，"马上"跟手枪连一起赶到安塞。陕北红一团正驻扎安塞。江华向团长黄罗斌、政委钟辉传达周恩来命令，"马上"率团出发。这样，江华部队于15日抵达肤施北门。他听说城里还有国民党部队，生怕跟西北军误打起来，就在北门外临时扎营，暂不进城。

也就在12月13日，白志文接毛泽东电报："命白志文带关中红一团立刻前往蟠龙镇，占领青化砭后，前进三十里，相机占领肤施。"[1]

本书作者叶永烈在延安宝塔留影

白志文部队于16日占领了青化砭，也朝肤施而来。

周恩来一行在16日傍晚赶到肤施南门时，急着想进城。周恩来认为，江华部队已经占领肤施。走近时，见到城门上有国民党部队，这才绕道，到北门来，遇上了江华。这时，江华才知周恩来要取道肤施飞往西安。

周恩来说起，一路上他很焦急，因为江华走得匆忙，未及告诉江华张学良

---

[1] 白志文：《首次占领延安》，《革命史资料》第13辑，文史资料出版社1984年版。

派专机来肤施一事。他一直担心，红军不知内情，会把张学良的专机击落。所以，他在安塞时，一夜没睡好觉。

江华马上报告周恩来，今天下午来过飞机！那飞机绕肤施城低飞了几圈，走了！

周恩来一听，深感遗憾！因为已与张学良约好，如果机场上出现"天下"两字，专机即可平安降落。显然，下午来的专机，没有看到"天下"两字，飞走了！

看样子，坐飞机去西安已无希望，周恩来准备改坐汽车去。

就在这时，白志文接到毛泽东电报："你与黄春圃协同，立即占领肤施。占领肤施后，你任城防司令，黄任政治委员。"

17日凌晨2时，红军未发一枪，占领了肤施，从此改称延安。驻守城内的是七个保安队，约五百来人，一部分留下参加红军，大部分发给路费，遣送回家。

对于中共来说，西安事变的解决尚无眉目，却先赢了一步棋：占领延安！

比起保安来说，延安大得多。延安是陕北最重要的城市。中共中央机关于1937年1月10日由保安迁往延安。1月13日，毛泽东也来到延安。从此，延安成了中国的红都。

周恩来成为"西安之谋主"

就在红军占领延安之后，周恩来一行在17日清早赶往延安城南两道川，打算从那里前往甘泉——张学良有部队驻扎甘泉，可以派汽车送他们去西安。

正在这时，空中响起了飞机的轰鸣声！周恩来大喜，急忙回头，重返延安。

那架飞机，便是张学良的"波鹰"专机，由一位美国飞行员驾驶。机舱里的乘客只有一个，那便是张学良的秘书、中共党员刘鼎。

飞机在机场降落。这时红军虽已进城，机场仍在民团控制之中。飞机一降落，民团人员便跑了过来，见是张学良的专机，也就没有盘问。

过了半个小时，说是县长来了。那县长叫高锦尚，是国民党任命的肤施县县长。刘鼎对他说是去绥德办事，也就应付过去了。

刘鼎心急如焚，一小时过去了，还未见周恩来的影子！飞行员说，要关掉一个发动机，以节省汽油，这么长久等下去不行。

正在这时，民团纷纷逃散，说是红军来了。没一会儿，一队兵马风驰电掣而来。刘鼎一看，为首者一脸黑须，正是周恩来！

于是，众人七手八脚忙着卸货，机舱里装载着张学良送给红军的弹药。

张学良的专机可坐20人，但实际上，上机22人——行李舱空着，有两人坐在那里。

飞机终于起飞了。一路上，周恩来细心倾听着刘鼎报告西安事变的详况，特别是询问了蒋介石的情况……当刘鼎说及张学良在派兵扣蒋时，再三关照抓活的，周恩来非常注意这一细节，因为这表明张学良从一开始就无杀蒋之意，而只是着眼于逼蒋抗日。周恩来身在保安，所知情况限于几份电报，颇为闭塞，刘鼎的汇报使他对西安的事态有了第一手的了解。

20世纪30年代的周恩来

飞机抵达西安，已是下午。下了飞机，上了汽车，便直奔城内金家巷张公馆。这时，周恩来忽地对刘鼎说："最好先找个地方落脚。"

幸亏刘鼎对西安已是人熟地熟，他急令司机驶往金家巷不远处，跟孙铭九家同一排的一座房子。那是中共地下党员涂作潮的住处。前文已经提及，涂作潮原在上海中共特科工作，刘鼎请他来西安，在七贤庄1号地下室设立了秘密电台。

周恩来进入涂家，要把又浓又长的胡子刮去。用刀片，哪里刮得动？又找来剪刀，那剪刀又不好使。好不容易，总算剪掉了长髯。这时，已不断有人来催："副司令在等！"

周恩来来到金家巷张公馆，张学良已在门口恭候。张学良见了周恩来的头一句话便是："美髯公，你的胡子哪里去了？"张学良左右皆惊，悄然私议："副司令什么时候跟周恩来见过面？"

其实，周恩来除了1936年4月9日在肤施天主教堂作了彻夜长谈之外，又在5月12日赴肤施会晤张学良，所以这一回是跟张学良第三次见面了。

张学良在4月22日曾致函周恩来，说及第一次晤面，"坐谈竟夜，快慰生平"，"感服先生肝胆照人"。正因为这样，张学良对于周恩来的来临，企盼已久。

张学良和周恩来马上开始长谈。虽说张学良担心周恩来旅途疲惫，而周恩来双眼炯炯，连声说冒雪赶来便是为了当面深谈。张学良在发动西安事变之后，面对错综复杂的形势，正感到"束手彷徨，问策无人"，而周恩来资深智广，恰恰是张学良最需要的策划人。

周、张会谈一开始，周恩来便盛赞了张、杨发动西安事变的壮举。紧接着，双方的话题切入关键性问题，即如何处置蒋介石。周恩来不发话，先是倾听张学良的见解。张学良说道："据我看，争取蒋抗日，现在最有可能。只要蒋答应停止内战，一致抗日，应该放蒋，并拥护他做全国抗日的领袖。"

周恩来赞赏张学良之见，却出乎意料地说："西安事变是震惊中外的大事，但多少带有'军事阴谋'性质。"

张学良一听，颇为不悦："我为公不为私，怎么是阴谋？"

周恩来微笑着，作了解释："扣蒋出其不意，乘其不备，不同于十月革命时擒沙皇尼古拉，也不同于滑铁卢战役擒拿破仑。蒋介石的军事实力原封不动，西安方面与南京政府已经处于对立地位，因此，对蒋介石的处置要十分慎重。"

周恩来接着进行分析："如张将军所言，如能说服蒋介石停止内战，一致抗日，中国就会有一个好的前途；倘若宣布他的罪状，交付人民审判，最后把他杀掉，不仅不能停止内战，而且给日军灭亡中国提供了便利条件。"

周恩来的后一段话，是因为他听刘鼎说及，张学良16日在西安群众大会上曾宣称，如果蒋介石拒不谈抗日问题，他将公布蒋介石在九一八事变时给他的不抵抗电文，把蒋交给人民审判！

这样，周恩来和张学良经过商谈，定下了和平解决西安事变的决心。二十多年后，张学良曾忆及这次会谈："周至此时，俨为西安之谋主矣！"

会谈结束后，周恩来便下榻于金家巷张公馆。张住西边那幢楼，周恩来及其随行人员住东边一幢楼。

当天深夜，周恩来便致电"毛并中央"，报告"我率罗、杜[1]等九人今乘机抵西安，即与张面谈，并住张公馆。"

周恩来谈及处置蒋介石的意见："在策略上答应保蒋安全是可以的，但声明如南京兵挑起内战，则蒋安全无望。"

电报中，周恩来报告了他与张学良商定的五项条件，因为宋子文即将来西安谈判，将以这五项为谈判条件：

一、停止内战，中央军全部开出潼关；

---

[1] 指罗瑞卿、杜理卿。

二、下令全国援绥抗战；

三、宋子文负责成立南京过渡政府，肃清一切亲日派；

四、成立抗日联军；

五、释放政治犯，实现民主，武装群众，开救国会议，先在西安开筹备会。

毛泽东在保安窑洞中焦急地等待着西安消息，他一连数次询问周恩来的电报来了没有？接到周恩来这封电报，毛泽东舒了一口气。

拘押之中的蒋介石

蒋介石呢？他在 12 日上午 9 时被拘押于新城大楼东厢房之后，10 时，张学良便来见他，并把张、杨通电交给了他。蒋介石与张学良发生了争执，张学良不得不说："你不听我劝告，可将这件事交人民公断！"

蒋介石则称："余身可死，头可断，肢体可残戮"，而"人格与正气不能不保持！"

翌日，蒋介石要见杨虎城。杨虎城至，蒋介石连声问："这件事，你事先知道吗？""这样干是听什么人的话？"

杨虎城答："知道。"他还说："这是全国人民的公意，希望停止内战，一致对外。"

新城大楼是绥靖公署，那里毕竟目标太大，张、杨怕有闪失，决定请蒋介石移居至玄风桥高桂滋公馆——金家巷张学良公馆附近。高桂滋是国民党第三十二军副军长。

孙铭九记得，在夜深之际，他奉张学良之命，来到新城大楼，请蒋介石乔迁。

蒋介石误会了，以为半夜拉他出去枪毙——他看见孙铭九腰间别着手枪，怎么也不肯动身！

这样，14 日下午 5 时，端纳是在新城大楼见的蒋介石。端纳呈送了宋美龄之信，此信手迹现仍在，只是信末一句后来被剪去。

宋美龄的信，原文如下：

夫君爱鉴：昨日闻西安之变焦急万分，窃思吾兄平生以身许国大公无

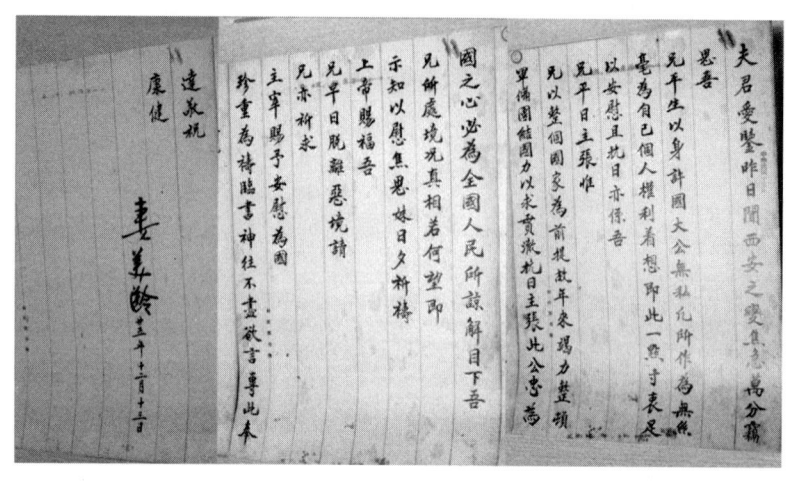

1936年12月13日宋美龄致蒋介石信手稿

私，凡所作为无丝毫为自己个人权利着想，即此一点寸衷足以安慰。且抗日亦系吾兄平日主张，惟系以整个国家为前提，故年来竭力整顿军备、团结国力，以求贯彻抗日主张。此公忠为国之心，必为全国人民所谅解。目下吾兄所处境况真相若何，望即示之以慰焦思。妹日夕祈祷上帝赐福吾兄早日脱离恶境，请兄亦祈求主宰赐予安慰，为国珍重为祷！临书神往，不尽欲言，专此奉达。

敬祝

康健

妻美龄

廿五年十二月十三日 [1]

宋美龄信所署"廿五年"，指民国二十五年，即1936年。

信末原有"戏中有戏"四字，后来被剪掉了。蒋介石一看"戏中有戏"四字，心中明白是指南京"戏中有戏"。

经过张、杨力劝，端纳也认为新城大楼太显眼，蒋介石才同意于14日夜迁往高桂滋公馆。

端纳翌晨又晤蒋介石时，说了一番话，颇为打动蒋介石的心。

端纳说：

"我这次是受蒋夫人的委托而来的，到这里之后与张汉卿将军进行了晤谈，

---

[1] 见宋美龄1936年12月13日致蒋介石手稿。

对这次事变情况有了一些了解。我首先告慰您，就是张将军对您并无加害之意，只要您答应他们的主张，他们还是忠心地拥护您做领袖。我认为这不仅是张、杨两将军的个人意愿，也是全中国人民的迫切要求。而且许多西洋人也赞同这样的政见。您若是接受他们的主张，今后将更成为世界的伟人；若是拒绝接受，势必将成为渺小的人物。国家和委员长个人的安危荣辱全系于委员长自己心思的一转。"

毕竟端纳乃"西洋人"，又是蒋介石信得过的人，以客观立场讲这番话，蒋介石容易听得进。

蒋介石致宋美龄的复函，近似于"遗嘱"：

> 美龄吾妻，余决心殉国。余死后，余之全部财产由汝继承。望汝善视经国、纬国两儿，有如己出，以慰余灵。愿上帝赐福于汝！

端纳于15日午后返洛阳之后，16日下午4时再度飞抵西安。端纳又见蒋介石，告知南京"戏中有戏"的一些情况，并转达在洛阳与宋美龄、宋子文通长途电话的内容。宋美龄的一句话，使蒋介石为之一震："宁抗日勿死敌手！"

蒋介石的态度，开始有所转变——虽然他还要摆委员长的架子，虽然他还不肯马上认错。

17日下午，周恩来抵达西安的消息，又一次深深震惊了蒋介石——这意味着"敌手"已伸到西安了……

中共、张、杨结成"三位一体"

周恩来的行动迅疾如风。他刚抵西安，17日夜与张学良长谈，翌日晨便前往西安九府街。那里，一幢青砖赭柱的两层楼房，门口悬着"止园"两字，人称"杨公馆"。

比之于张学良，杨虎城跟中共的关系更为密切。这不仅因为杨虎城夫人谢葆真是中共党员，杨虎城本人两度申请加入中共，而且杨虎城手下的工作人员中有不少是中共党员。

在张、杨二人之中，首先提出"兵谏"的，是杨。1936年11月初，当张学良从洛阳向蒋介石祝寿回来，跟杨虎城谈起了对蒋介石"攘外必先安内"政策的不满，据张学良回忆，杨虎城问他："你真的决定要抗日？"张学良答曰：

"当然。"这时,杨虎城说了一句令他永远难忘的话:"等蒋委员长来到西安,我们可以来一个挟天子以令诸侯!"[1]

张学良大为吃惊,以至久久地说不出一句话来。

杨虎城则沉默着,等待张学良的反应。

张学良终于说话:"让我先想想再讨论这个问题。"

紧接着,张学良又补充道:"请相信我决不会把你的话告诉任何人。"

后来,又有一回,张学良跟杨虎城说及劝蒋无效。杨虎城很坚决地说:"软说不行就硬干!"

张学良这一次听进去了,他想了想,答道:"刚柔相济,刚柔并用。"

于是,张学良与杨虎城商定,对蒋介石进行最后的诤谏。"柔"不行的话,那就来"刚"——兵谏。

后来,就连蒋介石也在《苏俄在中国》一书中这么写及西安事变:

最出人意料之外的一点,就是其主动者,实是张学良本身,而首先提出此一劫持者,则为杨虎城。[2]

曾采访过杨虎城的英国记者贝特兰,也在他的《杨虎城传》一书序言中写及:

正是杨虎城说服了少帅,只有运用兵谏战略,抓住最高统帅,才有希望使他们停止对共产党作战,并团结全国共同抗日。[3]

不过,也正因为杨虎城一开始就主张兵谏,所以他在发动西安事变时,再三关照部下:"必须给我捉回活的蒋介石,不要死的蒋介石。如果打死了他,即要你偿命。谁打死了他,都以军法从事!"

周恩来前去拜访杨虎城,气氛自然非常融洽。周恩来代表中共中央向杨虎城表示问候,表示对西安事变的支持。接着,周恩来便说及昨夜跟张学良会谈的情形。

杨虎城听罢,颇为感慨。他说,他原以为中共跟蒋介石有十年的血海深仇,

---

[1] 吴天伟:《西安事变:现代中国史的一个转折点》,密歇根《中国研究》集刊26号,1976年出版。
[2] 蒋介石:《苏俄在中国》,台湾中央文物供应社1957年版,第75—76页。
[3] 詹姆士·贝特兰:《杨虎城传》英文版序言(1980年)。

知道捉住了蒋介石,虽不至于立即杀蒋,也决不会轻易主张放蒋。

周恩来说:"蒋介石本人,现在是抗日则生,不抗日则死。因此,促使他改变政策,实现对日作战的可能性是存在的。"

杨虎城道:"共产党置党派历史深仇于不顾,以民族利益为重,对蒋介石以德报怨,令人钦佩。我是追随张副司令的,现在更愿倾听和尊重中共方面的意见。既然张副司令同中共意见一致,我无不乐从。"

西安八路军办事处(2011年8月30日叶永烈摄于西安)

就这样,周恩来成功地构筑了"张、杨、中共"这"三位一体"。原先,中共只是单独与张、杨秘密联络,杨不知张与中共的联系,张不知杨与中共的联系。如今,张、杨、中共三方结为一体。此后,在与国民党的谈判之中,便以张、杨、中共为一方,国民党政府为另一方。周恩来不愧为统战高手,有了张、杨、中共的"砝码"更重了。

当然,在与周恩来的交谈中,杨虎城也透露了自己的隐忧:"共产党和国民党是敌对的党,地位上是平等的,对蒋可战可和。我是蒋的部下,如果轻易放蒋,蒋一旦翻脸,我的处境就和共产党有所不同了。"

顺便提一笔,杨虎城在西安事变中消息极为灵通,他的"黑室"发挥了莫大作用。

在第一次世界大战时,一位名叫亚德莱的美国人,专门设立了一个机构"Black Chamber",即"黑室",负责侦译密码电报。杨虎城也设立了"黑室"。那"黑室"名副其实:设在新城大楼(亦即最初拘押蒋介石之处)的最底层地下室,光线暗淡,还遮以黑布,在"黑室"里工作的是杨虎城的机要秘书李致远。

李致远原名李直峰,由中共党员南汉宸引见,任杨虎城机要秘书。[1]这"黑室"在1936年2月,侦译了蒋介石、阎锡山堵击红军的许多密码电报。西安事变时,缴获了胡宗南驻西安办事处特印密电本以及军政部的双码代码密电

---

[1] 李直峰:《杨虎城将军设置的"黑室"》,《上海文史》1991年第3期。

本，侦译了讨逆总司令何应钦指挥30个师扑向西安时的作战计划、兵力部署、作战命令、口令信号、陆空联络信号，等等。这样，"三位一体"对于南京方面部队的动向了如指掌！

苏联否认"莫斯科魔手"

西安本来已经够热闹的了，当时英国《泰晤士报》称西安已成了"一个歌剧场"。在热闹之中忽地又爆出耸人听闻的消息：红旗插遍古城西安！

西安事变发生之后，南京已纷传："共党策动西安事变""西安事变是中共的阴谋""中共要把西安造成马德里""西安已脱离中央[1]，投奔中共"……眼下，西安一家名叫"雷电社"的电台，向国内外播发了"红旗插遍古城西安"的消息，南京更是据此证明张、杨"投奔中共"。

就连1937年3月1日，美国女记者史沫特莱在采访毛泽东时，也提出了这一问题：

史问：许多人不但说西安事变是共产党干的，而且说在城墙上红旗高悬……究竟事实如何？

毛答：关于西安插红旗一类的事，大概只有日本人和汉奸看见了罢。[2]

据那位在杨虎城"黑室"中工作的李直峰回忆，经"黑室"电台监察，发现竟是

毛泽东（左）、朱德（中）与美国记者史沫特莱在延安

---

[1] 指国民党中央。
[2] 史沫特莱：《中日问题与西安事变》，载《论抗日民族统一战线诸问题》（1937年）。

东北军的一个电台,在播发"雷电社"消息!

周恩来马上指示东北军内的中共党员,细查此事。一查,才弄明白:东北军中的几位青年军官参加扣蒋,在华清池蒋介石行辕缴获了一部电台。于是,他们便以"雷电社"的名义,向外发布消息,自以为是做"革命宣传"。这些年轻人没想到,他们以无线明码发布的新闻电报,在外界引起了混乱。经周恩来劝阻,这个"雷电社"才宣告结束……

这"雷电社"小插曲,倒是表明了南京方面以及海外对于中共一举一动,何等关注。

理所当然,日本和苏联方面的态度,也是众所关注的。

日本外务省在13日晚便召开了紧急会议,决定:"日本政府方针,应以慎重态度,静观事态之推移情形。"

日本的《朝日新闻》则印出号外,大字标题是《支那政局全面混乱》,报道"蒋介石氏突被监禁""张学良氏兵变指挥",还有"张学良氏自己保身",与"共产军妥协",等等。日本《日日新闻》,则称"张学良兵变"背后乃是"莫斯科魔手"在操纵!

苏联的表态,出人意料。苏联并不支持西安事变,反而指责这是日本玩弄的政治阴谋!

12月14日,苏共中央机关报《真理报》发表社论,指责"此次张学良兵变"与"亲日派有密切关系"。社论说:

> 张学良早有无穷机会可以抵抗日本侵略,其兵士亦充满抵抗之决心,然张将军本人则一贯采取不抵抗政策,现在乃以抗日运动为投机,高揭抗日旗帜,实际则转使中国分裂,使其更加骚乱,成为外国侵略者之牺牲品。

12月17日,《真理报》的国际评论说得更明白:

> 最近从中国得来报告证实,张学良之叛变纯为日在中国之新阴谋,其目的乃阻碍中国之统一,及日益普遍之抗日运动。
>
> 世界新闻界评论,完全证明日方嫁祸他人,伪称张学良叛变乃"莫斯科魔手"之伎俩,业已失败,张氏之叛变及日德协定之直接结果,其目的及任务为煽动战争。

与此同时,苏联外交部则通过外交途径,向南京政府声称:苏联与张学良

"无关系",与中国共产党也"无任何联络",甚至共产国际也与苏联"无关","因此对中国共产党之行动不负任何责任"。

苏联外交部还表示,对于中国一部分报纸散布西安事变与苏联有关的"流言",感到"非常惊异愤慨,希望中国政府设法阻止"。

与之针锋相对的,则是南京政府行政院副院长孔祥熙于13日召见苏联驻中国代办,明确地提出:

> 西安之事,外传与共党有关,如蒋公安全发生危险,则全国之愤慨,将由中共而推及苏联,将迫我与日本共同抗苏。[1]

南京政府自然并不相信苏联外交部所声明的与中共"无任何联络"、与共产国际"无关"之类的话,称之"此地无银三百两"!须知,陈立夫在西安事变一发生,便急寻潘汉年,为的是通过潘汉年给共产国际发电报,借共产国际对中共施加影响——苏联外交部的声明显然纯系外交辞令!

在12月14日晚,中共中央在保安便从塔斯社的英文广播中知道苏联《真理报》社论的内容,一时间议论纷纷。倒是张闻天在苏联学习过多年,对此作了解释:苏联有难言之隐,"只能这样说",否则会引起"与南京对立"。

斯大林反对"倒蒋"

苏联的"难言之隐",说穿了,无非是想避免日本以及其他国家借西安事变,抨击"莫斯科魔手"罢了。苏联对张、杨的批评,实际上是苏联外交政策实用主义的一种表现。

西安事变刚一发生,中共中央便在12日晚12时、13日凌晨4时、13日下午4时,三次电告共产国际。

毛泽东在保安的窑洞里,急切地等待着共产国际的答复。虽说毛泽东在决策时并不完全照共产国际的意见办,但共产国际毕竟是中共的上级,尤其是如此重大的事件,不能不听听来自莫斯科的声音。

13日夜,共产国际的复电终于到达。复电颇长,分三大段:

第一,肯定西安事变是日本阴谋所制造,并说在张学良左右一定暗藏着一些日

---

[1] 孔祥熙:《西安事变回忆录》,台北传记文学出版社1976年版。

本间谍，苏联不会给这种日本朋友以任何支援；

第二，中国目前所急需的，是建立全国性的抗日统一战线，最重要的是团结与合作，不是分裂与内战；

第三，应争取和平解决西安事变，利用这一时机与蒋介石作友善的商谈，促使其赞成抗日，并在和平解决的基础上自动将蒋释放。

这三条意见，第一点完全与事实不符，第三点中关于蒋介石的处理与毛泽东当时所主张的相左。

紧接着，斯大林又请中共驻共产国际代表团转告中共中央：

苏联领导人斯大林

> 中国共产党应该首先了解到：蒋介石是抗日的。而打倒蒋介石，必须进行内战，但内战只能有利于日本侵略者。[1]

在斯大林看来，作为中国的抗日领袖，张学良不够格，毛泽东的力量还太小，只有蒋介石才有号召力，能够成为统率中国各种政治力量进行抗日的领袖。

斯大林反对"倒蒋"，这一见解倒是正确的。

共产国际除了给保安发电报之外，也给上海的潘汉年发电报。

西安事变一发生，不仅陈立夫派杜桐荪找潘汉年，而且宋美龄也打电话给姐姐宋庆龄，请宋庆龄找潘汉年。于是，宋庆龄约见了潘汉年。

潘汉年去南京时，在宋子文家中会晤了宋美龄和宋子文。二宋要求潘汉年向共产国际和中共中央反映：不要杀蒋介石。只要蒋介石的生命安全，什么问题都可以商量。

潘汉年如实地向共产国际和中共中央反映了二宋的意见。

16日，共产国际复电潘汉年："所见甚为正确，已致电中共中央，当和平解决西安事变。"

也就在16日，共产国际执行委员会总书记季米特洛夫亲自起草并签署了致中共中央的电报，可以说是共产国际对于处理西安事变的最明确的指示。

电报原文如下：

---

[1] 杨云若，杨奎松：《共产国际和中国革命》，上海人民出版社1988年版，第390页。

一、张学良的行动，无论其动机如何，客观上只能有损于中国抗日民族统一战线力量的团结，并鼓励日本侵略。

二、既然事变已经发生，中国共产党应考虑到以上情况，并坚决主张在下列条件基础上和平解决事变：

甲，通过吸收反日运动的若干代表及拥护中国统一和独立的人士参加政府的方式来改组政府；

乙，保障中国人民的民主权利；

丙，停止围剿红军的政策并与红军在反对日本侵略的斗争中合作；

丁，与同情中国人民反抗日本进攻的国家建立合作关系，但不要提联合苏联的口号。[1]

不过，季米特洛夫这一电报发到保安时，却因密电码搞错了，以致译不出来。中共中央不得不于18日致电共产国际执委会，请求"检查重发"。20日，中共中央才收到"检查重发"后的季米特洛夫16日电报。

来自莫斯科的对于张学良的种种批评，使张学良十分不安。尤其是《真理报》的社论，使张学良感受到压力。

17日，毛泽东致电张学良，不得不向他就"远方政府"（亦即苏联政府）的态度，作了解释："远方政府目前为应付外交，或尚不能公开赞助我们。"

但是，毛泽东又接着说，若远方知此事及事变后之进展，不是单纯军事行动，而是与民众联系的，"估计当寄以同情"。

"远方"对于张、杨的态度，直至1937年1月下旬才终于转变，承认张、杨是"为了正义而起义"，这才不再抨击张、杨。

毛泽东改变了对蒋策略

世上没有一贯正确的人。

在西安事变之初，斯大林和毛泽东在决策上都有正确与错误之处，两人恰恰呈"你对我错""你错我对"的态势：

对于张、杨——毛泽东表示支持，对了；而斯大林表示反对，错了。

对于蒋介石——毛泽东主张"倒蒋"，错了；而斯大林主张"保蒋"，对了。

---

[1] 杨云若，杨奎松：《共产国际和中国革命》，上海人民出版社1988年版，第391页。

其实，细细探究起来，斯大林和毛泽东的对和错，都有其原因：

对于张、杨，毛泽东身在中国，深知他们，马上判定西安兵谏是"抗日起义"；而远在莫斯科的斯大林不明中国内情，错定西安事变为"日本阴谋所制造"。

对于蒋介石，斯大林统观中国全局，能够客观地论定中国抗日领袖非蒋莫属。

毛泽东呢？蒋介石是他的宿敌，十年深仇，忽闻"元凶被逮"，怎不要求"罢蒋"呢？

毛泽东、周恩来、朱德在延安

随着时间的推移，各方的反应纷至沓来，毛泽东开始重新考虑如何处置老对手蒋介石。尤其是周恩来17日飞抵西安之后，当夜发来电报，提出"保蒋安全"，毛泽东认为在理。

紧接着，18日上午，周恩来在会晤杨虎城后，又发来一电，更促使毛泽东改变对蒋策略。

周恩来在电报中报告：

> 南京亲日派目的在造成内战，不在救蒋。宋美龄函蒋：宁抗日勿死敌手。孔祥熙企图调和，宋子文以停战为条件来西安，汪将回国……蒋态度开始（时）表示强硬，现亦转取调和，企图求得恢复自由。[1]

周恩来这份电报所透露的最新信息，是极为重要的：一是宋美龄、蒋介石态度转向抗日，二是南京亲日派在积极行动，"倒蒋"将会造成汪精卫上台！

汪精卫自从1935年11月1日在国民党四届六中全会上被晨光通讯社记者孙凤鸣连发数枪击成重伤之后，不得不离开中国政治舞台，出国养伤。眼下将息了一年多，待在法国巴黎。

---

[1]《关于西安事变的34份电报》，《文献和研究》，1986年第6期。

西安事变发生的当天，汪精卫便收到国民党中央急电，要他迅速返国。闻蒋介石被擒，汪精卫仿佛喜从天降。倘若蒋介石被杀，汪势必可取而代之，成为国民党领袖。于是，14日，汪精卫电复南京："遵。即力疾启程。"

汪精卫在法国会见了国民党驻法使节郭泰祺、顾维钧，声称："本人决心反共到底，与南京抗日派决不妥协！"

汪精卫是众所周知的亲日派。一旦杀了蒋介石，让汪精卫当政，那会比蒋介石更糟——毛泽东不能不注意到"汪将回国"这一严重的动向。

周恩来、张闻天的劝说，斯大林的电告，宋美龄、宋子文愿意和谈，蒋介石态度转变，汪精卫准备回国……这一连串的变化，终于使毛泽东决定改变对蒋介石的处置。

这一改变，最初从18日中共中央关于西安事变致国民党中央的电报中透露出来：

> 蒋介石在此次被幽，完全是因为蒋氏不肯接受抗日主张，不肯放弃攘外必须安内的错误政策所致。本党致贵党建议书及许多通电曾舌敝唇焦，一再向贵党与蒋氏提议，联合各党各派一致抗日，奈蒋氏对于日寇的步步进攻，依然是一再退让……[1]

电报指出："贵党果欲援救蒋氏，则决非调集大军讨伐张、杨所能奏效，实属显然。"电报提出了五项条件，然后指出："本党相信，如贵党能实现上述全国人民的迫切要求，不但国家民族从此得救，即蒋氏的安全自由当亦不成问题……"

这份电报与在三天前——15日——毛泽东等15位红军将领致国民党国民政府电报所云"罢免蒋氏，交付国人裁决"，已有明显不同。

这份电报意味着毛泽东已回复到他自己在1936年9月1日以中共中央名义下达的指示，即"逼蒋抗日"！

中共定下"和平解决""放蒋"方针

12月19日，在保安那孔（陕北人以"孔"为窑洞的量词）石窑洞里，中共中央政治局委员们围坐在一起，召开会议。会议依然由张闻天主持，依然由

---

[1]《中共中央抗日民族统一战线文件选编》，档案出版社1986年版。

毛泽东作报告，会议气氛却与六天前——13日——的会议截然不同。那次会议，议论纷纷，意见分歧；这次会议，众说一致，作出了明确的决策。其中的原因，如张闻天所言："在六天中，这事件的现象与本质都（显露得）更充分。"

前文曾提及，周恩来告诉过王炳南："我们有一星期没睡觉……这是我们一生中最困难的决定。"周恩来所说的"一星期"，也就是12月12日至19日。在19日这次中共中央政治局会议上，终于作出了"最困难的决定"，解决了最棘手的问题。

毛泽东喜欢从哲学的角度分析问题。二十多年后，1957年2月，毛泽东在《关于正确处理人民内部矛盾的问题》讲话中，曾说及"乱子有二重性"。此时，他也谈"二重性"，说西安事变有"二重性"：

一方面是光明的方面，"能更促进抗日与亲日的分化，使抗日战争更为扩大"；

另一方面是黑暗的方面，因为捉蒋，南京"把张杨一切抗日主张都置而不问"，"更动员所有部队讨伐张杨"，内战有大爆发和延长的危险。

毛泽东认为，西安事变有两种前途，即胜利的前途和失败的前途。

为了争取胜利的前途，毛泽东提出，中共应该"分两手"：一是"反对内战要求和平"，二是"把阵线整理好，打击讨伐派"。

通过对"二重性""两种前途""分两手"的分析，毛泽东最后提出中共的方针是"和平调停，使内战结束"。

这一回，张闻天的讲话与毛泽东完全一致。他明确地说："要求把蒋介石交人民公审的口号是不妥的。"显而易见，他批评了毛泽东在上次会议上的意见。

1937年12月的中央政治局会议，王明坐在正中

这次会议产生了两个文件,即"通电"和"指示"。

"通电"由毛泽东起草,"指示"由张闻天起草。毛泽东作了说明:"现在发表的通电与前次的通电是有区别的,更站在第三者立场上说公道话。"

"通电",亦即《中共苏维埃中央政府及中共中央对西安事变通电》,于当日发出。《通电》提及蒋介石时,不像前几天直呼蒋介石或"蒋氏",而是称之"蒋介石先生"。

"通电"建议"由南京立即召集和平会议",明显地不再强调"以西安为中心"了,而且所开的是"和平会议",不是"抗日救国代表大会"。

"指示",亦即《中共中央关于西安事变及我们任务的指示》,是中共党内指示,不公开发表,亦于当日发出。由于系内部文件,"指示"写得更为明白,提出中共"反对新的内战,主张南京与西安间在团结抗日的基础上,和平解决"。提及蒋介石时,称之"南京最高负责人蒋介石"。

19日中共中央政治局会议的核心,便是确立了和平解决西安事变的方针。

当天,毛泽东便致电潘汉年,全文如下:

汉年同志:
　　请向南京接洽和平解决西安事变之可能性,及其最低限度条件,避免亡国惨祸。

毛泽东
皓[1]

就在中共中央政治局会议召开的翌日上午10时,宋子文飞抵西安,张学良和端纳前往机场迎接。穿了一身笔挺西装的宋子文,戴着黑框眼镜打着花领带,见到了蒋介石,使蒋介石大为激动。

宋子文带来宋美龄致蒋介石的信,其中写道:"如果三天之内子文不回南京,我必定到西安跟你共生死。"此信表明,宋美龄仍把西安事态看得颇为严重,连蒋介石读到这里都哭了!

宋子文得知周恩来已在西安,便道:"周恩来一来,事情就难办了。"

周恩来马上托人转告宋子文,说希望与他一晤。和宋子文同来的郭增恺,也建议他与周恩来一谈。可是,宋子文生怕跟周恩来见面,会给何应钦抓住把柄,就派郭增恺去见周恩来。

---

[1]《关于西安事变的34份电报》,《文献和研究》,1986年第6期。

郭增恺向周恩来转达了宋子文的话，说宋子文早就认为："共产党不是武力所能消灭的，蒋想靠武力灭共，才有今天。"

周恩来则请郭增恺向宋子文传话："只要蒋先生抗日，共产党当全力以赴，并号召全国拥护国民政府，结成抗日统一战线。"

宋子文原本最为担心的是中共不肯饶蒋，听了传来的周恩来的话，大为兴奋，认为和平谈判有了指望。宋子文在西安只逗留一夜，21日中午，他和端纳急急飞往南京。

也就在21日，中共中央书记处致电周恩来，又进一步放宽了处置蒋介石的"尺寸"。中共中央书记处的电报，提出了五个条件，请周恩来与张、杨商谈，作为与蒋介石谈判的条件。电报指出："在上述条件有相当保证下恢复蒋介石之自由。"

这表明，如果蒋介石答应五个条件，便放蒋！

这样，毛泽东由"审蒋""罢蒋"转到"逼蒋抗日"，转到答应条件可以"放蒋"了！

宋美龄终于飞往"虎穴"

12月22日下午，上海的《大美晚报》刚在报摊上露面，便销售一空。

这一天，晚报占了"大便宜"——因为头版头条要闻发生在这天上午，所有当天的日报已来不及刊登。

《大美晚报》的大字标题，引人注目：

> 宋子文宋美龄　今晨离京飞陕
> 径赴西安过洛不停　行前孔邸曾有会议

宋子文21日匆匆飞回南京，带回周恩来的口信，使宋美龄打消了疑虑。

也就在21日，潘汉年收到毛泽东电报，要他速告陈立夫。宋美龄马上从陈立夫那里，得知毛泽东的意见。

毛泽东电报原文如下：

汉年同志：

　　即向陈立夫先生等提出下列要求，征其同意。

1936年，西安事变发生后，宋美龄亲赴西安营救蒋介石脱险。图为宋美龄与同行的外籍顾问端纳

目前最大危机是日本与南京及各地亲日派成立联盟，借拥护蒋旗帜，造成内乱，奴化中国。南京及各地左派应速行动起来，挽救危局。共产党愿意赞助左派，坚决主张在下列条件基础上和平解决，一致对付日本与亲日派：

（甲）吸收几个抗日运动之领袖人物，加入南京政府，排斥亲日派。

（乙）停止军事行动，承认西安之地位。

（丙）停止"剿共"政策，并与红军联合抗日。

（丁）保障民主权利，与同情中国抗日运动之国家建立合作关系。

（戊）在上述条件有相当保证时，劝告西安恢复蒋介石先生之自由，并赞助他团结全国一致对日。

结果如何，速以电报答复。

毛泽东 [1]

来自周恩来、宋子文、毛泽东、潘汉年、陈立夫的重要信息会聚到宋美龄那里，宋美龄下定了飞往西安的决心。

22日上午11时30分，两架三引擎的飞机从南京起飞，机上载着宋美龄、宋子文、端纳、戴笠、蒋鼎文。这天天气格外晴朗，仿佛意味着好兆头。

上穿银狐领大衣、下穿高跟皮靴，宋美龄在飞机上不时观看着舱外。当飞机经过洛阳上空，她见到机场上停着一排轰炸机，顿时收紧了心。飞机在洛阳降落时——并非如《大美晚报》所称"过洛不停"——宋美龄再三关照洛阳空军将领，未得蒋委员长命令，不能派飞机去西安轰炸。飞机再度起飞，当她见到晶莹的冰雪覆盖的华山，知道西安不远了。

飞机在西安上空盘旋了一会儿，宋美龄拿出手枪交给端纳。她说："如果下了飞机，遇军队哗噪无法控制时，即以此杀我，万勿迟疑！"

---

[1]《关于西安事变的34份电报》，《文献和研究》，1986年第6期。

飞机降落后，刚一停稳，便见张学良登机迎接，宋美龄的脸上浮现了笑容。

宋美龄一到，便驱车前往高公馆探望蒋介石。那时，蒋介石尚不知宋美龄来，正卧床养伤。当宋美龄入内，蒋介石惊呼："余妻真来耶？君入虎穴矣！"

宋美龄的到达，开始了西安和平谈判。用宋美龄后来的话来说："西变局势是端纳奠了基，宋子文起了墙，而我盖上了顶。"

蒋介石对宋美龄、宋子文谈了关于谈判的意见：

改组政府，三个月后开救国会议；改组国民党，同意联俄联共。[1]

蒋介石的这些意见，表明他的态度有了明显的转变。不过，他又附加了两个条件：

第一，他本人不出头，由宋氏兄妹代表他谈判；

第二，商定的条件，他不作任何书面签字，而是以"领袖的人格"来保证。

第一条表明蒋介石很注意保持最高领袖的架势，倘若他出面谈判，势必降低了他的身份。

第二条则表明了蒋介石的政治手腕的老练，不愿留任何文字性东西在对方手中，以免日后成为把柄。

"三位一体"和二宋谈判

墙上挂着巨幅军事地图，红色地板上放着一套黑色皮沙发，金家巷张公馆西楼二楼的会议室打扫得干干净净。23日上午，秘密谈判在这里举行——11天前，张学良也正是在这里发出拘蒋命令。

蒋介石派出的代表是宋子文。谈判的对手呢？是"三位一体"——张学良代表东北军，杨虎城代表第十七路军，周恩来代表中共。

毛泽东和周恩来，成功地和张、杨结为

宋子文

---

[1] 引自周恩来致中共中央电报（1936年12月23日），见《周恩来统一战线文选》，人民出版社1984年版。

"三角联盟",组成"三位一体"。因此,原本是国共对垒,这一回张、杨却坐到中共一边来了。

在"三位一体"之中,周恩来成了主角。谈判一开始,就由周恩来代表中共及红军提出六项主张,整天的谈判便围绕这六项主张展开:

一、停战、撤兵至潼关外。
二、改组南京政府,排逐亲日派,加入抗日分子。
三、释放政治犯,保障民主权利。
四、停止"剿共",联合红军抗日,共产党公开活动(红军保存独立组织领导。在召开民主国会前,苏区仍旧,名称可冠抗日或救国)。
五、召开各党派各界各军救国会议。
六、与同情抗日国家合作。[1]

西安事变是张、杨发动的,周恩来后来才参与"斡旋",然而此时此刻,诚如张学良所言,周恩来道道地地成了"西安之谋主"!

周恩来提出六项条件之后,"要蒋接受并保证实行"。[2]

结果,"宋个人同意,承认转达蒋"。[3]

周恩来还提出,"在蒋同意上述办法下,我们与蒋直接讨论各项问题(即前述六项)。宋答可先见宋美龄(子文、学良言她力主和平与抗日)"。[4]

这样,23日下午,周恩来与宋美龄见了面。

宋美龄后来在她的《西安事变回忆录》中,曾用"曲笔"写及她与周恩来见面的情景:

张学良"介绍一参加西安组织中之有力分子来见,谓此人在西安组织中甚明大体而为委员长所不愿见者。余与此人长谈二小时,且任其纵谈一切。彼详述整个中国革命问题,追述彼等怀抱之烦闷,以及彼等并未参加西安事变,与如何酿成劫持委员长之经过。余注意静听察其言辞中反复申述一语并不厌赘,其言曰:国事如今舍委员长外实无第二人可

---

[1]《与宋子文谈判结果》,见《周恩来统一战线文选》,人民出版社1984年版。
[2]《与宋子文谈判结果》,见《周恩来统一战线文选》,人民出版社1984年版。
[3]《与宋子文谈判结果》,见《周恩来统一战线文选》,人民出版社1984年版。
[4]《与宋子文谈判结果》,见《周恩来统一战线文选》,人民出版社1984年版。

为全国领袖者"。

这里的"此人",便是周恩来。

周恩来确实对宋美龄说:只要蒋介石同意抗日,中共拥护他为全国领袖。并且表示除蒋介石外,全国没有第二个合适的人。[1]

第一天的会谈刚一结束,周恩来便致电中共中央,汇报了谈判情况。周恩来在电文结束时写道:"如你们同意这些原则,我即以全权与蒋谈判,但要告我,你们决心在何种条件实现下许蒋回京。请即复。"

这就是说,谈判的下一步,便是如何"放蒋"了。

宋子文、宋美龄亦向蒋介石转达了周恩来的意见,听取了蒋介石的见解。

翌日——24日——的谈判,"三位一体"依然是张、杨、周,而蒋方代表除宋子文外,增加了宋美龄。

宋美龄很明确地赞成停止内战。她说:"我等皆为黄帝裔胄,断不应自相残杀,凡内政问题,皆应在政治上求解决,不应擅用武力。"

第二天的谈判,实际上是"二宋"代表蒋介石,对于"三位一体"昨日提出的条件,作出具体的答复。

从周恩来致中共中央的电报《与宋子文、宋美龄谈判结果》,可以看出二宋作了这样一些答应:

一、孔、宋组行政院,宋负绝对责任保证组织满人意政府,肃清亲日派。

二、撤兵及调胡宗南等中央军离西北,两宋负绝对责任。蒋鼎文已携蒋手令停战撤兵(现前线已退)。

三、蒋允许归后释放爱国领袖,我们可先发表,宋负责释放。

四、目前苏维埃、红军仍旧。两宋担保蒋确停止

西安事变时的中共代表团周恩来(右)、叶剑英(中)、博古(左)

---

[1] 金冲及主编:《周恩来传(1898—1949)》,人民出版社、中央文献出版社1989年版,第337页。

"剿共",并可经张手接济(宋担保我与张商定多少即给多少)。三个月后抗战发动,红军再改番号,统一指挥,联合行动。

五、宋表示不开国民代表大会,先开国民党会,开放政权,然后再召集各党各派救国会议。蒋表示三个月后改组国民党。

六、宋答应一切政治犯分批释放,与孙夫人商办法。

七、抗战发动,共产党公开。

八、外交政策:联俄,与英、美、法联络。

九、蒋回后发表通电自责,辞行政院长。

十、宋表示要我们为他抗日反亲日派后盾,并派专人驻沪与他秘密接洽。[1]

这十条,表明二宋和"三位一体"的谈判取得了双方都满意的结果。

也就在这一天,中共代表团的另两位重要成员博古和叶剑英,赶到西安。[2]

阔别十年,蒋介石、周恩来晤谈于一室

谈判结束后,24日晚,蒋介石会晤了他"所不愿见者"——周恩来。大抵因为他原本"不愿见",所以在他的《西安半月记》中一字未提。宋美龄的《西安事变回忆录》中,也只提及她与"有力分子"周恩来的见面,未提及蒋介石曾会晤周恩来。

然而,蒋介石"悬赏8万元"的这颗脑袋,竟如此戏剧性地出现在他面前!

过去的文献,一直是说宋子文、宋美龄陪周恩来去见蒋介石。然而,1990年6月8日,张学良在台北接受日本NHK电视台采访时,有了新的说法:

> 问:蒋介石和周恩来曾在西安会面。当时张先生应该在场的,是吗?
> 答:这是尖锐的问题,请不要再问了。我不但在场,而且是我领周恩来去见蒋先生的。

---

[1]《周恩来统一战线文选》,人民出版社1984年版,第33—34页。

[2] 叶剑英抵西安日期说法不一,有的文献认为叶在几天前已到达,此处据金冲及主编《周恩来传》,人民文学出版社1989年版。

张学良第一次透露了"是我领周恩来去见蒋先生的"。尽管已经事隔半个多世纪，张学良却依然认为"这是尖锐的问题"。

蒋介石那时因在张公馆一箭之遥的高公馆。周恩来希望一晤蒋介石，宋氏兄妹事先打了招呼："委员长这两天病了，不能多说话。"

当年，蒋介石和周恩来共事于黄埔军校，一个是校长，一个是政治部主任。自从国共纷争，蒋介石与周恩来已经十年未曾谋面。

据张令澳作《国共合作秘密使者张冲》[1]一文所言，1936年6月周恩来、潘汉年曾应张冲之邀秘密赴莫干山与蒋介石会谈。张令澳先生曾在蒋介石侍从室工作。1993年3月1日，笔者询问张令澳先生，文中所记蒋、周1936年6月会晤是否系亲睹之事？

张先生答系传闻，那时他尚未到侍从室工作。由于此事迄今未曾在国共双方有关文献上查到依据，只能作为一桩传闻。

周恩来在张学良及二宋陪同下，步入蒋介石卧室，蒋介石正卧病在床。蒋介石支起身体，请周恩来坐在床前。厮杀了十年，蒋、周如今晤谈于一室，真是不易！

周恩来仍照以前的习惯，称蒋介石为"校长"，寒暄道："我们有十年没见面了，你显得比从前苍老些。"

在苏联留学时期的蒋经国

蒋介石点了点头，说道："恩来，你是我的部下，你应该听我的话。"

周恩来颇为机灵，顺着蒋介石的话，转向了正题："只要校长能够改变'攘外必先安内'的政策，停止内战，一致抗日，不但我个人可以听你的话，就连我们红军也可以听你的指挥。"

这时，宋美龄一听说及敏感话题，马上就替蒋介石作了答复："以后不剿共了。这次多亏周先生千里迢迢来斡旋，实在感激得很。"

这样，谈话的气氛变得轻松起来。蒋介石也说："我们再也不打内战了！"

---

[1] 原载1989年第2期《上海滩》，台湾《传记文学》第57卷第2期转载。

蒋介石居然还这么说及:"每次我们之间打仗时,我常想起你。即使在战争中,我还记得你曾帮助我工作得很好,我希望我们还能共同工作。"[1]

这么一来,谈话切入正题。虽然张学良1990年对日本NHK记者说,"现在还不能泄露当时蒋介石与周恩来谈话的内容"。不过,1980年《周恩来选集》上卷问世,首次公开发表周恩来《关于西安事变的三个电报》,其中倒是写及了蒋、周会晤的内容:

> 蒋已病,我见蒋,他表示:
> (甲)停止"剿共",联红抗日,统一中国,受他指挥。
> (乙)由宋、宋、张全权代表他与我解决一切(所谈如前)。
> (丙)他回南京后,我可直接去谈判。

这一段周恩来写于会晤蒋介石后第二天的电文,可以说是关于蒋、周会谈的最权威的记录。

在晤谈之中,蒋介石跟周恩来还聊起家常,说及长子蒋经国在苏联,并表露出思念之意。周恩来马上答应,可以与苏联方面联系,帮助他父子早日团聚。

蒋经国自1925年赴苏联学习,一晃,已经11个年头。后来,蒋经国消息杳然,蒋介石曾委托驻苏大使蒋廷黻查询,也未知一二。其实,1935年3月,蒋经国已与俄罗斯少女芬娜(后来改用中国名字蒋方良)结婚,年底生长子文伦,即蒋孝文。1936年又生一女,名爱理,即蒋孝璋。那时,蒋经国在苏联任乌拉尔重型机械厂副厂长……

听说蒋介石思念长子,周恩来后来果真帮他与苏联联系,促成了蒋经国在1937年3月返回中国,与蒋介石

年轻时的蒋经国和夫人蒋方良

---

[1] 斯诺:《中共札记》。

团聚。国民政府驻苏大使蒋廷黻曾这样回忆：1937年某夜，当我和部属们闲谈时，有人报告我说有客来访，但于见我本人前，不愿透露姓名。当我接见他时，他立即告诉我他是蒋经国。我很高兴……

西安事变，使蒋介石遭劫持，不意却由此引出与周恩来的见面，又引出周恩来帮助蒋介石父子团圆的喜剧来！

周恩来富有人情味，极为关心人，这一小插曲曾传为美谈，也是蒋、周会谈的意外收获！

顺便提一笔，毛泽东之子毛岸英、毛岸青，却是经张学良的帮助，由"红色牧师"董健吾牵线，于1936年6月趁张学良挚友李杜将军去西欧考察时，从上海带去，董健吾之子董寿琪同行。他们抵达巴黎后，再转往苏联……

圣诞节的"最大赠礼"

经过两天的谈判，"放蒋"也就定下来了。"三位一体"都同意"放蒋"，只是何时"放蒋"及如何"放蒋"尚未确定。

倒是宋美龄在来西安之前，便已定下了要求"放蒋"的日期——25日——因为这天是圣诞节，而她和蒋介石都是基督教徒。

孔祥熙在22日致张学良函中，亦申明了这一"放蒋"时间："如你能在圣诞节左右护送委员长安全返回，那真是圣诞老人给予的最大赠礼了！"孔祥熙不仅指明了时间，而且要求张学良"护送委员长安全返回"。

张学良答应了宋美龄的要求。但是，一早宋子文便告知蒋介石："张汉卿决心送委员长回京，但是情况恐有变！"

情况发生什么变化呢？那是在早上，宋子文收到一封信，是东北军、西北军多位高级将领联名所写的信：商定的条件必须有人签字，中央军必须先退到潼关以东，才能放蒋，否则虽然张、杨两将军答应，我们也誓死反对！

蒋介石阅信大惊，要宋子文立即去找张学良，以尽量早走为好。张学良也生怕有变，认为以尽早放蒋为好。张学良说："城内外，多为杨虎城部队。可否先送夫人和端纳上飞机，然后委员长化装，再设法登机？"宋美龄闻言，坚决反对，一是怕出乱子，二是化装上机也有损于蒋介石名声。

时间一秒秒过去，仍无头绪。按当时的飞行条件，飞机至迟必须在上午11时半起飞，不然不能在日落前飞抵南京。

到了中午12时半，张学良告知宋美龄："飞机已准备好，但一切仍未决定。"

直至下午1时半，仍定不下来。宋美龄不由得长叹，看来"圣诞老人给予的最大赠礼"告吹了。

这时，有人出了个好主意："即便今天无法飞回南京，那就先飞洛阳过夜。西安至洛阳，飞行一个半小时，下午起飞也不妨。"

宋美龄大喜，连忙祷告。于是，下午2时吃了中饭。

张学良又来，听了宋美龄的意见，说："反正城防司令杨虎城已同意放行，不如明早起飞，直飞南京。"

宋美龄坚持马上就走，先飞洛阳。张学良同意了。这时，杨虎城到，蒋介石在卧室与张、杨谈了半小时。

下午3时半，五辆汽车从高公馆开出，直奔机场。蒋介石由张学良、宋美龄陪同，乘一辆，张学良坐前座，以便遇上阻拦时可以交涉。宋子文和端纳坐一辆。其余三辆为蒋介石随行人员和张学良卫兵。

当这五辆汽车驶入机场时，蒋介石大吃一惊：机场上竟聚集了上千名青年学生！

难道消息走漏，青年学生们来机场示威，不许放蒋？

一打听，才知事有凑巧，在绥远前线抗战的将领即将乘飞机抵达西安机场，青年学生们在机场列队欢迎。

一场虚惊过去。

这时，杨虎城赶到机场。

蒋介石忽地发现随行人员中少了侄儿蒋孝镇——华清池兵谏时，背他上山的便是蒋孝镇。蒋介石对张学良说："蒋孝镇在哪里？把他找来一块走。"

张学良立即命令副官宋桂忱驱车去找。没多久，便找来了蒋孝镇。

下午4时，飞机准备起飞。张国焘在《我的回忆》一书中，这么写及：

> 蒋氏飞机将起飞的时候，他[1]正和张学良站在一块送行，张说："我送委员长。"便步上飞机，虽经蒋劝阻，但张学良还是登机起飞了。周说他当时真着急，但在众人之中又不好说话。

其实，当时周恩来并不在场。

张学良在蒋介石登机之后，便上自己的飞机要随着起飞。蒋介石曾劝张学良不要去，张学良坚持要亲自送他回南京。杨虎城见张学良要去，曾对张学良说，

---

[1] 指周恩来。

由他陪送。张学良坚持由自己陪送,并在飞机旁写一手令交给杨虎城,对杨虎城郑重地说:"从今日起,你代理我的职务,万一有事,东北军听你和于学忠指挥。"

张学良的手令,全文如下:

> 弟离陕之际,万一发生事故,切请诸兄听从虎臣孝侯指挥。
> 此致
> 何、王、缪、董各军各师长
>
> 张学良
> 廿五日
>
> 以杨虎臣代理余之职,又。

其中"孝侯"即于学忠。何、王、缪、董指东北军何柱国、王以哲、缪澄流、董英斌四位军长。

飞机起飞前,蒋介石对张学良、杨虎城复述了一遍六项条件,说道:"我答应你条件,我以领袖的人格保证实现,你们放心,假如以后不能实现,你们可以不承认我是你们的领袖。"

蒋介石在机场上,还对张、杨说了另一段话。这段话见诸周恩来当天发给中共中央书记处的电报:

> 蒋临行时对张、杨说:今天以前发生内战,你们负责;今天以后发生内战,我负责。今后我绝不剿共。我有错,我承认;你们有错,你们亦须承认。

飞机的螺旋桨转动了。蒋介石的专机起飞了。张学良的专机也随后起飞了。

当周恩来赶到机场时,飞机已无踪影!

蒋介石夫妇

据孙铭九回忆，他在听到张学良要陪蒋介石去南京的消息后，急忙去报告周恩来。周恩来一听，跳上汽车，跟孙铭九一起直奔机场。可是，已经晚了！

事先，宋子文告诉过周恩来，他和蒋介石今日要走。张学良也告诉过周恩来，他将亲自送蒋介石回南京。但周恩来表示不同意蒋介石今日走，也劝过张学良不要亲自送蒋介石回南京。大概正因为周恩来持这样的态度，所以他们也就避开周恩来走了。这在周恩来当天致中共中央书记处的电文中，写得很清楚：

宋坚请我们信任他，他愿负全责去进行上述各项，要蒋、宋今日即走。张亦同意并愿亲身送蒋走。杨及我们对条件同意。

我们只认为在走前还须有一政治文件表示，并不同意今天走、张去。但通知未到张已亲送蒋、宋、宋飞往洛阳。

周恩来曾劝张学良，放蒋是为了和平解决西安事变，亲送则不必。周恩来引用了一句格言，告诫张学良："政治是钢铁般的无情！"

周恩来见张学良仍未听进去，又说："蒋先生历来只许文人反对他，决不允许武人反对他，邓演达被暗杀就是一个证明。"

但是，张学良仍坚持要亲送蒋介石回南京。

事后，周恩来对人说："张汉卿就是看《连环套》看坏了，他不但要'摆队送天霸'，还要'负荆请罪'啊！"

二十年后，周恩来又曾谈及此事，他说："张汉卿亲自送蒋介石走是个遗憾，无论如何，他是个千古不朽的人物了！"

1990年，张学良面对日本NHK电视台记者的提问，回首往事，说及了自己亲自送蒋的心态——

问：张先生，您是在西安事变后同蒋总统一起坐飞机去南京，结果受到审判的。为什么当时您会决定和他在一起呢？是有些什么原因吗？

张：我过去说过多次。我是一个军人，应对自己行为负责。我去南京是为了请罪，请罪包括把我枪决。临走，我把家都交给了我的一名学生，他是一个军长。

我一当军人的那天我父亲就教导我说："你要做军人吗？你要把脑袋割下来挂在裤腰带上。"就是说你要随时预备死。做军人后我就真是随时预备死，不过后来我对内战非常厌恶。

关于张学良为什么亲自陪蒋介石回南京，除了张学良自己所说的缘由外，1991年第2期《海南师院学报》上唐若玲、陈封椿的文章，作了较全面的分析：

一、为了平息纷乱的局面以有利于国家民族。
二、避免夜长梦多，节外生枝。
三、共产国际及苏联对张、杨的责难。
四、张学良自认为能够返回西安。
五、宋氏兄妹和蒋介石的担保。
六、为国家民族将个人生死荣辱置之度外。

毛泽东和蒋介石在圣诞之夜都未合一眼

夕阳把天空染得一片金黄。两架飞机一前一后，从西安朝洛阳飞去。

蒋介石的专机，由美国人林纳德驾驶。蒋介石坐在机舱右边最前面的座位上，把礼帽拉下来，盖在脸上，一声不响。蒋介石的沉默，使整个机舱里的宋子文、宋美龄、黄仁霖、蒋孝镇等也一声不吭。

傍晚5时20分，飞机在洛阳机场着陆。毛邦初、祝绍周、王勋、刘海波等数百人已在机场迎候。首先走下飞机的是带着微笑的宋美龄，紧接着是宋子文，然后才是由激动得流泪的侍从们扶着缓步而下的蒋介石。蒋介石依然沉默不语。

走了几步之后，他忽然对宋子文说了一句："你去招呼汉卿！"

圣诞节之夜，蒋介石宿于洛阳军官分校。晚上，蒋介石把在飞机上打好的腹稿，口授秘书陈布雷，命陈布雷于当夜挥就三千余字的《对张杨的训词》，以便明日可在洛阳发表，而一到南京亦可马上交给各报——27日南京各报果真都刊载了此文。此文实际上就是蒋介石回南京后对时局的声明。

就在蒋介石口授《对张杨的训词》之际，在保安的窑洞里，毛泽东正在反反复复研读周恩来发来的急电。周恩来的电报中，除报告了"张已亲送蒋、宋、宋飞往洛阳"这一重大变化之外，还写了自己对此事的评价：

估计此事，蒋在此表示确有转机，委托子文确具诚意，子文确有抗日决心与政院布置。故蒋走张去虽有缺憾，但大体是转好的。[1]

毛泽东迅即对"蒋走张去"这一重大变化作出反应。

毛泽东发出了致彭德怀、任弼时的电报。这一电报，实际上是向中共党内通报了"蒋走张去"情况以及他对时局的估计——

彭、任：

在五个条件下，恢复蒋之自由，以转变整个局势的方针，是我们提出的谈判结果，蒋与南京左派代表完全承认。昨晚电恩来，待先决条件履行及局势发展到蒋出后不再动摇才释放。但他们今日已经释放蒋介石，宋子文、张学良、宋美龄今日同机飞洛。依情势看，放蒋是有利的，是否达成有利，当待证实后告。

野战军仍速开咸阳集中。

毛泽东

25 日 24 时 [2]

1936年的圣诞之夜，蒋介石在洛阳、毛泽东在保安，都为激烈变化着的中国政局度过了一个不眠之夜。

翌日上午9时45分，蒋介石和宋美龄、宋子文改乘希特勒所赠的"容克"型专机由洛阳起飞朝南京飞去。四架歼击机护送着蒋介石专机。

张学良依然乘坐那架"波鹰"专机，随后起飞。

中午12时20分，蒋介石专机降落在南京机场，飘着长须的国民政府主席林森已率两千多人在机场欢迎。

毛泽东在延安讲演

---

[1]《周恩来统一战线文选》，第34页，人民出版社1984年版。
[2] 中国人民解放军政治学院党史教研室编：《中共党史教学参考资料》第15册，1985年版，第549页。

第三章 西安斗智

这时，蒋介石步下飞机，脸上出现了多日未见的笑容。虽说他的腰部在华清池翻墙时损伤，此时仍忍痛向林森弯腰鞠躬，表示感谢。

蒋介石乘车入城，沿途南京四十万市民争相观看。见此盛况，蒋介石"心中悚惭无已"。

也是历史的巧遇——这一天，1936年12月26日，正是毛泽东43岁诞辰。

蒋介石刚回南京，便发表了通电——

一脸沮丧的蒋介石

> 中正已于本日正午回京。两周以来，承各地同胞热烈垂注，无限感动。自惟精诚未浃，教导未周，致国家有此非常之变乱，以增我同胞之忧，内省职责，负疚殊深，应对我中央及全国同胞引咎。自经此次事变，我全国同胞一致爱护国家之热诚，已显示伟大无比之力量。此种伟力，在今日为奠定危局之主因，在将来必为我民族复兴成功之保障。此则中正疚愧之余，敢为国家前途称庆者也。率布悃忱，益望共同努力。
>
> 蒋中正
> 宥亥印 [1]

张学良来到南京，顿时成了万众关注的人物。张学良在这一天写了一封致蒋介石函，也是极为令人关注的——

> 介石委座均鉴：
> 学良生性鲁莽粗野，而造成此次违反纪律、不敬事件之大罪，兹腼颜随节来京，是以至诚，愿领受钧座之责罚，处以应得之罪，振纪纲，警将

---

[1]《蒋介石委员长回南京通电》，1936年12月26日，国民政府云南省政府秘书处档案。

来，凡有利于吾国者，学良万死不辞，乞钧座不必念及私情，有所顾虑也。学良不文，不能尽意，区区愚忱，俯乞鉴察。

专肃

敬叩

学良谨肃
26 日 [1]

毛泽东在执笔写作

张学良的这封信，是蒋介石要他写的。张学良并不知道蒋介石要发表此信——张学良说"否则我不写"。然而，蒋介石却在报端全文刊登了此信。

后来，张学良在国民党军事委员会高等军法会审时，作了如此说明："我写给委员长的信，不知道他要发表的，否则我不写。"

在法庭上，张学良也郑重地提及自己送蒋介石回京："我个人的生死毁誉，早已置之度外。"

张学良声言："我对我们之违反纪律之行动，损害领袖之尊严，我是承认的，也愿领罪的。我们的主张，我不觉得是错误的。"

毛、蒋对西安事变作了"书面对话"

在报章上最引人注目的，莫过于蒋介石的《对张杨的训词》。

前文已经提及，此文在南京见报是 27 日，而在洛阳发表则是 26 日。此文刚一在洛阳发表，迅即传入保安窑洞——中共从国民党电台的广播中获悉。

---

[1] 王朝柱：《说不尽的张学良》，上海人民出版社 1998 年 12 月版。

第三章 西安斗智

毛泽东细细读罢，马上作出反应。28日，毛泽东写出关于《对张杨的训词》的评论，最初以《毛泽东对蒋介石26日宣言之谈话》，翌日刊载于中共机关报《斗争》上。此文后来易题为《关于蒋介石声明的声明》，收入《毛泽东选集》第1卷。

《对张杨的训词》和《关于蒋介石声明的声明》，是蒋介石和毛泽东之间一场特殊的"书面对话"。虽说《对张杨的训词》是陈布雷代为捉刀，但完全代表了蒋介石的意见，而毛泽东倒是向来自己动笔，无须秘书代劳——只是他的讲话稿要秘书整理而已。

现把蒋介石的《对张杨的训词》和毛泽东的《关于蒋介石声明的声明》加以剪辑编排，形成一篇耐人寻味的"蒋毛书面对话"——

毛：蒋介石氏12月26日在洛阳发表了一个声明，即所谓《对张杨的训词》，内容含含糊糊，曲曲折折，实为中国政治文献中一篇有趣的文章。

蒋：此次西安事变，实为中国五千年历史绝续之所关，亦为中华民族人格高下之分野，不仅有关中国之存亡而已……

毛：蒋氏果欲从这次事变获得深刻的教训，而为建立国民党的新生命有所努力，结束其传统的对外妥协、对内用兵、对民压迫的错误政策，将国民党引导到和人民愿望不相违背的地位，那么，他就应该有一篇在政治上痛悔已往开辟将来的更好些的文章，以表现其诚意。12月26日的声明，是不能满足中国人民大众的要求的。

蒋：余十余年来所致力者，全为团结精神、统一国家以救国，而尤重于信义。余向来所自勉者，即"言必信，行必果"二语，凡与国家民族有利益者，余决不有丝毫自私之心，且无不可以采纳，亦无不可以实行。

毛：蒋氏声明中有一段

蒋介石在办公室

是值得赞扬的，即他所说："言必信，行必果"的那一段。意思是说他在西安对于张杨所提出的条件没有签字，但是愿意采纳那些有利于国家民族的要求，不会因为未签字而不守信用。

蒋：须知国家不能没有法律与纲纪，尔等二人是直接带兵之将官，当然应负责任应听中央之裁处。但余已明了尔等实系中反动派之宣传，误以余之诚意为恶意，而作此非常之变乱。

毛：然而蒋氏声明中又有西安事变系受"反动派"包围的话，可惜蒋氏没有说明他所谓"反动派"究系一些什么人物，也不知道蒋氏字典中的"反动派"三字作何解释……蒋氏所说的"反动派"，不是别的，不过人们叫作"革命派"，蒋氏则叫作"反动派"罢了。因此，我们劝蒋氏将其政治字典修改一下，将"反动派"三字改为"革命派"三字，改得名副其实，较为妥当。

蒋：中央数年以来之政策方针，亦唯在和平统一、培养国力、团结人心，不忍毁损民族之力量。

毛：蒋氏在西安曾说了将要认真抗日的话，当不至一出西安又肆力攻击革命势力，因为不但信义问题关系蒋氏及其一派的政治生命，而且在实际的政治道路上，在蒋氏及其一派面前横着一种已经膨胀起来而不利于他们的势力，这就是在西安事变中欲置蒋氏于死地的所谓讨伐派。

蒋：余平日一心为国，一心以为精诚与教令可以贯彻于部下，绝不重视个人之安全，防范太不周密，起居行动太简单、太轻便、太疏忽，遂以引起反动派煽动军队乘机构害之祸心。

毛：蒋氏应当记忆，他之所以能够安然离开西安，除西安事变的领导者张杨二将军之外，共产党的调停，实与有力。共产党在西安事变中主张和平解决，并为此而作了种种努力，全系由民族生存的观点出发。

蒋：现在国家形势，及余救国苦心，尔等均已明了。余平生做事，唯以国家之存亡与革命之成败为前提，绝不计及个人之恩怨，更无任何生死利害得失之心。

毛：蒋氏已因接受西安条件而恢复自由了。今后的问题是蒋氏是否不打折扣地实行他自己"言必信，行必果"的诺言，将全部救亡条件切实兑现。全国人民将不容许蒋氏再有任何游移和打折扣的余地。蒋氏如欲在抗日问题上徘徊，推迟其诺言的实践，则全国人民的革命浪潮势将席卷蒋氏以去。语曰："人而无信，不知其可。"蒋氏及其一派必须深切注意。

毛泽东和蒋介石这番"书面对话",为沸沸扬扬的西安事变降下了大幕。

不过,蒋介石的《对张杨的训词》中有一处伪笔,毛泽东未曾看出来,当时成千上万读者也上了当。蒋介石在《对张杨的训词》中称:"余此刻尚在西安,尔等仍旧可以照余所训之言将余枪决。"似乎《训词》是在西安"囚室"中写成——其实是在洛阳连夜赶写而成!

第四章
再度合作

◎ 毛泽东派了周恩来等上庐山，诚心诚意前来谈判，蒋介石要摆架子；当毛泽东令周恩来等拂袖而去，蒋介石却又忽地电邀毛泽东本人前来南京！

蒋介石又在演戏

西安事变虽说随着蒋介石回到南京而降下大幕,但是,戏剧性的"演出",仍在中国的政治舞台上进行着。

蒋介石是一位戏剧性的演员。他刚刚回到南京,孔祥熙于12月28日便发表通电:"兹幸蒋院长已回京,祥熙得仍在领导之下,勉效驱策,所有祥熙代院长职务自应即日卸除。"

蒋介石本是行政院长,西安事变时由孔祥熙代理,这时蒋介石官复原职,乃在情理之中。可是,蒋介石却出人意料地提出:"为表明西安事变的责任,特呈请辞去行政院长及军事委员会委员长职务。"

他,连军事委员会委员长的职务都要辞去!

蒋介石要掼乌纱帽,其原因是西安事变使他太失面子。

他回到南京以后说了一些自责的话:"此次事变为我国民革命过程一大顿挫。八年剿匪之功预计将于两星期(至多一个月)可竟全功者,几全毁于一旦。"

蒋介石念念不忘的,依然是"剿匪"!

不过,蒋介石的掼纱帽,只是演戏而已。他"再三辞职",未能获准:"经国民政府与国民党中央常务委员会加以慰留,但给假一个月借资疗养。"

这是说,蒋介石依然是国民党的铁腕人物。

蒋介石在西安答应的抗日以及"今后我绝不剿共",虽说迫于无奈,毕竟言犹在耳。回到南京,12月27日,《中央日报》便发表他的谈话:

> 自经此次事变,我全国同胞一致爱护国家之热忱,已显伟大无比的力量,此种威力……在将来必为我民族复兴成功之保障,此则中正疚愧之余,敢为国家称庆者也。

这表明他对于他的不抵抗主义感到"疚愧"了。

毛泽东呢?西安事变使他大大赢了一步棋。他除了公开发表《关于蒋介石声明的声明》之外，中共中央于 12 月 27 日下达了内部文件《关于蒋介石释放后的指示》：

> 蒋介石宋子文的接受抗日主张与蒋介石的释放，是全国结束内战一致抗日之新阶段的开始。但要彻底地实现抗日任务，还须要一个克服许多困难的斗争过程。[1]

这一文件还指出：

> 继续督促与逼迫蒋介石实现他自己所许诺的条件，即停止内战，改组国民政府，改组国民党，释放政治犯，保障民主权利，停止"剿共"政策，联合共产党，召开救国会议，联合同情中国抗日的国家与实行对日抗战等条件。

显然，毛泽东的脸上挂着胜利的微笑。正准备由小小的保安迁入陕北重镇延安的他，踌躇满志，力图扩大西安事变的成果。

蒋介石在西安受了惊，翻墙时受了伤，回到南京，南京又乱成一锅粥。老样子，蒋介石在遇上不顺心的时候，总是两步棋：一是"下野"，二是回老家。

这一回，既然"给假一个月"，理所当然，他要回老家奉化溪口休养去了。

当然，这一回他回老家，还有另一个原因：他的同父异母之兄蒋锡侯于 12 月 27 日死去，他要回老家悼念。

蒋锡侯谱名周康，字介卿，系徐氏所生，比蒋介石年长 10 岁。蒋锡侯毕业于四明专门学校法政科，做过台州地方法院推事、广东英

美丽的溪口（叶永烈摄）

---

[1]《中共中央文件选集》，第 11 册，中共中央党校出版社 1991 年版。

德县县长、宁波海关监督,人称"蒋监督"。据云,蒋介石在西安被拘的消息传来时,他正在老家武山庙看戏。他患高血压症,吃了一惊,顿时,血压升高手冰凉,从此卧床不起。就在蒋介石回到南京的翌日,蒋锡侯一命呜呼……

蒋介石本来就要回老家,这么一来,他更要回老家。

不过,在回老家之前,他必须处置一桩极为棘手的事:如何对待那位"犯上作乱"的张学良?

审张、赦张、幽张

张学良其人,确实令蒋介石颇为头疼:

让他回西安吧,蒋委员长的面子往哪里搁?

把他抓起来吧,舆论压力吃不消——他放了你蒋介石,又亲自送你回南京,你若把他抓起来,未免太不仗义了!

左思右想,却又左右不是。

蒋介石毕竟老谋深算,他在南京"演出"了一出闹剧……

张学良的专机,在 26 日稍晚于蒋介石的专机飞抵南京。与张学良同机到达的,有他的七名副官、随行工作人员和两名司机。

这七名副官是刘令侠、赵维振、王庆山、夏宝珠、刘云清、张庭艳、陈玉。两名司机是谭延斌、董拜瑞。

赵维振是张学良的侍卫副官。据他回忆,一下飞机,张学良一行和宋子文一起,乘上宋子文的一辆汽车以及南京张公馆的两辆汽车,直奔宋公馆。

宋公馆坐落在风景如画的玄武湖畔鸡鸣寺北极阁,绿树蓊郁,幽雅宜人。宋公馆内有两幢二层小洋楼,宋子文把后面的一幢让给张学良下榻。

最初的日子还算不错。张学良在南京走访亲朋好友,往来自由。只是外出时,总有两辆

西安事变后张学良护送蒋介石回南京

汽车跟着，一辆是南京警务厅的，一辆是军统局的，或坐便衣警察，或坐便衣特务。

那时，说是"保护"张学良，倒也还是说得过去。

张学良还在宋子文的陪同之下打牌、玩球，看来，他在南京日子过得自在、潇洒。

就是在那些日子里，蒋介石在悄然策划着怎样"收拾"他……

其实，张学良也已料到蒋介石不会轻易放过他。据赵维振回忆，29日下午，当张学良在宋公馆送别来访的张群、吴铁城、吴国桢时，张群对他说："我们请你一聚。"张学良当即道："要请赶快请，晚了可就赶不上啦！"

张学良说这句话，是因为他意识到自由自在的日子已经不多了。

31日上午，9点多光景，宋子文带着戴笠进来。戴笠通知张学良，要开军事委员会会议，马上就去。

张学良随着戴笠走了。

张学良到了那里，才知道不是开会，而是军事委员会高等军法会审对他进行审判！

军事委员会高等军法会审审判长为李烈钧，审判官为朱培德、鹿钟麟，军法官为陈恩普、邱毓桢，书记官为袁祖宪、郭作民。

审判长李烈钧为资深国民党人。他年长蒋介石5岁，江西武宁人，早在1907年便加入同盟会，在国民党"一全"大会上当选中央执行委员。后来任国民政府常委兼军事委员会常委。李烈钧在九一八事变后力主抗日，此刻蒋介石要他出任审判长审判力主抗日的张学良，他真是有苦说不出。

台湾《传记文学》杂志曾刊载李烈钧的回忆录，他回忆道：

> 31日开庭前，我命副官先布置一下法庭，然后我偕朱、鹿两审判官到法庭坐定。我环顾法庭，四面布置周密，警戒森严。我命将张学良带上。不一会儿，张学良面带笑容，趋立案前，我因为他是陆军上将，又是未遂犯，让他坐下，但他仍笔直地站着。
>
> 我招呼他走近一些。
>
> 我问张学良："你知道犯什么罪吗？"张学良回答："我不知道。"我翻开陆军刑法给他

戴笠

看，并对他说："陆军刑法的前几条，都是你犯的罪。你怎么胆敢出此言？"

张学良态度从容，答话直率，毫无顾忌。我心想：学良真是张作霖的儿子啊！我问他："我们准备了一份向你提问的问题，要你回答，你愿先看看这些问题吗？"学良回答："很好，请给我看看。"

现今，在南京的中国第二历史档案馆里，尚可查到当年审判张学良的记录。据记录载，面对法庭，张学良作如下答复：

这回的事，由我一人负责。我对蒋委员长是极信服的，我曾将我们意见，前后数次口头及书面上报告过委员会委员长。我们一切的人都是爱国的人。我们痛切地难过国土年年失却，汉奸日日增加，而爱国之士所受之压迫反过于汉奸，事实如殷汝耕同沈钧儒相比如何乎。我们也无法表现意见于我们的国人，也无法贡献于委员长，所以用此手段以要求领袖容纳我的主张。我可以说，我们此次并无别的要求及地盘金钱等，完全为要求委员长准我们作抗日一切的准备及行动，开放一切抗日言论，团结抗日一切力量起见。我们认为目下中国不打倒日本，一切事全难解决。中国抗日非委员长领导不可，不过认为委员长还未能将抗日力量十分发扬，而亲日者之障碍高于抗日者之进行。如果我们有别的方法达到我们希望，也就不作此事了……

尤为令法庭诸公难堪的是，张学良掏出随身所带的《铣电》，公之于众。

《铣电》，亦即1931年9月16日——九一八事变发生前两日（9月16日，电报韵目代日为"铣"）——蒋介石发给张学良的电报：

无论日本军队此后在东北如何挑衅，我方应不予抵抗，力避冲突。吾兄万勿逞一时之愤，置国家民族于不顾。

正是这个《铣电》，迫使东北军在日军大举侵略面前"不予抵抗"。

正是由于"不予抵抗"，日军一口就吞掉东北三省。

从此，张学良替蒋介石受过，得了个"雅号"曰"不抵抗将军"。

就连中共，那时也接二连三抨击张学良。1935年8月1日，中共发表著名的《八一宣言》，其中便称"蒋介石、汪精卫、张学良等卖国贼"，是"少数人面兽心的败类！"

正是这个《铣电》，使张学良背上了黑锅。

也正是这个《铣电》，促使张学良发动了西安事变。

今日，张学良居然被推上了被告席，他也就无所顾忌，掷出了蒋介石的《铣电》，以正视听。

张学良的一切申辩都无济于事，军事委员会高等军法会审在上午当即作出判决。

《判决书》称此案为"对上官暴行胁迫案"。判决如下：

> 张学良首谋伙党对于上官为暴行胁迫，减处有期徒刑十年，褫夺公权五年。

这一判决一经宣布，一片哗然。

当天下午2时，事情又发生戏剧性的变化。蒋介石派人送一呈文至国民政府，请求特赦张学良！

蒋介石的呈文如下：

> 呈为呈请事：窃以西安之变，西北剿匪副司令张学良，惑于人言，轻于国纪，躬蹈妄行，事后感凛德威，顿萌悔悟，亲诣国门，上书待罪，业蒙钧府饬交军事委员会依照陆海空军刑法酌情审断，处以十年有期徒刑，大法所绳，情罪俱当，从轻减处，已见宽宏……[1]

蒋介石在说了一通张学良罪有应得的话之后，笔锋一转，说"该员勇于改悔""自投请罪"等，提议"予以特赦，并责令戴罪图功，努力自赎，藉瞻后效，而示逾格之宽容……"

上午审张，下午赦张，蒋介石精心"导演"了这一幕：仿佛李烈钧在上午给了张学良一记耳光，而蒋介石在下午给了张学良一颗糖！

其实，耳光是蒋介石打的，糖也是蒋介石给的。

当两条戏剧性的消息翌日见报之后，引起的新闻轰动不亚于20天前蒋介石在西安被拘的消息。

1937年元旦，西安震怒了！东北军、西北军集结在西安西关操场，抗议蒋介石扣张。杨虎城发出号召："踏上民族解放斗争的血路！"

---

[1] 1937年1月1日《中央日报》。

自从审张之后，张学良便"失踪"了！

在宋公馆，再也不见张学良潇洒的身影。

他被秘密转移到了南京西面中山外（常被误传为太平门外）孔祥熙公馆。那里也是一幢漂亮的两层小洋楼，已经事先腾空，眼下成了张学良的软禁之处。

张学良失去了与外界的联系，失去了自由。

他的身边只有副官刘令侠。他的另八名随行人员被"请"往南京珠江路宪兵第十六团团部，解除了武装。

"戏"演到这里尚未结束，因为蒋介石的呈文，是呈国民政府主席林森的，国民政府的态度如何呢？

1937年1月4日上午11时，国民政府委员会召开第22次会议，作出重要决议案："张学良所处十年徒刑，准予赦免，仍交军事委员会严加管束。"[1]

既然要"严加管束"，亦即要幽禁张学良，而且没有规定时限。

从此，张学良开始了漫长的幽禁生活，他的行踪一直处于绝密状态：从南京孔公馆，到奉化溪口，转安徽黄山，入江西萍乡，进湖南郴州、永兴、沅陵，又押往贵州修文、桐梓、贵阳。1946年11月，他被秘密押往台湾……漫漫五十多个春秋，张学良在沉寂的幽禁之中度过。

从审张、赦张到幽张，蒋介石精心运用了他的政治手腕，终于解决了令他困惑不已的一道政治难题……

密使又活跃起来

自从蒋介石要求"辞职"，国民政府予以"慰留"，给假一月，所有行政院的文件上，均署：

院长蒋中正假孔祥熙代

就在报上公布审张、赦张的消息之后，看看南京还算平静，蒋介石放心了。他于翌日——1937年1月2日——和宋美龄一起乘飞机飞往老家奉化溪口"度假"去了。

蒋介石在溪口，寓于慈庵，为母亲扫墓，为亡兄蒋锡侯开吊……

---

[1] 1937年1月5日《中央日报》。

蒋介石表面上仿佛在那里度假，其实，他无时无刻不在遥控着南京。

自1937年元旦起，形势陡然紧张：何应钦下令，中央军分五路朝西安挺进！

杨虎城当即作出反应，设立七道防线，针锋相对，水来土掩。

在这剑拔弩张之际，幕后密使再度活跃。

1937年1月5日，署名"洛、毛"的密电发到潘汉年手中。洛，洛甫，中共中央负总责张闻天；毛，毛泽东。电报全文如下：

汉年同志：

恩来在西安与宋子文及蒋介石商定之条件：

一、停战撤兵。

二、初步改组南京政府，三个月后彻底改组。

三、释放政治犯，保证民主权利。

四、停止"剿共"，联红抗日，划定防区，供给军费，苏区照旧，共党公开。

五、联俄并与英美合作。

六、西北交张学良处理。

宋子文要我派代表在上海与他接洽，你应速找宋子文弄清南京近日之变化，并要宋子文实践上述诺言。

洛、毛
5日[1]

洛、毛电报中所称"宋子文要我派代表"，这代表原本是周恩来。在西安，蒋介石曾经当面对周恩来说过："我回南京之后，你可以来南京直接谈判。"

可是，张学良在南京受审、被幽，使毛泽东对蒋介石打了个大问号。

就在致电潘汉年的同时，毛泽东致电尚在西安的周恩来、博古："此时则无人能证明恩来去宁后，不为张学良第二。"

翌日，毛泽东又致电周恩来、博古："恩来此时绝对不应离开西安"，应该欢迎"张君到西安与恩来同志协商"。

毛泽东所说的张君，乃国民党密使张冲也。

潘汉年接毛泽东电报迅即和宋子文联络，潘汉年复电毛泽东，不日他可以

---

[1] 中国人民解放军政治学院党史教研室编：《中共党史教学参考资料》第15册，1985年版。

陪张冲前往西安与周恩来谈判。

潘汉年作为中共中央代表,在南京居然住进了宋子文公馆。

中共中央一边幕后斡旋,一边又公开通电。1月8日以中共中央、苏维埃中央政府名义致电"南京国民党、国民政府、军事委员会诸先生",以及"奉化蒋介石先生":

> 本党本政府认为,此时蒋先生应挺身而出,制止祸国殃民之内战重新爆发。这对于蒋先生是可能的,因为今天参加进攻西安的中央军均愿听命于蒋先生。这对于蒋先生也是必要的,因为蒋先生曾经担保中国内战之不再发生,这次事变对于蒋先生之政治人格与其"言必信行必果"之格言,实为重大之试验……

蒋介石权衡再三,于1月14日命令前方各军:非得总攻击令,不许对西安方面发动攻击。而总攻击令必须由国民党中央委员会下达。

应当说,蒋介石这一命令,对于缓和当时一触即发的内战还是有一定作用的。

翌日,蒋介石在溪口致顾祝同的电报中,道出了其中的底细:

> 总攻击日期可暂行展缓,盖此时我军如向西安进攻,赤匪必有一部向晋边渡河攻晋,以牵制我军。此着非常危险……河东防务未固以前,我军暂勿向西安正攻,但应时时向之威胁,勿稍松懈为要。
>
> 中正手启

这一电报也表明,正在溪口"休假"的蒋介石,仍在决定一切、指挥一切,只不过把指挥部从南京搬到溪口来而已。

受命于毛泽东,潘汉年忙于幕后奔走。他陪张冲去西安见周恩来,又回南京和宋子文谈判。

1937年1月21日,毛泽东、周恩来共同署名,给潘汉年发来电报,提出与蒋介石谈判的条件:

> ……须蒋先生从大处着眼,采取适当办法以安东北军与十七路军之心。蒋能如此,我们当尽一切可能之努力,不但在西北而且在全国范围内赞助蒋先生,团结各方一致对外。但蒋先生须给我们以具体的保证。

我们要求蒋先生保证和平解决后不再发生战争，望与蒋先生商量这种保证问题。

经过潘汉年、宋子文会谈，事情有了进展，蒋介石答应了和平解决方案。

大抵由于蒋介石在西安不肯签字，造成人们对他的不信任感。这一回，毛泽东强调了要蒋介石签字，生怕蒋介石说话不算数。

潘汉年和夫人董慧

1937年1月25日，毛泽东和周恩来在致潘汉年的电报中，明确指出：

为要说服红军将领起见，如无蒋先生手书甚为困难。因多年对立，一旦释嫌，此简单表示在蒋先生为昭示大信，在红军即全释疑虑。且此书即经兄手，声明乘机直飞西安面交恩来，当绝对保守秘密，如有泄露，由我方负全责。[1]

不过，蒋介石还是老样子，不答应毛泽东的条件——不签字！
在蒋介石的眼里，中共依然是"赤匪"！

周恩来、顾祝同西安会谈

值得一提的，是1937年1月14日在上海发生的小插曲：
一艘远洋轮船在黄浦江畔泊岸，一位身穿呢大衣、系着领带的人物走了下来。他埋怨轮船实在开得太慢，以至耽误了天赐良机！

此人便是汪精卫——蒋介石在国民党内的老对头。西安事变的消息，使得正在法国的他一阵狂喜，以为取蒋介石而代之的机会到了。他声言："本人决心反共到底，与南京抗日派决不妥协。"

---

[1] 中国人民解放军政治学院党史教研室编：《中共党史教学参考资料》第15册，1985年版，第550页。

他急急回国。1936年12月22日,他在意大利热那亚港登上"波士坦"号邮轮,驶往上海。

可惜那时没有直航飞机。邮轮慢吞吞地在海上爬行,心急火燎的他,也只得在船上哼起诗来:

> 到枕涛声疾复徐,
> 关河寸寸正愁予。
> 霜毛搔罢无长策,
> 起剔残灯读旧书。

当他抵达上海,西安事变早已落下大幕,蒋介石依然大权在握。

四天之后,汪精卫乘飞机飞往南京——这时才乘飞机,顶什么用?!当飞机飞抵南京时,天公也不作美,飘飘洒洒下起冷雨来了。出于礼节,国民政府主席林森飘着长髯,在一把油纸伞的遮护下,颤颤巍巍站在机场上迎接。汪精卫穿着长袍,戴着礼帽,步下飞机时脸上堆着苦笑,好尴尬……

蒋介石在老家住了整整一个月,于2月2日前往杭州,继续"休息"。

幕后的斡旋,终于有了结果。蒋介石刚到杭州,便忙着调兵遣将,向西安进发——因为经过密商,杨虎城和中共已同意中央军和平进入西安。

杨虎城迫于无奈,与南京政府达成协议:一、张学良所部东北军开出潼关至苏皖边境整编;二、杨虎城出国,所部西北军撤至三原整编。

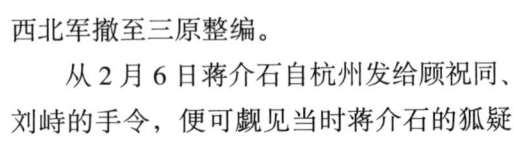

从2月6日蒋介石自杭州发给顾祝同、刘峙的手令,便可觑见当时蒋介石的狐疑心态:

> 我军入西安之时,至少要先驻守东西两门及钟楼,或先进驻两门后,再看钟楼有否杨部驻守。如无杨部,则我军可自动进驻钟楼,否则与之妥商,令其让防。

其实,杨虎城部队已经遵照商定的条件,撤往三原。

2月8日,中央军进驻西安,顾祝同

被迫出国的杨虎城一家

被蒋介石任命为西安行营主任。

这时，周恩来尚在西安。于是，也就开始了"顾祝同—周恩来"新一轮国共会谈。

在幕后决策的，依然是蒋介石和毛泽东。

顾祝同乃深得蒋介石信任的军人，后来成了蒋介石的"五虎上将"之一。顾祝同原本毕业于保定陆军军官学校。黄埔军校创立之初，他担任战术军事教官，从此成了蒋介石的嫡系。顾祝同对蒋介石忠心耿耿，蒋介石也就对他不断委以重任。

1937年元旦，蒋介石召见顾祝同，面授机宜，嘱其在解决西北问题时，"以政治为主，军事为从"。

不久，顾祝同飞往洛阳，指挥五个集团军，向西安小心翼翼推进。

蒋介石预料，顾祝同一进入西安，周恩来马上就会与之接触。正因为这样，在中央军开入西安的前一天，蒋介石便从杭州给洛阳"墨兄"发去一通密电。"墨兄"，即顾祝同，他的字为"墨三"。蒋介石的电报叮嘱道：

> 对恩来及共党代表态度，凡实际问题，如经费地区等皆令其仍由杨间接负责处置，不可与之有确切具体之表示，但可多与之说感情话，最好派代表与之接洽。墨兄本人不必多与见面，即使第一次允其见面时，亦须用秘密方式，均勿公开，以免其多来求见也。

蒋介石生怕泄露天机，在电报中指明"此电立即付丙，切勿带往西安"。付丙，亦即烧掉。

蒋介石的电报还提及："密。张冲同志本日由京乘车来陕。"[1]

果真，2月9日，当顾祝同刚刚抵达西安，来自城东北七贤庄1号的秘密使者，便带来周恩来的口信，希望一晤顾祝同。

也就在这一天，"毛、洛"从延安给周恩来发来了电报：

> 军事方面同意提出初编为12个师，4个军，林、贺、刘、徐为军长，组成一路军，设正副总司令，朱正彭副……
>
> 党的问题求得不逮捕、不破坏组织即可，红军组织领导不变。

---

[1] 引自中国第二历史档案馆所藏档案。

电报中的林，即林彪；贺，即贺龙；刘，即刘伯承；徐，即徐向前；朱为朱德；彭为彭德怀。

这样，蒋介石在杭州不断给顾祝同拍电报，毛泽东在延安不断给周恩来发电报，"顾祝同—周恩来"会谈，成了间接的"蒋介石—毛泽东"会谈。

除了顾祝同之外，国民党代表还有张冲、贺衷寒，中共代表还有叶剑英。

据当时在周恩来身边工作的童小鹏回忆：

> 周恩来为了及时向中央请示，曾几次乘坐双座战斗机，往返于西安和延安之间。延安有个小小机场，既没有导航设备，也没有气象台，飞行危险很大。有一次，周恩来乘飞机回延安，因云雾很浓，能见度很低，飞机无法降落，在延安上空盘旋近一小时。在这段时间，延安和西安的电台一直保持联系，西安说飞机早已起飞，而延安则说未见飞机降落。大家的心都被吊了起来，十分焦急，叶剑英一直守在七贤庄译电室，等候飞机的消息。
>
> 后来，飞机折回西安，周恩来回到七贤庄，大家心里的石头才落了地。但他却仍是谈笑风生，不当一回事儿，为了党的工作，第二天又飞向延安。

曲里拐弯的国民党五届三中全会

延安时的毛泽东

中共中央于1937年1月10日由保安迁入延安，毛泽东则于1月13日迁入延安。

毛泽东初入延安的住处，鲜为人知。笔者在延安友人的帮助下，沿着狭窄的山路，在一块巨大的山岩下，找到一个方形的石窑洞。洞壁、洞顶被煤烟熏得一片漆黑，地面坑坑洼洼。窑洞现今的女主人李玲告诉笔者，李家十几辈世居此洞，毛泽东初入延安时便在此洞中住了数月。当时，把窑洞让给毛泽东的是她的父亲。她父亲是位中医，有点文化，跟毛泽东颇谈得来。为了毛泽东的安全，在院子里，用红砖黄泥砌了个岗亭，这岗亭迄今仍在。毛泽东正是在凤凰山麓这孔石窑洞里，不断发出给周恩来的电报……

蒋介石呢，他在西子湖畔住了些天，又上庐山休养。虽说2月的庐山寒气逼人，他却喜欢这时庐山的清静。他在筹划着一次重要的会议……

这次会议，早在去年12月29日国民党中央常务委员会第31次会议上，便已作出决定：翌年2月15日，召开国民党五届三中全会。这次会议，要对西安事变以来的政局作出决策。

深知这次会议的重要，毛泽东在延安那孔石窑洞里来了个先声夺人。在会议召开前五天，中共中央便发出了《给国民党三中全会电》。

这份电报，非同一般。毛泽东经过深思熟虑，提出了"四五方案"，将了蒋介石一军。

电报申言：

> 当此日寇猖狂，中华民族之存亡千钧一发之际，本党深望贵党三中全会，本此方针，将下列各项定为国策：
> 一、停止一切内战，集中国力，一致对外；
> 二、言论集会结社之自由，释放一切政治犯；
> 三、召集各党各派各界各军的代表会议，集中全国人才共同救国；
> 四、迅速完成对日抗战之一切准备工作；
> 五、改善人民的生活。[1]

中共中央在提出对国民党五项要求之后，指出如果国民党三中全会能够接受中共中央的五项要求，则中共中央愿作出四项保证，这便是毛泽东的"四五方案"。

中共中央的四项保证是：

> 一、在全国范围内停止推翻国民政府之武装暴动方针；
> 二、苏维埃政府改名为中华民国特区政府，红军改名为国民革命军，直接受南京中央政府与军事委员会之指导；
> 三、在特区政府区域内实施普选的彻底的民主制度；

---

[1]《中共中央给中国国民党三中全会电》（1937年2月10日），中央档案馆编，《中共中央文件选集》第11卷，中共中央党校出版社1991年版，第157页。

四、停止没收地主土地之政策，坚决执行抗日民族统一战线之共同纲领。[1]

这份电报，是中共纲领性的文件。

当蒋介石从庐山回到南京，当国民党五届三中全会在南京拉开帷幕，一场激烈的格斗便开始了。

这次会议，面临着两大难题：一是对日关系，二是国共关系。

"三民主义，吾党所宗。以建民国，以进大同。咨尔多士，为民前锋。夙夜匪懈，主义是从。矢勤矢勇，必信必忠。一心一德，贯彻始终。"会议在国民党党歌声中开始。

果真，国民党内各派纷纷登台亮相。

"久违"了的汪精卫上台了，他成了右翼头目，力主"抗日必先剿共"。

宋庆龄、何香凝则是左翼首领，她们力主"联共抗日"。

杨虎城也出席会议，他在会上重提西安事变时和张学良一起提出的"八项主张"。

他说："虎城等爱党爱国，以为救亡之道，莫急于抗敌，而抗敌之道，尤必以上列八项办法建其始基。"

蒋介石呢？他在会上作了关于西安事变的报告。他称西安事变是"张学良等突然构乱"，是"凌乱纪纲"。他向"到会各同志"分发了"中正手辑小册之《西安半月记》"。

蒋介石的《西安半月记》，乃是陈布雷为之捉刀写成的。陈公博1939年在香港出版的《苦笑录》中，有一段文字妙趣横生地写及《西安半月记》的出版内幕，兹照录于下：

> 西安事变闭了幕，蒋先生和蒋夫人还出了一本《西安半月记》和《西安事变回忆录》的合刊。一天中央政治会议正开会，宣传部长邵力子刚坐在我的旁边，他真心诚意地拿了一本草稿在看。我问他看什么？他随手把那本草稿递给我，说："你看看罢，看有没有毛病，这本书还没有出版呢。"我一看原来就是那本合刊，我花了半个钟头一气读完，会议还没有散。
>
> "这本书很有毛病，应斟酌过才可出版。"我对力子先生说。
>
> "我也这么想。你试说毛病在哪里？"力子虚怀若谷地问我意见。

---

[1]《中共中央给中国国民党三中全会电》（1937年2月10日），中央档案馆编，《中共中央文件选集》第11卷，中共中央党校出版社1991年版，第157—158页。

"我草草一看，便发现半月记和回忆录很矛盾。你看蒋先生在半月记处处骂张汉卿，而蒋夫人在回忆录倒处处替张汉卿辩护。而且蒋先生在半月记里从不说他见过共产党，见过周恩来，蒋夫人的回忆录则叙述张汉卿介绍一个参加西安组织中之有力分子来见。既说他是参加西安组织中之有力分子，又说彼等并未参加西安事变，这都是罅漏，容易露出不实不尽的马脚……"

这样，这本半月记合刊印刷好又停止发行。忽发忽停，反复了三次，结果还是出世了。

尽管蒋介石竭力否定西安事变，然而西安事变毕竟深刻影响了大会。

大会通过了《宣言》，表示如果领土主权"蒙受损害，超过忍耐限度，而决然出于一战"。

蒋介石也在声明中说："如果让步超出了限度，只有出于抗战之一途。"这是在蒋介石的言论中，第一次出现"抗战"一词。

不论怎么说，总算明明白白地提到了抗战——虽然还有个前提，即"超过忍耐限度"。

这不能不说是西安事变的一大促进，一大成果，一大贡献，一大胜利。

至于如何对待共产党，争论益发白热化。大会通过了《关于根绝赤祸之决议案》，仍希冀"根绝赤祸"，而"赤祸"当然指的是中共。

不过，细细推敲这《关于根绝赤祸之决议案》，可以发觉其中又曲曲折折地接受了中共关于国共合作的建议。这一决议案，提出了处理与中共关系的"最低限度之办法"：

第一，一国之军队，必须统一编制，统一号令，方能收指臂之效，断无一国家可许主义绝不相容军队并存者，故须彻底取消其所谓"红军"，以及其他假借名目之组织。

第二，政权统一为国家统一之必要条件。世界任何国家断不许一国之内，有两种政权之存在者，故须彻底取消"苏维埃政府"及其他一切破坏统一之组织。

第三，赤化宣传与以救国救民为职志之三民主义绝对不能相容，即与吾国人民生命与社会生活亦极端相背，故须根本停止其赤化宣传。

第四，阶级斗争以一阶级利益为本位，其方法将整个社会分成种种对立之阶级……社会因以不宁，民居为之荡折，故须根本停止其阶级斗争。

对于这曲里拐弯的四条，周恩来后来作了绝妙的解释：

> 这个东西是双关的，因为红军改了名称，也可以说取消红军，但红军还存在；苏区改了名称，也可以说取消苏区，但苏区还存在。所谓停止阶级斗争，停止赤化宣传，就是不许我们在国民党统治区有政治活动。[1]

正因为这样，毛泽东在延安的石窑洞里读到国民党五届三中全会的文件，大体上是认为有进步的。

毛泽东在3月6日致任弼时的电报中写道：

> 三中全会在法律上确认为伟大西安谈判顺利的和平解决，成为开始在全国停止内战一致抗日与和平统一团结御侮的新阶段……[2]

另外，4月3日中共中央宣传部下达的内部文件《国民党三中全会后我们的任务（宣传大纲）》写得更明确：

> 国民党三中全会是一个有重大意义的会议……
> 在对共产党问题上，虽然指责我们，但提出了四个条件，表示可以进行谈判。在他的四个条件与我们给三中全会的通电原则上是相当接近的，因此国共合作的原则是已确定。[3]

蒋介石和毛泽东讨价还价起来

不过，这谈判也是曲曲折折的，充满着讨价还价……

"顾祝同—周恩来"西安谈判，谈成了三件事：

> 一、同意红军在西安设立办事处；

---

[1]《周恩来选集》上卷，人民出版社1984年版，第194页。
[2] 中国人民解放军政治学院党史教研室编：《中共党史教学参考资料》第15册，1985年出版，第553页。
[3] 中央档案馆编：《中共中央文件选集》第11卷，中共中央党校出版社1991年版，第169页。

二、红军改编为三个师；

三、从 3 月开始国民党给红军军饷接济。

这三件事能够谈成，也算不易。不过，毕竟只是一些细节而已。

即便是细节小事，却也经过一番讨价还价。

顾、周之间的讨价还价，实际上是蒋、毛之间的讨价还价。

蒋介石 2 月 16 日致顾祝同的密电中，规定了"底价"："中央准编其四团制师之二师，照中央编制，八团兵力当在 1.5 万人。以上之数不能再多。"

毛泽东 3 月 1 日给周恩来的电报中，规定了"底价"："红军编 5 万人，军饷照国军待遇，临时费 50 万，以此为最后让步限度，但力争超过此数。"

也就是说，蒋介石"开价"：红军改编 1.5 万人，"不能再多"。

毛泽东"还价"：红军编 5 万人，"力争超过此数"。

顾祝同要服从蒋介石，周恩来要服从毛泽东。顾、周之间讨价还价，毛、蒋之间讨价还价，好不容易才算谈定了个双方认可的价：红军改编三个师，即 2.25 万人，比蒋介石开的价高，比毛泽东还的价低。

每一项谈判，都如此这般，讨价还价着。所幸，不论蒋介石还是毛泽东，不论顾祝同还是周恩来，都对讨价还价充满着耐心。

蒋介石在给顾祝同的电报中提及：有关政治问题，"由恩来来京另议可也"。

这样，国共谈判也就接着升级，由"顾祝同—周恩来"升为"蒋介石—周恩来"，谈判的地点也由西安转到杭州。

国共谈判消息传出，各界猜测纷纷。竟有传闻，蒋介石任命毛泽东为甘肃省省主席！

这消息传进了李富春的耳朵。李富春于 1937 年 3 月 6 日致电毛泽东："据×××传播：南京已组国防委员会，蒋为总司令，阎、张及朱德为副主席。毛泽东为甘肃省主席。红军编九个师。"

毛泽东见了电报，大笑不已。他怎么可能去当蒋介石手下的一个省主席？！

毛泽东于翌日复电李富春："所传非实，但谈判正具体化，国共合作大局已定，国民党政策正在转变中。"[1]

刚刚给李富春发了辟谣电报，又从彭雪枫那里传来"新闻"：蒋介石要派毛泽东出洋！

彭雪枫原任红军师长，此时作为中共中央代表，派驻在太原阎锡山那里。

---

[1]《文献和研究》1985 年第 3、4 合期。

他听到道路传闻，便给毛泽东发来了电报。

毛泽东于4月1日给彭雪枫发了电报："南京并无毛出洋之条件，华北消息系误传。"

种种传言，表明了人们对于国共合作前景的关心，表明了人们对于毛泽东前途的猜测。

西子湖畔蒋、周会谈

蒋介石

既然蒋介石愿意跟周恩来谈判，中共中央书记处也同意了周恩来前往杭州与蒋介石谈判。

中共中央书记处事先拟好了关于谈判的15条意见，交周恩来带去。

3月下旬，周恩来风尘仆仆乘飞机来到上海，先见宋美龄，把15条意见交给了她。

这样，当周恩来翌日飞抵西子湖畔时，蒋介石已经事先知道了毛泽东的意思。这一回，蒋介石见到周恩来，显得颇为高兴——三个多月前，他在西安跟周恩来见面的时候，是那般的尴尬。不过，周恩来果断、机智、干练地处理西安事变，给蒋介石这位黄埔军校的老校长留下很深的印象。

关于这次"蒋介石—周恩来"谈判的内容，中共中央书记处于4月5日，有过一份近五千字的报告给共产国际书记处，题为《中共中央关于同蒋介石谈判经过和我党对各方面策略方针向共产国际的报告》[1]（以下用引号标明的，均引自这一报告）。

蒋介石见了周恩来，对中共说了一番好话。蒋介石说，中共"有民族意识、革命精神，是新生力量，几个月来的和平运动影响很好"。这样的话，出自"剿共"领袖蒋介石之口确实难得。

---

[1]《中共中央文件选集》，第11册，中共中央党校出版社1991年版。

蒋介石"承认由于国共分家致十年来革命失败造成军阀割据帝国主义者占领中国的局面,但分家之责他却归过鲍罗廷。他指出彼此要检讨过去,承认他过去亦有错误,其最大失败在没有造出干部,他现在已有转变"。

中共中央这份给共产国际的报告,显而易见出自周恩来的笔下。周恩来在报告中,还这么写及蒋介石的谈话:

> 要我们不必谈与国民党合作,只是与他合作。一个党在环境变动时常改变其政策,但一个政策必须行之十年方能有效。人家都说共党说话不算话,他希望我们这次改变,要能与他永久合作,即使他死后也要不生分裂,免得因乱造成英日联合瓜分中国。

周恩来还写道:

> (蒋介石)要我们商量一永久合作的方法,恩来答以共同纲领是保证合作到底的一个最好办法。他要恩来赶快进来商量与他的关系及纲领问题,恩来再三问他尚有何具体办法,他均说没有,但要我们商量。

周恩来以为:"综观蒋的谈话意图中心在领袖问题。"因为蒋介石知道"共产党不会无条件地拥护他,而他又不能满足于党外合作"。"他认为这一问题如能解决,其他具体问题自可放松一些"。

周恩来自然明白蒋介石的意思,表示中共可以负责起草纲领,可以写上"国共两党及赞成这个纲领的各党派及政治团体,共同推举蒋为领袖"。

周恩来甚至还表示,"我们可答应赞助蒋为总统"!

这对于蒋介石来说,当然是求之不得的——他早就梦寐以求成为中国的总统。

美国记者斯诺在延安拍摄的周恩来照片

怪不得聪明的周恩来一眼就看出,"蒋的谈话意图中心在领袖问题"!

但是,中共采取拥蒋立场显然是有条件的。于是,周恩来开始陈述中共中央书记处那15条……

这样,蒋介石和周恩来在谈了"理论"性问题之后,双方又开始在一系列具体问题上讨价还价……

军队依然是讨价还价的核心。这一回,中共"提价":"红军改编后的人数须4万余人。"这数字高于西安谈判达成的2.25万人——虽说尚低于毛泽东最初"开价"的5万人。

蒋介石则"还价",连声对周恩来说:"4万人太多了,最多2万。"也就是说,蒋介石"杀价"一半!

如此"开价""提价""还价""杀价",使国共谈判充满戏剧性!

毛泽东笑谈"换帽子"

1937年4月2日,毛泽东、张闻天、博古、彭德怀、林伯渠、萧劲光来到延安那简陋的黄土机场,不时望着天空。

一架双引擎的螺旋桨飞机,发出嗡嗡的轰鸣声,徐徐降落,扬起满天黄尘。穿着一身飞行服的周恩来,走下飞机,受到毛泽东等的热烈欢迎。

周恩来的手,才和蒋介石握别,又和毛泽东握会。

西安事变后,毛泽东等人欢迎周恩来回到延安

周恩来把来自西子湖畔的信息，带到了延安窑洞里。中共中央政治局的委员们，自3月23日至31日，刚刚开过政治局扩大会议，讨论了国共合作问题，如今，又聚集在窑洞里，听取周恩来的报告。

毛泽东听得非常仔细，他作出了重要判断："三中全会是国民党国策基本转变的开始。"

那时的中共中央受共产国际的领导，中共和蒋介石谈判，必须把情况向共产国际报告。于是，4月5日，由周恩来执笔、毛泽东改定，发出了那份长长的给共产国际的报告。

既然蒋介石要求中共起草国共共同纲领，毛泽东也就召集政治局委员们于4月7日、20日两度开会，进行讨论。

这时的毛泽东，在中共政治局内的地位得以巩固。他的政敌张国焘，在政治局受到批判。中共中央政治局作出了《关于张国焘同志错误的决定》，给了张国焘以沉重一击。

张国焘、王明之于毛泽东，犹如汪精卫、胡汉民之于蒋介石。不过，此时张国焘在党内的地位，只是动摇了，并未彻底垮台，犹如汪精卫此时在国民党中的地位。也真有趣，中共一大的主持者是张国焘，国民党"一全"大会的主持者之一是汪精卫，他们在党内的地位都曾高于毛泽东、蒋介石，又都被毛泽东、蒋介石所战胜。此后的命运，张国焘和汪精卫又是那么相似：

张国焘背叛中共，投奔蒋介石，当特务去了；

汪精卫则背叛国民党，投奔日本，当汉奸去了……

国共合作的消息，在延安传开，许多人想不开，一度引起了思想混乱。有人说，我们斗来斗去，斗得红帽子换成了国民党帽子！

1937年4月12日，毛泽东在西北青年第一次救国代表大会上发表演讲，论述了"帽子"问题：

> 有些同志以为我们的红帽子戴了十年，今天又戴三民主义帽子，就表示老不愿意。这个思想在过去是很对的，因为那时三民主义帽子确实戴不得。但如果旧帽子换上了新内容，那事情就变化了，不是不可戴的，反而变为可戴的了。苏维埃改制，红军改名，并受南京国民政府指挥，就是为了这个意义。[1]

---

[1] 中国人民解放军政治学院党史教研室编：《中共党史教学参考资料》第15册，1985年版。

毛泽东与蒋介石

毛泽东接着又说及了中共为什么要和国民党携手：

> 过去因为国民党背叛革命，所以共产党不得不负起革命的责任。现在呢？国民党又开始转变到抗日的方面来，所以我们极力主张国共合作，主张恢复孙中山先生的三民主义的精神，国共两党与全国人民，大家为民族独立、民权自由、民主幸福而斗争。[1]

毛泽东在延安演讲

一向喊惯了"打倒蒋介石"，以至把蒋介石喊成"蒋该死"，如今一下子要"拥护蒋委员长"，要"服从蒋委员长"，许多中共党员思想扭不过来。为此，1937年4月15日，中共中央执行委员会发表《告全党同志书》。这一长达万言的文件，向中共党员们解释了种种关于国共合作的疑虑，诸如是不是"共产党的投降"，等等。

这一文件明确指出：我们主张"联蒋抗日"与"国共合作"。

这一回，周恩来带来了蒋介石的密码。于是，国共之间接通了"热线"……既然中共拟出了国共共同纲领草案，周恩来也就决定离开延安，再晤蒋介石。4月25日，就在周恩来由延安前往西安途中，一桩意想不到的事情发生了！

枪林弹雨突然朝周恩来袭来

那天，西安七贤庄红军办事处里一片紧张气氛，电台台长林青不断和延安联络，因为周恩来未能按时到达西安，会不会半途出了意外？

这时，延安也一片紧张。因为延安已经得知周恩来半途遇险，已派出了骑

---

[1] 中国人民解放军政治学院党史教研室编：《中共党史教学参考资料》第15册，1985年版。

兵救援，尚不知详情如何。已经迁入延安北门内凤凰山下凤凰村窑洞的毛泽东，焦急地等待着关于周恩来的消息……

突如其来的袭击，使延安产生疑虑：会不会是蒋介石在玩弄什么花招？

那天，周恩来在副官陈有才和中央警卫营两个班战士等护送下，一行25人，乘了一辆大卡车，从延安朝西安前进。

离延安四十多里处，甘泉县北的劳山，有一极为险峻之处，笔者曾踏勘过那里。

那是陡峭的峡谷，公路从中间通过。周恩来的卡车，正从谷底驶来。猛然间，从左射来密集的枪弹，枪声震撼着山谷。

据周恩来的同行者孔石泉回忆，枪弹首先击中了司机的大腿。吱的一声，卡车急刹车。这下子，卡车成了枪林弹雨的中心。约莫二三百人，从前、后、左三个方向，射来枪弹。

显然，他们早已居高临下在此等候。周恩来的卡车进入了他们的"口袋"——伏击圈。

在这千钧一发之际，周恩来显示了他的沉着、坚毅，他第一个从卡车上跳了下来，指挥战斗。战士们在他的指挥下，纷纷跳下车来，拔枪还击。

无奈，周恩来他们所持大多是驳壳枪，何况是仓促应战，又身居谷底；对方则使用机枪、步枪，地势又极其有利。战斗一开始，大批红军战士倒在血泊里。

周恩来见右壁无敌，迅即率领战士弃车向右侧突围，很快占领了右面山头。然后，朝来路边打边退，这样，才逐渐摆脱了敌人密集的火力。

枪声惊动了附近的红军，急派骑兵来救援。那股敌兵见大批援军赶到，不得不撤走了。

经清点，周恩来的警卫17人牺牲，其中包括他的副官、延安卫戍司令部参谋长陈有才，警卫队副队长陈国桥。周恩来、张云逸、孔石泉、刘九洲脱险。

这是周恩来一生当中又一次遇险——前一次，1931年4月由于顾顺章叛变，周恩来在上海差一点落进国民党特务手中。

由于遇险，周恩来不得不折回延安。毛泽东见到周恩来安全归来，松了一口气。

那股伏击者是谁？是不是蒋介石派人暗杀周恩来？因为周恩来的行踪，西安方面是知道的。

审问了俘虏，这才水落石出。原来，那是当地的一股土匪，企图拦车劫财。他们既不知道车上坐的是周恩来，也与蒋介石无关。

虽然遇险，经历了一番浴血战斗，周恩来毫不在意，要求西安方面派飞机来，他于翌日再登旅程。

翌日，一架飞机自西安来，周恩来在延安登上飞机，直飞西安。

据电台台长林青回忆，当周恩来这一回出现在西安七贤庄时，"呼啦"一声，红军办事处的工作人员把他紧紧包围起来，显得那般的兴奋……

蒋介石告知，他不久要去洛阳巡视，周恩来可去洛阳和他见面。

这样，周恩来在西安七贤庄住了下来。他会晤了顾祝同、张冲，把准备同蒋介石谈判的意见先与他们交换。

5月23日，周恩来和林伯渠到洛阳见蒋介石。蒋介石说："这里谈话不方便。国民党不久将在庐山召集一次全国各界人士的救国谈话会，我们也到庐山去谈判吧！"周恩来表示同意。

周恩来迅即电告毛泽东。

翌日晚7时，署名"洛、博、毛"（即洛甫、博古、毛泽东）的电报，从延安发给周恩来。电报全文如下：

周：

我们觉得此次见蒋须谈两方面的问题：

第一方面，关于纲领及区、红军、共犯、党报、经费、防地等问题；

第二方面，对日、对英、对苏外交，国防军事、国防经济及国民大会、

1937年5月，毛泽东（右二）、朱德（左二）、叶剑英（左一）在延安陪同国民党中央考察团

人民自由、政治犯等问题。请将你对上述两方面如何提法之意见电告，我们将于 27 日以前有一电报给你。因此请你准备 28 日飞沪。[1]

5 月 25 日，"洛、博、毛"再度给周恩来发来很长的电报，规定了在与蒋介石谈判时的条件。其中，"须力争办到者"有五条，现照录两条：

> 特区政府委员九人名单为林伯渠、张国焘、秦邦宪、徐特立、董必武、郭洪涛、高岗、张冲、杜斌丞。
> 红军设某路军总司令部，总司令朱德，副司令彭德怀（但准备让步设总指挥部）。至少四个师，一师长林彪，二师长贺龙，三师长徐向前，四师长刘伯承。先发表上述六人，余俟后呈请委任。[2]

这样，周恩来再度负命穿梭于毛泽东和蒋介石之间。

也就在这些日子里，延安打开了大门，欢迎第一批国民党客人的到来，表明了国共之间的冰河开始解冻。

前来延安访问的是"国民政府军事委员会委员长西安行营考察团"，简称"中央考察团"。国民党客人受到了中共的友善欢迎。

国民党中央考察团的团长为涂思宗，中共中央派出了叶剑英、陈赓陪同考察。

延安城头，高悬起"和平、统一、团结、御侮"及"巩固国内和平，实行对日抗战"大字标语。

5 月 29 日，毛泽东在欢迎国民党中央考察团的晚会上致辞：

> 过去十年两党没有团结，现在情形变了，如两党再不团结，国家就要灭亡。
> 第一次大革命就是国共两党搞起来的，今天为了抵御敌寇，两党团结一致，其作用和意义就更大了。
> 十年内战已成过去，两党团结已进入新的历史阶段。

毛泽东这番话，说出了国共合作已是大势所趋。

---

[1] 中国人民解放军政治学院党史教研室编：《中共党史教学参考资料》第 15 册，1985 年版。
[2] 中国人民解放军政治学院党史教研室编：《中共党史教学参考资料》第 15 册，1985 年版。

蒋介石居然要毛泽东"出洋"

在中国千山万岭之中，唯一得到蒋介石和毛泽东都偏爱的山，是庐山。

在中国千屋万厦之中，唯一得到蒋介石和毛泽东都垂青的房子，是美庐。

毛泽东喜爱庐山，住美庐，是后话。

蒋介石也跟庐山结下深缘。有人考证，说蒋介石上庐山二十多次，也有人说三十多次。笔者在庐山上查阅了线装的《庐山续志稿》，见到其中还有专门的《蒋公历年驻山起居日录》，详细记载了蒋介石历年在庐山的活动日程。

蒋介石如此看重庐山，其实是因为那时没有冷气机，而作为国民党政府所在地的南京又是中国的三大"火炉"之一，庐山是一片清凉世界，离南京又不远，自然而然选为"夏都"。每逢酷暑，不仅蒋介石上庐山，就连国民党政府的各个部门也上山办公，而"美庐"则成了蒋介石的官邸。

蒋介石上庐山，原本住庐山东侧、青玉峡旁、观音桥附近等处的行宫。"美庐"原是英国人赫莉太太的私宅，建于1922年。赫莉太太和她的丈夫都是医生，在庐山上开设"赫利医院"。赫利太太的私宅，是当时庐山上最豪华、最宽敞的一幢，宋美龄甚为喜欢。

于是，赫利太太有意将此宅献给中国第一夫人。蒋介石看到此屋，最初并不中意，但是他颇信风水，以为此屋大吉大利：背有"靠山"，左右也有所依，而前有东谷河，表明"蛟龙出水"……如此这般，蒋介石也就深爱此屋，由励志社出面向赫利太太购屋，而名义上则是赫利太太赠屋。于是，此屋改名"美庐"，含义双关：既表明此屋甚美，又表明系宋美龄之居所。蒋介石选择了一个大吉大利的日子——1933年8月8日——乔迁"美庐"。

"美庐"绿门、绿窗、绿顶、绿柱，楼上有宽敞的阳台，四周有1.5万平方米的花园，幽雅、清新、恬静、俊美。蒋介石在园中植白竹，宋美龄则种凌霄花。

6月4日，周恩来由上海抵达庐山。8日，周恩来前往仙境般的"美庐"——这与毛泽东和贺子珍在延安所住的黄土窑洞相比，无疑有着天壤之别。在当时，蒋介石做梦也不会想到，二十多年后毛泽东会成为"美庐"的主人。

蒋介石在"美庐"宽敞的青石台阶前恭候周恩来的到来。

"蒋介石—周恩来"会谈，就在"美庐"里进行。

国共谈判，从来曲曲折折，从未痛痛快快。照例，这一回也是如此。

谈判一开始，蒋介石就下了一步使周恩来难堪的棋：

上一回说好，由中共方面起草国共共同纲领。为此，在延安的窑洞里，毛泽东和周恩来反复切磋着，中共中央政治局反复研究着，这才写出了《关于御侮救亡、复兴中国的民族统一纲领（草案）》。

无可否认，在起草文件之类方面，毛泽东要比蒋介石在行得多。大约也正是看中毛泽东这位当年国民党中央宣传部代部长的这一"特长"，蒋介石让中共起草纲领。毛泽东主持起草的这一纲领，多达52条！

本来，周恩来上山，是准备就这52条，跟"老校长"讨价还价一番……

可是，蒋介石就像庐山的云雾一样变化莫测，竟然说，这一回不讨论纲领！

蒋介石的一句话，把毛泽东煞费苦心主持起草的52条，扔进了废纸篓！

所幸，周恩来的涵养挺不错，强压住心头的怒火。无奈，那时蒋强毛弱，两人的力量之比，犹如庐山"美庐"与延安窑洞之比。周恩来不得不迁就那反复无常的蒋介石。

这一回，蒋介石撇下共同纲领不谈，却提出了一个新主意，说是国共要合作，那就得成立一个"国民革命同盟会"。

没办法，只好听蒋介石的，周恩来不得不就这个"国民革命同盟会"跟蒋介石切磋起来。切磋的结果，可从中共中央6月17日给共产国际的报告中查到：

一、成立国民革命同盟会，由蒋指定国民党的干部若干人，共产党推出同等数目之干部合组之，蒋为主席，有最后决定之权。

二、两党一切对外行动及宣传，统由同盟会讨论决定，然后执行。关于纲领问题，亦由同盟会加以讨论。

三、同盟会在进行顺利后，将来视情况许可扩大为国共两党分子合组之党。

四、同盟会在进行顺利后，可与第三国际发生代替共党关系，并由此坚固联俄政策，形成民族国家间的联合。[1]

关于这"国民革命同盟会"，蒋介石跟周恩来在庐山上研究了许久，周恩来又电告毛泽东，毛泽东捉摸了许久。结果呢？还是老样子，扔进了废纸篓！

尽管蒋介石今日这花样，明日那花样，不断翻新着，不过，周恩来的报告

---

[1]《中共中央关于同蒋介石第二次谈判情况向共产国际的报告》，《中共中央文件选集》第11册，中共中央党校出版社1991年版。

中，有一段"蒋又告宋子文声明"，倒是说出了他的本意：

一、共党目前不要太大，易引起外间恐惧。
二、共党应首先取得全国信用。
三、共党不要使蒋太为难，以便将来发展。

蒋介石还向周恩来提及关于毛泽东未来的安排。这是一个敏感问题。
蒋介石说道："朱毛两同志须出来做事。"[1]
蒋介石的意思是毛泽东、朱德不要"坐镇"延安，应该到南京来混个一官半职，在蒋介石手下当个什么。
有趣的是，蒋介石居然称毛泽东、朱德为"同志"！这在几个月前是不可想象的。
当然，蒋介石要"朱毛两同志""出来做事"自然有他的盘算。他甚至把话说得更清楚，要安排朱、毛"出洋考察"。
怪不得此前就传出毛泽东"出洋"的"马路消息"！
蒋介石的"出洋考察"，其实早有先例：
当年，蒋介石借廖仲恺被刺案，迫使政敌胡汉民"出洋考察"；
眼下，蒋介石正要杨虎城将军"出洋考察"——5月27日，周恩来正是和杨虎城及夫人谢葆真一起从西安乘欧亚航空公司飞机飞往上海的。后来，杨虎城将军在6月29日偕夫人一起"出洋考察"……
蒋介石如今要毛泽东、朱德"出洋考察"，无非是"驱逐出境"！
周恩来理所当然拒绝了蒋介石这等无理要求。
这一回，庐山上的谈判，倒退了！

蒋介石、周恩来庐山会谈

周恩来在庐山和延安之间穿梭。带着庐山的雾气，他在6月18日回到延安，和毛泽东商讨蒋介石提出成立"国民革命同盟会"的问题。
刚刚有了眉目，蒋介石于6月26日又给周恩来发来电报，邀他再上庐山。

---

[1]《中共中央关于同蒋介石第二次谈判情况向共产国际的报告》，《中共中央文件选集》第11册，中共中央党校出版社1991年版。

于是，周恩来带着在延安起草的新文件，和博古、林伯渠一起，于7月4日到达西安。

就在周恩来一行到达上海的那一天，形势急转直下。

那一天——1937年7月7日——成为中国现代史上划时代的一天。

这天夜里10时，位于北平西南15公里处宛平县境内的卢沟桥一片紧张气氛，正在那里进行军事演习的日军，声称有一名士兵失踪，需进入城内搜索。国民党军队理所当然地拒绝这一要求。8日凌晨4时，卢沟桥畔响起了激烈的枪炮声，日军发动了大规模的进攻，当地国民党驻军第二十九军吉星文团长率部奋起抵抗，史称"卢沟桥事变"。

7月8日晨，北平市市长秦德纯急电庐山，向蒋介石报告卢沟桥事变。

这一回，蒋介石的态度比六年前九一八事变时要好得多了。他在当天，致电国民党第二十九军军长宋哲元，鲜明地指出："宛平应固守勿退，并须全体动员，以备事态扩大。"

蒋介石在庐山发表抗日宣言

这与九一八事变时，蒋介石发给张学良的"我方应不予抵抗"的《铣电》，迥然不同。

毛泽东也迅速作出反应，延安发出了《中国共产党为日军进攻卢沟桥通电》：

> 全中国的同胞们：平津危急！华北危急！中华民族危急！只有全民族实行抗战，才是我们的出路！我们要求立刻给进攻的日军以坚决的反攻，并立刻准备应付新的大事变。
>
> 全国上下应该立刻放弃任何与日寇和平苟安的希望与估计。[1]

就态度而言，毛泽东比蒋介石更坚决；

---

[1]《中共中央文件选集》第11册，中共中央党校出版社1991年版，第274页。

就影响而言，蒋介石比毛泽东更大——因为国民党的军权在蒋介石手中，而国民党军队在当时比红军要强得多、大得多。

也就在这一天，毛泽东致电蒋介石，全文如下：

庐山蒋委员长钧鉴：

日寇进攻卢沟桥，实施其武装攫取华北之既定步骤，闻讯之下，悲愤莫名！平津为华北重镇，万不容再有疏失。敬恳严令二十九军奋勇抵抗，并本三中全会御侮抗战之旨，实行全国总动员，保卫平津，保卫华北，收复失地。红军将士，咸愿在委员长领导之下，为国效命，与敌周旋，以达保土卫国之目的。迫切陈词，不胜屏营待命。

毛泽东，朱德，彭德怀，贺龙，林彪，刘伯承，徐向前叩 [1]

翌日，彭德怀等"率人民抗日红军全体指挥员战斗员"又发表致蒋介石通电，表示：

红军愿即改名为国民革命军，并请授命为抗日前驱，与日寇决一死战。

这份电报公开表明，为了抗日，红军的帽子要换成"国民党帽子"了。

大敌当前，国共同仇，卢沟桥的枪声，促使了蒋介石和毛泽东迅速接近——尽管他们之间还有着这样那样的分歧。

日本内阁会议则在7月11日发表就卢沟桥事变作出的决定：

这次事件，完全是中国方面有计划的武装抗日，已无怀疑的余地。我们认为，不但必须最迅速地恢复华北的治安，并且有必要使中国对非法行为，特别是排日、侮日行为，表示道歉……

日本内阁颠倒黑白的决定，在中国激起了公愤。

8月13日，周恩来、博古、林伯渠来到了国民政府的"夏都"——庐山。

这时，庐山上大员、名流云集，其中许多人胸前别着圆形白底蓝色"五老峰"徽章。这特殊的徽章，是特殊会议的特殊通行证。这特殊的会议名曰"庐山谈话会"，出席会议的有国民党中央要员、国民政府高级官员、各界名流，

---

[1]《中共中央文件选集》第11册，中共中央党校出版社1991年版。

共 231 人。谈话会在庐山牯岭市街附近的牯岭图书馆大礼堂里举行。会议由蒋介石、汪精卫主持。

虽说周恩来上了山,如他所言:"庐山谈话会的时候,共产党没有份。我同林伯渠、博古同志三个人不露面,是秘密的。"

周恩来还说,这个谈话会"不是大家坐下来开圆桌会议,一道商量,而是以国民党做主人,请大家谈话一番"。

战火正在山下燃烧,抗日成了庐山谈话会的中心议题。就连国民党内的亲日派头目汪精卫,此时在谈话会上也大谈抗日:

> 自九一八以来,精诚团结,共赴国难,成为全国一致的口号……最近卢沟桥事件突发,危急情况更加严重,根本方法仍是精诚团结,将全国的心力物力融成一片。[1]

在宴会上,汪精卫还发表了一通十分动听的祝酒词:

> 我们现在耳朵里听着卢沟桥的炮声,眼睛里见着前线战士的拼命与战地人民的受苦,实在没有可以开颜相向的理由,但是想起在环境艰苦中,培养元气,生机不断,精神不死,实在可使我们感激奋发。谨此理由,满举一杯,祝各位先生健康。[2]

蒋介石呢?7月17日,他在庐山谈话会上发表了著名的演说。下面的这一段话(陈布雷起草),在当时几乎是家喻户晓的:

> 如战端一开,那就地无分南北,人无分老幼,无论何人皆有守土抗战之责任,皆应抱定牺牲一切之决心。

这段蒋介石语录,当时写遍中国的大街小巷。这是蒋介石对于抗日的最明确的表态。

也就在这次演说中,蒋介石自己思想转变的过程,倒十分真实:

---

[1] 徐炳升:《1937年庐山谈话见闻》,《上海文史资料》第44辑,上海人民出版社1986年版。
[2] 徐炳升:《1937年庐山谈话见闻》,《上海文史资料》第44辑,上海人民出版社1986年版。

> 我们要应付国难，首先要承认自己国家的地位。我们是弱国，对自己国家的力量要有忠实的估计。国家为进行建设，绝对需要和平，过去数年中不惜委曲忍痛，对外保持和平，即是此理……如果临到最后关头，便只有拼全民族的生命，以求国家的生存，那时节再不容许我们中途妥协。

蒋介石这段话，说了自己为什么"过去数年中不惜委曲求全"，亦即"不抵抗主义"的原因。

蒋介石的另一段话，说出了这次采取抗日态度的原因：

> 我们的东四省[1]失陷，已有六年之久，继之以塘沽协定。现在冲突地点，已到了北平门口的卢沟桥。如卢沟桥可以受人压迫强占，我们五百年故都北平，就要变成沈阳第二。今日的北平如果变成昔日的沈阳，今日的冀察也将成昔日的东四省。北平若变成了沈阳，南京又何尝不可变成北平。所以，卢沟桥事变的推演，是关系中国国家的整个问题。此事能否结束，就是最后关头的境界。

蒋介石这番演讲，极为重要，表明他抗日的决心。

照理，这一回庐山国共谈判应该顺利，然而，事实上却出乎意料变得异常艰难。

谈判在蒋介石、邵力子、张冲和周恩来、博古、林伯渠之间进行。周恩来带着由他起草的《中共中央为公布国共合作宣言》上山，蒋介石改了两句，却又扔在一边。蒋介石在许多问题上"加价"，弄得周恩来颇为为难。

其中最明显的是关于红军改编后的指挥权问题。

上一回，蒋介石提出红军改编之后，由"政训处"指挥。

周恩来当即表示疑惑不解，问道："委员长，政训处何能指挥部队？"

蒋介石傲然道："我是革命领袖，我要你们指挥，你们就能指挥。"

这一回，蒋介石又改口说："政治机关只管联络，无权指挥。可以周恩来为主任，毛泽东为副主任。"

显而易见，蒋介石故意提出的"周正毛副"，这是中共所无法接受的。

周恩来无奈，在山上给蒋介石写了一信：

---

[1] 东四省当时是指黑龙江、吉林、辽宁、热河。

"此与来[1]上次在庐所面聆及归陕向党中诸同志所面告者出入甚大，不仅事难做通，且使来一再失信于党中同志，恐可是碍此后各事之进行。"

蒋介石依然我行我素，不把中共放在眼里。

庐山会谈的主角周恩来（左）与蒋介石

那些日子，毛泽东正在延安抗日军政大学，讲授《实践论》《矛盾论》。接到周恩来发自庐山的电报，毛泽东对蒋介石的反复无常怒气冲冲。他决心对蒋介石采取强硬态度。

7月20日，署名"洛、毛"的电报，从延安发给庐山上的周恩来：

周转林：
　　甲，日军进攻之形势已成，抗战有实现之可能。
　　乙，我们决心采取蒋不让步不再与谈之方针。
　　丙，请你们回来面商之。

此处的林，指林伯渠。

接到毛泽东、张闻天的电报，周恩来、博古、林伯渠随即下山，飞往上海了。

周恩来等在上海会晤了宋庆龄，向她通报了国共谈判的情况。7月27日，周恩来等飞抵西安。

蒋介石密邀毛泽东赴南京

毛泽东派了周恩来等上庐山，诚心诚意前来谈判，蒋介石要摆架子；当毛泽东令周恩来等拂袖而去，蒋介石却又忽地电邀毛泽东本人前来南京！

蒋介石是那么的难以捉摸！

人们常常以为，在重庆谈判时蒋介石才给毛泽东发来邀请电报。其实，早

---

[1] 周恩来自称。

在 1937 年 8 月 1 日，毛泽东便已收到蒋介石托张冲发来的紧急电报，密邀毛泽东、朱德、周恩来即飞南京，共商"国防问题"。

刚刚在庐山上谈"崩"了，怎么又会邀毛泽东到南京会谈呢？毛泽东一时弄不明白蒋介石的用意，急急给周恩来发电报。

周恩来于 8 月 2 日给张冲发了电报，告知毛泽东的意见：如开国防会议，则周恩来同朱德、叶剑英去；如系谈话，则周恩来同博古、林伯渠、叶剑英去。

这就是说，毛泽东作为中共领袖，非到关键时刻，是不会去南京跟蒋介石见面的。

翌日，毛泽东又致电周恩来、博古、叶剑英，告知："国防计划宜由周、朱、叶携往面交，不宜由电报拍往。"

毛泽东在电报中还指出：

此次赴宁须求得下列问题一同解决：
一、发表宣言。
二、确定政治纲领。
三、决定国防计划。
四、发表红军指挥系统及确定初步补充数量。
五、红军作战方针。[1]

8 月 4 日张冲复电周恩来，说此次赴宁开国防会议。

这时，周恩来正和朱德在陕西云阳红军前敌总指挥部。接张冲电报后他俩于 8 月 5 日来到西安。9 日，朱德、周恩来和叶剑英飞往南京，出席蒋介石召开的国防会议。

朱德作为红军总司令，在南京公开露面，而且出席国防会议，这表明红军不再是"匪"军，已经赢得了合法的地位。

借国防会议的机会，国共又开始了谈判——南京谈判。本来，这一回谈判，预计也不会太妙。正在这时，一桩新的突发事件，使国共之间的马拉松谈判一下子加快了步伐。

那是 8 月 13 日，将近三十万日军在统帅永野修身及上海派遣军总司令松井石根指挥下，大举扑向中国最大的城市上海。熊熊战火，已经烧到国民政府所在地首都南京跟前了。蒋介石再也无法"委曲求全"，终于痛下抗战决心。

---

[1] 中国人民解放军政治学院党史教研室编：《中共党史教学参考资料》第 16 册，1986 年版。

14日，国民政府发表了《自卫抗战声明书》，坚决表示："中国决不放弃领土之任何部分，遇有侵略，唯有实行天赋之自卫权以应之。"

抗日战争从此全面展开。

蒋介石的历史轨迹颇为耐人寻味：日军每进逼一步，他就向毛泽东靠拢一步。

"兄弟阋于墙，外御其侮。"如今，大敌当前，兄弟携手。从这个意义上说，是日本"促进"了国共合作！

于是，"柳暗花明又一村"。国共谈判变得顺利了，蒋介石也不再耍脾气了。

毛泽东在8月18日以中共中央书记处名义给周恩来发来电报，提出同国民党谈判的十项条件。

当天，蒋介石在谈判中迈出了一大步——同意红军改编为国民革命军第八路军，任命朱德、彭德怀为正、副总指挥。22日，这一任命正式发表，意味着国共公开合作。

这时，朱德和周恩来已经急急离开了南京……

中共首脑聚集洛川私塾窑洞

在延安之南有一座小县城，名叫洛川。在洛川城东北方向10公里，有一个不起眼的小村，名叫冯家村。全村只有一条街，四五十户人家而已。不过，小村靠在延安—西安公路之侧，交通倒很方便。

朱德和周恩来离开南京，途经西安，马不停蹄地直奔这个小村。

1937年8月22日至25日，在冯家村西北角的一所私塾里，中共中央政治局在这里举行扩大会议。这次会议颇为重要，史称"洛川会议"。这个小村也因此而载入史册。

当时，洛川正处于国民党地区

美国记者斯诺在延安拍摄的毛泽东照片

美国记者斯诺在延安拍摄的朱德照片

与共产党地区交界的地方。县长是国民党的，县城里也驻扎着少量国民党部队，而四周的农村却是红军的天下。

选择冯家村这个小村开会，为的是安全、保密，而且交通方便。笔者实地访问过冯家村。那所私塾，实际上只是两孔青砖砌成的窑洞而已。窑洞前有一个小小的院子，种着一棵桑树。这两孔窑洞，一孔成了毛泽东的办公室兼卧室，另一孔则成了会场。小课桌并在一起，放在窑洞中间，四周围着一圈长板凳。

长板凳上坐着中共中央政治局委员及候补委员张闻天、毛泽东、周恩来、博古、朱德、任弼时、关向应、凯丰、张国焘，还坐着各方面的负责人彭德怀、刘伯承、贺龙、张浩、林彪、聂荣臻、罗荣桓、张文彬、萧劲光、林伯渠、徐向前、周建平、傅钟等，共22人。

会议所面临的，正是国民党五届三中全会曾面临的两大问题，即抗日问题和国共合作问题。

会议由张闻天主持，毛泽东作主题报告——这在当时实行"张毛体制"的中共，每逢这类会议，总是这样进行。

据多年后仍然健在的当事人傅钟回忆，毛泽东在报告中提出了令人耳目一新的观点，曰"山雀满天飞"。毛泽东的意思是趁抗日之际，趁国共合作之际，把中共党员如山雀般撒出去，满天飞，飞向全中国！

毛泽东还说，中共主力如果上华北前线，要像下围棋那样做几个"眼"，"眼"要做得活、做得好，只有这样才能战胜日军。

毛泽东强调，红军虽然马上要换"帽子"，但是戴国民党军帽子之后，依然是共产党领导的军队，是穿国民党军服的红军！

毛泽东向来主张"党指挥枪"。换"帽子"之后的红军，仍必须绝对服从中共的领导——虽然表面上是受蒋委员长的领导。

不过，由于国共合作，中共对于军队的领导体制不能不作相应的改动：中共的最高军事领导机构原本叫"中革军委"，全称为中华苏维埃共和国中央革命军事委员会。毛泽东自1936年12月7日起，出任"中革军委"主席（原主席为朱德，朱德之前的实际负责人为周恩来)。眼下，实行国共合作，那中华苏维埃共和国势必要取消。于是这次会议决定改设中共中央革命军事委员会，也简称"中革军委"。这个"中革军委"，毛泽东为主席，朱德、周恩来为副主席。这个"中革军委"和国民党的军事委员会旗鼓相当。

当国民党的军事委员会委员长蒋介石宣布对红军的改编以及对朱德、彭德怀的任命之后，以毛泽东为主席的"中革军委"，在洛川会议上也作出相应的决定。由中央革命军事委员会主席毛泽东、副主席朱德、周恩来共同署名，于8月25日发布了《中央革命军事委员会关于红军改编为国民革命军第八路军的命令》：

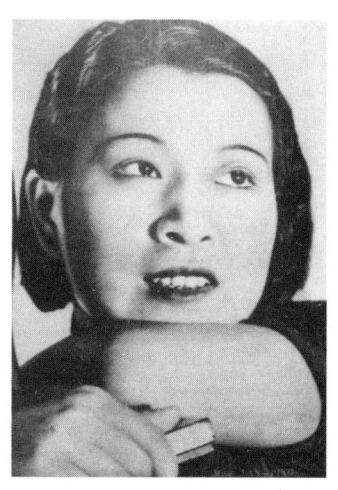

蓝苹（江青）剧照

> 宣布红军改名为国民革命军第八路军。
> 　　将前敌总指挥部改名为第八路（军）总指挥部，以朱德为总指挥，彭德怀为副总指挥，叶剑英为参谋长，左权为副参谋长。[1]

这一命令清楚地表明，"中华民国国民革命军第八路军"实际上是属于中共中央革命军事委员会领导，是属于毛泽东领导的。

值得顺便提一笔的是，在洛川会议举行的日子里，一位来自上海的青年女性，经西安前往延安，路过洛川。此人后来竟成了毛泽东夫人。她原名李云鹤，艺名蓝苹，进入红区改名江青……

国共终于第二次合作

此后不久，1937年10月，中共在赣、闽、粤、湘、鄂、豫、浙、皖八省的游击队，分别集中，改编为中华民国国民革命军新编第四军，简称新四军，叶挺为军长。

这样，头戴青天白日帽徽的部队中，有两支属于毛泽东领导的队伍——八

---

[1]《中共中央文件选集》第11卷，中共中央党校出版社1991年版，第331页。

路军和新四军。

军队的问题总算解决了，紧接着要解决的问题是政府的问题。

经国共双方商定，原陕甘宁苏维埃政府改为陕甘宁边区政府，政府主席原定由国民党人士担任。

关于主席人选，又费了一番周折：

毛泽东提议在张继、宋子文、于右任三人中选一，蒋介石摇头。

蒋介石提议丁惟汾，毛泽东摇头。

最后选定了既是国民党第一届候补中央执委又是中共党员的林伯渠，算是国共双方都能接受，蒋介石和毛泽东都点头。

这样，在表面上，朱德成了红区最高军事首长，而林伯渠成了红区最高行政首长。毛泽东呢？他保持着中共最高首长的地位——虽说名义上中共的负总责是张闻天。毛泽东依然是红区的最高领袖，依然是与蒋介石相匹敌的"棋手"。

瓜熟蒂落，水到渠成。国共合作已到了完成最后手续这一步了，即公开发表宣言，昭示世人。

毛泽东派出了博古、叶剑英去南京，完成这最后一步棋。蒋介石则派出了与博古地位相当的康泽。于是，"康泽—博古"新一轮国共谈判在南京举行。

众所周知，博古原是中共中央总负责，毛泽东的党内对手。遵义会议批判了博古，毛泽东取而代之。由于博古承认了错误，得到毛泽东的信任。

身着国民党军装的周恩来

博古带去了《中国共产党为公布国共合作宣言》。据毛泽东称："宣言是3月4日起草的。5月15日交付的。"[1] 这一宣言曾被蒋介石扔进废纸篓。

如今，这从蒋介石的废纸篓里捡回来的宣言，重新放到了谈判桌上。

康泽刚在谈判桌边坐了下来，便转达了蒋介石对宣言的意见："你们这个宣言稿，如果只是前面的那一段，只是表示共赴国难的意见，那多好！后面说的一大堆政治主张是多余的。"

---

[1] 毛泽东1937年9月25日致周恩来电报。

原来，蒋介石对毛泽东在宣言里所写的"一大堆政治主张"非常头痛。

毛泽东则坚持要把那一大堆政治主张放上去。于是，双方又要进行一番切磋，其中包括对于用词的切磋。比如，蒋介石要把中共起草的文件中的"国民党"改为"政府"，中共则坚持用国民党。蒋介石说："这两个词没有什么大的区别，都是可以用的。"博古则顺着蒋介石的话，来了个"以子之矛攻子之盾"，说道："既然委员长说两个词没有什么大的区别，那就用国民党吧！"

就这样，经过反复切磋，康泽和博古作为国共双方的代表，在宣言上签了字。

9月21日，蒋介石在南京孔祥熙寓所，与康泽、张冲、博古、叶剑英作了谈话，同意发表宣言。

翌日，国民党中央通讯社异乎寻常地发表了《中国共产党为公布国共合作宣言》，意味着正式宣告了国共合作：

亲爱的同胞们：

　　中国共产党中央委员会谨以极大的热忱向我全国父老兄弟姑姊妹宣：
　　在此国难极端严重，民族生命存亡绝续之时，我们为着挽救祖国的危亡，在和平统一团结御侮的基础上，已经与中国国民党获得了谅解，共赴国难。这对于我们伟大的中华民族有着怎样重大的意义啊！因为大家都知道，在民族生命危机万分的现在，只有我们民族内部的团结才能战胜日本帝国主义的侵略……

又过一日（9月23日），蒋介石在庐山上发表陈布雷为之捉刀的《对中国共产党宣言的谈话》，以居高临下的口气宣称：

　　对于国内任何党派，只要诚意救国，愿在国民革命抗敌御侮之旗帜下共同奋斗者，政府自无不开诚接纳，咸使集中于本党领导之下，而一致努力。中国共产党人既捐弃成见，确认国家独立与民族利益之重要，吾人唯望其真诚一致，实践其宣言所举之诸点，更望其在御侮救亡统一指挥之下，以贡献能力于国家，与全国同胞一致奋斗，以完成革命之使命。总之，中国立国原则为总理创制之三民主义，此为无可动摇，无可移易者……

蒋介石的意思是中共今后"于本党领导之下"，亦即在他的领导之下。这么一来，国共不是对等的政党，而是在国民党领导之下的政党！

虽说如此，蒋介石的谈话毕竟意味着公开承认了中国共产党的合法地位，承认了国共合作。

毛泽东迅速作出反应，在 1937 年 9 月 29 日发表《国共合作成立后的迫切任务》，指出：

> 还在 7 月 15 日就已交付了国民党的中国共产党中央为宣布两党合作成立的宣言，以及当时约定随之发表的蒋介石氏承认中国共产党的合法地位的谈话，虽延搁太久，未免可惜，也于 9 月 22 日和 23 日，正当前线紧张之际，经过国民党的中央通讯社先后发表了。共产党的这个宣言和蒋介石氏的这个谈话，宣布了两党合作的成立，对于两党联合救国的伟大事业，建立了必要的基础。共产党的宣言，不但将成为两党团结的方针，而且将成为全国人民大团结的根本方针。蒋氏的谈话，承认了共产党在全国的合法地位，指出了团结救国的必要，这是很好的；但是还没有抛弃国民党的自大精神，还没有必要的自我批评，这是我们所不能满意的。但是不论如何，两党的统一战线是宣告成立了。这在中国革命史上开辟了一个新纪元。这将给予中国革命以广大的深刻的影响，将对于打倒日本帝国主义发生决定的作用。[1]

以上三篇文献耐人寻味，妙趣无穷：先是蒋介石对毛泽东起草的宣言品头论足，紧接着毛泽东又将蒋介石的谈话品头论足。

蒋介石和毛泽东就是这样又合作又对立。

不过，中共宣言的发表，蒋介石庐山谈话的发表，毕竟是历史性的：宣告国共第二次合作，从此正式开始！

---

[1]《毛泽东选集》第 2 卷，人民出版社 1991 年版。

第五章
并肩抗日

◎ 蒋介石和毛泽东并肩抗日,但分工不同:对于日军的"正面的正规战",由国民党军队担负;对于日军的"敌后的游击战",由共产党军队担负。

蒋介石和毛泽东在抗日中分工合作

蒋介石和毛泽东在大敌当前之际,终于握手言和:从 1927 年四一二反革命政变算起,到 1937 年 9 月 23 日蒋介石在庐山发表谈话,国共之间整整十年的内战画上了句号。

从此,蒋介石称毛泽东为"先生",不再像往日那样骂"毛匪""共匪"。

从此,毛泽东称蒋介石为"蒋氏""先生""蒋委员长",不再像往日那样骂"蒋贼""卖国贼"。

毛泽东当时这么论及第二次国共合作:

> 在民国十七年国共分裂的时候,原是违反着共产党的志愿的。共产党一向不愿意和国民党分裂。过去十年来国共双方及全国人民都经历了艰苦的经验,这种经验能增强今后的团结。[1]

毛泽东把第二次国共合作称为"抗日民族统一战线"——在中共早年的文献中则称之为"联合战线",如中共二大便通过了《关于"民主的联合战线"的决议》。

正是在抗日的旗帜下,蒋介石和毛泽东、国民党和共产党结成了统一战线。

对于抗日,蒋介石和毛泽东有着共识。

蒋介石在 1937 年 8 月 18 日发表《敌人战略政略的实况和我军抗战获胜的要道》一文,首先提出了"持久战"的概念:

> 因为倭寇所恃的,是他们强横的兵力,我们就要以逸待劳,以拙制巧,以坚毅持久的抗战,来消灭他的力量。倭寇所有的,是他侵略的骄气,我们就要以实击虚,以静制动,拼死抗战,来挫折他的士气。他不能实现速战

---

[1]《毛泽东与合众社记者王公达的谈话》(1938年2月),载1938年3月5日出版的《解放》第32期。

速决的企图，他就是失败，也就是我们的胜利。

蒋介石此文十分重要，为中国抗战制定了持久战的方针。他明确宣布："敌之最高战略为速战速决，而我之最高战略为持久消耗。"

蒋介石还指出：应该"举全国力量从事持久消耗以争取最后胜利"。

毛泽东在杨家岭的窑洞里，写出了《论持久战》等名著

蒋介石制定的这一抗日战略方针，是颇有见地的。

毛泽东呢？他于1938年5月26日至6月6日，在延安抗日战争研究会上，作了著名的演讲，题目便是《论持久战》。

毛泽东的见解，与蒋介石一致：

中国会亡吗？答复：不会亡，最后的胜利是中国的。中国能够速胜吗？答复：不能速胜，抗日战争，是持久战。

周恩来把毛泽东的《论持久战》介绍给国民党将领白崇禧，白崇禧又向蒋介石作了介绍，蒋介石颇为赞赏毛泽东的见解。白崇禧其人，向来有"小诸葛"之称，他把毛泽东的《论持久战》，概括为两句话："积小胜为大胜，以空间换时间。"据李宗仁的机要秘书程思远回忆，这两句话曾由军事委员会通令全国，作为抗日战争的战略思想。其实，这两句话是国共两党的共识，也是蒋介石和毛泽东的共识。

不过，蒋介石拥有三百多万军队，而毛泽东手下只有数万部队。悬殊的力量对比，决定了中国的抗日统帅、抗日领袖必定是蒋介石。

1937年8月12日，国民党中央召开临时常务委员会会议，决定建立最高国防委员会，以汪精卫为主席，张群为秘书长。当天又召开国防最高委员会和党政联席会议，决定以军事委员会作为抗战最高统帅部，任命蒋介石为陆海空三军总司令，授陆海空大元帅。这么一来，蒋介石成了抗战最高统帅，成了大元帅！蒋介石在南京穿上了威风凛凛的大元帅服。

1938年5月，毛泽东在延安中国人民抗日军政大学作《论持久战》的报告

顺便提一笔，毛泽东虽说从来把军权紧紧抓在手中，这一点与蒋介石无异，但他对大元帅之类无多大兴趣。正因为这样，1955年，当毛泽东给朱德等十位元帅授衔时，他自己却什么军衔也不要——虽然许多人劝他当大元帅，像蒋介石、斯大林那样，况且毛泽东是名副其实的大元帅，那十位元帅一直在他的指挥下作战；可是，毛泽东却谢绝了大元帅的头衔。诗人气质的毛泽东，除了1928年在井冈山上时，因误传毛泽东被"开除党籍"（其实是开除他的中共中央政治局候补委员职务），不能当政治委员了，只好当了一阵子师长，此外他一辈子没有当过什么军长、司令的——也正因为这样，他也就不当什么大元帅。至今，人们无法想象这位平时总是敞着衣领的诗人，如果戴上大盖帽、穿上笔挺威武的大元帅服，究竟是何等模样……

不过，在抗日战争爆发之初，毛泽东也很清楚蒋强毛弱的形势，所以他对国共双方在抗日战争中的分工，说得明明白白：

> 抗日战争中国共两党的分工，就目前和一般的条件说来，国民党担任正面的正规战，共产党担任敌后的游击战，是必须的、恰当的，是互相需要、互相配合、互相协助的。

这样，蒋介石和毛泽东并肩抗日，但分工不同：对于日军的"正面的正规战"，由国民党军队担负；对于日军的"敌后的游击战"，由共产党军队担负。

蒋介石在上海血战日军

蒋介石是一个争议颇多的人物。不过，不管怎么说，通观他的一生，有三件事是受到人们赞赏的：一是领导北伐，二是领导抗战，三是振兴台湾经济并坚持一个中国。

虽说蒋介石对于抗日曾有过一个曲折的过程：先是"不抵抗主义"，寄希望于妥协，而且实行"攘外必先安内"的错误政策，导致发生了西安事变。然而，在西安事变促进之下，他转为抗日，成为中国的抗日领袖。当然，就其抗日态度而言，不如毛泽东坚决，中途曾寄希望于与日本妥协，但他毕竟是领导中国抗战全局的领袖，作出了贡献。如毛泽东所言，蒋介石担负起抵抗日军的"正面的正规战"的责任。

蒋介石领导着三百多万国民党军队，跟日军展开了三次大搏斗：淞沪会战、南京会战、武汉会战。

就在蒋介石就任陆海空大元帅的第二天，随着八一三事变的枪炮声，日军猛扑上海，淞沪会战便开始了。

淞，是因为黄浦江又称吴淞江。淞沪，亦即上海。那时的上海警备司令部称淞沪警备司令部。淞沪会战，又称上海会战。

日军的战略，确如蒋介石所言，乃是速战速决。日军在突袭上海之时，便扬言三个月灭亡中国。

进攻上海的日军，达20多万人，还有300多门大炮、200多架飞机、几十艘兵舰。

面对强大的日军，蒋介石调集了自己的精锐部队73个师迎战日军——当时，蒋介石可调动的部队总共约180个师，他这一回投入了三分之一以上的力量，而且大多是他的嫡系部队，表明他确实下了抗日的决心。

蒋介石先以冯玉祥为总司令，以张治中为前敌总指挥，后来自兼第三战区司令长官，以陈诚为前敌总指挥。

酷烈的战争在上海展开。坐落在上海苏州河畔的一座仓库（四行仓库）一度成为两军争夺的焦点。由副团长谢晋元率八百名战士坚守四行仓库，激战四昼夜，才最后奉命撤进英租界，成为一时佳话，人称"八百壮士"。

蒋介石亲临前线指挥，也差一点遇险。那是在10月间，蒋介石夜巡苏州前线，忽地几十架日机闯来，狂轰滥炸，蒋介石躲进火车站月台。所幸月台未被炸中，蒋介石因此脱险。

宋美龄奔走于前线，慰劳战士。10月23日这天，她和端纳以及一位副官在上海乘车慰问伤兵。下午4时多，空中出现了日军飞机。司机一边开车，一边不时仰望天空。一不小心，急速奔驰的汽车驶离了公路，翻在路边，一下子把宋美龄甩到了烂泥地里。端纳倒是安然无恙，他跳下了车，急步奔向蒋夫人。据端纳回忆，宋美龄躺在离车二十英尺的沟渠里，满脸污泥，不省人事。

端纳和副官赶紧把宋美龄抬到附近一户农民家里。那时的宋美龄只穿着普通的衣装,看不出是一位贵夫人。端纳见到宋美龄尚有呼吸,放下了悬空的心。端纳唱了起来:"她轻松地飞向天空,秋千上那勇敢的少女……啊,夫人,醒醒!我希望你现在能看一看自己,你绝对是个美人!"

在端纳的歌声中,宋美龄渐渐苏醒,端纳笑了。

司机把车子修好了。端纳问宋美龄:"你还要去看望伤兵吗?你自己也成伤兵了!"

宋美龄答道:"去!"

宋美龄去几个营地慰问之后,回到了上海,经医生检查,她断了一根肋骨。她不得不卧床休息了一个星期。端纳去看望她,宋美龄问:"我受伤的时候,你怎么还唱歌?"

端纳笑道:"一个女人倒下来的时候,如果告诉她说她受了伤,也许她就再也爬不起来了。"

那时,蒋介石夫妇出入于日军的枪林弹雨之中,确实是勇敢的。

日军在上海与国民党军队僵持着。为了速胜,日军于11月5日增派兵力在杭州湾北岸金山卫(今上海市金山县)登陆,包抄国民党军队的后路。

抗战时期的国民党军队

也就在这一天,德国驻华大使陶德曼在南京拜见蒋介石,转达了日本的七项条件。

显然,日本对蒋介石也是谈谈打打、打打谈谈,软硬兼施。德国乃日本的盟友,这样,德国驻华大使也就成了最恰当的幕后调停人。

陶德曼跟蒋介石的会谈,原本是绝密的。不过,如今随着德国公布了当年陶德曼致德国外交部的密电,这绝密会谈的内容也就为世人所知。

日本向蒋介石提出的七项条件如下:

一、承认满洲国、内蒙独立;

二、扩大"何梅协定",划华北为不驻兵区域;

三、扩大"淞沪协定",设非武装区域,上海由国际共管;

四、中、日共同防共;

五、中、日经济合作,减低日货进口关税;

六、根绝反日运动;

七、尊重外国人在华权利。

这里提到的"何梅协定","何"即国民政府军事委员会华北军分会代理委员长何应钦,"梅"即日本华北驻屯军司令官梅津美治郎。他们在1935年5月至7月进行了关于在华北取缔抗日活动的秘密谈判。

日本提出的这七项条件,显然太过分了,使蒋介石无法接受。在陶德曼11月5日发给德国外交部的电报中,透露了蒋介石一段意味深长的话:

> 假如同意日本采取的政策,中国政府倒了,那么唯一的结果就是中国共产党将会在中国占优势,但是这就意味着日本不可能与中国议和,因为共产党从来是不投降的。[1]

蒋介石这一段话,说出了两层意思:

第一,国民党不抗日不行,不抗日就会倒台;

第二,共产党是坚决抗日的。

蒋介石把国、共、日两国三方的关系,说得再明白不过了。

蒋介石拒绝了日本的七项条件,日军就掩杀过来。国民党军队无法抵挡,只得朝南京败退。11月12日,上海落入日军手中。

虽然蒋介石败了,不过他坚守上海整整三个月,毕竟挫败了日军速战速决的计划——日军本来要三个月灭亡中国的。从这个意义上讲,蒋介石是胜利者。

毛泽东对于蒋介石坚守上海,表示热烈的支持。1937年11月4日出版的延安《新中华报》,报道了毛泽东在延安陕北公学开学典礼上的讲演,题为《目前的时局》。

毛泽东说:

> 我们决不要因现在的局面而悲观,我们完全赞助蒋介石先生在10月

---

[1] 复旦大学历史系中国近代史教研组编:《中国近代对外关系史资料选辑》(下),第2分册,上海人民出版社1977年版。

9日的演说，坚决打到底，一直打到最后一个人一根枪还要再打，这就是共产党"为保卫祖国流最后一滴血"的意思，是目前时局的根本方针。[1]

毛泽东再度成为"游击专家"

当蒋介石在上海与日军展开"正面的正规战"的时候，毛泽东如他自己所言，"担任敌后的游击战"。

毛泽东可以说是世界上屈指可数的游击战专家。他在井冈山上打游击，打得蒋介石焦头烂额。他的那游击战十六字诀，被世界军事专家们奉为游击战经典："敌进我退，敌驻我扰，敌疲我打，敌退我追。"

眼下，这位从未进过军事学院大门的游击专家，把枪口掉向日军，又打起神出鬼没的游击战来。毛泽东可谓"文人武将"，他一生几乎从不佩枪，却笔不离手。在延安凤凰山下的窑洞里，他写下了《抗日游击战争的战略问题》，成为他关于游击战争的又一理论力作。

毛泽东认为中国是一个"大而弱"的国家，日本是一个"小而强"的国家。如今，"小而强"进攻"大而弱"，中国只能采取"又广大又持久的游击战争"：中国之弱，决定了它不能跟日本硬拼；中国之大，又为游击战争提供了广阔回旋的余地。

毛泽东与朱德在制订作战计划

毛泽东有声有色地在他的论文中论述抗日游击战略，曰：防御战中的进攻战，持久战中的速决战，内线作战中的外线作战。

这一论文，不时闪耀着这位诗人的睿智：

游击战争是一般地用袭击的形式表现其进攻的。

走是必须的。游击队的会走，正是其特点。走是脱离被动恢复主动的

---

[1] 毛泽东：《目前的时局》，1937年11月4日延安《新中华报》。

主要方法。

　　游击战争的领导者对于使用游击队，好像渔人打网一样，要散得开，又要收得拢。

　　如果敌情特别严重，游击部队不应久留一地，要像流水和疾风一样，迅速地移动其位置。兵力转移，一般都要秘密迅速。经常要采取巧妙的方法，去欺骗、引诱和迷惑敌人，例如声东击西、忽南忽北、即打即离、夜间行动等。[1]

正是在"游击专家"毛泽东的这一整套游击战略指导下，朱德率八路军东渡黄河，进入山西，进入华北，开展游击战。

毛泽东在9月25日给朱德的电报中，说得非常明白：

　　华北正规战如失败，我们不负责任；但游击战如失败，我们须负严重的责任。

毛泽东手下的军队，只有蒋介石的百分之几，只能打游击战。八路军进入山西，那里的正规战是由阎锡山负责。阎锡山比蒋介石年长4岁，乃山西五台人，早年毕业于山西武备学堂，辛亥革命后任山西都督。此后，他一直盘踞在山西，号称"山西王"。眼下，他担任第二战区司令长官。这位"山西王"

阎锡山

并非蒋介石嫡系，他力图保存自己的实力。毛泽东在9月21日致彭德怀的电报中，生动地勾画了阎锡山的心态："阎锡山现在处于不打一仗则不能答复山西民众，要打一仗则毫无把握的矛盾中。他的这种矛盾是不能解决的。"

　　就在日军进攻上海的时候，华北的日军攻下了山西大同，进逼"山西王"的老窝——太原。太原的门户雁门关地势险要，易守难攻，日军不得不改向蔚县、涞源等地进兵，企图夺下平型关，以求抄雁门关的后路，直取太原。

　　平型关的正面，由阎锡山的晋绥军防守，而侧翼则是八路军第一一五师。毛泽东在9月17日给朱德的电报中，便作出判断：日军"向灵丘、平型关进攻，

---

[1] 《毛泽东选集》第2卷，人民出版社1991年版，第408、412、413、414页。

233

系向晋绥军右翼迂回"。

八路军第一一五师师长，乃毛泽东手下虎将林彪。林彪筹划着在平型关打一场大仗。

毛泽东在9月21日致彭德怀的电报中，这样写及：

> 林彪同志来电完全同意我17日的判断和部署，他只想以陈光旅集中相机给敌人以打击，暂时不分散。这种一个旅的暂时集中，当然是可以的……[1]

得到毛泽东的同意，林彪于24日调集三个团的兵力，冒雨埋伏在平型关东北公路两侧的山地。林彪知道那是日军进攻平型关的必经之地，故利用有利地形布好了"口袋"——这类战术，毛泽东当年在江西对付蒋介石军队时，多次"娴熟"地使用过。日军没有领教过毛泽东"口袋"的滋味，这一回算是尝到了。

23日，林彪在上寨召开全师干部会议。

林彪在会上作了战斗动员："在华北前线，自平津保及南口等地失守后，恐日情绪正在迅速蔓延。为了振奋全体军民的抗战信心，必须发挥我军的特长，以有力的战术手段，出奇制胜，打出军威！"

在25日凌晨，日军板垣师团第二十一旅团在向平型关进军时，进入了"口袋"。

笔者查到参加战斗的八路军团长杨得志、副团长陈正湘当时所写的《平型关战斗详报》，这一原始文献十分真实地描述了平型关战斗的经过：

> 我军参加作战部队……均归林师长指挥。
>
> 平型关战斗的前一天，旅团首长亲到关沟以西北高地直接详细侦察，已确知敌约一个旅团的兵力（两千余人）沿东跑池老爷庙马路一带沟内向平型关之鞋袜口推进，先头部队已于24日前进东西跑池地区（但未进到鞋袜口）。
>
> 战斗的这一天是9月25日，在拂晓前曾下很大的雨，以后才逐渐晴朗。
>
> 在接敌中动作迅速、隐蔽秘密很好，未受远火器的杀伤。在进攻中的猛打猛冲的动作是继续了过去的传统精神……

---

[1] 中国人民解放军政治学院党史教研室编：《中共党史教学参考资料》第16册，1986年版。

杨得志等的报告,还写及:"该敌骄傲自大,根本没有土工作业,对警戒更为疏忽。"

正因为这样,日军进入"口袋",突遭伏击,伤亡是惨重的。但日军"能各自为战,最后一个人也能进行战斗",而且"由于语言不通""死不投降"。经过一天激战,歼日军一千多人,缴获大量武器,这是八路军第一次大捷。

南京陷落于一片血海之中

在华东,上海陷落之后,日军扑向国民政府所在地——首都南京。于是,第二次"正面的正规战",亦即南京会战已迫在眉睫了。

首都得失,事关重大。蒋介石必死守,日军必猛攻,双方必定大战一番。

日军分三路进攻南京,蒋介石任命唐生智为南京卫戍司令,率13个师组成南京卫戍军。

11月16日,中山舰升火,在一片凝重的气氛之中,徐徐驶离南京。中山舰是一艘著名的军舰。它原名永丰舰,1922年6月,陈炯明叛变之际,孙中山便是在这艘军舰上避难,蒋介石也正是在这艘军舰上护卫孙中山。1926年3月,著名的"中山舰事件"又成了国共分裂的讯号。这一回,中山舰再一次担负历史性的使命,它载着国民政府主席林森,离开首都,沿着长江,朝重庆进发。

四川省主席刘湘发表致林森电报,表示"谨率七千万人翘首欢迎"。

林森此行,为何如此隆重?

11月20日,国民政府发表宣言:

> 国民政府兹为适应战况,统筹全局,长期抗战起见,本日移驻重庆。此后将以最广大之规模,从事更持久之战斗。

从此,重庆这座山城成了"陪都"——战时首都。

不过,最初只是林森作为国家元首先迁往陪都,国民党中央党部和国民政府机关,则就近迁往武汉。

就在日军重兵压境、三面包围南京之际,那位德国驻华大使陶德曼又求见蒋介石。他再度充当日、华之间的幕后斡旋人。

12月2日,踌躇再三的蒋介石,在会见陶德曼时表示退让:"中国政府愿以德国所提出的各点作为谈判的基础。"

德国所提出的"各点",亦即日本所提出的七条。

蒋介石"降价",日本却"加价"了！日本在所提七条之外,又另加了四条"亡人之国的新条件"！

日本外务大臣在给德国驻日大使的公文中称：

如中国方面总的承认这样一个媾和原则,向帝国政府表示乞和态度,则帝国准备答应开始进行日、华直接谈判。[1]

日本全然是一副盛气凌人的态度,他们要蒋介石"乞和"！自然,这是蒋介石所无法接受的。

蒋介石明确地拒绝了日本的条件。蒋介石说："倭所提条件如此苛刻,决无接受余地……此时求和,无异灭亡,不仅外侮难堪,而内乱益甚。与其屈服而亡,不如战败而亡。"

南京沦陷

这样,南京一战已无可避免。12月5日,日军兵临石头城下,蒋介石飞离南京,前往武汉。翌日,日军的飞机便大批飞向南京,狂轰滥炸,一场恶战开始了。

唐生智率众奋力抵抗,无奈不是日军的对手。12月12日——一年前的这一天,正是西安事变发生的日子——唐生智不得不败退。翌日,日军涌入南京,首都陷落。

一场空前的浩劫,在南京上演：日军惨无人道地施行大屠杀,三十多万中国人血染南京！日军甚至进行"杀人比赛"……

12月17日,蒋介石在武汉发表《告全国国民书》,表示：

---

[1]《日本外交年表及主要文书(1840—1945)》下册,日本外务省1955年东京版。

> 目前形势无论如何转变，唯有向前迈进，万无中途屈服之理。

中共立即对蒋介石的文告作出反应。《中国共产党对时局宣言》于12月25日发表，指出：

> 蒋介石先生本年12月17日告全国国民书所提出之"贯彻抗战到底""争取国家民族最后之胜利"之主旨，与本党目前对时局的基本方针正相符合。中共中央坚决地相信国共两党同志和全国同胞，定能本此方针，亲密携手，共同奋斗。[1]

国共之间，你呼我应，互相支持，同仇敌忾。这是过去十年中所从未有过的。

不过，也就在这个时候，毛泽东在中共内部讲话中，提醒全党，要牢记第一次国共合作失败的教训，敲响了警钟：

> 1927年陈独秀的投降主义，引导了那时的革命归于失败。每个共产党员都不应该忘记这个历史上的血的教训。[2]

值得顺便提到的是，正是由于第二次国共合作，在南京狱中关押了三年的陈独秀，于1937年8月23日获释。陈独秀是中共的创始人，曾连任中共五届总书记。

不过，此时他已离开中共达十年之久了……

毛泽东以"齿病"婉拒蒋介石之邀

南京陷落之后，一时间，地处长江中游的武汉，成了中国的政治中心。

蒋介石长驻武汉。毛泽东派出王明、周恩来、博古、邓颖超组成中共代表团，于1937年12月18日前来武汉。

面对向着武汉推进的日军，国共两党在武汉又开始新的会谈。这一回，国

---

[1]《中共中央文件选集》第11卷，中共中央党校出版社1991年版。
[2]《上海太原失陷以后抗日战争的形势和任务》，《毛泽东选集》第2卷，人民出版社1991年版。

共会谈的主题已不是要不要合作,而是以什么样的组织形式合作。

周恩来认为,国共合作的组织形式,无非这三种:

一、恢复13年前(即1924年国民党"一全"大会时)的形式,使国民党改为民族革命联盟,允许其他党也加入;

二、建立共同委员会,在中央、各级共同讨论;

三、现在这种形式,遇事协商。

周恩来认为,第三种只是临时办法。

蒋介石呢?他认为眼下只能用这临时办法。

国共谈判,依然进展维艰。不久,蒋介石提出了新的方案,即第四种方案:国共"溶成一体"。

周恩来当即表示反对,说道:"党不能取消,国共两党都不可能取消,只能从联合中找出路。"

周恩来明白,国民党大,共产党小,一旦"溶成一体",结果必是国民党"溶"掉了共产党!

蒋介石的意思,很快就通过他所控制的报纸透露出来。1938年初,武汉的一些报纸开始鼓吹"三个一",即"一个主义、一个政党、一个领袖"。"一个主义"指三民主义,"一个政党"指国民党,"一个领袖"指蒋介石。

这"三个一"的另一含义是"一个信仰、一个政府、一个领袖",意思差不多。

武汉的《扫荡报》还说出了蒋介石的"溶共"之意:"统一的团结方式,是用以大并小的方法,融化小的单位,合而为一。"

这就是说,国民党要"溶"掉、"并"掉中共!

毛泽东愤愤然,他理所当然反对"三个一"。

毛泽东与小八路在延安

2月12日，武汉出版的《新华日报》及《群众》周刊第1卷第10期，以及许多其他报纸都发表了万言长文《毛泽东先生与延安〈新中华报〉记者其光先生的谈话》，在武汉引起了很大的震动！

这篇长文，是2月2日毛泽东在延安接受《新中华报》记者其光的采访时所作的谈话。谈话猛烈地抨击了"三个一"，称之为"一党专政"。

蒋介石也很仔细看了此文。

其实，那记者"其光"纯系子虚乌有，毛泽东也无此次谈话！

此事内幕，如今才算"曝光"——那是中共代表团团长王明为之捉刀写就的！

当时，王明以及周恩来、博古共同署名于2月11日致电毛泽东：

> 关于一个党一个主义问题，已成街谈巷议之资料，对于这一切问题，我们已到了不能不答复之地步。我们决定，对于党和主义问题，用泽东同志名义发表一篇2月2日与延安《新中华报》记者其光的谈话，此稿由绍禹起草，经过长江局[1]全体同志校阅和修正，现油印发各报馆及通讯社，明日《新华日报》一次登完。此稿所以用毛泽东名义发表者，一方面使威信更大，另一方面避免此地负责同志立即与国民党起正面冲突。不过因时间仓促及文长约万字，不及事先征求泽东及书记处审阅，请原谅。[2]

原来，王明来了个"先斩后奏"，以毛泽东名义发表批驳蒋介石的谈话！虽然蒋介石那"三个一"对于中共来说不能不批，但王明这种做法却惹怒了毛泽东！毛泽东后来说，事情并非紧急到来不及经他过目的地步。

其实，说穿了，王明并不把毛泽东放在眼里。王明在共产国际当了多年的中共代表团团长，向来以毛泽东的"上级"自居。何况王明原是博古的后台，与毛泽东矛盾甚深。此事又使王明与毛泽东的关系进一步紧张。

当然，对于蒋介石的"三个一"，毛泽东是不能容忍的。

毛泽东曾这样批评蒋介石道："一党主义都是没有根据的，都是做不到、行不通、违背一致团结抗日建国的大目标，有百害而无一利的。"

蒋介石对于来自中共的抨击，曾向周恩来解释道：《扫荡报》的言论并不代表国民党，也不代表他自己。

陈立夫也告诉周恩来：蒋总裁已批评了《扫荡报》，并要各报以后不再刊登

---

[1] 当时驻武汉的中共中央代表团对内称中共长江局。
[2] 周国全，郭德宏，李明三：《王明评传》，安徽人民出版社1989年版，第321—322页。

这类文章。

其实，《扫荡报》所说，倒是蒋介石心中的话！

1938年3月，国民党召开临时全国代表大会，即"临全大会"，那基调便是"三个一"。

为了加强领袖的权威，"临全大会"根据蒋介石的意思，第一次提出了实行总裁制。

大会修改了党章，规定"确立领袖制度"，增设了第五章"总裁"，赋予总裁以"总揽一切事务"的权力。蒋介石被选为首任总裁，汪精卫为副总裁。从此，蒋介石除了"蒋委员长""蒋总司令""蒋大元帅"之类荣誉称号外，又多了"蒋总裁"这一尊称。

"总裁"成了"独裁"的同义语，"蒋总裁"成了"一个领袖"的同义语。蒋介石强调了战时需要加强领袖的权力，实行了"总而裁之""独而裁之"。

临全大会又决定设立国民参政会，由国民党、中共、其他党派和无党派人士组成，以代表国民共同参政，算是在蒋介石"总而裁之"之下的一点民主。

国民参政员共200名，其中国民党党员88名，中共是作为"文化团体"参加的。

毛泽东笑了，他称中共乃"武化团体"，并非"文化团体"！

不过，既然分配了七个名额给中共，毛泽东也就指定了七位中共党员作为参政员。

毛泽东所指派的七人是毛泽东、王明（陈绍禹）、博古（秦邦宪）、吴玉章、林伯渠、董必武、邓颖超。照理周恩来应在其中，可能考虑到女性参政员非邓颖超莫属，而夫妇同为参政员又太显眼，所以没有列入周恩来。

1938年7月6日，国民参政会一届一次会议在汉口上海大戏院召开。

毛泽东成了人们议论的中心：他，究竟会不会从延安来汉口出席会议？毛泽东如果来到汉口，意味着国共两党将举行最高级会谈。

张学良事件给人们留下的印象毕竟太深了！一年前，当蒋介石密邀毛泽东赴南京时，叶剑英马上从西安发电报给毛泽东："毛不必去。"这样，那一回蒋介石和毛泽东没有晤面。

这一回，毛泽东也不去。不去，自然要找个借口。毛泽东的借口颇为有趣，他在致参政会的电报中称："因齿病及琐务羁身！"

毛泽东在说罢不去的原因之后，言归正传：

寇深祸亟，神州有陆沉之忧；民众发舒，大有转旋之望。转旋之术多端，窃谓以三言为最切：一曰坚持抗战；二曰坚持统一战线；三曰坚持持久战。诚能循是猛进，勿馁勿辍，则胜利属我，决然无疑。[1]

会议选举汪精卫为议长。这时的汪精卫集国民党副总裁和国民参政会议长于一身，其地位仅次于蒋介石。

在中共党内，张国焘此时已被开除，王明成了毛泽东的政敌。他在武汉除了以毛泽东名义发表那次批驳蒋介石"三个一"的谈话外，还多次以中共中央名义、也以毛泽东名义发表声明、谈话，却不事先报告毛泽东。其中如1937年12月25日王明在武汉发表的《中共中央对时局的宣言》。最"著名"的要算1938年3月国民党临时全国代表大会在武汉召开时，王明起草了《中共中央对国民党临时全国代表大会的提议》，在报送毛泽东的同时，已送交国民党了！

毛泽东在延安主持起草的文件到达武汉时，王明居然复电中共中央书记处：

> 你们所写的东西既不能也来不及送国民党，望你们在任何地方不能发表你们所写的第二个建议书，否则对党内党外都会发生重大的不良政治影响……

王明目中无毛泽东，竟然达到这等地步！

中共内部王明和毛泽东的关系日益紧张，如同国民党内蒋介石和汪精卫的关系日益紧张。

毛泽东致信蒋介石盛赞其抗日精神

日本首相近卫手下有一个智囊团，即昭和研究会中国问题研究所。1938年6月，这个研究所向首相提交了一份绝密的报告，叫《关于处理中国事变的根本办法》。

报告一开头，便这么写道：

---

[1]《国民参政会纪实》（上），重庆出版社1985年版。

> 残败的国民政府现在还在叫喊坚决抗日，毫无投降之意……
> 对国民政府，必须以击溃为根本方针，明确除此以外别无有效的解决办法。

这从一个特殊的角度表明，蒋介石自七七事变以来开始实行抗日，就连日本也认为除了"击溃"，别无选择。

这份报告也强调了必须"摧毁"国共合作：

> 首先为了摧毁抗日战争的最大因素——国共合作势力——攻下汉口是绝对必要的，因为占领了汉口，才能切断国共统治区的联系，并可能产生两党的分裂。

这表明，连日本也意识到国共合作的威力。

日军为了"击溃"蒋介石政府，为了"摧毁"国共合作，把攻击的目标指向武汉。

1938年6月12日，日军在安徽当时的省会安庆登陆，揭开了武汉会战的序幕。

蒋介石坐镇武汉指挥，调集了14个集团军和一个江防军，迎战日军。日军则调集了12个师团，前后投入了40万兵力。比起上海、南京来，武汉有大别山脉、幕阜山脉以及鄱阳湖作为屏障，再说国民党军队也有了跟日军作战的经验，日军想速战速决就不那么容易了。战斗打得十分艰难。日军从三面包围武汉，蒋介石指挥国民党军队奋力抵抗，大小战斗有数百次之多。

宋美龄则在武汉成立了"新运妇女指导委员会"，组织妇女参加抗战，她自任指导长。她还用一口流利的英语，通过美国广播网，向世界各国呼吁，支援中国抗日。

对于蒋介石的英勇抗战，毛泽东表示敬佩。1938年10月1日，周恩来自延安来到武汉。4日，周恩来会晤蒋介石，当面向蒋介石递交了毛泽东的亲笔信。毛泽东此信，极为热情地赞扬了蒋介石。在毛泽东和蒋介石这两位政治对手之间，如此热情洋溢的信，颇为罕见。这是一封难得的信，如今原件保存于台湾，2007年收入武汉地方志办公室编《武汉抗战史料》一书，现全文照录于下，以飨读者：

介石先生惠鉴：

恩来诸同志回延安称述先生盛德，钦佩无余。先生领导全民族进行空前伟大的民族革命战争，凡我国人无不崇仰。15个月之抗战，愈挫愈奋，再接再厉，虽顽寇尚未戢其凶锋，然胜利之始基，业已奠定，前途之光明，希望无穷。此次，敝党中央六次全会一致认为抗战形势有渐次进入一新阶段之趋势。此阶段之特点，将是一方面更加困难；然又一方面必更加进步，而其任务在于团结全民，巩固与扩大抗日阵线，坚持持久战争，动员新生力量，克服困难，准备反攻。在此过程中，敌人必利用欧洲事变与吾国弱点，策动各种不利于全国统一团结之破坏阴谋。因此，同人认为此时期中之统一团结，比任何时期为重要。唯有各党各派及全国人民恪尽最善之努力，在先生统一领导之下，严防与击破敌人之破坏阴谋，清洗国人之悲观情绪，提高民族觉悟及胜利信心，并施行新阶段中必要的战时政策，方能达到停止敌人之进攻，准备我之反攻之目的。因武汉紧张，故欲恩来同志不待会议完毕，即行返汉，晋谒先生，商承一切，未尽之意，概托恩来面陈。此时此际，国共两党，休戚与共，亦即长期战争与长期团结之重要关节。泽东坚决相信，国共两党终必能于长期的艰苦奋斗中，克服困难，准备力量，实行反攻，驱逐顽寇，而使自己雄立于东亚。此物此志，知先生必有同心也。专此布臆。敬祝健康！

并致

民族革命之礼

毛泽东谨启

民国二十七年九月二十九日 [1]

毛泽东此信，表明国共合作正处于最佳状态。

不仅毛泽东在致蒋介石的亲笔信中赞扬了蒋介石，在共产国际的会议上，中共中央代表团也赞扬蒋介石。也就在1938年9月，中共中央代表团在共产国际发表声明："蒋介石，政府，及国民党，没有投降，他们出来保护自己的国家以反对日本侵略者，而中国人民则起来进行伟大人民所值得有的英勇斗争。""在蒋介石统率之下，中国全部国家政权，与一切军队之统一，亦正在完成中。""我们的党，并不把自己对于国民党及国民政府首领蒋介石的合作看成短期的事情，而是准备在战争之后，还继续与他们共同工作，以建设伟大的、自由的、民主的中国。"

---

[1] 武汉地方志办公室编：《武汉抗战史料》，武汉出版社2007年版。

共产国际执行委员会主席团则表示："完全同意中国共产党的政治路线。"

这就是说，毛泽东所实行的国共合作路线，得到了作为中共上级的共产国际的批准。

毛泽东战胜了分庭抗礼的王明

毛泽东在给蒋介石的信中提及，"恩来同志不待会议完毕，即行返汉"，这会议是在延安召开的，极为重要——中共六届六中全会。

王明与毛泽东分庭抗礼，已到了不能不解决的地步。

王明居然给中共中央书记处发电报，要中共中央委员们到武汉开中共六届六中全会！须知，武汉在蒋介石手中，全体中共中央委员们集中在那里开会，是多么的危险！虽说国共之间的关系那时颇为密切……

王明（陈绍禹）不得不和周恩来、博古（秦邦宪）、徐特立一起从武汉回到延安。笔者在延安查阅资料时，从1938年9月15日《新中华报》上查到一篇署名"浩然"的报道，从中可以颇为真切看出王明当时在延安所享有的声望——如果他没有这样的声望，也无法跟毛泽东较量了。报道题为《延安各机关群众团体及学校欢迎陈周秦徐诸同志志盛》：

> 王明同志回来了，这消息来得像一个晴空里的霹雳，突兀、嘹亮……让你来不及为这个消息而鼓舞，便得匆促地走向南门的路上去。
>
> 街上，还有人们在写标语，发着透亮的光彩——"欢迎南北奔走争取抗日民族统一战线最后胜利的陈、周、秦、徐诸同志！"巷口里，不时走出一列长枪大刀的自卫军，步伐是那样急促，几乎是在跑步。
>
> 广场里，排着长长的两行较整齐的行列，一批批的人们插了进去，在低声地喘息……
>
> 烟尘起了！人们的心像一条扯满了的弓底弦……渐渐地看见三辆卡车

的影子，近着，近着，安然而止了。第一个跃出来的是英俊、挺伟的周恩来同志，朱德将军走了上去，两人紧紧地握着手，手在迅疾抖动着；接着出现在人群里的是丰腴的王明同志，朱德同志依然递过去握了他的手，可是却出了意外，王明同志一下子把他拥抱起来，笑着说："我跟你行洋礼！"

最后出现的是白发苍苍的徐特立同志，张开了缺了门牙的嘴，笑嘻嘻地向四面不住地寒暄着一切的一切……

在延安东北郊十多里外的桥儿沟，有一座天主教堂（不是当年周恩来和张学良秘密会晤的天主教堂，那座教堂在延安城里），中共中央六届六中全会就在这座教堂里召开。由于从苏联刚刚回来的王稼祥，在会上传达了共产国际的指示："中共要以毛泽东为首！"这下子，王明无奈——因为王明所凭恃的"王牌"也无非是共产国际而已！

此外，会议还批判了王明在国共合作中的右倾投降主义——毛泽东早已提醒要警惕陈独秀的教训，王明成了"陈独秀第二"。

从此，毛泽东战胜了王明，毛泽东在中共的领袖地位得以巩固。

也正是在这次会议上，担任中共中央负总责的张闻天提议，推举毛泽东为中共中央总书记。张闻天的提议，得到很多人的支持。如果毛泽东点一下头，他就会当选中共中央总书记。

毛泽东却摇头。他大抵认为时机尚未成熟。

不过，张闻天是个明白人。打从这次会议之后，张闻天主动从中共中央负总责的地位上退下来。凡政治局开会，张闻天总是建议在毛泽东住处召开，会议也总是以毛泽东为轴心。以中共中央名义签发的文件，排名顺序也从"洛、毛"改为"毛、洛"。毛泽东已成为实际上的中共中央总书记。

武汉风声吃紧，不等会议结束，毛泽东便派周恩来前往武汉。周恩来向蒋介石面交了毛泽东的那封亲笔信。

中共六届六中全会决定，撤销长江局，新设中原局和南方局，刘少奇为中原局书记，周恩来为南方局书记。

就在周恩来返回武汉不久，10月21日，广州落入日军手中。日军加强了对武汉的攻势，蒋介石仍在武汉指挥作战。直至10月24日夜，武汉已岌岌可危，蒋介石这才和宋美龄乘飞机离开汉口，前往湖南衡阳之北的南岳。不料，飞机迷失方向，不得不折回炮火连天的汉口。翌日凌晨4时，蒋介石的专机在黑茫茫中冒险起飞。周恩来也在这时撤离武汉。当天，日军的太阳旗，便在武汉三镇飘扬。

虽说武汉会战以中国军队失守告终，但武汉会战打了三个多月，伤亡日军达 20 多万，完全打破了日军速胜的梦想。

汪精卫突然出走河内

蒋介石在广西桂林逗留了一些日子，12 月 6 日，飞抵陪都重庆。从此国民党的政治中心转到了这座浓雾遮掩的山城。

就在蒋介石回到重庆的第二天，便命陈布雷发一电报给周佛海，命他速返重庆。

周佛海其人是一个十足的政客。早年他信仰马克思主义，是中共一大代表之一，后来成为国民党高官，出任国民党中央宣传部代理部长。12 月 5 日，他从重庆飞往昆明，据云，是去视察那里的宣传工作。

陈布雷的电报，使周佛海心惊肉跳、坐立不安。他反反复复思忖：为什么他刚刚离开重庆，蒋介石就从前线赶到重庆？为什么蒋介石一到重庆，就命他速返重庆？

本来，蒋介石要周佛海速回重庆，并非什么大不了的事情。可是，周佛海另有心事，不由得惊恐万分。"事情是否已经暴露？"这个大问号，压得周佛海喘不过气来。

周佛海其人的笔头倒是很勤，12 月 5 日他在离开重庆后写下这样的日记：

> 别矣，重庆！国家存亡，个人成败，在此一行！唯因早下牺牲决心，故不辞冒险一行也。岂飞机离地之刹那，即余政治生命断绝之时欤？默念前途茫茫，国运、己运，均难逆料是吉是凶也。晚与柏园[1]等稍谈，11 时半即寝。日间闻人仿重庆"要得，要不得"腔调，颇忆重庆。不满现状，留恋过去，殆心理上之缺憾欤？忆亡友曼秋[2]书"亡友"，余心痛极矣！[3]

也就在这时，另一个在重庆的要人同周佛海一样，惶惶不可终日。此人便是"一人之下，万人之上"的汪精卫。汪精卫原定 8 日飞往昆明，跟周佛海会

---

[1] 柏园指徐柏园，国民参政会参政员。
[2] 曼秋指陈曼秋，系周情妇，1938 年 6 月病死于武汉。
[3]《周佛海日记全编》，中国文联出版社 2003 年版。

合。恰恰在这个节骨眼上，蒋介石回到了重庆。

周佛海因不知重庆详情，不敢贸然回来，他只得以视察工作尚未结束为理由，拖延着。

汪精卫和周佛海有什么不可告人的勾当？此事直到1938年12月29日香港《南华日报》发表汪精卫致"国民党中央党部蒋总裁暨中央执监委员诸同志"的电报，人们才恍然大悟：原来，汪精卫投降日本，当汉奸去了！按电报代日韵目，29日为"艳"。

汪精卫（前右）与日本陆军大臣东条英机（前左）

汪精卫的电报，人称《艳电》。

日本对中国采取两手：大举进攻，又暗中劝降。

1938年6月23日晚9时，一辆出租汽车驶抵日本驻香港总领事馆，从车上下来两个"日本人"。他们在进入总领事馆之后，由总领事中村丰一秘密安排乘日本轮船前往日本。此二人，便是国民政府外交部亚洲司司长高宗武以及周隆庠。他们来到东京，为汪精卫降日穿针引线……

经过精心策划，周佛海先赴昆明。12月18日，汪精卫以赴成都军官学校讲演为名带着妻子陈璧君、秘书曾仲鸣，终于飞来昆明。翌日，汪精卫、周佛海等飞往越南河内。21日，陈公博由成都经昆明来到河内。

蒋介石在20日由重庆飞往陕西武功主持军事会议，他在21日接到云南省主席龙云的电报才知汪精卫叛变。

汪精卫是国民党的第二号人物，他的叛变，引起很大震动。

蒋介石在1939年元旦，主持国民党中央常委会，决议"永远开除汪兆铭的党籍"。"汪兆铭"即"汪精卫"的原名。

蒋介石这一做法，跟张国焘叛离中共时，毛泽东所采取的措施一样。

毛泽东在1939年1月5日作出反应，发布《中共中央关于汪精卫出走后时局的指示》：

> 坚决拥护蒋氏坚持抗战方针及其对近卫的驳斥，拥护蒋氏的每一进步，拥护国民党中央永远开除汪精卫党籍的决议。

用一切方法打击卖国叛党的汉奸汪精卫。批评他的汉奸理论,并指出他的反共主张,即为他的汉奸理论的组成部分。

打击汪精卫时,连带指出目前一切反对八路军新四军边区与共产党的主张,实为汪精卫之应声虫,只是从事实上帮助汪精卫、帮助日寇的行为,这样来间接回击国民党方面顽固分子的反共活动。[1]

值得注意的是,毛泽东在这一文件中提出了一个新的口号:"拥护抗日民族统一战线,打倒日德意侵略中国反蒋反共的统一战线。"

这"反蒋反共"亦即"联蒋抗日"的反义词。此时,毛泽东已把蒋介石视为统一战线的盟友。

---

[1] 中央档案馆编:《中共中央文件选集》第12卷,中共中央党校出版社1991年版,第3页。

第六章
皖南突变

◎ 面对着日军的长驱直入,蒋介石不得不联共抗日。不过,他的心中,仍时时不忘提防中共!蒋介石要"溶共",毛泽东反"溶共",双方如针尖对麦芒。

蒋介石着手"溶共"

自从进入 1939 年,国共关系由晴转多云,转阴天,后来甚至下起倾盆大雨来了!

"气候"的转折点,是 1939 年 1 月 21 日至 30 日在雾都重庆召开的国民党五届五中全会。

会议前一个多月,已经显露了端倪。

那是 1938 年 12 月 6 日,蒋介石即将离开桂林飞往重庆,他约见正在那里的周恩来。

蒋介石忽地对周恩来说,他过些日子要去西北巡视,可否届时请毛泽东到西安来,与他一晤。

屈指算来,这是蒋介石第三回邀晤毛泽东了:先是邀毛泽东出席南京国防会议,接着邀毛泽东出席武汉国民参政会。

蒋介石邀毛泽东到西安谈什么呢?

蒋介石对周恩来如此说:

> 共产党跨党,大家不赞成。共产党既信三民主义,最好与国民党合并成一个组织,力量可以加倍发展。如果同意,在西安召开华北西北将领会议后,就约毛泽东面谈。如果共产党全体加入做不到,可否以一部分党员加入国民党,而不跨党?

原来,蒋介石想把共产党"吸收"到国民党中来。说得更明白,亦即"溶共"!当天,周恩来在致毛泽东的电报中,这样记述蒋介石的意见:

> 一、跨党大家不赞成,共党既信三民主义最好成一个组织,力量可加倍发展;
>
> 二、如果可谈他拟于到西北后约毛同他面谈;

三、如全体做不到，可否以一部党员加入国民党而不跨党；

四、大家怕共产党的革命转变。

周恩来深知毛泽东不可能同意蒋介石的"溶共"方案，当即作了如下答复：

> 共产党信三民主义，不仅因其为抗日出路，而且为达到社会主义必由之路，国民党员则必不都如此想，故国共终究是两党……
> 加入国而退出共，这是不可能而且做不通的。[1]

周恩来在电报中还建议："毛泽东不宜此时见蒋。"

蒋介石原来要"剿共"，此时要"溶共"，其实是一个意思。他始终把中共视为心腹之患，尤其是国共联合抗日以来，中共迅速发展，使蒋介石深感不安。

毛泽东呢？他不失时机地来了个"三扩大"：扩大中共，扩大八路军、新四军，扩大根据地。

面对着日军的长驱直入，蒋介石不得不联共抗日。不过，他的心中，仍时时不忘提防中共！

1938年12月12日——西安事变两周年的纪念日。这天，蒋介石在重庆约见了出席国民参政会的中共参政员，即王明、博古、董必武、吴玉章、林伯渠，又提起国共合并的话题。蒋介石的谈话，可从王明13日致中共中央书记处的电报中见到：

> 对两党关系问题，他[2]说：共产党员退出共产党，加入国民党，或共产党取消名义将整个加入国民党，我都欢迎，或共产党仍然保存自己的党我也赞成，但跨党办法是绝对办不到。我的责任是将共产党合并国民党成一个组织，国民党名义可以取消，我过去打你们也是为保存共产党革命分子合于国民党，此事乃我的生死问题，此目的如达不到，我死了心也不安，抗战胜利了也没有什么意义，所以我的这个意见，至死也不变的。[3]

---

[1]《周与蒋谈国共关系问题的报告》，载中国人民解放军政治学院党史教研室编《中共党史教学参考资料》第16册，1986年版。

[2] 指蒋介石。

[3]《中共中央文件选集》第12卷，中共中央党校出版社1991年版。

据吴玉章后来回忆,蒋介石对他说:"你是老同盟会,国民党的老前辈,还是回到国民党来吧!"蒋介石还对他说:"如不取消共产党,死也不瞑目!"

1939年1月20日,蒋介石在重庆约见周恩来,"又提统一两党事"。

看来,蒋介石已在加紧"溶共"了!

毛泽东坚决拒绝"溶共"

来自蒋介石的一次次"溶共"讯号,通过电波,飞向延安,引起了毛泽东的百倍警觉。

毛泽东这时已经迁到延安城西北三公里处的杨家岭居住。他在日军飞机轰炸延安的当天夜里,考虑到城里不安全,撤往城外的小山村杨家岭。

杨家岭,原名杨家陵,那是因为明朝太保杨兆的墓在那里而得名。自从毛泽东迁到此地,中共中央机关也随之迁到此地,遂改名杨家岭。

杨家岭其实无岭,只有几座小土山而已。窑洞傍山而筑,倒是极好的防空所在。毛泽东住两孔窑洞,一孔做办公室及客厅,一孔做卧室。毛泽东与众不同之处,乃是客厅里放了张帆布军用躺椅——那是与国民党军队作战时缴获的战利品,可坐亦可卧。另外,他的床上一年四季挂着蚊帐。

当蒋介石从首都南京迁往行都武汉、又迁往重庆时,毛泽东一直坐镇延安。

蒋介石对于中共态度的变化,毛泽东作出了分析:抗日战争进入了一个新阶段,即相持阶段。在此之前,日军处于大规模进攻阶段。在淞沪会战、南京会战、武汉会战之后,日军大量损耗,又因占领了一大片中国国土,牵制了一大批军队,不得不减缓了对蒋介石的进攻。另外,汪精卫的投日,使日军加强了对蒋介石的诱降。这样,双方相持着。蒋介石也就可以腾出手来,对付共产党了。

对此,蒋介石和毛泽东倒也有着"共识"。

当国民党五届五中全会召开之际,

毛泽东在延安杨家岭

第六章 皖南突变

蒋介石站在主席台上，对形势作了分析：

> 我们一定要持久抗战奋斗到底，不但敌人过去"速战速决"的目的不能达到，而且要使他现在"速和速结"的狡谋成为粉碎。

毛泽东所说的与日军"相持阶段"和蒋介石所说的"速和速结"，异词同义。

果真，蒋介石在会上发出了不和谐的声音："对中共是要斗争的，不好怕它……我们对中共不像十五、十六年那样，而应采取不打它，但也不迁就它，现在对它要严正—管束—教训—保育，现在要溶共——不是容共。它如能取消共产主义我们就容纳它。"

蒋介石这一回，非常明确地提出了"溶共"。"容"和"溶"，不过相差三点水，含义却相差十万八千里！

就在这次会议上，蒋介石确定了对中共的八字方针："防共、限共、溶共、反共。"

会议秘密地通过了《整理党务》决议，决定设立专门的"防共委员会"。

会议还决定，设立国防最高委员会以代替原先的国防最高会议，并规定国防最高委员会居党、政、军最高领导地位。蒋介石被推选为国防最高委员会委员长。由于汪精卫已经叛变，蒋介石成了国民党独一无二的权威。从此，"蒋委员长"又有了新的含义，即国防最高委员会委员长。

毛泽东对蒋介石的新动向迅即作出反应。1月25日，毛泽东以中共中央名义致电蒋介石。这一电报，由周恩来面交蒋介石。毛泽东在电报中针对蒋介石的"溶共"，明确地指出：

> 两党为反对共同敌人与实现共同纲领而进行抗战建国之合作为一事，所谓两党合并，则纯为另一事。前者为现代中国之必然，后者则为根本原则所不许……共产党绝不能放弃马克思主义之信仰，绝不能将共产党的组织合并于其他任何政党。[1]

这就是说，毛泽东非常干脆地拒绝了蒋介石的"溶共"企图。

也就在发出致蒋介石的电报的前两天——1月23日——毛泽东对中共发出了党内指示，即《中央关于我党对国民党防共限共对策的指示》。毛泽东清

---

[1]《中共中央文件选集》第12册，中共中央党校出版社1991年版。

毛泽东在杨家岭的卧室

醒地向中共全党敲响了警钟：

> 国民党目前的进步同时包含着防共限共工作的强化，这种进步中的恶劣现象，一时尚不会降低。[1]

蒋介石要"溶共"，毛泽东反"溶共"，双方如针尖对麦芒。

"摩擦"成了最流行的政治术语

一时间，"摩擦"成了中国最流行的政治术语。

据《辞海》释义，"相互接触的两物体在接触面上发生阻碍相对运动或相对运动趋势的现象"曰"摩擦"，而"摩擦"则必然会有"接触"。当年所谓国共"摩擦"，既"磨"又"擦"，不仅摩擦出火星，有时还燃起大火！

由"摩擦"一词，又派生出许多新名词：

那些专门从事制造摩擦的人，被称为"摩擦专家"；

那些怂恿摩擦的文件，曰"摩擦文件"；

那些因摩擦产生的事件，叫作"摩擦事件"。

这些时髦的新名词，其实又互相联系：

蒋介石手下那个防共委员会，便由许多"摩擦专家"组成。

那些"摩擦专家"们起草了一系列"摩擦文件"。

这些"摩擦文件"，导致了一系列"摩擦事件"。

摩擦专家们给中共起了一个新名字，叫"异党"，称中共的军队为"异军"。

于是，在国民党五届五中全会之后，一系列"摩擦文件"，亦即限制"异党""异军"的文件，极端秘密地在国民党内部下达了。这些文件五花八门，

---

[1]《中共中央文件选集》第12册，中共中央党校出版社1991年版。

令人眼花缭乱：《限制异党活动办法》《异党问题处理办法》《处理异党实施方案》《运用保甲组织防止异党活动办法》《防止异党兵运方案》……

其中影响最为广泛的是《限制异党活动办法》。这一文件一开始就提出："应以绝对保守秘密为原则……应指定忠实可靠人员，严密保管，以免泄漏。"

这一文件，便用上了时髦名词"摩擦"："倘不慎而泄漏入于异党分子手中，则不仅易滋误会，甚至发生摩擦。"

这一文件，极为耐人寻味，其中最有趣的是这么一段话：

> 目前共产党控制下之陕北，彼能无论男女老幼悉纳于各种组织之中，而由该党分子予以切实之领导与控制，遂造成今日形同铁桶之陕北特区，不但外人不易轻入，即入内亦难立足，更无论有所活动。本党目前防制异党活动之方，亦唯有采取此种坚强组织之办法方能奏效……

这就是说，陕北在中共领导之下，成了"铁桶"般的"特区"。国民党要向中共学习，要把国民党统治区，也办成"铁桶"！看来，蒋介石对于中共"坚强组织之办法"颇为羡慕。正因为这样，他多次叹息国民党"太松、太乱"。

这些秘密文件还规定：

> 我们只有一个党（国民党）、一个政府（国民政府）、一个领袖（蒋委员长）。
>
> 各党各派均已接受国民党领导，无论异党之借口如何，均一律不予承认；对其非法活动与无理要求，必须严厉取缔或拒绝，断不可迁就退让，再事姑息。
>
> 绝对否认共党所谓"陕甘宁边区"之组织。
>
> 共党在各地不得有任何公开或秘密组织。
>
> 八路军与新四军之军政军令，必须统一于中央。
>
> ……

世上没有不透风的墙。尽管国民党对《限制异党活动办法》作了严格的保密规定，这份绝密文件还是落到了毛泽东手里。毛泽东在1939年8月1日一次题为《必须制裁反动派》的演说中，激烈地抨击了《限制异党活动办法》。毛泽东说：

现在国内流行一种秘密办法，叫做什么《限制异党活动办法》，其内容全部是反动的，是帮助日本帝国主义的，是不利于抗战，不利于团结，不利于进步的。什么是"异党"？日本帝国主义是异党，汪精卫是异党，汉奸是异党。共产党和一切抗日的党派，一致团结抗日，这是"异党"吗？现在偏偏有那些投降派、反动派、顽固派，在抗战的队伍中闹摩擦，闹分裂，这种行为对不对呢？完全不对的。"限制"，现在要限制什么人？要限制日本帝国主义者，要限制汪精卫，要限制反动派，要限制投降分子。为什么要限制最抗日最革命最进步的共产党呢？这是完全不对的。[1]

自从毛泽东把《限制异党活动办法》公开曝光，连蒋介石也觉得"异党"一词欠妥。他下令把"异党"一词又改成"某党"。

1939年11月，国民党中央执行委员会秘书处发出《特字486号密令》："查'异党'一词易滋误会，兹经中央决定，嗣后原称'异党'者一律改为'某党'。"

毛泽东以"有理、有利、有节"为反"摩擦"方针

长夜辄深思，团结精诚仍是当今急务。
同胞须猛醒，猜疑摩擦皆蒙日寇阴谋。

这是周恩来所拟对联，高悬于延安会场。向来，这样的对联总是周恩来亲笔所书，只是由于他二十天前由延安杨家岭骑马前往中共中央党校作报告时不慎坠马，摔伤右臂，无法亲自握管。

在1939年8月1日，延安群情激奋，召开"追悼平江惨案死难烈士大会"。毛泽东正是在这个大会上，发表了前文提及的演说《必须制裁反动派》[2]。

平江惨案，便是当时著名的"摩擦事件"。

湖南平江这地方，原是中共影响颇深的地方。1928年7月，彭德怀、滕代远、黄公略便是在这里举行"平江起义"，组成红军第五军。

彭德怀率部前往井冈山之后，平江余部组成湘鄂赣边红军游击队。1937年9月，这支游击队改编为国民革命军新编第四军第一支队第一团。1938年

---

[1]《毛泽东选集》第2卷，人民文学出版社1991年版，第577页。
[2] 最初题为《用国法制裁反动分子》，收入《毛泽东选集》时改为《必须制裁反动派》。

1月，这支部队奉命开赴江南前线，在平江嘉义仍留有一个"留守通讯处"，料理一些善后工作。

在"摩擦"日渐加剧的时候，这里也"摩擦"着，以至迸出了火星，燃起了大火。

那是1939年6月12日下午3时，国民党第二十七集团军总司令杨森所部特务营第二连连长余光宗，率部突然袭击了新四军第一支队第一团的留守通讯处。上校参议涂正坤（42岁、平江人）、少校秘书曾金声（30岁、平江人）当场被打死。当天夜里，中校团副罗梓铭（36岁、浏阳人）及吴渊、吴贺众、赵绿英等八人又被活埋于平江黄金洞。

周恩来在延安与刘少奇合影（当时恰遇周恩来骑马摔伤右臂）

此事被封锁消息，直至7月1日才被新四军获悉。

8月1日，毛泽东在延安主持了追悼大会，并大声质问国民党：

> 自从6月12日下午3时杀了人之后，到今天是8月1日了，我们看见有人出来过问了没有呢？没有！……
>
> 抗战以来，被暗杀的共产党员和爱国志士已经不下几十几百，平江惨案不过是最近的一件事。这样下去，中国就不得了，抗日的人可以统统被杀。杀抗日的人，这是什么意思？这就是说：中国的反动派执行了日本帝国主义和汪精卫的命令，准备投降，所以先杀抗日军人，先杀共产党员，先杀爱国志士。这样的事如果不加制止，中国就会在这些反动派手里灭亡。所以这件事是全国的事，是很大的事，我们必须要求国民政府严办那些反动派。

也就在这一天，延安各界给蒋介石打电报，要求取消"摩擦的根源"——《限制异党活动办法》。

蒋介石不予答复。这是因为《限制异党活动办法》本身是个"绝密"文件，他矢口否认有这么个文件,怎么能答复呢?

"摩擦"归"摩擦"。虽然毛泽东口口声声谴责"摩擦",不过,在怎么对待蒋介石的问题上还要顾全大局,拥护他抗日。正因为这样,毛泽东于1939年9月16日在和国民党中央社、《扫荡报》《新民报》三位记者谈话时,如此说道:

> 我们的口号一定要和汪精卫的口号区别,一定要和汪精卫的口号对立起来,而决不能和他相混同。他要反蒋,我们就要拥蒋;他要反共,我们就要联共;他要亲日,我们就要抗日。凡是敌人反对的,我们就要拥护;凡是敌人拥护的,我们就要反对。[1]

毛泽东与林彪在延安

在"摩擦"不断之中,蒋介石由"政治限共",发展到"军事限共"。毛泽东在1940年初,曾历数国共之间的"摩擦事件":

> ……湖南则有平江惨案,河南则有确山惨案,河北则有张荫梧进攻八路军,山东则有秦启荣消灭游击队,鄂东则有程汝怀惨杀共产党员五六百之众,陇东则有中央军大举进攻八路军驻防军之举,而最近山西境内复演出旧军攻击新军并连带侵犯八路军阵地之惨剧。
>
> 此等现象,不速制止,势将同归于尽,抗战胜利云乎哉?[2]

毛泽东制定了反"摩擦"方针,即"有理、有利、有节"。他在以中共中央书记处及中央军委名义下达的《关于反摩擦斗争的指示》(1940年3月14日)之中,对反"摩擦"作出了指示:

---

[1]《毛泽东选集》第2卷,人民出版社1991年版。
[2]《毛泽东选集》第2卷,人民出版社1991年版。

> 反摩擦斗争必须注意自卫原则,不应超出自卫的范围,如果超出这个范围,则为全国的影响,对统一战线是很不利的。尤其对中央军应注意此点,因国共合作主要就是同中央军的合作。[1]

毛泽东在十天后的另一份电报中,又一次强调:

> 特别对中央军要谨慎,有向我摩擦者,只应搜集其摩擦材料陈报,切忌轻易戴大帽子。[2]

蒋介石似乎也意识到了这一点,他指示:"如以武力制裁,颇多困难,应取慎重态度。"[3]

周恩来摸透了蒋介石的脾气

"摩擦"的火花,促使国共重开谈判。

1940年6月,从苏联治疗臂伤归来的周恩来,奉毛泽东之命赴山城重庆,跟蒋介石谈判。

周恩来跟蒋介石已是谈判的老对手了。

周恩来在谈判中摸透了蒋介石的脾气,他在中共中央政治局的一次会议上,非常生动地刻画了蒋介石的两面性。周恩来如此说:

> 蒋的思想基本上是反共的,不承认统一战线,实际政策也在那里限共防共,破坏统一战线,存在着妥协投降的危险;但目前的方针及形式上还讲团结,还主抗战,还不愿造成全国破裂的局面,这是蒋之意思与政策的最矛盾处,也就是他的政治的特点。

周恩来又分析了蒋介石不会马上走汪精卫之路的原因:

---

[1] 中国人民解放军政治学院党史教研室编:《中共党史教学参考资料》第16册,1986年版,第208页。
[2] 中国人民解放军政治学院党史教研室编:《中共党史教学参考资料》第16册,1986年版,第208页。
[3] 关中:《战时国共商谈》,载《中国近代现代史论集》第27编,台湾商务印书馆。

一、投降将成为汪精卫的尾巴，或许会被迫下野；

二、分裂会遭到国人甚至他部下一部分人的反对，并且不能战胜中共；

三、日本提出的投降条件太苛刻；

四、国内坚持抗战的困难还不是完全无法克服；

五、国际的妥协派还不是一定要中国全部马上投降。

由于周恩来对蒋介石知之甚深，所以有一整套的办法对付蒋介石。周恩来总结了这么几条：

一、在他困难的时候援助他，在他蛮横时拒绝他；

二、诚恳的批评，具体的建议；

三、影响他左右的进步分子，反对那些落后分子；

四、经过抗战将领及有正义感的元老造成进步的集团来影响他。

周恩来精于谈判之术，他还总结了跟蒋介石谈判的若干"技术"，其实也可以说是艺术：

蒋介石总统戎装照

有利的应立即商定，不要希望将来会有更好的；无利的应该严正拒绝，不要拖泥带水，使他增加幻想；让步的应该自动让步，不要等他要求；可能实现的应该适时适当地提出要求，不要过多也不要太少，免致做不到或者吃亏。总之一句话，对蒋不要过存奢望，但也不是一成不变。[1]

这一回，周恩来和蒋介石在重庆重开谈判，中心问题便是关于国共"摩擦"。

蒋介石一开始便说了一番带骨头的话："对于抗战、团结，我看国共两党都

---

[1] 金冲及主编：《周恩来传（1898—1949）》，人民出版社、中央文献出版社1989年版。

是有决心的,任何困难决不畏惧,国共间的一切问题都可以解决,但军事上必须服从命令。"

周恩来马上来了个针锋相对:"这要从两个方面看,一方面服从,另一方面不应拿命令来胁迫。"

蒋介石搪塞道:"这是过去的事了。"

为了解决国共"摩擦"问题,蒋介石让正、副参谋总长何应钦、白崇禧跟周恩来进行具体谈判。自然,又是一番讨价还价式的舌战。

周恩来"开价":八路军编三个军九个师,月饷440万元。

国民党"还价":八路军编三个军六个师,加三个团,月饷60万元。

周恩来"开价":新四军编三个师,月饷100万元。

国民党"还价":新四军编两个师,月饷8万元。

两"价"之间,相距甚大,相互僵持着。

为了避免"摩擦",也就提出了国共"划界"问题。双方划定界线,"楚河汉界",各占一方。其中,主要的焦点当然是中共的"陕甘宁边区"的划界。另外,也要划定第十八集团军(亦即八路军)和新四军的"防区"。

国民党提出,八路军和新四军归第二战区,因此两军的防区在黄河以北。八路军原本在黄河以北,而新四军则必须从皖南北进,渡过黄河。

谈来谈去谈不拢。

蒋介石在7月16日摊牌了。他以国民党军事委员会的名义向周恩来提出《中央提示案》,共四条:

一、划定"陕甘宁边区"范围(此时准其包括18县),改称"陕北行政区",暂隶行政院,但归陕西省政府指导。

二、划定第十八集团军及新四军作战地域。将冀察战区,其冀察两省及鲁省黄河以北并入第二战区,仍以阎锡山为司令长官,以朱德为副司令长官秉承军事委员会命令,指挥作战。

三、第十八集团军及新四军于奉令后一个月内,全部开到前条所规定地区之内。

四、第十八集团军准备编为三军六师,三个补充团。另增两个补充团。新四军准编两个师。

显然,对于蒋介石的这四条,周恩来难以马上表态。这需要中共中央研究,才能作出决定。于是,周恩来在7月27日飞返延安。

毛泽东与周恩来在延安

在中共中央政治局会议上,毛泽东很仔细听了周恩来的谈判策略。周恩来提出,跟蒋介石谈判,应当"在小问题上让步而在大的问题上求得有利的解决"。毛泽东颇为赞赏周恩来的这一谈判策略。其实,这一策略是周恩来摸透了蒋介石的脾气之后,得出的经验。

根据这一原则,周恩来提出对蒋介石的《中央提示案》的答复方案:

一、陕甘宁边区改称陕北行政区,这属"小问题",可以接受。但地盘一寸不让,这属"大问题"。

二、八路军、新四军要扩大到九个师、三个师,属"大问题",不可退让。

三、划分作战区之事,属大的"小问题",可作为一种退让的条件。[1]

周恩来这一精明的"小让大不让"方案,得到了毛泽东的称许。

于是,周恩来又在毛泽东和蒋介石之间穿梭。8月25日,周恩来经兰州来到了重庆。

三天之后,周恩来、蒋介石之间的会谈再度举行。白崇禧作为蒋介石的副手,也参加了会谈。

完全出乎意料,蒋介石这一回态度变得非常强硬,对《中央提示案》不作半点让步。谈判陷入了僵局。

蒋介石怎么会变得这样强硬?

蒋介石"三喜临门"

蒋介石变得趾高气扬,是因为他"三喜临门",这样,也就不把毛泽东放

---

[1] 金冲及主编:《周恩来传(1898—1949)》,人民出版社、中央文献出版社1989年版,第474页。

在眼里。

蒋介石的"三喜"是什么？

周恩来深知蒋介石的心理，他在 1940 年 11 月 1 日给毛泽东的电报中，这样分析了蒋介石的"三喜临门"：

"三国协定后，英积极拉蒋，蒋喜。现在日本拉蒋，蒋更喜。斯大林电蒋，蒋亦喜。此正是蒋大喜之时……"

周恩来所说的"三国协定"，指的是 1940 年 9 月 27 日德、意、日三国在柏林签订的协定。通过这个协定，三国正式结成军事同盟。

英国原来声称在中日之间保持"中立"。1938 年冬，英国驻华大使卡尔曾从上海到重庆，跟蒋介石密谈了七次，据云是为"中日冲突"做调停人。

德、意是英国在欧洲的劲敌，日本和他们结盟，意味着成了英国的敌人。英国再也不能在中日之间保持"中立"。于是，英国要拉拢蒋介石，这使蒋介石喜形于色。此一喜也。

日本呢？一边扶植汪精卫这班汉奸，成立了另一个中国国民党，居然也在上海开起中国国民党第六次代表大会，还于 1940 年 3 月 30 日在南京成立以汪精卫为代理主席的国民政府。另外，日本又加强了对蒋介石的诱降，暗中拉蒋介石。这样，蒋介石心中高兴。此二喜也。

至于苏联，斯大林在西安事变的时候，就已在莫斯科明确告诉中共代表：蒋介石是抗日的，中国抗日要以蒋介石为领袖。

这表明，斯大林对蒋介石在中国政治舞台上的作用，有着客观的估计。

当然，后来斯大林对毛泽东也作出了高度评价，特别是在中共六届六中全会时，明确支持毛泽东。毛泽东领导中共在抗日中与国民党组成统一战线，很受斯大林赞赏。1939 年第 6 期《共产国际》（俄文版）热烈地赞扬了毛泽东，给了毛泽东一大堆美丽的花环：

> 为中国人民的解放而战斗的勇敢战士、中国共产党的领导者和组织者之一、真正的布尔什维克、学者、杰出的演说家、军事战略家和天才的组织者。

不过，虽说斯大林认为中国的抗日领袖是蒋介石，但在蒋介石和毛泽东之中，他终究是站在毛泽东一边。斯大林和蒋介石是国与国之间的关系，斯大林和毛泽东是党和党之间的关系。国共之间关系的恶化，也就直接影响了苏联政府和国民政府之间的关系。斯大林曾一度冷落过蒋介石。

抗战期间的蒋介石与宋美龄

德、意、日三国协定的签订,意味着日本正式成了德国的同盟国。德国那时已成了欧洲的霸主,希特勒正觊觎着苏联,德苏关系异常紧张。日本站在德国一边,理所当然成了苏联的对头。

蒋介石敏锐地看中了这一点。德、意、日三国协定在9月27日刚刚签订,蒋介石瞅准时机,在29日致电斯大林,表示愿和苏联协调步伐,共同对敌。

蒋介石这一招,果真灵。原本冷落蒋介石的斯大林,10月16日,给蒋介石复了一封措词热情的电报,表示愿意再向蒋介石提供军事援助。斯大林还派出了崔可夫将军,前往中国。

斯大林在崔可夫起程之际,对他说了一番话,表明了对蒋介石的看重:

中国共产党和中国工人阶级要成为反侵略的领导者,还显得太孱弱。要把群众争取过来需要时间,到底需要多长时间很难说。此外,帝国主义大国未必容忍中国共产党取代蒋介石。

中国共产党在国内的地位还不巩固,蒋介石可以轻而易举地联合日本人来反对共产党。[1]

斯大林大力支持蒋介石,其目的是为了"在德国侵略者一旦进攻我国的时候避免两线作战"。

蒋介石向来把斯大林看成是毛泽东的后台。斯大林给蒋介石投来笑眼,自然使蒋介石兴高采烈。此乃第三喜也。

英、日、苏,一齐要拉蒋介石,蒋介石怎不踌躇满志?这与当年英国"中立"、日本进逼、苏联冷落的情况大不相同——那时,蒋介石不能不联共抗日。

蒋介石一得志,也就不把中共放在眼里了。他要对中共下手了!

---

[1] 崔可夫:《在华使命》,新华出版社1980年版。

你发《皓电》，我来《佳电》

就在接到斯大林电报的第三天——10月19日——著名的《皓电》发布了。

"皓"，19日的电报代日韵目。《皓电》，是国民革命军总参谋长何应钦、副总参谋长白崇禧发给"第十八集团军办事处叶参谋长剑英即转朱总司令玉阶彭副总司令德怀叶军长希夷"的。玉阶，即朱德之别号；希夷，为叶挺之别号。

《皓电》颇长，一开头，先是表扬了几句中共的军队："第十八集团军及新四军在抗战之初期，均能恪遵命令，团结精诚，用克御侮宣勤，不乏勋绩……"紧接着，笔锋一转，便批评起来了："孰意寇氛未靖，龃龉丛生，纠纷之事渐闻，摩擦之端时起……"

《皓电》历数种种"摩擦"事端，然后作出如下结论：

何应钦

> 其症结所在，皆缘于第十八集团军及新四军所属部队：一、不守战区范围自由行动；二、不遵编制数量自由扩充；三、不服从中央命令破坏行政系统；四、不打敌人专事吞并友军。以上四端，实为所谓摩擦事件发生之根本，亦即第十八集团军与新四军非法行动之事实，若不予以纠正，其将何以成为国民革命军之革命部队？

《皓电》所开列的"四端"，把"摩擦"的原因一股脑儿推给了中共。图穷匕见。《皓电》之末，转达了委座（蒋介石）的命令：

> 关于第十八集团军及新四军之各部队，限于电到一个月内，全部开到中央提示案第三问题所规定之作战地境内，并对本问题所示其他各项规定，切实遵行。

这就是说，蒋介石给毛泽东下命令了！

毛泽东迅速作出反应。他意识到事态的严重性，在 10 月 25 日发出致周恩来的电报：

> 我们要准备蒋介石做戴高乐或做贝当，准备他宣布我为反革命而发动全面反共，我们要准备对付最黑暗局面，而任何黑暗局面我们都是不怕的。[1]

戴高乐是人们熟知的法国总统，不过，那是 1958 年 12 月至 1969 年的事。在 1940 年 5 月，他还只是法国第四装甲师师长，6 月，出任法国国防部副部长。希特勒以闪电战消灭法国之后，戴高乐流亡英国伦敦，成立"自由法国"，成了法国的抗战领袖。贝当的知名度，如今要比戴高乐差得多。不过，在当年，他远比戴高乐显赫。他在第一次世界大战中便指挥了凡尔登战役。大战末期，他担任法军总司令。1940 年 6 月，他担任法国总理。在德军强大的攻势下，他举手投降，成了法国的汪精卫。他居然成立了跪倒在希特勒脚下的伪法国政府，担任"法兰西国家元首"。后来，在第二次世界大战结束时，他以通敌罪，被判处死刑（后改处无期徒刑）。

毛泽东说蒋介石可能要"做戴高乐或做贝当"，指日本可能要灭亡中国，蒋介石要么像戴高乐那样做流亡政府首领，要么像贝当那样做伪政权首领。

周恩来对蒋介石的分析，更为有趣、生动。他在 11 月 1 日给毛泽东的电报中写道：

> 蒋现在处于三个阵线争夺之中。他认为以一身暂时兼做戴高乐、贝当、基玛尔最能左右逢源，故他自己躲在成都，让其夫人及英美派拉英美，朱家骅、桂永清拉德，让亲日派谈和，让孙、冯亲苏，让何、白反共，他便以居中选择，并以反共为轴心来运用。[2]

基玛尔，是当时土耳其总统，抗战领袖。

周恩来对于蒋介石形象的刻画，可谓入木三分。

周恩来意识到形势的严峻，他在电报中写道："时机是紧迫了。只有二十

---

[1] 中国人民解放军政治学院党史教研室编：《中共党史教学参考资料》第 16 册，1986 年版，第 476 页。

[2] 中国人民解放军政治学院党史教研室编：《中共党史教学参考资料》第 16 册，1986 年版，第 479 页。

天，反共局部战争会开始。"

周恩来向毛泽东建议，用这样的方式，公开回敬国民党的《皓电》："还是用朱、彭、叶、项名义通电答复何、白，并呈蒋。"

叶、项即新四军的正、副军长叶挺、项英。

毛泽东同意了周恩来的意见。毛泽东斟酌再三，于11月9日以朱、彭、叶、项的名义发一长电给何、白。由于9日的电报代日韵目为"佳"，史称《佳电》。

《佳电》致何、白"两公"，并"祈转呈统帅核示祗遵"。统帅何人？蒋介石也。

《佳电》的笔调，软中有硬，先是说了这么几句："中央提示案内所列办法，7、8月间，经周恩来同志传达后，德[1]等以中央意旨所在，唯有服从，而下属苦衷，亦宜上达。"

白崇禧在台儿庄大胜日军之后曾是《良友》杂志的封面人物

就在诉"苦衷"的名义之下，《佳电》历数国共种种"摩擦"，逐一驳斥了《皓电》对中共的指控。并且要求"彻底查明是非曲直，期于永杜纠纷，以利抗战"。

其中颇为有趣的是，《佳电》诉了这么一段"苦衷"："以现有50万人之众，领4.5万人之饷，虽有巧妇，难以为炊。"这表明中共的军队"现有50万之众"（真正的人数还不止于此），而"领4.5万人之饷"则表明国民党规定的中共军队编制为"4.5万人"。在短短的两年多时间里，中共一下子把军队扩充了十倍以上！

你发《皓电》，我来《佳电》，表面上是何、白对朱、彭、叶、项，实际上是蒋介石和毛泽东在较量。

毛泽东在《佳电》中不能不对国民党作出一点让步。《佳电》称："对于江南正规部队，德等正拟苦心说服，劝其顾全大局，遵令北移。仍恳中央宽以限期，以求解释深入，不致激生他故……"

所谓江南正规部队，亦即新四军。这么一来，新四军是否"遵令北移"，何时北移，成了国共双方关注的焦点……

毛泽东在11月21日给周恩来的电报中，有一段话，透露了《佳电》的背

---

[1] 指朱德。

景，明确称《佳电》是他起草，并说明新四军退出皖南的内情：

> 我除了在文章上（《佳电》）表示和缓及皖南一点小小让步外（实际我早要北移但现在偏要拖一两个月），其他是寸步不让，有进攻者必粉碎之。
> 我们现在已准备了一个铁锤，只要政治条件成熟即须给他重重的一棒……
> 只有软硬兼施双管齐下，才能打破蒋介石的诡计……单是一个软或单是一个硬，都是达不到目的。[1]

毛泽东在这份电报中还骂蒋介石是"死流氓"。

毛泽东和蒋介石眼中的叶挺

走笔至此，该叙一叙新四军及正、副军长叶挺、项英了。

叶挺虽为新四军一军之长，但真正的实权操在项英手中。"朱、彭、叶、项"齐名，为中共的两支军队的四位首长，但四人之中，唯叶挺非中共党员！项英对外的公开身份为副军长，而实际上他又兼新四军政治委员……

新四军的前身，原是分散于中国南方的红军游击队。1937年10月30日，署名"洛、毛"的电报，致博古、叶剑英，对红军南方游击队的整编作了如下指示："集中五分之三为一军，以叶挺为军长（待考虑），项英为副军长，陈毅或刘英为参谋长，反对国民党插入任何人。"[2]

"洛、毛"即张闻天、毛泽东。

电报中，又一次提及关于军长的人选：

"叶挺是否能为军长，待你们提出保证之后，再行决定。并告周、朱、彭、任。"

周、朱、彭、任，即周恩来、朱德、彭德怀、任弼时。

电报表明，毛泽东对叶挺的任命，是有保留的。

然而，在此之前，蒋介石已经委任叶挺为新四军军长。这可以从25天前——10月5日——潘汉年致毛泽东的电报中看出："南京军委已委叶挺为新四军军长，任务为改编与指挥闽赣边游击队。但叶在南京与剑英及博古同志接

---

[1] 中国人民解放军政治学院党史教研室编：《中共党史教学参考资料》第16册，1986年版。
[2] 《中共中央文件选集》第11册，中共中央党校出版社1991年版。

洽，尚未得最后结论，亟待我方答复我们是否同意他去。如何？请示。"

紧接着，10月8日，博古、叶剑英、董必武又致电毛泽东："叶挺事，据他说，恩来第一次在沪曾和他提过这个办法，故他才敢活动。现已委任为新编第四军军长，拨发了5万元活动费。他表示，如我们不赞成，他仍可辞职。"

这表明，最初建议叶挺筹建新四军的是周恩来，首先任命叶挺为新四军军长的是蒋介石。但此时叶挺尚未得到毛泽东的任命——中共的部队首长，必须由毛泽东为主席的中共中央军委任命才有效。正因为这样，叶挺表示"如我们不赞成，他仍可辞职"。这"我们"，显然指中共，指毛泽东。

叶挺将军

11月3日，毛泽东致电周恩来，询问："据云，在沪你曾要他编游击队，他才敢对国民党说。因为蒋委他为新四军军长，究竟你对他说过些什么？"

蒋介石抢先任命叶挺为新四军军长，当然因为他知道叶挺非中共党员。

叶挺，是一个奇特的人物。他原来是中共党员，后来也是中共党员，而那一段时间里他却不是中共党员！

叶挺，早在1919年便加入了中国国民党。1922年，陈炯明叛变时，叶挺率部保护孙中山、宋庆龄脱险。此后他赴苏联红军学校学习。1924年10月他在苏联加入了中国共产党。1925年9月他回国。北伐时，叶挺担任独立团团长，屡建奇功，成为北伐名将。

然而，叶挺在中共党内却两次受到了处分，最后导致了他脱离中共。关于这中间的原委，最初，1946年3月15日《新华日报》所载《叶挺同志说明入党志愿》中有所披露，直到近年来才渐渐弄清内情。

头一回叶挺受党内处分是在1926年9月5日北伐军总攻武昌的时候。叶挺的独立团率先攻城，损失惨重，而刘峙部队按兵不动，后来在独立团攻入城内时去抢头功。刘峙被蒋介石任命为武汉卫戍司令。叶挺在一气之下，离开部队，到上海接家属去了。为此，叶挺受到留党察看半年的处分。

第二回则是在1927年12月，中共在南昌起义失败后又在广州发动起义。叶挺在南昌起义时任前敌总指挥，而在广州起义时任工农红军总司令。广州起义的失败，叶挺受到李立三的责难，说他指挥"消极"，再度受到留党察看半年的处分。

叶挺又在一气之下，去了莫斯科。

诚如周恩来后来在《关于党的六大的研究》中所写：

> 广州起义失败后，叶挺到了莫斯科，共产国际代表还说他政治动摇，共产国际没有人理他。东方大学请他作报告，共产国际也不允许他去。这样，他就离开党跑到德国去了。这件事我们应该给叶挺申冤。[1]

就这样，叶挺脱离中共，流亡欧洲。直至1935年秋，叶挺在澳门才与中共中央代表张云逸取得了联系。

蒋介石看重叶挺的才干和声望，曾希望叶挺在国民党部队任高官。这当然被叶挺所谢绝。

这一回，既然叶挺主动表示愿意出任新四军军长，蒋介石求之不得，当然马上宣布了委任命令。

然而，毛泽东却对叶挺脱党后的情况所知不详。这样，毛泽东不敢贸然把新四军的指挥权交给叶挺。毛泽东要博古、叶剑英"提出保证"之后，这才决定考虑"叶挺是否能为军长"。

为了了解叶挺，毛泽东邀叶挺前往延安。1937年11月初，叶挺到达延安。经过长谈，毛泽东知道了叶挺两次受党内处分的经过，知道了叶挺脱党的经过。毛泽东的疑虑消失了。中共中央在中央党校举行了隆重的欢迎会，高悬起"热烈欢迎叶挺军长！"的大标语。毛泽东在会上发表了热情洋溢的讲话：

> 我们今天为什么欢迎叶挺军长呢？因为他是大革命时期的北伐名将，因为他愿担任我们的新四军军长，因为他赞成我党的抗日民族统一战线的政策，所以我们欢迎他！

叶挺致答词，他说了这么一段自疚又自奋的话：

> 同志们欢迎我，实在不敢当。革命好比爬山，许多同志不怕山高，不怕路难，一直向上走，我有一段是爬到半山腰又折回去了，现在又跟上来。今后，一定遵照党所指示的道路走，在党和毛主席的正确领导下，坚持抗

---

[1] 周恩来：《关于党的六大的研究》，《周恩来选集》（上），人民出版社1984年版。

战到底!

疑惑冰消,从此毛泽东对叶挺投了信任票,再也无须博古、叶剑英"保证"了!

就这样,叶挺走马上任,成为毛泽东和蒋介石双重任命的新四军军长。

叶挺、项英先后掼"纱帽"

至于项英,与蒋介石没有什么瓜葛,倒是跟毛泽东有极深的渊源……

项英原来是武昌的织布工人,后从事工人运动,1922年便加入中共。翌年他成为京汉铁路二七大罢工的领袖之一。此后,由于北伐军打下武汉,武汉成为革命中心,加上共产国际强调提拔工人出身的中共党员,项英在中共的地位急速上升,从中央委员而政治局委员,而政治局常委,一度高于毛泽东。

1930年底,项英进入江西红区。他一度支持过毛泽东,又一度狠狠整过毛泽东,过程中恩恩怨怨,曲曲折折。不过,有一点他是很不错的,那便是在第五次反"围剿"失败,红军被迫长征,他奉命留下打游击,他坚决服从。这真可谓"受命于危难之际",留下来基本上如同被置之死地。他居然在蒋介石重兵"围剿"之中求得生存,在中国南方孤立无援之境地游击多年。他手下的游击队,也就成了后来新四军的骨干。

项英

不言而喻,在新四军成立之后,叶挺虽为军长,不能不处处听命于项英。一个非中共党员而又在新四军中毫无根基的叶挺,也就受到了项英的排挤。叶挺曾自云,是"夹在车轮子中间的一粒沙子,两面受挤"。这两面受挤,一面是蒋介石从上往下压,另一面是项英从下往上顶。

当然,还不仅是叶、项关系紧张而使叶挺不快。当时,曾受命于延安而充当"叶挺和项英之间的缓冲人"的李一氓如此回忆:

> 叶挺亲笔写给我一封信，表示他有很多苦恼，看来这种苦恼也不完全是和项英的个人关系。他说，居士不适于当一个大庙子的方丈，就是暗示一个非党员不适于当新四军军长。这封信我给项英看过，项英没有太大的反应。[1]

"居士不适于当一个大庙子的方丈"，这句话极为生动、形象地表达了叶挺的心态。所谓居士，即居家修行的佛教徒，乃"庙外人士"。居士去当方丈，本已不合适，何况管的是一个大庙子！

1938年10月21日，两面受挤的叶挺在百般无奈之中，借口送李夫人回澳门，离军出走，向蒋介石辞职。蒋介石呢？正觉得叶挺上任之后不听他的话，如今叶挺要辞职，求之不得。

蒋介石问叶挺："谁继任？"

叶挺答曰："叶剑英。"

蒋介石摇头，他要委派国民党将领出任新四军军长。

毛泽东闻讯，焦急万分，马上发电报给正在重庆的周恩来。周恩来一面向蒋介石表示，中共坚决反对另任新四军军长，一面紧急约见叶挺。

周恩来与叶挺在北伐时有着深厚的友谊，在发动南昌起义时并肩战斗，何况最初又是周恩来建议叶挺出任新四军军长。"解铃还须系铃人"，周恩来的一席话，自然使叶挺释怀并心悦诚服，回心转意。叶挺是毛泽东和蒋介石双方都认可的新四军军长，既然叶挺愿重返原职，一场风波也就告罢。

1939年2月，周恩来在重庆放出"空气"，说是要乘春节回老家浙江绍兴省亲。

其实，他是受毛泽东委托，陪着叶挺回"老家"——新四军。2月23日，周恩来和叶挺一起来到了安徽泾县云岭——新四军军部所在地。

一波刚平，一波又起。

国共"摩擦"日深，新四军成了国共矛盾的焦点。就在这时，项英受到中共中央及总政治部的批评，极为不满。在1940年5月，项英三次电告延安，请求撤职——他也要掼"纱帽"了。

项英犯了什么错误呢？

这在中共中央1941年1月所作出的《中央关于项袁错误的决定》中，写得明明白白。袁，即袁国平，新四军政治部主任。《决定》指出：

---

[1] 李一氓：《我亲身经历的皖南事变》，《大江南北》1993年第1期。

> 还在抗战开始，项英同志即与中央存在着关于政治原则与军事方针的分歧……
>
> 三年以来，项英、袁国平对于中央的指示，一贯地阳奉阴违，一切迁就国民党，反对向北发展与向敌后发展，反对扩大新四军，反对建立抗日根据地，坚持其自己的机会主义路线，其所领导的党政军内部情况，很少向中央作报告，完全自成风气。对于中央的不尊重，三年中已发展至极不正常的程度。关于项、袁所犯各项原则错误，经中央从去年夏季起历次严厉批评之后，项、袁表面上表示服从，中央方以为他们有了转变，今始证明依然未改。[1]

这份《中央关于项袁错误的决定》是在皖南事变刚刚结束、对于史实尚未完全弄清时作出的，今天看来似有偏颇之处。

项英在 1940 年 5 月 9 日给中共中央的电报中写道：

> 为了保证中央方针与党及革命的利益，我郑重请求中央立即派一政治局委员到四军及东南局负领导之责。目前斗争局势正紧张复杂，为了不致使鄙人重演 1927 年之错误，而影响党与革命之发展和胜利，应公开宣布撤我之职，实属必要。

项英在同月 12 日致中共中央电报中又声言：

> 我有不同的意见，在今天斗争环境下，为党的利益，不必申辩和争执，只有改换领导为有利。

项英在同月 29 日给中共中央的电报中，那话中透着一股怨气、

右起：叶挺、周恩来、项英在云岭

---

[1]《中共中央文件选集》第 13 卷，中共中央党校出版社 1991 年版，第 31 页。

傲气：

> 我认为对一个较负责同志（就是一个老党员罢！），有错误应公开批评和指斥，不要含而不言的曲折婉转……

项英的眼中没有叶挺，乃在所料之中，然而，项英眼中也没有毛泽东！这当然跟他在江西红区时和毛泽东那一段恩恩怨怨有关，也和他的自高自大分不开。据云，项英在赴延安出席中共六届六中全会归来，曾对二支队政委洪雪村说过这样的话：

> 出席会议的 12 个政治局委员中，11 个在江北，就我一个在江南。他们 11 个才管江北那么一点点，我一个人管江南一大片！[1]

项与叶不和，项跟毛对抗，使新四军失去了坚强的核心。蒋介石却恰恰把攻击的目标指向了这支核心涣散的中共部队……

蒋介石下令解决"N4A"

安徽东南，青弋江在山间蜿蜒。江畔的泾县，离宣城不远，向来盛产宣纸。自 1938 年 8 月 2 日起，新四军军部移驻于此县云岭，中共中央东南分局也随军移此。从此，这里成了江南红区的中心。

13 个自然村，散落在云岭东西长约 15 公里的地方。新四军军部驻罗里村，政治部驻汤村。散布于各村的有参谋处、秘书处、副官处、军需处、军法处、军医处、组织部、宣传部、民运部、敌工部、总务处、《抗敌报》编辑部……组成了一个"大庙子"，在那里一驻，竟驻了两年半光景。蒋介石视这里为眼中钉，早就想拔去。

毛泽东在 1940 年 9 月 6 日，已获知蒋介石的秘密命令。毛泽东便发出了"红灯"讯号：

> 据重庆周、叶报告，确悉军令部已向顾祝同发出扫荡江南新四军之命

---

[1] 洪雪村 1980 年 10 月 18 日谈话，马宁、黄泽兵整理，未刊稿。

令，请叶、项、胡服准备自卫行动。皖南尤须防备。[1]

胡服，乃刘少奇的化名。

毛泽东的这一电报，足以表明，中共的谍报工作何等厉害。蒋介石的密令刚在重庆下达，坐在延安杨家岭窑洞里的毛泽东马上就知道了，并立即给皖南发出了指示。

紧接着，毛泽东给皖南又发一电，说得更为明确：

> 新四军皖南、江南部队，应当采取自卫原则，准备在某方攻击时，坚决还击之，同时应采取一切办法缓和国民党之进攻。我方绝对不应先开战端，否则给顽固分子以口实，我政治上处于非常不利地位。[2]

1940年10月11日，项英电复毛泽东："军部困难北移。"[3]

此后不久，《皓电》《佳电》相继发表，新四军是否北移，成了国共双方关注的焦点。

形势顿时紧张。11月14日，国民党军令部拟定了《黄河以南剿灭共匪作战计划》。老样子，蒋介石又骂中共为"共匪"了，又要"剿共"了。老调重弹，这意味着一场新的国共争斗又要开始。

消息灵通的毛泽东，在11月15日发出了《关于发动大规模反投降反内战运动，对付蒋介石的反共高潮的指示》。

11月21日，毛泽东致电叶挺、项英，仍指出新四军军部必须北移：

> 你们可以拖一个月至两个月（要开拔费、要停止江北进攻），但须认真准备北移，我们决心以皖南的让步换得对中间派的政治影响。[4]

但是，项英在翌日电复毛泽东，列举了北移的一大堆困难。项英在电报中说：

---

[1]《中共中央军委关于新四军应准备自卫行动的指示》（1940年9月6日），见《中共中央文件选集》第16卷，中共中央党校出版社1991年版，第499页。

[2]《中共中央关于皖南、江南部队应准备自卫给项英的指示》，见《皖南事变》，中共党史出版社1990年版，第50页。

[3]《项英关于新四军军部北移困难报毛泽东、朱德、王稼祥》，见《皖南事变》，中共党史出版社1990年版，第40页。

[4]《皖南事变》，中共党史出版社1990年版。

> 我们意见，极短期内无法开动，如估计有战斗情况发生，反不如暂时留皖南为好。

11月28日，项英再度在电报中坚持己见：

> 请毛无须顾虑，我们就在皖南打。

就在项英一次次跟毛泽东在电波中切磋之际，宝贵的时间分分秒秒流逝。国民党部队，正在朝泾县合围。

11月30日，中共中央给项英下达命令：

蒋介石与蒋经国在重庆（1940年3月）

> 现在开始分批移动，12月移完。

就在这时，国民党部队加紧了部署。12月3日，何应钦向蒋介石呈报：

> 若江北异军竟敢攻击兴化，则第三战区应将江南新四军立予解决。

翌日，国民党军令部部长徐永昌也向蒋介石呈报：

> 若江北匪伪竟敢进击兴化，则第三战区应立即将江南"N4A"予以解决。

所谓"N4A"，N即"NEW"，英文中的"新"，A即"ARMY"，英文中的"军队"，"N4A"亦即新四军。

蒋介石在徐永昌的呈报上批了个"可"字。这就表明，蒋介石下定了解决N4A的决心。

12月10日，蒋介石在致顾祝同的密电中，明明白白写道："至限期（本年12月31日止）该军仍不遵命北渡，应立即将其解决，勿再宽容。"

战火已迫在眉睫，项英仍希望从顾祝同那里拿到"开拔费"之后才开拔。

12月13日，项英在致毛泽东电报中称："我们的态度不发饷弹即不开动。"

如此电报往往返返，一再延宕，毛泽东实在忍无可忍了。就在蒋介石规定的期限到来的前五天——也真巧，这天是毛泽东的47岁生日——毛泽东以中共中央书记处名义给项英等发来了口气极为强硬的命令。这一命令，表明了毛泽东的预见力，至为重要。现全文照录于下：

> 各次报告均悉。你们在困难面前屡次向中央请示方针，但中央远在一年前即将方针给了你们，即向北发展，向敌后发展，你们却始终借故不执行，最近决定全部北移。
>
> 至如何北移，如何克服移动中的困难，要你们自己想办法，有决心。现虽一面向国民党抗议，并要求宽展期限，发给饷弹，但你们不要对国民党存任何幻想，不要靠国民党帮助你们任何东西，把可能帮助的东西只当作意外之事，你们要有决心有办法冲破最黑暗最不利的环境，达到北移之目的。如有这种决心办法，则虽受损失，基本骨干仍可保存，发展前途仍是光明的。如果动摇犹豫，自己无办法，无决心，则在敌顽夹击下，你们是很危险的，全国没有任何一个地方有你们这样迟疑犹豫无办法无决心的。在移动中如遇国民党向你们攻击，你们要有自卫的准备与决心，这个方针也早已指示你们了。我们不明了你们要我们指示何项方针，究竟你们自己有没有方针，现在又提出拖或走的问题，究竟你们自己主张的是什么，主张拖还是主张走，似此毫无定见，毫无方向，将来你们要吃大亏的。[1]

直至收到毛泽东此电，项英这才不敢对毛泽东软磨硬顶了。毛泽东末句"将来你们要吃大亏的"，这是意味深长的。

蒋介石在圣诞节演了一幕轻喜剧

严峻的形势，已到了千钧一发的时刻。蒋介石已调集了七个师八万多人，合围新四军军部及皖南部队三个团九千余人。力量的悬殊，意味着"N4A"命运乖蹇。

---

[1]《中共中央书记处关于克服动摇犹豫，坚决执行北移方针给项英、周子昆、袁国平的指示》，《皖南事变》，中共党史出版社1990年版，第78—79页。

"围剿"新四军的国民党部队已经到达指定的地点,构筑了碉堡,摆好了阵势。

就在这个箭在弦上的关口,在重庆,蒋介石演出了一幕轻喜剧。

那是在"历史性"的日子——12月25日。这天既是圣诞节,又是蒋介石在西安事变时"获救"的日子。蒋介石倒是记起四年前在西安事变中奔走的周恩来。于是,他约见了正在重庆的周恩来。

周恩来在翌日便发电报给毛泽东,汇报了会见蒋介石的情形。如今,可以从周恩来的电报中,得知蒋介石的谈话内容。

周恩来在电报中写道:

> 昨日蒋因数日来心绪不佳(军何跋扈,夫人不归,粮价日涨,我们无复电),不断骂人而过冷淡的圣诞节的背景中见我,蒋以极感情的神情谈话。[1]

周恩来提及的"我们无复电",是指何应钦、白崇禧在12月8日发表批驳《佳电》的《齐电》,中共不作回复。

《齐电》洋洋数千言,痛斥中共,并以命令式的口气,要中共限时限刻"将黄河以南之部队,悉数调赴河北"。

毛泽东却说:"对于蒋及国民党急于要求我们表示最后态度,答复蒋之命令,中央决定报之以冷静与不理……因为蒋介石要急,我们就不急了。"

毛泽东还如此形象地勾画了蒋介石:"所谓惹急了他会撕破脸皮乱打,这是被蒋之流氓吓倒了的话。其实蒋是精于计算的人,他的流氓只用以吓人,并不用以决定政策。"

蒋介石的心中,的确很着急,因为他限定的新四军北撤期限是12月31日,眼看就要到了,可是毛泽东还是不吭一声。

不过,这一天蒋介石似乎对周恩来表现出特别热情,提起了西安事变。蒋介石说:"连日来琐事甚多,情绪不好,本不想见,但因为今天是四年前共患难的日子,故以见面谈话为好。"

这么看来,蒋介石对中共还是挺感谢、颇有感情的。果真,蒋介石的话,也说得热乎乎的。蒋介石说:"抗战四年,现是有利时机,胜利已有希望,我难道愿意内战吗?愿意弄坍台吗?现在八路、新四军还不都是我的部下?我为什

---

[1] 金冲及主编:《周恩来传(1898~1949)》,人民出版社、中央文献出版社1989年版,第480—481页。

么要自相残杀？就是民国十六年（引者注：即1927年），我们何尝不觉得痛心？内战时，一面在打，一面很难过。"

这番话，由蒋介石讲出来，真不容易。

自然，蒋介石说及了"摩擦"，也说得很漂亮："大家都是革命的，冲突绝难避免。"

蒋介石提及了新四军北上之事，说得冠冕堂皇："你们过，从皖北一样可过，只要你们说出一条北上的路，我可担保绝对不会妨碍你们通过（周注：靠不住）。只要你们肯开过河北，我担保至1月底，绝不进兵。"

蒋介石说了这么一番话之后，再三叮嘱周恩来："你一定应该将我的话转告你们中央。"也就是说，一定要迅速转告毛泽东。

周恩来果真立即电告毛泽东。周恩来认为蒋介石的谈话，"系吓压之余，又加上哄"，是"大灌迷汤"。

毛泽东毕竟是蒋介石的老对手，深知蒋介石的那些话是哄孩子的。就在接到周恩来的电报之后，毛泽东给项英发出了那个口气强硬的命令。

接到毛泽东这一命令，项英在28日召开新四军军部会议，终于决定马上北移……

鲜血染红了皖南山林

岁末年初的皖南格外冷，先下霜，后下雪。

就在这冷飕飕的空气中，新四军的干部和战士们正忙着收拾行装。毕竟在这里住了两年半，一下子要行动，大有熟土难离之感。军部通知，每人随身物品不得超过20市斤，坛坛罐罐全要扔掉。

元旦，叶挺、项英致电毛泽东、朱德：准备开拔。

1月3日，毛、朱电复叶、项："你们全部坚决开往苏南，并立即开动，是完全正确的。"

就在毛、朱电报到达之际，蒋介石给叶挺的电报也到达了："应在无为附近地区集结，尔后沿巢县、定远、怀远、涡河以东睢州之线，北渡黄河，遵照前令进入指定地区。沿途已令各军掩护。"

既然毛泽东和蒋介石的命令都已下达，叶挺、项英也就在1月3日下午3点光景下达行动命令：明天下午5点吃饭，6点半出发。

就这样，1月4日，在苍茫的夜色之中，迎着扑面寒风，新四军军部及所属部队九千余人分三路纵队,从云岭出发,踏上了悲凉的征途。连日大雨,道路泥泞,行军颇为艰难。

就在这时,蒋介石"令各军掩护"。对于叶挺来说,不论是负责"掩护"的国民党第三十二集团军总司令上官云相,还是"顶头上司"第三战区司令长官顾祝同,都有着校友之谊——当年都是保定陆军军官学校同学。由校友"掩护",安心、放心!

大雨使青弋江江水猛涨,原来可以徒步过江,眼下不得不架起浮桥。

5日,依然大雨,新四军各路纵队在平静中渡过青弋江,下午3时分别到达指定地点。部队因已很疲劳,原地休息,准备朝泾县茂林地区前进。

6日晨7时许,突然响起了枪声。那是新四军的一个便衣侦察班进入下长村时,负责"掩护"的国民党第四十师一个连,射来了子弹,打响了皖南事变的第一枪!

这枪声,意味着友军变成了敌军!

就在6日,蒋介石下达了给顾祝同的密令,要对新四军"用军政党综合力量,迫其就范"。

就在6日,顾祝同下达了给上官云相的密令:"仰贵总司令迅速部署所部开始进剿,务期于原京赣铁路以西地区,彻底加以肃清。"

就在6日,上官云相下达了给所属各部的命令:"主力于明(7)日拂晓开始围剿茂林、铜山徐一带匪军。"

这样,就在6日,蒋介石—顾祝同—上官云相,下达了对新四军的总攻击令。

也就在6日,下午,新四军军部在潘村开会,决定按原计划行军,当日黄昏开始行动,7日拂晓通过各岭,午前会集星潭,待机行动。

7日拂晓,新四军中路纵队前卫营越过丕岭进入纸棚村时,响起了密集的枪声,国民党第四十师第一二〇团向新四军前卫营发起了猛攻。皖南事变此时正式爆发!

毛泽东闻讯,迅即电告叶挺、项英:"茂林不宜久留,即议东进,乘顽军布置未就,突过其包围线。"

这样,蒋介石称新四军为"匪军",毛泽东则称上官云相部队为"顽军"。

顾祝同

新四军寡不敌众，陷入重围。惨烈的战斗开始了。

1月8日，顾祝同给上官云相下令，限12小时内全歼新四军。此电报原件现存南京中国第二历史档案馆，全文如下：

> 匪军经我各部围剿穷蹙一点，消灭在即，为期能于短时间彻底肃清，毋使漏网起见，希即督励所部，协同友军切取联系，努力进剿，务严令包围于现地。限电到12小时内一鼓而歼之，勿使逃窜为要。

上官云相要大干一场了！据他的总司令部少将参谋处处长武之莱后来透露，早在一个月前，上官云相便让派驻新四军的联络参谋闻援窃取了新四军兵力部署图，作了详细准备。

如今，正是他大显身手的时候了。

茂林一带，重峦叠嶂，悬崖峭壁，山中往往只有一条羊肠小道。新四军近万人受困山中。炮弹打得岩石开花，树枝横飞，尸体遍地，真如《新四军军歌》所唱："血染着我们的姓名……"

皖南的枪声昼夜不绝，延安的毛泽东昼夜不眠，重庆的周恩来日夜奔走呼号，蒋介石避见周恩来，顾祝同避接周恩来电话……

就在这危机万分的时刻，9日毛泽东忽接叶挺电报："项英、国平于今晨率小部武装不告而去，行向不明。我为全体安全计，决维持到底。"

这一电报，使毛泽东极为不安，在这紧要关头，项英和袁国平怎么可以连招呼都不打，突然出走？

直至1月10日，项英和袁国平才回到部队。关于项英此行，一般被说成"率小部武装绕小道而出，试图突围"，为他遮掩，打了"埋伏"。其实，这遮掩之词，也经不起推敲。作为新四军副军长兼政治委员的项英，即便"试图突围"，怎么只"率一小部武装"呢？怎么不与军长叶挺打招呼呢？如果"试图突围"成功，那也就是项英和这"一小部武装"突围出去了……

现存于北京中央档案馆的项英1月10日致中共中央电报，解开了谜底。在这份电报中，项英承认自己是"临时动摇"，"影响甚坏"，请求"中央处罚"。同时，他也表示了从此之后"坚决与部队共存亡的决心"。

项英的电报全文如下：

> 今日已归队。前天突围被阻，部队被围于大蠹山中，有被消灭极大可能，临时动摇，企图带小队穿插绕小道而出，因时间快要天亮，曾派人（请）

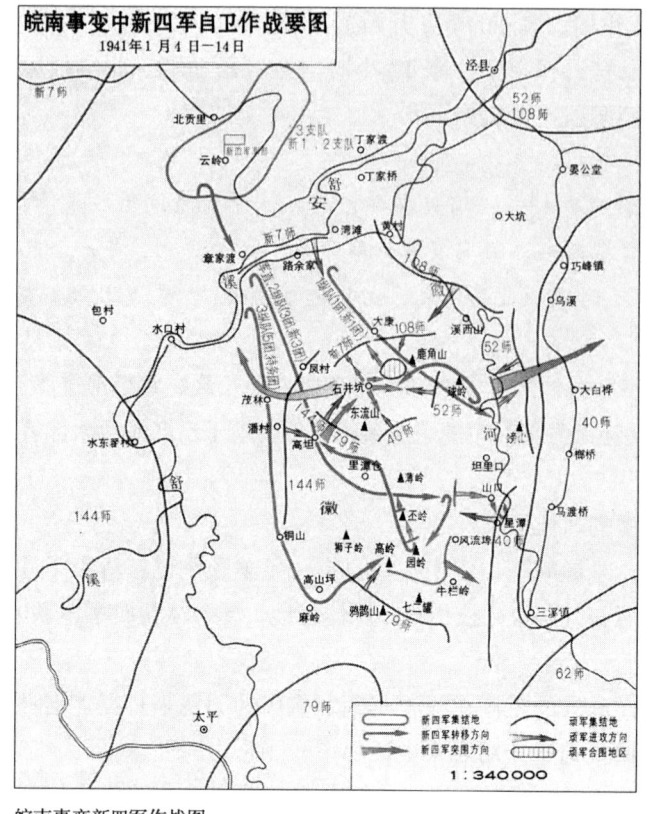

希夷来商计，他在前线未来，故临时只找着国平、××及××同志（××同志同我走），至9日即感觉不对，未等希夷及其他同志开会并影响甚坏。今日闻第五团在附近，及赶队到时与军部会合。此次行动甚坏，以候中央处罚。我坚决与部队共存亡。[1]

其中提到的希夷，即叶挺。

另外，李一氓去世之后，他的回忆录得以发表，其中首次公布了他在1941年3月给中共中央的电报全文。他是新四军秘书长，皖南事变的幸存者。这份写于皖南事变后一个多月的电报，真实反映了项英的出走，也牵涉到李一氓自己。不过，李一氓还是尊重历史事实，不加遮掩。原文如下：

> 晚10时左右，项忽派人叫我几次，皆未找着。等我回到我的位置，知道项派人找过我，遂去项处，那时袁国平、周子昆皆在。项一手握我，一手握袁，周在其前左不作一语。
> 即匆匆向后走，此外同行者仅二三卫士。我初不知他是何用意，我还以为找地方开会，决定最后处置，但又不见有老叶。行数十步后，袁始说他们的卫士没有来，周又自语说，他没带钱。我才恍然，项又要来他三年前油山那一套。我即追问项叫过老叶没有，项反答叫了他不来。此时我对项此种行动不大赞成，我当即表示我不同他们走。项即反问，那你怎么

---

[1]《皖南事变》，中共党史出版社1990年版，第109页。

办？我说，我另想办法打游击，也要带几支枪脱离队伍，也要想法救出几个干部，我还想把军法处、秘书处及胡立教等设法从铜陵、繁昌过皖北。项当即表示赞成，与我握手，并说把××（电文不清）也带走，他身上还有钱。袁当时表示愿同我走，又听说今晚无把握，须等明天看清情况再决定。结果仍与项、周同走，因同行之猎户是他们唯一向导，于是分手，他们继续前进。

我一个人转回后，因找张元培、胡立教及军法处、秘书处的人未找着，首先遇见李步新（皖南特委书记），我告诉他说老项他们走了，后走到河边祠堂叶之指挥所。当时我想告诉他这个消息，但又觉得太突然，刺激太甚。我想留下与叶一块，但又觉得项袁周党军政都是负责的，我没有与叶共存亡的责任，即或算开小差吧，也是奉命的。遂决定不告诉叶，仍然退出。找着张、胡、扬（帆）（军法处）等，并与李步新的地方党同志共三十余人，也就离开了队伍。过了一晚，11日下午，在石井坑的谷道中，我们下山吃饭，遇见第五团全团撤退出来，向石井坑出去。大家遂决定不管其他队伍在哪里，我们决定随第五团打游击。12日后出至坑口才晓得，军部也都打到石井坑来了。

项袁周他们也在附近山上，跟在第五团以后，下来与军部会合。

我承认我当时没有坚决反对项袁等的动摇，只是简单不满意、不与他们同行动而已。

我受了他们的影响，没有到最后时机，便脱离部队，这是我的错误。[1]

李一氓在去世前回忆此事，心情颇为沉痛。他说：

虽然时间很短，从黄昏到夜半，不超过十个钟头，但总是一个这一生都感到遗憾的错误。后来华中局向中央报告，要给我一个口头警告的处分，我二话没说，决然接受下来。所以1942年以后，党内多次填表，在处分一个栏目上，我总是规规矩矩地写上"皖南事变口头警告"。至今想起来，不知为什么当时会错走这一步。作为一个共产党人，可能还差点什么。[2]

---

[1] 李一氓：《我亲身经历的皖南事变》，《大江南北》1993年第1期。
[2] 李一氓：《我亲身经历的皖南事变》，《大江南北》1993年第1期。

叶挺军长身陷囹圄

经过几天几夜的激战,终因众寡悬殊,新四军陷于弹尽粮绝的境地,尸体横七竖八,布满皖南山间。雨仍不时地下着,冻得战士们手脚冰冷。

叶挺指挥部队几度突围,均告失败,于是在11日致电毛泽东:"计划又告失望,现将士疲劳过度,唯士气尚高……今日事已至此,只好拼一死以赎其过。"[1]

鉴于项英临阵动摇的严重错误,中共中央在12日发来电报,指定新四军由叶挺、饶漱石负责领导,项英随军北上。[2]

饶漱石,那时在新四军中只是作为叶挺军长的朋友出现,化名梁朴。其实他长期从事地下工作,那时担任中共中央东南局副书记。

据当时任新四军军医处副处长王聿先(解放后担任上海市卫生局局长)目击,在14日早晨,"军长的朋友"梁朴前来找叶挺,密谈了一阵子。事后王聿先才知道,正是这次密谈,他们决定按照毛泽东的指示,"与包围部队首长谈判"。经叶挺、饶漱石决定,派出两名参谋持叶挺名片,前往附近国民党第五十二师师部联系谈判之事,以求争取时间,减少损失。

这时,叶挺手下大约还有两千来人。13日的战斗,格外酷烈,新四军政治部主任袁国平在战斗中负伤阵亡。

14日傍晚,响了一天的枪声稀疏了。这时从山下传来喊声:"不要误会,不要打枪,我们是奉命来接叶军长的。"

叶挺命令暂停还击。于是国民党第一〇八师一位副官处长带着一个排士兵上山来了。那位处长见了穿黄呢军服的军官,便知是叶挺军长,连忙敬礼,说明来意。为了全军的命运,叶挺也就不顾个人安危,随来人下山,去见他的同学上官云相。

叶挺一去,便遭拘捕。在17日,叶挺被押往上饶,关入李村监狱。随同叶挺一起下山的王聿先,则被关入上饶七峰岩监狱。据王聿先回忆,关了一个多月之后,叶挺生病,宪兵去掉了王聿先的脚镣,带他到李村监狱给叶挺看病。王聿先见到叶挺时,落下了热泪。

---

[1] 《皖南事变》,中共党史出版社1990年版,第111页。

[2] 《皖南事变》,中共党史出版社1990年版,第111页。

叶挺面目消瘦，须发很长，但墙上有着他用木炭写的两行大字：

富贵不能淫，威武不能屈。
三军可夺帅，匹夫不可夺志。

此后不久，叶挺"失踪"。

叶挺到哪里去了呢？

1941年冬，在重庆中国电影制片厂工作的中共地下党员阳翰笙忽然收到一封信，信中没有留下寄信人的地址，信末只署一个"夷"字。

阳翰笙看了字迹潦草的信，才猜出这个"夷"是叶希夷。信中说，他已经被

被捕后的叶挺

押解到重庆，并提到阳翰笙的老朋友、音乐家任光在皖南事变中阵亡。从笔迹、从信的内容，阳翰笙断定这确实是叶挺写的，于是马上将这封信转交给周恩来。周恩来一见信，欣慰地说："失踪了的希夷有了下落，我们可以向蒋介石要人了！"

后来才知，叶挺在囚室中事先写好这封信和一张条子。一天，他被押解到重庆近郊途中，说要如厕，趁看守不注意，他把信、条子和五元钱用小石头压在地上。条子上写着，他吃了冤枉官司，仁人君子见了此条子，代为寄信，家中就知道我的下落了。天下果有仁人君子，见了此条，把信寄出……

至于叶挺会把信寄给阳翰笙，是因为1939年叶挺到重庆时，阳翰笙请他到中国电影制片厂看纪录片《战地特辑》。他和阳翰笙早在1926年便已相识于广州，那时周恩来是北伐军第一军政治部主任，阳翰笙则是政治部秘书。他正是考虑到阳翰笙在重庆目标不算太大，而又与周恩来有着密切关系，所以把信寄给阳翰笙……

叶挺是在1941年8月被从上饶李村押往重庆关在望龙门2号的，此后他又被转往重庆郊区、湖北恩施、广西桂林……

叶挺在狱中度过漫长的四个春秋。他在重庆红炉厂蒋家院子的囚室里，曾把所写的《囚歌》赠给郭沫若，顿时不胫而走，脍炙人口：

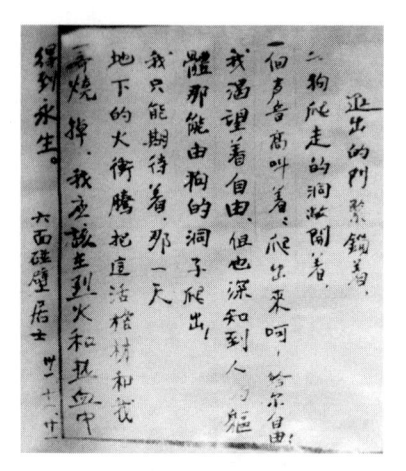

为人进出的门紧锁着，
为狗爬走的洞敞开着，
一个声音高叫着：
——爬出来呵！给尔自由！
我渴望着自由，但也深知道
人的躯体哪能由狗的洞子爬出！
我只能期待着，那一天
地下的火冲腾，
把这活棺材和我一齐烧掉，
我应该在烈火和热血中，
得到永生。

叶挺《囚歌》手迹

项英之死迷雾重重

经七天七夜苦战，新四军这九千多人，唯有第一纵队一千多人在司令员兼政委傅秋涛率领下杀出重围，其余少数被俘，大部战死。这便是震惊中外的皖南事变。

顾祝同曾下令："一网打尽，擒拿叶项。"叶挺既已被捕，项英成了众所关注的焦点。然而，项英却去向不明。

项英是难抓的。此人是一位"老游击"，向来在深山老林中出没，何况那一带正是山高林密之处。

上官云相于16日发出给安徽第六保安司令部的电报，悬赏五千银元，捉拿项英。

电报命令："希迅饬泾、南、繁各县，立即发动全县乡保甲长按户清查，毋使漏网。"然而，项英却音讯杳然。

项英哪里去了呢？国共双方都关注着。

直至1941年4月，才算有了消息：那是安徽旌德县县长李协昆出巡乡镇时，在玉屏乡查获一形迹可疑的人。经审讯，此人供称名叫李正华，乃第三战区特务密查员，可是又拿不出证件。经再三审讯，此人忽然招供，说自己的真名叫刘厚总，曾任新四军团长、副官，皖南事变时随项英等四十多人逃离战场。他们躲入深山石洞之中。"废历"（即阴历）二月十六日，他把项英打死，逃走……

阴历二月十六日，亦即公历3月13日。

县长一听，此事事关重大，对刘厚总的口供又将信将疑。于是，在 4 月 28 日，由本县特工陪同刘厚总进山。他们在鸟道羊肠上攀登，时近中午，才走近一石洞。据云，那是杀死项英之处。特工正欲进洞，忽有三个穿黑色短衣者出现。刘说"不是好人"，特工分头搜索。混乱之中，刘厚总乘机溜之大吉！

特工进洞，查得棋子四颗，洋烛小半支，小梳子一把，表明洞中确有人住过，但无尸体。由于刘厚总逃了，此案也就成了悬案……

那个石洞，当地人叫蜜蜂洞。

到了 1941 年 10 月，刘厚总又被抓住。据供认，他把项英打死，抢得国币 2.4 万多元，黄金 8 两 5 钱。他要求办理自首手续，并论功行赏。谁知，国民党皖南行署将他关押，后来在 1942 年冬，用绳索捆绑，押往重庆，关入渣滓洞看守楼下第 6 号牢房。据云，刘厚总在监狱里管理图书，白天可在狱中天井走动，夜里则被锁在囚室之中。1949 年 11 月，解放军逼近重庆，国民党军队于 27 日在渣滓洞实行大屠杀，把刘厚总放了。在兵荒马乱中，刘厚总企图逃命，却因抢登卡车，被人捅了一刀。这时，正好被驾车路过的白公馆看守所所长陆景清看到，带他上车，走了一程，又把他甩掉。这样，刘厚总便死于那一片混乱之中……

中共获知项英被刘厚总谋杀的详况，是在 1942 年。除了项英外，获知新四军副参谋长周子昆也死于刘厚总之手。中共中央华中局曾写了《关于项英、周子昆被谋杀经过向中共中央的报告》，密送延安。报告中写道：

> 项、周于去年 3 月中旬在皖南山中埋伏，被随行副官叛徒刘厚总谋杀。彼时，与项、周同行者李志高（参谋处第一科科长）、谢忠良（第二科科长）等计二十余人。彼等为皖变后逗留皖南最后一批人员。项、周虽主张过江，但特别迟疑，不立下过江决心，总以交通不畅为虞。李、谢等以项、周应负失败责任，对项、周不满，形于辞色，且曾公开反抗，屡屡分家。项、周均不良（宜）于夜行，颇有依赖李、谢帮助之意，见李、谢不肯，只好暂时分住数处，徐图过江。项、周与李、谢等共分住四处，在深山中，相距均为三四里不等。李、谢等带了七八人住一处，项、周仅带一个特务员及刘厚总共四人同住，而以刘厚总专任对外与李、谢等联络之责……[1]

---

[1] 中国人民解放军政治学院党史教研室编：《中共党史教学参考资料》第 16 册，1986 年版，第 545 页。

最后查清项英之死，是在1980年——项英死后39年！

出人意料的是，江西省百货公司宜春分公司的一位副经理居然打开闭了多年的嘴，说出项英之死的真实情况。

站出来说话的是"四人同住"中的唯一在世的人，即那个特务员。

他叫黄诚，当年是周子昆的警卫员。

项英、周子昆遇害洞穴

1980年初，中国人民大学党史系中共党史专家胡华作了《关于党史上若干问题的辅导解答》报告，其中说及皖南事变，说及项英、周子昆之死，提到了警卫员王成。

黄诚看到了胡华的报告，勾起了对往事的回忆，激动万分。他于4月5日给胡华去信说，我"就是您在讲话中说到的那个警卫员王成——应该是黄诚"。

据黄诚回忆，在七昼夜的激战之后，他和周子昆二人突出重围，来到石井坑后面的大山里躲了几天。很巧，有一天在一个大坑里，竟遇上了项英等十来人。于是，他们二人就加入了项英的队伍，在一个大山的包谷棚里躲了个把月。到了3月初，他们跟军部的参谋刘奎接上了头，并找到了当地的中共地下组织。于是在3月11日夜，他们由刘奎带路来到了莲坑，住在中共地下党员姜其贵家中，算是吃了一顿"美餐"——煮熟了的玉米饭。翌日拂晓，在姜其贵的带领下，他们上了山。那山极为险峻，半山腰有个险峻的小山洞——蜜蜂洞。洞里只能住四人，其余的人住在山下的山坳里。

住在蜜蜂洞里的四人是项英、周子昆、黄诚以及项英的副官刘侯忠（也就是刘厚总）。

住下之后，项英和周子昆找了些石子作棋子，在一块石头上下起棋来。这时，外边下起大雨，以至雨中夹雪。到了夜11点钟左右，他们入睡。由于洞深处有些潮湿，黄诚就躺在最里面，然后由里向外依次躺下的是周子昆、项英、刘侯忠。

在拂晓前，黄诚正睡得烂熟，突然响起砰、砰两声枪响，他被惊醒。这时，一道雪亮的手电光照在他脸上，使他眼花缭乱，紧接着，又响一枪射中他的右臂，他昏迷过去，什么都不知道了……

后来，刘奎他们上了山，进了洞，才知刘侯忠叛变，打死项英、周子昆，抢走钱财，潜逃了。他们见黄诚的心还在跳，把他抬下山，安排在老乡家养伤。然后，又上山，把项英、周子昆的遗体转移到另一个山洞，所以国民党特工没有找到他们的遗体。直至解放后，项、周二人的遗骸才被移葬至南京雨花台烈士陵园……

黄诚的信，彻底揭开了项英之死的内幕。

皖南事变引起蒋介石和毛泽东的论战

皖南事变，一下子把国共关系推到了冰点。

皖南的硝烟尚未消散，1941年1月17日，蒋介石又做了个大动作，史称"一·一七命令"。

这天，蒋介石正式给皖南事变下结论，公开发表了两个文告。

其一是《国民政府军事委员会关于解散新四军的通电》，以命令式的口气宣布新四军为"叛军"，取消番号。

其二是《国民政府军事委员会发言人谈话》，实际上是对《通电》进行说明。"谈话"列举了一大堆事例，以求证实"通电"的断语的正确。

不论是"通电"也罢，"谈话"也罢，其实都是蒋介石的意思。

蒋介石的一·一七命令刚一发出，毛泽东当即作出反应。毛泽东针锋相对，也来了两个文告。

其一是《中国共产党中央革命军事委员会命令》，与《国民政府军事委员会关于解散新四军的通电》针锋相对。

其二是《中国共产党中央革命军事委员会发言人对新华社记者的谈话》，与《国民政府军事委员会发言人谈话》针锋相对。

比较蒋介石和毛泽东的四个文告，仿佛蒋介石和毛泽东对皖南事变进行了一场激烈的书面争论。

以下是蒋介石和毛泽东的"对谈"，他们的话均引自那四个文告。

> 蒋：国民革命军新编第四军违抗军令，不遵调遣，自上月以来，在江南地区集中全军，蓄意扰乱战局，破坏抗日阵线，阴谋不轨，已非一日。
> 毛：国民革命军新编第四军抗战有功，驰名中外。
> 蒋：该军军长叶挺于当日就地擒获，该军副军长项英潜逃未获，正在

饬部严缉归案。

毛：军长叶挺领导抗敌，卓著勋劳；此次奉命北移，突被亲日派阴谋袭击，力竭负伤，陷身囹圄。

蒋：该新编第四军抗命叛变，逆迹昭彰，若不严行惩处，何以完成国民革命军抗战之使命！着将国民革命军新编第四军番号即予撤销，该军军长叶挺着即革职，交军法审判，依法惩治，副军长项英着即通令各军严缉归案讯办，借申军纪，而利抗战。

毛：兹特任命陈毅为国民革命军新编第四军代理军长，张云逸为副军长，刘少奇为政治委员，赖传珠为参谋长，邓子恢为政治部主任。着陈代军长等悉心整饬该军，团结内部，协和军民，实行三民主义，遵循《总理遗嘱》，巩固并扩大抗日民族统一战线，为保卫民族国家、坚持抗战到底、防止亲日派袭击而奋斗。

蒋：此次事件，完全为整饬军纪问题。新编第四军遭受处分，为其违反军纪，不遵调遣，且袭击前方抗战各部队，实行叛变之结果。

毛：此次皖南反共事变，酝酿已久。目前的发展，不过是全国性突然事变的开端而已……特别是1月17日的命令，包含着严重的政治意义。因为发令者敢于公开发此反革命命令，冒天下之大不韪，必已具有全面破裂和彻底投降的决心……我们正式警告他们说：放谨慎一点吧，这种火是不好玩的，仔细你们自己的脑袋。

蒋：当此全国抗战一致团结之际，竟发生此种叛变之事殊可痛心，中央以军令必须贯彻，纲纪必须维持，而后方能争取抗战之最后胜利，故断然将该军番号取消，并将叛军官长分别交军法处审判严缉治罪。

毛：重庆军委发言人所说的那一篇，只好拿"自相矛盾"四个字批评它。既在重庆军委会的通令中说新四军"叛变"，又在发言人的谈话中说新四军的目的在于开到京、沪、杭三角地区创立根据地。就照他这样说吧，难道开到京、沪、杭三角地区算是"叛变"吗？

愚蠢的重庆发言人没有想一想，究竟到那里去叛变谁呢？那里不是日本占领的地方吗？你们为什么不让它到那里去，要在皖南就消灭它呢？啊，是了，替日本帝国主义尽忠的人原来应该如此。于是七个师的聚歼计划出现了，于是1月17日的命令发布了，于是叶挺交付审判了。但是我还要说重庆发言人是个蠢猪，他不打自招，向全国人民泄露了日本帝国主义的计划。

蒋：此次事变，幸赖前方将士戮力用命，当地民众明辨忠奸，协助戡乱，而新四军官兵中大多皆深识大义，不甘附逆，纷纷投诚，因能于数日之中，平定叛乱，此未始非顾长官应变若定所致云。

毛：老实说，我们的让步是有限度的，我们让步的阶段已经完结了，他们已经杀了第一刀，这个伤痕是很深重的。他们如果还为前途着想，他们就应该自己出来医治这个伤痕。"亡羊补牢，犹未为晚。"这是他们自己性命交关的大问题，我们不得不尽最后的忠告。如若他们怙恶不悛，继续胡闹，那时，全国人民忍无可忍，把他们抛到茅厕里去，那就悔之无及了。

文如其人，人如其文。蒋介石和毛泽东的"对话"，一个刻板，一个活泼；一个一本正经，一个尖锐幽默。

蒋介石的核心论点是说新四军"违反军纪"。那时，就军队而言，蒋介石是八路军、新四军的上级，所以他摆出了一副上司的架势。但是，就国共两党而言，不存在谁领导谁的问题，所以毛泽东无拘无束、毫无顾忌地批驳蒋介石。

细细品味，可以发觉，虽然国共双方都称皖南事变，对于"变"却有着截然不同的观点：在蒋介石看来，这"变"是叛变、变乱；在毛泽东看来，这"变"则是突然事变、反共事变。

西安事变是联共的开始，皖南事变则是反共的高潮。就国共关系而言，从西安事变到皖南事变，从合作走向了分裂。

第七章
风云多变

◎ 皖南事变后，蒋介石迫于压力，保证以后不再"剿共"；毛泽东为维护团结抗战的大局，采取了"有理、有利、有节"的斗争方式。

国共关系陷入僵局

1941年1月18日，中国各报差不多都在头版以醒目的大字标题，报道了触目惊心的皖南事变。

不过，那时的中国报纸，大多控制在蒋介石手中。各报纷载的，除了消息之外，所登都是清一色的蒋氏文告，即《国民政府军事委员会关于解散新四军的通电》和《国民政府军事委员会发言人谈话》。

中共掌握的报纸，大体限于延安，很难进入国民党统治区、在那里产生影响。唯一突破"防线"的中共报纸，是在重庆印行的《新华日报》。不过，《新华日报》也要受国民党的新闻检查，稿件只有经过审查同意才能刊登。这天，《新华日报》有关皖南事变的新闻稿，全被国民党的新闻检查官扣押，只得临时采用巧妙的调包的手法，在第二版刊出周恩来的题词：

为江南死国难者志哀

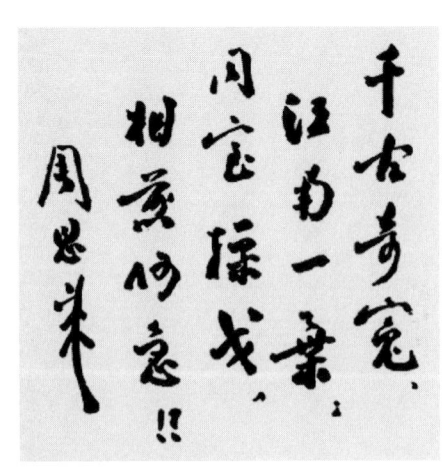

周恩来为皖南事变的题词

另外，在第三版，还醒目地刊载周恩来一首诗的手迹：

千古奇冤，江南一叶；同室操戈，相煎何急！

后来，毛泽东在看到这份不平常的报纸之后，曾致电周恩来："报纸题字亦看到，为之神往。"

各国驻华记者，也纷纷发出急电，报告中国政局的重大变化。

来自各国的反应，根据各国的立场

不同，而对皖南事变作出不同的评价。

美国的反应出人意料。纽约《先驱论坛报》的社论指出，皖南事变是"极大的不幸"，认为国民党称中共为"心腹大患"、日本为"癣疥之疾"，是极其错误的。

美国驻华使节詹森拜见蒋介石，表达了这样的态度："我一向认为，共产党问题不应导致大规模的互相残杀，美国人民及其政府对中国维持独立生存的能力极为关切。"

美国对皖南事变不悦，是因为美日关系已极度紧张，美国不希望中国内战削弱了抗日力量。

英国的立场和美国一致。英国政府通过驻华大使卡尔把意见告诉蒋介石："内战只会加强日本的攻击。"

苏联的反应则在意料之中。苏联支持中共，理所当然反对皖南事变。苏联驻华大使馆武官崔可夫明确表示："对于所发生的事件，我无论如何也无法接受。"

1月25日，苏联驻华大使潘友新会见蒋介石，指出："对于中国来说，内战将意味着灭亡。"

美、英、苏三国采取反对立场，使蒋介石由"三喜临门"转为"三不欢迎"。

日本当然欢迎中国内战。早在皖南事变发生之前的一个多月，日军驻沪军部参谋长樱井便已赴南京，与驻华日军司令西尾寿造制订了计划，其中有一条："对散驻京沪杭地区之新四军，决迫其向皖南退却，并设法使其与中央部队自相火并。"

最妙的反应来自汪精卫。他说了一句"名言"："数年来蒋介石未做一件好事，唯此次尚属一个好人。"

国内也一片哗然。叫好者固然不乏其人，但国民党左派人士发出一片反对声。其中，最为激烈的是宋庆龄、何香凝，她们尖锐地抨击了蒋介石。

美国华侨领袖司徒美堂的一句批评蒋介石的话，最为概括："自毁长城，自促国亡。"

态度最强硬的，自然是中共。毛泽东在公开发表《命令》和《谈话》中，明确指出："中国共产党已非1927年那样容易受人欺骗和容易受人摧毁。中国共产党已是一个屹然独立的大政党了。"

毛泽东还接连对中共内部作出指示：

> 蒋介石已将我们推到和他完全对立的地位，一切已无话可说。[1]

---

[1] 1月20日致周恩来电。

> 蒋介石1月17日命令是全国性突然事变的开始,是全面投降与全面破裂的开始。[1]
>
> 人家已宣布我们叛变,我们决不能再取游移态度,我们决不能再容忍,我们决不能怕破裂,否则我就要犯严重错误……我们是只有和他对立一途,因为我没有别的路走。[2]
>
> 蒋1月17日命令及谈话,对我们甚为有利,因为他把我们推到同他完全对立的地位,因为破裂是他发动的,我们应该捉住1月17日命令坚决反攻,跟踪追击,绝不游移,绝不妥协。[3]

面对着只有日本、汪精卫和国民党右翼发出的稀稀落落的掌声,面对着来自国内外的一片谴责声,面对着毛泽东的强硬态度,蒋介石不能不收敛了一些。

1月27日,蒋介石在重庆发表讲话,那姿态处于守势。虽说他仍坚持十天前一·一七命令的立场,但他的讲话调子明显变软了。蒋介石说:

> 这次新四军因为违抗命令,袭击友军,甚至称兵作乱,破坏抗战,因而受到军法制裁,这纯然是为了整饬军纪。除此以外,并无其他丝毫政治或任何党派的性质夹杂其中,这是大家都能明白的……

蒋介石的意思是这回皖南事变,只局限于新四军,他并不准备与中共决裂。蒋介石还摆出"家长"的架势说道:

> 新四军乃是国民革命军之一部,而本主席乃是国民革命军的统帅。我常说我们国民革命军是一个大家庭,所以我平时看待自己的部下,犹之于家长之看待子弟,子弟良好,固然是家长的荣幸,如果子弟不良,亦就是家长的耻辱……

蒋介石的讲话中居然还谈起了《圣经》——他和宋美龄结婚之后,已成了基督教徒。蒋介石以虔诚的基督教徒的口气说道:

---

[1] 1月23日致刘少奇电。
[2] 1月25日致周恩来电。
[3] 同上,另一电。

> 大家看过《圣经·新约》的，都知道基督的教条，训勉一般人，对于罪人，须要饶恕他 77 次的罪过。而现在新四军的罪过，早已超过了 77 次以上。我们就以耶稣的宽大为怀对于这种怙恶不悛、执迷不悟的军队，也决不能再隐忍、再饶恕，否则就是我们自己的犯罪，就是我们贻害国家，要成为千古罪人。

蒋介石的讲话，缺少幽默感，倒也不乏"生动"！

毛泽东当即读了蒋介石的讲话。三天后——1 月 30 日——毛泽东在致周恩来的电报中，作出反应：

> 蒋 27 日演讲已转入辩护（防御）态度，可见我方不满，他已贼胆心虚……

皖南事变使国共关系陷入了僵局。中共中央政治局在 1 月 29 日作出《关于目前时局的决定》，对皖南事变作出了这样结论性的正式评价：

> 蒋介石发动的皖南事变及 1 月 17 日宣布新四军叛变的命令，是全国性突然事变与全面破裂的开始，是西安事变以来中国政治上的巨大变化，是大地主大资产阶级由合作到破裂的转折点。[1]

蒋介石想找台阶下台

不过，即使国共关系近于冰点的时候，蒋介石和毛泽东都还保持着克制：蒋介石没有借皖南事变继续大打；毛泽东没有借皖南事变大闹。

因为，国共双方都面临着一个共同的外敌——日本。蒋介石要顾忌各方的批评，毛泽东要考虑大敌当前。国共大打，"渔翁"日本得利。这样，国共双方都下不了大分裂的决心。

毛泽东的反击，只是在政治上，在舆论上，大造声势。如毛泽东所言："政治上取攻势，军事上暂时仍取守势。"

蒋介石呢？也只局限于新四军，只局限于说新四军"违抗军令"，这把火

---

[1]《中共中央文件选集》第 13 卷，中共中央党校出版社 1991 年版。

没有烧到八路军，没有烧到整个中共。

毛泽东在 1 月 25 日致周恩来、刘少奇、彭德怀的电报中，便作出这样"有节"的策略规定："蒋现尚未提及八路与中共，故我们亦不提及整个国民党及中央军，八路及中共人员亦不公开出面，看蒋怎样来，我们便怎样去，在这点上我们仍是防御的。"

1 月 28 日，毛泽东在党内指示文件中，又提醒给蒋介石留点"面子"。毛泽东写道："唯在蒋没有宣布全部破裂时（宣布八路及中共叛变），我们暂时不公开提出反蒋口号，而以当局二字或其他暗指方法代蒋介石的名字……"

正是由于蒋介石和毛泽东都在互相指责中保持了克制，使国共濒于大破裂的局面，终于得以挽回。

最使蒋介石尴尬的是，就在他的一·一七命令发布之后，日军居然便在 24 日把蒋介石的汤恩伯部队 15 万人包围于平汉铁路以东！这表明，蒋介石一旦与毛泽东大决裂，日本便会大举进攻！

日本首相东条英机在 30 日发表讲话，声称："蒋政权内部打架，固然不能抗战，但日本决不能依赖国共纠纷，而是要依赖自己的力量来解决中国事件。"

日本的态度，也使蒋介石不能不考虑和中共重新和好。

不过，国共关系从冰点渐渐升温，要有一个过程。最初，双方都别别扭扭，冷冷淡淡，圆睁怒眼，板着面孔。

周恩来在这阴晦寒冷的时刻，机警地指出："蒋介石一下子下不了台，正在寻找台阶……"

毛泽东也很清楚时局的转变，他在 2 月 14 日致周恩来的电报中，作出判断："蒋从来没有如现在这样受内外责难之甚，我亦从来没有如现在这样获得如此广大的群众（国内外）……目前形势是有了变化的，1 月 17 日以前，他是进攻的，我是防御的；17 日以后反过来了，他已处于防御地位，我之最大胜利在此……反共不会变，高潮可能下降，'剿共'可能停止……目前国共是僵局（如陈布雷所说），但时间不会久，敌大举进攻之日，即僵局变化之时……"

真是尴尬人偏遇尴尬事。蒋介石正在找台阶下台之际，碰上了棘手的难题：早在

蒋介石戎装照

皖南事变前十来天，公布了第二届国民参政会参政员名单。其中，中共参政员依然是毛泽东等七人。同时还公布第二届国民参政会第一次会议将在1941年3月1日开幕。眼下，3月1日逐渐临近，而中共却表示如果蒋介石不接受"十二条"，他们就不出席会议。蒋介石本来是以国民参政会来装潢民主的，中共不出席会议，理所当然使蒋介石尴尬不堪。

中共的"十二条"，早在1月22日《中国共产党中央革命军事委员会发言人对新华社记者的谈话》中，就明明白白地开列了：

  一、悬崖勒马，停止挑衅；
  二、取消1月17日的反动命令，并宣布自己是完全错了；
  三、惩办皖南事变的祸首何应钦、顾祝同、上官云相三人；
  四、恢复叶挺自由，继续充当新四军军长；
  五、交还皖南新四军全部人枪；
  六、抚恤皖南新四军全部伤亡将士；
  七、撤退华中的"剿共"军；
  八、平毁西北的封锁线；
  九、释放全国一切被捕的爱国政治犯；
  十、废止一党专政，实行民主政治；
  十一、实行三民主义，服从《总理遗嘱》；
  十二、逮捕亲日派首领，交付国法审判。[1]

显而易见，毛泽东所开列的这十二条，是蒋介石所万万不能接受的。

其实，毛泽东心里也很明白，蒋介石是不可能接受这十二条的。毛泽东在2月24日致周恩来的电报中，说了一句颇为微妙的话："用蒋介石的手破了一条缺口的国共关系，只有用我们的手才能缝好，我们的手即政治攻势，即十二条，除此再无别的妙法……我们目的，不在蒋承认十二条或十二条之一部分，他是不会承认的（当然对党内外群众都不如此说，仍是要求蒋承认），而在于以攻势打退攻势……对于一个强力进攻者把他打到防御地位，使他不再进攻了，国共好转的可能性就有了。"

这就是说，在毛泽东看来，他的十二条，乃是一种"政治攻势"。

毛泽东索性把这"政治攻势"闹大：让周恩来以中共七位参政员的名义，

---

[1]《毛泽东选集》第2卷，人民出版社1991年版，第775页。

把这十二条干脆送交国民参政会秘书长王世杰，要求国民参政会加以讨论！周恩来还说明，在这十二条未得裁夺之前，中共参政员碍难出席！

在这一"政治攻势"面前，蒋介石显得很被动。虽说蒋介石想约周恩来一谈，但圣诞节的那次谈话犹在耳边……

于是，只好请国共谈判的元老张冲出马。

毛泽东在参政会得了大面子

张冲是周恩来的老朋友了。在反反复复的国共谈判中，他们建立了友谊。

张冲在 2 月 19 日、20 日两天来见周恩来，并不断给周恩来打电话、写信，请求周恩来暂且撤回给王世杰的公函，以便给蒋介石一点面子，并由他从中安排周恩来和蒋介石见面。

张冲对周恩来说："蒋是吃软不吃硬的，结果必致翻脸。"

周恩来答曰："反正已经半翻脸了。下一步不过是下讨伐令，全国清党！至于见蒋，必不能得出什么结果。"

周恩来拒绝见蒋介石，使正在寻找台阶的蒋介石失去了台阶。

可是，国民参政会的开幕日子已迫在眉睫，蒋介石显得十分焦急。

无可奈何，2 月 25 日，张冲只得在早晨急急拜晤周恩来，一口气谈了三个小时。

当天，周恩来在给毛泽东的电报中，这样描述：

> 我坚决告他，七参政员公函不能撤回。他苦苦哀求，甚至说：为了国家计，他跪下都可以。我说这不是个人问题，而是政治问题。在新四军问题后，政治压迫，军事进攻，我们确无让步可能。张说：一朝中总有秦桧、岳飞，我们是忠，他们是奸；我们要顾大局，他们是不顾大局的……彼此僵了三小时……张之唯一的要求，是出席参政会。[1]

张冲差一点给周恩来跪下来了，还是不行。

周恩来摇头，实际上是毛泽东在摇头；周恩来不松口，实际上是毛泽东不

---

[1] 中国人民解放军政治学院党史教研室编：《中共党史教学参考资料》第 17 册，1986 年版，第 12 页。

松口。

张冲要跪下,实际上是蒋介石要跪下;张冲求饶,实际上是蒋介石求饶。

翌日,张冲又来。显然,他又奉蒋介石新的指令而来。

果真,张冲降低了条件,说:"七位中共参政员不出席会议,可否请正在重庆的其中的两位——董必武、邓颖超——出席会议?"

右起:周恩来、张冲、叶剑英

周恩来依然摇头,说道:"万做不到。这样做,将成为历史上的滑稽剧!"

张冲又退了一步,说:"如果连董、邓都不出席会议,那么可否选毛泽东进入主席团名单?"

周恩来答曰:"这岂不成了单相思!"

张冲再退一步:"那就在董、邓两人之中,去一个人出席会议也好。"

周恩来挖苦道:"国民党请客,被请者是'奸党',而且还要'奸党'去捧场,岂有此理!"

张冲连忙解释说:"骂你们是'奸党'的人,不代表中央,我是代表中央说话的。"

张冲所说的中央也就是蒋介石。张冲也请周恩来转告他的中央,亦即毛泽东。

周恩来答道:"一切谈判,我都报告中央的。中央说,中共参政员出席会议的希望是决不会有的。"

即便是周恩来如此严词拒绝,蒋介石在第二天还是说:"参政会开会,中共参政员必不可少。"

蒋介石派张冲"三请"周恩来,周恩来仍拒见蒋介石!

蒋介石无可奈何,又派两批特使前去动员董必武、邓颖超出席会议,但依然无效。蒋介石明白,毛泽东是以中共参政员拒不出席来表示对皖南事变的抗议。也正因为如此,他千方百计要拉中共参政员出席会议。

会议开幕的前一天,蒋介石的侍从室不断给王世杰打电话,探听消息,询问中共参政员是否出席会议。

3月1日上午,第二届国民参政会在重庆开幕。当天,周恩来在给毛泽东的电报中,这样写及中共的胜利:

此次参政会我们得了大面子，收了大影响。蒋亲提主席名单，昨夜今朝连续派两批特使迎董、邓，一百多国民党员鸦雀无声，任各小党派代表提议，最后延期一天，蒋被打得像落水狗一样，无精打采地讲话。全重庆全中国全世界在关心着、打听着中共代表究否出席，人人都知道延安掌握着团结的人是共党中央。毛同志的威信，在两个参政员及我们的态度上表现出来了。[1]

也就在这份电报中，周恩来骂蒋介石为"大流氓"："如出席，太便宜这个大流氓！"

当然，毛泽东这一着棋，使蒋介石尝到了皖南事变的苦果。3月6日，蒋介石在会上作了《中共七参政员不出席参政会之说明》的长篇报告。这是他出于无奈，不得不对毛泽东提出的"十二条"作出正面答复。蒋介石对毛泽东的"十二条"作出分析："综观他的内容，大概可分为'军事'、'政治'与'党派'三部分。"蒋介石逐一进行答复。

这样，毛泽东的"十二条"、中共的立场，也就广为人知了。

关于中共，蒋介石称之为"在野党"。他说：

就党派来说现在国内党派，由于历史演进的结果，事实虽有执政党与在野党之分，以及各党大小与历史久暂之不同，但其精神是一律平等，尤其在民意机关国民参政会之内，更应该人人平等。

照蒋介石这么说，国民党和共产党之间的区别，只不过一个是执政党，一个是在野党，而两党是平等的。这等于完全承认了中共的合法、平等的地位，而不再是"共匪"了。

蒋介石在讲话中，虽然指责了中共一番，但也不得不作出了保证："以后决无'剿共'的军事，这是本人可负责声明而向贵会保证的。"

蒋介石又一次呼吁，请毛泽东等中共七参政员出席会议。蒋介石说：

希望参政员诸君本着精诚团结，共同御侮的精神，恳切向毛泽东、董必武等参政员劝勉，使中国共产党能切实改变他过去的态度与行动，各中

---

[1] 中国人民解放军政治学院党史教研室编：《中共党史教学参考资料》第17册，1986年版，第21页。

> 共参政员能在参政会内共聚一堂，精诚团结……

也就在这一天，蒋介石以国民参政会名义，致电中共七位参政员，再一次敦促出席会议。

毛泽东当即在 3 月 8 日，以中共七位参政员的名义，致电国民参政会，回敬了蒋介石。毛泽东在电报中虽未指名道姓，却尖锐地指责了蒋介石：

> 中共参政员，对于历次参政会，无一次不出席，亦为诸先生所共见。唯独本次参政会，则有碍难出席者在。盖中共参政员，为政府所聘请，而最近政府对于中共，则几视同仇敌，于其所领导之军队则歼灭之，于其党员则捕杀之，于其报纸则扣禁之，尤以皖南事变及一·一七命令，实为抗战以来之巨变，其对国内团结，实有创巨痛深之影响。[1]

毛泽东还列举一系列事实，说明了不能赴会的原因：

> 新四军被称为叛军矣，八路军被称为匪军矣，共产党被称为奸党矣，而延、渝道上打倒共产党，抗日与剿匪并重，剿匪不是内战等等惊心动魄之口号，被正式之官府与正规之军队大书于墙壁矣。似此情形，若不改变，泽东等虽欲赴会，不独于情难堪，于理无据，抑且于势有所不能。[2]

蒋介石实在被动透了。在中共参政员拒不出席的情况之下，他还不得不选举董必武为常驻参政员。

毛泽东笑谓蒋介石是"阿 Q 主义"！

蒋介石夫妇笑宴周恩来夫妇

国民参政会刚刚结束，蒋介石便说要约见周恩来——离那血肉横飞的皖南

---

[1] 中央档案馆编：《共产党七参政员为重申不能出席本届会议理由复参政会函》（1941 年 3 月 8 日），《中共中央文件选集》第 13 卷，中共中央党校出版社 1991 年版，第 59 页。

[2] 中央档案馆编：《共产党七参政员为重申不能出席本届会议理由复参政会函》（1941 年 3 月 8 日），《中共中央文件选集》第 13 卷，中共中央党校出版社 1991 年版，第 59 页。

事变不过两个月！

这一回，毛泽东骂蒋介石为"大流氓"了！毛泽东在3月12日致周恩来的电报中说："蒋介石似非对我妥协一下不可。这个大流氓，实际是欺软怕硬的。"

毛泽东可以说是摸透了蒋介石的脾气。张冲称蒋介石是"吃软不吃硬"，其实蒋介石不是那么回事。恰恰相反，如毛泽东所言，蒋介石是"欺软怕硬"。毛泽东采取那么强硬的态度，中共参政员拒不出席国民参政会，结果蒋介石反而软了，反而要约见周恩来！

这一回，周恩来去了。为了缓和气氛，宋美龄也出面陪同。

那是在3月14日。蒋介石一见周恩来，打哈哈，说道："两月多未见面，由于事忙，参政会前，因不便未见。"

因翌日周恩来有一电报给毛泽东，汇报与蒋介石见面的情况，所以如今可以从那份电报中查到蒋介石的原话。

周恩来写道："蒋谈话目的在和缓对立空气，粉饰表面。"

蒋介石说："现在开完会，可以谈谈。"

蒋介石问起了毛泽东，向周恩来打听毛泽东的意图。

周恩来写道："（蒋）问延安有否电来，我答没有。他要我电延，问最近意见。我告他，问题总要解决才有办法。"

然而，当周恩来一提起"新四军事件"（亦即皖南事变），蒋介石便"置不答"。

于是，周恩来只能就一些小问题跟蒋介石谈谈，诸如发军饷、《新华日报》的发行，等等。

周恩来问起了叶挺。他说："闻叶希夷已到，我要见他。"

蒋介石即答："尚未到。当去查。如到，可见他。"

话不投机，双方敷衍着。冷冷地谈了半个多小时就结束了。倒是宋美龄出面，说是下星期请周恩来吃饭。

这样，蒋介石总算跟周恩来见了面。

周恩来在致毛泽东的电报中，如此评价蒋介石的这一次会见："其法宝仍是压、吓、哄三字。压已困难，吓又无效，现在正走着哄字。"

在接到周恩来电报的当天，毛泽东便从延安复电。毛泽东并不完全同意周恩来的分析。

毛泽东指出："蒋之表示，不完全是哄，有部分让步以谋妥协之意，因国内外形势不容许他不让步。"

看来，毛泽东对蒋介石的判断，比周恩来更正确些。

11天后，3月25日，由宋美龄出面宴请周恩来、邓颖超，由蒋介石、贺耀祖、张冲作陪。既然是"夫人外交"，又是"餐桌谈判"，气氛自然轻松得多。一边频频劝酒，一边"讨价还价"。论酒量，蒋介石根本不是周恩来的对手；论谈判，蒋介石也略输周恩来一筹。

蒋介石和宋美龄夫妇

周恩来刚刚离开宴席，便给毛泽东发电报："今天见面仍只是表面上的轻微缓和，实际上要看他是否真正做些缓和的事。"

不管怎么说，这一回宴请，表明国共关系从大破裂的危险境地挽回了，从冰点开始回升了，从雨雪交加转为阴天，从怒目圆睁到略带微笑。

从此，皖南事变掀起的轩然大波，终于得以渐渐平复。

1941年5月8日，毛泽东以中共中央名义，写了党内指示文件《关于打退第二次反共高潮的总结》。毛泽东总结了蒋介石的手法，曰"一打一拉"。

毛泽东这样刻画蒋介石："在反共方面，既要反共，甚至反到皖南事变和1月17日的命令那种地步，又不愿意最后破裂，依然是一打一拉政策。"

毛泽东指出，中共要用这样的方针对付蒋介石的"一打一拉"："我党的方针，便是'即以其人之道，还治其人之身'，以打对打，以拉对拉，这就是革命的两面政策。"

毛泽东强调："和国民党的反共政策作战，需要一整套的战术，万万不可粗心大意。"

既然要"以拉对拉"，蒋介石在"拉"中共了，毛泽东也就来了个"拉"蒋。

1941年6月12日，以毛泽东、朱德、王稼祥、叶剑英共同署名的一份中共内部文件，明确指出："目前我党方针是拉蒋抗战。"

毛泽东在7月8日致刘少奇的电报中，则这样概括蒋介石的方针和中共的对策："乘机取利，制日制共，是蒋的方针。因此我们对蒋还是既不让又不攻的方针。"

成天跟蒋介石打交道，毛泽东对蒋介石的剖析，可以说入木三分。

蒋介石出任中国战区盟军最高统帅

蒋介石"拉"毛泽东，毛泽东"以拉对拉"，也"拉"蒋介石一把，国共关系也就在这你"拉"我"拉"之中，得以缓和。

不过，这时的国共关系，不冷也不热，不好也不坏。

就在这时节，两桩在凌晨发生的突然事件，改变了世界的格局。

一是1941年6月22日凌晨4时，德国的190个师、3700多辆坦克、4900多架飞机、190多艘舰艇，趁着人们正在酣睡的时刻，突然朝苏联扑来。一个半小时之后，亦即清晨5时半，德国驻苏联大使这才在莫斯科向苏联政府递交了宣战书……

二是1941年12月7日凌晨，大批日本飞机突然飞临美国在太平洋地区的主要海空军基地珍珠港，击毁击伤美机260多架，美舰18艘。翌日，美国对日本宣战。同日，英国对日本宣战。

这两桩发生在凌晨的"不宣而战"事件，导致德国、日本、意大利和美国、英国、苏联的公开对抗。既然中国是日本的敌国，中国也就成了美、英、苏的盟友。

12月8日凌晨，正在重庆郊区黄山乡别墅的蒋介石接到国民党中宣部副部长董显光的电话，获知日军偷袭珍珠港，急急忙忙赶往重庆。上午8时，蒋介石召集国民党中央常委特别会议。蒋介石说："我国对日宣战，已无问题，手续亦甚容易……"

说来难以令人置信，自1937年"七七"抗战全面爆发以来，已有四年半时间，日军已经吞噬了中国的大部分国土，蒋介石政府尚未对日正式宣战呢！直至此时，才发表正式文告，对日、德两国宣战，即《对日宣战之文告》《对德宣战之文告》。

不过，蒋介石倒颇有头脑，建议中、美、英、苏四国在亚洲建立某种军事同盟会议。当天下午，蒋介石召见美、英、苏驻华大使高思、卡尔、潘友新，把宣战书和建议书交给了他们。

美国总统罗斯福热烈支持蒋介石的建议。美国正在与日本交战，很希望能把日本的主要兵力拖在中国。英国首相丘吉尔也认为蒋介石的建议不错。只是斯大林称正忙于对德作战，尚顾不上东线的日本——其实，那是因为苏联和日本在1941年4月签订了"中立条约"，日本答应不进犯西伯利亚一线。

既然是蒋介石建议，蒋介石也就充当东道主。12月23日，东亚联合军事会议在重庆召开。美国派出勃里特少将、马格鲁德少将,英国派出韦维尔元帅、邓尼思少将,中国派出何应钦、商震,会议由蒋介石主持。

这是蒋介石第一回主持重要的国际性会议,也是中国第一次以大国形象出现在国际舞台上。

德、日、意三国,曰"法西斯轴心国"。既然德、日、意三国结盟,那么反对他们的国家势必也要结盟。

由美、英、苏、中四国领衔,1942年元旦,26个国家代表齐聚美国华盛顿,签订反对法西斯轴心国的《联合国家宣言》,结成国际反法西斯统一战线。于是,这26个国家曰"盟国",又称"反轴心国"。后来又有19个国家加入这一统一战线。

在签署宣言时,四个领衔国放在最前面。美国总统罗斯福所拟的草稿上,最初的四国顺序是美、中、苏、英,中国名列第二,后来才改成美、英、苏、中。虽说这么一来中国名列第四,但不管怎么排,蒋介石政府毕竟进入了"四强"之列,蒋介石也就进入了同盟国"四巨头"之列——与罗斯福、丘吉尔、斯大林并列齐名了。蒋介石在国际上的声望,猛然升高。

1942年1月3日,是蒋介石终生难忘的日子。这天,盟国第一最高区域统帅部成立。这一统帅部之下设中国战区,罗斯福提议蒋介石出任中国战区盟军统帅部最高统帅。

中国战区除中国外,还包括越南、泰国等。

蒋介石在这天的日记上,这么写道:

> 我国签字于共同宣言,罗斯福总统特别对子文表示:欢迎中国列为四强之一。此言闻之,但有惭惶而已!

翌日,蒋介石电复罗斯福,表示"同意就斯职",并决定设统帅部于重庆。为了表示对美国的感谢,蒋介石还致电正在美国的宋子文,洽请罗斯福遴选美国高级将领担任中国战区参谋长。

1月5日,蒋介石在重庆就任中国战区盟军最高统帅。

蒋介石在他的《元月反省录》中,以欣慰的笔调写道:

> 二十六国共同宣言发表后,中、英、美、苏四国已成为反侵略之中心,于是我国遂列为四强之一,再自我允任中国战区最高统帅之后,越南、泰国亦划入本区内。国家之声誉及地位,实为有史以来空前未有之

蒋介石夫妇与史迪威

提高，甚恐受虚名之害，能不戒惧乎哉？

不久，美国参谋总长马歇尔派出了他的好友、陆军中将史迪威，出任中国战区盟军统帅部参谋长。

自从出任中国战区盟军最高统帅，蒋介石对于抗日也就变得积极。他以驻云南的国民革命军第五、第六、第六十六军等三个军组成远征军，开赴缅甸，协助英军抗日。这在国民党的作战史上是空前的。

不过，蒋介石在与史迪威的合作中，却常生芥蒂。

原本，罗斯福总统遴选史迪威出任中国战区参谋长可谓最佳人选。史迪威比蒋介石年长5岁，高高的个子，一团头发像一顶船形帽似的戴在头上。

史迪威是美国佛罗里达人，毕业于美国西点军校，却居然能讲一口汉语，也认得中国的方块字。他给中国士兵训话时，会用汉语说起中国宋朝名将岳飞如何抗击入侵的金兵，也会讲越王勾践如何卧薪尝胆、终于复仇的故事……

史迪威能够成为中国通，是因为他早在1919年就来到中国，担任驻华美军的语言教官，特地取了"史迪威"这个中文名字。他在中国干了三年，于1926年至1928年再度来华，担任美军驻天津第十五步兵团的营长。1935年至1939年，史迪威担任美国驻华使馆武官，对中国的抗战极其熟悉。这一回，是他第四次奉派来华，身份更高了。他向蒋介石报到时，逐一说明了自己的多项职务：美国总统代表，驻华美军司令官，中国战区参谋长……

这位史迪威将军，天生的傲慢，又天生的尖刻。在蒋介石看来，他是统帅，史迪威不过是参谋长；在史迪威看来，他固然是参谋长，更是美国总统的代表。

史迪威要全权指挥那支在缅甸的国民党远征军，蒋介石却非要在重庆遥控指挥不可。史迪威骂蒋介石指挥无能，蒋介石则认为史迪威越权。史迪威见到蒋介石的光头中间有一条棱，看上去像花生，便在背地里称蒋介石为"花生"，而把蒋介石手下那一大帮将领，称之为"一篮子花生"……

不管史迪威怎么奚落蒋介石，蒋介石毕竟是最高统帅。蒋介石向来就主张"三个一"，最高统帅的头衔无疑大大提高了他作为中国最高领袖的声誉。

宋美龄作为中国的"第一夫人",于 1942 年 11 月飞抵美国,在美国住了半年多。英语流利的她,擅长外交,她在美国奔走,呼吁支援中国抗日,还曾在美国国会发表演说。

美国报纸对她一片盛赞:"议员们被她的优雅风度、妩媚和智慧迷住了!在议员们长达四分钟的起立欢呼之后,她才开始讲话……"

毛泽东以"感冒"为由第四次拒晤蒋介石

就在蒋介石就任中国战区盟军最高统帅之际,毛泽东于 1 月 8 日给周恩来发来电报:"我们方针是巩固自己,沉机观变。"

国共关系不好不坏,不冷不热,相对稳定。蒋介石跃为国际领袖,毛泽东则在延安一边"沉机观变",一边"巩固自己"。

毛泽东正是为了"巩固自己",在延安作了一系列报告,开展了著名的延安大整风:

1941 年 5 月作《改造我们的学习》;

1942 年 2 月 1 日作《整顿党的作风》;

1942 年 2 月 8 日作《反对党八股》;

1942 年 5 月作《在延安文艺座谈会上的讲话》;

……

毛泽东的这一系列报告,强调要整顿中共的党风、学风、文风,亦即整顿"三风"。

中共自 1921 年 7 月创建,至 1935 年 1 月遵义会议,经历了"一右三'左'"的"左"摇右晃。自从遵义会议后确立了毛泽东为中共领袖(名义上的中共负总责为张闻天)之后,又忙于东征西战,坐不下来。直至此时,毛泽东抓住了国共关系相对稳定之机,"巩固自己",开展延安整风,整顿思想、整顿组织、整顿军队、整顿文艺。对于中共而言,延安整风,使中共经历了一个脱胎换骨的过程。毛泽东呢?正是在这一过程中,把他的思想、理论系统化,形成了众所周知的"毛泽东思想"。

就在国共关系平平稳稳的日子里,忽然从蒋介石嘴里传出不平常的信息:他要邀请毛泽东去西安,在那里跟他见面!

屈指算来,这是蒋介石第四回邀请毛泽东了:头一回,邀毛泽东到南京见面;第二回,请毛泽东到武汉;第三回,约毛泽东赴西安。这一回,又是要约见毛泽东于西安。

蒋介石发出这一信号，是在1942年8月14日蒋介石在重庆约见周恩来的时候。

蒋介石说起一个星期以后他要去西安："想在西安约毛泽东先生一晤。请你速电延安。"

蒋介石说毕，又赶紧说道："当然，如不便则不必，如不便则不必。"

蒋介石把这句话重复了一遍，为的是他知道毛泽东轻易不会离开延安的——前三回毛泽东不来，已经证明了这一点。

周恩来当即电告毛泽东。周恩来认为："在态度上看不出有何恶意"，但是"其目的未可测"。

蒋介石为什么又邀毛泽东会面呢？1942年9月15日，毛泽东在致周恩来的一份电报中，曾对抗战以来的国共关系，作了总的分析：

毛泽东1942年在延安

> 国内关系总是随国际关系为转移。第一次反共高潮发生于德苏协定、苏芬战争及英美反苏时期。第二次反共高潮发生于德苏协定继续存在、英美关系仍未好转而轴心则成立三国同盟时期。自苏德战起，英美苏好转，直至今天，国共间即没有大的冲突。这个时期，又分两段，在英美苏未订具体同盟条约及滇缅路未断以前，蒋的亲苏、和共决心仍是未下的；在此以后，他才下决心。[1]

毛泽东提及的"滇缅路"，即云南至缅甸的滇缅公路。当时，是蒋介石的咽喉之路。因蒋介石偏居于西南一隅，英、美的军用物资沿滇缅公路源源不断地运往重庆。4月29日，日占领了缅甸腊戍，切断了滇缅公路，卡住了蒋介石的咽喉。虽说英美从此改为空运，但一则空运运量有限，二则飞机要飞越喜马拉雅山，运输十分困难。蒋介石不得不倚重经苏联而来的陆路运输。

---

[1] 刘益涛：《延安：毛泽东鲜为人知的故事》，《中外书摘》2007年第8期。

亲苏必亲共，蒋介石也就希冀改善与中共的关系。

这么一来，国共关系要从不冷不热转热，从不好不坏转好，蒋介石也就向毛泽东递上了橄榄枝。

蒋介石先是在7月21日约见周恩来，提出重开国共谈判。毛泽东在7月31日致胡服（刘少奇）的电报中，这样谈及国共关系的新趋势：

> 最近恩来见蒋谈得还好，蒋已重新指定张治中、刘为章和我们谈判，另指定卜士奇任日常联络，蒋之联络参谋继续来延安，都是好转征兆，但不能求之过急。[1]

这样，正是在国共关系好转之际，蒋介石提出了与毛泽东会晤。

毕竟张学良的遭遇给人们留下的印象太深了，周恩来深知毛泽东是不可能去西安见蒋介石的，于是，向中共中央提出两种方案：

第一方案，毛泽东称病，派林彪为代表到西安去见蒋介石。

第二方案，要求蒋介石带周恩来去西安，周恩来再由西安飞延安，陪一中共中央代表前来西安见蒋。这一代表可以是林彪，或朱德。

在周恩来看来，第二方案，如派出的是朱德，蒋介石也许会同意。

毛泽东采用了第一方案，又兼及第二方案。

毛泽东要"称病"，称什么病呢？这一时期，毛泽东身体不错，不大生病。上一回，毛泽东没有去武汉，称的是牙病；这一回，毛泽东则称感冒——虽说时值盛暑，似乎不大会感冒。

8月17日，中共中央书记处给周恩来发来电报："毛现患感冒，不能起程，拟派林彪同志赴西安见蒋，请征蒋同意。如能征得蒋同意带你至西安，你回延面谈一次，随即偕林或朱赴西安见蒋则更好。"

据云，这份电报是康生所拟，经毛泽东同意后以中共中央书记处名义发出。

周恩来接到电报后，即把中共中央书记处的电报意思告诉蒋介石侍从室，转告蒋介石。

不过，毛泽东斟酌再三，认为蒋介石已经"三请"，此次还是以一见为好。何况当时蒋介石"看不出有何恶意"。于是，毛泽东在8月19日致电周恩来，改变了主意："依目前形势，我似应见蒋。"

---

[1] 中国人民解放军政治学院党史教研室编：《中共党史教学参考资料》第17册，1986年版，第302页。

毛泽东还告诉周恩来，他是否见蒋，中共中央还在研究之中，未作最后决定。

周恩来仍认为，蒋介石和毛泽东会面的时机尚未成熟——再说"张学良第二"的可能性并非没有，因为不久前的皖南事变记忆犹新。

在收到毛泽东的电报后，周恩来于当天致电毛泽东："最好林或朱先打开局面，如蒋约林或朱随其来渝，亦可答应，以便打开局面，转换空气；一俟具体谈判有眉目，你再来渝，便可见渠。"

毛泽东阅周恩来电报，还是认为以见蒋为好，"有益无害"。

毛泽东8月29日、9月3日两度致电周恩来，与他切磋此事："蒋到西安时，决先派林见蒋，然后我去见他。依目前国际国内大局，我去见蒋有益无害，俟林见蒋后即确定我去时间……乘此国际局势有利机会及蒋约见机会，我去见蒋，将国共根本关系加以改善。这种改善如果做到，即是极大利益，哪怕具体问题一个也不解决也是值得的。蒋如约我到重庆参加10月参政会，我们应准备答应他。"

"林彪准备在蒋电约后即动身去，我则在林去后再定去西安日期。"

周恩来反复考虑之后，于9月5日复一长电给中共中央书记处，详陈己见。周恩来仍然认为："见蒋时机尚未成熟。"

周恩来陈述了如下理由：

一、蒋虽趋向政治解决，但他之所谓政治是要我们屈服，决非民主合作；

二、蒋对我党我军的观念仍为非合并即大部消灭；

三、蒋对人的观念仍包藏祸心（即打击我党领导，尤其对毛，西安事变后尚想毛、朱出洋，时至今日犹要叶挺太太劝叶悔过自新，吾屡次请回延不理，此次我在电答时提到愿回延接林或朱出来亦不许），因此可说他对我党我军及民主观念并无丝毫改变。

次之，在局势方面，并非对我有利：

一、蒋对局势的看法，一面承认日寇有续攻中国可能，而英美一时无大力援华，且反内战，但何（应钦）等却看到苏联今日处境需要对华让步，英美亦须中国拖住日本，他正好借此依他的想法解决西北及国内问题。

二、中共"七七"五周年宣言，本是我党历年主张的发展，而他却认为由于苏联让步，中共亦不得不屈服。

三、毛出为谋改善根本关系，而蒋则利用此机会打击地方和民主势力，以陷我于孤立。因此，蒋毛见面的前途可能有两个：

1. 表面进行得很和谐，答应解决问题而散。

2. 约毛来渝开参政会后，借口留毛长驻渝，不让回延（此着万不能不防）。若如此，于我损失太大。我们提议林出勿将话讲死，看蒋的态度及要解决的问题如何，再定毛是否出来。[1]

周恩来的电报，是发给中共中央书记处的，由康生收下。

毛泽东见到周恩来这一电报，认为有理，遂打消了与蒋介石会晤的念头。这样，毛泽东第四次婉拒蒋介石的会晤之邀。

不过，毛泽东在8日给周恩来的电报中，仍表示：林彪见蒋时，可表明"我极愿见蒋"。毛泽东认为，"目前似已接近国共解决悬案"的"好时机"。

蒋介石、林彪重庆谈判

1942年9月14日，林彪作为毛泽东的代表，和伍云甫、周励武一起，离开延安，乘汽车前往西安。

天有不测之风云。那卡车在山道上颠簸，出了故障。当林彪来到西安之时，已是17日傍晚5时，蒋介石已离去……

经毛泽东同意，林彪前往重庆，会晤蒋介石。

于是，也就开始了"蒋介石—周恩来、林彪重庆谈判"。

林彪乃一员武将，且性格内向，不擅言谈，不擅外交。何况那时林彪只是一位师长，人称"林师长"，跟身为最高统帅的蒋介石地位相差悬殊。

毛泽东怎么会派林彪作为谈判代表呢？

毛泽东精于用人之道，他派出了林彪，原因有二：

其一，林彪乃黄埔军校四期学生，与蒋介石有着师生之谊，说得上话；

其二，平型关一战，使林彪名震中国，有着"抗日名将"之誉，在国民党统治区也受人敬重。

那时，林彪从苏联回来不久，此前，他在苏联养伤，一住便是三年多……

林彪受伤，事出偶然。那是1938年3月1日，在山西隰县北面，林彪正带着战士在对日军进行侦察。为了便于接近日军阵地，林彪和战士们全穿上了日军的军服——反正在平型关战斗中，缴获一大批日军军服，有的

---

[1] 金冲及主编：《周恩来传（1898~1949）》，人民出版社、中央文献出版社1989年版，第547页。

是！林彪一副日军军官打扮，腰挎日本指挥刀，骑着大洋马，神气活现。他万万没有想到，国民党阎锡山部队把他们当成了真的日军！一阵枪响之后，才知是误会，却已为时太晚，林彪已倒在血泊里！

林彪的伤势颇重，子弹从右胁进，右背出，肺及脊骨严重受伤。毛泽东闻讯，急派医生从延安赶去，护送林彪回到延安。半年之后，又送林彪去苏联医治。直到1942年1月5日，林彪才从苏联回到兰州，转往延安……

林彪奉毛泽东之命来到重庆时，已是10月7日。毛泽东为林彪制定的与蒋介石的谈判方针是"重在缓和关系，重开谈判之门"。

1942年10月至1943年6月下旬，林彪来重庆谈判时，周恩来与林彪在红岩合影

重庆上清寺曾家岩，那里有座求精中学。中学隔壁有一幢灰砖二层小楼，名曰"桂园"。那里是张治中的私宅。在重庆的军政要人之中，这样的住宅算是中等的。10月13日午后，蒋介石忽地光临张宅。当蒋介石步入会客室时，除了主人张治中之外，两位浓眉客人已在那里等候。其中浓眉舒展者乃周恩来，另一位八字浓眉者乃林彪。

蒋介石选择了张治中家作为会谈地点，并选定张治中为谈判代表，是因为张治中在黄埔军校时，与周恩来有着深谊，又是林彪的老师。

林彪见了蒋介石，口称"校长"，表明他不忘当年黄埔军校师生情。林彪首先向蒋介石转达了毛泽东的问候。林彪说，毛泽东很希望一晤蒋介石，只是不巧他"适患伤风未来"。蒋介石当即表示对毛泽东"病情"的关心，并托林彪代他转达对毛泽东的问候。如此这般，在"转达"之中，结束了寒暄。

紧接着，谈话进入了主题。林彪在表示了中共拥护蒋介石为民族领袖之后，便谈及中共中央关于"三停""三发""两编"的意见。

"三停"，即停止全国军事进攻，停止全国政治进攻，停止对《新华日报》的压迫；

"三发"，即发人（释放新四军被俘人员）、发饷、发弹；

"两编"，即允许中共领导下的军队，编为两个集团军。

蒋介石听罢，说了这么一番话："我对团结统一是有诚意的，这不是政治手段，希望大家在统一政令下工作。国内政治问题，我希望整体解决，而且越快越好，也不要零零碎碎，拖拖拉拉。只要我一天活着，我就会为此努力。我会奉行公道原则，不会让你们吃亏，这点可放心。"

蒋介石还就国共关系说道："中共是爱国的、有思想的，有许多的人才。国家也爱惜人才，并一视同仁。过去合作革命五年，不料十年内战，时光白白过去了，这是教训。若国共问题解决，国家必能一日千里。"

林彪见蒋介石说得如此慷慨，便提起了新四军，希望蒋介石能够承认如今以陈毅为代军长的新四军。

不料，这话触动了蒋介石的心病，他不悦道："承认新四军，等于不承认政府。你今后不要跟我提新四军了，再提我是不听的！再提我是不听的！"

说罢，蒋介石意识到自己的话说得太直了，又赶紧对林彪说："因为你是我的学生，所以我有什么，就跟你说什么。对别人我就不说了。"

林彪跟蒋介石的第一次会谈，就这样不了了之，结束了。

就在林彪到达重庆不久，国民党联络参谋郑延卓到达延安。

郑在延安住了两星期，毛泽东和他谈了两次。

1942年12月1日，当郑延卓打算回重庆之际，请毛泽东亲笔修书一封，交他带给蒋介石。毛泽东当着他的面，写了这么一封信给蒋介石：

介公委员长政席

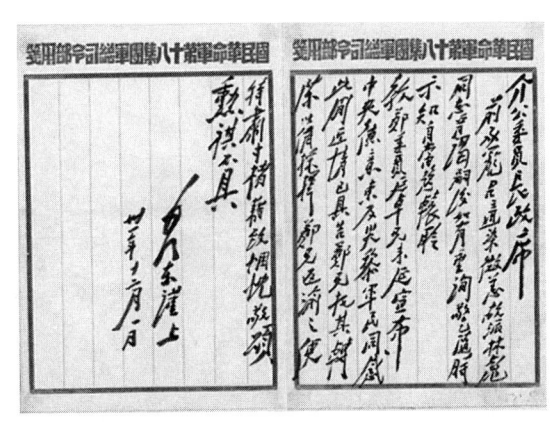

前承宠召，适染微恙，故派林彪同志晋谒。嗣后如有垂询，敬乞随时示知，自当趋辕聆教。郑委员延卓兄来延宣布中央德意，惠及灾黎，军民同感。此间近情已具告郑兄，托其转陈，以备采择。郑兄返渝之便，特肃寸楮，藉致悃忱，敬颂勋祺不具。

毛泽东谨上
卅一年十二月一日[1]

毛泽东1942年12月1日致蒋介石亲笔函

---

[1] 童小鹏：《风雨四十年》第1部，中央文献出版社1994年版，第326页。

林彪到了重庆，却想不到这一回的会谈，竟变成了马拉松会谈。一谈就谈了八个来月！国民党方面，常常由张治中出面，会谈也就在张治中家里。

后来，张治中这么回忆："周、林一道来，谈谈歇歇，歇歇谈谈，前后经过八个月之久。"

林彪"虚此一行"，会谈拖拖拉拉，没有什么成果。毛泽东在1943年1月16日致周恩来、林彪的电报中质疑，蒋介石"除面子问题外，是否还有借以拖延之目的"？

这样，1943年6月4日，周恩来、林彪在会见张治中时提出，林彪要回延安，希望行前一晤蒋介石。

其实，这时毛泽东已决定周恩来也一起回延安，但周恩来未向张治中提及——因为自皖南事变后，周恩来多次希望回延安汇报，蒋介石总是"挽留"。

6月7日，周恩来、林彪会见蒋介石。周恩来当面向蒋介石提出与林彪一起回延安，蒋介石答应了。

这样，阔别延安三年的周恩来，终于有机会"回家"了！

6月28日，周恩来、林彪、邓颖超等一百多人乘卡车离开重庆，经西安返回延安。一路风雨，到达延安已是7月16日了。

中共留下董必武在重庆主持工作。

共产国际的解散如同"新闻原子弹"爆炸

周恩来这一回下决心离开重庆，是因为5月24日中共中央书记处给他发来重要电报："共产国际解散，中央即将开会讨论中国的政策，请你即回延安。"

共产国际解散，如同一颗"新闻原子弹"爆炸，在世界上形成极其强烈的冲击波！

共产国际是列宁在1919年创立的。共产国际，人称"世界共产党"，它是世界各国共产党的上级组织，它和各国共产党之间是领导和被

毛泽东与周恩来在延安

领导的高度统一的上下级关系。

中共是在共产国际代表的帮助和参与下成立的。二十多年来，中共和其他国家共产党一样，都是在共产国际的领导下开展工作的。

共产国际决定解散的消息，最初是从苏联《真理报》上透露出来的。那是1943年5月15日，共产国际主席团作出了关于解散共产国际的决定。5月23日，共产国际给中共发来电报，征求中共中央的意见。也就在这一天，苏联《真理报》便把共产国际主席团的决定公开发表了！

毛泽东收到共产国际的电报，当即给正在重庆的周恩来发去那份要他速返延安的电报……

共产国际在作出的决定中，用这样一句话来概括解散的原因："共产国际这种集权形式的国际组织已经不能适应各国共产党的进一步发展。"

毛泽东在5月26日，作了《关于共产国际解散问题的报告》，向中共党员这样说明解散共产国际的原因：

> 马列主义的原则，是革命的组织形式应该服从革命斗争的需要。如果组织形式已经与斗争的需要不适应时，则应该取消这个组织形式。现在共产国际这个革命的组织形式已经不适合斗争的需要了，如果还继续保存这个组织形式，便反而妨碍各国革命斗争的发展。现在需要的是加强各国共产党，而无须这个国际的领导中心了……

共产国际解散的消息一公布，引起了世界反共势力的狂喜。他们发动了强大的宣传攻势：

"共产国际完蛋了，各国共产党也将完蛋！"

"共产国际的解散，意味着共产主义日暮途穷！"

消息传到中国，蒋介石理所当然地兴高采烈。从5月底开始，国民党报纸进行了对中共的集中攻击：

"共产国际的解散，证明了所谓阶级斗争，所谓世界革命路线之根本错误。"

"中共是由共产国际用'人工方法'炮制出来的，是靠人家卢布豢养而存在的。"

"中共应该有同样的觉悟，放弃割据，交还军队，在民族利益的大前提下，服从一个领袖，一个政府。"

蒋介石明明白白地对周恩来说："共产国际解散了，国民党希望共产党能够合并于国民党。"

蒋介石想乘机"招降中共"。他在周恩来、林彪离开重庆前夕，亲笔写信给毛泽东，透露了招降之意。他还通过张治中转告林彪："国民党在共产国际解散后，拟有两个方案：一是中共交出军权、政权，以取得党的合法化；二是国共两党合一。"

最为耐人寻味的是，戴笠制订了《对中共方案》，提出"第三国际（即共产国际）解散后，本党对中共应有之对策"。

这一方案指出：

> 莫斯科正式公布解散第三国际后，各国共党之政治地位及组织策略均将发生重大分化，中共为世界革命之派系，现已逐渐失去国际势力支援，其政治号召力必将失去或减低，中共分子之动摇心理亦必随之而剧烈。本党应把握此有利时机以求中共问题之彻底解决。

戴笠的对策分政治、军事、党务、宣传、特务五个方面，非常详尽。其中特别提出："选派大员赴延安谈判，并分化毛泽东与留俄派陈绍禹……"

连戴笠都已注意到利用毛泽东和王明（陈绍禹）之间的矛盾！

戴笠在"特务"项中指出："派员与留俄派陈绍禹、秦邦宪接洽，提高陈秦政治地位，借以达到孤立毛泽东派，鼓励留俄派分化之目的。"

另外，还用这样的口气提及毛泽东："派员赴延安谈判，并叫中共负责人毛泽东来渝。"

也就是说，戴笠要"叫"毛泽东来重庆！

戴笠的方案中，还有一条，叫"以共制共"："争取共党中之觉悟分子与动摇分子，准备于必要时运用蜕化方式号召再组织共党或另组新党，达到以共制共之目的。"

看来，戴笠要把日本对付国民党的一套办法，用来对付中共……

毛泽东成为名副其实的中共最高领袖

其实，这一回蒋介石全然错估了形势，打错了算盘。

共产国际的解散，对于毛泽东来说，无异于少了一个"婆婆"！

往日，中共作为共产国际的下级，任何重大的决策都要向共产国际请示，获得同意之后才能行动。共产国际远在莫斯科，并不很了解中国的实际情况。

确实，那样的"集权领导"，往往捆住了毛泽东的手脚——虽说毛泽东也并不完全听命于共产国际。如今，共产国际的解散，反而使毛泽东感到轻松，不必再听命于莫斯科。

为了适应共产国际解散的局面，中共已预作措施。1943年3月20日，中共中央政治局通过了极为重要的决定，即《中央机构调整及精简决定》。对于毛泽东来说，这一决定是历史性的。

中共中央政治局决定设立政治局主席一职，"政治局推定毛泽东同志为主席"。

另外，"书记处重新决定由毛泽东、刘少奇、任弼时三同志组成之，泽东同志为主席"。

毛泽东1943年在延安

这样，毛泽东正式成为中共领袖——虽说自遵义会议以来，毛泽东已是实际上的中共领袖，但名义上的负总责是张闻天。

《决定》中有一句极为重要的话："会议中所讨论的问题，主席有最后决定之权。"

这样，毛泽东便在政治局中拥有"最后决定之权"（虽说文件中最初是指在书记处会议上拥有"最后决定之权"）。毛泽东拥有这"最后决定之权"，直到他走完人生最后的路程。

这样，中共在共产国际面临解散之际，推出了自己富有权威的领袖——毛泽东。

刘少奇被确定为毛泽东的副手。刘少奇在1943年7月6日延安《解放日报》上发表《清算党内的孟什维克主义思想》一文，热情赞颂毛泽东：

> 在22年长期艰苦复杂的革命斗争中，终于使我们的党，使我们的无产阶级与我国革命的人民找到了自己的领袖毛泽东同志。

刘少奇称颂毛泽东是"在各种艰苦复杂的革命斗争中久经考验的、完全精通马列主义战略战术的、对中国工人阶级与中国人民解放事业抱无限忠心的坚强伟大的革命家"。

这时的毛泽东，正好步入"知天命"之年。

由于共产国际的解散，中共加强了对于自己领袖毛泽东的宣传和赞颂。

1943年7月8日，延安《解放日报》发表王稼祥的《中国共产党与中国民族解放的道路》，首先提出了"毛泽东思想"的概念。从此，毛泽东思想被作为中国共产党的指导思想，广为宣传。

这样，共产国际的解散，并非蒋介石所以为的毛泽东倒了"后台"而"摇摇欲坠"，却是毛泽东的领袖地位因此而加强。

刘少奇与王光美

当周恩来回到延安，他在1943年8月2日中共中央办公厅举行的欢迎大会上，发表了对毛泽东的热情赞词：

> 我们党22年的历史证明：毛泽东同志的意见，是贯串着整个党的历史时期，发展成为一条马列主义中国化、也就是中国共产主义的路线！毛泽东同志的方向，就是中国共产党的方向！

此时，张国焘、王明败北，毛泽东在中共的领袖地位完全巩固，诚如此时蒋介石在国民党内的地位完全巩固。

毛泽东抓住张涤非来了个"质问国民党"

也就在这个时候，蒋介石发表了堪称"蒋介石主义"的代表作——《中国之命运》。

《中国之命运》的主旋律，可以用一句话来概括，那就是书中强调的："没有中国国民党，那就是没有了中国。"

蒋介石说："国民党一本我民族固有的德性，以情感道义与责任义务为组党的精神。他绝不像其他党派，用机巧权术，或残忍阴谋，而以利害自私为结合的本能。"

蒋介石以为："中国的命运完全寄托于中国国民党。"

《中国之命运》还"迂回"攻击"新式军阀""新式割据"以及"奸党""奸军"，等等。不言而喻，指的是中国共产党。

《中国之命运》出版之后，成为国民党统治区各机关、团体、军队、学校必须通读的文件。人人要读，人人要学。此书初版20万册，不久，印至100万册。

《中央日报》发表社论《读〈中国之命运〉》，作出高度评价："这个大著已经指出了中国革命建国的南针，已经照耀了中国独立自由的大道。"

三青团通过宣言，称颂《中国之命运》是"我们革命建国的方向，以至个人修身立业的大道"。

《中国之命运》的出版，与国民党关于共产国际解散所掀起的"解散中共"宣传，汇成一股反共浪潮。

也就在这时，蒋介石要胡宗南调集了四五十万军队，分兵九路，打算以闪电的速度进攻延安。

7月7日，原本是中国抗战的纪念日。1943年的7月7日，国民党部队却炮击陕甘宁边区关中军分区，打响了内战的炮声。

蒋介石掀起了抗战以来的第三次反共高潮，国共关系，又骤然吃紧了。

毛泽东决定予以反击，以防皖南事变重演。

7月9日，延安3万人集会，发表通电，向全国呼吁制止内战。朱德、刘少奇出席了大会。大抵考虑到给国共关系留点余地，毛泽东没有出席大会。

毕竟蒋介石吃过皖南事变后国内外一片谴责声的苦头。一听延安的浩大声势，蒋介石慑于舆论压力，于7月10日下令胡宗南部队停止行动。

7月13日，毛泽东在致彭德怀的电报中写道："我宣传闪击已收效……使蒋害怕不得不改变计划。"

也就在这个时候，毛泽东极为巧妙地抓住国民党中央通讯社所发的一条小小的电讯，大做文章，进行回击。

那是在7月6日，新华社在重庆发出一条这样的电讯：

[新华社重庆6日电]此间国民党机关中央通讯社于"七七"纪念前夕，发表了一个破坏团结的新闻。该新闻称："西安各文化团体曾于第三国际解散后举行座谈会，讨论国际形势，并经决议联名电延安毛泽东先生，促其自觉，及时解散共党组织，放弃边区割据。"电文已于6日发出。

同日，新华社又发一电讯，详述西安"新闻"：

[新华社西安6日电]确息，6月12日西安劳动营训导处长复兴社特务头子张涤非，召集西安文化团体开座谈会。张涤非主席宣布利用共产国际解散事打击中共之必要，并提议打电报给毛泽东。张特务头子当场从衣袋内取出其预制之电文，内容首述第一次欧战第二国际解散，第二次欧战第三国际解散，证明马列主义"破产"。次述第三国际解散为加强盟国团结，中共应解散以加强中国的团结。到会者慑于特务威风，不敢说话。当由张涤非说道，此稿应即送有关各机关签名，五天内不答复者即为默认，有增删意见者可以注明，以便最后修改拍出。此次伪造民意会议，共开十分钟。被邀者三十余团体，但到会者只有九人，其中有秦风日报、华北新闻、工商报、三青团读者导报、图书审查会各一人。此外有李翼燕、王季高、李庵等人，均系CC特务头子。

延安《解放日报》在7月8日刊载了以上两条消息，加上了大标题《特务机关破坏团结假造民意竟敢提出"解散共产党交出边区"》。

7月12日，延安《解放日报》在头版头条的位置，发表了重要社论，那标题便火辣辣的：《质问国民党》。这篇社论后来收入《毛泽东选集》，人们方知乃毛泽东手笔。

一开头，毛泽东便指出：

近月以来，中国抗日阵营内部发生了一个很不正常很骇怪的事实，这就是中国国民党领导的许多党政军机关发动了一个破坏团结的运动。这个运动是以反对共产党的姿态出现，而其实际，则是反对中华民族和反对中国人民的。

紧接着，毛泽东便提到了国民党中央通讯社那条电讯。毛泽东批驳道：

毛泽东在陕北

我们亲爱的国民党先生们，你们在第三国际解散之后所忙得不可开交的，单单就在于图谋"解散"共产党，但是偏偏不肯多少用些力量去解散若干汉奸党和日本党。这是什么缘故呢？当你们指使张涤非写电文时，何以不于要求解散共产党之外，附带说一句还有汉奸党和日本党也值得解散呢？

　　难道你们认为共产党太多了吗？全中国境内共产党只有一个，国民党却有两个，究竟谁是多了的呢？

毛泽东对"国民党先生们"如此进言道：

　　"鹬蚌相持，渔人得利"，"螳螂捕蝉，黄雀在后"，这两个故事，是有道理的。你们应该和我们一道去把日本占领的地方统一起来，把鬼子赶出去才是正经，何必急忙忙地要来"统一"这块巴掌大的边区呢？大好河山，沦于敌手，你们不急，你们不忙，而却急于进攻边区，忙于打倒共产党，可痛也夫！可耻也夫！

毛泽东对"国民党先生们"进行了一系列质问。最后，毛泽东的笔锋直指蒋介石。毛泽东写道：

　　正式向中国国民党总裁蒋介石先生提出要求：请你下令把胡宗南的军队撤回河防，请你取缔中央社，并惩办汉奸张涤非。

毛泽东抓住中央社那么一条消息，抓住了张涤非，做了那么一篇大文章！

蒋介石的《中国之命运》引起一番风波

　　毛泽东紧接着又部署新的舆论反攻——批判蒋介石的《中国之命运》。
　　据陈伯达对笔者谈及[1]，那时他正担任毛泽东政治秘书。毛泽东忽然找他和几位"秀才"说："蒋介石给你们出题目了，叫你们做文章呢！"
　　于是，根据毛泽东的意见，陈伯达、范文澜、艾思奇、齐燕铭也就分头着

---

[1] 1988年12月19日、20日，本书作者在北京采访陈伯达。

手写文章。

陈伯达花了三天三夜,写出了《评蒋介石先生的〈中国之命运〉》,原拟作为《解放日报》社论发表。毛泽东审阅了全文,改标题为《评〈中国之命运〉》,这样既简练,又稍稍照顾了蒋介石的面子。另外,改署陈伯达个人名字。

据陈伯达回忆,文章开头一段,是毛泽东亲笔所加:

> 中国国民党总裁蒋介石先生所著的《中国之命运》还未出版的时候,重庆官方刊物即传出一个消息:该书是由陶希圣担任校对的。许多人都觉得奇怪:先生既是国民党的总裁,为什么要让自己的作品,交给一个曾经参加过南京汉奸群、素日鼓吹法西斯、反对同盟国、而直到今天在思想上仍和汪精卫千丝万缕地纠合在一起的臭名远著的陶希圣去校对呢?难道国民党中真的如此无人吗?《中国之命运》出版后,陶希圣又写了一篇歌颂此书的文章,《中央周刊》把它登在第一篇,这又使得许多人奇怪:为什么《中央周刊》这样器重陶希圣的文章?难道蒋先生的作品非要借重陶希圣的文章去传布不成?总之,所有这些,都是很奇怪的事,因此,引起人们的惊奇,也就是人之常情了。[1]

陈伯达著:《评〈中国之命运〉》

毛泽东加了这一段话,一开始便点出陶希圣为蒋介石捉刀之事,再点明陶希圣的身份,贬了《中国之命运》。这种"毛泽东笔法",颇为辛辣。这跟他抓住张涤非,来了个《质问国民党》是一样的。

陶希圣原名汇曾,笔名方峻峰,毕业于北京大学法律系,在北京大学等校担任过教授。他曾跟随汪精卫逃离重庆,并在"汪记"国民党里担任中央宣传部部长。后来,他与汪精卫产生矛盾,于1940年1月,与高宗武一起逃到香港,揭露了汪日密约。1942年初,他回到重庆,出任国民党中央宣传部副部长、蒋介石侍从室第五组组长、《中央日报》总

---

[1] 陈伯达等著:《评〈中国之命运〉》,新华书店晋察冀分店1945年版。

主笔。

陈伯达的文章,于7月21日刊于延安《解放日报》。当天,中共中央宣传部便发出"关于广泛印发《评〈中国之命运〉》的通知",全文如下:

各中央局、中央分局,并转各区党委:
　　陈伯达同志《评〈中国之命运〉》一文,本日在《解放日报》上发表,并广播两次。
　　各地收到后,除在当地报纸上发表外,应即印成小册子(校对勿错),使党政军民干部一切能读者每人得一本(陕甘宁边区印1.7万本),并公开发卖。一切干部均须细读,加以讨论。一切学校定为必修之教本。南方局应设法在重庆、桂林等地密印密发。华中局应在上海密印密发。其他各根据地应散发到沦陷区人民中去。一切地方应注意散发到国民党军队中去。应乘此机会作一次对党内党外的广大宣传,切勿放过此种机会。
　　　　　　　　　　　　　　　　　　　　　　　　中央宣传部

国民党的中宣部把蒋介石的《中国之命运》列为"必读之课本",中共的中宣部则把陈伯达的《评〈中国之命运〉》列为"必修之教本",两个中宣部唱起了对台戏。

同日,毛泽东在致重庆董必武的电报中,指出:

　　本日公布陈伯达驳斥蒋著《中国之命运》一书,以便在中国人民面前从思想上理论上揭露蒋之封建的买办的中国法西斯体系,并巩固我党自己和影响美英各国,各小党派,各地方乃至文化界各方面。

这么一来,蒋介石的第三次反共高潮,很快被打了下去。这一回,国共双方不是在战场上较量,却是在打"宣传战"——蒋介石不能不输毛泽东一筹!

值得顺便提一笔的是,针对蒋介石《中国之命运》中的"主题曲",即"没有国民党,就没有中国",延安《解放日报》在1943年8月25日发表针锋相对的社论,题曰《没有共产党,就没有中国》。

后来,有人由此编了一首歌《没有共产党,就没有中国》。这首歌唱开来了,连毛泽东和江青所生的女儿李讷也学会了,在家中唱了起来。毛泽东一听,认为不妥,因为在有中国共产党之前就有了中国——显然,"没有共产党,就没有中国"存在语病。于是,毛泽东建议增加一个"新"字,即"没有共产党,就没有新中国"。一字之增,看得出毛泽东文笔之严谨。这首歌,迄今仍在中国大陆传唱着,只是已很少有人知道这首歌最初是从蒋介石《中国之命运》的论战引起,以及毛泽东与这首歌的渊源……

虽说国共"宣传战"在报刊上"炮火连天",毛泽东在7月13日致彭德怀的电报中却很冷静地表示:"保持国共一年和平,我党即可能取得极有利地位。"

在1944年2月4日毛泽东致董必武的电报中,则称:"观察今年大势,国共有协调之必要与可能……"

这样,国共关系在紧张了一阵子之后,又开始不好不坏、不冷不热了……

蒋介石出席开罗"三巨头"会议

1943年10月28日,对于蒋介石来说,是异常兴奋的一天。

这天,蒋介石收到了美国总统罗斯福的电报,"祈极守秘密"。是什么事如此秘密?宋美龄把电报译给蒋介石听:

> 莫斯科会议,至今进行甚速,极望其会议结果能有裨于各方,我正促成中、英、苏、美同盟之团结。我尚不知斯大林能否与我相晤,但在任何情况下,我极望与阁下及丘吉尔能及早会晤于某处,时间为11月20日至25日之间。我想亚历山大当为一良好地点……会议日期为三日。

这就是说,罗斯福要邀请蒋介石出席"四巨头"会议。

罗斯福电报中所说的"莫斯科会议",是指1943年10月19日,美、英、苏三国外长在莫斯科举行的会议。中国外交部长没有应邀出席。后来,根据罗斯福的提议,要发表《四强宣言》,邀请中国驻苏大使傅秉常出席并签字。

罗斯福除了组织发表《四强宣言》外,又提议召开四强首脑会议,亦即"四巨头"会议。于是,罗斯福给蒋介石发来了那份电报。

说实在的,那时的中国领土,大部分落入日本手中,称中国为"强国",把蒋介石列为"四巨头"之一,有点名不副实。不过,也正因为这样,收到罗斯福的邀请电,蒋介石喜出望外。

罗斯福的电报中,特地提及了斯大林,不知斯大林是否愿意出席"四巨头"会议。

罗斯福的担忧不是多余的。果真,斯大林不愿出席"四巨头"会议。其中的原因,是斯大林不愿意跟蒋介石坐在一起开会。

是斯大林看不起蒋介石,或是由于中共的关系,不愿跟蒋介石坐在一起?

其实,其中的原因和1942年12月苏联不愿参加在重庆召开的联合军事会议一样:苏联和日本在1941年4月签订了中立条约。斯大林不愿苏联与日本的关系恶化,以免腹背受敌,日本和德国东西夹攻苏联。这样,斯大林不愿跟蒋介石坐在一起,以免过分刺激日本。

于是,罗斯福只得采取非常特殊又非常巧妙的办法:他、丘吉尔先和蒋介石在开罗会谈,然后,再由他、丘吉尔和斯大林在德黑兰会谈。也就是说,把"四巨头"会谈拆成两次不同的"三巨头"会谈,避免了斯大林和蒋介石坐在一起。

1943年11月17日,那位令蒋介石头痛不已的参谋长史迪威从重庆飞往开罗。

翌日,蒋介石偕夫人宋美龄离开重庆飞往开罗。

开罗西南郊豪华的米那赫斯饭店,一下子成了贵宾云集之处。饭店的总统套房里,分别住着罗斯福、丘吉尔和蒋介石。住在总统套房里,从窗口便可远眺著名的胡夫金字塔。美、英、中三国高级官员们也住在这家饭店,以至"浴室都紧张起来了"。四周,英国驻扎重兵保护。一门门高射炮,高翘着炮筒,日夜监视着天空。

这下子,蒋介石真的成了世界政坛巨头,而宋美龄则以中国第一夫人的身份,以干练的才华、优雅的风姿、娴熟的英语周旋于巨头之间。蒋介石夫妇在开罗,正处于政治生涯的巅峰。

1943年11月开罗会议,左起蒋介石、美国总统罗斯福、英国首相丘吉尔、宋美龄

一帧历史性的照片，成了开罗会议的缩影：罗斯福穿着深色西装，领带系得整整齐齐；丘吉尔一身白西装，却没有打领带，足蹬一双白皮鞋；蒋介石一身戎装，戴白手套，拿着大盖帽；宋美龄则一身黑旗袍，加一件白色短外套。

罗斯福、丘吉尔、蒋介石在开罗，签订了中、美、英三国《开罗宣言》。

罗斯福在和蒋介石的交谈中，再三表示：美国不希望陷入中国内战的陷阱，要求蒋介石能与延安"共产党人组成一个联合政府"，以求联合起来共同抗日。

蒋介石和宋美龄于11月27日离开开罗。翌日，罗斯福、丘吉尔便和斯大林在德黑兰会晤。斯大林对《开罗宣言》表示同意，于是，12月1日，《开罗宣言》正式发表。

蒋介石开罗归来，春风满面。确实，开罗之行，不仅提高了蒋介石的国际地位，也提高了中国的国际地位。中国由此争得"四强"之一的地位，为后来中国成为联合国常任理事国打下了基础。就这一点来说，蒋介石为提高中国的国际地位做了好事。

开罗会议是在世界反法西斯战争胜利的前夕召开的。进入1944年，世界形势大变：

美国部队在日本控制下的塞班岛、菲律宾等地登陆，日军在太平洋战争中连连败北。日本东条英机内阁不得不因战争失利而下台，继任的小矶内阁也处于四面楚歌之中。

英、美部队于这年6月在法国北部诺曼底登陆，开辟了第二战场。

8月25日，法国首都巴黎光复。

苏军则重创德军，把他们赶出了国土，并长驱直入波兰、罗马尼亚、保加利亚、匈牙利、南斯拉夫。9月苏军攻入德国。

在中国，日军却为了打通中国大陆交通线，在河南、湖南、广西发动大规模的进攻，亦即豫湘桂战役……但这只是日军的垂死挣扎。中国抗日战争的胜利，已是指日可待了。

不过，蒋介石跟史迪威的矛盾却日益白热化。史迪威认为蒋介石这"花生"以及那"一篮子花生"都不行，太无能，中国军队必须由他全权指挥。蒋介石岂能容忍这美国佬如此放肆？！一个参谋长，怎么可以不把统帅放在眼里？！史迪威甚至在回国述职时对罗斯福总统说："不管这'花生'是否同意，假如不在中国的最高指挥权上做点文章，我们就白费劲了。"罗斯福总统对史迪威持支持态度，这使蒋介石极为不快。

其实，不光是史迪威如此，就连1944年6月来华访问的美国副总统华莱士也向罗斯福报告："蒋充其量只是一个短期可以依靠的人物。人们不相信他具有治理战后中国的智慧或政治力量。"

罗斯福再度重申了他在开罗会议时对蒋介石所表达态度，希望国共合作。罗斯福托华莱士向蒋介石转告：国共两党党员终究都是中国人，是朋友，朋友之间总有可以商量的余地。如果双方不能够一致，可以找一个朋友来调解。他可以"充当那个朋友"。

罗斯福的话，使蒋介石不悦。

罗斯福总统在 1944 年 7 月 6 日、9 月 18 日，两度给蒋介石发电报，告知他要把史迪威晋升为上将，而且"使他在你的直接指挥下统率所有中国军队和美国军队"。

9 月 19 日，在接到罗斯福的第二次电报时，史迪威在给他夫人的信中得意扬扬地写道："我用渔叉，对准小人物，猛地刺去，刺了个透心凉！"

蒋介石则在当天的日记中咬牙切齿地写道："实为余平生最大之耻辱也。"

就在蒋介石和史迪威吵得不可开交的时候，美国总统的特使帕特里克·赫尔利少将来到中国。

赫尔利支持蒋介石，促使罗斯福转变了态度。1944 年 10 月 5 日，罗斯福总统终于下达了召回史迪威的命令。

这下子，史迪威气坏了。他骂罗斯福是"橡皮腿"——立场不稳。可是，已无济于事，"花生"毕竟战胜了他。

这下子，蒋介石兴高采烈。他称这是罗斯福总统送给他的"双十节"贺礼——自从 1911 年 10 月 10 日在武昌爆发辛亥革命，10 月 10 日便定为中华民国的国庆日。

蒋介石与宋氏三姐妹

蒋介石在 1944 年"双十节"发表演说，强调了抗战即将胜利，暗示要着手反共。

毛泽东当即予以反驳。翌日，新华社发表的评论《评蒋介石在双十节的演说》，乃是出自毛泽东的手笔。毛泽东强烈地抨击了蒋介石：

蒋介石的演说在积极方面空洞无物，他没有替中国人民所热望的改善抗日阵线找出任何答案。在消极方面，这篇演说却充满了危险性。蒋介石的态度越变越反常了，他坚决地反对人民改革政治的要求，强烈地仇视中国共产党，暗示了他所准备的反共内战的借口。但是，蒋介石的这一切企图是不能成功的。如果他不愿意改变他自己的做法的话，他将搬起石头打自己的脚。

赫尔利邀毛泽东去重庆会晤蒋介石

高高的个子，文质彬彬，蓄着尖尖的灰白胡子，脸上总是挂着微笑，赫尔利给人一种谦和的印象，不像史迪威那么傲慢。

赫尔利虽是少将，最初却是文官。他在华盛顿大学获得法学博士学位，当过多年的律师。他温文的举止是律师职业所铸成的。后来，他参加了第一次世界大战，成了上尉，进入军界。1920年代末，他在胡佛总统时代担任陆军部长，并曾于1931年来华访问。

1943年起，赫尔利担任美国驻新西兰大使。

1944年8月，罗斯福总统派赫尔利作为他的私人代表来华，最初的使命是"促使蒋介石同史迪威之间确立有效的和谐的关系，以便史迪威行使对于归他调遣的中国军队的指挥权"。两个月后，他接替高思出任美国驻华大使。

赫尔利对蒋介石的态度，跟史迪威截然不同。他跟蒋介石第一次见面，就强调"拥护委员长是中国的领袖"，对蒋介石颇为尊重，不像史迪威那样嘟嘟囔囔讥称蒋介石为"花生"。

蒋介石正被史迪威弄得十分狼狈。他马上意识到，这位赫尔利是用来打败史迪威的王牌！于是，加紧了对赫尔利的拉拢。

蒋介石这一着果然灵验。赫尔利给罗斯福发电报，强调蒋介石"是一个统帅几百万军队，抗日已经七年的国家元首"。他认为，美国总统不应该支持史迪威，而应该支持蒋介石。失去蒋介石，就失去中国的抗日力量，这对于正在与日本作战的美国来说，是至关重要的。

罗斯福听进了赫尔利的意见，下令调回史迪威，使蒋介石长长地舒了一口气。

罗斯福委派魏德曼中将继任史迪威的职务。毕业于西点军官学校的魏德曼是一位职业军人，来华之前是东南亚战区副参谋长。魏德曼从他的前任史迪威的覆辙中汲取了教训，对蒋介石十分尊重。这当然使蒋介石更为欢欣，也就更

1944年11月，毛泽东等与美国总统私人代表赫尔利在延安机场

为感谢赫尔利。

1944年11月7日，正当延安庆贺苏联十月革命节的时候，一架美国专机降落在延安机场，赫尔利兴冲冲走下飞机。"新官上任三把火"，赫尔利这一回要充当国共之间调停人的角色，以表明他要在中国干出点成绩。

周恩来和包瑞德在机场迎接这位穿着笔挺军服、胸前挂满勋章的美国总统私人代表。包瑞德乃美军上校，在这年7月22日起，以美军观察组组长的身份来到延安，组员之中有美国驻华使馆二等秘书谢伟思。

翌日，中共与美方的谈判在延安展开。看在赫尔利是美国总统私人代表的面上，中共派出了最强大的谈判阵营：毛泽东、朱德、周恩来。

美方的代表是赫尔利和包瑞德。

赫尔利此时显出律师本色。他说，他作为美国总统罗斯福的代表，只求帮助中国内部的团结，对于国共两党不偏不倚。他希望能够"统一中国的军事力量"，以利抗日；也希望能给中共以合法的地位。他要作为国共两党的中间调停人。

赫尔利带来了他事先拟好的文件《为着协定的基础》。这个文件共五条，他念了起来。

赫尔利念罢，毛泽东并不对这五条发表意见，却问："这五条是你的意见，还是委员长的意见？"

赫尔利答："是我的意见。"

毛泽东追问道："委员长同意吗？"

赫尔利答："已经同意。"

毛泽东和蒋介石打过多年交道，深知这些条件如果事先没有得到蒋介石的同意，那么，讨论这些条件等于白费时间。后来的事实表明，毛泽东这一判断是完全正确的。

赫尔利那五条，应当说还是比较公允的。毛泽东对这五条作了一些修改，赫尔利也表示能够接受。修改后的五条，正式定名为《中共与中国政府的基本协定》。

于是，在11月10日中午12时45分，在延安王家坪举行了签字仪式。作为律师，赫尔利精通这一套：文件一式两份，每份留好三个签名的地方，即毛泽东、蒋介石以及"见证人"赫尔利。

毛泽东和赫尔利，一个用毛笔，一个用钢笔，在文件上签了名。剩下的一个空白处留待蒋介石签名。

这份《中共与中国政府的基本协定》，其中的中国政府指的是国民政府。协定全文如下：

一、中国政府、中国国民党与中国共产党应共同工作，统一中国一切军事力量，以便迅速击败日本与重建中国。

二、现在的国民政府应改组为包含所有抗日党派和无党无派政治人物的代表的联合国民政府，并颁布及实行用以改革军事政治经济文化的新民主政策，同时军事委员会应改组为由所有抗日军队代表所组成的联合军事委员会。

三、联合国民政府应拥护孙中山先生在中国建立民有民治民享之政府的原则，联合国民政府应实行用以促进进步与民主的政策，并确立正义、思想自由、出版自由、言论自由、集会结社自由、向政府请求平反冤抑的权利、人身自由与居住自由，联合国民政府亦应实行用以有效实现下列两项权利：即免除威胁的自由和免除贫困的自由之各项政策。

四、所有抗日军队应遵守与执行联合国民政府及其联合军事委员会的命令，并应为这个政府及其军事委员会所承认，由联合国得来的物资应被公平分配。

五、中国联合国民政府承认中国国民党、中国共产党及所有抗日党派的合法地位。

中国国民政府主席　蒋中正
中华民国三十三年十一月十日
中国共产党中央委员会主席毛泽东（签字）
中华民国三十三年十一月十日
北美合众国大总统代表赫尔利（见证人）（签字）
中华民国三十三年十一月十日

协定签毕，赫尔利显得异常兴奋，仿佛大功告成——虽说蒋介石尚未签字。

赫尔利在签字仪式的前一天，曾对毛泽东发出邀请，企望毛泽东随他一起飞往重庆，和蒋介石会谈，并出席蒋介石的签字仪式。

赫尔利再三说："我以美国的国格来担保毛主席及其随员在会见后能安全地回到延安。"

见到毛泽东没有正面答复，他又赶紧补充道："不管毛主席、朱总司令或周副主席，无论哪一位到重庆去，都将成为我的上宾，由我们供给运输，并住在我的房子里。"

只要毛泽东点一下头，他就能和蒋介石会晤，赫尔利的专机正停在延安机场上。

这一回，毛泽东却摇头了。这样，11月10日中午，当赫尔利的专机从延安起飞时，坐在机舱里的不是毛泽东，而是周恩来。同机而行的还有包瑞德。

赫尔利的公文包里，装着毛泽东托他转致罗斯福总统的一封信，全文如下：

罗斯福总统阁下：

我很荣幸地接待你的代表赫尔利将军。在三天之内，我们融洽地商讨一切有关团结全中国人民和一切军事力量击败日本与重建中国的大计。为此，我提出了一个协定。

这一协定的精神和方向，是我们中国共产党和中国人民八年来在抗日统一战线中所追求的目的之所在。我们一向愿意和蒋主席取得用以促进中国人民福利的协定。今一旦得赫尔利将军之助，使我们有实现此目的之希望，我非常高兴地感谢你的代表的卓越才能和对中国人民的同情。

我们党的中央委员会已一致通过这一协定之全文，并准备全力支持这一协定而使其实现。我党中央委员会授权我签字于这一协定之上，并得到赫尔利将军之见证。

我现托赫尔利将军以我党我军及中国人民的名义将此协定转达于你。总统阁下，我还要感谢你为着团结中国以击败日本并使统一的民主的中国成为可能的利益之巨大努力。

我们中国人民和美国人民一向是有历史传统的深厚友谊的。我深愿经过你的努力与成功，得使中美两大民族在击败日寇，重建世界的永久和平以及建立民主中国的事业上永远携手前进。

中国共产党中央委员会主席
毛泽东
1944 年 11 月 10 日于延安 [1]

在离开延安之际，赫尔利给毛泽东写了这么一封感谢信：

中国延安
中国共产党中央委员会主席
毛泽东先生
我的亲爱的主席：

我感谢你的光辉的合作与领导。这种合作与领导表现在你率领你的政党提出的协定上，这一协定你已授权于我带给蒋介石主席，我同样感谢你要我转交美国总统的卓绝的信件。

阁下，请信赖我对于你用以解决一个最困难的问题的智慧和热忱的品质深感愉快。

你的工作，是对于统一中国的福利及联合国家的胜利的贡献。

这一光辉的合作精神，不仅将继续于战争的胜利中，而且将继续于建立持久和平与重建民主中国的时期中，这是我们的恳切愿望。

美国总统代表
美国陆军少将
赫尔利 [2]

赫尔利和蒋介石的双簧

到了重庆，果真不出毛泽东所料，蒋介石不愿在《协议》的空白处签名。尽管赫尔利声称那五条曾事先征得过蒋介石的同意，实际上蒋介石并不同意。蒋介石讥讽赫尔利是"大傻瓜"。

十天之后，蒋介石终于作出了反应。他提出了三条反建议，作为新的国共

---

[1]《中共中央文件选集》第 14 卷，中共中央党校出版社 1991 年版，第 397—398 页。
[2] D. 包瑞德：《美军观察组在延安》，解放军出版社 1984 年 12 月版。

谈判方案：

  一、国民政府允将中共军队加以改编，承认中共为合法政党。
  二、中共应将一切军队移交国民政府军委会统辖，国民政府指派中共将领以委员资格参加军委会。
  三、国民政府之目标为实现三民主义之国家。[1]

蒋介石与赫尔利为世界和平祝酒

蒋介石的三条反建议回避了联合政府问题，也就回避了要害问题。这下子，把毛泽东和赫尔利已经签好的文件变成了一张废纸。蒋介石很明确地表示：中共要求联合政府，他不能接受，因为他不是波兰流亡政府。

毛泽东得知蒋介石的三条反建议之后，于11月21日当天电复周恩来，指出蒋介石的方案是"党治不动，请几个客，限制我军"。

蒋介石通过他的代表王世杰又一次提出，希望毛泽东到重庆来当面谈判。周恩来当即作了说明：

  毛泽东同志很愿出来。他曾向军事委员会驻延安的联络参谋及赫尔利将军说过他很愿出来。但他出来必须能够解决问题，而不是为了辩论。现在联合政府问题不能解决，所以还不是他出来的时候。[2]

会谈陷入了僵局。12月7日周恩来和董必武飞回延安，准备出席在翌日召开的中共六届七中全会。包瑞德同机而行。飞机在飞过西安之后，好久不见延安的标志——山顶上的宝塔。周恩来意识到驾驶员迷航了。他走过去对包瑞德说："上校，我觉得有点不对头了。下面的地形是我完全陌生的，再说这时我们也应该到延安了。我想我们现在是在向西飞行，而不是向北。"

---

[1] 毛磊，范小方：《国共两党谈判通史》，兰州大学出版社1996年版，第234页。
[2] 金冲及主编：《周恩来传（1898~1949）》，人民出版社、中央文献出版社1989年版，第576页。

包瑞德朝窗外一看，也发觉不对，有点慌了。这时，周恩来说："让驾驶员拐个180度的大弯后向前飞，就可以飞到一条河的上空，那条河就是渭河。然后，再朝北飞行。"周恩来仿佛成了领航员。驾驶员照着周恩来指点的方向飞行，果真找到了方向，机翼下出现了宝塔。机舱里人们都称赞周恩来，周恩来却说："我来来回回跟国民党谈判，总是飞这条路，成了'老经验'啦。可惜，我飞了那么多个来回，国共谈判还在'迷航'之中。"

确实，国共谈判反反复复、起起伏伏，依然在兜圈子。

在周恩来、董必武回延安之后，由王若飞在重庆跟国民党谈判。12月12日，毛泽东和周恩来从延安给王若飞发来联名电报：

> 牺牲联合政府，牺牲民主原则，去几个人到重庆做官，这种廉价出卖人民的勾当，我们决不能干。这种原则立场我党历来如此，希望美国朋友不要硬拉我们如此做……[1]

在1945年元旦到来之际，蒋介石发表了元旦广播。他说：

> 我觉得我们国民大会的召集，不必再待之战争结束以后……我现在准备建议中央，一俟我们军事形势稳定，反攻基础确立，最后胜利更有把握的时候，就要及时召开国民大会，颁布宪法……归政于全国的国民。

毛泽东在1月3日，便以"延安权威人士"的名义，写出了《评蒋介石元旦广播》。毛泽东以极为辛辣的语言，对蒋介石的元旦广播嗤之以鼻：

> 蒋氏及其一群的所谓"国民大会"，早已臭名远播，不搬还可藏拙，搬出一次就会臭气大发一次。孟子说道："西子蒙不洁，则人皆掩鼻而过之。"西子是个美人，蒙了不洁，人皆掩鼻。一个独夫浑身漫在粪缸里，怎能叫中国人民不掩着鼻子开跑步呢！若欲人不掩鼻，除非洗掉大粪。[2]

毛泽东又在那里指斥蒋介石"独夫"了！凡是"独夫"这类字眼出现在毛

---

[1]《关于同国民党谈判的原则立场的指示》，中央档案馆编：《中共中央文件选集》第14卷，中共中央党校出版社1991年版，第31页。

[2]《解放日报》1945年1月4日延安。

泽东笔下之时，便是国共关系寒暑表里的水银柱急剧下降之际。

在周恩来回延安之后，赫尔利几度邀请周恩来到重庆继续谈判。1945年1月24日，周恩来又飞重庆。

在赫尔利的斡旋下，国共再开谈判。

2月13日，在赫尔利的陪同下，周恩来会晤蒋介石。蒋介石的一句话，深深激怒了周恩来，致使周恩来三天后就回延安去了。

蒋介石说了这么一句话："联合政府是推翻政府，党派会议是分赃会议。"

蒋介石说到这个地步，还有什么可谈的呢？

毛泽东1945年在延安

就在这个时候，美国"朋友"赫尔利的态度也变了。他原来声称充当国共之间调解人，保持不偏不倚的立场。如今，他倒向了蒋介石，实行"扶蒋反共"。

毛泽东敏锐地察觉到赫尔利的变化——在毛泽东看来，赫尔利原本戴的是"假面具"，现在露出了真相。

1945年春，赫尔利和魏德曼回美国述职。赫尔利在美国各种公众场合发表谈话，扶蒋反共："只要向蒋介石的中央政府提供数量较小的援助，共产党在中国的叛变就可以镇压下去……美国只同蒋介石合作，不同中共合作。"

罗斯福总统表示接受赫尔利的对华政策。也就在这个时候，罗斯福总统于4月12日因脑溢血溘然逝世，副总统杜鲁门继任美国总统。

毛泽东以新华社评论的名义，发表了《赫尔利和蒋介石的双簧已经破产》和《评赫尔利政策的危险》，猛烈地抨击了赫尔利："美国的赫尔利，中国的蒋介石，在以中国人民为牺牲品的共同目标下，一唱一和，达到了热闹的顶点……在同一个赫尔利的嘴里，以蒋介石为代表的国民党政府变成了美人，而中共则变成了魔怪。"

对台戏：中共七大和国民党"六全"大会

毛泽东和蒋介石都估计到抗战胜利已是可望可即。作为政治家，他们都在考虑下一步棋：抗战胜利之后，该怎么办？

毛泽东和蒋介石不约而同，走了同一步棋：召开党的全国代表大会。

屈指算来，中共该开第七次全国代表大会。按中共的习惯，称七大；国民党则该开第六次全国代表大会。以国民党习惯，称"六全"大会。

颇为有趣的是，中共七大和国民党"六全"大会，几乎同步召开！

中共七大开幕比国民党"六全"大会开幕要早，闭幕要晚：中共七大在1945年4月23日至6月11日召开，开了近五十天；国民党"六全"大会则自5月5日至21日，只开了半个月。

中共七大在延安杨家岭新落成的中央大礼堂召开，主席台正中挂的是毛泽东和朱德两人并肩的侧面像；国民党"六全"大会在重庆浮图关中央干校召开，主席台正中挂的是孙中山正面像。

中共七大高悬的标语为"在毛泽东的旗帜下胜利前进"，而国民党"六全"大会的标语依然是"革命尚未成功，同志仍须努力"。

"起来，饥寒交迫的奴隶。起来，全世界受苦的人……"中共七大在《国际歌》中开始；"三民主义，吾党所宗。以建民国，以建大同……"国民党"六全"大会则在《中国国民党党歌》声中开始。

出席中共七大的正式代表为547人，候补代表208人；出席国民党"六全"大会的正式代表579人，特准代表161人。

1945年4月，毛泽东在中共七大致开幕词，并作政治报告《论联合政府》

对于中共和国民党来说，这次全国代表大会都是空前的。

中共六大是在1928年召开的，那时中共只有4万多名党员；时隔17年再召开七大，中共党员已猛增至121万，已是一个大政党了！

早在1938年9月的中共六届六中全会上，便已作出了《关于召集七次全国代表大会的决议》。在1940年12月，中共中央曾打算在翌年1月召开七大。12月6日中共中央致周恩来的电报中，便有一句："七大开会在即，你及项英均须 1 月 15 日前到延。"[1] 只是由于皖南事变突然爆发，使中共七大不得不推迟。这一推，就推迟了五年……

国民党也走过了曲折的路：国民党的"四全"大会有三个之多——蒋介石在南京、胡汉民在广州、汪精卫在上海各自召开了各自的"四全"大会。好不容易在 1935 年 11 月算是召开"五全"大会，开幕之日便爆出汪精卫在与中委们合影时被刺的新闻，而胡汉民则拒绝出席会议。

至于国民党"六全"大会，居然也有两个！那个汪精卫的国民党，于 1939 年 8 月 28 日，在上海极司裴尔路（今万航渡路）76 号秘密召开了"六全"大会。蒋介石得知，斥之为"伪'六全'大会"！

耐人寻味的是，陶希圣既参加那个汪记国民党"六全"大会，又出席了蒋介石的国民党"六全"大会。

中共七大和国民党"六全"大会的主题，都是为抗战胜利之后怎么办制定党的方针政策。

毛泽东在中共七大作了题为《两个中国之命运》的开幕词和题为《论联合政府》的政治报告。

毛泽东提出了中共的政治路线：

> 放手发动群众，壮大人民力量，团结全国一切可能团结的力量，在我们党的领导之下，为着打败日本侵略者，建设一个光明的新中国，建设一个独立的、自由的、民主的、统一的、富强的新中国而奋斗。

毛泽东指出，中共的方针是："废止国民党的一党专政，建立民主的联合政府。"[2]

蒋介石在国民党"六全"大会上作了《政治总

1945 年的蒋介石与宋美龄

---

[1]《中共中央关于项英由皖南赴延安问题给周恩来的指示》（1940 年 12 月 6 日），见中国人民解放军政治学院党史教研室编：《中共党史教学参考资料》第 16 册，1986 年版，第 511 页。

[2] 毛泽东：《论联合政府》，《毛泽东选集》第 3 卷，人民出版社 1991 年版，第 1066 页。

报告》，制定了国民党的方针：

> 今天的中心工作在于消灭共产党！日本是我们国外的敌人，中共是我们国内的敌人，只有消灭中共，才能达成我们的任务。[1]

大会对外发表了《对中共问题之决议案》，称中共"不奉中央之军令政令"，"武装割据，破坏抗战，危害国家"。

对内秘密印发《本党同志对中共问题之工作方针》，称毛泽东提出的联合政府为"企图颠覆政府，危害国家"，要求国民党"整军肃政，加强力量"。

潘公展作了《关于中共问题的特别报告》，则称："与中共之斗争，已无法妥协。今日之急务，在于团结本党，建立对中共斗争之体系……当前对中共之争论，应集中反驳联合政府，反驳抗日战争中有两条路线的论调，反驳中共具体纲领，与反对解放区人民代表大会。"

国民党"六全"大会拒绝了毛泽东的关于联合政府的主张，通过了《关于国民大会召集日期案》，确定"国民大会于1945年11月12日召开，并由大会通过宪法"。

毛泽东则反对召开国民大会，对国民党的提议加以驳斥道：

> 他们准备把一条绳索套在自己的脖子上，并且让它永远也解不开，这条绳索的名称就叫做"国民大会"。他们的原意是把所谓"国民大会"当作法宝祭起来，一则抵制联合政府，二则维持独裁统治，三是准备内战理由。

这么一来，蒋介石反对毛泽东提出的联合政府；毛泽东又反对蒋介石提出的国民大会。重庆和延安，两个大会尖锐地对立着。

中共七大通过修改党章，确定毛泽东思想为全党指导方针。

国民党"六全"大会则通过《中国国民党总章》，改总裁代行总理职权为行使总理职权。蒋介石可以按个人手令裁夺全国党、政、军、财一切事务。

中共七大和国民党"六全"大会唱的是对台戏。毛泽东和蒋介石分别为中共、国民党制定抗战胜利后的政策。眼看着抗战即将画上句号，一场新的斗争又将开始……

---

[1] 国民党中央党部档案，中国第二历史档案馆藏"南京国民政府档案"。

第八章
重庆谈判

◎ 毛泽东车抵林园,蒋介石夫妇已在1号楼前恭候了。原本隔着"楚河汉界"厮杀的这两位国共"棋手",今日终于笑脸相迎,握手言欢。蒋介石对毛泽东的称呼是"润之",毛泽东对蒋介石的称呼是"蒋先生"。

毛泽东说"蒋介石在磨刀"

来得快，去得也快。1945年随着夏日的到来，世界的历史进程以高节奏向前推进：

4月28日，墨索里尼被处决；

4月30日，苏军把红旗插上柏林市中心的德国国会大厦，希特勒和他的情妇伊娃自杀于德国总理府地下室；

5月8日深夜，在柏林郊区卡尔斯霍尔斯特，举行了德国无条件投降仪式，德国全权代表凯特尔在无条件投降书上签字，并于9日零点生效；

7月中旬，1000多架美国舰载飞机空袭东京；

8月6日上午8时15分，美国两架B-29型轰炸机在日本广岛上空掷下第一颗原子弹；

8月8日，苏联对日本宣战；

8月9日，苏联红军157万人、3400多架飞机、5500多辆坦克在远东总司令华西列夫斯基的指挥下，向驻守中国东北的75万日本关东军发动总攻；

同日，美军在日本长崎市投下第二颗原子弹，两颗原子弹使45万日本平民伤亡；

8月10日下午7时50分，日本外相东乡茂德通过电台广播，宣布日本政府无条件投降；

8月15日上午9时，日本天皇裕仁广播《停战诏书》，正式宣布无条件投降。从此，中国十四年抗战画上了句号。爆竹声震撼着华夏大地，中国人民泪眼含笑，欢呼这一历史性的胜利。

笔者于2007年在美国斯坦福大学胡佛研究所查阅并抄录了1945年8月15日的蒋介石日记：

> 今晨接获敌国无条件投降正式复文以后，唯有深感上帝所赋予我之恩典与智慧之大殊不可思议之，尤以圣诗篇第9章无不句句应验，毫无

欠缺为感。上帝所予我之祝福如此之大,岂可不更奋勉?上午7时前接吴国桢电话,知日本已向我四国正式投降云。复文定7时发表,乃即默祷。在静默中即听得日本投降之播音。此心并无所动,一如平

叶永烈在旧金山斯坦福大学图书馆查阅蒋介石日记

日。静坐36分朝课毕阅报,决定10时对世界广播。记事后即往广播大厦播词,(然后)发电邀毛泽东来渝共商大计。着手拟接收各省及招降各人员姓名。正午督促对敌冈村命令之设法接发与催其回电等各种处置。下午发美英俄三国贺电并促文官长到三国使馆代祝共同胜利。批阅公文。5时会见哈雷·魏德迈,彼促我派兵占领香港甚切,余当考虑。

中苏互助协定已于今晨6时签订。终日未接宋等正式报告,仅闻各处广播。消息至12时方证实也。

蒋介石和毛泽东都对日本无条件投降这一历史性的胜利发表演说。毛泽东是8月13日在延安干部会议上发表题为《抗日战争胜利后的时局和我们的方针》的演说;蒋介石则是8月15日在重庆中央广播电台发表题为《抗战胜利告全国军民及全世界人士》的广播演说。往常,毛泽东的文稿出自他自己笔下,这是众所周知的,而蒋介石的文稿出自陈布雷笔下,这也是人所共知的;这一回,蒋介石一反惯例,自己执笔写了演说稿。

蒋介石的演说是公开发表的,是欢呼式的:

我要告诉全世界的人们和我国的同胞,相信这个战争是世界上文明国家所参加的最后一次战争。我们所受到的凌辱和耻辱,非笔墨和语言所能罄述。但是,如果这个战争能够成为人类历史上的最后战争,那么对于凌辱和耻辱的代价的大小和收获的迟早,是无须加以比较的……

我相信今后地无分东西,人不论肤色,所有的人们都一定像一家人一样亲密地携手合作。这个战争的结束,必然会使人类发扬互谅互敬的精神,

蒋介石发表《抗战胜利告全国军民及全世界人士》广播演说

树立相互依赖的关系……

但是，欢呼声中夹杂着争吵声。抗日的胜利，意味着中日对抗的结束，而国共矛盾由此加剧。蒋介石在8月11日下达三道命令：

一道命令给国民党军队，要求"各战区将士加紧作战努力，一切依照既定军事计划与命令，积极推进，勿稍松懈"；

一道命令给中共领导的第十八集团军总部，要求"所有该集团军所属部队，应就原地驻防待命"；

一道命令给所有伪军，要他们"维持治安"，只接受国民党部队的收编。

蒋介石这三道命令，理所当然地引起毛泽东的愤慨。于是，出现了一个有趣的现象：

署名"第十八集团军总司令朱德"致蒋介石的电报，如今收入《毛泽东选集》——因为那电报是毛泽东写的！

以朱德名义于13日致蒋介石的电报，那语调是毫不客气的：

我们认为这个命令你是下错了，并且错得很厉害，使我们不得不向你表示，坚决地拒绝这个命令。因为你给我们的这个命令，不但不公道，而且违背中华民族的民族利益，仅仅有利于日本侵略者和背叛祖国的汉奸们。

同日，毛泽东又以新华社评论员名义发表评论——《蒋介石在挑动内战》，那语调更是如刀似剑，称蒋介石为"中国法西斯头子独夫民贼"。

同日，毛泽东发表了题为《抗日战争胜利后的时局和我们的方针》的演说，阐述抗战胜利后中共的方针。由于是在党内会议上演讲，毛泽东说得直截了当。

毛泽东这样论及他的政治对手蒋介石：

中国大地主大资产阶级的政治代表蒋介石，大家知道，是一个极端残忍极端阴险的家伙。他的政策是袖手旁观，等待胜利，保存实力，准备内战。果然胜利被等来了，这位"委员长"现在要"下山"了。八年来我们和蒋介石调了一个位置，以前我们在山上，他在水边，抗日时期，我们在敌后，他上了山。现在他要下山了，要下山来抢夺抗战胜利的果实了。[1]

紧接着，毛泽东这样剖析蒋介石的历史：

> 蒋介石是怎样上台的？是靠北伐战争，靠第一次国共合作，靠那时候人民还没有摸清他的底细，还拥护他。他上了台，非但不感谢人民，还把人民一个巴掌打了下去，把人民推入了十年内战的血海。这段历史同志们都是知道的。这一次抗日战争，中国人民又保卫了他。现在抗战胜利了，日本要投降了，他绝不感谢人民，相反的，翻一翻1927年的老账，还想照样来干。蒋介石说中国过去没有过"内战"，只有过"剿匪"；不管叫做什么吧，总之是要发动反人民的内战，要屠杀人民。[2]

毛泽东在演讲

毛泽东发出警告，"现在蒋介石已经在磨刀了"。他非常明确地说了中共对付蒋介石的方针：

> 蒋介石对于人民是寸权必夺，寸利必得。我们呢？我们的方针是针锋相对，寸土必争。我们是按照蒋介石的办法办事。蒋介石总是要强迫人民接受战争，他左手拿着刀，右手也拿着刀。我们就按照他的办法，也拿起刀来。

---

[1] 毛泽东：《抗日战争胜利后的时局和我们的方针》，《毛泽东选集》第4卷，人民出版社1991年版。
[2] 毛泽东：《抗日战争胜利后的时局和我们的方针》，《毛泽东选集》第4卷，人民出版社1991年版。

蒋介石拿起了刀；毛泽东"按照蒋介石的办法办事"，也拿起了刀。抗战的硝烟还未消散，内战的烽火眼看着又要燃起。

中国，来到了十字路口：

未来的中国是蒋介石的中国还是毛泽东的中国？

未来的中国是国民党的中国还是中共的中国？

未来的中国是资本主义的中国还是社会主义的中国？

两种中国之命运，眼看着要在960万平方公里的国土上，展开一场你死我活的大搏斗……

妙棋乎？刁棋乎？

8月14日，是一个特殊的日子：前一天，毛泽东在延安发出"蒋介石在磨刀"的警告；后一天，日本天皇宣布无条件投降。

不早不晚，就在8月14日，蒋介石从重庆给毛泽东发去一份十万火急而又举国瞩目的电报，全文如下：

万急，延安

毛泽东先生勋鉴：

倭寇投降，世界永久和平局面可期实现，举凡国际国内各种重要问题，亟待解决，特请先生克日惠临陪都，共同商讨，事关国家大计，幸勿吝驾，临电不胜迫切悬盼之至。

蒋中正

未寒[1]

那时，电报以地支代月、韵目代日，"未"即8月，"寒"即14日。如同蒋介石日记所记，他在翌日——8月15日——去广播大厦演讲时还宣读了这一电报。

在此之前，蒋介石曾六邀毛泽东：

1937年8月邀毛泽东赴南京出席国防会议；

---

[1] 原载1945年8月16日重庆《中央日报》，转引自中共重庆市委党史工作委员会编《重庆谈判纪实》，重庆出版社1984年版，第21页。

1938年7月邀毛泽东赴汉口出席国民参政会一届一次会议；

1938年12月邀毛泽东赴西安会面；

1942年8月再邀毛泽东赴西安会晤；

1944年11月邀毛泽东赴重庆晤面；

1944年12月再邀毛泽东赴重庆见面。

这六邀，分别是通过张冲、周恩来、赫尔利、王世杰等转达的，而且都是秘密的。

这一回，与往日不同，是由蒋介石直接致电毛泽东，发出正式邀请，而且于8月16日将电文公之于《中央日报》。这表明此次邀请非同小可。蒋介石决心要把此事跟舆论联系在一起，从幕后推到台前。不论毛泽东来不来重庆，都要让公众知道，都要向公众有个交代。因此，从一开始，蒋介石打的便是舆论战、宣传战。

1945年，抗日战争胜利时的蒋介石

向毛泽东发邀请电的主意，是吴鼎昌在8月13日向蒋介石出的。[1]

吴鼎昌比蒋介石年长3岁，原籍浙江吴兴，1919年南北和谈时任北方代表，后来任《大公报》社长、国民政府实业部部长，此后，还曾任贵州省主席。1945年1月，吴鼎昌调任国民政府文官长，成了蒋介石的近臣、谋士（1948年5月起任总统府秘书长）。

蒋介石采用了吴鼎昌的建议，并命他于14日起草了以蒋介石名义致毛泽东的第一份电报。

不过，当蒋介石决定公开发表这一电报时，却使《中央日报》吃了一惊！《中央日报》那时的社长为胡建中，但他不大过问社务，主持业务的是总编辑陈训恩，总主笔是陶希圣。陈训恩乃陈布雷之胞弟。陈训恩及陶希圣平时住蒋介石侍从室二处，与陈布雷过从甚密，消息灵通。可是，《中央日报》社15日深夜突然从中央社的电讯稿中，得知蒋介石给毛泽东发出邀请电一事，极为震惊。从陈训恩口中透露，此电报不是陈布雷起草，所以他事先并不知情。人们这才慢慢知悉，那电报原来是吴鼎昌的手笔……

幕后策划者乃赫尔利。这位"大律师"，一直想充当国共两党斡旋人的角色。十个月前，他在延安会晤毛泽东时，就代表蒋介石邀请过毛泽东去重庆。眼下，到了中国历史的转折点，他更是重申自己的主张。

---

[1] 王芸生，曹谷冰：《1926年至1949年的〈大公报〉》，载《文史资料选集》第28辑，1962年版。

当然，蒋介石有他自己的主意，那就是他在《苏俄在中国》一书中所写的：

自十九年剿匪开始……我对共产党的方针始终是剿抚兼施的。

对于蒋介石来说，那份电报是一步妙棋、好棋、稳棋：倘若毛泽东又借口"齿病""感冒"或者别的"微恙"不来重庆，那自然是使毛泽东在公众面前输了理；倘若毛泽东来了，可以借助于马拉松式的谈判，赢得时间。因为蒋介石急于要接收大批伪军，然后部署与中共决战，正需要时间。

这份邀请电，对于毛泽东来说，无异于一步刁棋：去吧，要冒着张学良、叶挺的风险，或者可能成为人质。他刚刚在延安干部会上说过蒋介石是"极端残忍和极端阴险的家伙"；不去吧，显而易见，蒋介石在舆论上要占上风。

面对蒋介石的这一步刁棋，毛泽东一时似乎难以作出明确的答复。他于8月16日给蒋介石复了一封极其简短、未作正面回答的电报：

重庆
蒋委员长勋鉴：
　　未寒电悉。朱德总司令本日午有一电给你，陈述敝方意见，待你表示意见后，我将考虑和你会见的问题。

毛泽东
未铣[1]

毛泽东提及的朱德同日中午的电报，其实也是毛泽东写的！与毛泽东以自己的名义打给蒋介石的寥寥数语的电报相反，这一电报竟长达三千字！人们在研究蒋介石与毛泽东之间电报交往时，往往忽视了这份长电，以为是朱德的电报。其实，这份朱德的电报也收入《毛泽东选集》，表明那确实是毛泽东的手笔。

毛泽东巧妙地借用朱德的名义，对蒋介石的命令提出严重抗议，并提出六项要求。

电报中，对蒋介石再也不用过去那种下级对上级的口气，而是称之"你和你的政府"。这表明，抗战一结束，中共的军队再也不受制于蒋介石了。毛泽东写道：

---

[1] 原载1945年8月21日重庆《新华日报》，见中共重庆市委党史工作委员会等编：《重庆谈判纪实》，重庆出版社1984年版，第22页。

> 一切同盟国的统帅中，只有你一个人下了绝对错误的命令。我认为你的这个错误，是由于你的私心而产生的，带着非常严重的性质。这就是说，你的命令有利于敌人。

同日，还有一篇文章很值得注意。那也出于毛泽东手笔，却以新华社评论的名义公开发表。这篇评论题为《评蒋介石发言人谈话》，干干脆脆称蒋介石为"人民公敌"：

> 在中国，有这样一个人，他将中国人民推入了十年内战的血海，因而引来了日本帝国主义的侵略。然后，他失魂落魄地拔步便跑，率领一群人，从黑龙江一直退到贵州省。他袖手旁观，坐待胜利。果然，胜利到来了。他叫人民军队"驻防待命"，他叫敌人汉奸"维持治安"，以便他摇摇摆摆地回南京。只要提到这些，中国人民就知道是蒋介石。蒋介石干了这一切，他是不是人民公敌的问题，是否还有争论呢？争论是有的。人民说：是。人民公敌说：不是。只有这个争论。[1]

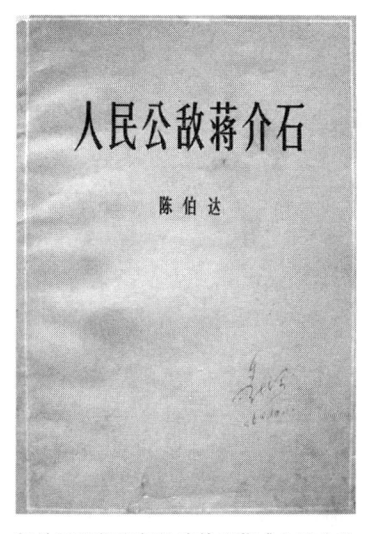

解放后重新出版的陈伯达著《人民公敌蒋介石》

毛泽东称蒋介石为"人民公敌"，是因为蒋介石的发言人称朱德（亦即毛泽东）为"人民公敌"。蒋介石的发言人15日在重庆记者招待会上，谈及朱德违抗蒋委员长的命令时说："违反者即为人民之公敌。"

一边函电交驰，表示"共商大计"；一边又互骂"人民公敌"，剑拔弩张。笑脸和怒视交织在一起。

笔者在美国查得蒋介石日记中1945年8月18日的《上周反省录》。在这篇日记中，蒋介石将其当时的内心世界暴露无遗：

> 共匪朱毛荒谬跳叫至不可名状，专以内战名词威胁利用者。可知美国人识见之浅薄，浮动之一般，但其政府之政策似已稳定或不敢为共匪所欺弄乎。朱之抗命，毛之复电只有以妄人视之，但不可不防其突变叛乱也。

---

[1]《毛泽东选集》第4卷，人民出版社1991年版。

鉴于蒋介石公开发表给毛泽东的电报，毛泽东也把他 16 日给蒋介石的复电公开发表于 21 日重庆《新华日报》。

蒋介石在 8 月 19 日的日记中写及：

> 修正复毛匪电稿。此稿要旨昨夜睡醒后思虑颇切也。

经过"昨夜睡醒后思虑"，蒋介石于 20 日第二次致电毛泽东：

> 来电诵悉，期待正殷，而行旌迟迟未发，不无歉然。

蒋介石在电报中，对毛泽东以朱德名义发来的那份长电作出答复。蒋介石仍坚持要朱德"严守纪律，恪遵军令"。接着，蒋介石这么说：

> 抗战八年，全国同胞在水深火热之中，一旦解放，必须有以安辑之鼓舞之，未可蹉跎延误。大战方告终结，内争不容再有。深望足下体念国家之艰危，悯怀人民之疾苦，共同戮力，从事建设。如何以建国之功收抗战之果，甚有赖于先生之惠然一行，共定大计，则受益拜惠，岂仅个人而已哉！特再驰电奉邀，务恳惠诺为感。

蒋介石依然打宣传战。这份电报于翌日发表于《中央日报》，并加上了这样醒目的标题：《蒋主席再电毛泽东　盼速来渝共商大计》。

毛泽东于 8 月 22 日，再复蒋介石。这一电报手迹现保存在北京中央档案馆，一望而知乃周恩来所写。电报全文如下：

> 重庆
> 蒋委员长勋鉴：
> 　　从中央社新闻电中，得读先生复电，兹为团结大计，特先派周恩来同志前来进谒，希予接洽为恳。
> 　　　　　　　　　　　　　　　　　　　　毛泽东
> 　　　　　　　　　　　　　　　　　　　　未养 [1]

---

[1] 原载 1945 年 8 月 24 日重庆《新华日报》，见中共重庆市委党史工作委员会等编：《重庆谈判纪实》，重庆出版社 1984 年版，第 24 页。

这就是说,毛泽东只答应"先派周恩来"去。周恩来和蒋介石翻来覆去,谈过那么多次,显然,蒋介石绝不会满足于毛泽东这样的答复。他以为毛泽东老样子,跟过去一回回婉拒一样,这一回也不会来。

于是,蒋介石下了一步咄咄逼人之棋,于23日第三次致电毛泽东,声称连"迎迓"毛泽东的飞机都准备好了!

蒋介石在8月23日的日记中写道:

> 毛泽东复电拟派周恩来代表来渝洽商,余复电务望其同来。

1945年时的毛泽东

蒋介石的电报全文如下:

延安
毛泽东先生勋鉴:

> 未养电诵悉,承派周恩来先生来渝洽商,至为欣慰。唯目前各种重要问题,均待与先生面商,时机迫切,仍盼先生能与恩来先生惠然偕临,则重要问题,方得迅速解决,国家前途实利赖之。兹已准备飞机迎迓,特再驰电速驾!
>
> 　　　　　　　　　　　　　蒋中正
> 　　　　　　　　　　　　　　　梗

蒋介石此电,于25日刊在《中央日报》上,标题为《蒋主席三电延安敦促毛泽东来渝》。

中国的惯例讲究"三",比如,三顾茅庐。看来,蒋介石已是三请毛泽东了。在蒋介石这步"逼"棋面前,毛泽东该怎么回敬呢?

各方关注延安枣园的动向

一时间,毛泽东的动向,成了全国关注的焦点。

延安城西北,约莫 15 华里处,有一大片果园,其中以枣树居多,人称"枣园"。

这枣园原是地主申有安的产业,后来他把枣园连同园内的一大片窑洞都卖给了陕北军阀高双成。红军攻入延安,高双成跑了,枣园归公。后来,康生看中了那里,把他手下的中央社会部搬进了枣园。从 1943 年初起,毛泽东住进枣园,中共中央机关也由杨家岭迁此。

在枣园东北半山坡上,五排窑洞分别住着毛泽东、刘少奇、朱德、周恩来和任弼时,他们是中共七届一中全会选出的中共中央书记处的五位书记,人称"五大书记"。

在五大书记所住的山坡之下,枣树丛中,有一座新盖的砖木结构的平房,人称"中央书记处小礼堂",是五大书记开会的地方。自从蒋介石的一封封电报飞入枣园,小礼堂的灯光常常彻夜通明……

最为关注着枣园动向的,当然要算蒋介石了。他给国民党派驻延安的联络参谋周励武、罗伯伦发去电报,要他们弄清毛泽东的意图。于是,周、罗求见毛泽东。毛泽东自然一眼便看穿他们的来意,答曰:"目前不准备去重庆。"周、罗迅即把来自枣园的第一手消息,密报蒋介石。

重庆各界从报端得知蒋介石电邀毛泽东,毛泽东顿时成了"热点人物"。各色人等,各种议论,均在关注着延安枣园的动静。重庆各报发表各种文章,表明各种态度——其中有一点是共同的,即表达了对毛泽东的关心。

重庆《大公报》于 22 日发表社论《读蒋主席再致延安电》,说道:"抗战胜利了,但在胜利的欢欣中,人人都在悬注延安的态度……殷切盼望毛先生不吝此行,以为国家之大计。"

重庆《新华日报》于 22 日发表社论《蒋介石先生哿电书后》,被国民党当局扣发,只得于翌日单页印行,随报附送。"哿"即电报 20 日代日韵目。社论指出:

> 一句最平凡的真理:要团结先要民主。像目前这样一只手叉住了对方的咽喉,暗中拳打脚踢,而面孔上浮着奸笑来说"快来团结,快来团结"的做法,三岁的孩子也会知道不公平不合理和不可能团结得拢来的。

延安枣园的中共中央五大书记雕塑，右起：朱德、刘少奇、毛泽东、周恩来、任弼时

24日，重庆《新华日报》刊载读者莫一尘的来信：

> 有些报纸的言论，非常强调毛先生出来，好像只要他一出来，就可以解决一切问题……可是，我要请问一下那些说空话的先生们：张学良和杨虎城将军在哪里？叶挺在哪里？廖承志在哪里？在共产党和其他民主党派连合法的地位都没有，在特务横行、老百姓连半点人身自由都没有的情况下，叫毛先生怎样出来呢？

部分民盟人士合影。前排右起：王造时、沈钧儒、李公朴

中国民主同盟此刻也发话了。这是由部分中间党派和无党派人士组成的政治团体。

中国民主同盟最初成立于1939年11月，称"统一建国同志会"。1941年3

月，改组为"中国民主政团联盟"。1944年9月，再度改组为"中国民主同盟"，简称"民盟"，以张澜为主席，左舜生为秘书长，章伯钧、罗隆基、沈钧儒、黄炎培、梁漱溟等为中央常委。

中国民主同盟成了国民党、中共之外的中国第三大党。1945年3月7日，联合国准备成立，周恩来在致国民党王世杰信中，建议中国代表团人选"必须包括中国国民党、中国共产党、中国民主同盟三方面的代表"。

中国民主同盟于1945年8月16日，发表《在抗战胜利声中的紧急呼吁》：

> 我们要求执政的中国国民党，同时也要求有土地有人民也有武装的中国共产党，对我们的主张给以充分的考虑……我们承认国民党对抗战是尽了力的，同时我们承认共产党也尽了力……

他们提出了十条主张，并以八个字来概括，即"民主统一，和平建国"。

8月21日，国民党《中央日报》编辑部在对形势进行分析时，总主笔陶希圣说："我们明知共产党不会来渝谈判，我们要假戏真做，制造空气。"他又说："即便共产党来，利用谈判拖一拖也好；共产党拒绝谈判，我们更有文章好做。"

耐人寻味的是，自称"闲人偶尔好事"的胡适，致电毛泽东：

> 中共领袖诸公：
>
> 今日宜审察世界形势，爱惜中国前途，努力忘却过去，瞻望将来，痛下决心，放弃武力，准备为中国建立一个不靠武装的第二大政党。公等若能有此决心，则国内18年纠纷一朝解决。[1]

美国合众社记者从重庆发出电讯，报道魏德曼的讲话：

> 美驻华陆军总司令魏德曼中将昨日（16日）下午在一记者招待会上答复记者，如中共领袖朱德、毛泽东依照建议到达重庆，彼不敢担保彼等之安全，因此举纯系中国问题。但彼谓如中国政府要求给延安领袖之交通工具，则彼可以办得到云。

美国《纽约时报》发表社论，指出：

---

[1] 中国社会科学院近代史研究所中华民国史组编：《胡适来往书信选》（下），中华书局1980年版。

蒋主席邀请中国共产党领袖赴渝共商国是……自中国共产党过去情形视之，此次或将拒绝蒋主席之邀请，彼等并不愿参加合作。[1]

延安枣园刘少奇旧居（叶永烈摄）

《纽约时报》的社论，正合蒋介石的心意。于是，中央社迅即转译，作为电讯发出，许多中国报纸加以刊载。这等于用美国人的话，将了毛泽东一军！

莫斯科理所当然关注着延安的决策。虽说共产国际已经宣布解散，但斯大林仍不时通过苏军驻延安情报组给毛泽东发来电报。斯大林先是给毛泽东来了一份电报说：

> 中国不能再打内战，要再打内战，就可能把民族引向灭亡的危险地步。[2]

这电文引起了毛泽东的极大不快。毛泽东说："我就不信，人民为了翻身搞斗争，民族就会灭亡！"

紧接着斯大林又给毛泽东来了电报，那口气依然是上级发给下级的：

> 中国应该走和平发展的道路，毛泽东应赴重庆同蒋介石谈判，寻求维持国内和平的协议；如果打内战，中华民族有毁灭的危险。

至于延安各界，当然也非常关切着毛泽东是否去重庆。他们大都为毛泽东的安全担心。

---

[1] 王康：《重新解读　重新起步》，《博览群书》2005年第6期。
[2] 《在历史巨人身边——师哲回忆录》，中央文献出版社1991年版。

毛泽东决策亲赴重庆

虽说各方意见纷至沓来，中共毕竟已是独立的大党，有能力独立自主地作出决策。抗战期间，中共来了个大发展：不仅党员猛增到120多万，而且军队猛增到127万，另有民兵268万！须知，在八年前，蒋介石和周恩来谈判时，双方所"讨价还价"的中共军队数目不过在2万至3万之间！此时，中共所控制的解放区，已达104万平方公里，人口达1.25亿……

在枣园的会议室里，8月23日，中共中央政治局举行扩大会议，讨论着如何对待蒋介石的邀请电。

毛泽东在会上说，现在的情况是，抗日战争的阶段已结束，中国即将进入和平建设阶段。

毛泽东说，我们过去的口号是"抗战、团结、进步"，现在的新口号是"和平、民主、团结"。和平是能得到的。

毛泽东说，苏、英、美需要和平，人民需要和平，我们需要和平，国民党也不能下决心打内战，因摊子未摆好、兵力分散、内部矛盾。

毛泽东还说，蒋介石想消灭共产党的方针没有改变，也不会改变。之所以他可能采取暂时的和平，是由于上述诸条件。

会议决定周恩来先去重庆。至于毛泽东是否去重庆，暂不作决定。用周恩来的话来说，他先去重庆打"侦察战"。国共双方谈得拢，毛泽东再去；谈不拢，毛泽东就不必去。

不过，会议还是为毛泽东去重庆作了必要的人事安排：如果毛泽东去重庆，由刘少奇代理中共中央主席。另外，决定增补陈云、彭真为中共中央书记处候补书记。

会议通过了《中共中央对目前时局宣言》，提出了六条紧急措施。

这样，毛泽东于翌日发出了致蒋介石的第三封电报，全文如下：

特急，重庆
蒋介石先生勋鉴：

梗电诵悉，甚感盛意。鄙人亟愿与先

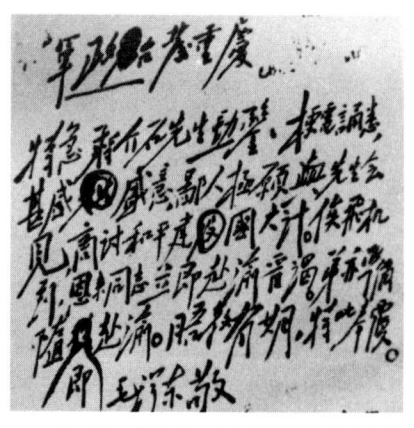

1945年8月，蒋介石三次电请毛泽东赴重庆谈判。图为毛泽东的回电手稿

生会见，商讨和平建国大计。俟飞机到，恩来同志立即赴渝晋谒，弟亦准备随即赴渝。晤教有期，特此奉复。

毛泽东
敬[1]

文末的"敬"，为 24 日代日韵目。

毛泽东的三封电报，一封比一封向前迈进：

第一封，要蒋介石先对朱德电报表态；

第二封，只说派出周恩来；

第三封，才表示"亟愿与先生会见"。

不过，第三封电报的意思，仍是"模糊"的。看上去，仿佛毛泽东马上要去重庆，但细细琢磨，是分两步走的意思：周恩来先去，毛泽东后到。毛泽东是否去还是要看蒋介石跟周恩来谈得怎么样而定。正因为这样，重庆报纸发表毛泽东这一电文时，标题是这样的：

《毛泽东电复蒋主席亟愿会见共商和平建国大计周恩来先行彼亦准备随之来渝》。

真正作出毛泽东赴重庆的决定，是在 25 日夜。那天，王若飞从重庆赶回延安。

在枣园会议室里参加会议的，是中共中央五大书记加上新增的陈云、彭真两位候补书记。

王若飞介绍了重庆的各界反应，书记们反复斟酌着。毛泽东分析了形势，认为他去重庆的话，有四个有利条件：一、我们的力量；二、全国的人心；三、蒋自己的困难；四、外国的干预。毛泽东作出了结论："这次去是可以解决一些问题的。"

这样，中共中央于翌日发出了由毛泽东起草的《关于同国民党进行和平谈判的通知》：

> 现在苏、美、英三国均不赞成中国内战，我党又提出和平、民主、团结三大口号。并派毛泽东、周恩来、王若飞三同志赴渝和蒋介石商量团结

---

[1] 原载 1945 年 8 月 26 日重庆《大公报》，见中共重庆市委党史工作委员会等编：《重庆谈判纪实》，重庆出版社 1984 年版，第 37 页。

建国大计，中国反动派的内战阴谋，可能被挫折下去。[1]

一锤定音。毛泽东下定了赴重庆谈判的决心。他充分意识到去重庆的风险，排除一切冗务找刘少奇密谈了一天一夜，盼咐一切。他作了最坏的打算。

据当时任中共中央书记处办公室主任的师哲回忆，刘少奇后来曾透露了毛泽东谈话的一些内容，其中有一句话，给人印象最深。

毛泽东说："须知蒋委员长只认得拳头，不认识礼让。"

毛泽东的意思是，他到了重庆，如果蒋介石要动"拳头"，发动对延安的进攻，只有以"拳头"对"拳头"，他在重庆反而好说话。倘若"礼让"，他在重庆说起话来腰杆子就不硬了。毛泽东这话，和他过去所说的蒋介石"怕硬不怕软"是一个意思。

也就在26日，中共中央给中国战区盟军参谋长魏德曼发去一封电报，要求美军派出专机前来延安，并请美国驻华大使赫尔利随机一起前来。中共中央要美军派出专机，而不是要蒋介石派出专机，显然是考虑到毛泽东的安全。因为飞机失事之类的事故，是很难加以调查的。用美军的专机，又有美国驻华大使陪同，自然是要安全得多。

毛泽东向刘少奇面授机宜毕，27日下午美国一架草绿色的三引擎飞机，便降落在延安机场。那是赫尔利的专机。从机舱里走出来的，是身材高挑儿、一身西服的赫尔利和一身戎装、戴着眼镜的国民党代表张治中，他们专程前来迎接毛泽东……

毛泽东的八角帽换成了巴拿马盔式帽

28日，重庆各报以醒目大标题公布了毛泽东即将来渝的消息：《赫尔利昨飞延安迎接毛泽东来渝蒋主席派张治中同行定今日中午返抵重庆》。

各报均载国民党中央社根据美国新闻处消息，发表了赫尔利27日飞往延安时在重庆机场的声明：

> 余现赴延安，曾获蒋主席同意与充分赞许，以及应中国共产党主席毛泽东的邀请，余将陪同毛氏及其随员来渝，并在渝与蒋主席以及国民政府

---

[1]《毛泽东选集》第4卷，人民出版社1991年版，第1153页。

作直接商谈。余现赴延安，至感愉快，吾人曾不断做一年以上之努力，以协助国民政府消除内争之可能性。在此一争论上冲突之因素至夥，但吾人始终能获得双方之尊重与信赖，此实为吾人感觉愉快之来源。

毛泽东在延安迎接赫尔利、张治中

这样，当28日重庆各报送达千千万万读者手中之后，毛泽东来渝成了山城街谈巷议的主要内容。

这时，在延安枣园，正准备出远门的毛泽东不能不"打扮"起来……

这一回，向来随随便便，即使穿了打着大补丁的裤子照样坦然走上讲台的毛泽东忽地焕然一新，先是穿上了一件崭新的白绸衬衫，再穿上了一套崭新的灰蓝色中山装——那是叶剑英有"预见"，在北平为他定做了这么一套"礼服"，此时派上用场了。照他的习惯，衣服总是做得那么宽大，特别是裤脚管，肥大得足以伸进另一条腿。在延安窑洞里穿惯布鞋的他，此时换上了一双崭新的黑皮鞋，只是他的黑皮鞋是老式方头的，而蒋介石的黑皮鞋则是时髦的尖头的。

自从1927年毛泽东发动秋收起义上了井冈山，便过着游击生活。即使在延安，也是过着农村式的生活。这次去重庆，是他平生头一回坐飞机，是他18年来第一次进入大城市，第一次在西装革履和高跟鞋的世界中露面。作为和蒋介石平起平坐的中共领袖，他也就"包装"了一番。

"我是不是太洋气了一点？"当周恩来进来的时候，毛泽东问他道。

周恩来把脑袋稍微歪了一下，打量着毛泽东，说道："主席，你的帽子好像小了一点。"

往常，毛泽东头上戴着的是灰色的八角帽，帽子正中是一颗鲜红的五角星。眼下，要去重庆，自然不能戴八角帽，而是换上了一顶俄式呢礼帽。帽子确实小了一点，那是江青昨天特地跑到苏联医生阿洛夫那里借来的。

于是周恩来赶紧拿来一顶巴拿马盔式帽，给毛泽东试戴，倒是正合适。那顶帽子是周恩来的。毛泽东不好意思了，说道："我怎能夺人所爱？"

周恩来道："重庆我比你熟，总可以再搞到一顶，这顶就送给你吧。"

毛泽东赴重庆谈判

于是，那顶盔式帽，也就成了毛泽东赴重庆的重要"道具"，曾出现在许许多多照片之中。[1]

28日上午9点多钟，毛泽东、周恩来等一起坐着一辆南洋华侨捐赠的救护车，从枣园驶往机场。机场上聚集着许多送行的人。大家大都表情沉默，为毛泽东此行担忧。

上飞机前，一行人排成一列横队拍照留念：毛泽东的两侧，站着张治中和赫尔利，他俩都面带微笑，显然为终于请来了毛泽东而兴奋。毛泽东双眉微蹙，表情严肃。然后依次为周恩来、王若飞，毛泽东秘书胡乔木，毛泽东警卫陈龙。

最后一个进机舱的是赫尔利，他在舱口发出"哎，咦，呀"的怪叫声。送行的人们不解，询问在场送行的美军联络组组长包瑞德。

包瑞德作了绝妙的解释："赫尔利是牧羊娃出身，这可能是他早已养成的在欢快时的一种得意表现吧。"

飞机的螺旋桨卷起旋风，坐在机舱头排的毛泽东告诉周恩来："让飞机在延安上空转一圈，我要向陕北人民道个别。"

遵照毛泽东的意思，专机在延安上空转了一个圈，然后消失在西南方向的天际。

毛泽东青年时代的朋友、诗人萧三，自机场送行归来，当即写了一首诗：

　　毛主席飞上了天空，
　　地面上千万颗人的心，
　　都禁不住怦怦地跳动，
　　都跟着他到了云中。

　　是的，不论毛主席是在云端，
　　或者是落在什么地面，
　　千万颗心，万万颗心——

---

[1] 李德林，赵光耀，潍河：《毛主席赴重庆谈判轶事》，《解放军报》1992年9月1日。

都时常萦绕在他身边！
……

枣园·桂园·林园

由于报上说，毛泽东"定今日中午"抵渝，于是到了中午 1 时半，接机的人们已经赶到重庆九龙坡机场（这一机场今已改为重庆火车站）。

欢迎者大约几百人，其中最热心的要算民主党派人士，诸如张澜、沈钧儒、左舜生、章伯钧、陈铭枢、谭平山、黄炎培、冷御秋，还有刚从苏联回来的郭沫若夫妇。另一批热心者是数十位中外记者，他们理所当然对这一重大新闻产生浓厚的兴趣。

蒋介石对于毛泽东的到来并没有给予高规格的礼遇，没有鲜花，没有仪仗队，没有政府首脑。他派出了国民党中央执行委员周至柔将军作为他的代表，前去欢迎。另外，考虑到毛泽东是国民参政会参政员，国民参政会秘书长邵力子、副秘书长雷震也去欢迎。

重庆的 8 月，太阳火辣辣的，空中却静悄悄的。终于，一架银色的飞机降落了，很多人跑了过去，才知那架飞机叫"美国姑娘"，并非自延安来。

直至下午 3 点 37 分，那架草绿色的专机来了，人们蜂拥而上。最先出现在机舱门口的是面带微笑的周恩来，紧接着毛泽东、赫尔利、张治中一起出现了。毛泽东取下头上那顶盔式帽挥舞着向人们致意。"咔嚓，咔嚓"，记者们拍下了历史性的镜头。

毛泽东陷入忙碌的旋涡，跟人们打着招呼。

在机场，周恩来刚从公文包中拿出一叠印刷品，记者们顿时一拥而上，一抢而光。

那是毛泽东的书

毛泽东飞抵重庆。照片从左到右依次为：张治中、毛泽东、赫尔利、周恩来、王若飞

面谈话。下机伊始,毛泽东作了如下表态:

> 本人此次来渝,系应国民政府主席蒋介石先生之邀请,商讨团结建国大计。现在抗日战争已经胜利结束,中国即将进入和平建设时期,当前时机极为重要。目前最迫切者,为保证国内和平,实施民主政治,巩固国内团结。国内政治上军事上所存在的各项迫切问题,应在和平、民主、团结的基础上加以合理解决,以期实现全国之统一,建设独立、自由与富强的新中国。希望中国一切抗日政党及爱国志士团结起来,为实现上述任务而共同奋斗。本人对于蒋介石先生之邀请,表示谢意。[1]

美国驻华大使馆派出了牌号为2819的防弹车迎接毛泽东,蒋介石也特别拨出了牌号为2823的轿车,作为毛泽东专车,在机场等候。

上车之际,毛泽东问往哪里开、他住哪里。周至柔说,已为他准备了接待美国贵宾用的招待所。那里设备好,环境幽雅。毛泽东笑笑道:"我不是美国人,我是中国人。"

这句话,使周至柔颇为尴尬。

张治中赶紧说:"蒋主席还为您准备了山洞林园住所。"

毛泽东听罢,未置可否。

毛泽东与到机场迎接的蒋介石代表周至柔握手

毛泽东、周恩来、赫尔利、张治中一起上了美国大使馆的防弹车,那辆蒋介石派出的专车紧随其后。毛泽东一行直奔张治中公馆——毛泽东才离枣园,便进桂园!

毛泽东步入张治中家的客厅,坐在皮沙发上。他已多年未坐过沙发了。当服务小姐给毛泽东端上细瓷盖碗茶杯时,他一不小心,打碎了盖子,白瓷片撒落在客厅的广漆地板上[2]——他已多年未用过这类东西。大城市里的一切,对

---

[1] 中共重庆市委党史工作委员会编:《重庆谈判纪实》,重庆出版社1983年版。
[2] 子冈:《毛泽东先生到重庆》,重庆《大公报》1945年8月29日。

于他来说，显得那么陌生。

他的一举一动，都引起记者们的注意：他那被香烟熏得焦黄的手指，那簇新的白绸衬衫，那崭新的鞋底，那一口湖南话……

毛泽东还没有吃中饭呢！就在张治中急着安排毛泽东吃中饭——其实已是晚饭——之际，他接到了蒋介石的电话，说晚上8时半要在山洞林园宴请毛泽东。

于是，毛泽东刚从延安的枣园来到张治中的桂园，又要到蒋介石的林园了。

去林园之前，他在周恩来陪同下，匆匆前往重庆的"红区"——红岩嘴13号——会晤中共中央南方局、八路军办事处和《新华日报》编辑部的干部们……

就在毛泽东到达重庆这一天，蒋介石在日记中这样写道：

> 下午约集各院长，会谈时闻毛与哈雷、文伯已到机场，乃约其在林园聚餐。《新华日报》于今晨发表其中共25日之宣言六项。仍弹旧套。其实未知最近国际内容与情势之发展而更未知中苏协定之内容。可怜矣，彼从不知早为苏俄所弃矣。[1]

毛泽东到达重庆，向欢迎的人群致意

国共两巨头历史性的握手

林园，坐落在重庆西郊歌乐山区，这里原来是一片荒野。自从重庆成了陪都，这座山城也就成了日军空袭的目标。

1938年11月18日，蒋介石看中这片山林，一是这里在成渝公路之侧，二是离白市驿机场很近，交通极为便利。于是，蒋介石下令在这里建造一幢园

---

[1] 2007年夏，本书作者在美国斯坦福大学胡佛研究所抄录该所所藏的蒋介石日记原稿。

毛泽东与蒋介石在重庆

林别墅，作为自己的官邸。

翌夏，别墅落成，蒋介石邀林森来游，林森流露喜爱之意。蒋介石成人之美，将这一别墅赠林森，自己另住重庆的黄山别墅。于是，此处遂称"林森公馆"，又称"林园"。

1943年5月12日清早，林森坐车进城，半途与一辆美国军车相撞，导致脑溢血。两个多月后，林森病逝，蒋介石也就返回林园。他在林园新建三幢三楼三底别墅，分别称1号楼、2号楼、3号楼，林森别墅则编为4号楼。蒋介石住1号楼，称"中正楼"；宋美龄住2号楼，称"美龄楼"。两楼之间有过道相通。3号楼做会议、办公之楼。

蒋介石为了表示对毛泽东的礼遇，也为了保证毛泽东的安全，把"美龄楼"让给毛泽东住——外界纷纷为毛泽东的安全担心，其实，蒋介石也生怕出什么意外，因为毛泽东毕竟是他请来的，出了什么事，他就说不清了。林园到底是戒备森严之处……

28日晚，毛泽东离开了红岩，和周恩来、王若飞一起，在茫茫夜色之中，沿着崎岖的山间公路，驱车朝林园进发。

毛泽东车抵林园，蒋介石夫妇已在1号楼前恭候了。原本隔着"楚河汉界"厮杀的这两位国共"棋手"，今日终于笑脸相迎，握手言欢。

一个操浙江官话，一个说湖南口音；一个一身戎装，一个一身中山装；终于开始面对面谈话。蒋介石对毛泽东的称呼是"润之"，毛泽东对蒋介石的称呼是"蒋先生"。

他俩在互道"你好"之后，不约而同地说起了共同的话题：阔别整整19年，哦，那时候我们在广州……

岁月飞逝。这19年，一言难尽……

蒋介石引导毛泽东步入客厅，一一介绍作陪的客人：赫尔利、魏德曼、张群、王世杰、邵力子、陈诚、张治中、吴国桢、周至柔、蒋经国。

其中，蒋经国见了

1945年在重庆，毛泽东与蒋介石高举酒杯

周恩来，别有一番感慨。那是西安事变时，蒋介石见到周恩来，提及在苏联的儿子蒋经国，后来经周恩来向斯大林交涉，这才促成蒋经国归来，蒋介石父子团圆……

蒋介石盛宴招待毛泽东，为毛泽东洗尘。虽说蒋介石平时滴酒不沾，毛泽东的酒量也不大，此刻却几度举杯，互祝身体健康。

席间，蒋介石和毛泽东先后致词。

蒋介石站得笔挺，保持军人的立正姿态，胸前的勋章及领口的特级上将领章，在灯光下闪闪发亮。他庆贺抗战终于胜利，庆贺国共两党终于坐在一起。他代表国民党中央和国民政府，对于毛泽东和中共代表团莅渝表示最热烈的欢迎。他以为，毛泽东此行是崇高的行动，深表敬佩。

蒋介石的讲话，不时为热烈的掌声所打断。

毛泽东站起来致答词。他，一派诗人风度，讲话不紧不慢。他代表中共代表团对国民党中央及国民政府的盛情接待表示感谢，并预祝会谈成功。

据云，后来有人称那天蒋介石是"普鲁士式"风度，毛泽东是"波西米亚式"风度。普鲁士以穷兵黩武著称，波西米亚则是捷克的旧名，以温文尔雅著称。

不过，国共两巨头，都显得轻松，都向对方致敬。

蒋介石知道毛泽东嗜辣，特地吩咐在毛泽东面前放了一碟红色尖椒。此后蒋介石每一回宴请毛泽东，都作如此吩咐。

毛泽东呢？知道蒋介石不抽烟，忌烟味，所以烟瘾甚重的他，席间不抽一根烟。此后毛泽东每一回与蒋介石会谈，都从不抽一根烟。

毛泽东嗜烟，但是与蒋介石见面时不抽一根香烟

那天晚上的宴会，用《新华日报》翌日报道的话来说，"空气甚为愉快"。

那天夜里，蒋介石在日记中写道：

> 正午会谈对毛泽东应召来渝后之方针，决心诚挚待之。政治与军事应整个解决，但对政治之要求予以极度之宽容，而对军事则严格之统一不稍迁就。[1]

---

[1] 古屋奎二：《蒋总统秘录》第14册，台湾"中央日报社"1977年版。

蒋介石写及的"正午会谈",是指那天中午他召集核心会议,商谈国共会谈的方针。

初次会谈风波骤起

席终人散。

是夜,毛泽东宿于林园2号楼底层东屋,王若飞住底层西屋,周恩来则住在林园3号楼。

重庆谈判旧址(叶永烈摄)

国共领袖同宿一园,堪称史无前例。

毛泽东的警卫们保持着高度警惕,贴身警卫龙飞虎、陈龙这"二龙"和衣躺在毛泽东卧室前的客厅沙发上,以应付突发事件。

林园之夜,那般安谧。毛泽东虽旅途劳顿,却辗转难眠。那是因为他在延安阴凉的窑洞住惯了,骤入这暑热的山城,很不习惯;再说,他一向睡硬板床,即便在长征途中,住进什么地主老财的公馆,他也总是喜欢拆下门板睡。这一回,躺在林园那"软床"——席梦思——上,他无法入眠。这样,向来晏起的他,居然在29日清早5点多就下床了。

毛泽东轻轻走出卧室,警卫员随即从沙发上起来。毛泽东信步走出2号楼,沿着林间小道,慢慢踱步,警卫员在身后紧紧跟随。

猛然间,毛泽东见到一个人从对面踱来。四目相视,彼此都感到意外。

"蒋委员长!"毛泽东昨晚一直称"蒋先生",此刻脱口而出——因为他在一些公开发表的文告中常常要称之"蒋委员长"。

"润之,睡得好吗?"蒋介石也为在小道上猝遇毛泽东而意外。

如果说,保持文人夜间工作习惯的毛泽东是"猫头鹰"型,而保持军人早起习惯的蒋介石则是"百灵鸟"型。清晨在林间散步是蒋介石的生活习惯。想不到,这天清早"猫头鹰"会跟"百灵鸟"相遇。

蒋介石和毛泽东在小道旁的一对鼓形石凳上坐了下来,中间,隔着一张蘑菇形的石桌。

他们的谈话，就像刚才的散步一样，漫无定规。蒋介石说起了林园，提起了林森。

毛泽东也说起了林森。毛泽东记得，林森去世时，他曾去电致哀。蒋介石则记起，林森病危时，周恩来曾去医院探望……他俩居然都谈得很得体，彼此都寻找共同的话题，避免使昨夜开始的和谐气氛遭到破坏。

聊了一阵子，要进早餐了，他俩才从石凳上站起，道别。

黄油、牛奶、面包、炸牛排，林园的西式早餐跟毛泽东的口味相距甚远。毛泽东笑谓身旁的警卫："蒋介石吃的是美国饭！我是中国人，以后请他们还是给我吃中国饭。"

从此，毛泽东在重庆不再吃西餐。

当天，举国瞩目的国共重庆谈判在林园3号楼举行。

上午，毛泽东、周恩来、王若飞和张治中作有关程序的初步会谈。

下午，国共会谈正式开始，蒋介石和毛泽东展开第一次会谈。

双方会谈一开始，蒋介石和毛泽东互相宣布代表名单。蒋介石派出的代表是外交部部长王世杰、四川省主席张群以及张治中、邵力子，毛泽东派出的代表是周恩来、王若飞。

谈判一开始，蒋介石就说："政府方面之所以不先提出具体方案，是为了表明政府对谈判并无一定成见，愿意听取中共方面的一切意见。希望中共方面本着精诚坦白之精神，知无不言，言无不尽。"

蒋介石的这一段话，常常被作为蒋介石对重庆谈判"毫无准备"的证据。其实，蒋介石的意思是先听取中共方面的意见，使自己在谈判中处于主动地位。

毛泽东则说："中共希望通过这次谈判，使内战真正结束，永久的和平能够实现……"

不料，毛泽东此言，蒋介石不以为然。

蒋介石道："中国没有内战。"

蒋介石此言，毛泽东又不以为然。

毛泽东予以反驳道："从九一八事变以

（右起）毛泽东、王世杰、张群、蒋介石、蒋经国。左一为美国驻华大使赫尔利，合影于重庆谈判期间

后，就产生了和平团结的需要。我们要求了，但是没有实现。到西安事变以后、'七七'抗战以前，才实现了。抗战期间，大家一致打日本，但是内战是没有断的，不断的大大小小的摩擦。要说没有内战，是欺骗，是不符合实际的。"[1]

新来乍到的热烈、和谐气氛戛然而止，双方在谈判桌旁，开始唇枪舌剑地交锋。

国共谈判历来艰难曲折，这一回也不例外。所不同的是，往日的国共谈判，毛泽东坐镇延安窑洞，靠着无线电波，由周恩来出面谈判；这一回，毛泽东从幕后走到前台，也就由他直接出面交锋了。

蒋介石是有准备的。张治中后来曾这样说过："蒋介石从来不做蚀本生意，从来不做没有准备之事。重庆谈判，他采用后发制人，所以常被误以为他没有准备。"蒋介石除了在28日日记中所定下的方针之外，他在这天还向国民党代表宣布了谈判三原则：

一、不得于现在政府法统之外来谈改组政府问题；
二、不得分期或局部解决，必须现时整个解决一切问题；
三、归结于政令、军令之统一，一切问题必须以此为中心。[2]

这是蒋介石为重庆谈判定下的调子。

毛泽东在林园又住了一夜，便决心离去。他对周恩来说，此处戒备森严，我简直成了"笼中之鸟"！

周恩来亦有同感，于是，便向蒋介石提出，还是住红岩为好。

这样，毛泽东一行，在30日就迁往红岩。

一到红岩，毛泽东如鱼得水，像回到老家——虽说红岩的那幢房子比林园差得多。

周恩来安排最为凉快的一间给毛泽东住——二楼右手第一间。据当时任中共中央南方局秘书处处长兼机要科科长的童小鹏告诉笔者，毛泽东一住进去，周恩来便关照所有的工作人员不要再穿皮鞋。那是因为楼房里的楼梯、过道全是木板铺成的，穿皮鞋走过便发出"噔、噔"的响声，影响毛泽东休息。童小

---

[1] 毛泽东：《关于重庆谈判》，《毛泽东选集》第4卷，人民出版社1991年版，第1158页。
[2] 转引自李永铭，范小方《43位战犯的后半生》第2部分《重庆谈判的主将》，湖北人民出版社2008年版。

鹏等在三楼工作的电台人员，干脆赤脚……[1]

不过，毛泽东在红岩一住下，很快又发觉不合适：一是地点太偏僻，远离市区，上山石级又多，来访者诸多不便；二是国民党特务早就盯住这片"红区"，监视着进进出出的人物。

在市区上清寺曾家岩50号，倒是有周恩来的住处，人称"周公馆"。不过，那里

重庆红岩村铺的是木地板，为了不发出声响影响毛泽东休息，工作人员都赤脚轻轻行走

太小，何况二楼又住着国民党一位官员，显然，不便于毛泽东居住。

就在周恩来为毛泽东的住处伤透脑筋的时候，张治中帮了大忙：张治中把自己那幢离"周公馆"只有一箭之遥的桂园让给毛泽东居住，他率全家迁至复兴关中训团内一所狭小的旧平房里。

这样，毛泽东就歇脚桂园。不过，毛泽东大都白天在桂园，便于会客，便于外出活动，夜间则回红岩……

毛泽东在重庆忙得不可开交。蒋介石也忙得不亦乐乎，他在8月29日的日记中写道：

> 静默祷告毕入浴后11时睡。近日忙碌，除午睡外几无暇也。对共谈判方针其所提六条皆应（予以）留有余地而不加以当面拒绝。

国共谈判在山城艰难地进行着

多雾的山城，像一团谜；毛泽东和蒋介石之间的谈判，也如同一团谜。

重庆谈判牵动着亿万颗心。尽管是一团谜，人们的关注之情，却是那般的强烈。

重庆《大公报》在29日发表了王芸生所写的社论《毛泽东先生来了》，有

---

[1] 1992年10月14日，本书作者在重庆采访童小鹏。

一段话很能代表当时一些知识分子的善良心愿：

> 说来有趣，中国传统的小说戏剧，内容演述无穷无尽的离合悲欢，最后结果一定是一幕大团圆。以悲剧始，以喜剧终，这可说是中国文学艺术的嗜好。有人以为艺术可以不拘一格，但中国人有他的传统偏爱，我们宁愿如此。现在毛泽东先生来到重庆，他与蒋主席有19年的阔别，经长期内争，八年抗战，多少离合悲欢，今于国家大胜利之日，一旦重新握手，真是一幕空前的大团圆！认真地演这幕大团圆的喜剧吧，要知道这是中国人民所最嗜好的！

（左起）毛泽东、赫尔利、蒋介石1945年在重庆

历史学家侯外庐从国共两党的历史来分析，以为这回国共谈判的前景未必乐观。他打了个比方："老头子和青年人难成婚姻！"毛泽东笑答："不行的话，可以刮胡子嘛。"

不过，蒋介石不愿"刮胡子"，所以重庆谈判进展维艰。

既然蒋介石要中共方面先提方案，中共方面由周恩来、王若飞出面，与国民党方面王世杰、张群、张治中、邵力子进行了几天初步交谈，于9月3日提出了方案，共十一条，要点如下：

一、确定和平建国方针，以和平、团结、民主为统一的基础，实行民国十三年国民党第一次代表大会中宣布的三民主义；

二、拥护蒋主席之领导地位；

三、承认各党派合法平等地位并长期合作和平建国；

四、承认解放区政权及抗日部队；

五、严惩汉奸，解散伪军；

六、重划受降地区，中共应参加受降工作；

七、停止一切武装冲突，令各部队暂留原地待命；

八、结束党治过程中，迅速采取必要措施，实行政治民主化、军队国家化、党派平等合作；

九、政治民主化之必要办法；

十、军队国家化之必要办法；

十一、党派平等合作之必要办法。

9月4日，中共方案提交给国民党代表。蒋介石看了，在当天的日记中写着读后感："脑筋深受刺激。"

蒋介石亲自拟定了另一方案，即《对中共谈判要点》。

这"要点"一开头便写道："中共代表们昨日提出之方案，实无一驳之价值。倘该方案之第一、二条尚有诚意，则其以下各条在内容上与精神上与此完全相矛盾，即不应提出。"

在蒋介石看来，中共的方案中，只有"实行三民主义"和"拥护蒋主席之领导地位"这两条"尚有诚意"，其他九条纯属"不应提出"之列。

于是，蒋介石在"要点"中提出了他的四条：

一、中共军队之编组，以12个师为最高限度。驻地问题，可由中共提出具体方案，经双方商讨决定；

二、承认解放区绝对行不通。只要中共对于军令政令之统一能真诚做到，各县行政人员经中央考核后，可酌予留任，省级行政人员亦可延请中共人员参加；

三、拟将原国防最高委员会改组为政治会议，由各党派人士参加，中央政府之组织与人事拟暂不动，中共方面如现在即欲参加，亦可予以考虑；

四、原当选之国民大会代表，仍然有

重庆谈判期间毛泽东在红岩村的办公室（叶永烈摄）

效。中共如欲增加代表，可酌量增加名额。

双方的方案相距甚远，使谈判变得艰难。

其中，最核心的一条依然是军队。一如往日的国共谈判，双方仍在军队问题上讨价还价。这一回，由毛泽东和蒋介石直接讨价还价。

毛泽东"开价"：中共已有100多万军队，至少应编16个军48个师。

蒋介石"还价"：以12个师为最高限度。

毛泽东的"开价"，是蒋介石"还价"的整整四倍！这么大的差距，使得双方谈来谈去，难以取得一个双方都能接受的"公平价"。

那时，蒋介石的军队为263个师。即使中共编48个师，国民党部队仍为中共的六倍。

另一个问题，则是政权问题。毛泽东要求蒋介石承认中共所领导的解放区，而蒋介石则一口回绝："绝对行不通！"

谈判的地点，从林园改到桂园，又从桂园改到尧庐。尧庐亦即曾家岩德安里蒋介石的侍从室。

谈判桌上，双方僵持，谈判桌外，蒋介石和毛泽东频频交往，倒是客客气气：

8月29日晚——蒋介石前往林园2号楼，探望毛泽东。

9月2日晚8时半——蒋介石在林园宴请毛泽东，并介绍毛泽东和国民党官员、参政员见面，其中有孙科、熊式辉、陈立夫、王云五、白崇禧、翁文灏等，还有那位提出电邀毛泽东来渝的吴鼎昌。熊式辉、白崇禧则是曾与毛泽东在战场上多次较量的对手。宴罢，毛泽东和蒋介石在林园进行第二次直接会谈。

9月4日下午5时——毛泽东应蒋介石之邀，出席军事委员会举行的庆祝胜利茶会。会毕，毛泽东和蒋介石在军事委员会进行第三次直接会谈。

9月5日晚6时半——毛泽东应蒋介石之邀，在国民党中央干部学校礼堂，出席招待苏联大使彼得洛夫的茶会，并同观京剧《穆桂英挂帅》。京剧由重庆厉家班演出。卜道明任总招待，蒋经国为副总招待。毛泽东对京剧饶有兴趣。茶话会开始时，蒋介石致欢迎词，毛泽东致答词。

9月12日中午——蒋介石邀毛泽东午餐。午餐后，蒋介石和毛泽东进行第四次直接会谈。

9月17日中午——毛泽东赴林园与蒋介石作第五次直接会谈，赫尔利在场。

……

重庆谈判期间的毛泽东秘书王炳南

除了蒋介石和毛泽东这国共两巨头作了五次直接会谈之外，周恩来、王若飞和张群、王世杰、张治中、邵力子等又进行了许多次会谈。

蒋介石在8月31日所写《上月反省录》的日记中，声称"毛泽东应召来渝，此虽为德威所致而实上帝所赐也"。蒋介石居然把毛泽东来重庆谈判，归功于"上帝"。

各方关注桂园"何先生"的行踪

国共的每一次会谈，双方均有记录在案。这记录分两种，一种是当场的速记，字迹显得潦草；另一种记录，是用小楷字公公正正写在竖行红格花笺纸上，显而易见是经过整理誊抄、供各方内部传阅及存档用的。中共方面是由当时任毛泽东秘书的王炳南整理的；国民党方面，则是由蒋介石秘书陈布雷整理的。如今，在北京中央档案馆存有中共方面的记录，在南京第二历史档案馆陈布雷卷宗内存有国民党方面的记录，在台湾则保存着国民党方面的另一份记录。

此外，还有一种奇特的记录，专记"何先生"每日的行踪。这种记录曰《情报日报》，每日呈送蒋介石。

以下是《情报日报》的作者事后回忆的大致内容：

一、何先生今天×时××分到18号。

二、上午×时有某人（男、女或外国人，包括相貌、身材、服装、年龄），乘小轿车（汽车号码）到18号会何先生，于×点××分离去。何先生把客人送出18号上汽车，目送汽车走后，就慢步返回。这时街上不少人停步观看何先生。我们向老吴提出：何先生把客送出门外，我们对何先生的安全很担心。老吴点头表示会意，没有答复。

三、中午，何先生赴×××宴会（写明请客人的姓名住址）。

四、下午2时半，何先生接见一名新闻记者，接着又接见两名外国记者。3时半，何先生走到花园迎接一位坐小轿车的客人，好像是事先电话约定的。

五、下午5时，何先生赴某街某号访×××、×××，接着又赴某街某号访友，不知名。回到18号后，不久即离去，老吴没有通知，我们没有随车护送。

其中的"18号"，即重庆中山四路18号，亦即桂园。不言而喻，"何先生"乃毛泽东；"老吴"则是毛泽东警卫副官朱学友的代号。

透露这一内情的，是当年桂园的特别警卫班班长李介新。

李介新，宪兵特务。当毛泽东移居桂园时，宪兵司令部特高组少校组长杨香命李介新率一个班的宪兵特务进驻桂园，据云是奉总裁之命。当然，蒋介石此举，也是为了确保毛泽东的安全。不管怎么说，毛泽东毕竟是蒋介石请来的贵客，他如果在重庆有个三长两短，那账总是要算在蒋介石头上的。

国民党宪兵司令张镇，也对李介新的上司、宪兵第三团团长张醴泉作了如下吩咐：

共产党的主席毛泽东要来重庆，他在渝期间的安全责任由驻防重庆市区的宪兵第三团负责，要照校长出来时的特别警卫那样采取保卫措施，以策安全。任务重大，你须特别注意，并准备少校官兵以备临时灵活使用。如果需要你亲自率领必要的官兵护卫毛先生时，由校长侍从室或宪兵司令部随时电话通知。

不过，蒋介石也很注意毛泽东的行踪，所以要李介新逐日填写关于"何先生"的《情报日报》。起初，李介新为了弄清来访者的姓名，在传达室设立了会客登记簿。"老吴"发觉后，随即关照他取消会客登记簿。所以，李介新也就在《情报日报》中写某男某女了。

李介新的《情报日报》倒是一份可贵的实录，记载了当时毛泽东频繁的社会交往。

毛泽东在山城，确实活动频繁，广泛接触各界名流。从孙中山夫人宋庆龄到中国民主同盟张澜、章伯钧、罗隆基、

毛泽东与张治中

沈钧儒、黄炎培、张申府，中国青年党左舜生，国民党人孙科、陈立夫、戴季陶、白崇禧，还有郭沫若、柳亚子等等，或宴请，或赴宴，或来访，或回访……

很多人为毛泽东的安全担心。其中挂牵最甚的是张治中。

张治中和蒋介石有着深谊。早在蒋介石当黄埔军校校长之时，张治中便被蒋介石委任为军官团团长。北伐时，张治中担任蒋介石的行营主任。抗战时，张治中任第九集团军总司令、湖南省省长。自1939年起张治中任蒋介石侍从室第一处主任，成为蒋介石身边要人。他在1942年、1944年两度作为国民党代表，参与国共谈判。

虽说张治中是蒋介石非常信任的人，但他在国共谈判中跟周恩来建立起友谊，对毛泽东颇为尊重。正因为这样，他会让出桂园给毛泽东居住。他又另派了自己的亲信、宪兵第一团团长蔡隆仁，保卫毛泽东。

于是，蔡隆仁常驻桂园。有一回，蔡隆仁在查哨时，路过曾家岩钱剑夫家。钱剑夫是他的同乡、同学，那时任职于国民政府行政院。蔡隆仁说起，毛泽东习惯于夜深工作，而且清早来桂园，喜欢外出散步，保卫工作不易做。

钱剑夫闻言，当即写了四句话："晨风加厉，白露为霜；伏莽堪虞，为国珍重。"

钱剑夫嘱，将此条子送交毛泽东。蔡隆仁不解其意。尤其是"伏莽"，应是"伏蟒"。钱剑夫却说，毛泽东自会明白含意。

蔡隆仁只得从命。

奇怪，自从毛泽东看了此条，果然不再在清早出桂园散步！

直到前些年，钱剑夫才说出其中奥秘。原来，《易经·同人》篇中有一句"伏戎于莽"。戎，即兵戎；莽，丛木。意思是小心有人暗伏草莽，施以兵戎。"堪虞"亦即警惕。至于前两句则是陪衬。末句表达写条子者的期望。深谙古文的毛泽东，当然明白那条子的善意的提醒……

不过，蒋介石毕竟做过软禁张学良之类不光彩的事。免不了，重庆传出消息，说是蒋介

于右任

冯玉祥

石欲软禁毛泽东,那消息有鼻子有眼,据云是从蒋介石身边某某人那里传出的,绝对可靠。

自然,这消息不胫而走,传入冯玉祥、于右任的耳朵。他俩来了个"反话正说",给蒋介石打电话,说要请报界辟谣:蒋主席请毛泽东来重庆,为的是共商国是,天下皆知,如今居然有好事者造谣中伤,称蒋主席欲软禁毛泽东,纯系捕风捉影,子虚乌有⋯⋯

蒋介石一听,急了,连忙答道:"不必登报,不必登报。明人不做暗事,谣言不攻自破。中正为国为民之心,神人共知,请不必介意道听途说!"

毛泽东呢?倒是坦然。他早在赴渝之前,便作了被囚以至被害的思想准备,并对刘少奇作了吩咐。不过,他却也料到这回蒋介石未必敢对他下毒手。他外出,照样坐蒋介石拨给他的专车,由蒋介石所派的司机给他开车⋯⋯

"毛诗"引起的"《沁园春》热"

> 神烈峰头墓草青,
> 湖南赤帜正纵横。
> 人间毁誉原休说,
> 并世支那两列宁。

这首写于1929年的诗,作者为柳亚子。诗中的"神烈峰",即南京紫金山,孙中山陵墓所在地。"支那"即中国。至于"两列宁",据作者自云,是指孙中山和毛泽东。

当时,作者正在上海,知道毛泽东在湖南举起"赤帜",却又忽闻毛泽东遭到不幸,写下这首七绝,表示悼念。

柳亚子,江苏吴江人氏,本名柳慰高,字亚子。他出生于书香门第,10岁便能写诗,14岁起在上海报纸上发表诗作。1912年1月,他曾应邀到南京任临时大总统府秘书。

不过,他才做了三天就不干了,书生意气的他,实在不习惯于官场。他依然忙于编报纸、写诗,做一个自由自在的文化人。

1926年5月,柳亚子赴广州出席国民党二届二中全会,初识毛泽东。他俩曾一起品茶论诗,很谈得来。这样,三年后,他听道路传闻,说毛泽东遇难,所以写下那首悼念之诗。

后来,他从报上"剿共"消息中所称"朱毛匪徒",得知毛泽东依然在世,又于1932年写下怀念"毛郎"一诗:

> 平原门下亦寻常,
> 脱颖如何竟处囊。
> 十万大军凭掌握,
> 登坛旗鼓看毛郎。

这"毛郎",指的便是毛泽东。

1944年,柳亚子迁居重庆。毛泽东前来重庆,自然使柳亚子欢欣鼓舞。

9月2日清早,柳亚子应毛泽东之约,前往红岩见面。如同柳亚子后来所忆:"握手惘然,不胜陵谷沧桑之感。"颇为感慨的柳亚子,写下了《赠毛润之老友》一诗:

> 阔别羊城十九秋,
> 重逢握手喜渝州。
> 弥天大勇诚堪格,
> 遍地劳民乱倘休。
> 霖雨苍生新建国,
> 云雷青史归同舟。

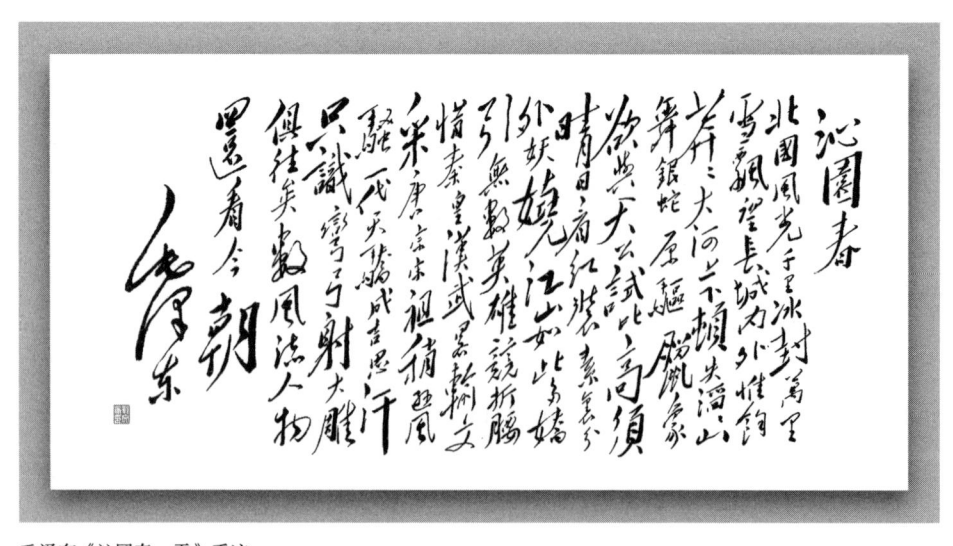

毛泽东《沁园春·雪》手迹

中山卡尔双源合，
一笑昆仑顶上头。

其中的"中山"，当指孙中山；"卡尔"，即"卡尔·马克思"。

这首诗，随即被重庆《新华日报》发表。

柳亚子那时正在完成亡友林庚白的遗愿，编一本《民国诗选》，希望收入毛泽东的一首诗。那时，毛泽东已写了几十首诗，但在国统区公开流传的只有一首，即斯诺所著《西行漫记》一书中，引用的《七律·长征》。由于在传抄中，有几处明显的错字，柳亚子抄了一份，请毛泽东亲自改正，以收入《民国诗选》。

10月7日，毛泽东却抄了一首《沁园春·雪》，给柳亚子。

毛泽东在给柳亚子的信中写道："初到陕北看见大雪时，填过一首词，似于先生诗格略近，录呈审正。"

也许是考虑到正在重庆谈判，而《七律·长征》有着明显的反蒋意味——正是蒋介石第五次"围剿"迫使红军不得不进行长征。于是，毛泽东改寄《沁园春·雪》给柳亚子：

北国风光，千里冰封，万里雪飘。望长城内外，惟余莽莽；大河上下，顿失滔滔。山舞银蛇，原驰蜡象，欲与天公试比高。须晴日，看红装素裹，分外妖娆。

江山如此多娇，引无数英雄竞折腰。惜秦皇汉武，略输文采；唐宗宋祖，稍逊风骚。一代天骄，成吉思汗，只识弯弓射大雕。俱往矣，数风流人物，还看今朝。

据考证，毛泽东的这首词，是1936年2月7日在东征途中写于陕北清涧县袁家沟白治民家的窑洞里。[1]

柳亚子深为毛泽东这首词的磅礴气势所感染，依毛泽东原韵，和了一首《沁园春》。

10月25日，柳亚子和画家尹瘦石在重庆黄家垭口中苏文化协会大厅，举办《柳诗尹画联展》，展出柳亚子的《沁园春》。柳亚子的《沁园春》既是和毛泽东的《沁园春》，顺理成章，也就公开展出了毛泽东的原作。这下子，毛泽东的《沁园春·雪》引起参观者莫大兴趣，传抄者甚众。

---

[1] 杜建国:《〈沁园春〉咏雪词写作经过》，《重庆文史资料》第11辑，1982年版。

11月11日，重庆《新华日报》发表了柳亚子的《沁园春》，但没有发表毛泽东的原作。

三天后，重庆《新民报晚刊》的副刊《西方夜谭》首次刊载了毛泽东的《沁园春·雪》，引起了轰动。许多国统区读者，原先只知"毛匪"，这次才头一回得悉，原来毛泽东写得一手好诗！这"土匪"，原本是"白面书生"呢！

发表毛泽东的《沁园春·雪》，乃是《西方夜谭》编者吴祖光的主意。那时，他从王昆仑那里，抄得毛泽东的词，便征求毛泽东的意见，可否在《新民报晚刊》的副刊《西方夜谭》上发表？毛泽东当时不同意发表，周恩来向吴祖光转达了毛泽东的意见，而吴祖光居然决定发表。在发表时，他把标题改为《毛诗·沁园春》，署名"毛润之"。

中国古有《毛诗》，相传乃西汉毛亨、毛苌所传。眼下，毛泽东的"毛诗"，一时间在山城广为流传。

蒋介石见毛泽东此词，问陈布雷："照你看，真的是毛泽东写的？"

陈布雷沉默不语。

蒋介石明白，陈布雷这一表情，表明他确认那《沁园春·雪》是毛泽东手笔——陈布雷可以说是国民党方面读毛泽东文章最多、最细心的一个，深知毛泽东的文学功底。

"毛诗"，只不过是一首《沁园春》而已，便产生了广泛的影响。论武，蒋介石可跟毛泽东较量一番；论文，蒋介石不能不略输一筹。

毛泽东《沁园春·雪》的广泛影响使蒋介石恼怒不已，于是，他发动了对"毛诗"的"围剿"。

一时间，和诗之风大盛。《中央日报》《和平日报》（即原《扫荡报》）等接连刊登词作，词牌皆用《沁园春》，总是标明"步和润之兄""次毛韵"，或者干脆标上"和毛泽东韵"。

现照录号称"三湘词人"易君左的《再谱〈沁园春〉》：

异说纷纭，民命仍悬，国本仍飘。痛青春不再，人生落落；黄流已决，天浪滔滔。邀得邻翁，重联杯酒，斗角钩心意气高。刚停战，任开诚布信，难制妖娆。

朱门绣户藏娇，令瘦影婆娑弄午腰。欲乍长羽毛，便思扑蹶；欠贪廪粟，犹肆牢骚。放下屠刀，归还完璧，朽木何曾不可雕。吾老矣，祝诸君"前进"，一品当朝。

除了刊登易君左这样"反其意而和之"的许多《沁园春》之外，还组织了一批批判"毛诗"的文章——火力集中于毛泽东《沁园春·雪》中的"帝王思想"。

直至1984年，从台湾出版的新书中，又透露了鲜为人知的当年秘闻：

国民党曾暗中通知各地、各级组织，要求会写诗填词的国民党党员，每人"次毛韵"填一首或几首《沁园春》，以便从中选拔优秀之作，署以国民党高级领导人的名字发表，以求把毛泽东的《沁园春·雪》比下去！

国民党出此下策，实在是迫于无奈。蒋介石手下武夫多，却选不出能与毛泽东匹敌的诗才。

将近四十年后，台南神学院孟绝子从一位当年参与跟毛泽东"赛诗"的国民党要员那里得知内情，便写入他的《狗头·狗头·狗头税》一书。此书被列入李敖主编的"万岁评论"丛书，于1984年出版。

走笔至此，顺便提一句，蒋介石其实也能写诗，虽说"蒋诗"极为罕见。1979年，宋美龄在和美国《天下事》旬刊《人物志》专栏作者哈妮谈话时，说及蒋介石曾经写过许多诗。宋美龄透露，在1950年到1957年，蒋介石曾写了旧体诗词43首、新诗1首、自嘲打油诗2首。

当蒋介石在1975年病逝之后，宋美龄曾想出版这些"蒋诗"，但蒋经国阅后，认为："父亲的诗作，虽然制作精巧，但大都品位不高，使人阅后很容易联想起南唐亡国之君李后主……"宋美龄认为言之有理，遂把这些"蒋诗"付之一炬。至于这些"蒋诗"是否尚有抄本在世，就不得而知，因此眼下也就难以将"蒋诗"跟"毛诗"加以比较了。

毛泽东临别前山城突然响起枪声

重庆谈判进行了一个多月，经历了一番左支右绌，总算接近尾声。1945年10月5日，周恩来、王若飞和张群、张治中、邵力子在曾家岩蒋介石侍从室尧庐会谈时，周恩来代表中共方面宣布：中共中央主席毛泽东定于周内返回延安。

关于毛泽东回延安之事，周恩来事先跟张治中商量过。外界传言，国民党特务跟踪毛泽东，倘若毛泽东久留重庆，可能会发生意外事件。为此，周恩来认为，毛泽东以早点离开重庆为好，以防夜长梦多……

周恩来最初想安排毛泽东在10月1日离开重庆。9月29日，周恩来去看

重庆谈判亲历者、周恩来机要秘书童小鹏

望张治中，透露了毛泽东欲回延安之意。张治中当即问毛泽东打算何时回去，周恩来答10月1日。张治中思忖了一下说，让毛泽东主席一个人回去不好，我们不放心，既然是我去延安迎来毛泽东，当然应该由我护送他回去。

周恩来闻言大喜，张治中正说出了他想要张治中说的话。有张治中亲自陪同，毛泽东的安全也就有了保证。

张治中说，他要向蒋介石请示，毛泽东离渝日期，最好稍晚一些，以便安排……

就在毛泽东将走而未走之际，风波骤起：一辆第十八集团军的汽车在红岩附近遭国民党士兵射击，车上所坐的李少石身受重伤，送到医院不久因流血过多而死去。李少石乃中共党员，第十八集团军驻渝办事处秘书，《新华日报》记者、编辑。李少石还有一个特殊身份，他的夫人廖梦醒，是国民党元老廖仲恺、何香凝的长女，亦即廖承志的姐姐。据传，李少石被枪杀，是因为他的长相颇像周恩来，国民党士兵原本是要暗杀周恩来的！

另外，李少石遇害处，正是毛泽东每日必经之处：毛泽东白天在城里桂园，夜里回郊外红岩，一来一去都走这条道……

空气骤然紧张。人们为毛泽东、周恩来捏了一把汗！

笔者曾采访了周恩来的助手童小鹏，他回忆了这一震惊山城的"李少石事件"。

这一突然事件，发生在10月8日傍晚……

那天傍晚，坐落在重庆林森路的军事委员会大礼堂冠盖云集，五六百人出席在那里举行的鸡尾酒会。先到那里的是国民参政会的参政员、新闻记者、文化界名流、社会贤达，最后到达的，则是国民党的要员们。除了蒋介石没有露面之外，这里差不多囊括了重庆所有的头面人物。

这样规模的宴会，在当年的山城是空前的了，也是毛泽东到达重庆以来受到的最大规模的招待。

盛宴的主人是张治中，他得知毛泽东即将离渝，奉蒋介石之命，为毛泽东举行这一盛宴饯行。

在酒会上，张治中首先致词。他说，自从毛泽东先生来到重庆，国共谈判取得了成果，大的原则双方已大体谈定，国共双方将在近日联合发表公告，以慰国人。

张治中最后宣布：

> 毛先生准备月内回延安去，所以今天的集会既是欢迎，也是欢送。毛先生来重庆，是本人奉蒋主席之命，偕同赫尔利大使迎接来的，现在毛先生回延安去，仍将由本人伴送回去。

毛泽东在热烈的掌声中致答词。他对蒋介石以及张治中的热情邀请、接待，表示深深的谢意。他说："这次来渝，首先感谢蒋先生的邀请与四十多天很好的招待。感谢今晚的主人张文白先生设了这样盛大的宴会，也感谢所有今天到会的各界人士。"

毛泽东接着指出：

> 中国今天只有一条路，就是和。和为贵，其他一切打算都是错的。

这时，会场上响起了热烈的掌声。

毛泽东在讲话中，提到了"在蒋主席领导下"，"和平与合作应该是长期的。大家一条心，不作别的打算，作长期合作的计划！（鼓掌）全国人民各党各派一致努力几十年，在蒋主席的领导下，彻底实现三民主义，建设独立自由富强的新中国！"

毛泽东在结束讲话时，又一次提到了"在蒋主席领导下"。他说：

> 困难是有的，不指出这一点是不好的。中国人民的面前现在有困难，将来还会有很多困难，但是中国人民不怕困难，国共两党与各党各派团结一致不怕困难。不管困难有多大，在和平民主团结统一的方针下，在蒋主席领导下，在彻底实现三民主义的方针下，一切困难都是可以克服的。[1]

毛泽东最后高呼："新中国万岁！"会场顿时爆发出长时间的鼓掌。

---

[1] 重庆《新华日报》1945年10月9日。

李少石与夫人廖梦醒、女儿李湄在重庆

鸡尾酒会毕，举行京剧晚会。毛泽东是个京剧迷，便和张治中一起兴致勃勃地观看京剧。看戏过程中，周恩来在侧，童小鹏也在座，忽见一人神色紧张、匆匆前来找周恩来。童小鹏记得，那人是第十八集团军驻重庆办事处的。周恩来当即离席，在外面与那人谈了一阵子，回席时脸色凝重，他虽无心看戏，却并不去惊动兴致正浓的毛泽东和张治中。

周恩来把正在看戏的国民党宪兵司令张镇找到外面谈话。周恩来显然在处理急务，但一直不去惊动毛泽东和张治中……

周恩来跟张镇谈话后，走近毛泽东，轻声对他说："有点事，我出去一趟。"说罢，周恩来便和张镇一起外出，而毛泽东和张治中仍不知发生了什么事。

周恩来当时在紧急处理的，正是"李少石事件"。

李少石是广东新会人，生于 1906 年。1925 年，19 岁的他考入岭南大学，并加入了中国共产主义青年团，翌年加入中共。他在岭南大学和廖梦醒相识，一起发动工人罢工。后来，他被校方开除，便转往上海、香港从事地下工作。1930 年他和廖梦醒结婚。

廖梦醒曾如此回忆：

> 当时，我和少石同志都在上海从事地下工作。承志走后，少石便常到母亲家探视和安慰老人家。母亲对少石说："如果一旦你被捕，就说住在我家。"因为我们 1933 年 5 月才从香港到上海，我们住的是秘密机关，半年之内就已转移过三次。1934 年 2 月，少石果然被捕。他就照母亲吩咐，说自己住在绿杨村。特务押着少石到了母亲家，一进屋，少石就对母亲说："岳母，我被捕了。"这样，母亲也就明白特务已知道她与少石的关系。特务查问少石睡在哪里。那时，我的一个姨妈刚从香港来，母亲在自己卧室里搭了一张帆布床。母亲指了指帆布床说："就在这里。"不料姨妈在枕头下面放了几个发夹，特务不信是少石的床，便开始翻箱倒柜。自从承志被捕，母亲有了经验，她有意在箱子里放上一两个国民党公函的信封。特务

> 知道母亲是何香凝，就不敢太放肆，匆匆带着少石走了。后来虽经母亲和柳亚子多方设法营救，但少石仍在狱中关了三年。[1]

李少石被捕，是因为叛徒出卖。他从上海被押往南京。1937年经周恩来向国民党再三交涉，李少石终于获释，前往华南工作。

1943年夏，李少石奉调重庆，担任第十八集团军驻渝办事处秘书，成了周恩来的得力助手。不过，他平日在红岩几乎足不出户，从事内务，对外从不公开身份。

毛泽东来重庆之后，第十八集团军驻渝办事处的工作繁忙，李少石也做些外勤工作。

10月8日下午，他坐第十八集团军驻渝办事处的黑色轿车，由司机熊国华驾驶，送柳亚子由曾家岩周公馆回沙坪坝住所。过去，李少石被押南京时，柳亚子曾出面营救，与李少石有着不平常的友情。

送罢柳亚子，已是下午5时多，李少石仍坐原车沿原路返回城里。车子经过红岩嘴下土湾时，突然响起枪声。子弹从车后的工具箱射入，从李少石左侧肩胛进入肺部，顿时血流如注……

司机熊国华见状，驱车直奔城内金汤街市民医院，把李少石送入病房急诊。李少石的伤势很重。

熊国华赶紧又开车到民生路《新华日报》营业部，向该报广告部主任徐君曼以及交通刘月胡报告，并把他们送往市民医院。

徐君曼在医院里忙于张罗抢救李少石，司机熊国华则用原车带交通刘月胡回曾家岩，把车子锁入车库，把车钥匙交给刘月胡，说自己有病，走了。从此，熊国华不见踪影。

熊国华并非第十八集团军驻渝办事处工作人员，是临时雇来的司机。他这一走，把情况复杂化了——因为当时车上只有两人，李少石命已垂危，只有他才能说清李少石遇害的现场情况……

1998年3月30日，笔者曾接到熊国华的女儿熊晓群的电话，告知她的父亲熊国华八十多岁了，仍健在。熊国华说，他当时其实是中共地下党员，只是对外不暴露身份，所以当时报纸上称他是"临时雇来的司机"。他是根据中共地下党的指示离开的，并非他自己"走了"。

---

[1] 廖梦醒：《我的母亲何香凝》，人民出版社1983年版。

周恩来冷静平息"谋杀"风波

周恩来得讯，即和国民党宪兵司令张镇一起驱车赶往市民医院。当周恩来和张镇赶到时，已是晚上 8 时 50 分，晚了一步，李少石已于 7 时 45 分因流血过多而去世！

周恩来见到李少石遗体泪如雨下，他不由得想起 1925 年 8 月 20 日廖仲恺在广州国民党中央党部门口遭到枪击而惨死的情景。

周恩来泣道："二十年前，在同样的情况下，我看到你的岳父……到如今我又看到你这样……"

周恩来马上想及的是毛泽东的安全问题，他随即对张镇说："请你协助办两件事：第一，详细调查李少石遇害的原因，迅速弄清真相；第二，晚会结束后，你用你的车，并由你亲自陪同，送毛泽东主席回红岩村，绝对保证他的安全。"张镇一口答应照办。

周恩来和张镇又匆匆赶回军事委员会大礼堂。晚会仍在进行，毛泽东和张治中仍在看戏。

这时，周恩来和张镇都忙着布置紧急工作。周恩来在剧场旁的一间休息室里召集机要人员召开紧急会议。据当时在场的石西民回忆，周恩来曾非常悲愤地说："少石同志是为我而死！"石西民听了周恩来这话，才想及李少石的外貌颇似周恩来，可能是国民党特务欲暗害周恩来，而误杀了李少石。这表明"李少石事件"是一桩非常严重的政治性事件。

张镇也处于高度紧张之中，因为他事先一无所知，而眼下除了知道死者是廖仲恺之婿外，仍不知那枪弹是谁射来的。他急忙把张治中叫出，告知这一突发事件。

张治中懵了，他从热情洋溢的剧场，一下子跌进了冰水里……

张治中和张镇当即叫来在剧场负责警戒的国民党宪兵第三团团长张醴泉，命他火速赶回第三团团部，调动宪兵，追查此案。

剧终人散，等候在门口的桂园警卫班长李介新却迟迟不见"何先生"出来，颇为着急。可是，他没有通行证，又无法入内。直至深夜 11 时，"何先生"才在张镇的陪同下走了出来。本来，毛泽东是坐蒋介石派来的专车，由李介新护送。这一回，却忽然改坐张镇的车，跟张镇坐在一起。车前车后，还有几辆宪兵三轮摩托车护送，可谓"前呼后拥"。李介新也就随他们一起护送毛泽东。

车抵红岩村，张镇随毛泽东下车，说："我送毛先生到办事处。"

毛泽东连声说不必："上山石级多，夜已深，请张司令早回。"

张镇仍旧不放心，令李介新和另一名宪兵护送毛泽东到办事处门口，见毛泽东安全入内，这才回去……

这一夜，周恩来和张镇都没有睡，双方都在紧急调查"李少石事件"真相。蒋介石从张治中、张镇那里得知此事，也十分着急。

重庆谈判期间的周恩来

据张醴泉回忆，他回到宪兵第三团团部，马上召集了上清寺到沙坪坝沿公路线的宪兵队长、区队长和分队长等来团部紧急汇报。其中驻化龙桥的宪兵队长汪云集提供了重要线索，据他手下的宪兵报告，傍晚在红岩嘴6号靠近嘉陵江岸方向，曾听到一声枪响。于是，张醴泉抓住这一线索，加以追查。他组织了"专查组"（中共则习惯于称"专案组"），连夜赶往现场侦查……

这时，周恩来让毛泽东休息，他自己则在红岩村第十八集团军驻渝办事处连夜召集机要人员会议，分析情况。由于事出突然，情况不明，会上占压倒性的意见是蒋介石密谋的政治性暗杀事件，暗杀的对象第一是周恩来，第二是毛泽东。把周恩来排在第一位的原因，如前所说，乃是考虑到李少石长得像周恩来——因为李少石并非中共领袖，似乎不可能去暗杀他。

会上，有一年轻人独持异议。他提出了一个疑问："我有一点不清楚，为什么事情发生之后，我们的司机就自己跑了？"

此言一出，遭到很多人的批评，说他的敌情观念太淡薄，警惕性太差。

唯有周恩来听了进去，说道："这话有道理！"

见周恩来这么说，那位年轻人也就继续说下去。他说，重庆很多的司机喜欢开快车，会不会是那位司机开快车，出了车祸，撞了国民党的兵，遭到枪击？正因为这样，那司机才会自己跑了！

周恩来听着，连连点头。

周恩来决定，也派出自己的机要人员进行调查。

周恩来派出第十八集团军驻渝办事处处长钱之光，连夜到曾家岩车库查验了那辆车，查明弹孔的位置，查问司机熊国华的去向……

国民党的宪兵，骑着摩托车，行动甚快。

夜2时，张醴泉在团部接到专查组组长盛先熙从小龙坎打来电话：

> 本案案情已经查明，原来是驻璧山炮兵团派到重庆请领冬服的一排人，因为没有领到，仍又开回璧山，今夜驻在小龙坎松鹤楼楼上。据带队队长说，他们从城内回来，过了化龙桥在靠近嘉陵江的公路上休息，恰遇一辆开进城的黑色小轿车把一个士兵撞伤倒地，在旁的另一个士兵喝令停车，汽车不但不停，反而加快速度开去。那个士兵一气之下，就朝天打了一枪，那个受伤的士兵已送到小龙坎传染病医院医治。开枪的那个士兵和步枪一支、步枪子弹壳一个，现在均已查获，请示如何处理。[1]

那个被撞伤的士兵，名叫吴应堂，是弹药一等兵。当时他正在公路边小便，所以躲避不及。领队的是中尉排长胡关台。开枪的不是吴应堂，因为他当时头部受伤，不可能开枪。开枪的是下士班长田开福。

这样，也就查明了真相：事情是由司机熊国华开车太快引起的，肇事后又不停车；但国民党部队却举枪就射，又误伤并无责任的乘客李少石。

也就是说，国共双方两个伤亡者都是无辜的，责任在司机熊国华和开枪者田开福。这样，"李少石事件"也就大体弄清了。

就在张醴泉打算向张镇报告专查组的调查结果时，电话铃声响了。他以为是张镇打来的，万万没想到，耳机里传出来的竟是周恩来的声音！

周恩来询问调查情况，并说抓到凶犯应送到他那里问话。张醴泉深知，倘若他把开枪者送到周恩来那里，非要遭蒋介石的责骂不可。于是，他只得撒谎："凶犯已经解送走了。"

放下耳机，张醴泉对周恩来办事如此敏捷颇为赞叹……

周恩来从张镇那里得知调查结果之后，也派人到现场进行调查，所得结论和国民党方面一致。这样，就排除了"政治性谋杀"的猜疑。

翌日早上，当毛泽东从红岩村进城，仍由李介新护送。他发觉，今日不比往常，从红岩村到曾家岩桂园，沿途都有武装宪兵警戒。那是张镇下令，加强对毛泽东的保护。

《新华日报》对"李少石事件"接连进行了报道。

10月9日，即李少石遇害的翌日，当时周恩来尚未作出明确结论，让《新

---

[1] 张醴泉：《李少石遇难经过》，《重庆文史资料》第24辑，1985年版。

华日报》报道了他和张镇去医院探望李少石以及李少石已突然遇害的情况。

这一报道，迅速把李少石之死公之于众，引起各方极大的关注。但是《新华日报》只作客观报道，未对李少石之死的性质作结论。

10月10日，发表国民党宪兵司令张镇关于事件经过的谈话。

10月11日，发表第十八集团军驻渝办事处处长钱之光关于事件经过的谈话。

钱之光所谈经过和张镇一致。钱之光代表中共，表示了态度：

李少石之死，"是革命事业中的一个沉痛损失"。

关于司机熊国华，是他"肇祸后仍不停车"，"我们也当协同有关机关继续寻觅，使其归案"。

关于吴应堂，"我们愿负担他的医药疗养费，如不幸因伤逝世，并愿意负责予以殓葬"。

另外，周恩来还于同日中午去医院看望了吴应堂。

这样，一场突发的事件，经周恩来实事求是加以解决，平息了风波——倘若处理不当，"李少石事件"完全可能成为导火索，引发国共之间爆发一场争斗，从而将重庆谈判以来国共和谐气氛破坏净尽……

李少石于10月11日安葬，毛泽东为他亲笔题词："李少石同志是个好共产党员，不幸遇难，永志哀思！"

周恩来在李少石墓前讲话："这样一个好同志的不幸死去，实在是很大的损失。"

至此，"李少石事件"画上了句号。周恩来以高超的政治"艺术"，迅速而正确地处理了这一突发的严重事件。

据当事者刘昂1972年7月25日回忆，钱之光的谈话稿是事先经毛泽东、周恩来审定的。

又据王炳南1973年3月9日回忆，周恩来"后来总结此事时常说：'人不要有主观主义，不要有成见，李少石一事就是很生动的例子。'"[1]

又据童小鹏回忆，周恩来曾认为，张镇那天晚上护送毛泽东回红岩，又很迅速、认真调查"李少石事件"，立了一功。周恩来后来多次对童小鹏说："对张镇在重庆谈判时期这一功劳，一定不要忘记。"[2]

---

[1] 季国平：《关于李少石同志之死》，《党史研究资料》1982年1期。
[2] 1992年10月14日，本书作者在重庆采访童小鹏。

毛泽东握别蒋介石

就在紧张处理"李少石事件"的那几天，重庆谈判进入尾声，毛泽东和周恩来正处于高度忙碌之中。

重庆谈判经历了"顶牛"，经历了争吵，经历了一连串的讨价还价，国共双方总算达成了协议。

协议初名《会谈公告》，出自邵力子之手，于9月21日交出。翌日，赫尔利带着这一草案飞美，向美国总统及国务院作汇报。

赫尔利返回重庆后，国共双方又经过反复斟酌，由张治中重拟，刘孟纯执笔，写出《政府与中共代表会谈纪要》，于10月8日经双方代表讨论通过，并定于"双十节"——10月10日——举行签字仪式。就在8日傍晚，发生了"李少石事件"。

10月9日中午，蒋介石夫妇在林园宴请毛泽东、周恩来、王若飞，为毛泽东即将离渝饯行。

蒋介石在当天的日记中写道：

> 毛泽东今日来作别。予（余）之后约一小时，先问其国共两党合作办法及其意见如何，彼吞吐其词不作正面回答。余乃率直告他，国共非彻底合作不可，否则不仅于国家不利而且于共党有害，余为共党今日计，对国

国共签订《双十协定》的第二天，1945年10月11日，毛泽东（左二）飞返延安。他在重庆机场与送行的张治中（左一）、陈诚（左三）、陶行知（左四）等合影

内政策应改变，即放弃军队与地盘观念，而在政治与经济上竞争，此为共党今后唯一之出路。第一期建设计划如不能全国一致努力完成，则国家必不能生存于今日之世界，而世界第三次战争亦必由此而起。如此吾人不仅对国家为罪人，而且对今后人类之祸福亦应负其责也。彼口以为然，未知果能动其心于万一，但余之诚意或为彼所知乎。[1]

10月10日下午6时，重要的仪式在桂园楼下客厅举行——国共双方代表举行《政府与中共代表会谈纪要》签字仪式。由于这天是"双十节"，这份《纪要》通常被称为《双十协定》。

毛泽东就在桂园楼上，却没有出席仪式。那是因为蒋介石没有出席仪式，根据两党对等的原则，毛泽东也就不出席仪式。

出席签字仪式的国民党代表是王世杰、张治中、邵力子，共产党代表是周恩来、王若飞。

签字仪式毕，毛泽东下楼，和在场的代表们一一握手，表示祝贺。邵力子对毛泽东说："此次商谈，得以初步完成，多有赖于毛先生不辞辛苦奔波。"[2]

《双十协定》是一个耐人寻味的政治文献。如果细细推敲起来，跟27年之后——1972年2月28日——由周恩来和美国总统尼克松在上海发布的《中美联合公报》，风格极其相似。通篇可用"求同存异"四字来概括。因为无论1945年的国共双方，还是1972年的中美双方，都是观点差距甚大的双方。所以这类由双方签署的政治文献，其行文都采用"一致认为""某方认为""另一方认为"的格式。凡共同处，用"一致认为"；凡差异处，开列各方观点。

《双十协定》共分十二条，其中标明"一致认为"的，只不过三条而已，即关于和平建国的基本方针、关于政治民主化的方针、关于人民自由问题。这三条，大体属于"虚"的条文。其余九

毛泽东与蒋介石重庆一别，天各一方，再没有见面

---

[1] 2007年夏，本书作者在美国斯坦福大学胡佛研究所抄录自该所所藏的蒋介石日记原稿。
[2] 重庆《新华日报》1945年10月12日。

条，所写的无非是"中共方面提出""政府方面表示"，只是开列了双方的观点而已。

不过，不管怎么说，国共双方经过四十多天的会谈，尤其是蒋介石和毛泽东能够坐在一起会谈，而且毕竟签订了这么一份"求同存异"式的《双十协定》，是很不容易的了。

《双十协定》签毕，蒋介石来桂园看望毛泽东。蒋介石非常讲究礼仪的规格，他是国民党领袖，所以只在毛泽东刚到，以及即将离渝，两次前去看望毛泽东，其余均是毛泽东去他那里。

这一回，蒋介石军装笔挺，佩特级上将领章，挂着佩剑。毛泽东在楼房阶梯口跟蒋介石握手，然后陪着他步入客厅。蒋介石为《双十协定》的签订说了几句祝贺的话，席不暇暖，便和毛泽东一起出去坐上汽车前往国府路，来到国民政府大楼出席"双十节"招待外宾的鸡尾酒会。

过了一个多小时，招待会结束，毛泽东回到桂园片刻后，从此就告别了桂园。他应蒋介石之邀，和周恩来、王若飞一起前往林园，与蒋介石作第六次会谈。

是夜，毛泽东、王若飞宿于林园2号楼，周恩来仍住3号楼。

蒋介石在10月10日的日记中写及：

> 正午……往返毛泽东于桂园，送行也。彼忽提议今晚来宿林园，余知其必另生问题乃欢迎其来宿也。约谈十分时即辞出，与妻到国府约谈中外来宾。举行庆祝酒会毕，6时离府回林园校阅……9时40分见毛泽东，约谈半小时。[1]

翌日清早，毛泽东向蒋介石辞行，他俩作了最后一次晤谈。从此，蒋介石和毛泽东天各一方，再也没有见面——虽说他们每日都在思索着如何战胜对方。

11日上午8时，蒋介石委派陈诚作为他的代表，和毛泽东一起去重庆九龙坡机场，为毛泽东送行。他自己，对于毛泽东仍是"来不接，去不送"。

9时15分，三辆小汽车从林园到达机场，下车的有毛泽东、陈诚、周恩来、张治中、王若飞、郭沫若夫妇、张澜、邵力子夫妇、陶行知、章伯钧、茅盾等，以及各界人士和中外记者。

临行之前，毛泽东特地向日夜守卫桂园的士兵们致谢。毛泽东握着宪兵班

---

[1] 2007年夏，本书作者在美国斯坦福大学胡佛研究所抄录自该所所藏的蒋介石日记原稿。

长李介新的手说:"这次你们辛苦了,谢谢你们大家。"

毛泽东在机场对记者发表了谈话:"中国的问题是可以乐观的。困难是有的,不过困难都可以克服。"[1]

9时45分,毛泽东乘坐一架绿色双引擎C-47型运输机起飞。张治中、王若飞同行。周恩来留在重庆。

据童小鹏回忆,毛泽东的专机起飞后,红岩村第十八集团军驻渝办事处的电台,一直紧张地与延安电台保持密切联系。在收到延安发来毛泽东平安到达的电报后,工作人员们才长长地舒了一口气。

延安机场洋溢着欢笑,两万多人聚集在那里欢迎毛泽东。这与毛泽东离开延安时,机场上一片担忧之情恰成鲜明的对比……

在10月13日的《上周反省录》中,蒋介石写道:

> 共毛11日飞回延安,彼虽罪恶昭著而又明知其必乘机叛变,时(实)为统一之大碍,但断其人决无成事之可能,而亦不足妨碍我统一事业。[2]

---

[1] 重庆《新华日报》1945年10月12日。
[2] 2007年夏,本书作者在美国斯坦福大学胡佛研究所抄录自该所所藏的蒋介石日记原稿。

第九章
国共决战

◎ 毛泽东确定今后的作战方针是:"我军作战方针,仍如过去所确立者,先打分散孤立之敌,后打集中强大之敌。"蒋介石则确定如下方针:"今后剿匪的工作,斗智尤重于斗力。"

《双十协定》只是"纸上的东西"

就在返回延安的当天,毛泽东召开中共中央政治局会议。他对《双十协定》作如下评价:"这个东西,第一个好处是采取平等的方式,双方正式签订协定,这是历史上未有过的。第二,有成议的六条,都是有益于人民的。"

确实,如毛泽东所言,这次他和蒋介石平起平坐,对等谈判,是"历史上未有过的"。重庆《新蜀报》社论便称重庆谈判是"两党首脑,开诚协商"。

翌日——10月12日——《双十协定》由国共双方同时公布。

也就在这天,王若飞和张治中一起飞回重庆。周恩来、王若飞在重庆和国民党代表继续谈判未了事宜。

《双十协定》的发表,引起国内外一片欢呼之声。

西安《秦风日报》《工商日报》联合版10月12日的社论说:"分裂内战的阴霾可望由此扫清,和平建国的时代可望于兹开始,因八年抗战的鲜血也将不至于白流。这是中国民族的福音!这是中国人民的胜利!"

重庆《大公报》10月12日的社论说:"毛泽东先生虽已离开重庆,这四十几天的旅行,必然使他痛感全国人民的热望,并证实政府及蒋主席的诚意。和平民主,团结统一,谁不在期待?快来吧!"

延安《解放日报》10月13日社论,代表中共评论重庆谈判:"8月底起,在重庆举行的国民政府代表与中国共产党代表之间的会谈,

重庆桂园内的会客厅,国共《双十协定》在这里签订

乃是抗战胜利以后，中国国内政治生活中最重大的事件，也是具有伟大国际意义的事件。"

重庆《中央日报》10月12日社论，表明了国民党的观点："假如中国真的发生内战，那就是悲剧的演出……蒋主席为了阻止这悲剧的发生，特于日本无条件投降之际，再三坚邀中共毛泽东氏来渝，商谈促进统一团结的步骤，决本宽大容忍的一贯方针，觅取中共问题合理合法的解决。"

英国《泰晤士报》10月12日述评认为："一项令人满意的联合声明发表了，因为它至少是暂时地使内战的可能性不再突出。"

倒是10月13日美国《华盛顿邮报》的评论说得很有分寸，留有余地："以为中国政府与中国共产党所缔结的协定，永远消除了两党间一切实际的或潜在的冲突源泉的话，便是鲁莽的想法。基本上说来，协定只是建立了中央政府与中国共产党间的休战地位，并使之合法化而已。"

毛泽东也对重庆谈判发表了内部讲话。那是10月17日，毛泽东在延安干部会议上作了题为《关于重庆谈判》的报告。

毛泽东告诫中共干部们："已经达成的协议，还只是纸上的东西。纸上的东西并不等于现实的东西。事实证明，要把它变成现实的东西，还要经过很大的努力。"

毛泽东这时说出了他去重庆谈判的原因："蒋介石的主观愿望是要坚持独裁和消灭共产党，但是要实现他的愿望，客观上有很多困难。这样，使他不能不讲讲现实主义。人家讲现实主义，我们也讲现实主义。人家讲现实主义来邀请，我们讲现实主义去谈判。"

另外，中共中央在10月12日发出《关于双十协定后我党任务与方针的指示》，对下一步工作的原则作了明确规定："解放区军队一枪一弹均必须保持，这是确定不移的原则。"

大抵是在重庆太累的缘故，毛泽东病了。往日，他所谓"齿病""感冒"是假病，这一回真

毛泽东与长子毛岸英在延安

的病了，而且病得不轻。他手脚痉挛，冷汗不已，夜不能寐。往日，他生假病时要见诸报道，这一回真病倒要保密。中共中央办公厅主任师哲给斯大林发了电报，斯大林派来了医生飞往延安，毛泽东在苏联多年的长子毛岸英也随飞机一起回到延安。

苏联大夫的治疗、长子的归来，终于使毛泽东的病日益见好。

迷航的飞机泄露了蒋介石的"天机"

蒋介石在《苏俄在中国》一书中所说的那句话，确实是他的"夫子自道"，说出了他的内心隐秘："我对共产党的方针始终是剿抚兼施的。"

在蒋介石看来，重庆谈判是"抚"，所以他笑脸相迎毛泽东，给予上宾之礼；就在"抚"的同时，他又兼施着"剿"。

毛泽东在《关于重庆谈判》这一内部讲话中，说出了他去重庆是"人家讲现实主义来邀请，我们讲现实主义去谈判"；蒋介石则是在重庆谈判期间，在他授意张治中致胡宗南的密电中，和盘托出了他的本意。此电当即被中共通过秘密途径所获，马上电告延安：

> 目前与奸党谈判，乃系窥测其要求与目的，以拖延时间，缓和国际视线，俾国军抓紧时机，迅速收复沦陷区中心城市。待国军控制所有战略据点、交通线，将寇军完全受降后，再以有利之优越军事形势与奸党作具体谈判。如彼不能在军令政令统一原则下屈服，以土匪清剿之。[1]

重庆谈判谈了43天，蒋介石确实达到了"拖延时间"的目的。

也真巧，重庆谈判尚未结束，就在10月8日下午6时，就在张治中为毛泽东即将离渝、为《双十协定》即将签字而举行盛大宴会之时，在河南太行山麓焦作附近，一架国民党运输机迷航，降落在中共控制区内。中共军队检查了飞机，一查，查出了蒋介石的密件！

机上载有写着"阎司令长官密启"字样的编号为3251的代电一封，是由军事委员会委员长侍从室二组发出的。

代电全文如下："吉县第二战区阎长官勋鉴：兹附发剿匪手册两册，请查

---

[1] 中共代表团关于张治中向胡宗南传达密示致中央电，1945年9月20日。

收。中正。"

所附两册《剿匪手册》，也落入中共部队手中！

这一偶然发生的飞机迷航事件，泄露了蒋介石的"天机"！

《剿匪手册》要剿什么匪呢？这"匪"，就是中共，也就是正在重庆跟蒋介石晤谈的毛泽东！

一点也不奇怪，这就是蒋介石"剿抚兼施"最生动的写照。

那《剿匪手册》，送到了毛泽东手中。毛泽东一看，颇为失望，原来这《剿匪手册》虽是新印的，却是老版本，他早就"拜读"过了……

蒋介石（左）与阎锡山

这《剿匪手册》，其实就是《剿匪手本》。1933年夏日，蒋介石在庐山举办军官训练团时，那封面上印着《剿匪手本中正手制》的小册子定为训练团的课本。那时，从缴获的国民党军队档案中，毛泽东就读过这《剿匪手本》。

笔者在南昌江西省档案馆查到了《剿匪手本》原件，并影印了该书。书的《绪言》一开头就这么写道：

> 国家兴亡，军人之责，盗匪不灭，军人之耻。我革命军自入赣剿匪以来，至今已历时三载，官兵死伤者万余人，而师长阵亡殉难者且及四人之多。其牺牲之大如此，而所得结果，不唯于匪无损，而且其嚣张猖獗有加无已者，何哉？主义不明，而心志不坚之所致也……
>
> 古云：破山中之盗易，破心中之贼难；吾人如果欲破此江西山中之贼，必须先破吾人怕匪怕死之心贼。苟吾人而能具必死之决心以剿匪，则士卒必能以勿生还之勇气而尽忠。

蒋介石所谓"江西山中之贼"，指的便是毛泽东，便是中共，便是红军。《剿匪手本》还附录《赤匪的战术》，历数毛泽东的游击战术。

蒋介石当年印《剿匪手本》，为的是消灭江西的"赤匪"。如今，十八个春秋飞逝，毛泽东已经成了他谈判的对手。蒋介石重印《剿匪手本》，就是为了完成十八年前的未竟之业。

其实，蒋介石所定的对中共"剿抚兼施"的方针，更准确地说，是以"剿"为主，以"抚"为辅。或者说，"抚"是为了"剿"。一句话："剿"是目的，"抚"是手段。

剿，也就是灭绝。如《后汉书·朱晖等传论》中李贤所注："剿，绝也。""剿共"，也就是灭绝中共。

对于中共，蒋介石一直是个"剿"字：

早在毛泽东上了井冈山，蒋介石就想要"剿灭"毛泽东。那时叫"会剿"，亦即调动湘、赣、闽三省国民党部队，会合在一起"剿共"；

毛泽东进入瑞金，蒋介石实行"围剿"。那时调动的国民党部队更多，围而剿之，故曰"围剿"；

毛泽东被迫长征，蒋介石追而剿之，曰"追剿"；

毛泽东进入延安，蒋介石依然要进而剿之，曰"进剿"。

不论是"会剿""围剿"，还是"追剿""进剿"，都是"剿"。蒋介石从1927年起，对于中共念念不忘的，便是一个"剿"字！

只是日本侵略中国，民族大敌当前，蒋介石不得不联共抗日。如今，日本投降，蒋介石又继续进行他的未竟之业——"剿共"。他记起当年"手制"的《剿匪手本》，就在毛泽东到达重庆的翌日，亦即1945年8月29日，着何应钦下令大量重印，以供再度"剿共"之用。

就在《双十协定》公布的翌日，即10月13日，蒋介石又下达密令："奸匪若不速予剿除，不仅八年抗战前功尽弃，且必遭害无穷，使中华民族永无复兴之望，我辈将士何以对危难之同胞，更何以对阵亡之将士？遵照……所订剿匪手本，督励所属，努力进剿，迅速完成任务，其建功于国家者必膺懋赏，其迟滞贻误者当必执法以绳。"

不过，如今中共已不那么好"剿"了。中共在抗日战争中大发展，已不是井冈山时代那"星星之火"，而已是燎原之势了！据云，蒋介石曾咒骂，是日本人帮了中共的大忙——日军侵略中国，逼得蒋介石不得不放下"剿共"之刀，和中共一起去打日本人……

虽说中共的势力已不小，但比起蒋介石来还差一大截。国民党军队，大约相当于中共部队的四倍：国民党军队为430万人，中共军队为120万人。蒋介石相信，尽早着手"剿共"，能够获胜。

于是，在借助重庆谈判拖延时间，蒋介石调整好兵力之后，国共之战也就不可避免了……

大规模内战正"不宣而战"

内战的枪声，其实在重庆谈判期间就已经在上党打响了。

上党，原是战国时的一个郡，横跨山西长治一带。在这里，刘伯承、邓小平所率中共部队跟国民党阎锡山部队干了一仗——蒋介石派出运输机，正是给"山西王"阎锡山送《剿匪手本》！

据《刘伯承、邓小平关于上党战役总结向军委的报告》称：刘、邓部队3.15万人，阎锡山部队3.8万人，从8月下旬打到10月8日，打了40天。结果阎锡山部队被歼2.6万多人，中共部队伤亡约4000人。[1]

消息传到重庆，蒋介石只得以"那是阎锡山打的，他不清楚"一推了之——虽说毛泽东已从电报中获悉那架运输机上的《剿匪手本》以及蒋介石给阎锡山的密件，只是顾及蒋委员长的面子，没有当面点穿罢了。蒋介石吃了败仗，如同哑巴吃黄连，有苦说不出。

毛泽东一回到延安，在《关于重庆谈判》的讲话里，就毫不客气地挖苦蒋介石了："他来进攻，我们把他消灭了，他就舒服了。消灭一点，舒服一点；消灭得多，舒服得多；彻底消灭，彻底舒服。"

蒋介石呢？上党之败，还只是"小意思"罢了。这位特级上将，忙于调兵遣将，陈兵百万于内战前线。他调动的兵力有：

胡宗南的第一战区——10个军；

阎锡山的第二战区——7个军；

顾祝同的第三战区——5个军；

李宗仁的第五战区——5个军；

孙蔚如的第六战区——5个军；

余汉谋的第七战区——2个军；

李品仙的第十战区——3个军；

孙连仲的第十一战区——9个军；

傅作义的第十二战区——4个军；

此外，还有不属于以上战区的6个军。

蒋介石总共调集了56个军，加上挺进部队以及奉命参加内战的伪军（即投降国民党的伪军）50万人，共计两百万军队，可谓浩浩荡荡。

---

[1]《中共中央文件选集》第15卷，中共中央党校出版社1991年版。

蒋介石指挥这两百万大军的进攻目标是：

第一战区，进攻河北解放区；

第二战区，进攻上党解放区；

第三战区，进攻浙东及天目山新四军根据地；

第五战区，进攻豫东及豫南解放区；

第六战区，进攻湖北解放区；

内战中的国民党军队

第七战区，进攻广东东江解放区；

第十战区，进攻皖中及鄂东新四军；

第十一战区，进攻山东及豫北、冀南解放区；

第十二战区，进攻绥远及察哈尔解放区。

蒋介石一边部署兵力，一边惊叹中共在抗战中竟有那么大的发展。星罗棋布于全国的解放区，已是"剿"不胜"剿"了。

就在蒋介石调动两百万大军打算踏平那些解放区之际，国民党中央宣传部部长吴国桢则很"谦虚"。合众社记者1945年11月3日自重庆报道吴国桢的谈话："政府在此次战争中居守势。"

毛泽东当然看出吴国桢的用意。他以中共中央发言人的名义，于11月5日发表谈话，题为《国民党进攻的真相》。

毛泽东指出："吴氏所说'守势'云云，全系撒谎……国民党当局正在大举调兵，像洪水一样，想要淹没我整个解放区。"

毛泽东说："中国人民被欺骗得已经够了，现在再不能被欺骗。"

在毛泽东发表谈话之后，紧接着，11月16日的重庆《新华日报》发表长篇特讯：《国民党调动两百万大军发动全面内战的真相》。

11月17日，延安《解放日报》发表社论《真和平与假和平》，指出内战正在"不宣而战"："双十协定刚才发表，《剿匪手本》和'剿匪密令'已经从'军委会'和'委座'那里发出来。'手本'大量翻印、密令满天飞舞，不宣而战的空前大规模的内战就此爆发起来。"

马歇尔充当"调解人"的角色

就在中国大地充满了火药味的时候,美国又一次充当国共"调解人"的角色。

不过,这一回出场的不再是赫尔利。

那时,赫尔利正回美国述职。他正为自己在中国成功地"导演"了重庆谈判而得意扬扬,抨击起美国国务院,认为国务院"对共产主义不坚决",引起国务院对他的不满。

赫尔利说这样的话,是因为他力主美国空军应帮助蒋介石把部队从南方空运到北方,支持蒋介石消灭中共,而美国国务院并不赞同赫尔利的主张。11月3日中午,赫尔利在美国新闻俱乐部再一次猛烈攻击国务院,并宣布他已把辞呈放在国务卿贝尔纳斯的办公桌上。

赫尔利的讲话震动了美国首都,这样,当天下午,美国总统杜鲁门便不得不打电话到参议院,约见正在那里出席珍珠港事件调查委员会会议的马歇尔……

1945年11月27日,美国总统杜鲁门宣布,撤销赫尔利的驻华大使职务;同时又宣布,新派五星上将马歇尔为总统驻华特使。

12月15日,杜鲁门总统还宣布了美国对华政策:

> 一、国民政府军队与中国共产党及其他各种意见不同的武装力量间,应即设法停止敌对行动;
>
> 二、应召集包括各主要政治力量的代表的全国会议,筹商早日解决目前的内争的办法;
>
> 三、美国承认现在的中华民国国民政府是中国唯一合法政府,它也就是达成中国团结统一这个目的之适当

蒋介石夫妇与马歇尔

机构；

四、美国保证不会使用军事干涉的方式影响中国的内争过程。

马歇尔其人，在美国政界、军界资历颇深。在第二次世界大战中，他担任美国陆军总参谋长，主持指挥美国陆军。此刻，杜鲁门总统派他前往中国，除了他正准备退休、处于机动状态外，还因为他在1924年到1927年曾在中国工作。

1945年毛泽东欢迎马歇尔将军到延安

虽说马歇尔接受了总统的任命，他却意识到只有具备"魔术师的技巧"才能完成在中国的使命。

12月15日，杜鲁门总统在给马歇尔的信中写道："在你与蒋介石和其他中国领导人交谈时，授权你用最坦率的语言和他们谈话。"

12月22日，马歇尔飞抵重庆，开始了他的"魔术师"使命。

对于马歇尔的到来，蒋介石忧心忡忡，因为过去在他和史迪威的尖锐冲突中，马歇尔是站在史迪威一边的。当然，后来的事实表明，蒋介石的担忧完全是多余的。

周恩来跟马歇尔在重庆一见面，倒是印象不错。周恩来曾说："我觉得他直率、朴素、冷静，与史迪威相似。我们在三个月内相处得甚好，但在1946年3月东北问题起来之后，双方意见常有距离。他对苏联有猜疑，往往把苏联牵涉到各种问题上去，加上美国政府的错误政策，使我们和马歇尔无法取得协议。但是，我与马歇尔个人关系很好，我认为他是一个有智慧的人。"

在马歇尔的斡旋下，12月27日，国共两党在重庆重开谈判，中共代表为周恩来、叶剑英、王若飞，国民党代表为王世杰、张群、邵力子，"调解人"为马歇尔。

这一次的国共重庆谈判，取得了两项成果：

一是在1946年1月5日，达成了《关于停止国内军事冲突的协议》，人称《停战协定》。这一协定由国共双方在1月10日公布，自1月13日夜12时起生效。

二是成立了马歇尔、张群、周恩来组成的三人委员会，由马歇尔任主席。自1月13日起，在北平成立"军事调处执行部"，由国民党代表郑介民、中共代表叶剑英、美国驻华代办罗伯森三人组成，负责实施《停战协定》。

其实，《停战协定》依然是纸上的东西，美国的"中立"也只是挂在口头而已。

美国给了蒋介石大量的美援，帮助蒋介石空运部队，还把271艘舰艇赠给了蒋介石……

紧张时刻发生紧张事件

紧张的时刻，偏又发生紧张的事件。

1946年4月8日上午，延安飘着细雨。人们踏着泥泞的路，朝机场走去。

铅灰色的云层中，不见飞机的影子。人们左等右等，一直等到下午2时许，从重庆起飞的飞机仍没有出现——虽说据重庆电告，飞机早已飞离重庆。

"也许是因为天气不好，中途在西安降落，或者半途折回重庆了！"人们只得这么猜测，悻悻地回去。

飞机上的乘客，非同一般：除了中共中央领导人王若飞、博古、邓发之外，还有叶挺将军一家！

叶挺自从皖南事变被囚以来，中共一再跟蒋介石交涉，要求释放叶挺。1946年1月，当政治协商会议在重庆召开时，中共代表周恩来要求国民党释放张学良、杨虎城、叶挺、廖承志等。后来，经过多次交涉，蒋介石总算答应以中共释放被俘的国民党第十一战区副司令马法五为条件，在1月22日释放廖承志。接着，在3月4日，释放了被囚达五年零两个月的新四军军长叶挺。

叶挺刚一出狱，在重庆的中共中央代表团便举行了热烈的欢迎会。

叶挺在会上说："在这五年零两个月的时间里，我想得很多。我总结了过去的经验，我认识清楚了只有中国共产党才能领导中国走向一个和平、民主、富强的国家。"

出狱的第二天，叶挺便致电中共中央及毛泽东，提出重新加入中共的要求：

毛泽东同志转中国共产党中央委员会：

我已于昨晚出狱，决心实行我多年的愿望，加入伟大的中国共产党，在你们的领导之下，为中国人民的解放事业贡献我的一切。我请求中央审查我的历史是否合格,并请答复。[1]

中共中央获悉之后,当即于 3 月 7 日电复叶挺。电报手稿,现保存于北京中央档案馆。从手稿上可看出毛泽东修改的笔迹。原文开头为"叶挺军长",毛泽东改为"亲爱的叶挺同志",又加上了"5 日电悉,欣闻出狱,万众欢腾"等句。

电报全文如下:

亲爱的叶挺同志:

5 日电悉,欣闻出狱,万众欢腾。你为中国民族解放与人民事业进行了二十余年的奋斗,经历了种种严重的考验,全中国都已熟知你对民族与人民的无限忠诚。兹决定接收你加入中国共产党为党员,并向你致以热烈的慰问与欢迎之忱。[2]

这样,叶挺终于又成为中共党员。

一个月后,4 月 8 日,王若飞、博古要从重庆回延安向中共中央汇报工作,叶挺也就和他们一起去延安。同机而行的有出席巴黎世界职工代表大会归来的邓发,还有叶挺夫人李秀文、五女扬眉、幼子阿九,以及王若飞的舅父黄齐生和黄齐生的孙子黄晓庄,第十八集团军参谋李少华等,共 13 人。

他们所乘的是和毛泽东赴重庆所乘的同样飞机,即 C-47 型运输机,由美军上尉兰奇(C.E.Lange)等四位美国人驾驶。

那天延安一带天气不好,但飞机仍在上午 9 时许起飞。起飞后,飞机机组不断与延安美军观察组的电台联络。飞机途经西安后半个小时,即中午 12 时 25 分,还曾与延安美军电台联络了一次。

此后,飞机渺无音讯。

毛泽东在延安焦急不安,周恩来在重庆忙于与各方联系。严峻的形势,使周恩来不能不作严峻的考虑——会不会是蒋介石在玩弄什么阴谋?

周恩来也考虑到天气问题。就在不久前,他在重庆出席政治协商会议。1 月 27 日,他匆匆返回延安汇报工作,又于 1 月 29 日飞往重庆,以赶上政治协商会议的闭幕式。由于天气不好,不得不在西安滞留了一夜。1 月 30 日上午,飞机冒着恶劣天气起飞。在经过秦岭上空时,遇上强大的冷气团,飞机外壳

---

[1] 1946 年 4 月 19 日《新华日报》。
[2] 1946 年 3 月 14 日《新华日报》。

结上了一层厚厚的冰。由于负荷过重,飞机坠向低空。驾驶员吩咐把行李从机舱扔出,机上十多位乘客全都系上降落伞,以防不测。就在这时,飞机上响起小女孩的哭声。那是随机飞往重庆的叶挺的女儿叶扬眉,因为没有降落伞,哭了。周恩来闻声,把自己的降落伞解下来,系在小扬眉背上……幸亏驾驶员当机立断,

左起:叶挺、秦邦宪

折回西安,脱离了险境。当天下午,天气好转,这才由西安飞抵重庆……

这一回叶挺他们的飞机失去无线电联系后,毫无音讯,表明凶多吉少。飞机是从西安飞往延安的半小时后失去联系的,根据航程推算,当在甘泉一带。美军派出飞机,一连三天在甘泉一带盘旋搜索,毫无结果。

那几天,毛泽东在延安,周恩来在重庆,都昼夜不安。

直到 11 日晚 10 时,中共驻扎在晋西北的部队发来电报,告知在山西兴县东南八十里的黑茶山,发现飞机残骸,机上所有人员遇难。黑茶山是海拔两千多米的荒山,8 日下大雨,飞机可能在浓雾中撞在山上。翌日,村民上山打柴,发现飞机残骸,从死者身上,找到第十八集团军证件。当地中共部队闻讯,在康思俭排长率领下,上山警戒,保护现场。由于交通不便,消息传到中共部队军区机关所在地兴县蔡家崖,已是 11 日了。

消息传到延安,中共中央震惊,毛泽东派陈云乘飞机前往出事地点上空了解情况。

经过仔细调查,中共判定,这是一次飞行事故,不是有人谋害。

这样,在紧张时刻发生的紧张事件,如同《双十协定》签字前夕发生的"李少石事件",终于得以平静解决……

新华社在 12 日发出电讯,首次报道了"四八事件"。延安沉浸在泪水之中,重庆也为之震惊。

延安和重庆都举行了隆重的追悼会……

叶挺遇难之际,正步入"知天命"之年,如果他不遭遇空难,毛泽东在授元帅军衔时,必定有他……

毛泽东笑称蒋介石是"纸老虎"

中国，确实到了万分紧张的时刻。

5月5日，蒋介石还都南京。国共谈判桌，也随着搬到南京。

蒋介石在南京席不暇暖，便飞往东北督战去了。

内战之火，在东北猛烈燃烧：

5月19日，国民党部队攻占四平；

5月21日，国民党部队攻占公主岭；

5月23日，国民党部队攻占长春；

……

蒋介石在东北的胜利，使他益发坚定了"剿共"的决心和信心。这样，他终于全面发动了中国的内战：

6月23日，蒋介石命令刘峙率三十万大军向中原解放区发动声势浩大的攻势；

7月12日，蒋介石调五十万大军猛扑苏北解放区；

8月2日，漆着青天白日标志的轰炸机，出现在红都延安上空，剧烈的爆炸声把《双十协定》《停战协定》全都炸了个粉碎；

8月27日，国民党部队攻占承德；

9月19日，国民党部队占领淮阴；

10月11日，国民党部队从中共手中夺得重要城市张家口。

……

面对一连串的胜利，蒋介石有点陶醉了。10月18日，蒋介石在南京秘密军事会议上，对形势作出乐观的估计："五个月之内打垮中共军。"

毛泽东作为蒋介石的对手，却在那里冷眼观"棋"。

就在蒋介石的飞机轰炸延安的日子里，在延安杨家岭一排14孔的窑洞前，毛泽东坐在石凳上，隔着方形石桌，接受一位美国女记者的采访。她叫安娜·路易斯·斯特朗。山坡上，羊群在安静地吃草，放羊娃却不住地朝这边好奇张望，因为在延安难得见到外国人。

面对着中国越来越严重的内战局面，斯特朗的采访从有没有政治解决、和平解决的希望切入，毛泽东侃侃而谈。

在谈了一阵子之后，斯特朗问起了毛泽东对原子弹的态度。

斯特朗为什么会问起原子弹问题呢？这是因为就在一个多月前（1946年7

月1日），美军在南太平洋比基尼岛，进行了"二战"后的第一次核爆炸试验。

斯特朗问毛泽东，美国会不会直接从它在英格兰、冲绳和中国的军事基地用原子弹轰炸苏联呢？

毛泽东笑道："原子弹是美国反动派用来吓人的纸老虎，看样子可怕，实际上并不可怕。当然，原子弹是一种大规模屠杀的武器，但是决定战争胜败的是人民，而不是一两件新式武器。"

"纸老虎"，这是毛泽东在这次谈话中第一次提出的新名词，担任临时翻译的马海德医生一时不知怎样译成英文。他略加思考，译成了"Paper man"，即"纸人"。

毛泽东摇头。他解释说，"纸老虎"是"外强中干"的意思，而"纸人"仅仅是"中干"，没有"外强"之意。

马海德又译成"Scarecrow"。

毛泽东问，"Scarecrow"是什么意思？

斯特朗解释说："Scarecrow"是稻草人，农田里用来吓唬乌鸦的。

毛泽东仍摇头。毛泽东说，纸老虎不是待在田里赶鸟用的稻草人，它的样子像一只凶猛的野兽，但实际上是纸糊的，一见水就软！

后来，马海德照中文直译成"Paper tiger"，毛泽东满意了。从此，"Paper tiger"成为毛泽东"发明"的新名词。

在这次谈话中，毛泽东除了提出原子弹是纸老虎之外，又进一步指出："一切反动派都是纸老虎。看起来，反动派的样子是可怕的，但是实际上并没有什么了不起的力量。从长远的观点看问题，真正强大的力量不是属于反动派，而是属于人民。"

毛泽东谈及了他的老对手蒋介石，他称蒋介石也是"纸老虎"。他说：

蒋介石和他的支持者美国反动派也都是纸老虎……我们所依靠的不过是小米加步枪，但是历史最后将证明，这小米加步枪比蒋介石的飞机加坦克还要强些。虽然在中国人民面前还存在着许多困难，中国人民在美国帝国主义和中国反动派的联合进攻之下，将要受到长时间的苦难，但是这些反动派总有一天要失败，我们总有一天要胜利。这原因不是别的，就在于反动派代表反动，而我们代表进步。

也就在这次谈话前不久，7月20日，毛泽东为中共中央起草了党内指示《以自卫战争粉碎蒋介石的进攻》。毛泽东指出：

> 蒋介石虽有美国援助，但是人心不顺，士气不高，经济困难。我们虽无外国援助，但是人心归向，士气高涨，经济亦有办法。因此，我们是能够战胜蒋介石的，全党对此应当有充分的信心。

毛泽东还制定了对蒋介石的作战方针：

> 战胜蒋介石的作战方法，一般地是运动战。因此，若干地方，若干城市的暂时放弃，不但是不可避免的，而且是必要的。暂时放弃若干地方若干城市，是为了取得最后胜利，否则就不能取得最后胜利。此点，应使全党和全解放区人民都能明白，都有精神准备。

毛泽东正是基于这种战略，所以面对蒋介石气势汹汹的攻势，放弃了一座又一座城市。蒋介石呢，却把从毛泽东手中夺来的每一座城市，都视为一次胜利。

1945年8月13日，毛泽东在延安干部会议上所作的讲演《抗日战争胜利后的时局和我们的方针》中，就已经指出："美国帝国主义要帮助蒋介石打内战，要把中国变成美国的附庸，它的这个方针也是老早定了的。但是，美国帝国主义是外强中干的。"

在与斯特朗的谈话中，毛泽东是把"美国帝国主义是外强中干的"这句话形象化，用"纸老虎"来比喻。

毛泽东在跟斯特朗谈话中所提出的"一切反动派都是纸老虎"，成为毛泽东思想宝库中的著名论断。毛泽东所说的"纸老虎"，如同列宁所说的"泥足巨人"一样，都是对帝国主义和一切反动派的本质的高度概括。

此后，毛泽东又多次地对"一切反动派都是纸老虎"这一论断进行发展，进行深入的阐述。

1956年7月14日，毛泽东在同两位拉丁美洲人士谈话时指出：

> 我们说美帝国主义是纸老虎，是从战略上来说的。从整体上来说，要轻视它；从每一局部来说，要重视它。它有爪有牙，要解决它，就要一个一个地来。比如它有十个牙齿，第一次敲掉一个，它还有九个，再敲掉一个，它还有八个。牙齿敲完了，它还有爪子。一步一步地认真做，最后总能成功。
>
> 从战略上说，完全轻视它；从战术上说，重视它。跟它作斗争，一仗

一仗的，一件一件的，要重视。现在美国强大，但从广大范围、从全体、从长远考虑，它不得人心，它的政策人家不喜欢，它压迫剥削人民。由于这一点，老虎一定要死。因此不可怕，可以轻视它。但是，美国现在还有力量，每年产 1 亿多吨钢，到处打人。因此还要跟它作斗争，要用力斗，一个阵地一个阵地地争夺。这就需要时间。[1]

在 1957 年 11 月 18 日，毛泽东在莫斯科共产党和工人党代表会议上发言，进一步阐述了"一切反动派都是纸老虎"的观点：

> 为了同敌人作斗争，我们在一个长时间内形成了一个概念，就是说，在战略上我们要藐视一切敌人，在战术上我们要重视一切敌人。也就是说在整体上我们一定要藐视它，在一个一个的具体问题上我们一定要重视它。如果不是在整体上藐视敌人，我们就要犯机会主义的错误。马克思、恩格斯只有两个人，那时他们就说全世界资本主义要被打倒。但是在具体问题上，在一个一个敌人的问题上，如果我们不重视它，我们就要犯冒险主义的错误。打仗只能一仗一仗地打，敌人只能一部分一部分地消灭。工厂只能一个一个地盖，农民犁田只能一块一块地犁，就是吃饭也是如此。我们在战略上藐视吃饭：这顿饭我们能够吃下去。但是具体地吃，却是一口口地吃的，你不可能把一桌酒席一口吞下去。这叫做各个解决，军事书上叫做各个击破。[2]

经过十年努力，斯特朗终于在 1958 年第六次来到中国。当时，她已经 72 岁了，她仍以极大的热情向世界介绍中国。1960 年，斯特朗在《一个现时代的伟大真理》一文中回忆说："毛主席是 14 年前在延安时说帝国主义和一切反动派都是纸老虎的，现在这已成为有历史意义的历史名言了……毛主席的一针见血的语句，渊博的知识，敏锐的分析和诗人的想象力，使他的谈话成为我一生中听到的最有启发性的谈话。"

1970 年 3 月 29 日，斯特朗在北京逝世，享年 84 岁。她被安葬在北京八宝山革命烈士公墓，墓碑上铭刻着郭沫若的手迹："美国进步作家和中国人民的朋友。"

---

[1]《毛泽东同志论帝国主义和一切反动派都是纸老虎》，人民出版社 1958 年版。
[2]《毛泽东同志论帝国主义和一切反动派都是纸老虎》，人民出版社 1958 年版。

毛泽东用林冲战略对付蒋介石

国共之间，已经以炮火代替了握手。连美国总统杜鲁门也致电蒋介石："近数月来，中国局势的急剧恶化，已成为美国人民所深为关切的问题。"

虽说蒋介石复电杜鲁门，称"竭尽所能地与马歇尔将军合作"，但马歇尔和美国新任驻华大使司徒雷登不得不在8月10日发表联合声明，宣布"调处"失败。

1947年1月7日，马歇尔离华返美。离华时他说："和平障碍国共两党均有责任。"他给国共两党各打了五十大板，以求显示他这位"调解人"的公正。

马歇尔这位"魔术师"，后来倒是说了一段真心的话：

> 毛泽东的人民民主不会愿意接受蒋介石的统治，也不会愿意接受一个对美国友好的民主中国，而由于国民党的愚蠢无能，没有美国的军事干涉国民党政府就不可能对共产党人实施统治。现在看来采取任何别的政策将不会遭受同样的命运。

毛泽东呢？他在1946年9月29日接受美国记者斯蒂尔的采访时，这样评论美国的调解：

> 我很怀疑美国政府的政策是所谓调解。根据美国大量援助蒋介石使得他能够举行空前大规模内战的事实看来，美国政府的政策是在借所谓"调解"做掩护，以便从各方面加强蒋介石，并经过蒋介石的屠杀政策，压迫中国民主力量，使中国在实际上变为美国的殖民地。这一政策继续实行下去，必将激起全中国一切爱国人民起来做坚决的反抗。

当斯蒂尔问毛泽东："阁下是否认为蒋介石是中国人民的'当然领袖'"时，毛泽东断然否定："世上无所谓'当然领袖'。"

"抗战前十年内战，抗战中八年摩擦，胜利后一年纠纷。"1946年11月19日，周恩来在国共谈判面临彻底破裂不得不离开南京、飞回延安时，接受记者采访，用这样概括的话总结了国共两党关系史。

周恩来的离去，表明国共关系接近冰点。

1947年2月27日夜，南京卫戍司令部、上海淞沪警备司令部、重庆警备司令部同时发出通知，限令三地的中共联络处及办事处所有人员于3月5日前撤退。

这实际上是国民党向中共提出的最后通牒。

中共代表王炳南发表了《为委托民盟保管京沪渝蓉昆等处遗留财产紧急声明》，称中共在各地的房屋资财，"悉数委托中国民主同盟全权保管，业于3月5日签订契约，先将南京各种财产造册点交，并请林秉奇律师作证"。

周恩来在"国统区"举行记者招待会

中国民主同盟代表罗隆基，也于3月6日发表《为受委保管中共代表团京沪渝蓉昆等处遗留财产紧急声明》："兹以中国共产党各地代表及工作人员撤退在即，所有遗留各地之房屋物资器材及交通工具，悉委托本同盟全权保管。"[1]

中共也相应采取措施，要国民党驻延安的联络机构撤退。

另外，中共还要求美军驻延安的观察组撤离延安。美军观察组在3月11日上午刚刚撤走，国民党轰炸机在下午就大批飞临延安上空，进行狂轰滥炸。

这样，国共之间的战争全面展开了。

蒋介石和毛泽东作为国共双方的主帅，下着国共的决战之棋。

在国共决战的初期，以1946年6月26日蒋介石部队大举进攻中原解放区为起点。蒋介石打的是全面进攻战，他调动了手下两百万大军，全面进击，四处开花。

毛泽东的战略是"集中优势兵力，各个歼灭敌人"，进行运动战。

战争进行了八个多月，毛泽东放弃了105座城市，却消灭了蒋介石部队71万人。

从棋局来看，蒋介石部队越楚河，过汉界，咄咄逼人。实际上，他损兵折将，消耗实力。

其实，毛泽东所用的战略，他早在1936年12月所写的《中国革命战争的战略问题》中，就已说得明明白白：

---

[1]《中国民主同盟历史文献》，文史资料出版社1983年版。

> 谁人不知，两个拳师放对，聪明的拳师往往退让一步，而蠢人则其势汹汹，劈头就使出全副本领，结果往往被退让者打倒。
>
> 《水浒传》上的洪教头，在柴进家中要打林冲，连唤几个"来""来""来"，结果是退让的林冲看出洪教头的破绽，一脚踢翻了洪教头。[1]

毛泽东在十年前写的这段文字，仿佛是为十年后的国共决战画像。蒋介石就是那其势汹汹的洪教头，毛泽东采用了林冲的办法对付他。

毛泽东在1946年10月1日所写的《三个月总结》中，对国共决战初期的形势作了如下判断：

> 蒋军战线太广与其兵力不足之间，业已发生了尖锐的矛盾。此种矛盾，必然要成为我胜蒋败的直接原因。

国共决战，果然按照毛泽东所预料的那样进行。到了1947年3月，蒋介石因"战线太广"而"兵力不足"，不得不收缩战线，集中兵力。

于是，国共决战进入第二个阶段，即蒋介石由"全面出击"改为"重点进攻"。

蒋介石定下了两个重点：

集中34个旅，23万人，进攻陕甘宁边区，进攻红都延安；

集中60个旅，45万人，进攻山东解放区。

毛泽东呢，依然着眼于"消灭敌人有生力量"。

毛泽东说了一句颇为精辟的话："存人失地，地终可得；存地失人，必人地两失。"

一时间，延安成了国共争斗的焦点。1947年2月底，蒋介石从南京飞往西安，召集那里的军政要员，为进攻延安作了部署。蒋介石命号称"西北王"的胡宗南厉兵秣马，突袭延安……

蒋介石为"光复中共赤都"兴高采烈

胡宗南兵马未动，3月3日深夜，毛泽东在延安的窑洞里，却正在细细研

---

[1]《毛泽东选集》第1卷，人民出版社1991年版，第203页。

读着胡宗南进攻延安的绝密计划!

"谋事不密则害成。"胡宗南深知这一点,尤其是与中共作战,更要讲究出其不备。

他生怕泄露机密,进攻延安的作战计划连他手下的师长、军长都不知道。他只告知队伍要集结而已。可是,那绝密计划竟已落到毛泽东手中。

胡宗南做梦也没有想到,他身边的机要秘书竟是中共地下党员!此人名唤熊向晖,乃是奉周恩来之命,早在1937年便打入胡宗南身边,翌年起任胡宗南机要秘书。熊向晖的真实身份,在中共方面,也只有周恩来、董必武、蒋南翔三人知道。[1]

最初,周恩来只吩咐他作"闲棋""冷子",作长期埋伏的打算。

周恩来的这一步闲棋下得不错。熊向晖在胡宗南身边"闲置"了多年,终于在关键的时刻发挥了关键的作用。

3月2日夜,趁胡宗南外出,熊向晖把胡宗南的作战计划背熟。翌日夜,熊向晖秘密来到西安新华巷1号,把绝密情报告诉中共地下党员王石坚,由王石坚的无线电台把胡宗南的作战计划发往延安,到了毛泽东手中。

这样,毛泽东迅速得知,胡宗南定于3月10日拂晓对延安发起闪电总攻。胡宗南手下的15个旅的部署、进攻路线,毛泽东也了如指掌。

毛泽东于3月6日以中共中央军委的名义发出电报,通报了胡宗南的作战计划,并指出:

> 此次胡军攻延带着慌张神情,山西仅留四个旅,西兰公路及陇海线均甚空虚,集中全力孤注一掷,判断系因山东及冀鲁豫两区失败,薛岳去职,顾祝同调徐,胡宗南实际上主持郑州军事,急欲抽兵进攻豫北,故先给延安一个打击。[2]

3月7日,熊向晖又密告王石坚,胡宗南的总攻延安时间推迟三天,为的是等美军驻延安观察组撤离。这时,王石坚告诉熊向晖,上次去电延安之后,延安已复电,说已把胡宗南作战计划呈报毛泽东、周恩来,他们称赞"很及时、很得用"。

果真,胡宗南部队在3月13日晚进入预定位置,14日拂晓发起总攻击。

紧接着,熊向晖又密告延安,此时胡宗南的作战方式是:"采取'蛇蜕皮'、'方阵式'进军方法,派前卫占领阵地,依次掩护本队前进,首尾相顾,左右

---

[1] 熊向晖:《地下十二年与周恩来》,中共中央党校出版社1991年版。
[2]《中共中央文件选集》第16卷。

1947年，蒋介石曾视察延安

相连，走山不走川，遇小股敌人即行歼灭，遇大敌人可先绕道，吸引于延安附近围歼。"

如此这般，毛泽东对胡宗南的动向，可谓一清二楚。

面对胡宗南南、西、北三路大军的进攻，毛泽东用了林冲的战略，避其锋芒，让他一步。根据"存人失地，地终可得"的原则，毛泽东作出重要决策：放弃延安！

3月19日清晨，胡宗南部队攻入延安时，延安已是一座空城。

胡宗南兴高采烈地给蒋介石发去"光复中共赤都"报捷电报："我军经七昼夜的激战，第一旅终于19日晨占领延安，是役俘虏5万余，缴获武器弹药无数，正在清查中。"

胡宗南的电报所称"七昼夜的激战""俘虏5万余"，乃系虚构。因为毛泽东让他一步，何况早已作撤离延安的准备，胡宗南一路顺风，并无"激战"，也无大批俘虏。

接到胡宗南的电报，蒋介石自然比胡宗南更为兴高采烈。蒋介石在翌日晨，发布嘉奖电：

宗南老弟：

　　将士用命，一举而攻克延安，功在党国，雪我十余年来积愤，殊堪嘉尚，希即传谕嘉奖，并将此役出力官兵报核，以凭奖叙。戡乱救国大业仍极艰巨，望弟勉旃。

中正

蒋介石的"雪我十余年来积愤"一句，道出了他内心的真话！

毛泽东笑谓胡宗南"骑虎难下"

南京一片欢腾。《中央日报》在头版头条位置报道"国军收复延安"的消息，并发表社论《国军解放延安》。街头挂起青天白日满地红之旗，贴着"庆祝解放延安""庆祝陕北大捷"大标语，鞭炮声此起彼伏……

此处颇有意思的是国民党也用"解放"一词。"解放"一词，其实古已有之，《三国志·魏志·赵俨传》中，便有："俨既囚之，乃表府解放。"蒋介石的"解放"，是指从中共手中夺回之意。毛泽东更为常用"解放"一词，则是指从蒋介石手中"解"而"放"之。

中共中央的机关报，那时叫《解放日报》；理论刊物叫《解放》周刊。国共决裂之后，中共军队不再称"八路军""新四军"，而是改称"中国人民解放军"……

就在"国军解放延安"的一片欢呼声中，陈诚在20日举行记者招待会，声称："余曾有言，如果真正作战，只需三个月即可击破共军主力，但过去是因和谈关系，国军多是挨打。"

陈诚还说，今后"非至共军全部解除武装不止"。

3月21日，蒋介石又致电胡宗南，把"雪我十余年来积愤"，延伸为"雪21年之耻辱"，把账算到了1926年！

蒋介石的电报称：

> 延安如期收复，为党为国雪21年之耻辱，得以略慰矣。吾弟苦心努力，赤忱忠勇，天自有以报之也。时阅捷报，无任

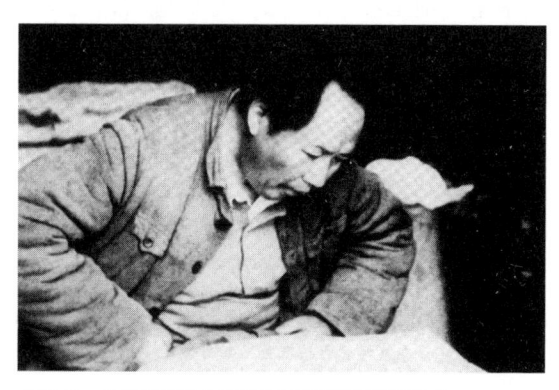

1947年，毛泽东在陕北佳县观看军事地图指挥作战

欣慰。各官兵之有功及死伤者应速详报。至对延安秩序，应速图恢复，特别注意其原有残余及来归民众与俘虏之组训慰藉，能使之对共匪压迫欺骗之禽兽行为，尽情暴露与彻底觉悟。10月后，中外记者必来延安参观，届时使之有所表现，总使共匪之虚伪宣传完全暴露也。最好对其所有制度，地方组织，暂维其旧，而使就地民众能自动革除，故于民众之救护与领导，必须尽其全力，俾其领略中央实为其解放之救星也。

据熊向晖回忆，胡宗南进入延安，他陪同"参观"。在枣园，胡宗南步入毛泽东住过的窑洞，看得很仔细。他居然拉开毛泽东的书桌抽屉，细细检视。

他发觉，抽屉里有一纸条。拿起一看，上面写着："胡宗南到延安，势成骑虎。进又不能进，退又不能退。奈何！奈何！"

胡宗南看毕，也忍不住大笑起来。

据熊向晖在胡宗南身边多年观察："合乎他心意的，他哈哈大笑；道出他心病的，他也哈哈大笑。"

毛泽东的"势成骑虎"这句话，正是一语道破了胡宗南的心病。

确实，胡宗南在攻占延安之后，陷入了进退两难的地步。

毛泽东对付胡宗南，采用了"蘑菇"战术。如他所言：

> 如不使敌十分疲劳和完全饿饭，是不能最后获胜的。这种办法叫"蘑菇"战术，将敌磨得精疲力竭，然后消灭之。[1]

毛泽东在山险路艰的陕北跟胡宗南"蘑菇"，把胡宗南部队磨得又累又饿。胡宗南生怕毛泽东有诈，"每次进攻，全军轻装，携带干粮，布成横直三四十里的方阵，只走山顶，不走大路，天天行军，夜夜露营，每日前进二三十里"。[2]

据云，这是"国防部指导下的新战术"。

尽管胡宗南小心翼翼，还是一回回进入毛泽东设下的伏击圈，连吃败仗：

就在占领延安后的第六天，在延安东北山势险要的青化砭，胡宗南第三十一旅近3000人被歼，旅长李纪云被俘；

4月14日，胡军4000多人被歼于陕北羊马河；

5月2日至4日，在陕北蟠龙，胡军6700人被歼……

蒋介石下令"通缉"毛泽东

就在胡宗南"骑虎难下"之际，蒋介石在重点进攻的另一翼——山东——也连吃败仗……

那是1947年5月16日下午，蒋介石的嫡系王牌整编第七十四师，在山东临沂北面被中国人民解放军华东野战军第六纵队团团围困在孟良崮，已经濒于

---

[1]《关于西北战场的作战方针》，《毛泽东选集》第4卷，人民出版社1991年版，第1222—1223页。

[2]《战局的转折点》，新华社1947年4月18日社论，见《中共中央文件选集》第16册，中共中央党校出版社1991年版。

第九章　国共决战

弹尽粮绝的境地。崮，山东一带对四周陡峭而有着蘑菇状山顶的石山的称呼。第七十四师的师部，就设在崮顶岩下的山洞里。

整编第七十四师师长张灵甫，一米八六的个子，长得英俊潇洒。他是黄埔军校四期毕业生，后来升为国民党中将。张灵甫能文能武，能书善画，颇有儒将风度。他的整编第七十四师，是蒋介石的五大主力之一（蒋介石的五大主力为第五军、新一军、新六军、整编第十一师和整编第七十四师），向来以骁勇善战著称。这一回，却陷入了绝境。

面对中共部队激烈的炮火，已无退路的张灵甫面临最后的抉择：要么降，要么死。他选择了"杀身成仁"。

张灵甫写下了绝命书，其中一封给蒋介石，一封给妻子王玉玲。这两封绝命书，交给了勤务兵。勤务兵穿上解放军服装，混出孟良崮，带到了南京。王玉玲珍藏着张灵甫的绝命书。

1992年4月11日，笔者在西安采访了张灵甫长子张居礼，他出示了张灵甫的绝命书——这是现居美国的王玉玲，交张居礼之弟张道宇带来的。

张灵甫

张灵甫的绝命书全文如下：

> 十余万之匪向我猛扑，今日战况更恶化，弹尽援绝，水粮俱无。我与仁杰决战至最后以一弹饮诀成仁，上报国家及领袖，下答人民与部属。老父亲来看未见，痛极。望善待之。幼子望养育之，玉玲吾妻，今永诀矣！
> 　　　　　　　　　　　　　　　灵甫绝笔
> 　　　　　　　　　　　　　　　5月16日
> 　　　　　　　　　　　　　　　孟良崮

张灵甫写罢绝命书之后，自杀身亡。他的整编第七十四师，3.2万余人，全部覆没。

当时，考虑到张灵甫是国民党高级将领，中共华东野战军第六纵队司令皮定均命政治部派人购棺木予以安葬。收尸者乃吴强。这一段经历给吴强留下很深印象，后来，他写出了孟良崮之战的长篇小说《红日》，并由上海天马电影制片厂于1962年拍成电影……

对于孟良崮之败，蒋介石在1947年5月29日发布《为追念张灵甫师长剿匪成仁通告国军官兵》，对失败的原因进行了检讨：

> 以我绝对优势之革命武力，竟每为乌合之众所陷害。此中原因，或以谍报不确，地形不明，或以研究不足，部署错误，驯至精神不振，行动萎靡，士气低落，影响作战力量。虽亦为其重要，然究其最大缺点，厥为各级指挥官每存苟且自保之妄念，既乏敌忾同仇之认识，更无协同一致之精神，坐视为敌所制，以致各个击破者，实为我军各级将领取辱招祸最大之原因。

蒋介石不论是重点进攻延安，还是重点进攻山东，皆遭失败。

随着重点进攻的惨败，蒋介石在军事上也就由主动转为被动。蒋介石已没有1946年10月18日宣称"五个月之内打垮中共军"那种踌躇满志的气度了。因为五个月早已过去，中共不仅没有被打垮，反而连连获胜。

就在陕北蟠龙之役和山东孟良崮之役大胜之后，正在陕北靖边县王家湾的毛泽东，于1947年5月30日，以新华社评论的名义，写了《蒋介石政府已处于全民的包围中》一文，对形势进行了分析，并称蒋介石为"卖国集团"：

> 蒋介石卖国集团及其主人美国帝国主义者，错误地估计了形势……
>
> 蒋介石的军队，无论在哪个战场，都打了败仗。从去年7月到现在共计11个月中，仅就其正规军来说，即已被歼灭约90个旅。不但去年占长春、占承德、占张家口、占菏泽、占淮阴、占安东时候的那种神气现在没有了，就是今年占临沂、占延安时候的那种神气现在也没有了。蒋介石、陈诚曾经错误地估计了人民解放军的力量和人民解放军的作战方法，以为退却就是胆怯，放弃若干城市就是失败，妄想在三个月或六个月内解决关内问题，然后再解决东北问题。但在十个月之后，蒋介石全部进犯军已经深入绝境，被解放区人民和人民解放军所重重包围，想要逃脱，已很困难。

大凡输家，往往容易发火。蒋介石输了，对毛泽东恨透了，火极了！

1947年6月28日，蒋介石以国民政府最高法院的名义，对毛泽东下了"通缉令"。蒋介石给毛泽东开列的罪名是："意图颠覆政府，其为内乱犯！"

蒋介石光是"通缉"毛泽东还不解气。他在7月4日召开的国民政府第六次国务会议上，提出《厉行全国总动员戡平共匪叛乱方案》并得以通过。他要求"实行全国总动员,号召全民一致奋起,淬厉进行","从速戡平叛乱"。

于是,蒋介石宣布,全国进入"戡乱时期"。国民党中央及国民政府颁发了一系列法令及条例:

《中国国民党戡乱建国总动员方案》;

《动员戡乱完成宪政实施纲要》;

《动员戡乱完成宪政国防军事实施办法》;

《妨害兵役治罪条例》;

《后方共产党处置办法》;

《戡乱时期国家紧急治罪办法》。

蒋介石在7月31日的日记中写道:"国务会议通过总动员令,实为对共匪重大之打击,不仅军心一振,而民心亦得一致矣。"

毛泽东称蒋介石为"匪"

"戡乱总动员"也无济于事,战争形势已经越来越不利于蒋介石。战争进行了一年(从1946年7月算起),蒋介石的军队被歼人数已达112万。

美国《白皮书》也明明白白指出:"战略主动权已由政府手中转入中共手中。"

蒋介石虽说不愿直截了当承认失败,但从他讲话的口气中也可明显感到:"共产党绝对不能打败我们。"他已不再去夸口讲几个月内消灭中共军队,只是说中共打不败他,表明他已处于守势了。

对于这一年的战争,蒋介石和毛泽东都在进行总结。他们都既回顾过去一年的"棋局",又在总结的基础上考虑如何走下一步棋。

毛泽东的总结,是1947年9月1日在陕北葭县朱官寨写的,题为《解放战争第二年的战略方针》。

蒋介石的总结,是10月6日在第四期军官训练团所作的演讲,题为《一年来剿匪军事之经过与高级将领应注意之事项》。

毛泽东显得很兴奋:"这一胜利,给了敌人以严重打击,在整个敌人营垒中引起了极端深刻的失败情绪,兴奋了全国人民,奠定了我军歼灭全部敌军、争取最后胜利的基础。"

蒋介石则不能不正视败局:"前方的部队,遭遇迭次的挫折,高级将领被俘的被俘,战死的战死,这不仅是我们革命莫大的耻辱,而且对于社会人心产生了很严重的影响。"

毛泽东确定今后的作战方针是:"我军作战方针,仍如过去所确立者,先打分散孤立之敌,后打集中强大之敌。"

蒋介石则确定如下方针:"今后剿匪的工作,斗智尤重于斗力。"

蒋介石开动了脑筋,用他的"智"下达了《制定剿匪作战守则与六项要目之手令》。

他提出今后对中共作战的"四大守则",即:"一、积极进攻;二、迅速行动;三、特别注重火网之构成;四、夜间行动。"他制定的"六项要目"是:"搜索、警戒、侦察、掩护、联络与观察。"

不过,战争进入第二个年头,蒋介石益发处于不利的地位。1947年10月,毛泽东起草了著名的《中国人民解放军宣言》,响亮地提出了"打倒蒋介石,解放全中国"的口号。

毛泽东写道:

1947年,毛泽东转战陕北行军途中

中国人民解放军,在粉碎蒋介石的进攻之后,现已大举反攻。南线我军已向长江流域进击,北线我军已向中长、北宁两路进击。我军所到之处,敌人望风披靡,人民欢声雷动。整个敌我形势,和一年前比较,已经起了基本上的变化……

毛泽东称蒋介石为"内战祸首"。蒋介石对毛泽东下"通缉令",而毛泽东此时来了个针锋相对,命令中国人民解放军"逮捕、审判和惩办以蒋介石为首的内战罪犯"。实际上,这也就是对蒋介石下"通缉令"。蒋介石和毛泽东互下"通缉令",这与两年前他俩在重庆高举通红的葡萄酒杯,可谓此一时也,彼一时也!

毛泽东还宣告:"本军对于蒋方人员,并不一概排斥,而是采取分别对待的方针。这就是首恶者必办,胁从者不问,立功者受奖。"

面对中共由守势转为攻势,蒋介石意识到他已到了"存亡危急之秋"。蒋介石在这年11月30日,写下一篇《反省录》,对于他的处境作了如下描述:

全国各战场皆陷于劣势被动之危境。尤以榆林（陕西）、运城（山西）被围日久，无兵增援；12日，石家庄陷落之后，北方之民心士气尤完全动摇；加之，陈毅股匪威胁徐州（江苏），拆毁黄口（江苏）至内黄（河南）铁路，而后进逼徐、宿（安徽）；陈赓股匪窜扰豫西、南阳，襄阳震动；江南各省几乎遍呈风声鹤唳之象；两广、湘、豫、浙、闽伏匪蠢动，李济深、冯玉祥且与之遥遥相应，公然宣告叛国，此诚存亡危急之秋也。

毛泽东呢，此时他胜券在握，心绪很好。他对蒋介石提高了调子，由"内战祸首"升级为"蒋介石匪帮"了！

多少年来，总是蒋介石称毛泽东为"匪"，所以不停地"剿匪"。如今颠倒过来了，轮到毛泽东称蒋介石为"匪"了。这种"称谓"的变化，倒也鲜明地反映出蒋介石和毛泽东地位的变化。

就在蒋介石写下那篇《反省录》之后二十多天——12月25日——毛泽东在陕北米脂县杨家沟的中共中央会议上，作了题为《目前形势和我们的任务》的报告。

如今，轮到毛泽东以踌躇满志的姿态说话了：

现在，战争主要地已经不是在解放区内进行，而是在国民党统治区内进行了，人民解放军的主力已经打到国民党统治区域里去了。中国人民解放军已经在中国这一块土地上扭转了美国帝国主义及其走狗蒋介石匪帮的反革命车轮，使之走向覆灭的道路。这是一个历史的转折点。这是蒋介石的二十年反革命统治由发展到消灭的转折点。[1]

对于这样严峻的形势，蒋介石也心中明白。他在1948年1月7日的日记中，十分形象地描述了他自己的悲凉心态："阅地图所示共匪扩张之色别，令人惊怖。若对匪作战专重对付其军队主力，而不注重面积之原则，亦将陷于不可挽救之地步。"

蒋介石步上中华民国总统宝座

就在蒋介石连吃败仗、心惊胆战之际，民怨高涨，他在国民党内的威信也

---

[1]《毛泽东选集》第4卷，人民出版社1991年版，第1244页。

随之不断下降，美国政府对他的信任度也在下降。

蒋介石面对危局，下了一步挽回之棋，曰"实行民主政治"。那便是召开被称为"民主之基""宪政之阶"的国民大会，实行宪法，选举总统。

国民党的一党专政，向来受到人们的非议。蒋介石在1946年11月15日召开国民大会。这次国民大会实际上是由国民党一手包办的，中共激烈反对，拒绝参加，并称之为"伪国大"。中国民主同盟等也拒绝参加。那次国民大会，通过了《中华民国宪法》。

眼下，蒋介石要按照《中华民国宪法》选举总统、副总统，以表明这是"中华民国实行民主宪政的开始"。

蒋介石这人，骨子里嗜权如命，表面上却是谦谦君子。早在1946年11月，国民大会召开之时，蒋介石便曾发表这样的演说："我个人本来没有政治欲望和兴趣，而且我今年已经六十岁，更不能像过去二十年一样担负繁重的重任，所以必须将国家的责任交托于全国的同胞。"

这一回，蒋介石又显得很谦虚，他表示在"国家未能统一"之前"决不竞选总统"，而只"愿担任政府中除正副总统外之任何职责"。

蒋介石在1948年4月4日国民党临时中央全会上，提出了总统候选人的五项条件：

一、了解宪法，认识宪政，确保宪政制度；
二、富有民主精神及民主思想；
三、忠于戡乱建国之基本政策；
四、深熟我国历史、文化及民族传统；
五、对当前之国际情势与当代文化有深切认识。

蒋介石还说："吾人可提一具有此种条件之党外人士出任总统候选人。"

蒋介石仿佛在给人们出哑谜，大家纷纷猜测究竟谁是蒋介石心目中的未来总统。按照蒋介石开列的这些条件，很多人推测是胡适。胡适早在1919年五四运动时便颇享盛名，抗战期间出任驻美大使，后又任北京大学校长，并参与起草《中华民国宪

胡适

法》。他和美国有着良好的关系，又是文人的象征。

蒋介石常常叫人捉摸不透。他"决不竞选总统"，人们竟难以知悉他是否本意如此：

真的吧，可能如此——推出胡适当象征性的元首，如同当年以林森为国民政府主席一样；

假的吧，也可能如此——仿照古贤，总是要先来一番逊辞再三。

蒋介石再三坚辞总统候选人，倒是张群明白他的心意：《中华民国宪法》对总统的权力作了一些限制，必须进行修改。

于是，在4月5日下午的国民党中央常委会上，通过了由陈布雷起草的一项决议案："总裁力辞出任总统候选人，但经常会研究结果，认为国家当前的局势，正迫切需要总裁的继续领导，所以仍请总裁出任总统，以慰人民喁喁之望。常会并建议在本届国民大会中，通过宪法增加'戡乱时期临时条款'，规定总统在戡乱时期，得为紧急处分。"

这新增的"戡乱时期临时条款"，给予了总统以"紧急处分"的特殊权力，蒋介石满意了。

于是，蒋介石也就不再"坚辞"了。

4月18日，国民大会通过了"戡乱时期临时条款"，蒋介石也就在总统候选人讨论会上发表演讲。蒋介石追述了自己的奋斗史，从最初追随孙中山，到领导北伐，进行"剿共"，直至领导抗战。最后，蒋介石说了这么一番话："我是国民党党员，以身许国，不计生死。我要完成总理遗志，对国民革命负责到底。我不做总统，谁做总统！"

蒋介石既然说"我不做总统，谁做总统"，当然就一锤定音，他成了总统候选人。

不过，光是他一人成为总统候选人，也就谈不上竞选，缺少民主的味道。于是，由居正参加陪选。居正那时担任立法院院长。

翌日，国民大会进行选举。蒋介石得2430票，居正得269票，蒋介石的得票数差不多是居正的十倍。这样，蒋介石也就当选为中华民国总统，集总统、总裁于一身。

总统的选举颇为顺利，副总统的选举，却风波迭起。

副总统的候选人，蒋介石原本内定孙科。孙科为孙中山嗣子，担任过立法院院长、行政院长、国民政府副主席。孙中山乃国民党的缔造者，孙科作为孙中山之子在国民党内颇享声誉，而且与蒋介石关系不错。由孙科出任副总统，也表明蒋介石对孙中山的忠诚之意。

事出意外，忽地杀出一匹"黑马"，角逐副总统，打乱了蒋介石的阵脚。此人便是李宗仁。李宗仁与孙科同龄，小蒋介石4岁，乃桂系首领。

李宗仁向来与蒋介石龃龉颇多：

他先是在1927年8月，联合何应钦逼蒋介石下野；

1929年3月，爆发蒋桂战争，李宗仁兵败，出走香港；

1929年11月，他又联合张发奎反蒋，又败；

1930年，他与阎锡山、冯玉祥一起反蒋，再败；

1931年5月，他和陈济棠联名通电，要求蒋介石下野；

1936年，再度联合陈济棠发动反蒋兵变……

在抗战中，李宗仁因指挥台儿庄战役，给了日军沉重打击，名声大振。抗战胜利后，蒋介石委任李宗仁为军事委员会委员长北平行营主任。

李宗仁其人颇为复杂，既反蒋、抗日，也反共。他在1927年4月，支持过蒋介石发动反共政变。抗日战争胜利后，又支持蒋介石发动反共内战。

李宗仁一向"凡事不为天下先"，所以蒋介石万万没有想到李宗仁会跑出来竞选副总统。

就连李宗仁手下的大将白崇禧都感到惊讶。

幕后的底细，若干年后由李宗仁的政治秘书程思远道出："后来我才知道李宗仁所以要竞选副总统，完全是出自司徒雷登的策动。"[1]

原来，美国驻华大使司徒雷登曾在1947年夏去北平。9月8日，他在向美国国务院提出的一份特别报告中写道："在一般学生心目中，象征国民党统治的蒋介石，其资望已日趋式微，甚至目之为过去人物者。"

司徒雷登又指出："李宗仁将军之资望日高。"

这表明，美国已把希望寄托在李宗仁身上。

有了美国的支持，李宗仁也就"当仁不让"了！他出马竞选副总统，自然使蒋介石心中不快，他曾说这"好比一把刀指着胸膛那样难过"。

除了李宗仁、孙科之外，还有程潜、于右任以及莫德惠（社会贤达）、徐溥霖（民社党）等作为副总统的候选人。当然，主要的竞争对手是李宗仁和孙科。

副总统的竞选，近乎白热化，那角逐的激烈程度绝不亚于一场精彩的球赛。4月23日，国民大会选举副总统的结果是：

李宗仁得754票；

---

[1] 程思远：《政坛回忆》，广西人民出版社1986年版。

孙科得 559 票；

程潜得 522 票；

于右任得票不足 500 票；

莫德惠、徐溥霖各得 200 余票。

李宗仁得票数虽然居于榜首，但不足当选票数，即未超过全额半数——1523 票。

24 日重选，李宗仁得 1163 票，孙科得 945 票，程潜得 616 票。李宗仁仍未过半数。

这时，蒋介石对李宗仁施加压力。会场上散发种种传单，对李宗仁进行激烈攻击，说他在台儿庄的胜利是假的，说他的竞选口号跟共产党的口号差不多……

25 日，各报爆出大字标题新闻：李宗仁退出竞选！

李宗仁以退为进，这一着棋是高明的。因为他一旦真的退出竞选，蒋介石的脸上也不好看了。

于是，蒋介石只得出面，表示在选举中"不袒护、不支持任何一方"。李宗仁又重新参加竞选。

28 日，进行第三次选举。李宗仁得 1156 票，孙科得 1040 票，程潜得 515 票。李宗仁仍未过半数。

不得已，只好在 29 日进行第四次选举——这一次是"决选"，以谁多谁当选，不一定要过半数。李宗仁最后以 1438 票，险胜孙科。

就在南京忙于竞选的那些日子里，4 月 22 日，延安重新回到中共手中。不过，毛泽东没有重返延安，却东渡黄河，由山西进入河北阜平县境内。

蒋介石和李宗仁在南京宣誓就任中华民国正、副总统。

毛泽东当即作出反应。以中共中央名义发表的《纪念五一节口号》共 23 条，其中的第二条是："今年的五一劳动节，是中国人民死敌蒋

毛泽东渡过黄河

介石走向灭亡的日子，蒋介石做伪总统，就是他快要上断头台的预兆。打到南京去，活捉伪总统蒋介石！"

蒋介石呢，他则在 5 月 10 日的日记中这么颇为微妙地写道："深夜静虑，此时只有前进，方是生路。凡事不能必其成功，亦不能过虑其必败。"

一个"败"字，已在这位新总统的脑海中不停地盘旋着……

大决战前夕双方摩拳擦掌

1948 年 7 月 27 日至 8 月 2 日，国民党的高级将领们云集南京国防部，"戡乱军事检讨会"在那里举行，蒋介石主持会议。

会议的气氛是悲凉的。谁都意识到，与中共主力的最后决战就在眼前。然而，取胜的希望却是那么渺茫。

与此相应的，1948 年 9 月 8 日至 13 日，在河北平山县滹沱河北岸一个长满古柏的柏树坡上，有座七八十户人家的名叫西柏坡的小村，中共中央政治局会议在那里举行，毛泽东主持会议。

会议的气氛是欢乐的。谁都意识到，与国民党主力的最后决战就在眼前，与会者充满着必胜的信心。

决战前夕，国共两个会议在唱对台戏。

南京国民政府的国防部长原本是白崇禧，自从李宗仁当上副总统，蒋介石便令国防部部长换马。他把白崇禧调任华中"剿总"司令，让何应钦继任国防部部长。蒋介石此举，当然是为了削弱桂系的势力。

会议开幕的那一天，蒋介石作了《改造官兵心理，加强精神武装》的报告。

蒋介石的报告调子是低沉的，他说："就整个局势而言，则我们无可讳言的是处处受制、着着失败！到今天不仅使得全国人民的心理动摇，军队将领信心丧失、士气低落，而且中外人士对

决战前夕的国民党军队

我们国军讥刺诬蔑，令人实难忍受。"

蒋介石严厉批评了他的部属："我们在军事力量上本来大过共匪数十倍，制空权、制海权完全掌握在政府手中，论形势较过去在江西围剿时还要有利。但由于在接收时许多高级军官大发接收财，奢侈荒淫，沉溺于酒色之中，弄得将骄兵逸，纪律败坏，军无斗志。可以说，我们的失败，就是败于接收。"

蒋介石向他的高级将领们发出了严重警告："现在共匪势力日益强大，匪势日益猖獗，大家如果再不觉悟、再不努力，到明年这个时候能不能再在这里开会都成问题。万一共产党控制了中国，则吾辈将死无葬身之地。"

毛泽东呢，他在西柏坡的中共中央政治局会议上，提出了"军队向前进，生产长一寸，加强纪律性，革命无不胜"的口号。

毛泽东告诉与会者，中共党员已从1945年中共七大时的120万猛增至300万！中国人民解放军则从1946年的120万猛增至280万！毛泽东在说及这两个数字时，脸上挂着笑容。

毛泽东正在考虑着"夺取全国政权"，他提出"必须准备好三万至四万下级、中级和高级干部"。

蒋介石和毛泽东报告的调子截然相反，正反映了蒋败毛胜这一不可逆转的历史潮流。

南京，新任国防部部长何应钦报告了两年来国民党军队的损耗数字："死伤、被俘、失踪总数为300多万人，损失步枪100万支、机枪7万挺、山野重炮1000多门……"

西柏坡，朱德也在报告两年来的战绩，其统计数字竟与何应钦十分相近，只是比何应钦更为精确：

"人民解放军歼敌264万人，其中俘虏163万人。两年主要缴获，计有步枪近90万支、重轻机枪6.4万余挺、小炮8000余门、步兵炮5000余门、山野重炮1100余门。"

会议的第四天，眼看着将领们个个垂头丧气，大有"败军之将，不敢言勇"之态，蒋介石又发表演说加以

决战前夕的共产党军队

打气:"我自黄埔建军二十多年以来经过许多艰难险阻,总是抱着大无畏的精神和百折不回的决心,坚持奋斗,终能化险为夷,渡过种种难关。自对共匪作战两年来,军事上遭受了挫折,这是不容讳言的事实。但今天最重要的是我们大家同心同德,共济时艰,抱定'有敌无我、有我无敌'的决心,激励士气,来挽救危机争取胜利,而不是要相互埋怨,互相倾轧。"

毛泽东依据"第一年歼敌正规军折合成97个旅(师),第二年歼敌正规军折合成94个旅(师)"的歼敌速度,提出了这样的战略计划:今后每年歼敌100个旅(师),则再花三年时间,歼敌300个旅,就可以"从根本上打倒国民党的反动统治"。他又同时提出,中国人民解放军要发展到500万人。

毛泽东这一计划,人称"三五计划":即以五年时间(包括前两年),消灭国民党500个旅(师),中国人民解放军扩大到500万。

蒋介石呢,面对败局,仍要作最后的挣扎。他作这样的战略估计:"现在我们在军事上,海军、空军占绝对优势,陆军还有几百万人;在经济上,有9亿美元的基金,长江流域及以南地区物产丰富,粮食绝无问题;国民政府仍然统治着广大地区,有众多的人力可以征调。就总的力量对比来说,我们要比共产党大过许多倍,没有任何悲观失败的理由。'破山中之贼易,去心中之贼难',现在最要紧的就是要打破大家害怕共匪的心理。"

与毛泽东的"三五计划"相对应,蒋介石制定了"苦撑三北,确保二华"的计划。"三北",即东北、西北、华北;"二华",即华中、华南。

蒋介石和毛泽东都很看重这大决战前的会议。

蒋介石称南京会议确定的方针是今后"剿匪成功之关键"。

毛泽东称西柏坡9月会议是"从日本投降以来到会人数最多的一次中央会议。会议检查了过去时期的工作,规定了今后时期的工作任务"。

在大决战前夕,南京和西柏坡各自运筹,蒋介石和毛泽东摩拳擦掌……

东北之败使蒋介石气得吐血

国共主力的大决战开始了。

第一个震惊全国的消息,在1948年9月24日传出:中国人民解放军华东野战军及山东军区部队,在这天一举攻下了山东省会城市济南,歼灭国民党部队11万余人,活捉国民党第二绥靖区中将司令官兼山东保安司令王耀武。

这是中国人民解放军第一次占领省会城市。第一次占领济南这样的大城市，显示了强大的攻坚实力。

这表明，毛泽东在向蒋介石发起大规模的进攻。

蒋介石慌了手脚。所幸他有专机，载着他到处飞。哪里吃紧，他就往哪里飞。在大决战的那些日子里，蒋介石时而在北平训话，时而在沈阳指挥，时而在天津督战，时而在锦州湾葫芦岛视察……

毛泽东呢，他稳坐在那长满古柏的小村庄，昼夜不停地工作着。他给各野战军发出电报，指挥作战。有时，土屋里夜间太闷热，他端着煤油灯来到院子，干脆把石磨当成办公桌，起草着电报……

激烈的战斗在东北打响。

10月10日，毛泽东给林彪发去电报："你们的中心注意力必须放在锦州作战方面，求得尽可能迅速地攻克该城。即使一切其他目的都未达到，只要攻克了锦州，你们就有了主动权，就是一个伟大的胜利。"

在林彪的指挥下，东北人民解放军遵照毛泽东的部署，于10月14日对锦州发起猛攻。

翌日，蒋介石偕宋美龄急急从南京飞往沈阳，坐镇督战。锦州已处于铁围之中，蒋介石派出飞机，在锦州上空给驻守那里的东北"剿匪"副总司令范汉杰空投手谕："能守则守，不能守则退出锦西。"

然而，范汉杰已经是既不能守，也不能退了！东北野战军激战31小时，一举攻克了锦州，活捉范汉杰，歼灭国民党部队十万余人。

毛泽东令林彪全力攻克锦州，确实是一步妙棋。锦州，乃东北之咽喉，锦州一失，切断了关内关外的联系，切断了东北国民党部队的退路，使驻守长春、沈阳的国民党部队陷入一片惊慌之中。

蒋介石以为毛泽东马上要回师攻沈阳，急匆匆和宋美龄于16日飞离沈阳，前往北平。

毛泽东却没有马上打沈阳，而是攻长春。

毛泽东的电报，发往长春城东南四五十里的李家屯。那里是中共第一线围城指挥所的所在地，"二萧"——司令员萧劲光、政委萧华——正在那里忙碌。

最初，"二萧"得到的命令是"久困长围"，所以十万大军自6月22日起，便把长春围了个水泄不通。毛泽东因为要先取锦州，所以对长春采取"久困长围"的方针。眼下锦州得手，毛泽东便要攻长春了。

驻守长春的国民党第六十军军长曾泽生曾如此回忆当时兵临城下时长春的情景：

长春城内是一片混乱。军队赖着微少的空投活命,士兵饥寒交迫,士气低落;老百姓连草根树皮都吃光了,老人饿死在道旁……长春变成了一座人间地狱。

当时,摆在第六十军面前有三条路:一是死守长春,其结果是城破军亡;二是向沈阳突围,其结果是被解放军歼灭在长春到沈阳的路上;三是反蒋起义,参加革命,向人民赎罪,这是条活路。[1]

10月19日,曾泽生率所部2.6万余人投降中共。

曾泽生后来回忆,他身边有许多中共地下党员,给了他很多影响。事后他才知道,他的副官长兼特务营营长杨滨是中共地下党员;他的指挥所所在的那个团的副团长赵国璋,也是中共地下党员;从1938年起,中共在第六十军内,建立了地下组织……

蒋介石在北平闻讯,气得吐血,于18日再飞沈阳。蒋介石下令:"集中部队,一举收复锦州。"

无奈,他的部下已人心惶惶,不愿出战。

翌日,从长春传来令蒋介石沮丧的消息:驻守长春的东北"剿匪"副总司令兼第一兵团司令郑洞国将军率所部4.7万余人,投诚中共。于是,长春解放。

郑洞国将军这样回忆他的投降经过:

到了此时,我已感到山穷水尽。正在焦急中,接到杜聿明的电报,他拟请蒋介石派直升机来接我出去,问我有无降落地点。我答复他:"现在已来不及了。"但是我还不肯改变"宁可战死,不愿投降"的顽固态度。我把这个时候的情况报告蒋介石,并对他表示"来生再见"。

解放军对锦州发起总攻

---

[1] 曾泽生:《起义纪实》,《人物》1986年第1期。

当天夜里，我的司令部附近仍和过去两天一样，响着剧烈的枪声。后来我才知道，这是杨友梅和司令部的幕僚们想出来的办法：要直属部队向天放枪，表示假抵抗后再放下武器，造成事实，使我跟着他们走。第二天一早，我的司令部也就放下武器。他们为了把我从死亡的道路中挽救出来，真是煞费苦心。[1]

锦州、长春既解放，沈阳便成了一座孤城。

毛泽东把目光移向沈阳。往常，他在起床之后，总要沿着西柏坡苇塘边散步。在那些日子里，苇塘边再也见不到毛泽东的身影。他每天只能睡三四个小时，已经没有散步的时间。

蒋介石从孤城沈阳飞往北平。虽然他明知沈阳已危在旦夕，仍要作最后的挣扎。蒋介石把杜聿明召至北平，任命他为东北"剿匪"副总司令，要他无论如何夺回锦州。

然而，东北的败局已经无可挽回。11 月 2 日，沈阳、营口两城均被东北人民解放军攻下，国民党部队 14.9 万余人被歼。

至此，东北全部解放，辽沈战役宣告结束，全歼国民党部队 47 万人。

蒋介石不得不垂头丧气地由北平飞回南京。

蒋介石竟是那么不经打，这出乎毛泽东的意料。这样，毛泽东在 1948 年 11 月 14 日为新华社写了题为《中国军事形势的重大变化》的文章，对他自己两个月前所作的五年打倒蒋介石的估计，作了郑重更正。

毛泽东写道："原来预计，从 1946 年 7 月起，大约需要五年左右时间，便可能从根本上打倒国民党反动政府。现在看来，只需从现时起，再有一年左右的时间，就可能将国民党反动政府从根本上打倒了。"[2]

55 万蒋军被歼淮海

东北尚在酣战之际，毛泽东已在部署另一场大会战。这一会战，毛泽东称之为"淮海战役"，蒋介石称之为"徐淮会战"，又称"徐蚌会战"。

1948 年 10 月 11 日，毛泽东在西柏坡给华东野战军、中原野战军发出了一

---

[1] 郑洞国：《放下武器》，《人物》1986 年第 1 期。
[2] 《毛泽东选集》第 4 卷，人民出版社 1991 年版，第 1361 页。

份重要电报,即《关于淮海战役的作战方针》。诗人气质的毛泽东,在制定作战计划时,却是那么的严谨。后来的事实表明,战争几乎完全按照毛泽东的这一电报所设计的"蓝图"进行。

毛泽东要求:"你们以11、12两月完成淮海战役。"

这一回,他采取与辽沈战役不同的战略:辽沈战役时,毛泽东集中全力先攻其尾,亦即长春—沈阳—锦州这一长链之尾;如今,他却改用中心开花。

毛泽东在电报中指出:"本战役第一阶段的重心,是集中兵力歼灭黄伯韬兵团,完成中间突破。"

于是,黄伯韬兵团成了"锦州第二"——国共争斗的新焦点。

为了打好淮海战役,毛泽东决定成立淮海战役总前委,由邓小平、刘伯承、陈毅、谭震林、粟裕五人组成,邓小平任总前委书记。

蒋介石对"徐淮会战"也极为关注,他声言:"徐淮会战实为我革命成败、国家存亡之最大关键。务必团结苦斗,期在必胜。"

蒋介石要国防部拟订了《徐蚌会战计划》。然而,毛泽东处于攻势,蒋介石处于守势,战争主动权全都掌握在毛泽东手中。

按照毛泽东的计划,第一个挨打的是黄伯韬兵团。自11月6日起,黄伯韬兵团受围于徐州以东的新安镇碾庄地区。黄伯韬虽非蒋介石嫡系,但实力颇强,乃蒋介石在华东的主力。

就在6日那天遭到猛攻时,黄伯韬对蒋介石派来的战场巡视官说道:"共军先打我这个兵团是肯定的,而且陈毅的主力达40万,集中来打我这个15万人的兵团,本兵团是必败的;这次是主力决战,关系存亡,谁也走不了;我受总统知遇之隆,生死早置之度外,绝不辜负总统期望。"

黄伯韬还颇为感慨地说:"国民党是斗不过共产党的,人家对上级指示奉行到底,我们则阳奉阴违。"

果真,黄伯韬斗不过陈毅。虽说蒋介石三次派飞机空投亲笔信,勉励黄伯韬殊死奋战,但终究无济于事。打了半个月,黄伯韬兵团覆没。

黄伯韬带着一批亲信,在小黄庄东北的一个小院作最后的抵抗。黄伯韬在受伤后自杀身亡,搜身时发现他的衣袋里还放着蒋介石空投给他的亲笔信,写着"固守待援"……

黄伯韬的第七兵团17.8万多人被歼。

"捷报!捷报!歼灭了黄伯韬。这一仗,打得实在好,实在好。同志们的功劳,真不小,真不小……"歌声在战场飞扬,中国人民解放军士气大振。

在黄伯韬受困之际,蒋介石派第十二兵团前去救援,又在宿县西南双堆集地区陷入重围。毛泽东开始了第二阶段战役。到 12 月 15 日，这一兵团 12 万人覆灭，司令黄维被俘。

黄伯韬、黄维这"二黄"被歼，徐淮一带只剩下杜聿明手下的三个兵团，共 30 万人，即邱清泉兵团、李弥兵团、孙元良兵团。

本来，奉蒋介石之命，杜聿明增援黄维。黄维遭歼，蒋介石知大事不妙，急令杜聿明率部放弃徐州，绕道永城南下。

毛泽东岂肯放过杜聿明。他马上调兵遣将，把杜聿明集团包围于陈官庄、青龙集地区，开始第三阶段战役。

其中，孙元良兵团企图突围，先被歼灭，唯孙元良只身潜逃。

杜聿明陷入铁围之中。毛泽东虽然在西柏坡，却以"中原人民解放军司令部、华东人民解放军司令部"的名义写了一篇广播稿。这篇广播稿，后来收入《毛泽东选集》第 4 卷，题为《敦促杜聿明等投降书》。

《敦促杜聿明等投降书》颇有"现场感"地这么写道：

杜聿明将军、邱清泉将军、李弥将军和邱李两兵团诸位军长师长团长：

你们现在已经到了山穷水尽的地步。黄维兵团已在 15 日晚全军覆没，李延年兵团已掉头南逃，你们想和他们靠拢是没有希望了。你们想突围吗？四面八方都是解放军，怎么突得出去呢？你们的飞机坦克也没有用。我们的飞机坦克比你们多，这就是大炮和炸药，人们叫这些做土飞机、土坦克，难道不是比较你们的洋飞机、洋坦克要厉害十倍吗？你们的孙元良兵团已经完了，剩下你们两个兵团，也已伤俘过半。你们虽然把徐州带来的许多机关闲杂人员和青年学生强迫编入部队，这些人怎么能打仗呢？十几天来，在我们的层层包围和重重打击之下，你们的阵地大大地缩小了。你们只有那么一点地方，横直不过十几华里，这样多人挤在一起，我们一颗炮弹，就能打死你们一堆人。

……放下武器，停止抵抗，本军可以保证你们高级将领和全体官兵的生命安全。

淮海战役中解放军进入徐州城

> 只有这样，才是你们的唯一生路。你们想一想吧！如果你们觉得这样好，就这样办。如你们还想打一下，那就再打一下，总归你们是要被解决的。

杜聿明被围，蒋介石如坐针毡，他不断给杜聿明发电报、空投亲笔信。

杜聿明表示忠诚于蒋介石，不愿向毛泽东投降。陈毅托一个被俘的第十三兵团军官给杜聿明送去毛泽东的《敦促杜聿明等投降书》。李弥先看，不表态，交给杜聿明。杜聿明看罢，交给邱清泉。虽然邱清泉之弟邱清华乃中共将领，但兄弟俩人各有志。邱清泉把信扔进了炭火盆……

由于杜聿明等拒降，于是，毛泽东在1949年1月6日下令总攻。到1月10日，杜聿明部队全部被歼。邱清泉战死，李弥逃脱，杜聿明被俘。

杜聿明在被俘时，如厕解手，乘人不备，以一巨石猛击头颅，欲自尽。血流满面的他，被送往医院抢救……

至此，淮海战役降下帷幕。蒋介石在华东的刘峙集团，总共55万人被歼。

古都北平在没有硝烟中交接

就在辽沈战役刚刚结束，淮海战役尚在进行时，毛泽东又在下另一步棋了。

毛泽东把目光投向了华北。在北平、天津、张家口这三角地带，驻守着傅作义集团，有4个兵团，13个军，连同地方保安团，总共有60多万人，是一块"大肥肉"。

毛泽东部署平津战役。他采用的战略，既不同于辽沈战役先掐住锦州这"咽喉"的打法，又不同于淮海战役先瞄准黄伯韬兵团来个"中间突破"的打法。这一回，他采用"声西击东"法。

毛泽东的"声西击东"战略，是佯装攻西面的北平，而真正的目的是取东面的天津。

1948年12月11日，毛泽东给林彪、罗荣桓发去《关于平津战役的作战方针》电报，明确指出：

> 三纵决不要去南口，该纵可按我们9日电开至北平以东、通县以南地区，从东面威胁北平，同四纵、十一纵、五纵形成对北平的包围。
>
> 但我们的真正目的不是首先包围北平，而是首先包围天津、塘沽、芦

台、唐山诸点。

毛泽东采取围北平而取天津的战略，是因为考虑到傅作义集团已是惊弓之鸟。蒋介石在东北和淮海的大败，使傅作义集团惶惶不可终日。蒋介石以为，东北已失，淮海危急，平津难保，而宁沪兵力单薄。为此，蒋介石曾命令傅作义率部南撤，放弃平津，退守宁沪。傅作义呢，他并非蒋介石嫡系。他想保存自己的实力，西撤察哈尔、绥远一带，怕入宁沪会被蒋介石所支配。为此，傅作义向蒋介石建议，暂守平津。蒋介石同意了。

毛泽东深知蒋介石、傅作义的心态，担心一受惊恐，傅作义很可能南逃，而从天津经海路南逃是一条可能的路。因此，毛泽东不能不先切断傅作义集团的退路，却又不能让傅作义看出来，所以就来了个"声西击东"。

毛泽东在着手部署平津战役时，几乎不动声色。他绝不惊动蒋介石，更不去惊动那已是惊弓之鸟的傅作义。

面对蒋介石和傅作义，毛泽东悄然下了三步棋：

毛泽东的第一步棋，是"急棋"。他秘密急调林彪部队入关。他特别嘱咐，在林彪入关之后，仍要在《沈阳报》上发表林彪在沈阳的消息，以求迷惑视听，稳住傅作义。蒋介石、傅作义以为，辽沈战役刚刚结束，林彪部队必定要进行休整。傅作义万万没有想到，毛泽东一纸命令，林彪大军迅速入关，已经悄然挪到他的鼻子底下！

毛泽东的第二步棋，是"缓棋"。他驰电淮海战场，命令暂缓捉拿"网中之鱼"杜聿明集团。

毛泽东在《关于平津战役的作战方针》中透露了他这一"缓棋"的用意："为着不使蒋介石迅速决策海运平津战役诸敌南下，我们准备命令刘伯承、邓小平、陈毅、粟裕于歼灭黄维兵团之后，留下杜聿明指挥之邱清泉、李弥、孙元良诸兵团（已歼约一半左右）之余部，两星期内不作最后歼灭之部署。"

毛泽东说明了他的担心："唯一的或主要的是怕敌人从海上逃跑。因此，在目前两星期内一般应采围而不打或隔而不围的办法。"

毛泽东下的第三步棋，是"暗棋"。这步"暗棋"是极端秘密的，直到若干年后才渐渐透露真相。

简直不可想象，坐在西柏坡土屋里的毛泽东，居然对北平城里傅作义的一举一动了如指掌，诸如傅作义在家里发脾气、咬火柴头、唉声叹气，以至想自杀，毛泽东全都清清楚楚。

毛泽东怎么会对傅作义的动态如此了解？那是因为中共在傅作义家中布了

一颗"暗棋"!

傅作义做梦也没有想到，他的长女傅冬菊竟然是中共地下党员！傅冬菊原本在天津《大公报》报社工作，并在那里秘密地加入了中共。这里所说的"秘密"，因为考虑到她的特殊身份，比一般的中共地下党员更为秘密。她只保持单线联系，以至后来中共占领北平时，中共北平党组织还准备发展她入党呢！

考虑到争取傅作义投降事关重大，傅冬菊接到秘密指示，要她从天津回到北平工作。于是，傅冬菊回到了父亲身边。

傅冬菊第一次试探父亲的态度，说是有个同学是共产党，愿与他商谈合作之事。傅作义当即反问："是真共产党还是军统？你可别上当！要遇上假共产党，那就麻烦了。"

当傅冬菊再三说明她的同学是真共产党，傅作义又问："是毛泽东派来的还是聂荣臻派来的？"

初次的试探，傅冬菊发觉父亲是有与共产党合作之意。因为他无此意的话，就会一口回绝的。

那时，傅冬菊差不多每天都秘密前往北平东黄城根中共地下党员李中家里，跟中共联络员崔月犁见面。这样，傅作义的一举一动都在中共掌握之中。崔月犁曾回忆道："有时头天晚上发生的事，第二天一早就知道了；上午发生的事，下午就知道了。"

各种各样的社会关系，都被中共动员起来。华北学院的教授兼政治系主任杜任之，是中共党员。他的胞弟杜敬之是傅作义的军医，他们又都是傅作义的同乡。中共委派杜任之前去联络。

傅作义的《平明日报》采访部主任李炳泉也是中共党员，他与傅作义的"剿总"总部联络处长李腾九有着亲戚关系，他同样受中共委派，与傅作义联络……

毛泽东接连下了这三步棋。在1948年12月22日，完成种种部署之后，中共部队打响了平津战役的枪声，一举端掉了新保安傅作义第三十五军军部。24日，攻克了张家口，歼灭傅作义部队5.4万多人。

人民解放军进入北平

这样，北平、天津、张家口这三角地带，被中国人民解放军"吃"掉了一角。

紧接着，驻守天津的国民党陈长捷部队陷入了重围。这下子，使蒋介石为之震惊。

1949年1月3日，蒋介石致电傅作义，加以勉励："就华北言，匪众虽多，其装备补给则不如我，其素质训练，又远不如我。"

蒋介石还说："抱定有匪无我、有我无匪之决心，激励所部，鼓起灭此朝食之勇气，造成高度坚强力量，发扬我革命军人冒险犯难、以一敌十之精神，抢占先机，稳扎猛打，奋斗到底，坚持最后五分钟，为戡乱高潮创造辉煌战史之一页，深信克敌制胜、完成戡乱建国之功，端在此战也。"

大势已去，蒋介石的这番空话，无济于事。毛泽东决定先取天津。

天津警备司令陈长捷，乃傅作义在保定军官学校学习时的同学。陈长捷在天津修筑了坚固的城防工事，扬言起码可以守上半年。他万万没有想到，他的城防工程图纸，却被中共地下党员描了一份，到了林彪手中，又由林彪派人送交毛泽东。

中共派人与陈长捷商谈投降之事，被陈长捷所拒绝。1月14日，毛泽东下令对天津发动总攻。经过29小时的激战，天津于15日落入中国人民解放军手中。13万蒋军被歼，陈长捷被活捉。同日，毛泽东任命黄敬（即俞启威）为天津市市长。

天津失落，北平震惊。鉴于傅作义有受降的意向，北平的幕后活动大大加快了步伐。

傅作义派出了他的副手、华北"剿总"副总司令邓宝珊作为全权代表与共产党进行接触。据崔月犁回忆，她在北平华北学院院长王捷三家中初晤邓宝珊。

邓宝珊一见面，就对崔月犁说："我是了解共产党政策的，我有个孩子在延安学习过，我见过毛主席，陕北电台的广播我经常听。"

邓宝珊作为傅作义的代表，秘密出城与林彪进行谈判。林彪则派出参谋处处长苏静作为联络代表，又随邓宝珊秘密进入北平城。傅作义的长女傅冬菊，在这关键的时刻发挥了关键的作用。

终于，在1月22日下午6时，中外记者蜂拥于北平中山公园水榭，捕捉重大新闻：傅作义的代表阎又文在那里举行记者招待会，宣布傅作义总司令文告，公布中共和他和平解决北平之双方协议。

文告称，为迅速缩短战争，获致人民公意的和平，保全工商业基础与文物古迹，使国家元气不再受损伤，一举促成全国彻底和平的早日实现，将双方协议，除有关军事细节从略外，公布如下……

于是，秘密的谈判，也就公之于众。从这天开始，傅作义把二十万军队撤离北平市区，前往城外指定地点，听候改编。

1月31日，中国人民解放军开入北平城。这样，这座古都在一片和平的气氛中转入中共手中。

毛泽东对北平的和平解决方式作出高度评价，他在《中国共产党第七届中央委员会第二次全体会议上的报告》中指出：

> 这种方法是在敌军主力被消灭以后必然地要出现的，是不可避免的；同时也是于我军于人民有利的，即是可以避免伤亡和破坏。因此，各野战军领导同志都应注意和学会这样一种斗争方式。这是一种斗争方式，是一种不流血的斗争方式，并不是不用斗争可以解决问题的。

从此，平津战役画上句号。在这一战役中，蒋介石部队被歼灭和改编的达52万人，只有驻守塘沽的5万人得以从海上逃跑。

国共主力进行决战的辽沈战役、淮海战役、平津战役这三大战役，历时142天，蒋介石部队被歼的总数为154万多人。

对于蒋介石这一惨败，美国国务卿艾奇逊在写给杜鲁门总统的信中，倒是说得颇为客观：

> 国军在具有决定性的1948年内，没有一次战役的失败是由于缺乏武器或弹药。
>
> 事实上，我们的观察人员于战争初期在重庆所观察的腐败现象，已经使国民党的抵抗受到致命的削弱。它的领袖们对于他们所遭遇的危机已经证明是无力应付的。它的部队已经丧失斗志，它的政府已经失去人民的支持。

第十章
风卷残云

◎ 毛泽东和蒋介石的棋局,已进入"残局之战"。至6月,国民党部队被歼总数达559万人!国民党剩余的部队,只有150万左右了。如毛泽东所说:"肃清这一部分残余敌军,还需要一些时间,但已为期不远了。"

蒋介石"文胆"陈布雷之死

1949年的新年钟声撞响，不论是毛泽东，还是蒋介石，都感慨万分。

1949年，对双方都是关键性的一年。经过1948年的国共大决战，中国的形势已经明朗化。

对于毛泽东来说，1949年将是金色的，充满着希望；

对于蒋介石来说，1949年将是灰色的，充满着失望。

在新年到来之际，在白雪纷飞的西柏坡，忙得顾不上执笔的毛泽东，由他口授，由政治秘书胡乔木起草，最后由毛泽东改定，为新华社写出了著名的新年献词《将革命进行到底》。

新年到来之际，蒋介石在南京也忙着起草他的《元旦文告》。他的心中充满悲凉之感，不仅仅因为战局的惨败，而且因为为他默默地起草了无数文稿的秘书陈布雷已离他而去！

这一回，只能由"江西才子"陈方临时为他捉刀。

陈布雷作为蒋介石的"文胆"，一向对蒋介石忠心耿耿。他挂在嘴边的名言是："永远只愿做No.2，永远不做No.1。"不言而喻，"No.1"指的是第一号人物蒋介石。他追随蒋介石长达22年之久，蒋介石的众多文稿出自他手。诸如北伐成功之后蒋介石的《祭告总理文》，在蒋介石五十大寿之际那篇《报国与恩亲》，1936年西安事变和平解决后的《西安半月记》，1937年中日战争爆发后

毛泽东与胡乔木在西柏坡

的《告国民书》……都是由陈布雷为之代笔写出的。

陈布雷才思敏捷，西安事变之后，张学良亲自陪同蒋介石从西安返回南京，途中在洛阳过夜，蒋介石宿于洛阳军官分校。晚上，蒋介石口授大意，陈布雷于当夜挥就三千余字的《对张杨的训词》。翌日，蒋介石一到南京，便把《对张杨的训词》马上交给各报发表。此文实际上就是蒋介石在西安事变后对时局的声明。

此后，蒋介石又发表的那篇各方关注的《西安半月记》，也是陈布雷依据蒋介石日记以及蒋介石口述为之捉刀的。

1937年7月19日，蒋介石在庐山谈话会上发表的《最后关头》中宣布："如放弃尺寸土地与主权，便是中华民族的千古罪人……如战端一开，那就地无分南北，人无分老幼，无论何人，皆有守土抗战之责任"。一时间，这几句话传遍中华大地，对推动全民抗战起到了积极作用。蒋介石这一重要的谈话稿，同样出自陈布雷笔下……

1890年11月15日，陈布雷出生于浙江省慈溪县（现属余姚市）一个茶商之家，原名陈训恩，号畏垒，字彦及。1911年，他毕业于浙江高等学堂，途经上海时，寄居在《天铎报》报社。当时，正在《天铎报》任职的戴季陶结婚请假，请他代理。于是，21岁的他担任上海《天铎报》记者兼撰述，取笔名"布雷"，取义于"迷津唤不醒，请作布雷鸣"。翌年，陈布雷加入同盟会。1920年，陈布雷任上海《商报》主编，尖锐地抨击北洋军阀，曾受到孙中山的好评，认为《商报》虽然并不是国民党的党报，但"可称为是忠实的党报"。邹韬奋也写文章推崇陈布雷，称他"不但有正义感，而且还有革命性。当时人民痛恨军阀，倾心北伐，他的文章往往以锐利的笔锋、公正的态度，尽人民喉舌的职责"。

1924年，蒋介石在广州担任了黄埔军校校长和国民革命军第一军军长职务，军权在握，渐渐站稳了脚跟。这时，他开始感到身边只有武将，缺乏文才。蒋介石耳闻陈布雷乃沪上名笔，1926年春，当邵力子奉国民党中央之命前往上海工作时，蒋介石特地把自己一帧亲笔签名的照片托邵力子转给陈布雷，表示钦慕之意。

1926年7月9日，蒋介石在广州就任国民革命军总司令，誓师北伐。北伐节节胜利，蒋介石率部进驻南昌。1927年2月1日，阴历除夕夜，陈布雷与《商报》另一位名记者潘公展应邀来到了南昌。翌日，正值大年初一，两人一同去见了蒋介石。陈布雷感谢"蒋总司令"赠他"玉照"，而蒋介石则说："以后陈君不必称我为总司令，随便些好了。因为总司令是军队的职务，陈君并非军人。"

被称为蒋介石"文胆"的陈布雷

陈布雷与蒋介石一见如故，相谈甚欢。蒋介石一次次约陈布雷长谈。有一天，蒋介石急欲写《告黄埔同学书》，陈布雷当即"拔笔相助"，蒋介石口授，陈布雷捉刀，一挥而就，须臾之间完稿，蒋介石深为满意。由蒋介石与陈果夫介绍，陈布雷和潘公展加入了国民党。蒋介石极力想留住陈布雷，无奈陈布雷称："蒋先生，我仍想回沪做记者，办报纸。"

就在陈布雷回到上海不久，3月21日，蒋介石率部进入上海。紧接着，他发动了四一二反革命政变，沉重地打击了中国共产党的力量。4月18日，蒋介石建立南京国民政府。武夫治国，急需文臣辅佐。在蒋介石的盛情相邀之下，1928年1月，陈布雷从上海来到南京。蒋介石欲委以高官，陈布雷回答道："余之初愿以新闻事业为终身职业，若不可得，愿为公之私人秘书，位不必高，禄不必厚，但求能有点滴为公之助，然机关要职，则非所盼也。"从此，陈布雷成为蒋介石的私人秘书、重要幕僚，人称"领袖文胆""总裁智囊"。

后来，陈布雷在蒋介石身边工作的时间长了，经不住蒋介石的一再劝说，还是担任了国民党中央党部书记长、国民政府教育部常务次长、国民党中央宣传部次长。陈布雷于1934年任国民党政府军事委员会委员长侍从室第二处主任、国民党中央政治会议副秘书长，1939年兼任国民党国防最高委员会副秘书长，1946年任国府委员，1947年任总统府国策顾问并代理国民党中央政治委员会秘书长。

陈布雷虽身居高位却为人谨慎、淡泊名利，对蒋介石唯命是从，对同僚谦逊相待，他廉洁自律，不拉帮结派，不贪污腐败，深得蒋介石器重。

尽管从表面上看陈布雷春风得意，其实内心深处却隐藏着难以诉说的痛苦，尤其是在他为蒋介石执笔时不得不写下违心话语之时。

最使陈布雷为难的是为蒋介石写《西安半月记》。那是在西安事变之后，蒋介石回到南京，要把西安事变的"真相"公之于众，让天下百姓知道张学良、杨虎城是如何"叛逆"的。1937年初，在奉化溪口养伤的蒋介石召见陈布雷，给他看了自己在西安被囚时的日记，并讲述了自己在西安事变中的经历。陈布雷明白，《西安半月记》难以下笔，便推托道："我没有去过西安，对变乱经过不很清楚，恐怕难孚领袖厚望。"蒋介石却说："这没有关系的，你就照我说过的写好了。"

2月2日，陈布雷随蒋介石来到杭州，蒋介石再度把日记交给陈布雷，补充叙述西安事变的经历。陈布雷无法违命，只得在极度痛苦中为蒋介石写完《西安半月记》。陈布雷在日记中坦言："余今日之言论思想，不能自作主张。躯壳和灵魂，已渐为他人一体。人生皆有本能，孰能甘于此哉！"此后，他多次表示，"不能用我的笔达我所言"，"为人捉刀是苦恼的"。他曾比喻自己是"嫁人的女子，难违夫子"！

陈布雷内心的隐痛日益加剧，使他备受煎熬。

1948年11月12日，陈布雷对陶副官说："我要理一个发。"在理完发之后，他对陶副官说："我今夜要赶写一些重要东西，任何客人不见，电话也不接，你也不要上来催我睡觉，我写好自己会服药睡的。"他上了楼梯，走到一半时又回过身子，补充了一句："让我安静些！"

副官以为他要写重要文章，也就为他谢客。他真的在闭门写作，只是所写的是他的遗书！陈布雷写了给蒋介石的遗书，其中宣称："我心纯洁质直，除忠于我公之外，无一毫其他私念。"他又给妻子、兄弟和友人留下了一封封遗书。夜里，他服用了大量安眠药，于11月13日上午离开了这个世界……

"让我安静些！"成了陈布雷留下的最后一句话。

陈布雷之死，据云直接的原因有二：一是面对国民党军队兵败如山倒的局面，他曾向蒋介石建议，与共产党和谈，遭到蒋介石痛斥，声言"和谈即投降"；二是在1948年11月8日国民党中央会议上，蒋介石说："抗战要八年，剿匪也要八年。"陈布雷认为此言不妥，在整理蒋介石的讲话记录时，删去了此话，又遭蒋介石斥责。

又据传，最使蒋介石恼火的是：1947年12月25日，毛泽东在中共中央会议上，作了《目前形势和我们的任务》的报告。1948年初，国民党情报部门把毛泽东的报告文本放到了蒋介石的办公桌上。蒋介石仔仔细细地看罢，正巧陈布雷进来。蒋介石无意中朝陈布雷说了一句："你看人家的文章写得多好！"陈布雷脱口而出，顶了一句："人家的文章是自己写的！"这一句话，深深刺痛了蒋介石的心。

蒋介石得知陈布雷死讯，立即赴现场悼念，极为惋惜。他写下"当代完人"四字，追悼陈布雷。蒋介石高度评价陈布雷："畏垒椽笔，逾百万师"，"综其生平，履道之坚，谋国之忠，持身之敬，临财之廉，足为人伦坊表"。

1948年11月14日，《中央日报》刊载中央社电讯，宣称："陈布雷氏于昨日上午8时，以心脏病突发逝世。陈氏前晚与友人谈话后，仍处理文稿，一切如恒，就寝为时甚晚。昨晨，随从因陈氏起床较晚，入室省视，见面色有异，急延医诊治，发现其脉搏已停，施以强心针无效。陈氏现年59岁，体力素弱，心脏病及失眠症由来已久，非服药不能安睡。最近数日略感疲劳，仍照常办公，不以为意。不料竟因心脏衰弱，突告不起……"

蒋介石参加陈布雷葬礼

四天之后，11月18日，中央社在电讯中，才详细报道陈布雷之死的真实情况：

布雷先生素患神经衰弱，以致常苦于失眠，每夜必服安眠药三片始能入睡，有时于夜半醒来，再服数片，始能略睡，晨起总在上午7时左右。本月13日至上午10时，尚未见起床，秘书蒋君章推门进入卧室，见布雷先生面色有异，急请总统府医官陈广煜、熊凡救治。两医官判断布雷先生系服安眠药过量，其心脏已于两小时前停止跳动。其时，蒋秘书于布雷先生卧榻枕旁，发现遗书一封，嘱其不必召医救治，并嘱其慎重发表消息，不可因此举而使反动派捏造谣言。蒋秘书即遵守遗言，发表先生因失眠症及心脏衰弱逝世。陈氏家属及秘书随从检点遗物，又于公文箧中发现上总裁书二纸，及分致张道藩、洪兰友、潘公展、程沧波、陈方、李惟果、陶希圣诸友人，及留交陈夫人及公子之书信，均先后分别呈送，并由诸友人陆续送交陈委员治丧委员会，复于15日发现陈氏11日手书杂记，亦呈总裁阅览……

陈布雷之死，使蒋介石在四面楚歌之中又增添了几分忧伤。

顺便提一句，陈布雷有六男两女，长女陈秀、次女陈琏均为中共地下党员，也颇为出人意料，只是陈布雷生前对此并不知情。

毛泽东和蒋介石新年对话

1949年，在太阳第一次升起的日子，毛泽东的《将革命进行到底》和蒋介石的《元旦文告》同时在中国发表。

紧接着，毛泽东在1月5日又以新华社评论名义发表了《评战犯求和》一文。如果把毛泽东的《将革命进行到底》《评战犯求和》和蒋介石的《元旦文告》加以对照，便构成了他俩的一次"新年对话"。

不过，这与三年半之前，蒋介石三次电邀毛泽东赴重庆谈判，已大不相同。那一次，蒋介石居优势，眼下则是毛泽东居优势了：

1949年元旦，毛泽东发表《将革命进行到底》

蒋：中正为三民主义的信徒，秉承国父的遗教，本不愿在对日作战之后再继之以剿匪的军事来加重人民的痛苦。所以抗日战争甫告结束，我们政府立即揭举和平建国的方针，更进而以政治商谈、军事调处的方法解决共党问题。不意经过了一年有半的时间，共党对于一切协议和方案都横加梗阻，使其不能依预期的步骤见诸实施，而最后更发动其全面武装叛乱，危害国家的生存。我政府迫不得已，乃忍痛动员，从事戡乱。

毛：中国人民将要在伟大的解放战争中获得最后胜利，这一点，现在甚至我们的敌人也不怀疑了……现在摆在中国人民、各民主党派、各人民团体面前的问题，是将革命进行到底呢，还是使革命半途而废呢？如果要使革命进行到底，那就是用革命的方法，坚决彻底干净全部地消灭一切反动势力，不动摇地坚决打倒帝国主义，打倒封建主义，打倒官僚资本主义，在全国范围内推翻国民党的反动统治，在全国范围内建立无产阶级领导的以工农联盟为主体的人民民主专政的共和国。

蒋：三年以来，政治商谈之目的，固在于和平；即动员戡乱之目的，亦在于和平。但是，今日时局为和为战，人民为祸为福，其关键不在于政府，亦非我同胞对政府的片面希望所能达成。须知这个问题的决定完全在共党，国家能否转危为安，人民能否转祸为福，乃在于共产党一转念之间。

毛：值得注意的是，现在中国人民的敌人忽然竭力装作无害而且可怜的样子了（请读者记着，这种可怜相，今后还要装的）。

蒋：只要中共有和平的诚意，能作确切表示，政府必开诚相见，愿与商讨停止战争恢复和平的具体方法。

毛：为了保存中国反动势力和美国在华侵略势力，中国第一号战争罪犯国民党匪首蒋介石在今年元旦发表了一篇求和的声明。

蒋：要知道政府今天在军事、政治、经济无论哪一方面的力量，都要超过共产党几倍乃至几十倍。

毛：哎呀呀，这么大的力量怎样会不叫人们吓得要死呢？姑且把政治、经济两方面的力量放在一边不去说它们，单就"军事力量"一方面来说，人民解放军现在有三百多万人，"超过"这个数目一倍就是六百多万人，十倍就是三千多万人，"几十倍"是多少呢？姑且算作二十倍吧，就有六千多万人，无怪乎蒋总统要说"有决胜的把握"了。

蒋：只要和议无害于国家的独立完整，而有助于人民的休养生息，只要神圣的宪法不因此而破坏，中华民国的国体能够确保，中华民国的法统不致中断，军队有确实的保障，人民能够维持其自由的生活方式与目前最低生活水准，则我个人更无复他求……只要和平果能实现，则个人的进退出处，绝不萦怀，而一唯国民的公意是从。

毛：人们不要以为战犯求和未免滑稽，也不要以为这样的求和声明实在可恶。须知由第一号战犯国民党匪首出面求和，并且发表这样的声明，对于中国人民认识国民党匪首和美国帝国主义的阴谋计划，有一种显然的利益。中国人民可以由此知道：原来现在喧嚷着的所谓"和平"，就是蒋介石这一伙杀人凶犯及其美国主子所迫切地需要的东西。

蒋：现在所遗憾的，是我们政府里面一部分人员受了共党恶意宣传，因之心理动摇，几乎失了自信。因为他们在精神上受了共党的威胁，所以只看见敌人的力量，而就看不见自己还有比敌人超过几十倍的大力量存在。

毛：新闻年年皆有，今年特别不同。拥有六千多万名军官和兵士的国民党人看不见自己的六千多万，倒看见了人民解放军的三百多万，这难道还不是一条特别新闻么？……

蒋介石已经失去了灵魂，只是一具僵尸，什么人也不相信他了。

1949年新年，蒋介石发表《元旦文告》

不过，毛泽东注意到了一个有趣的现象：自蒋介石的《元旦文告》发表之后，所有国民党公开发表的文件，一律把"共匪"改成"共党"了。

毛泽东斥责蒋介石求和是虚伪的

蒋介石在他的《元旦文告》中，除了求和，还曲曲折折地透露了他的下野之意。屈指算来，在蒋介石的政治生涯中，这即将是第三次下野了。每一回下野，都是他处于政治危机之际：

第一回，在1928年8月13日，蒋介石在北伐时败于军阀孙传芳之手，被迫辞去国民革命军总司令之职，宣布下野；

第二回，在1931年12月15日，蒋介石与汪精卫、胡汉民不和，发生宁粤战争，蒋介石失利，被迫辞去国民政府主席之职，宣布下野；

这一回，显然由于在国共决战中失利，国民党内倒蒋之声日益高涨，逼他下野。

蒋介石自己并不想下野，据张治中回忆，1948年11月初，他去见蒋介石时，曾主张跟中共和谈。蒋介石当即一口回绝，说道："我现在不能讲和平，要和，我就得下野，但是现在不是我下野的时候。"

可是，兵败如山倒，国民党内"人心浮动"，要求和谈、倒蒋的呼声强烈，白崇禧、程潜等通电要求蒋介石下野。在白崇禧的策划下，湖北省参议会致电蒋介石，发出严厉的警告："如战祸继续蔓延，不立谋改弦更张之道，则国将不国、民将不民。"他们要蒋介石"循政治解决之常轨，寻取途径，恢复和谈"。

美国杜鲁门政府也透露了"换马"之意。杜鲁门在12月致蒋介石的信中，直截了当地问："是否已考虑辞职问题？"

另外，美国驻华军事顾问团团长戴维·巴尔少将在11月16日给杜鲁门总统的报告中，也清楚地表明对蒋介石的不信任："委员长的政治威信大大下降，并且大失民心。谁也不知道这个国家对他企图维持现政府而采取的新措施会支持到何等程度。"

蒋介石处于内外交困之中。在那些日子里，他不仅因东北之败而气得吐血，而且通宵失眠，连服用了多年的烈性安眠药都失效了。原本滴酒不沾的他，每夜都要喝一杯半威士忌，借酒安眠，借酒消愁。

12月16日，蒋介石派出张群、张治中以及新任总统秘书长的吴忠信，跟李宗仁会谈下野之事。经过密谈，商定以下三条：

一、蒋总统为便于政策的转变，主动下野；
二、李副总统代行总统职权，宣布和平主张；
三、和谈由行政院主持。

另外还就和谈做了准备工作。

这些密谈内容，后来就反映在蒋介石的《元旦文告》之中。

对于蒋介石的求和，毛泽东除了在为新华社所写的评论《评战犯求和》之中痛加驳斥外，还于1949年1月14日，正式发表了《中共中央毛泽东主席关于时局的声明》，作出答复。

毛泽东在"声明"中，尖锐地指出："中国第一名战争罪犯国民党匪帮首领南京政府伪总统蒋介石，于今年1月1日，提出了愿意和中国共产党进行和平谈判的建议"，是"为着保持国民党政府残余力量，取得喘息时间然后卷土重来扑灭革命力量的目的"。

毛泽东一针见血地指出："中国共产党认为这个建议是虚伪的。这是因为蒋介石在他的建议中提出了保存伪宪法、伪法统和反动军队等项为全国人民所不能同意的条件，以为和平谈判的基础。这是继续战争的条件，不是和平的条件。"

毛泽东代表中共提出了著名的和平谈判八项条件：

一、惩办战争罪犯；
二、废除伪宪法；
三、废除伪法统；
四、依据民主原则改编一切反动军队；
五、没收官僚资本；
六、改革土地制度；
七、废除卖国条约；
八、召开没有反动分子参加的政治协商会议，成立民主联合政府，接收南京国民党反动政府及其所属各级政府的一切权力。

其中列为首条的"惩办战争罪犯"，这战争罪犯指的是哪些人，自然应是很具体的。

蒋介石当然名列其中，而且毛泽东已很明确称之"第一名战争罪犯""头号战犯"。至于详细的名单，新华社在1948年12月25日曾发出电讯《陕北权威人士论战犯名单问题》，已一一开列。值得一提的是，这"陕北权威人士"指毛泽东，而毛泽东当时在河北西柏坡，并不在陕北，只是为了迷惑蒋介石，用了"陕北权威人士"名义。这电讯，明明发自西柏坡，也用了"陕北电"之类字眼。

这《陕北权威人士论战犯名单问题》，全文如下：

1949年在西柏坡的毛泽东

> 此间各界人士谈论战争罪犯的名单问题。某权威人士称：全部战争罪犯名单有待于全国各界根据实际情况提出。但举国闻名的头等战争罪犯，例如蒋介石、李宗仁、陈诚、白崇禧、何应钦、顾祝同、陈果夫、孔祥熙、宋子文、张群、翁文灏、孙科、吴铁成、王云五、戴传贤、吴鼎昌、熊式辉、张厉生、朱家骅、王世杰、顾维钧、宋美龄、吴国桢、程潜、薛岳、卫立煌、余汉谋、胡宗南、傅作义、阎锡山、周至柔、王叔铭、桂永清、杜聿明、汤恩伯、孙立人、马鸿逵、马步芳、陶希圣、曾琦、张君劢等人，则是罪大恶极，国人皆曰可杀者。应当列入头等战犯名单的人，自然不止此数，这应由各地身受战祸的人民酌情提出。
>
> 人民解放军为首先有权利提出此项名单者。例如国民党第十二兵团司令黄维在作战中施放毒气，即已充分地构成了战犯资格。全国各民主团体皆有权讨论和提出战犯名单。

蒋介石忍痛宣告"引退"

读了毛泽东的"声明"，蒋介石称之为"哀的美敦书"。"哀的美敦"即拉丁文"Ultimatum"的音译，原意为"最后通牒"。

蒋介石别无选择，只有下野了。特别是淮海战役、平津战役的败局，在1949年1月里震撼着南京城。

1月19日，在南京黄埔路总统官邸，蒋介石面对党政要员们谈了对毛泽东"声明"的看法："毛泽东对时局的声明大家想必都看到了。他提出在八项条件下的和平谈判，这些条件太苛刻了，我是决定下野了。现在有两个方案请大家研究，一个是请李德邻出来谈判，谈妥了我再下野；另一个是我现在就下野，一切由李德邻来主持。"

蒋介石提到的李德邻，即李宗仁。

两天后，蒋介石便决定下野。

蒋介石不早不晚，选择了1月21日这一天宣布下野；20日，杜鲁门宣告就职美国新一届总统；21日，则是艾奇逊宣告就任美国国务卿。

杜鲁门对于蒋介石早已不悦，所以支持李宗仁竞选副总统，希望在中国"换马"。蒋介石自然也就对杜鲁门不悦，1948年冬美国竞选总统时，蒋介石派陈立夫赴美，对共和党总统候选人杜威表示支持，

"引退"后的蒋介石离开南京前往中山陵吊唁孙中山

这当然更使杜鲁门对蒋介石不满。不料，杜鲁门在竞选中获胜，使蒋介石深为沮丧。正因为这样，蒋介石选择了杜鲁门再度出任美国总统之日，宣告下野。

接替马歇尔成为美国新国务卿的艾奇逊，对蒋介石选择了那么个日子下野说道：

> 我就职的那一天，委员长辞职了，把那个共和国的总统职位交给副总统李宗仁将军。但是，他在辞职以前，已把中国的外汇和货币储备全部搬往福摩萨，并要求美国把预定运往中国的军事装备改运福摩萨。这就使李将军既无经费又没有军事装备的来源了。[1]

艾奇逊提到的"福摩萨"，即台湾。那时，蒋介石已预感可能在中国大陆无法立足，在做退往台湾的准备了。

21日那天中午，蒋介石在总统官邸宴请军政要员，宣布下野。

---

[1]《艾奇逊回忆录》，上海译文出版社1978年版。

蒋介石以低沉的语调，说了这么一番话："军事、政治、财政、外交皆濒于绝境，人民所受痛苦亦已达顶点。我有意息兵言和，无奈中共一意孤行到底。在目前情况下，我个人非引退不可，让德邻兄依法执行总统职权，与中共进行和谈，我于五年之内绝不干预政治，但愿从旁协助。希望各同志以后同心合力支持德邻兄，挽救党国危机。"

蒋介石拿出事先拟好的《引退谋和书告》，请李宗仁在上面签字。这一文告亦即蒋介石下野宣言：

> 战事仍然未止，和平之目的不能达到。人民之涂炭，曷其有极。为冀感格共党，解救人民倒悬于万一，爰特依据中华民国宪法第45条"总统因故不能视事时，由副总统代行总统职权"之规定，于本月21日起，由李副总统代行总统职权。

宴散之际，蒋介石宣布，他今天就离开南京。

李宗仁及军政要员当然要为他送行，他却借口还有事情要处理，飞机起飞时间未定，不必送行。

蒋介石临行，其实并无要事处理。他的汽车离开总统府，直奔中山陵。他在那里留恋、沉思，内心不胜痛楚。下午4时10分，蒋介石乘"美龄"号专机起飞。他特地嘱咐，专机在南京上空盘旋一圈，让他多看一眼。

待李宗仁和军政要员们闻讯赶到机场，他早已离去……

后来，蒋经国在《危急存亡之秋》一文中，写及蒋介石引退的三条原因：

> 甲，党政军积重难返，非退无法彻底整顿与改造；
> 乙，打破半死不活之环境；
> 丙，另起炉灶，重定基础。

蒋介石在杭州逗留了一天。照他的惯例，每一回下野，总是"下"到他的家乡奉化溪口。

李宗仁"代行总统职务"

《论语》曰："名不正，则言不顺。"中国人历来讲究"名"。

蒋介石下野了，李宗仁算什么呢？李宗仁之"名"，便颇费周折。

国民党中央社为蒋介石下野发布消息，说蒋介石"因故不能视事"而"引退"，称李宗仁为"李代总统"。

中央社发出这一电讯后，迅即加以更正，称李宗仁为"李副总统"。这一更正表明，虽然蒋介石"因故不能视事"，但他依然是中华民国总统，而李宗仁只是"代行总统职务"，他依然是中华民国副总统。

其实，关于李宗仁之"名"，早在蒋介石下野的凌晨，白崇禧便从武汉给李宗仁打长途电话，叮嘱他："必须当继任总统，不能当代总统。"

蒋介石当然不可能让李宗仁当"继任总统"。弄来弄去，李宗仁最后的"名"是"代行总统职务"的副总统。

李宗仁尚未上台，行政院院长孙科就已跟他唱起反调来了。孙科在1949年1月19日，以行政院的名义给各国驻南京使节发出通知，要他们迁往广州——因为行政院要迁往广州。在竞选副总统时，孙科和李宗仁芥蒂甚深，此刻也就跟李宗仁分庭抗礼。

在李宗仁上台之后，孙科果真于1月29日起把行政院迁到了广州。

这样，国民政府也就一分为三：蒋介石在溪口遥控，李宗仁在南京"代理"，孙科在广州办公。就连李宗仁，也不得不称此为"一国三公"。

李宗仁一上台，1月22日，便发表文告，声称"决本和平建国方针，为民主自由而努力"。

24日，李宗仁命行政院执行以下指令：

一、把全国"剿匪"总司令部改为军政长官公署；
二、取消全国戒严令；
三、裁撤戡乱建国总队；
四、释放政治犯；
五、解除报章杂志禁令；
六、撤销特种刑事法庭；
七、通令停止特务活动。

平心而论，李宗仁的这些措施，表明了他想改变南京政府的形象。他甚至还下令释放张学良。他派出自己的政治秘书程思远前往台湾，交涉释放囚禁在那里的张学良。只是由于张学良属保密局主管，而保密局直属蒋介石，他人无法过问，李宗仁只得作罢。

1月27日，李宗仁致电毛泽东，表示愿以毛泽东在1月14日声明中提出的八项条件为基础，进行和平谈判。

李宗仁的电报受到孙科的反对乃在意料之中，然而，2月9日，国防部政工局局长邓文仪，却也在上海声称，要求"平等的和平，全面的和平"，不然"不惜牺牲一切，与共党周旋到底"。

毛泽东于2月15日，为新华社写了评论《四分五裂的反动派为什么还要空喊"全面和平"》，对乱糟糟的国民党政局，进行了抨击：

> 中国共产党毛泽东主席在1月14日的声明，致命击破了蒋介石的假和平阴谋，使蒋介石在一个星期以后不得不"引退"到幕后去。虽然蒋介石、李宗仁和美国人对于这一手曾经作过各种布置，希望合演一出比较可看的双簧，但是结果却和他们的预期相反，不但台下的观众愈走愈稀，连台上的演员也陆续失踪。

毛泽东指出蒋介石在溪口、李宗仁在南京、孙科在广州，"一国三公"，各唱各的调：

> 蒋介石在奉化仍然以"在野地位"继续指挥他的残余力量，但是他已丧失了合法地位，相信他的人已愈来愈少。孙科的"行政院"自动宣布"迁政府于广州"，它一面脱离了它的"总统"、"代总统"，另一面也脱离了它的"立法院"、"监察院"。孙科的"行政院"号召战争，但是进行战争的"国防部"却既不在广州，也不在南京，人们只知道它的发言人在上海。

蒋介石"引退"，由李宗仁代行总统权力

毛泽东勾勒出李宗仁的窘境：

> 这样，李宗仁在石头城上所看见的东西，就只剩下了"天低吴楚，眼空无物"。李宗仁自上月21日登台到现在下过的命令，没有一项是实行了的。

毛泽东论蒋介石、李宗仁优劣

蒋介石在1月23日回到故乡溪口,当晚便在母亲的墓庄"慈庵"住宿。那时,宋美龄正在美国,为他争取美援。

蒋介石这一回回老家,脾气大得很。他一进卧室,见到为他准备的席梦思,大为不悦,要马上换木板床。给他吃机器碾的大米,他不喜欢,一定要吃用石磨碾的大米。武岭学校的校务主任施季言给他送来了甲鱼,他不但不谢,反而问这年头甲鱼多么贵,吃甲鱼干什么……

他心中异常烦闷,脾气也就异常烦躁。

虽说下野,蒋介石依然是国民党总裁,而且还是暂不"视事"的总统。电话、电报不断,又有两架专机往返穿梭于奉化和南京之间。蒋介石在幕后,依然操纵着一切……

李宗仁呢,他在南京,依然在蒋介石的控制之下,虽说他也并不完全听命于蒋介石。毛泽东在西柏坡细细观察着、比较着蒋介石和李宗仁。他在1949年2月21日,为新华社写了一篇饶有兴味的评论,题曰:《蒋介石李宗仁优劣论》。

大抵是三大战役已经结束,毛泽东有了点"闲情",所以对蒋介石、李宗仁的优劣比较产生兴趣。此文写得轻松活泼,调侃辛辣,典型的"毛氏"笔调。

一开头,毛泽东便写及蒋介石和李宗仁的相同,也注意到两人的不同:

> 从1949年1月1日起,蒋介石谈和平,从同年同月22日起李宗仁谈和平,两个人都谈和平,这是没有区别的。蒋介石没有下过如像言论自由,停止特务活动等项命令,李宗仁下了这些命令,这是有区别的。但是李宗仁的命令全是空头支票……

毛泽东笑谈两人的另一不同:

> 人们骂蒋介石为美帝国主义的走狗,蒋介石听惯了,从来不申辩。人们骂李宗仁为美帝国主义的走狗,李宗仁没有听得惯,急急忙忙起来申辩……

毛泽东又指出：

蒋介石撒起谎来，大都是空空洞洞的，例如"还政于民""我历来要和平"之类，不让人家在他的话里捉住什么具体的事物。李宗仁在这件事上显得蹩脚，容易给人家抓住小辫子……

毛泽东又指出：

蒋介石昨天是凶神恶煞，今天也是凶神恶煞。李宗仁、白崇禧及其桂系，昨天是凶神恶煞，今天则有些像笑面虎了。

毛泽东批驳了李宗仁：

1949年1月27日，国民党反动卖国政府的代总统在其"致电毛泽东"里面说："贵方所提八项条件，政府方面已承认可以此作为基础进行和谈，各项问题自均可在谈判中商讨决定。在双方商谈尚未开始以前，即要求对方必须先执行某项条件，则何得谓之和谈？以往恩怨是非倘加过分重视，则仇仇相报，宁有已时，哀吾同胞，恐无噍类，先生与弟将同为民族千古罪人矣。"哎哟哟，李宗仁来得厉害，这一枪非同小可。但是李宗仁的枪法，仍然不过是小诸葛桂系教程里的东西，中国自有孙子兵法足以破之。

毛泽东所说的"小诸葛"，指的是白崇禧。
毛泽东接着又讲述了这次国共和谈的"故事"：

夫"在双方尚未开始商谈以前，即要求对方必须先执行某项条件"者，是因为南京国民党反动卖国政府自兵败如山倒以后，即如丧考妣地要求谈判。中共说，好，待我们准备好了你们再来谈。战犯们说，不行，非立刻开谈不可。中共说，你们闲得发慌，给你们一件工作做罢，你们去逮捕一批（自然不是全部）战犯。故事的过程就是这样。后来，中共将逮捕改为监视，算是作了一个极大的让步，战犯们就安静下来，不再吵闹了。

毛泽东最后这样评价李宗仁：

蒋介石（中）与李宗仁（右）

人们请看，李宗仁就是这样反复无常的，又赞成商谈惩办战犯，又不赞成实行惩办战犯，他的脚踏在两条船上。

毛泽东在 2 月 18 日为新华社写的另一篇评论《评国民党对战争责任问题的几种答案》中，则这么论及李宗仁：

> 如果说，李宗仁别的什么都不好，那么，他说了这句老实话[1]，总算是好的。而且他对这场战争起的名字，不叫"戡乱"或"剿匪"，而叫"内战"，这在国民党方面来说，也算得颇为别致。

其实，蒋介石把李宗仁推到前台，自己躲在幕后，有他的打算：由李宗仁出面跟中共谈判，他借此争取时间，以整顿溃败中的国民党军队。

蒋介石作了这样的部署：

上策——通过和谈，实现"划江而治"，即以长江为界，与毛泽东形成"南北朝"对立的局面；

下策——和谈失败，失去中国大陆，退往台湾，实现"隔海而治"，即以台湾海峡为界，与毛泽东形成"大陆""台湾"对立的局面。

蒋介石作这样的战略部署，李宗仁并不知道。1949 年 2 月，蒋介石瞒着李宗仁，下了手令，把中央银行库存的 92 万两黄金、3000 万枚银元，装上一艘军舰，极为秘密地运往台湾……

国民党代表团在北平受到冷遇

1949 年 4 月 1 日，下午 2 时，一架来自南京的专机飞抵北平。机上载着国

---

[1] 指他承认内战是"惨绝人寰的浩劫"。

民党和谈代表团的六名代表，即张治中、邵力子、黄绍竑、刘斐、李蒸、章士钊，以及代表团顾问屈武和二十多位工作人员。

中共中央于五天前由西柏坡迁至北平。3月25日下午，北平西苑机场人山人海，毛泽东、朱德、刘少奇、周恩来、任弼时这"五大书记"全都来到那里，举行隆重的阅兵式，3万多部队受阅。

1949年，毛泽东在北平检阅中国人民解放军炮兵

然而眼下，机场上却冷冷清清！

按照国共过去多次谈判的惯例，国民党代表团以为，在到达时，必定会受到中共代表团的迎接。前几日中共已经公布了代表团名单，也是六人，即周恩来、林伯渠、林彪、叶剑英、李维汉、聂荣臻。

令国民党代表团吃惊的是，机场上空荡荡的，不仅没有周恩来的身影，连其余五位中共代表也没有露面。

前来迎接的人，寥寥无几，而且全是陌生面孔，经介绍，才知是中共代表团秘书长齐燕铭、北平市副市长徐冰、北平市政府秘书长薛子正、东北野战军参谋长刘亚楼。

国民党代表团一下飞机，就马上意识到受到冷遇。他们明白，这一回是败军之将，前来乞和，中共当然给以冷冰冰的面孔。

在极其沉闷的气氛中，国民党代表团乘车前往北平东交民巷六国饭店。东交民巷原本是北洋军阀时期外国驻华使馆群集之处，六国饭店乃是外国贵宾下榻之处。国民党代表团步入六国饭店，首先映入眼帘的是一条标语，写着："欢迎真和平，反对假和平。"

国民党代表团下榻之后，从窗口望出去，街上锣鼓喧天，男女老少在扭秧歌、打腰鼓，令他们感到甚为新鲜。

直到傍晚6时，周恩来等六位中共代表前来六国饭店看望国民党代表，并设晚宴为之接风洗尘，那冰冷的气氛，总算略为回升。不过，平素总是脸带微笑的周恩来，见到老朋友张治中却板着面孔，益发使张治中纳闷。

直到晚宴后，周恩来约张治中、邵力子谈话，张治中这才解开心中之谜。周恩来的第一句话，便责问张治中："你为什么在离开南京前要到溪口去见蒋介石？"

原来，中共对张治中此举极为不快，所以也就给国民党代表团以冷遇……

这一代表团是李宗仁派出的。其中，委派张治中为首席代表，委派邵力子为代表，当然是考虑到他俩是"老经验"，跟中共有着多年的谈判经验。张治中曾三到延安，与毛泽东、周恩来的友情都不错；邵力子更是中共元老，中共开始创立时他便参加了上海共产主义小组。黄绍竑、刘斐是桂系人物，李蒸不属什么派系，章士钊乃社会贤达。

张治中受命为首席代表，深知和谈方案未得蒋介石点头是万万不行的。这样，他先是在3月3日去溪口，和蒋介石谈了五天。蒋介石、张治中的谈话，是由张治中的机要秘书余湛邦记录的。据余湛邦回忆，蒋介石对毛泽东提出的八条意见如下：

一、关于惩办战犯问题，蒋介石认为无法接受毛泽东的条件，不加谈论；

二、关于改编军队问题，蒋介石还念念不忘他所谓"军队国家化"，主张双方军队保持一定的比例；

三、关于政治体制问题，蒋介石根本回避了毛泽东提出的"废除伪宪法"、"废除伪法统"，只表示同意实现民主化和多党的民主政治；

四、关于成立民主联合政府问题，蒋介石回避了毛泽东提出的"召开没有反动分子参加的政治协商会议"以及"接收南京国民党反动政府及其所属各级政府的一切权利"，只表示同意三三制或六六制，使国共双方在政府中保持同等的发言权。

张治中显得很谨慎，在飞往北平前夕，又于3月29日由南京飞往溪口，向蒋介石作了请示。临走时，蒋介石对张治中说："你这次担负的是一件最艰苦的任务，一切要当心！我愿意和平，愿意终老是乡！"

中共的情报非常灵通，毛泽东、周恩来迅速得知，张治中在来北平前竟两赴溪口。

这样，当国民党代表一到北平，便受到了冷遇。

在双方会谈时，中共首席代表周恩来直言不讳地提及张治中两赴溪口，质问道："你们代表团究竟是代表南京，还是代表溪口？"

这一回的国共谈判，与往日那么多回的国共谈判截然不同。如今，中共是占了绝对优势，以居高临下之态跟国民党代表谈判。用周恩来的话来说，三大战役结束之后，蒋军主力歼灭殆尽，眼下中国人民解放军所剩的任务只是打扫战场而已！

当年的中共和谈代表团秘书长齐燕铭（前排左）与周恩来（中）在一起

往日的国共谈判，以"马拉松"著称。这一回，"速战速决"，中共代表团经过十来天的谈判，于4月13日早上向国民党代表团正式提交了《国内和平协定草案》。这一草案是根据毛泽东意见，由周恩来起草的。

国民党代表团一看，大吃一惊。因为国民党方面希望通过谈判，达到"划江而治""南北对立"的目的，而"草案"简直是对国民党政府的审判书，是要求国民党政府举起双手的"投降书"。

国民党代表们面面相觑。好在那文件上标着"草案"二字，表明尚有商榷的余地。

于是，国民党代表花了一天多时间进行修改，这修改无非是把过分刺眼的字句加以改写而已。

4月15日晚7时，周恩来把标明《国内和平协定》字样的文件送交张治中。张治中一看，已无"草案"二字，而内容与"草案"相差无几。全文共八条二十四款。

周恩来一眼就看出张治中心中的困惑，特地强调了一句："这是最后的文本。"

张治中当即反问："也就是'最后通牒'，对吗？是不是只许我们说一个对，或者不对？"

周恩来点了点头。

张治中无可奈何道："也好，干脆！"

确实干脆，当夜9时，国共双方代表团在中南海勤政殿举行全体会议。他们在一张长条方桌两侧坐了下来，而长桌两端则坐着双方的首席代表。颇为有趣，国民党方面的代表坐在一起，竟大都是光头，跟他们的委员长保持一致。

会议的主角是周恩来,他对《国内和平协定》作了详细说明。

最后,周恩来语出惊人:"这个协定是定稿,不能再作任何修改。南京政府同意就签字。但是,如果南京政府不签字,到本月20日,中国人民解放军百万大军就要横渡长江!"

周恩来的话,不折不扣,是最后通牒。毛泽东下的这一步棋,完全打破了国民党政府"划江而治""南北对立"的美梦。

当夜,国民党代表团决定,派黄绍竑、屈武于翌日立即飞往南京,把《国内和平协定》送交李宗仁,并急送溪口蒋介石。

李宗仁看罢,犹豫不决。蒋介石看罢,怒道:"文白无能,丧权辱国!"

文白,亦即张治中。

蒋介石一锤定音,拒绝了《国内和平协定》。

国共谈判,也就告吹。

敏感时刻发生敏感事件

毛泽东早在1949年元旦发表的《将革命进行到底》中,已经说得明明白白:"1949年中国人民解放军将向长江以南进军,将要获得比1948年更加伟大的胜利。"

三大战役刚刚结束,中共中央便于1949年2月3日发出文件,"准备4月渡江"。如果可能,则"准备3月即行渡江","于3月或4月占领南京(这是最重要的)"。

就在国共和谈期间,1949年4月4日,毛泽东在为新华社所写的评论《南京政府向何处去》,便已公开"正告南京政府":

> 时至今日,一切空话不必说了,还是做件切实的工作借以立功为好,免得再受蒋介石死党的气,免得永远被人民所唾弃。只有这一次机会了,不要失掉这个机会。人民解放军就要向江南进军了。这不是拿空话吓你们,无论你们签字接受八项条件也好,不签这个协定也好,人民解放军总是要前进的。

其实,周恩来在4月15日晚对国民党代表团所说的那番话,也就是重申了毛泽东10天前对南京政府发出的警告。

与往日的作战不同，向来讲究奇袭、出其不意的毛泽东，这一回把中国人民解放军的渡江日子——4月20日——早早地公开宣布了。这表明，毛泽东对于横渡长江，有着百分之百的把握。

据云，最初定下的渡江日期是4月11日。因为长江汛期即将来临，晚了就不利于渡江作战。不过，国共谈判尚在进行，毛泽东还是把渡江日期推迟至4月20日。

1949年初米高扬来华曾传达斯大林希望中共与蒋介石划江而治警告。图为毛泽东在西柏坡会见米高扬

又据传，斯大林曾劝说毛泽东不要过江。

其中的依据之一是《司徒雷登日记》，1949年1月4日载，张治中向司徒雷登的私人顾问傅泾波说："中共决心继续打下去，可并不是由于苏联的关系，盖苏联只劝告他们沿着长江停止进军。"

依据之二是，毛泽东1956年4月25日在中共中央政治局扩大会议上作《论十大关系》讲话时，曾说："解放战争时期，先是不准革命，说是如果打起内战，中华民族有毁灭的危险。仗打起来，对我们半信半疑。仗打胜了，又怀疑我们是铁托式的胜利。1949、1950两年对我们的压力很大。"其中，毛泽东所说的1949年"对我们的压力很大"，指的就是斯大林反对渡江。

依据之三是，1957年4月11日上午，毛泽东在与王方名等人谈话时说："中国革命开始时很困难，陈独秀、王明、李立三、瞿秋白、张国焘等人跟着别人跑，使中国革命遭受到一个又一个的失败。直到1949年，我们眼看就要过长江的时候，还有人阻止，据说千万不能过长江，过了就会引起美国出兵，中国就可能出现南北朝（的局面）。"毛泽东又说："我没有听他们的，我们过了长江。美国并没有出兵，中国也没有出现南北朝，如果听了他的话，中国倒真可能出现南北朝。历史证明，中国共产党人是正确的，而苏联领导人主张中国革命应当半途而废是一种右倾错误的观点。"

依据之四是，1984年11月3日杨尚昆在和美国记者索尔兹伯里会谈时，就曾提及米高扬在1949年初秘密访问西柏坡，向毛泽东转达了斯大林的警告，劝阻解放军过江。

但是，也有人认为斯大林未曾发出劝阻过江的警告，主要是在有关档案里查不到依据。[1]

不管怎么说，毛泽东坚决主张过江，这是毫无疑义的。

1949年4月20日的长江，像紧绷的弦，一场大战在这里一触即发。中国人民解放军百万雄师在江北已经做好渡江的最后准备，而75万国民党军队在江南也正严阵以待。在这天，南京政府拒绝在和平协定上签字，中国人民革命军事委员会主席毛泽东和中国人民解放军总司令朱德，已经拟好中国人民解放军横渡长江、攻占南京的作战命令，准备在4月21日凌晨下达。

就在如此敏感的时刻，发生了一桩极其敏感的事件：4月20日拂晓，雾锁长江。上午8时半，当浓雾渐渐散去，中国人民解放军在泰兴以南七圩港的江面上，惊讶地发现一艘外国军舰逆江而上，朝南京方向驶去。这艘外国军舰上飘扬着米字旗，经辨认，是英国轻型护卫舰紫石英号。百万解放军待命攻克南京，而紫石英号在这时候驶往南京，理所当然被视为以军事行动支持摇摇欲坠的南京政府。中国人民解放军的炮兵当即开炮示警，紫石英号没有返航或停航，在舰长斯金勒少校指挥下反而加速向南京方向驶去。于是，中国人民解放军炮兵向紫石英号开炮，而紫石英号也开炮还击。在炮战中，紫石英号受到重创，指挥台中弹，正、副舰长等20人重伤，17人阵亡。紫石英号朝南岸逃跑，仓促之中驶入一处浅滩搁浅，动弹不得。这时，紫石英号只好挂起白旗，中国人民解放军也就停止炮击。

长江上的隆隆炮声，震惊了南北两岸。英国远东舰队副总司令梅

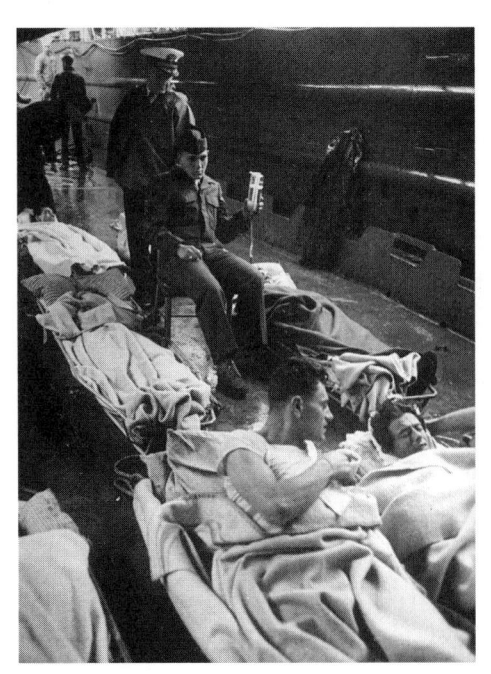

紫石英号上的英国伤兵

---

[1] 关于两种不同意见，可参看陈广相：《关于斯大林干预我军过江问题的探讨》，载《中共党史研究》1990年增刊；余湛，张光佑：《关于斯大林曾否劝阻我过长江的探讨》，载《党的文献》1989年第1期；向青：《关于斯大林劝阻解放大军过江之我见》，载《党的文献》1989年第6期。

登中将（总司令布朗特上将当时在伦敦）闻讯，急令停泊在南京的英舰伴侣号驱逐舰前去救援。当天下午 1 时半，伴侣号驱逐舰奉命到达泰兴以南七圩港江面，企图拖带紫石英号。中国人民解放军炮兵炮击伴侣号，双方又一次炮火交加。伴侣号同样遭到重创，10 人阵亡，包括舰长在内 12 人受伤，只得弃紫石英号于不顾，向下游逃逸。

"百万雄师过大江"

1949 年 4 月 21 日，毛泽东以中国人民革命军事委员会主席的身份，和中国人民解放军总司令朱德联名发布了由他起草的《向全国进军的命令》：

> 奋勇前进，坚决、彻底、干净、全部地歼灭中国境内一切敢于抵抗的国际反动派，解放全国人民，保卫中国领土主权的独立和完整。
> 奋勇前进，逮捕一切怙恶不悛的战争罪犯。不管他们逃至何处，均须缉拿归案，依法惩办。特别注意缉拿匪首蒋介石。[1]

不久之前，蒋介石下令通缉毛泽东。曾几何时，如今轮到毛泽东下令缉拿蒋介石了。尽管自 1949 年元旦起，国民党官方文件不再称"共匪"，此时毛泽东干干脆脆地称蒋介石为"匪首"。

蒋介石曾吹嘘长江为天险，国民党的江防固若金汤。

驻华美军司令魏德曼还有一句名言："一支有战斗意志的军队，就是拿笤帚柄也能保卫长江。"[2]

虽说国民党军队手中拿的不是"笤帚柄"，而是美式步枪、机枪，却是一支完全丧失战斗意志的军队。3 月 25 日，蒋介石的"御林军"首都警卫师师长王宴清在中共南京地下党员、《大公报》记者陆平等策反之下，率部倒戈，震惊了南京……

渡江之战，是在 4 月 20 日子夜开始的——完全是按照毛泽东公开宣布的时间进行。

仅仅依靠木帆船，仅仅依靠"小米加步枪"，仅仅用葫芦和竹筒做成的"土

---

[1]《毛泽东选集》第 4 卷，人民出版社 1991 年版，第 1451 页。
[2]《艾奇逊回忆录》，上海译文出版社 1978 年版。

救生圈",那"固若金汤"的"天险"顷刻之间,便土崩瓦解了!

毛泽东的兴致特别高,居然亲自执笔,为新华社写了新闻稿,题为《人民解放军百万大军横渡长江》:

[新华社长江前线22日22时电]人民解放军百万大军,从一千余华里的战线上,冲破敌阵,横渡长江。西起九江(不含),东至江阴,均是人民解放军的渡江区域。

20日夜起,长江北岸人民解放军中路首先突破安庆、芜湖线,渡至繁昌、铜陵、青阳、荻港、鲁港地区。24小时内即已渡过三十万人……

美国驻南京的大使馆也迅即电告美国政府:

由于要害地点守军的叛变、最高统帅部意见分歧和空军未能给以有效支持,共产党简直是可笑地一下子就渡过了长江。

蒋介石在溪口闻讯,于22日急飞杭州,把李宗仁、何应钦(孙科已于3月12日辞去行政院长之职,由何应钦继任)、白崇禧、汤恩伯、张群紧急召至杭州笕桥机场开会。

这次会议,是商讨"最后一仗的作战计划"。蒋介石强调,"天险"长江虽已被中共突围,但仍要坚守宁、沪、杭。

李宗仁向蒋介石表示,南京眼看着保不住,他要求辞去"代行总统职务"。李宗仁说:"现在这种政出多门、一国三公的情形,谁也不能做事,我如何能领导?"

蒋介石当即说,你还是要做下去,"不论你要怎样做,我总归支持你!"

蒋介石和李宗仁商定两条:

一、在政治上,宣布和谈破裂,政府今后唯有继续作战,党内不许再倡和谈;

二、在军事上,由行政院院长何应钦兼国防部部长,统一陆海空的指挥权力。参谋总长直接向国防部部长负责。

会议一结束,李宗仁便于当天傍晚飞回南京。这时,在南京已经可以听见枪声了!

第十章 风卷残云

就在百万中国人民解放军遵照毛泽东主席和朱德总司令的命令渡江作战的时候，又发生了意外：21日凌晨，中国人民解放军中路军在安庆芜湖一线已渡过长江天险，而在21日下午则是驻防泰兴以南七圩港第十兵团的渡江时间。就在这个箭在弦、弹上膛的紧张时刻，英国海军远东舰队副司令亚历山大·梅登中将亲自率领从上海方向调来的伦敦号重巡洋舰和黑天鹅号护卫舰逆长江而上，希冀再度援救紫石英号。其中的伦敦号是英国海军远东舰队万吨级旗舰。两英舰于4月21日清早到达七圩港江面，抛锚停泊，英舰不断广播，申明无意与中国人民解放军为敌，只是为了帮助受伤的紫石英号离去。

百万雄师过大江

当地驻军第二十三军军长陶勇当即请示第十兵团司令员叶飞。由于第十兵团渡江在即，外国军舰在此时横陈长江，显然是不恰当的。叶飞命令前沿哨所升起信号，警告英舰迅速离开，否则就开炮轰走。中国人民解放军第六团发射了三颗黄色信号弹，要求两艘英舰立即离开。英舰不仅没有离去，而且还把炮口对准解放军阵地。第六团第一营第三连的二炮长梁学成下令朝英舰开炮，英舰随即反击，双方展开猛烈炮战。解放军炮兵射击极为准确，两英舰连连中弹，旗舰伦敦号15人阵亡，包括舰长在内13人受伤，黑天鹅号7人受伤。两英舰见势不妙，朝下游急遁，剩下紫石英号困在原地。

中国人民解放军在三次炮战中总共伤亡252人，其中大部分伤亡是在最后一次交火时。中国人民解放军炮兵阵地隐蔽在江堤上，英舰却误以为是在长江江堤后面，便朝那里猛烈炮击，而那里正是渡江步兵的集结处，以致造成步兵伤亡惨重，其中包括第二十三军第二〇二团团长邓若波当场身亡。

这便是著名的"紫石英号事件"。

毛泽东通向李宗仁的"暗线"

对于李宗仁来说，22日之夜，辗转反侧，难以入眠："四郊机枪之声不绝，首都已一片凄凉。"

李宗仁知道，这是他逗留在南京的最后一夜了，眼看着南京要落入中共之手。

李宗仁面临着人生的抉择，在他的面前，有三条路：

一是遵蒋介石之嘱，明日飞往广州，因为国民政府已迁都广州，他作为临时元首，当应去广州；

二是飞回桂系老家桂林，重整桂系势力，保住西南一角；

三是留在南京，坐等中共的到来。

前两条是明路，谁都知道；后一条是暗路，毛泽东知道。

蒋介石和李宗仁的矛盾早已公开化，毛泽东对于李宗仁，下了一步大胆的"暗棋"，即策反！

毛泽东选择了一位双方都信得过的人充当密使。

此人名唤刘仲容，湖南益阳人。他早年留学苏联，在莫斯科中山大学学习，跟中共有过联系。回国后，他长期在李宗仁、白崇禧左右任参谋。西安事变时，刘仲容在西安跟周恩来有过交往。抗战之初，刘仲容作为广西方面的代表，派驻延安达半年之久，跟中共领袖们颇熟悉。这样，刘仲容既是中共老朋友，又是李宗仁、白崇禧的老部下，自然是非常恰当的密使。

就在以张治中为首的国民党代表团抵达北平前夕，刘仲容携带无线电密码，也从汉口到达北平。他的公开身份是国民党代表团的顾问兼李宗仁联络员。

刘仲容在北平受到的礼遇比正儿八经的国民党代表还高，毛泽东两次在北平西山双清别墅接见了他。

4月2日，也就在国民党代表团到达北平的翌日，毛泽东在双清别墅跟刘仲容谈了对李宗仁问题的三点意见：

一、关于李宗仁的政治地位，可以暂时不动，还当他的总统；

二、如果谈判成功，欢迎何应钦来。关于桂系部队，只要不出击，我们也不动它，等到将来再具体商谈。至于蒋介石的嫡系部队，也是这样，如果他们不出击，不阻碍中共渡江，由李先生做主，可以暂时保留他们的番号，听候协商处理；

三、关于国家统一问题，国共双方正式商谈时，如果李宗仁出席，那么我们对等，我也出席；如果李不愿来，由何应钦或白崇禧当代表也可以，中共方面则派周恩来、叶剑英、董必武参加，来个对等。谈判地点在北平。双方协商取得一致意见以后，成立中央人民政府。

到那时，南京政府的牌子就不要挂了。

毛泽东还谈及了白崇禧。他说，解放军过了长江，白崇禧要撤退，"我们可以不追击，他可以退到长沙"；"如果他要退到广西，也行，我们可以三年不进攻广西"。

毛泽东风趣地说："你白先生喜欢带兵，将来国防部成立了，给你带五六十万人，做个大元帅好不好？"

4月5日，刘仲容从北平飞回南京，向李宗仁转达了毛泽东的意见。紧接着，他又于4月12日飞往北平。幕后的密谈，比国共两党正式代表的谈判更为热闹……

刘仲容后来在北京担任外国语学院院长、中国国民党革命委员会中央副主席，1980年3月27日在北京去世。

中共还派出刘子毅，秘密前往南京。刘子毅在南京，跟李宗仁官邸建立了无线电联络。

从此，李宗仁有了跟北平联络的暗线……

就在解放军渡江之际，毛泽东通过暗线，通知李宗仁："在解放军渡江以后，不要离开南京。"

毛泽东还告知李宗仁：如果"认为南京不安全，可以飞到北平来，将以贵宾相待"。

面对着广州、桂林、北平三种选择，李宗仁考虑再三，既不去广州依靠蒋介石，也不去北平当毛泽东的贵宾，而是回桂系老家去。

翌日上午，李宗仁的专机"追云号"在南京明故宫机场起飞，他向前来送行的官员声称飞往广州。

李宗仁的专机在南京上空盘旋了两圈——比蒋介石离去时多飞了一圈——向南京投去了最后一瞥。

在飞机起飞之后，李宗仁嘱驾驶员改飞桂林。当天中午，李宗仁到达桂林，住进桂林文明路130号私宅。在四天前，李宗仁已派飞机把夫人郭德洁从南京送到这里。

这样，李宗仁结束了短暂的三个月的代总统生涯。后来，他在《李宗仁回忆录》中这样回忆道："我在南京出任代总统的三个月期间，本抱'死马当活马医'的态度，欲为不可收拾的战局尽最后的努力，期望息兵，达成和平局面，解人民于倒悬。古人说'尽人事而听天命'，但是因环境特殊，蒋先生处处在背后牵制，使我对这匹'死马'实未能尽应有的努力。"

1949年中国人民解放军占领南京"总统府"

蒋介石在4月30日的日记中，则这样写道："4月份最重要之事，莫过于共匪政府所提'国内和平协定'条款，使李代总统等主和求降甚至谓'投降即光荣'之投降派亦无法接受，而不得不宣告和谈决裂，重新作战。"

就在李宗仁刚刚离开的当天，蒋介石经营了22年的首都南京落入中共手中。

毛泽东这位诗人已多年没有诗兴。在重庆谈判时，老朋友周谷城问他："过去你写诗，现在还写吗？"毛泽东笑答："从前的白面书生，现在成了'土匪'了。"自1936年2月写了那首《沁园春·雪》之后，毛泽东已十多年没有写诗了。这一回，他显得异常兴奋，欣然命笔写下一首七律《人民解放军占领南京》：

钟山风雨起苍黄，
百万雄师过大江。
虎踞龙盘今胜昔，
天翻地覆慨而慷。
宜将剩勇追穷寇，
不可沽名学霸王。
天若有情天亦老，
人间正道是沧桑。

其中"宜将剩勇追穷寇，不可沽名学霸王"一句，表明了他对"穷寇"蒋介石一追到底、决不罢休的决心。

中共刚刚占领了南京，25日，在北平发生了戏剧性的一幕：

白崇禧所派的一架专机，由上海起飞，在北平徐徐降落。这架专机是前来接回国民党和谈代表团的——解放军既已过了长江，又占领了南京，已没有什么可"和谈"的了，自然该早早打道回衙。然而，令人惊讶的是，从飞机上走下的，却是张治中的夫人洪希厚、张治中弟媳郑淑华等家属九人！

中共的地下组织，再一次显示了神通。这几位家属，是中共上海地下组织送上飞机的。

原来，周恩来在和谈告吹之后，力劝张治中、邵力子等国民党代表留下。张治中显得犹豫，因为他的家属尚在上海，生怕会牵连家属。于是，周恩来急命中共上海地下组织，把张治中的家属送上飞机。这么一来，原本是接张治中等回去的专机，却成了送他们家属去北平的专机！

承办这一秘密使命的，是中共地下党员沈世猷。[1]

沈世猷在1937年考入桂林军校，1941年，入国民党第八十五军第二十三师。该师师长名曰张文心，乃张文白之胞弟。张文白，亦即张治中。

1944年夏，张文心调往重庆受训，沈世猷随他一起住在桂园，于是，他与张治中一家都很熟。

后来，沈世猷打入了国民党政府国防部第一厅，以至打入京沪杭警备司令部作战处，从事中共秘密工作，与中共上海地下党王月英保持联络。

在1948年冬的淮海战役中，张文心起义，投向中共。消息传来，中共地下组织把保护张文心夫人郑淑华的任务交给了沈世猷。当张治中被定为国共谈判国民党首席代表飞往北平后，中共地下组织又嘱沈世猷负责保护张治中家属安全。

4月21日，枪声响起的南京一片混乱，沈世猷在这混乱之中仍尽力把张治中夫人及张文心夫人送往上海。

4月25日，奉周恩来之命，在沈世猷以及张治中老部下、当时任上海机场基地指挥官的中共地下党员邓士章和夫人的帮助下，躲开国民党特务的跟踪，终于把两位夫人和子女全都送上了专机……

---

[1] 王为崧：《秘密北飞》，《大江南北》1993年第1期。

蒋介石在上海差一点被活捉

花开两朵,各表一枝。就在李宗仁离开南京之时,蒋介石又从杭州返回溪口。

失去了南京,蒋介石知道再也无法在溪口"终老是乡"了。

4月25日傍晚,蒋介石和蒋经国等一行,乘轿子来到团堧村,欲乘军舰"泰康"号赴沪。正值退潮,蒋介石不得不先登上竹排,换上汽艇,在象山港上了军舰。

蒋介石表情凝重。他是一个家乡观念颇重的人,从此,他将抛下他的祖坟和故居,永别他的故乡!他如同唐朝崔涤《望韩公堆》一诗所写:"孤客一身千里外,未知归日是何年?"

蒋介石途中在镇海屿头停留,26日中午1时,"泰康"号驶抵上海。上海人心惶惶,为了安全,蒋介石避居在上海东北角黄浦江畔的小岛——复兴岛。复兴岛虽然名为"岛",其实只是一条人工所挖的运河和杨树浦隔开,唯有一座铁桥可通岛上。这样,在桥头设了警卫,便外人莫入了。也有几天,蒋介石隐居在上海金神父路(今瑞金二路)励志社。

蒋介石、蒋经国父子

蒋介石要为保卫大上海打气。所以他一到上海,4月28日《大公报》便披露他在上海的消息,并发表他的声明。蒋介石在表示"拥护李代总统暨何院长领导作战,奋斗到底"之后,强调了"剿匪"的新的内涵。他说:"我们当前的情势固然是险恶的……但是我们认清了今日剿匪作战是反侵略主义的民族战争,是反集权主义的民主战争。"

蒋介石自元旦起不用的"匪"字,如今又冒出来了。

蒋介石还说:"我们今日只有在一个政府之下,以对共的态度为忠奸试金石。凡是反共的政策,就要力谋贯彻,凡是剿共的命令,便要绝对服从。"

蒋介石到上海才一个星期,5月3日便传来杭州被中国人民解放军攻克的消息。

第十章 风卷残云

宁、沪、杭这"铁三角",蒋介石已失去了两角。上海已危在旦夕。

就在这时,蒋介石差一点被捕于上海复兴岛!

说来话长,蒋介石有个秘书,名叫沙孟海。他是浙江鄞县塘溪乡沙村人氏,跟蒋介石的老家溪口相距不远。他父亲沙孝能是个农村中医,受父亲影响,他喜欢书法,擅长文笔。

他兄弟五人,他为长兄,但四个弟弟均为中共党员。1927年四一二反革命政变后,因为有赤色背景,沙孟海无法在上海商务印书馆供职,只得到杭州去。杭州市市长乃陈布雷之弟陈屺怀,陈屺怀与他有旧,遂介绍他在浙江省政府做了个小职员。后来,中央大学校长朱家骅看中他的文章,聘他为秘书。

抗战时期,沙孟海随朱家骅来到重庆。蒋介石那时正需一位起草应酬文章的秘书,就把他调去。考虑到他对溪口文史极熟,蒋介石要他主修蒋氏家谱……蒋介石第三次下野时,还带着他回溪口,几次商谈修订蒋氏家谱。

蒋介石没有想到,沙孟海的二弟沙文汉,那时是中共上海局宣传部部长兼统战部部长,二弟媳陈修良乃中共南京市委书记!

当蒋介石来到上海,沙文汉化名王亚文,正充任国民党中将张权的秘书。沙文汉策反了张权。张权秘密调了一艘军舰,准备炸沉于吴淞口,挡住蒋介石的退路。张权还调来自己的嫡系部队,密谋袭击复兴岛,活捉蒋介石……

不料,中校参谋长张贤把张权的密谋报告了蒋介石。蒋介石听罢,把手中的杯子摔在地上,摔得粉碎。

张权当即被捕。蒋介石不便声张,就以"贩卖银元,扰乱市场"的罪名,把张权处死。

沙文汉幸免于难,后来,在1954年,被毛泽东任命为浙江省省长。翌年,沙文汉却受潘汉年冤案株连。1957年他和妻子陈修良双双被错划为右派……

至于告密者张贤,获得蒋介石五千银元赏金后,则在上海隐匿下来。后来,张贤被识破,于1957年9月26日被上海市人民法院判处死刑……

张权的密谋,使蒋介石不敢在上海久留。

5月6日清早,宁静的复兴岛畔不断响起汽艇声。汽艇往返运送蒋介石和他的一百多名随从,登上停泊在黄浦江上的招商局"江静"号客轮。据船长徐品富回忆,蒋介石穿一身玄色长袍马褂、足蹬圆口轻便缎鞋,右手执"司的克"登上了轮船。紧随蒋介石之后的是蒋经国,还有蒋经国那混血之子艾伦。

蒋介石上船后,并不马上开船。汽艇仍在往返着,把大批的物品运上船。其中就连蒋介石睡觉的大铜床和所骑的大洋马,也运上了船。不言而喻,蒋介石要最后告别大上海了——虽说上海大街小巷,正贴满"誓死保卫大上海"的标语。

这天，蒋介石在船上写下的日记中称"旧的创痕还未愈，新的创痕又深了"。

他还写道："我眼看到中华民族的危亡，怎能不挥泪前进？前进的一条路谁都知道是困难的，但是不必害怕……我们今天要前进！莫退，莫退，前进！"

晚8时，蒋介石吩咐徐品富："最好是天要亮未亮时开船，天要黑未黑时到舟山。"

徐品富完全按照蒋介石的吩咐办，军舰"泰康"号护航。

蒋介石到了舟山不久，5月14日，在毛泽东的部署下，中国人民解放军已完成对上海的三面包围。这天，徐品富看到三架巨型运输机飞抵舟山机场，其中的一架便是蒋介石的专机"美龄"号。

5月17日下午，蒋介石离开了"江静"号轮船，登上"美龄"号飞往马公岛。

一周后（24日），传来使蒋介石沮丧的消息：红旗插上了奉化县城，红旗飘扬在溪口！

又过三天后（27日），上海外滩那座横跨于苏州河上的外白渡桥，出现长长的中国人民解放军骑兵部队。上海人从未见过那么多的马，从未听过那么清脆的马蹄声。

上海之役，使国民党部队15.3万多人覆没。毛泽东、朱德的画像以及五角星，成为这座中国第一大城最新标志。街头巷尾贴满署着"主任陈毅、副主任粟裕"的《上海市军事管制委员会布告》。毛泽东欣然为新华社改定了社论《庆祝上海解放》，成为上海各报竞载的头条要闻……

"紫石英号事件"震惊世界

"紫石英号事件"发生之后，震惊了世界，顿时成了世界各报的头版头条新闻。人们感到惊讶的是，自从1840年鸦片战争以来，挂着老牌殖民主义王国米字旗的军舰向来在中国傲视一切，横行霸道。然而，这一回，中国即将诞生的新政权却敢于用炮弹来教训英帝国主义，显示了不凡的气度。

在长江上响起的炮声传到英国伦敦，更是引发一场轩然大波。4月26日，英国前首相丘吉尔在下院甚至要求英国政府派两艘航空母舰去远东，"实行武力的报复"！英国政府曾经考虑将此事提交联合国讨论，不过，令英国政府感到困惑的是：占据联合国席位的是中国的国民党政府，而中共政权此刻尚未建国，在联合国讨论"紫石英号事件"会有什么作用呢？

对于处于中华人民共和国成立前夜的中国共产党来说，如何妥善处理错综复杂的"紫石英号事件"，是一次外交智慧的考验。

"紫石英号事件"之所以错综复杂，是因为这一事件的发生纯属偶然。当时，中国人民解放军在中国大陆节节胜利，朝南推进，国民党南京政府已经危在旦夕。1948年11月，英国驻华大使拉福·斯玳文逊请求英国远东舰队派一艘军舰停泊在南京附近水面，以便在出现紧急情况时能够救助英国大使馆人员以及英联邦国家侨民。经过国民党南京政府的同意，英国远东舰队就派出军舰来到南京附近的长江水域。英舰每月轮换一次，紫石英号在4月20日从上海驶往南京，原本是为了轮换驻守在南京的伴侣号英舰。在英国远东舰队看来，这是一次很正常的轮换。然而，他们却犯了两个错误：一是没有考虑当时正处于中国人民解放军横渡长江的敏感时刻；二是当时的长江处于国共双方的控制之下，而英国只征得长江南岸国民党南京政府的同意，而无视长江北岸陈兵百万的中共。

其实，英军也完全了解当时中国的形势。他们之所以敢于在中国人民解放军挥师渡江的时候，旁若无人一般进行军舰轮替，还在于他们根本没有把中国人民解放军放在眼里，以为那样的"小米加步枪"式的部队，根本不敢跟炮火凌厉的英国军舰较量。

然而，长江上的三次炮战，完全出乎英军的意料，就连不可一世的英国海军远东舰队万吨级旗舰伦敦号都被打得落花流水。由于紫石英号被困于长江之中，英国政府不得不跟没有外交关系的中国人民解放军展开谈判，以求放回紫石英号。

对于中共高层而言，"紫石英号事件"是一个突发事件。毛泽东在部署百万雄师渡长江的时候，曾经考虑过如何提防美国插手中国内部事务，而英国的紫石英号军舰突然在最紧张的时刻出现在长江之上并与中国人民解放军交火，中共高层是在事后接到总前委的报告才知道的。也就是说，中国人民解放军炮兵向英舰紫石英号开炮，事先并未得到中共高层的同意。在得知英舰紫石英号是为了换防才从上海驶向南京，中央曾经指示总前委，可以允许伦敦号营救紫石英号。然而，当中央获知伦敦号、黑天鹅号炮击中国人民解放军渡江部队，造成严重伤亡时，态度有了明显的转变。

新华社4月22日发表题为《抗议英舰暴行》的社论，指出："英帝国主义的海军竟敢如此横行无忌和国民党反动派勾结在一起，向中国人民和人民解放军挑衅，闯入人民解放军防区发炮攻击，英帝国主义必须担负全部责任。"这

475

篇社论是毛泽东在北平香山双清别墅亲自撰写的,当时他正指挥中国人民解放军渡江,在如此繁忙的时刻,他仍亲笔起草新华社社论,表明了他对"紫石英号事件"的高度关注。

4月23日,中国人民解放军一举攻克南京。喜讯传来,毛泽东欣然命笔,写下《七律·人民解放军占领南京》。此刻,他再度关注起"紫石英号事件",指出:

> 对紫石英号的方针,必须英方承认不得人民解放军同意擅自侵入中国内河是错误的这一点(不着重谁先开枪,因为这是没有多大关系的,重要的是擅自侵入内河。只要是擅自侵入,我军就必须打它和扣留它;也不要着重正当渡江的时机,重要的是擅自侵入人民解放军控制的内河,不管什么时候,都是不能许可的)才能释放,否则决不能释放。[1]

4月29日,中央军委指示准备夺取吴淞的部队:

> 必须事先严戒部队,到吴淞后避免与外国军舰发生冲突。不得中央命令,不得向外国军舰发炮。至要至要。[2]

4月30日,毛泽东起草了《中国人民解放军总部发言人为英国军舰暴行发表的声明》,严正指出:

> 英国的军舰和国民党的军舰一道,闯入中国人民解放军的防区,并向人民解放军开炮,致使人民解放军的忠勇战士伤亡252人之多。英国人跑进中国境内做出这样大的犯罪行为,中国人民解放军有理由要求英国政府承认错误,并进行道歉和赔偿……人民解放军要求英国、美国、法国在长江、黄浦江和在中国其他各处的军舰、军用飞机、陆战队等项武装力量,迅速撤离中国的领水、领海、领土、领空,不要帮助中国人民的敌人打内战。[3]

---

[1] 中共中央文献研究室编:《毛泽东年谱(1893~1949)》(下),人民出版社、中央文献出版社1993年版,第520页。

[2] 中共中央文献研究室编:《毛泽东年谱(1893~1949)》(下),人民出版社、中央文献出版社1993年版,第491页。

[3] 《毛泽东选集》第4卷,人民出版社1991年版。

英国政府制造的"紫石英号事件"也使英国朝野吵成一片。在野的保守党以丘吉尔为代表，要求以武力解决，而执政的英国首相、工党领袖艾德礼则主张通过外交途径解救紫石英号。在南京解放之后，长江两岸都处在中国人民解放军掌控之中，而紫石英号被困于长江，欲解救紫石英号，势必要与中国人民解放军谈判。然而，英国政府当时只跟国民党政府有着外交关系，而与中国人民解放军之间并无外交关系，怎么展开谈判呢？

英国方面想尽办法，与中国人民解放军高层接触。然而，中国人民解放军高层却不予理会，因为在他们看来，"紫石英号事件"只是一个局部的地方性的问题，由双方的前线指挥官进行会谈就可以了。

于是，5月18日中国人民解放军派出驻镇江的第八兵团炮兵第三团政委康矛召作为谈判代表。英国政府认为这样的谈判层次太低，英国远东舰队总司令布朗特上将致函中国人民解放军镇江地区最高官员、第八兵团政委袁仲贤，希望进行高层次谈判。中方依然坚持原方案。于是，自5月24日起，中英关于"紫石英号事件"的谈判就在康矛召与英国驻华武官助理、紫石英号代理舰长克仁斯之间展开。

双方谈判争执的焦点是：中方认为英舰紫石英号是"未经允许""侵入中国内河"，必须承认"基本错误"，进行道歉。英方则认为这只是一个"误会"，无须道歉。双方各持己见，谈判陷入僵局。

然而，随着时间的推移，紫石英号上的给养不断消耗，难以旷日持久，给英国政府增加了压力。中方则从新中国即将诞生的外交全局考虑，也不希望谈判长期拖延，决定把认错、道歉、赔偿等问题与紫石英号开走修理问题分开处理，即从人道的角度可以考虑让紫石英号开走进行修理，而谈判继续进行。

双方出于各自的考虑，都作出让步，谈判一度相当接近：对于紫石英号进入中国内河，中方的措词是"擅自闯入"，而英方的措词是"不幸进入"。英舰紫石英号承诺不再移动位置，中国人民解放军则批准紫石英号舰员可向当地购买食品。7月中旬，中国人民解放军还同意了紫石英号补充燃料的申请。

就在紫石英号受困三个多月之后，一直在窥测逃窜机会的紫石英号代理舰长克仁斯终于找到了机会：7月29日，台风扫过镇江江面，克仁斯曾经打算乘机率紫石英号逃跑。他征得英国远东舰队总司令布朗特的支持，而当布朗特向英国海军部及外交部请示时遭到否决。7月30日夜9时，从镇江开往上海的江陵解放号客轮驶过镇江水面时，克仁斯命令紫石英号砍断锚链起航（砍断锚

索是为了避免起锚时发出巨大声响），全舰实施灯火管制，强行靠近江陵解放号客轮，以客轮为掩护，乘机逃跑。这时，克仁斯不愿再请示英国政府，也未向英国远东舰队总司令布朗特报告。

最先发现紫石英号逃遁动向的是中国人民解放军的巡逻汽艇。汽艇当即开火射击。汽艇上的机关炮虽说对紫石英号不能构成威胁，但是炮声

英国舰员在转运阵亡者遗体，可见舰体上到处都是弹痕

在江面上响起，马上引起中国人民解放军炮兵的关注，同时也使毫无思想准备的江陵解放号客轮陷入一片混乱。江陵解放号客轮犯了一个极大的错误，即关闭了全船的灯光。

中国人民解放军炮兵当即发射红色信号弹要求江陵解放号客轮靠岸，同时对紫石英号开炮示警，而紫石英号马上也开炮还击。在匆忙逃窜之际，紫石英号撞沉木船多艘。由于江陵解放号客轮关闭了全船的灯光，解放军炮兵在夜幕中难以分辨，加之两船又距离过近，结果把江陵解放号误当成紫石英号进行炮击，致使江陵解放号不幸中弹、沉没。

紫石英号刚刚逃脱危机，却突然发生事故，发动机熄火了。克仁斯绝望地准备凿沉紫石英号，自沉于长江。然而，距离紫石英号不过二百米的解放军炮兵的主炮，偏偏在这时候发生撞针断了的故障，无法发射炮弹，紫石英号却在十分钟后排除故障，开足马力向东潜逃……

在紫石英号逃离镇江江面之后，中央军委得到报告，随即向长江沿江各部发出密电："沿江部队可不予拦截，而在事后发表声明予以谴责。"在此之前，中方在7月中旬曾同意紫石英号补充燃油的申请，表现了对于英舰的大度。因为倘若中方有意强行扣留紫石英号，只消不给紫石英号补充燃油就行了。没有燃油，紫石英号寸步难行，也就谈不上逃走了。

紫石英号逃脱之后，在英国受到了英雄般的欢迎。其实，正是在中国人民解放军的默许之下，紫石英号才得以溜出了中国内河长江。在紫石英号逃走之后，中英军队之间已经进行了11轮之久的关于"紫石英号事件"的谈判也就戛然而止。沸沸扬扬的"紫石英号事件"从此落幕。

中方早就注意到，在南京解放之际，英国驻华大使并未随国民党政府一起迁往广州，而是留在南京观察中国局势。1950年1月5日，英国宣布承认中华人民共和国，成为西方国家中第一个承认中华人民共和国的国家。

"紫石英号事件"宣告了1840年鸦片战争以来帝国主义舰炮政策在中国的终结。从此，结束了外国军舰随意进入中国内河的历史。

国共之战已进入尾声

蒋介石连连惨败，于28日飞往台湾冈山。他发出了"死守台湾"的誓言，决心把台湾作为最后的立足点。

不过，这时的中国，东北、华北全部、华东大部已是一片红色，而华南、华中、西北、西南尚在国民党手中。在中国大陆，蒋介石还要作最后的挣扎。

国民党政府迁往广州，李宗仁在桂林，蒋介石在台湾，又一次呈现"一国三公"的局面。

蒋介石仍要把李宗仁拉住，力劝李宗仁"回粤主政"。5月8日，李宗仁终于飞抵广州。这样，李宗仁再度成为蒋介石的傀儡。

毛泽东和蒋介石，已进入"残局之战"。至6月，国民党部队被歼总数达559万人！国民党剩余的部队，只有150万左右了。如毛泽东所说："肃清这一部分残余敌军，还需要一些时间，但已为期不远了。"[1]

毛泽东在新政治协商会议报到签名

----

[1]《在新政治协商会议筹备会上的讲话》，《毛泽东选集》第4卷，人民出版社1991年版，第1464页。

毛泽东于6月15日在北平主持筹备新政治协商会议事宜，着手于"迅速召开新的政治协商会议，成立民主联合政府"。

毛泽东本着"宜将剩勇追穷寇"的决心，频频发出继续进军的命令，不让蒋介石有喘息的机会：

5月16、17日，解放军连克汉口、武昌、汉阳；

5月20日，解放军攻克当年拘蒋的古城西安；

5月22日，解放军攻下当年举行八一起义的南昌；

5月24日，解放军占领阎锡山的老窝太原；

6月2日，解放军拿下青岛；

8月17日，解放军进军福州；

9月5日，解放军打下西宁；

9月23日，解放军进入银川；

11月30日，解放军进抵新疆喀什……

蒋介石虽然仍在那里空讲"莫退、莫退"，但是，他已无法挡住席卷全中国的红色旋风。

在这风扫残云的时刻，7月10日蒋介石忽然偕王世杰、吴国桢从台北飞往菲律宾碧瑶。蒋介石居然还出国访问？原来，他要与菲律宾总统季里诺组织"太平洋反共联盟"，还要组织"国际志愿军"来对付毛泽东、对付中共。蒋介石甚至还考虑到如果台湾失守，他准备在菲律宾组织流亡政府。

蒋介石在菲律宾未敢久留。7月12日，他飞回台北。两天后，他飞往广州。

7月16日，蒋介石在广州宣布成立国民党非常委员会，蒋介石任主席，李宗仁任副主席。这个非常委员会在非常时期拥有最高权力。这么一来，蒋介石结束了下野，又从幕后走到前台来了。

蒋介石又忙于飞来飞去了。8月2日，他宣布在台北建立国民党总裁办公室。翌日，他飞往韩国，与李承晚总统商讨了"发动远东各国反共联盟的具体步骤"。这样，他作好了立足台湾、以菲律宾和韩国为两翼的战略部署。

由于中国人民解放军逼近广州，8月22日，蒋介石飞抵广州，在那里布置广州保卫战。蒋介石声称这是"决定党国最后成败的一战"。

在广州席不暇暖，蒋介石于24日又飞往山城重庆。蒋介石重新步入山洞林园，触景生情。整整四年前，正是在这一天，毛泽东在延安第三次电复蒋介石，表示愿来重庆进行谈判；8月29日，毛泽东抵达重庆，当晚蒋介石正是在林园欢宴毛泽东……岁月无情，不过四年工夫，他却落到这等地步。

预料广州难保，9月7日，国民政府由广州迁来重庆。这是国民政府二进山城了……

别了，司徒雷登！

在那些日子，毛泽东显得异常忙碌。用他的话来说，中国正处于百废待兴的时刻：他忙于建立新政权，他忙于"追穷寇"……就在这个时候，从 8 月 14 日至 9 月 16 日，短短的一个来月中，毛泽东亲自动笔，为新华社接连写了五篇评论，抨击美国政府。

从表面上看，事情是由于 8 月 5 日美国发表《美中关系白皮书》引起的。这一"白皮书"的全称是《美国与中国的关系——着重 1944~1949 年时期》。这一"白皮书"，长达 1054 页，正文共分八章。

"白皮书"是美国国务卿艾奇逊建议编写的。艾奇逊在他的回忆录中，这样写道：

> 我极力主张编写一份以最近五年为中心的我国同中国关系的详尽报告，在它垮台时予以发表。总统表示同意，于是，成立了一个由富有学识和专长的人员组成的小组，在沃尔顿·巴特沃思的领导下开始工作，后来由无任所大使菲利普·杰塞普博士担任主编。

另外，艾奇逊还给杜鲁门总统写了一封题为《美中关系概要》的长信，与"白皮书"一起发表。

杜鲁门总统为白皮书的发表，写了这样的声明：

> 此时发表这份坦率和翔实的报告，其主要目的是为了保证我们对中国和整个远东政策将以有情报根据和明智的舆论为基础。

"白皮书"的发表，引发了毛泽东和美国政府之间的一场激烈的论战。其实，这场论战，或迟或早总要发生的，"白皮书"只是成了导火线罢了。在国共之间，虽说美国人多次扮演了调解人的角色，实际上美国政府是蒋介石的后台。随着蒋介石的惨败，诚如艾奇逊所言："现在已经很清楚大陆上的国民党政权已经接近垮台了，今后美国必将不再支持大陆上的政权。"艾奇逊所说的"大陆上的政权"，不言而喻，指的是中共政权。

毛泽东在《丢掉幻想，准备斗争》一文中这么评论道：

> 美国国务院关于中美关系的白皮书以及艾奇逊国务卿给杜鲁门总统的信，在现在这个时候发表，不是偶然的。这些文件的发表，反映了中国人民的胜利和帝国主义的失败，反映了整个帝国主义世界制度的衰落。帝国主义制度内部的矛盾重重，无法克服，使帝国主义者陷入了极大的苦闷中。

曾先后担任燕京大学校长和美国驻华大使的司徒雷登博士

虽说美国政府和中共的决裂乃是意料之中的事情，然而，美国政府和中共之间在蒋介石政权即将垮台之际，却有过一番秘密谈判。毛泽东在《别了，司徒雷登》一文中，有那么几句令人玩味的话：

> 人民解放军横渡长江，南京的美国殖民政府如鸟兽散。司徒雷登大使老爷却坐着不动，睁起眼睛看着，希望开设新店，捞一把……

毛泽东所称的这位"大使老爷"司徒雷登，是一位道地的中国通。迄今，在杭州耶稣堂弄3号，尚可见到司徒雷登的父亲司徒尔先生来杭州传教时在1873年建造的花园别墅。司徒雷登先生就出生于此屋，并在此度过了青少年时代。

中共与这位"大使老爷"，原本有着不错的关系。1945年11月，当赫尔利辞去美国驻华大使之职时，美国政府曾准备委任魏德曼为驻华大使。魏德曼明显地倾向于蒋介石。周恩来得知这一消息，在重庆见到美国总统特使马歇尔时，说道："魏德曼将军与蒋介石关系极为密切，让他出任美国驻华大使，中国不仅无法实现联合政府，而且内战将是不可避免的。"马歇尔当即问周恩来："你以为谁是美国驻华大使最合适的人选？"周恩来敏捷地答曰："燕京大学校长约翰·莱顿·司图尔特博士，无论在学识上和人格上，还有在政治的中立方面，难道不是最合适的人选吗？"周恩来所提到的约翰·莱顿·司图尔特

（John Leighton Stuart）博士，其中文名字便曰司徒雷登。马歇尔接受了周恩来的建议，后来美国政府果真任命司徒雷登为驻华大使……

1949年4月22日，南京已岌岌可危。这天清早，国民政府代理外交部部长叶公超风风火火前去拜访司徒雷登，转达了李宗仁代总统的话："请大使先生尽快离开南京，移驻广州。"司徒雷登确如毛泽东所言，"坐着不动，睁起眼睛看着"。

当中国人民解放军进入南京，司徒雷登依然"坐着不动，睁起眼睛看着"。他派他的私人秘书傅泾波在南京城里打听着消息。

4月28日，一位重要人物从北平乘火车南下，到达南京，使司徒雷登喜出望外。

此人名叫黄华，受周恩来的委派，出任南京军事管制委员会外事处处长。周恩来派黄来南京，是考虑到南京原是国民政府首都，有着众多的外国大使馆，有着许多涉外事务需要处理。

司徒雷登对于黄华的到来深为欣慰，因为黄华肄业于燕京大学，是他的学生，又是傅泾波的同班同学。司徒雷登留在南京，其本意就是为了试探与中共秘密谈判，而黄华与他以及傅泾波有这样熟悉的关系，自然很有利于谈判。

司徒雷登与周恩来

于是，就在黄华抵达南京不久，5月6日，司徒雷登就派傅泾波前去拜访了黄华，表示司徒雷登愿与黄华就美国政府和中共的关系进行秘密会谈。

5月13日，黄华以私人身份前去拜访司徒雷登，进行了秘密会谈。司徒雷登表示，在中共新政权成立时，美国可以考虑予以承认，但必须有两个条件：一是中共必须按照国际公认的惯例，尊重国家之间的条约；二是中共建立的新政权，必须得到人民的拥护。

黄华则明确指出，美国政府如果愿与新中国建立新关系，首先的条件是不干涉中国内政。黄华提及，美国驻青岛的军舰、陆战队，必须尽快撤走。

在这次会谈后一星期，驻青岛的美军果真撤走了。

不久，傅泾波来见黄华，说司徒雷登要和他一起飞美一次，向美国政府请示有关问题。

6月3日，中共中央致电中共南京市委及中共中央华东局，下达《关于允许司徒雷登及傅泾波赴美的指示》，指出：

> 青岛美军舰队确已退走，国民党匪军已东撤完，我军冬或江日可入青市。
>
> 可同意司徒带傅泾波飞美，当其提出申请并完成手续后，即予许可，并由南京市人民政府发给傅泾波以个人名义的出国护照。在司徒赴沪前，黄华可与之见面一次。

中共中央的电报，还就黄华的谈话内容作了指示：

> 黄华与司徒会面时，可向司徒指出，我方久已宣告不承认国民党反动政府有代表中国人民的资格，现在国民党政府已经逃亡，不久即可完全消灭，各外国不应该再与逃亡政府发生关系，更不应和逃亡政府讨论对日和约问题。否则，我们及全国人民将坚决反对。
>
> 黄华可向司徒或傅泾波透露个人看法，新政协可能在占领广州后召开，不要说很快召开的话。[1]

黄华接到中共中央电报三天后——6月6日——在南京军管会外事处约见了司徒雷登和傅泾波，转告了中共中央的意见。黄华又一次强调，美国政府如果要和即将诞生的新中国建立外交关系，其前提是美国政府必须断绝与国民党逃亡政府的外交关系，停止对蒋介石的援助。司徒雷登则不愿正面作出答复。秘密会谈的气氛虽说客客气气，但双方各自坚持自己的原则。

司徒雷登回去后，改变了主意，不急于回国请示。6月8日，他又派傅泾波去见黄华，询问自己在返美之前，可否去一趟北平，以便直接了解中共高级领导人的意见。傅泾波问及黄华是否跟周恩来有着联系。黄华当即明白，司徒雷登想去北平拜会周恩来。

黄华迅即电告中共中央。北平表示，既然美军果真从青岛撤退，表明美国政府对中共的政策有所松动，而且司徒雷登也还是做了件好事，让司徒雷登来北平有好处。但是，司徒雷登毕竟是美国政府驻中华民国的大使，他以这样的

---

[1]《中共中央文件选集》第18册，中共中央党校出版社1991年版。

身份来北平，自然不便。于是，中共中央建议司徒雷登以私人身份前来北平。

司徒雷登是个聪明人，他很快就想出一个非常体面而又符合逻辑的理由：他长期担任北平燕京大学校长，每年6月都返校过生日，今年也不例外。

司徒雷登给燕京大学陆志韦校长写了信，表达了自己的意思。

也就在这时，中共中央电报中提及的"新政协"，于6月15日召开了筹备会。

司徒雷登注意到毛泽东在开幕词中所讲的关于对外关系的一段话：

> 任何外国政府，只要它愿意断绝对于中国反动派的关系，不再勾结或援助中国反动派，并向人民的中国采取真正的而不是虚伪的友好态度，我们就愿意同它在平等、互利和互相尊重领土主权的原则的基础之上，谈判建立外交关系的问题。

6月28日，黄华前往司徒雷登住处，转告他，周恩来欢迎他去北平燕京大学，也欢迎在北平跟他会晤。

司徒雷登急电美国国务卿艾奇逊。

7月1日，艾奇逊电复司徒雷登："根据最高层的考虑，指示你在任何情况下都不能访问北平。"

这就是说，美国政府关上了与中共谈判的大门。

于是，司徒雷登不得不结束了他的使命，告别生活了五十年之久的中国，于8月2日和傅泾波一起启程返回美国。

于是，8月5日，美国国务院公布了《美中关系白皮书》。

于是，8月14日起，毛泽东开始接二连三地抨击"白皮书"。

毛泽东在8月18日，发表了《别了，司徒雷登》一文。毛泽东写道：

> 美国的白皮书，选择在司徒雷登业已离开南京，快到华盛顿但是尚未到达的日子——8月5日——发表，是可以理解的，因为他是美国侵略政策失败的象征。

毛泽东诙谐地称司徒雷登为"滚蛋大使"，笑称艾奇逊为"一位可爱的洋大人"，"不拿薪水上义务课的好教员"（因为毛泽东称"白皮书"为反面教材，艾奇逊为反面教员），又称杜鲁门为"马歇尔幕后总司令"……

司徒雷登回到美国，艾奇逊嘱他要避开新闻记者，免谈中美关系。

1952年，司徒雷登辞去了有名无实的驻华大使之职，埋头于写回忆录《在华五十年》。此书后来于1954年出版。

1962年，司徒雷登病逝于美国华盛顿寓所，终年八十有六。

五星红旗的诞生

金秋时节，天高云淡，毛泽东在北平忙得不可开交。

9月21日晚6时，北平中南海怀仁堂彩灯高悬，六百多名代表已开始步入会场。

主席台的布置别具一格：上方，挂着大字横幅"中国人民政治协商会议第一届全体会议"；正中，挂着政治协商会议会徽以及孙中山、毛泽东巨幅画像；两侧，挂的则是中国人民解放军军旗。

7时整，场外响起54响礼炮。场内，军乐队奏起《中国人民解放军进行曲》。作为大会执行主席，毛泽东在掌声中登上主席台。

毛泽东在会上作主旨讲话：

> 我们的会议之所以称为政治协商会议，是因为三年以前我们曾和蒋介石国民党一道开过一次政治协商会议。那次会议的结果是被蒋介石国民党及其帮凶们破坏了，但是已在人民中留下了不可磨灭的印象。那次会议证明，和帝国主义的走狗蒋介石国民党及其帮凶们一道，是不能解决任何有利于人民的任务的。

毛泽东又说：

> 现在的中国人民政治协商会议是在完全新的基础之上召开的，它具有代表全国人民的性质，它获得全国人民的信任和拥护。因此，中国人民政治协商会议宣布自己执行全国人民代表大会的职权。

这就是说，这次政治协商会议将在中国正式产生新的政府。

正当毛泽东在北平稳稳步上主席台的时候，蒋介石正在中国西南处于异常慌乱之中。

9月22日那天，蒋介石在重庆吃早饭，在昆明吃中饭，却在广州吃晚饭！

蒋介石是突然在上午10时由重庆飞抵昆明的，事先没有通知云南省主席卢汉。他已风闻卢汉与中共暗中来往，有可能叛变，所以他只在前一天派儿子蒋经国先来昆明，摸清虚实，这才突然飞来。他有过西安事变的经验，所以提防着卢汉军变。

蒋介石一到昆明，作了训话，不敢在那里勾留，于当晚飞到广州。

蒋介石刚下飞机，便挨了一棒：绥远省主席董其武在这天率8万军队投降中共！

毛泽东呢？他正喜气洋洋，在北平忙于为即将诞生的新国家和政协代表们商议着……

人有姓名，国有国号。关于国号，黄炎培、张自让建议用"中华人民民主国"，张奚若则提议用"中华人民共和国"（据查证，任弼时在1948年1月12日最早使用"中华人民共和国"一词）。经讨论采用了"中华人民共和国"一词。

会上，有人建议"中华人民共和国"可简称"中华民国"，因为中华民国是孙中山缔造的。但是，多数人反对此议，因为蒋介石28年来一直用"中华民国"这一国号，容易混为一谈。

中华人民共和国采用公元纪年，不再采用中华民国纪年。

中华人民共和国定都北京。从1949年9月27日起，改北平为北京。其实，北平原称北京，1928年6月20日，南京国民政府改北京为北平特别市，从此叫北平。

中华人民共和国国徽由齿轮、麦穗、五星、天安门组成。

中华人民共和国国歌为《义勇军进行曲》。

会议通过了"临时宪法"——《中国人民政治协商会议共同纲领》。

会议代表从众多的设计稿中，选中五星红旗为中华人民共和国国旗：

红色向来是中国共产党的代表色，从红区、红军直至红都、红旗，皆为红色，象征热烈，也象征为中华人民共和国的诞生而献身的千千万万烈士的鲜血；

黄色意味和平，又象征黄色人种；

五星，象征中华民族五千年文明

1949年，毛泽东在新政协审查中华人民共和国国徽草案

史，象征5亿人口（当时中华人民共和国总人口为5亿）；

五角星中的大星，象征中国共产党，四颗小星象征四个阶级，即工人阶级、农民阶级、小资产阶级、资产阶级。

虽说确定五星红旗为中华人民共和国国旗，是在1949年9月27日由中国人民政治协商会议全体会议通过，而遴选国旗的工作，却是在1949年6月15日开始的。

1949年6月15日，中国人民政治协商会议筹备会第一次全体会议在北平中南海举行。出席会议的有中国共产党、各民主党派、各人民团体、各界民主人士、国内少数民族、海外华侨等23个单位，134名代表。会议由毛泽东、李济深、沈钧儒等人主持。

毛泽东在筹备会的开幕典礼上发表讲话，说明这个筹备会的任务是"完成各项必要的准备工作，迅速召开新的政治协商会议，成立民主联合政府，以便领导全国人民，以最快的速度肃清国民党反动派的残余力量，统一全中国，有系统有步骤地在全国范围内进行政治的、经济的、文化的和国防的建设工作"。

周恩来在会上作了《新政协筹备组织条例（草案）》的报告。会议一致通过《新政协筹备会组织条例》，选举出筹备会常务委员21人。常委会推选毛泽东为主任，周恩来、李济深、沈钧儒、郭沫若、陈叔通为副主任。在常务委员会下设六个小组，分别负责拟定参加新政协会议的单位及其代表名额，起草新政治协商会议组织条例，起草新政治协商会议共同纲领，起草中华人民共和国政府方案，起草新政治协商会议第一届全体会议宣言，拟定国旗、国徽、国歌等工作。

其中的"国旗、国徽、国歌"小组由参加大会的45个单位派代表参加，共55人，召集人为马叙伦，成员有郭沫若、茅盾、黄炎培、陈嘉庚、张奚若、马叙伦、田汉、徐悲鸿、李立三、洪深、艾青、马寅初、梁思成、马思聪、吕骥、贺绿汀等。这个小组向全国发出启事，征集意见和方案。《人民日报》等各大报纸都刊登了这一启事。一个多月后，筹备小组共征集到来自全国各地、港澳及海外地区寄来的应征图案3012幅。

这3012幅国旗应征图案，张贴在北平饭店413房间，供与会的政协委员进行初评。

"国旗、国徽、国歌"小组的成员大都是文学艺术界人士。经过初选，选出了38幅国旗图案，编成《国旗图案参考资料》。然后，又从这38幅国旗图案之中，确定8种图案作为备选国旗。《国旗图案参考资料》分送到各位政协委员手中，进行评议。

在这 8 种备选国旗中，最被看好的图案是：红底黄星，一条黄杠。黄星代表中国共产党和中国人民，黄杠代表中国的母亲河——黄河。

有的委员看了，认为中国并非只有黄河一条大河而已，于是又衍生出另外两个草案：草

1949 年，毛泽东、朱德等在新政协会议上

案之一是两条黄杠，代表黄河、长江；草案之二是三条黄杠，代表黄河、长江、珠江。

几天后，收集的 38 幅图案送到了毛泽东和代表们的手里。

1949 年 9 月 23 日，毛泽东在中南海宴请参加政协会议的代表们。张治中问毛泽东，喜欢哪幅国旗图案？毛泽东回答："我还没有最后认定哪幅图案。"张治中说："恕我直言，我反对用一条杠代表黄河的图案。红底代表国家和革命，中间有一条杠，这不变成分裂国家、分裂革命吗？同时，以一条杠代表黄河也不科学，像孙猴子的千钧棒。"毛主席听罢哈哈大笑，说："噢，这倒是个问题，我约大家来研究一下，一定要选一幅大家都满意的。"

于是，曾经被列为第一候选的"黄杠"国旗图案被否决了。

这时，五星红旗图案，受到重视。这个设计图案是在截稿前两三天才收到的。当时马叙伦、田汉、郭沫若等人都认为这个图案有新意，美丽大方、简洁。不过，最初的五星红旗图案中，那颗大黄星之中，画着镰刀斧头，作者的原意是用来象征中国共产党。

田汉说道："我认为可以拿掉大黄星中的镰刀和斧头，这并不妨碍整体的效果，反而更简洁了。"

许多委员也赞同田汉的意见。这样，根据田汉的意见，对五星红旗图案作了修改。

毛泽东、周恩来也认为五星红旗图案很好。

1949 年 9 月 27 日，在全国政协全体会议上，五星红旗获得会议代表一致通过，成为中华人民共和国国旗。

出乎人们意料，五星红旗的设计者，并非专业的美术工作者，而是上海市

日用杂品公司的副经理曾联松。

曾联松是温州瑞安人，从小酷爱书画，写得一手好字。他从上海《解放日报》看到了关于征集国旗图案的启事，花了一个来月的时间，设计了五星红旗。

1950年11月1日，曾联松收到一封标有"1137号文件"的公函：

曾联松先生：

你所设计的中华人民共和国国旗业已采用，兹赠送人民政协纪念刊一册，人民币五百万元，分别交邮局和人民银行寄上，作为酬谢你对国家的贡献，并致深切的敬意！

中央人民政府委员会办公厅
1950年10月21日

当时，用的是人民币旧币，1万元人民币旧币相当于今日1元人民币。

曾联松作为中华人民共和国国旗的设计者，被载入史册。

在开国大典上由毛泽东主席亲自摁电钮升起的五星红旗，如今被珍藏在中国革命博物馆。

毛泽东在北京主持开国大典

1949年9月30日，中国人民政治协商会议第一次全体会议选举56岁的毛泽东为中华人民共和国中央人民政府委员会主席，朱德、刘少奇、宋庆龄、李济深、张澜、高岗六人为副主席。

就在这次会议上，第一次响起中华人民共和国国歌《义勇军进行曲》，主席台上第一次悬挂五星红旗。

这时，蒋介石正在广州。9月25日，他得知国民党新疆省警备总司令陶峙岳、新疆省主席包尔汉发表通电，率8万之众投向中共。蒋介石连声说："至为痛心！至为痛心！"

蒋介石很担心有人暗害，就连李宗仁宴请他，他都暗中派人在厨房监视，生怕有人下毒。

1949年10月1日，中华人民共和国诞生的日子，北京披上节日的盛装。

修葺一新的天安门城楼正中，挂着毛泽东主席头戴八角帽的巨幅画像。城楼左侧的大字标语是"中华人民共和国万岁"，城楼右侧的大字标语是"中央人民政府万岁"。城楼正中,一排大字点明了主题:"中华人民共和国中央人民政府成立典礼"。

不过,天安门城楼上没有悬挂中华人民共和国国徽,这是因为当时执行全国人民代表大会职权的"中国人民政治协商会议第一届全体会议",通过了国旗、国歌、国都、纪年四个决议,也通过了由齿轮、麦穗、五星、天安门组成的国徽,但是建议国徽再作若干修改,所以来不及在开国大典上悬挂国徽。

"北平东站""北平西站"那斗大的字,改成"北京东站""北京西站",因为中国人民政治协商会议第一届全体会议决议中华人民共和国的首都为北京。这样,从1949年9月27日起,改"北平"为"北京"。

天遂人意。10月1日早晨阴天,上午、中午甚至还下起了小雨,但是到下午却放晴了,白云在蓝天舒卷。

天安门广场竖起了一根旗杆,上面安装了一个金色的顶,在阳光下格外灿烂。

下午2时,中央人民政府委员会在中南海勤政殿举行就职典礼,51岁的周恩来被任命为政务院总理兼外交部部长,毛泽东为人民革命军事委员会主席,朱德为中国人民解放军总司令,林伯渠为中央人民政府秘书长。

下午3时,开国大典在北京天安门广场隆重举行,三十万人出席。

隆隆的礼炮响了。礼炮总共有54门,象征着中国54个民族(后来经过仔细调查和精确统计,中国拥有56个民族)。礼炮声总共28响,意味着从1921年中国共产党诞生到1949年中华人民共和国成立这28年艰苦卓绝的斗争取得的巨大胜利。

在礼炮声中,在国歌《义勇军进行曲》声中,在万众瞩目之下,毛泽东主席按动电钮,在天安门广场冉冉升起第一面中华人民共和国国旗——五星红旗。

从此,无数面五星红旗在中华大地飘扬,成为中华人民共和国的象征。

毛泽东在开国大典上讲话

毛泽东在天安门城楼上宣读《中华人民共和国中央人民政府公告》：

本政府为代表中华人民共和国全国人民的唯一合法政府。凡愿遵守平等互利互相尊重领土主权等项原则的任何外国政府，本政府均愿与之建立外交关系。

朱德则宣读《中国人民解放军总部命令》：

坚决执行中央人民政府和伟大的人民领袖毛主席的一切命令，迅速肃清国民党反动军队的残余，解放一切尚未解放的国土，同时肃清土匪和其他一切反革命匪徒，镇压他们的一切反抗和捣乱行为。

那天，蒋介石在广州"华联"号军舰上度过。

10月2日，苏联政府宣布承认中华人民共和国，决定建立外交关系，并决定断绝与蒋介石政府的关系，自广州召回外交代表。

蒋介石闻知，以气愤之情写下日记：

俄帝之承认匪伪政权，实乃既定事实，且为必有之事，而其所以如此急速，盖以我在联大控俄案通过，彼乃不能不出此一着，以作报复之行动耳。今后俄帝必与共匪建立空军与海军，则我为势更劣，处境更艰，此为最大之顾虑。

蒋介石对中国大陆的最后一瞥

1949年10月中旬，蒋介石又蒙受了三次沉重的打击：
14日，广州插上五星红旗；
17日，厦门解放；
20日，中国人民解放军进入新疆迪化。
紧接着，在司令员刘伯承、政治委员邓小平的指挥下，中国人民解放军第二野战军向西南大进军；11月15日，贵阳红旗飘扬；11月22日，桂系的大本营桂林响起《中国人民解放军进行曲》。

代总统李宗仁称病，于11月20日由南宁飞往香港，住入太和医院。26日，李宗仁申请赴美就医。

12月5日,李宗仁和夫人郭德洁等飞往美国。李宗仁临行声称:"胃疾剧重,亟待割治。"

在贵阳危如累卵之际,重庆告急。蒋介石于11月14日下午由台北急飞重庆,调兵遣将主持制定了"保卫大重庆"方案。

其实,蒋介石也知道重庆已很难保住,他下令在重庆"中美合作所",亦即关押共产党人的白公馆、渣滓洞进行大屠杀。

蒋介石还从台湾调来了"技术大队",由保密局毛人凤、徐远举组成"重庆破厂办事处"。所谓"破厂",也就是破坏工厂,炸毁重要设备。

就在蒋介石到达重庆不久,中共地下组织曾密谋拘捕蒋介石。这一密谋,不久前由徐州某老干部休养所的萧德宣透露出来……

萧德宣乃中共特别党员,原本在国民党邱清泉兵团任职。淮海战役中,受中共第三野战军政治部主任钟期光的派遣,混在乱军之中,来到重庆。1949年4月,他被任命为国民党暂编第一五〇师少将副师长。

蒋介石来到重庆之后,萧德宣密谋与第二二八团团长何颜亚对蒋介石进行突然袭击:定于8月17日子夜,以进行夜间演习为名,把第二二八团拉出,袭击蒋介石所住林园别墅。

在行动之前,何颜亚为他的部属考虑,下达了紧急疏散军官家属的命令。这一命令,泄漏了天机,以致第二二八团官兵被宪兵缴械,拘蒋计划化为泡影。

11月28日,解放军攻下江津,逼近重庆。当时任行政院长的阎锡山由重庆飞逃成都,但蒋介石仍坐镇重庆指挥。

11月30日,解放军由江津顺江场等处强渡长江,国民党海军江防舰队"永安"号、"郝家"号起义。这时,蒋介石不得不仓皇乘飞机逃往成都。当天,山城重庆易帜。

成都,成了蒋介石在中国大陆最后的据点,蒋介石要在成都和中共作最后的较量。

为了振奋军心,蒋介石一反他平日行踪保密的习惯,成都各报在12月1日都刊载了蒋介石来蓉的消息:

[中央社]蒋总裁今日晨9时许,乘中美号专机由两架驱逐机护卫,自重庆白市驿机场起飞来蓉,降落新津机场,黄少谷、俞济时、谷正纲、陶希圣、蒋经国、沈昌焕、周宏涛、曹圣芬、夏幼权等随行。成都方面,陆校张耀明校长、空军第三军区司令徐焕升,均赴机场恭迎,省垣各要

员，均未及前往。总裁驻跸军校官邸。11时许，阎院长、王主席等赴军校晋谒。

又讯：蒋总裁10时许到达北校场，约阎院长晤谈，张群、王陵基、严啸虎于11时前往军校晋谒。

报道中提到的王主席，即四川省主席王陵基；阎院长，即行政院长阎锡山；严啸虎，为成都警备司令。

蒋介石"驻跸军校"，指的是坐落在北校场的中央陆军军官学校，亦即黄埔军校。

在那兵荒马乱的时刻，成都唯有这中央军校算是安全地带。军校内，武担山脚，一座法国式小楼，名曰"黄埔楼"，成了蒋介石的行宫。

成都，勾起蒋介石无限伤心的是一座新坟，人称"戴公墓"。坟前的新碑上，刻着"戴季陶之墓"。戴季陶和蒋介石有着莫逆之交。1949年2月11日深夜，面对国民党无可挽回的败局，他走上了三个月前陈布雷所走的路——服用了大量安眠药，自杀于成都枣子巷家中……

抵达成都后的第五天，12月4日，蒋介石在黄埔楼接待美联社记者慕沙，发表了谈话。蒋介石说：

余此次应李代总统之邀入川，正值共军渗入川东，陪都危急，余亟愿李代总统急返中枢，共挽危局，而李代总统却决意出国。余为国民一分子，并负领导国民革命之责任，唯有竭尽一切力量，不避任何艰险，协助政府，与大陆军民共同奋斗。

蒋介石还论及了中国的反共战斗形势：

重庆沦陷，西南局势更步入艰苦之境，但世界民主各国人士，应知中国大陆反共战斗，不仅并未停止，反而不顾任何代价，一切牺牲，亦且益趋扩大，刻在各地结集军队，使西南反共战斗持久……

中国共党在莫斯科指挥之下，企图以暴力吞并中国国家，奴役中国四亿五千万人民，然中国人民在青天白日旗帜之下，为独立自由而战，绝非暴力所能屈服。

12月7日，蒋介石眼看形势越来越不妙，终于发出了这样的电报：

命令政府迁设台北，并在西昌设大本营，统率陆海空军，在大陆作战。此令

蒋中正
中华民国三十八年十二月七日

蒋经国也在同一天的日记中写道：

对于中央政府驻地问题，曾经数度研究。起初，拟迁西昌，固守西南，俟机反攻，收复失土。到此乃知大势已去，无法挽回矣。因于晚间作重要决定，中央政府迁往台北，大本营设置西昌，成都设防卫司令部。

这样，国民政府的驻地，由南京，而广州，而重庆，而成都，此时不得不迁往台北。

这一过程，正是表明了蒋介石是如何节节败退的。

根据蒋介石的命令，1949年12月8日，行政院院长阎锡山率行政院副院长朱家骅、总统府秘书长邱昌渭等人，从成都迁来台北。从此阎锡山永远离开了中国大陆。

行政院院长阎锡山在到达台北的当天下午召开新闻发布会，正式宣布国民政府自即日起迁移台北办公。

12月9日这天，三处来电向蒋介石报告令他"痛心不已"的消息：

昆明来电，云南省主席卢汉宣布投向中共（这表明两个多月前蒋介石获知卢汉"动摇"的消息是确切的）；

彭县来电，西康省主席刘文辉、西南军政副长官邓锡侯、潘文华宣布投向中共；

宜宾来电，第二十二兵团司令兼第七十七军军长郭汝瑰

1949年，离开大陆前，蒋介石带着子孙拜别祖坟

率三个师投向中共。

风雨飘摇，众叛亲离，蒋介石意识到已无法在中国大陆久留。

就在这时，中共成都地下党组织了一支两百多人的"捉蒋敢死队"，密谋袭击黄埔楼。

也就在这时，12月8日，成都的晚报刊载消息："蒋总裁已于今晨乘中美号专机离蓉，因事前未通知，故王主席等均未赶上送行。"

读了报纸，"捉蒋敢死队"连连顿足，认为错失良机。

令人困惑的是，12月11日成都《新新新闻》忽地又载："蒋总裁昨离蓉飞台。"

这表明，蒋介石是在10日才离开成都的！

蒋介石究竟何时离蓉，成了一个谜！这也表明，在那样岌岌可危、如履薄冰的时刻，蒋介石的行踪极为诡秘！

那位四川省主席王陵基在1949年12月21日曾被中国人民解放军俘获，之后，他化名戴正名逃脱，后来又在四川江安被捕。据王陵基在1965年回忆，蒋介石离开成都是在10日。那天清早，他正准备躺下去睡一会儿，得知蒋介石要离开成都，便急急赶往凤凰山机场送行。

另据蒋经国日记记载，他和蒋介石是在10日下午2时从凤凰山机场起飞的。

这样，蒋介石离开中国大陆的最后日子，通常认为是12月10日。

不过，近年来，也有人认为他是12月13日离开成都的[1]，其依据也是蒋经国的日记，11日空白，而12日却写"昨日尚在成都"，表明蒋介石11日尚在成都。而据严啸虎在1962年回忆："蒋遂于13日飞逃台湾。"

2011年10月24日，笔者曾在台北采访前行政院长郝柏村。郝柏村说，他有记日记的习惯，他的日记清楚表明，1949年12月10日，蒋介石乘坐中美号专机，从成都的凤凰山机场起飞，飞往台北。就在这一天，郝柏村随国民党军队参谋总长顾祝同离开成都凤凰山机场，飞往海口。郝柏村说，蒋介石是1949年12月10日离开成都飞往台北，这是无疑的，他是见证人。

蒋介石从成都飞往台北途中，在南京上空绕了一圈，尔后含泪告别故乡溪口，尔后告别上海复兴岛……终于，他向中国大陆投去了最后一瞥，从此一去不复返。

后来，蒋经国在《蒋经国自述》一书中，回忆父亲蒋介石在中国大陆那段充满风险的最后日子时，颇为感叹：

---

[1] 陈宇：《蒋介石在大陆的最后时刻》，南海出版公司1992年版。

> 此次（父亲）身临虎穴，比西安事变时尤为危险，祸福之间，不容一发。

杨虎城将军遇害

就在蒋介石离开中国大陆前夕，下令杀害了杨虎城将军。

1936年12月12日，张学良将军与杨虎城将军发动了震惊中外的西安事变，从此蒋介石对张、杨耿耿于怀。张学良在护送蒋介石回到南京之后遭到软禁，而在1937年4月，蒋介石对杨虎城做出"革职留任"的处分。紧接着，蒋介石指派杨虎城以"欧美考察军事专员"名义出国考察。这样，杨虎城偕夫人谢葆真被迫离开中国，离开了西北军。

杨虎城考察欧洲、美国，一路上发表抗日演说，使海外华侨深受鼓舞。

在1937年七七事变之后，抗日烽火在华夏大地熊熊燃烧，杨虎城多次从国外致电蒋介石，要求回国参加抗日，都被蒋介石以种种理由拒绝。

1937年11月26日，杨虎城和谢葆真回到香港，又一次要求回国参加抗战，蒋介石勉强答应。

有人劝杨虎城，回国会遭到蒋介石的迫害。杨虎城却说："宁使蒋负我，不能使我负国家民族。个人利害，在所不计。"

11月30日，杨虎城和谢葆真从香港飞往武汉。在那里，杨虎城拜访了国民党元老于右任。

杨虎城的夫人谢葆真带着儿子杨拯中，先回西安老家。

坐镇南昌的蒋介石，生怕杨虎城从武汉也回到西安，重振西北军的军威，于是秘召军统头目戴笠赶往南昌授计。戴笠在南昌急调三十多名便衣警卫，由军统特务队长李家杰带领，随时听命。

布置停当之后，戴笠前往武汉，宣称蒋介石要在南昌召见他。于是，杨虎城随戴笠登上飞往南昌的专机。到了南昌，杨虎城便被软禁在曾任江西省政府主席的熊式辉的百花洲私人别墅。

这座别墅是一幢独立的小洋房，由军统特务队长李家杰带领三十多名便衣警卫严加看守。蒋介石还嫌兵力不够，增派了一个连的宪兵负责外围警卫。从这时候起，杨虎城遭到了软禁，被切断了所有对外联系。

夫人谢葆真在西安没有接到杨虎城的电话，不知杨虎城音讯，非常着急。她通过杨拯民找到过中共地下组织，在西安八路军办事处见到了林伯渠等人，但是当时中共方面也不知道杨虎城的去向。后来，谢葆真打听到杨虎城被拘禁在南昌的消息，就带了儿子杨拯中直奔南昌。到了那里，谢葆真和杨拯中当即被关押。半年之后，谢葆真和杨拯中才允许与杨虎城关在一起。从此，杨虎城和谢葆真以及儿子杨拯中被投入漫漫黑狱之中。

1937年12月13日南京沦陷，蒋介石在离开南昌之前，命令戴笠把杨虎城夫妇以及儿子杨拯中、随员秘密押解到长沙东郊朱家花园。此后，又转移到益阳桃花坪。后来，又关押在贵州息烽县玄天洞。玄天洞位于高山顶上，是一个天然的大石洞，离县城十多里。

每一次转移，都是重兵警戒，而且都是在夜间进行，生怕走漏风声。

当杨虎城被关押在贵州息烽县玄天洞的时候，张学良被关押在贵州桐梓县，发动西安事变的两位将军，都失去了人身自由。

1941年，谢葆真在狱中生下女儿，杨虎城为小女取名杨拯贵。

杨虎城有过三次婚姻，共生育十个子女：

长子杨拯民、长女杨拯坤是元配夫人罗培兰所生；

次子杨拯仁是第二夫人张惠兰所生，不幸在西安事变时因照顾不周患猩红热夭折，年仅5岁；

谢葆真与杨虎城结婚后，总共生了两个儿子和五个女儿。结婚不久，谢葆真生下儿子杨拯亚。当谢葆真随杨虎城东渡日本时，把杨拯亚留在南京，因白喉症而夭亡。此后，谢葆真生了儿子杨拯中和女儿杨拯美、杨拯英、杨拯汉、杨拯陆、杨拯贵。

谢葆真生产后，在狱中得不到应有的照顾。有一回，正值特务队长李家杰来了，正在吃饭的谢葆真，指着粗劣的饭菜对李家杰说，这是一个产妇吃的东西？李家杰顶撞她，她极度生气，把饭碗朝李家杰摔去。

李家杰知道谢葆真是中共党员，本来就要整她。这时，他趁机造谣说，谢葆真得了神经病，于是硬要把谢葆真关到另一处，把她跟杨虎城分开。杨虎城再三抗议，李家杰置之不理。

1945年8月15日，终于迎来了抗日战争的胜利。喜讯传来，杨虎城万分感慨：他和张学良为了逼蒋抗日，把蒋介石扣留了半个月，而蒋介石把他和张学良关押了八年！

抗日战争的胜利，并没有使抗日英雄张学良将军和杨虎城将军获得自由。1946年，毛泽东曾提出释放张学良、杨虎城，蒋介石置之不理。

杨虎城被关押到重庆歌乐山下的"中美特种技术合作所"。

就在这时，杨虎城蒙受了沉重的打击：农历腊月三十日原本是谢葆真和杨虎城的结婚纪念日，然而在1946年的农历腊月三十日，谢葆真在重庆"中美特种技术合作所"被特务注射了毒药,惨遭杀害,年仅33岁!杨虎城得知惨讯,泪如雨下。

蒋介石发动全面内战,声称要在几个月内消灭中国共产党。不料,事与愿违,蒋介石军队兵败如山倒。1949年1月21日,总统蒋介石宣布下野,由李宗仁任代总统。

李宗仁走马上任,为了显示与中国共产党"和谈"的诚意,宣布释放张学良将军、杨虎城将军。一时间,张学良与杨虎城再度成为全国人民关注的焦点。

然而,蒋介石密令由毛人凤控制的军统拒不执行代总统李宗仁命令。为了避人耳目,1949年2月,国民党西南长官公署第二处处长兼西南特区区长徐远举调动空军飞机,把杨虎城从重庆转移到贵阳,关押在黔灵山麒麟阁。

当时徐远举曾主张在川黔公路的荒山僻野把杨虎城杀害。但是,保密局局长毛人凤不同意,以为还是在"中美特种技术合作所"下手更加保密。毛人凤挑选了杨进兴、杨钦典、熊祥、王少山、张鹄、安文芳六人执行"重要任务"。

就在重庆解放前夕,杨虎城被从贵阳骗到重庆,说是"蒋介石要见他,并把他送到台湾"。

1949年9月17日,杨虎城和儿子拯中以及秘书宋绮云等人到达重庆歌乐山松林坡戴公祠。

后来,据落入人民法网的特务杨进兴交代:特务张鹄引他们进入房内,杨虎城走在最前面,儿子拯中双手捧着母亲谢葆真的骨灰盒跟在后面。当拯中正要进入卧室时,特务杨进兴用匕首刺进了杨拯中的腰间,杨拯中一声惨叫:"爸!……"杨虎城刚一回头,也被杀害了。宋绮云夫妇和他们的孩子一同被害,杨虎城年仅9岁的幼女也未能幸免。顷刻之间,八条人命,死于惨祸。凶手们还在杨虎城父子二人的脸上淋上硝镪水毁容,然后把杨虎城的遗体掩埋在花园的一座花坛里。

杨虎城塑像

事后，毛人凤曾说："老头子（蒋介石）对于这件事干得如此干净利落，很感满意。"

杨虎城将军终年56岁。

1949年11月30日，重庆解放。12月1日，刚刚进城的中国人民解放军第二野战军便在杨虎城旧部带领下，在重庆戴公祠找到了杨虎城将军遗体。12月16日，中共中央、中央人民政府向杨虎城将军家属发出唁电。中共中央的唁电指出："杨虎城将军在1936年与中国共产党合作，推动全国一致抗日，有功于国家民族……杨将军的英名，将为全国人民所永远纪念。"重庆市军管会成立了杨虎城将军治丧委员会。

1950年1月15日，重庆各界隆重举行杨虎城将军暨遇难烈士追悼会。中共中央西南局刘伯承、邓小平、张际春等亲往祭奠。1月16日，杨虎城将军的灵柩、夫人谢葆真的骨灰，在数以万计的群众护送下，由长子杨拯民扶柩登船，离开重庆。30日，以彭德怀为首的西北各界人民，在西安车站举行了隆重的迎灵公祭。2月7日，根据家属的意见，杨虎城、谢葆真安葬在西安南乡韦曲少陵原杜甫祠西侧。叶剑英为陵园题词。与杨虎城将军一起牺牲的儿子杨拯中、女儿杨拯贵，杨虎城的秘书宋绮云夫妇和儿子宋振中（即小萝卜头），杨虎城的副官闫继民和张醒民，也都安葬于陵园。

第十一章
隔着海峡

◎ 隔着海峡，毛泽东和蒋介石依然是宿敌。在海峡此岸，毛泽东提出解放台湾；在海峡彼岸，蒋介石则把反攻大陆定为"国策"。他俩依然针锋相对着。

蒋介石只能实行第三方案

即将撤离大陆的蒋介石

1949年12月10日傍晚，蒋介石告别中国大陆，从成都向东飞行，越过海峡，抵达台北。一路上，蒋介石"俯视眼底大陆河山，心中怆然"。

从此，蒋介石落脚台湾。

后来，在1966年7月8日，毛泽东在给江青的信中，这样论及蒋介石的失败：

中国自从1911年皇帝被打倒以后，反动派当权总是不能长久的。最长的不过二十年（蒋介石），人民一造反，他也倒了。蒋介石利用了孙中山对他的信任，又开了一个黄埔军校，收罗了一大批反动派，由此起家。他一反共，几乎整个地主资产阶级都拥护他，那时共产党又没有经验，所以他高兴地暂时地得势了。但这二十年中，他从来没有统一过，国共两党的战争，国民党和各派军阀之间的战争，中日战争，最后是四年大内战，他就滚到一群海岛上去了。[1]

毛泽东的这一段话，差不多是在给蒋介石作总结了！

蒋经国后来则在《负重致远》一书中，这样写及败退台湾的蒋介石的处境：

民国三十八年，可以说是中华民族的"危急的存亡之秋"，父亲所处

---

[1]《建国以来毛泽东文稿》第12卷，中央文献出版社1998年版，第71—75页。

的地位环境，乃是空前未有的恶劣和复杂。国运正如黑夜孤身，在汪洋大海的狂风暴雨和惊涛骇浪中飘摇、震荡；存续沦亡，决于俄顷。我们身历其境，当时也懵懵惚惚，不知不觉，恍如浮光掠影，随波而逝。可是到了今天追忆起来，闭目沉思，始觉得当时国脉民命系于一发，真令人动魄惊心，不寒而栗了。

就在蒋介石到达台湾不久，毛泽东以中华人民共和国中央人民政府主席的身份，前往苏联莫斯科访问。毛泽东乘火车行进在冰天雪地的西伯利亚，这是他平生第一次出国访问。

他在苏联访问了两个多月，直至 1950 年 3 月 4 日，才返回北京。

蒋介石离开成都之后，托付胡宗南坐镇指挥。无奈，军心浮动，胡宗南已压不住阵脚。

中国人民解放军第一野战军在贺龙率领下，第二野战军在刘伯承、邓小平率领下，进逼成都。眼看成都风雨飘摇，12 月 23 日，胡宗南由成都飞往海南岛。27 日，戴五角星的队伍行进在成都街头。

中国人民解放军总部发表 12 月份的战绩公报：在西南、华南歼灭国民党部队 79.5 万人，俘虏国民党高级军官、川湘鄂绥靖专署主任宋希濂等 142 人。

1950 年元旦，《人民日报》发表社论《完成胜利，巩固胜利》，明确指出："解放台湾、西藏、海南岛，完成统一全中国大业。"

这时，中国人民解放军的总兵力为 550 万人；国民党的总兵力则骤降为 60 万人，只相当于中国人民解放军的十分之一左右。

胡宗南刚从成都飞逃海南岛，便接蒋介石命令，要他飞往西昌指挥。这样，胡宗南不得不在 1949 年 12 月 28 日飞往西昌，作"最后的奋斗"。1950 年 3 月 28 日，西昌这颗蒋介石在中国大陆的最后的钉子被中国人民解放军拔除。蒋介石不得不承认："在大陆有组织的战斗乃为之告终。"

蒋介石在危败之际，原本制定了三种方案：

　　一是以四川为中心，西南为根据地，走当年抗战的老路，与毛泽东长久对抗；
　　二是以海南岛为最后退路；
　　三是以台湾为最后退路。
　　如果这三种方案都失败，则退到菲律宾，组织流亡政府。

1950年春夏之交，中国人民解放军解放海南岛

重庆、成都、西昌的接连失守，蒋介石的第一方案宣告破产。

就在解放军打下西昌之后半个多月的4月16日傍晚6时半，几百艘木帆船从雷州半岛出发，朝南驶去。

驻守海南岛的是蒋介石的嫡系、当年在长征时"追剿"毛泽东的薛岳，他担任琼崖保安司令兼防卫总司令。薛岳知道海南岛难保，曾面见蒋介石，请求从海南岛主动撤退，遭到蒋介石的拒绝。蒋介石说："海南岛是反攻大陆的跳板，不可放弃。"如今，得知中共部队渡海峡而来，薛岳急命出动飞机、军舰拦击，却无法阻挡那数百条木帆船。

毛泽东在1950年1月10日给林彪的电报中，便指出："争取春夏两季内解决海南岛问题。"

按照毛泽东部署，在3月5日、26日，两小批中共部队曾经用木帆船渡过琼州海峡，登上海南岛，和那里的中共游击队琼崖纵队会师。这样，中共对于横渡琼州海峡已是熟门熟路了。

这样，只用了四个多小时，几百条木帆船在夜色的庇护之下，居然一举渡过海峡。

在琼崖纵队和先期登陆的两批部队的配合下，中共主力强占滩头，站稳了脚跟，中共后续部队也就不断地渡海而来。

经过十多天的战斗，海南首府海口于4月30日落入中共部队手中。5月1日，海南岛最南端的榆林港，红旗飘扬。从此，海南全境已是中共的天下，薛岳部队3万多人被歼。

于是，蒋介石第二方案又遭破产。

自1950年10月7日起，中国人民解放军开始进军西藏。藏军第九代本主官桑格旺堆于11日起义。19日，昌都解放。

紧接着，西藏地方政府派出代表团前往北京，进行谈判。1951年5月23日，达成了和平解放西藏的"十七条协议"。9月9日，中国人民解放军先遣部队到达拉萨。10月26日，由张国华、谭冠三两位将军所率主力部队进入拉萨，举行了入城式。从此，西藏插上五星红旗。

这样，中国全境除台湾以及少数岛屿之外，都已是红旗的天下。

这样，蒋介石别无选择，只能实行他的第三方案——以台湾为最后退路。

这样，毛泽东和蒋介石以台湾海峡为"楚河汉界"，继续对立着。

蒋介石对退往"美丽岛"作了周密部署

台湾，有着"美丽岛""东方甜岛"的美誉。本岛面积35759平方公里。论大小，在世界的海岛之中，排名第28位。

中国大陆和台湾之间，最近的距离为130公里。在晴朗之日，从福建沿海登高远眺，澎湖列岛上的烟火，以至台湾高山的云雾，皆隐约可见。

1946年，台湾的总人口为624万。1949年，台湾的总人口猛增了130万。这些新增的人口，大部分为"外省人"——台湾本地人对从大陆去的人的习惯称呼。这些"外省人"之中，有近60万人为蒋介石带去的部队。

蒋介石曾说过这样的话："处绝地也可以生……有台湾在，即使大陆尽失，也可以复兴。"

1946年10月25日，是台湾从日本占领下光复一周年的纪念日。蒋介石曾和宋美龄一起赴台湾视察。当时蒋介石便说过这样的话："中央政府之视台湾，一如离别家庭50年的弟兄……中央的爱护台湾，远胜于全国其他任何一省；中央对于台湾建设的重视，也胜于其他的省份。"

1946年10月26日，蒋介石在日记中写道："台湾尚未被共党分子所渗透，可视为一片干净土，今后应积极加以建设，使之成为一模范省，则俄、共虽狡诈百出，必欲亡我国家而甘心者，其将无如我何乎！"

这一次视察，台湾的重要的战略地位、长夏无冬的气候、丰富的物产、秀丽的风光，都给蒋介石留下了深刻的印象。

蒋介石在1949年元旦宣布准备下野的前夕，部署了台湾的退路。蒋介石说："在俄帝集团侵略之下，宁可失了整个大陆，而台湾是不能不保的……只要有了台湾，共产党就无奈我何。就算是整个大陆被共产党拿去了，只要保着台湾，我就可以用来恢复大陆。"

在蒋介石看来，凭借着台湾海峡这天险，退可以求得生存，进可以反攻大陆。

1948年12月24日，蒋介石突然任命陈诚为台湾省主席。陈诚是蒋介石的嫡系，蒋介石让陈诚掌管台湾，为自己留下了一块安身之地。

李宗仁这样回忆当时的情景：

> 此次新职突然发表时，前主席[1]魏道明事前竟毫无所知。
>
> 陈诚得令后，立即自草山迁入台北，三十八年[2]一月五日便在台北就职视事，行动的敏捷，为国民党执政以来所鲜见。由此可知蒋先生事前布置的周密。

主政台湾的陈诚

其中提及的"自草山迁入台北"，指当时陈诚在草山养病。其实，蒋介石让陈诚以养病为名去台湾，已预作布置。所以，一旦蒋介石宣布了对陈诚的任命，陈诚随即"敏捷"地走马上任。

蒋介石还任命长子蒋经国为国民党台湾省党部主任委员，陈诚兼任台湾警备司令。

这样，台湾的党政军大权，全部落在了蒋介石嫡系手中。

蒋介石的另一部署，在当时乃绝密行动，直到1960年6月2日，才由《中央日报》透露出来：

> 在某一个深夜里，海军总司令桂永清密令军舰一艘，停泊在上海黄浦滩央行[3]附近的码头边，央行附近的街道，临时戒严，一箱一箱的黄金，悄悄运上军舰，在天未破晓以前，该军舰已驶出吴淞口，以最大的速率，驶向基隆。两天以后，陈主席[4]打电报给俞氏[5]，全部黄金已妥藏在台湾银行的保险库里。坐在外滩央行总裁办公室里的俞氏，这时才感觉肩膀上的万钧重担豁然减轻。

不过，这篇报道没有透露运往台湾的黄金的具体数字，而只是说"一箱一

---

[1] 指前台湾省主席。
[2] 即1949年。
[3] 中央银行的简称，下同。
[4] 指台湾省主席陈诚。不过，当时陈诚尚未被正式任命为台湾省主席。
[5] 指中央银行总裁俞鸿钧。

箱的黄金"。黄金论箱，而且是"一箱一箱"，当然相当可观。

后来，据时任中央银行稽核处长李立侠回忆，抢运黄金共分三批：

> 第一批，也是主要的一批，是1948年12月1日午夜由上海装运，总数为200.4万余两，运至基隆；第二批运走52.2万余两，运至厦门，再转运台湾；第三批是俞鸿钧辞职以后，刘攻芸继任中央银行总裁，由汤恩伯亲临央行运走19.8万两，这时离上海解放已不到十天了。前后三批，共抢运黄金277.5万余两。同时运往台湾的还有1520万银元，另有1537.4万美元则存进美国银行的国民党政府账户。[1]

这批黄金，成了蒋介石初入台湾时的经济支柱。诚如蒋经国后来所言：

> 政府在搬迁来台的初期，如果没有这批黄金弥补财政和经济情况，早已不堪设想了，哪里还有今天这样稳定的局面！古语说，"无粮不聚兵"，如果当时饷馈缺乏，军队给养成了问题，那该是何等严重？

这样，蒋介石的立足点尚未移至台湾之前，已在党、政、军、财四个方面对台湾作了周密的部署。

1949年6月1日，从上海败退的蒋介石来到台湾高雄要塞过端午节。

6月21日，蒋介石住于台北大溪。他对那里非常喜欢，称那里的风景很像他的故乡溪口。

24日，蒋介石在台北之北13公里的草山看中一幢别墅，作为自己的住处。这幢别墅名叫"士林"，原是台湾糖业公司的宾馆。那里附近多温泉，花木繁茂。蒋介石改草山为"阳明山"，以表明他对明代哲学家王阳明的崇敬之情。

蒋介石在台北设立了总裁办公室。

在台湾安排好退路之后，蒋介石这才又飞往广州、重庆、成都，作"最后的奋斗"。

直至这"最后的奋斗"失败，这才从成都飞来台北。

在蒋介石回到台北不久，宋美龄也于1950年1月13日从美国来到台北。

---

[1] 石四维：《二百七十七万黄金抢运台湾》，《上海滩》1990年第7期。

蒋介石迫使李宗仁让位

在蒋介石回台北前三天，国民政府迁至台北。不过，此时的国民政府，只有行政院，而代总统李宗仁却住在美国哥伦比亚大学附设的长老会医院。蒋介石虽然是台湾的实权人物，是"非常委员会"主席，是国民党总裁，但毕竟是下野总统。一"国"无总统，总是"名不正，言不顺"。

蒋介石早有复出之意，无奈，总得由代总统李宗仁主动让位才行。可是，李宗仁却怎么也不肯让位，甚至把蒋介石复出称为"复辟"。

据李宗仁回忆，蒋介石的复出计划，早在1949年7月，便已开始进行了：

> 7月间，我还在广州的时候，黄埔系将领及蒋夹袋中的政客，已有请蒋复职的企图，然那时尚无人敢公开提出。抵渝之后，情势便迥然不同了。他们认为广州既失，我已堕入蒋的瓮中，可以任其摆布了。这时，CC系和政学系控制下的报纸，对蒋已不再以"总裁"而径以"总统"称呼。我深知蒋已呼之欲出，不久便要"复职"了。
>
> 果然不久，吴忠信、张群、朱家骅等便先后来找我，他们不敢明言要我劝蒋复职，只是含糊其辞地说，当前局势紧张，希望我拍一电报请蒋来渝坐镇。其实，蒋一直在飞来飞去，向来不需要我敦请，现在何以忽然要我拍电促驾呢？他们词穷，便隐约说出希望我声明"引退"，并参加他们"劝进"。
>
> 当吴忠信仍向我叨叨不休时，我勃然大怒道："礼卿兄，当初蒋先生引退要我出来，我誓死不愿，你一再劝我勉为其难；后来蒋先生处处在幕后掣肘，把局面弄垮了，你们又要我来'劝进'。蒋先生如要复辟，就自行复辟好了，我没有这个脸来'劝进'！"
>
> 他们见我态度坚决，才不敢勉强。[1]

只是由于李宗仁不愿让位，蒋介石这才无法"复辟"。

李宗仁在美国，倒是真的动了手术。据其自云，是"割治十二指肠"，"恢复甚快"："1950年1月间，我身体已大致复元。"1月20日，李宗仁出院仍在美国居住。台北的"监察院"连连电催李宗仁回台，李宗仁不愿回去，但又不愿让位。

蒋李矛盾终于公开爆发。1950年2月21日，非常委员会致电李宗仁，限

---

[1]《李宗仁回首话当年》，湖北人民出版社1981年版。

他三天内回到台北，不然就被视为放弃"代总统"职权。李宗仁仍拒绝回台。

2月25日，"监察院"弹劾李宗仁。

3月1日，蒋介石宣布复职，亦即复任"中华民国总统"。

3月13日，蒋介石在革命实践研究院讲话时，谈到了他三次复职的经历：

> 我每一次复职时所预定的目标，亦无不如计完成。我在第一次复职以后，不到八个月的工夫，北伐即告成功。第二次复职以后，虽然经过14年的长期奋斗，但终于促使日本投降，达到了我们雪耻复仇收复失地的目的。现在是第三次复职了，这一次复职以后，我们革命的目标，是恢复中华民国，消灭共产国际……我相信我们一定可以完成我第三次复职的使命。

从此，蒋介石到他死去，一直连任"中华民国总统"，成了终身"总统"：

蒋介石在1948年第一届国民大会第一次会议上，当选为中华民国总统。按照《中华民国宪法》规定，总统任期为六年。1950年3月，他尚在任期之内，只是由下野变为复职重任。

1954年，六年期满，蒋介石连任第二届"总统"。

1960年，又六年期满，而《中华民国宪法》规定"总统"只能连任一次。为了使蒋介石连任"总统"，"国民大会"通过了《临时条款》："动员戡乱时期，总统、副总统得连选连任，不受宪法第47条连任一次之限制。"据此，蒋介石连任第三届"总统"。

又据《临时条款》，蒋介石每六年连任一次"总统"。他在1966年，连任第四届"总统"。

到了1972年，年已85岁的蒋介石，向"国民大会"发表了逊谢之辞："本人已多年膺任此职，深感歉疚，谨郑重恳请诸位代表另选贤能，继承本人担任总统职位。"自然，"国大"代表们表示恳请。于是，蒋介石不得不表示"只得迁就民意"。这样，再据《临时条款》，蒋介石连任第五届"总统"。

倘若他不死的话，定然会据《临时条款》，连任第六届"总统"。

李宗仁与夫人郭德洁

蒋介石反思失败的原因

每天清晨6时，台北介寿路准时响起"中华民国国歌"，青天白日满天红之旗徐徐升起。

那里是"总统府"的所在地。路名为"介寿路"，是纪念蒋介石60诞辰时取的。"总统府"原本是东南军政长官公署，也改称"介寿馆"。蒋介石在1950年3月1日复任"总统"时，便在介寿馆三楼办公。

在蒋介石的办公桌上忽然出现一本不平凡的书，书名曰《中国革命战争的战略问题》，作者乃海峡彼岸他的政敌毛泽东。

毛泽东此书写于1936年12月。蒋介石怎么会研读起毛泽东的14年前的旧著呢？

在毛泽东此书的千千万万的读者之中，蒋介石是最特殊而读了最有体会的一位读者。因为毛泽东此书所写的，就是如何打败蒋介石的战略问题。当年，蒋介石就翻过这本书。无奈，他正忙于跟毛泽东打仗，心静不下来。如今，他是败军之将，正在作沉痛的反思。读毛泽东此书，使他感慨万分。他这才明白，他之所以败在毛泽东手下，是因为毛泽东确实是一位熟知战争规律的战略家，毛泽东正是用这些战略战胜了他。

毛泽东写道："弱军对于强军作战的再一个必要条件，就是拣弱的打。"

可不是吗？毛泽东经常用的就是这一手。

毛泽东又说："'打得赢就打，打不赢就走'，这就是今天我们的运动战的通俗解释……一切的'走'都是为着'打'，我们的一切战略战役方针都是建立在'打'的一个基本点上。"

可不是吗？毛泽东也常用这一手。

毛泽东还说："'拼消耗'的主张，对于中国红军来说是不适宜的。'比宝'不是龙王向龙王比，而是乞丐向龙王比，未免滑稽。"想当年，井冈山上的毛泽东确实是个"乞丐"，而拥有数百万军队的他确实是"龙王"。

最令蒋介石叹息不已的是毛泽东书中的这样一段话："谁人不知，两个拳师放对，聪明的拳师往往退让一步，而蠢人则其势汹汹，劈头就使出全副本领，结果却往往被退让者打倒。"蒋介石不正是毛泽东所说的蠢人吗？

痛定思痛，蒋介石检讨着自己在大陆失败的原因。

蒋介石此时此际，认识到自己在发动内战之初所实行的"速战速决""全面进攻"犯了战略性的错误。

蒋介石说："我们在进攻中虽然占领了许多城市，却要处处设防，尤其是交通要点和后方基地更须置重兵据守，每处至少布置一团以上兵力，我们的兵力就这样被四处分散，并且都成了不能机动使用的'呆兵'，而共军则能随时集中主力，采取主动，在我们正面积极活动，伺机突袭，将我各个击破。"

在此之前，蒋介石也曾这样说过："国军处处设防，备多力分，形成处处薄弱之虞。共匪乘此弱点，乃'以大吃小'之战法，集中其全力攻击我薄弱之一点，于是屡被其各个击破，此所以逐渐造成今日严重之局势。"

1950年，蒋介石夫妇在台北

蒋介石在作了这些战略检讨之后，认为："我们此次失败并不是被共匪打倒的，实在是我们自己打倒了自己！"

蒋介石总结了四条"自己打倒自己"的原因：

第一，是内部不能精诚团结，因之予奸匪以分化挑拨的可乘之机；
第二，是违反国父遗教，大家不以服务为目的，而以夺取为目的；
第三，是丧失了革命的党德，不能以个人自由与能力，贡献于革命大业；
第四，是丧失了民族的自信心，不知道民族道德的力量，和民族精神的伟大。

蒋介石反思了自己的军队，总结了高级将领们的八大缺点：

一、本位主义；
二、包办主义；
三、消极被动，推诿责任；
四、大而无当，粗制滥造；
五、含糊笼统，不求正确；
六、因循苟且，得过且过；

七、迟疑犹豫，徘徊却顾；

八、主观自大，故步自封。

由此，蒋介石认为，他的军队也就成了"六无"之军，即"无主义、无纪律、无组织、无训练、无灵魂、无根底的军队"。

由此，蒋介石认为，军人们也就成了"六无"之军人，即"无信仰、无廉耻、无责任、无知识、无生命、无气节"的军人。

由此，蒋介石得出结论："非失败不可。"

蒋介石说："我们的几百万军队，没有同共军作过一番较量就被解决了，无数优良的装备送给了共产党，用来消灭我们自己。"

其实，毛泽东在《中国革命战争的战略问题》中，倒也调侃地说过这样类似的话："伦敦和汉阳的兵工厂，我们是有权利的，并且经过敌人的运输送来。这是真理，并不是笑话。"

难怪，毛泽东常常笑称蒋介石为"运输大队长"，给他送来"无数优良的装备"。

蒋介石又反思了国民党，总结了国民党的散漫、腐朽："党内不能团结一致，同志之间，派系分歧，利害摩擦，违反党纪，败坏党德，以致整个的党，形成一片散沙，最后共党乘机一击，遂致全盘瓦解，彻底崩溃。"

为此，蒋介石在1950年1月，着手成立了"国民党改造案研究小组"。

为此，蒋介石在1950年3月，向两千名国民党中高级干部，发表了长篇演说。

他的演说分三大部分：

一、虚心接受中国大陆失败的教训；

二、不惜牺牲感情与颜面，彻底改造；

三、自己将鞠躬尽瘁，争取最后胜利。

蒋介石的演说，使座中不少人涕泪满面……

美国政府既"抛蒋"又"弃台"

毛泽东在中华人民共和国成立不久，便去苏联访问。1950年2月14日，

第十一章 隔着海峡

毛泽东和斯大林在莫斯科签订了《中苏友好同盟互助条约》，从此，中华人民共和国正式与苏联结盟。

虽说毛泽东曾与斯大林有过一些意见分歧，但是大体上关系还不错。毛泽东早在1949年6月30日的《论人民民主专政》一文中，便宣告"一边倒"，即倒向苏联。

毛泽东是这么说的：

> 中国人不是倒向帝国主义一边，就是倒向社会主义一边，绝无例外。骑墙是不行的，第三条道路是没有的。我们反对倒向帝国主义一边的蒋介石反动派，我们也反对第三条道路的幻想。

紧接着，在1949年9月30日，由毛泽东起草的《中国人民政治协商会议宣言》中，非常明确地写上了："首先是联合一切苏联和各新民主国家，以为自己的盟友，共同反对帝国主义者挑拨战争的阴谋，争取世界的持久和平。"

毛泽东提到的"新民主国家"，即后来的社会主义阵营国家。正因为这样，中华人民共和国一成立，在苏联率先予以承认之后，在1949年10月3日至5日，"新民主国家"便接连予以承认，其中有保加利亚、匈牙利、朝鲜民主主义人民共和国、波兰、罗马尼亚、捷克斯洛伐克。稍后，有蒙古、德意志民主共和国、阿尔巴尼亚。毛泽东在外交上，果真是"一边倒"。

蒋介石则倒向美国，这原本是毫无疑义的。可是，由于蒋介石的战败，美国总统杜鲁门希冀"换马"，转为支持李宗仁，一度使蒋介石陷入了内外交困的境地！毛泽东口口声声骂蒋介石为"美帝国主义的走狗"，眼下"美帝国主义"要抛掉蒋介石，怎不使蒋介石极度尴尬？！

杜鲁门不悦于蒋介石，这在当年李宗仁竞选副总统时，已经明明白白地显露出来。

1949年8月5日，美国"白皮书"的发表，不仅深深激怒了毛泽东，他为此写了一系列文章抨击"白皮书"，而

杜鲁门（左）与艾奇逊

且也深深激怒了蒋介石，因为"白皮书"用相当多的篇幅批评蒋介石的无能！

最使蒋介石恼火的是，美国国务卿艾奇逊居然如此"目中无蒋"。艾奇逊把国民党的惨败归结为"其领袖不能应变，其军队丧失斗志，其政府不为人民所支持"。

一句话，美国政府此时所实行的政策曰"抛蒋"。

毛泽东反正已经"一边倒"，他骂"美帝国主义"，骂得再厉害也无所谓。所以他可以接二连三地公开抨击"白皮书"；蒋介石却全然不同，他只能在他的日记中悄悄地发泄他对于"白皮书"的愤懑。

"白皮书"发表之际，蒋介石正在韩国访问。蒋介石在8月6日的日记中，这样写道：

> 到韩国后，更觉定静光明，内心澄澈无比，是天父圣灵与我同在之象征也。对美国"白皮书"可痛可叹，对美国务院此种措置，不仅为其痛惜，不能不认为其主持者缺乏远虑，自断其臂而已。

蒋介石还恨恨地写道：

> 甚叹我国处境，一面受俄国之侵略，一面美国对我又如此轻率，若不求自强，何以为人？何以立国？而今实为中国最大之国耻，亦深信其为最后之国耻，既可由我受之，亦可由我湔雪也。

回到台湾后，蒋介石得以细细阅读"白皮书"，他在8月10日的日记中，连着骂了马歇尔、艾奇逊和杜鲁门：

> 马歇尔、艾奇逊因欲掩饰其对华政策之错误与失败，不惜彻底毁灭中美两国传统友谊，以随其心，而亦不知其国家之信义与外交上应守之规范；其领导世界之美国总统杜鲁门竟准其发表此失信于世之《中美关系白皮书》，为美国历史上留下莫大之污点。此不仅为美国悲，而更为世界前途悲矣。

随着"白皮书"在世界上产生广泛的影响，蒋介石实在忍无可忍，终于以"国民政府外交部"的名义发表声明，斥责美国政府落井下石。

美国政府实行"抛蒋"，其原因有以下几点：

一是艾奇逊所说的，蒋介石是个扶不起的"阿斗"。美国在蒋介石身上花了那么多的钱，那些钱如同扔进水里。

二是美国政府实行扶李。也正因为这样，李宗仁以治病的名义，于1949年11月26日申请赴美就医，翌日，美国国务院就表示同意他入境治病。

三是美国政府认为蒋介石守不住台湾，中共会迅速攻下台湾。1949年12月23日，美国国务院发出的第28号密令，作了这样的估计："台湾的失陷已在广泛预期中，在国民政府统治下，台湾民政和军事情势趋于恶化的事实，益增强了这种预期。"既然台湾保不住，美国政府也就冷眼对待蒋介石。

正因为这样，当国民政府迁往台北时，美国驻华大使司徒雷登一直住在美国，而在台北只有一名领事级的代表而已。

不过，美国政府对于毛泽东也充满敌意。在中华人民共和国宣告成立之后，10月4日，美国国务院发表声明："美国只承认国民政府为合法政府的政策。"

1950年1月，蒋介石到机场迎接从美国求援无果回台的宋美龄

1949年12月29日，美国国务卿艾奇逊对军方人员的谈话中，对中国形势作了这样的估计："必须承认，中国共产党事实上控制着全中国，其原因主要是因为国民党自己崩溃。"[1]

艾奇逊主张，"在中国问题上眼光要放远一点"。

1950年1月5日，美国总统杜鲁门发表了一份新闻公报，宣布了美国对台政策。这一公报，极为重要。杜鲁门宣告，美国无条件地承认福摩萨（台湾）为中国领土，然后宣告：

> 美国对福摩萨或任何其他中国领土都没有野心。在目前，美国不想在福摩萨取得特别权利或特殊利益或建立军事基地，它也无意使用它的武装部队来干预当前的局势。美国政府不会采取导致卷入中国内战的方针。
>
> 同样地，美国政府将不向在福摩萨的中国军队提供军事援助或军事顾

---

[1]《艾奇逊回忆录》，上海译文出版社1978年版。

问。在美国政府看来，福摩萨的资源足以使他们能够得到他们认为保卫该岛所必需的东西。美国政府建议，根据现行的立法授权继续执行经济合作署目前的经济援助计划。

杜鲁门的这一公开声明，等于表示，如果毛泽东以武力进攻台湾，美国将袖手旁观，不以武力加以干涉。

杜鲁门的这一公开声明，无疑使蒋介石雪上加霜。

这样，美国政府既"抛蒋"又"弃台"。

正在美国请求援助的宋美龄，此刻在美国如同在冰水中，她不得不在1月13日离美返台。而杜鲁门居然在白宫设宴，请李宗仁以"中华民国国家元首"的身份赴宴，简直把蒋介石的鼻子气歪了……

美国政府还下令，撤离美国在台侨民。这表明，在美国政府眼里，毛泽东进攻台湾已是近在眼前了。

美国政府甚至准备在中共打下台湾之后，即与中华人民共和国建交。

朝鲜的枪声使蒋介石喘了一口气

就在蒋介石风雨交加、台湾飘摇不定之际，一场突然爆发的战争挽救了蒋介石的命运。

那是1950年6月25日星期天，蒋介石正在吃早饭，蒋经国向他报告了紧急情况：朝鲜半岛动向异常，似乎有可能发生大规模的南北之战！

由于时差的关系，美国国务卿艾奇逊得知这一消息，是在6月24日晚10点。艾奇逊那天离开首都华盛顿，到哈伍德农场去度周末。他刚睡下，白宫的电话把他吵醒。那是因为美国驻韩国大使约翰·穆西奥从汉城发来电报，报告称：北方越过"三八线"向南朝鲜部队发动进攻。这是一次同过去那种边界巡逻冲突不同的猛烈袭击，是对大韩民国的全面进攻。

正在美国密苏里州独立城度周末的杜鲁门总统，也接到了同样的报告。

这消息使美国的要员们结束休息，投入了紧张的工作。

据《艾奇逊回忆录》载：

> 第二天早上国务院收到的消息是坏的。以一个坦克纵队为核心的大规模进攻正指向汉城和金浦机场。南朝鲜的武器装备显然远远不能抗衡……

美国军政首脑在布莱尔大厦召开紧急会议。

艾奇逊向杜鲁门总统提出了三项建议：

一、除了已经由军事援助计划分配的之外，授权和指示麦克阿瑟将军对朝鲜提供武器和其他装备；

二、命令美国空军在美国从属人员撤退时轰炸任何向金浦机场方向前进的北朝鲜地面和空中部队，以保护金浦机场；

三、命令第七舰队从菲律宾向北开行，以防止中国向福摩萨进攻，或相反的情况。

杜鲁门总统接受了艾奇逊的建议。

另外，美国远东军总司令麦克阿瑟提出了关于台湾问题的重要意见。他说："台湾是美国太平洋防线自阿留申群岛经日本、冲绳，而至菲律宾之一环。"

麦克阿瑟说了一句名言："台湾可以成为一艘不能击沉之航空母舰。"

朝鲜战争爆发让蒋介石看到了"反攻大陆"的希望。图为蒋介石与联合国军司令麦克阿瑟

这么一来，美国对于台湾问题来了个急转弯，即由"弃台"转为"保台"。

6月26日，杜鲁门总统对麦克阿瑟下达训令："对韩国予以海空军支援。"这道训令表明，美国从此介入了朝鲜内战。

6月27日，杜鲁门总统就朝鲜战争发表公开声明，其中涉及台湾问题。这时，杜鲁门的对台政策，与他半年前——1月5日的新闻公报——截然不同：

鉴于（中国）共产党军队的占领台湾，将直接威胁到太平洋区域的安全，并威胁到在该区域履行合法而必要之活动的美国部队，因之，本人已命令美国第七舰队防止对台湾的任何攻击，并且本人已请求台湾的中国政府停止对大陆的一切海空活动。

这下子，蒋介石大大地松了一口气。

当时蒋介石派驻汉城的"大使"邵毓麟，曾对朝鲜战争（亦即韩战）与台湾的关系，作了颇为生动的分析：

> 韩战对于台湾，更是只有百利而无一弊。我们面临的中共军事威胁，以及友邦美国遗弃我国，与承认匪伪的外交危机，已因韩战爆发而局势大变，露出一线转机。中韩休戚与共，今后韩战发展如果有利南韩，也必有利我国。如果韩战演成美俄世界大战，不仅南北韩必然统一，我们还可能会由鸭绿江而东北而重返中国大陆。如果韩战进展不幸而不利南韩，也势必因此而提高美国及自由国家的警觉，加紧援韩决不致任国际共党渡海进攻台湾了。

就在杜鲁门总统发表声明后的第三天，美国第七舰队驶入了台湾海峡，从而在毛泽东和蒋介石之间的"汉河楚界"上为蒋介石筑起了一道防线，从而使台湾处于美国武力的保护伞之下。美国也就从"抛蒋"转为"保蒋"。

美国的举动，理所当然地激起了毛泽东的极度愤怒。6月28日，外交部长周恩来代表中华人民共和国政府发表声明，强烈谴责美国政府侵略朝鲜、台湾及干涉亚洲事务。

周恩来严正宣布："台湾属于中国的事实永远不能改变……我国全体人民，必将万众一心，为从美国侵略者手中解放台湾而奋斗到底。"

此后，9月15日美军7万余人在朝鲜仁川登陆向北推进，并向中国东北进行轰炸扫射。10月19日，毛泽东派出中国人民志愿军跨过鸭绿江，抗美援朝，与美军直接交战。

中共与美国政府的关系，进入完全对立的阶段。

此后，美国官员频频访问台湾。特别是1952年10月艾森豪威尔当选美国总统，任命杜勒斯为国务卿。杜勒斯是一位坚决反共的人物，采取了坚决支持蒋介石的态度，向台湾派驻了"大使"兰金。另外，艾森豪威尔总统还

蒋介石与美国国务卿杜勒斯（左）都坚决反共，但是又有着分歧

宣布取消前总统杜鲁门的承诺，即杜鲁门所声明的"本人已请求台湾的中国政府停止对大陆的一切海空活动"。也就是说，第七舰队的使命，只是保护台湾不受中共攻击，而允许台湾进攻中国大陆。美国政府不再貌似中立了。

此后，蒋介石结束了风雨飘摇的日子。

历史给了毛泽东和蒋介石不同的机遇：抗日战争的爆发，使中共得以大发展；朝鲜战争的爆发，却使蒋介石在台湾站稳了脚跟。

毛泽东的解放台湾和蒋介石的"反攻大陆"

隔着海峡，毛泽东和蒋介石依然是宿敌。

在海峡此岸，毛泽东提出解放台湾；在海峡彼岸，蒋介石则把"反攻大陆"定为"国策"。

他俩依然针锋相对着。

"解放台湾"这一口号，最早见诸1949年12月31日中国共产党中央委员会发布的《告前线将士和全国同胞书》：

> 中国人民解放军和中国人民在1950年的光荣战斗任务，就是解放台湾、海南岛和西藏，歼灭蒋介石匪帮的最后残余，完成统一中国的事业，不让美国帝国主义侵略势力在我国的领土上有任何立足点。

此后，中共领导人的讲话、各种政府文告，都不断地重申解放台湾。

蒋介石在1950年3月1日复职"总统"时便宣誓要"光复大陆"。6月，由于朝鲜战争的爆发，蒋介石制订了这样的战略计划："一年准备，两年反攻，三年扫荡，五年完成。"从此，他提出了"反攻大陆"的口号，要把台湾建成"反攻复国的基地"。

毛泽东所说的解放台湾，也就是指武力进攻台湾。毛泽东确实着手了解放台湾的部署。

1949年12月5日，毛泽东以中央军委主席身份，命令空军司令员刘亚楼着手修复各地的机场，并要中央财政委员会"支付必不可少的一部分经费"。

1950年2月4日，正在苏联访问的毛泽东，曾致电中共中央转粟裕，要求加强伞兵训练，以备解放台湾之用。粟裕当时任中国人民解放军第三野战军副司令员、华东军区副司令员。毛泽东记起，蒋介石的伞兵第三团曾起义投诚，所以发去以下电文：

> 粟裕同志：（中央转）
>
> 　　一、前起义过来的伞兵第三团，现在还有多少人，跳伞技术程度如何，他们中间的政治工作进行得怎样，有无党员的发展，一般的政治情绪如何？望电告。
>
> 　　二、这批伞兵盼加强对他们的政治训练，我们需要以这批伞兵作基础训练一个伞兵部队，作为台湾登陆作战之用。
>
> 毛泽东
2月4日 [1]

过了六天，毛泽东在给刘少奇的电报中表示："同意粟裕调四个师演习海战。"

毛泽东调四个师给粟裕演习海战，就是为了作解放台湾之用。

1950年4月，在中国人民解放军一举渡海攻下海南岛之后，毛泽东充满信心，准备解放台湾。

毛泽东视察海军部队

这时在台北的电线杆、小巷、车站，忽地有人贴出了震撼台湾的标语："欢迎中国人民解放军解放台湾！""拥护毛主席，活捉蒋介石！"

正在这时，朝鲜战争爆发，毛泽东不得不放慢了解放台湾的步伐：一是他要准备出兵朝鲜；二是美国的第七舰队游弋于台湾海峡，成了解放台湾的极大障碍。

这样，1950年8月8日，毛泽东致函病中的粟裕："目前新任务不甚迫切，你可以安心休养，直至病愈。"

1950年9月29日，毛泽东在给他的政治秘书胡乔木的信中，提醒在宣传工作中，不要提"在1950年打台湾"这类话。毛泽东的信，全文如下：

---

[1]《建国以来毛泽东文稿》第1册，中央文献出版社1987年版，第256页。

乔木同志：

请查过去宣传中有无规定在1950年打台湾的事，有人说他看过今年元旦文件内说今年要打台湾的话，未知确否？以后请注意，只说要打台湾西藏，不说任何时间。各党派贺词中1951年任务我已全部删去，因其中有打台湾西藏一项。

毛泽东
9月29日[1]

这封信表明，随着朝鲜战争的爆发，随着美国第七舰队进驻台湾海峡，毛泽东放慢了解放台湾的步伐。

蒋介石呢，他几乎在每一次公开的讲话，以及种种政府文告中，总要提及"反攻大陆"。

隔着一道海峡，海军、空军力量不足的毛泽东一下子无法实现解放台湾；蒋介石总共才六十来万军队，守岛尚可，至于"反攻大陆"未免力量薄弱。

虽说毛泽东一下子无法解放台湾，蒋介石又一下子无法"反攻大陆"，双方在1950年代之初却仍处于交战状态。这时的国共之战，以一种新的形式出现：

毛泽东打蒋介石，打的是大陆周边那些被蒋介石军队占领的小岛；

蒋介石打毛泽东，打的是空袭战、小股登陆、骚扰战。

这跟辽沈战役、淮海战役、平津战役、宁沪杭战役相比，只能说是小打小闹了。不过，这小打小闹，在那时却不停地打、不断地闹。

毛泽东一个一个打下了蒋介石部队占领的小岛：

1950年5月25日，中国人民解放军对珠江口外的万山群岛发起攻击，至12月7日全部占领那一群小岛；

1950年5月13日至5月17日，中国人民解放军攻下舟山群岛；

1951年9月9日，蒋介石把一位名叫"秦东昌"的特殊人物派往浙江沿海的大陈岛，在那里设立了"浙江省政府"，"秦东昌"为"主席"。这位"秦东昌"，其实就是当年毛泽东的老对手、"西北王"胡宗南。

1955年1月18日，中国人民解放军攻下了大陈岛西北的一江山岛。2月2日，得知蒋军可能会从大陈岛撤退，毛泽东给国防部部长彭德怀写了一信：

---

[1]《建国以来毛泽东文稿》第1册，中央文献出版社1987年版，第536页。

彭德怀同志：

　　在蒋军撤退时，无论有无美（舰）均不向港口及靠近港口一带射击，即是说，让敌人安全撤走，不要贪这点小便宜。

毛泽东
2月2日

蒋军果真撤退，解放军亦果真未在其撤退时炮击。这是毛泽东和蒋介石难得的一次战场上的"合作"：蒋介石料定大陈岛难保，为了保存实力，把15万部队急急撤回台湾。

毛泽东"高抬贵手"，下令"让敌人安全撤走"。

2月13日解放军占领了大陈岛、披山岛。

从此，这种小岛之争，画上了句号。

蒋介石那时掌握着中国的制空权，虽说他的陆军大部覆没，空军却几乎很完整地退到台湾，也正因为那时中共还没有空军力量，所以蒋介石可以从成都从从容容地飞回台北，不必担心途中会有中共的飞机截击。

蒋介石的空军那时有各种型号的飞机400架。由于缺乏维修的零件，其中能够投入战斗的大约为半数。蒋介石凭借着这200来架飞机，不断飞越海峡，轰炸大陆沿海城市。

其中最为著名的是1950年2月6日，根据国民党潜伏特务罗炳乾提供的情报，蒋介石派17架飞机轰炸了上海的发电厂、自来水厂等重要目标，投弹70多枚，造成上海停电、停水，居民死伤达千人以上。上海人为之震惊，称为"二六轰炸"。

蒋介石的海军那时也占优势，退往台湾的舰艇有五十多艘。凭借着这些舰艇，蒋介石不时骚扰着大陆沿海。1950年8月25日毛泽东获悉蒋军情报，给中国人民解放军中南军区发去电报：

蒋介石视察台湾军队

台湾敌人向潮汕及海陆丰进行登陆袭击是极有可能的。你们必须：一、加强侦察工作，务使我军在敌进行登陆袭击之前，获得可靠情报；二、加强兵力，请考虑从西面抽调一部兵力（例如一个强的师）及一部炮火加强东面，确保潮汕及海陆丰沿海防线，并派一个军级指挥部去担任指挥，遇敌袭击时能坚决歼灭之。

另外，在1952年1月10日及1953年7月16日，蒋介石曾两度派部队骚扰闽粤交界处的东山岛。特别是第二次，蒋介石出动了登陆艇、炮艇、兵舰，在空军的配合下，1.3万多人扑了过来。打了一天，被歼三千多人，这才赶紧退走。

这样的打打闹闹，持续了好多年……海峡两岸，处于紧张的对峙之中。海峡此岸，那时最流行的歌曲是《我们一定要解放台湾》；海峡彼岸，那时最流行的歌曲是"反共第一歌"——《保卫大台湾》。

海峡此岸，毛泽东着力于开展"镇压反革命运动"，以挖出蒋介石逃离大陆时在大陆埋伏下的五十万左右特务人员。那时，大陆最走红的是反特电影，如《人民的巨掌》《羊城暗哨》《徐秋影案件》，等等；海峡彼岸，蒋介石实行"戒严令"，开展反共运动，深挖"共谍"。那时，台湾最走红的是反共电影，如《噩梦初醒》《永不分离》《春满人间》，等等。

"克什米尔公主号"的迷雾

1955年4月11日下午3时，南中国海上空的一声爆炸，震惊了全世界。

那是印度国际航空公司的一架C-69型客机"克什米尔公主号"，由印度孟买经香港飞往印度尼西亚首都雅加达，途经北婆罗洲沙捞越海面上空时，突然发出沉闷的爆炸声。机长杰塔镇定地驾驶着摇摇欲坠的飞机，从1.8万英尺高空降落在海面上。在烈火中，杰塔机长、4位机组人员及11位乘客丧生，另3位机组人员及其余乘客获救。

这次空难事故之所以震惊世界，是因为中华人民共和国总理周恩来原本要搭乘这一航班飞往印度尼西亚。

周恩来前往印度尼西亚，是为了出席4月18日至24日在印度尼西亚万隆召开的亚非政府首脑会议，史称"万隆会议"。这时，在台北的"国民政府"，未在被邀请之列。因为大多数亚非国家只承认中华人民共和国，而把台北的

"国民政府"称为"蒋介石集团"。蒋介石对于未能出席万隆会议,深为不快。

周恩来临时改变了行期,未上"克什米尔公主号",他从昆明取道仰光平安到达雅加达,幸免于难。

"克什米尔公主号"失事,众说纷纭。美国《纽约时报》说这是一次普通的飞行事故,与政治无关。但是,美国新闻处4月12日的电讯,却转达了北京愤怒的抗议声:

> 中国今晚抗议美利坚合众国及国民党集团昨天预谋破坏飞机,谋杀中国总理周恩来先生和其他前往万隆出席亚非会议的共产党代表团团员。
>
> 北京电台说失事飞机在离开香港前,"中华人民共和国政府已获悉美国和蒋介石集团的秘密组织正积极破坏中国代表团所乘坐的印度飞机,对以周恩来总理为首的中国代表团进行谋杀,破坏亚非会议"。

美国新闻处的电讯,发自伦敦,是从北京方面的电台播出的中华人民共和国外交部声明中获悉的北京的抗议。飞机失事才24小时,北京方面怎么会如此迅速作出反应,明明白白地指责这是美、蒋进行的政治谋杀呢?

其实,北京方面在事情还没有发生之前就已经获悉重要情报。正因为这样,周恩来改变了行期,没有乘坐"克什米尔公主号"。

留着八字胡、戴一副紫黑颜色边框眼镜的李克农,事先获悉了蒋介石特务的谋杀计划。这位中国人民解放军上将,当时担任外交部副部长、中国人民解放军副总参谋长兼联络部部长。他在1926年加入中共,自1928年起,在中共特科从事秘密工作,屡建奇勋:

1931年4月,顾顺章在武汉叛变时,把周恩来以及中共中央机关在上海的地址和盘托出。密电发往南京,落在国民党中统头子徐恩曾的秘书、中共地下党员钱壮飞手中,钱壮飞急派女婿刘杞夫赶往上海,奔往上海西藏路东方旅馆,把密信交给住在那里的李克农。李克农火速通知周恩来,使周恩来及中共中央机关迅速得以安全转移……

1936年12月,在震惊全国的西安事变中,李克农在幕后也扮演了重要角色。

西安事变前他是中共中央联络局局长,专门负责与张学良、杨虎城的秘密联络。1936年3月4日,在陕西洛川与张学良秘密会谈的中共代表,便是李克农。此后,4月9日,他又陪同周恩来前往肤施(延安),秘密会晤张学良。在西安事变发生时,他出任中共中央代表团秘书长……

20 世纪 40 年代，他是中共中央社会部部长，北平军事调处执行部中共代表团秘书长。

　　1951 年，他参加了朝鲜停战谈判。1954 年，他是出席日内瓦会议的中国政府代表团成员之一……

　　李克农可以说是一位无线电专家，早在 1929 年便打入上海无线电管理局，那时的局长就是徐恩曾。李克农凭借着他对于国民党无线电系统的经验，在破译密码专家的配合下，在潜伏台湾的中共特工帮助下，事先获知了蒋介石特务的绝密谋杀计划。正因为这样，"克什米尔公主号"刚一失事，北京就以极为肯定的语气，谴责这是美、蒋特务谋杀周恩来和中国代表团的阴谋。

　　后来的调查表明，李克农的情报完全正确：

　　5 月 26 日，印度尼西亚调查委员会指出，"克什米尔公主号"失事，是由于右翼尾轮升降道中的定时铒雷（炸弹）爆炸所造成的，否定了那是"普通事故"。

　　此后，又反复调查当时在香港机场曾经接近过"克什米尔公主号"的 27 人，细细"过筛"，查明定时炸弹是香港航空工程公司的雇员周驹所放。周驹是个化名，本名周梓铭。台湾特务机关花重金收买了周梓铭，让他把一枚带有钟表结构的定时炸弹悄然放上了"克什米尔公主号"。事发后，周梓铭逃往台湾……

　　这一重大事件发生在香港，当时英国政府不能不进行认真调查。

　　1956 年 1 月 11 日，英国外交部把关于"克什米尔公主号"飞机失事调查结果的声明，由英国驻北京代办欧念儒送交中华人民共和国外交部。声明说："克什米尔公主号"飞机被破坏事件，经英国政府调查，是蒋介石集团指挥他们在香港的特务机关在飞机右翼内部安置定时炸弹所造成的直接结果。

　　蒋介石集团特务策划"克什米尔公主号"事件，其原因在于亚非首脑会议把蒋介石集团排除在外。出席这一会议的有亚非 29 个国家，蒋介石被排除在外深感外交上的孤立。他想借谋杀周恩来，给北京以打击……

　　"克什米尔公主号"事件的策划者，乃台湾国民党保密局上校、侦防组组长谷正文。1995 年，台湾《中国时报》周刊第 171 期刊登了谷正文专访，谷正文首次公开承认

躲过"克什米尔公主号事件"劫难后的周恩来

"克什米尔公主号"事件是他主谋,目的是刺杀周恩来。2005 年,95 岁的谷正文口述了一本自传《白色恐怖秘密档案》,详细披露自己的特务生涯,其中披露了他策划"克什米尔公主号"事件的经过。说来也怪,谷正文这坏事做绝的家伙居然也长寿,直至 2007 年 1 月 25 日以 97 岁高龄病逝于台北"荣总"医院。

周恩来在万隆首次提出和平解决台湾问题

1955 年 4 月 16 日下午 6 时,当周恩来出现在雅加达玛腰兰机场时,机场上爆发了雷鸣般的掌声。

周恩来成了亚非政府首脑会议上的"明星"。这不仅仅在于几天前发生了惊心动魄的"克什米尔公主号"事件,而且还在于他第一流的外交才干,在于他所代表的中华人民共和国在亚非的重要地位。那时,亚非各国颇多分歧,周恩来鲜明地提出了"求同存异"的著名方针。

周恩来在当年漫长的国共谈判之中,在和蒋介石的一次次会谈之中磨炼了一身难得的谈判功夫。此刻,他作为中华人民共和国首席代表,在大会上发表了深得人心的演讲。

周恩来说,中国代表团是来求团结而不是来吵架的,中国代表团是来求同而不是来立异的。求同的基础,就是亚非绝大多数国家和人民自近代以来都曾经受过,并且现在仍在受殖民主义所造成的苦难和痛苦。从解除殖民主义痛苦和灾难中找到共同基础,我们就很容易互相了解和尊重,互相同情和支持,而不是互相疑虑和恐惧、互相排斥和对立。我们的会议应该求同存异。

周恩来的讲话,赢得一片赞同。这样,会议达成了关于国家之间和平相处的十项原则,史称"万隆精神"。

万隆会议是一次国际性会议,周恩来在会上却也谈起了国内问题,亦即台湾问题。

周恩来在万隆会议上发表讲话

周恩来说，对于台湾问题，也可以本着求同存异的精神去解决，我们愿意在可能的条件下争取用和平方式解决台湾问题。

周恩来说："中国人民同美国人民是友好的，中国人民不要同美国打仗。中国政府愿意同美国政府坐下来谈判，讨论和缓远东紧张局势的问题，特别是和缓台湾地区的紧张局势问题。"

美国注意到周恩来的这番话。不过，当时的美国政府和中华人民共和国之间没有外交关系，而英国与中华人民共和国有着外交关系，于是中美双方通过英国进行联络。在英国的联络下，1955年8月1日，中美双方选择了一个中性的地点（瑞士首都日内瓦），在那里举行中美两国大使级会谈。

中方首席代表为中华人民共和国驻波兰大使王炳南，美方首席代表为尤·阿·约翰逊。

王炳南参与策动过西安事变，在重庆谈判时，他担任毛泽东秘书。他在1955年4月，奉派为驻波兰大使。

经过中美双方的会谈，于1955年9月10日达成一份协议：

> 中华人民共和国（美利坚合众国）承认在中华人民共和国的美国人愿意返回美利坚合众国者（在美利坚合众国的中国人愿意返回中华人民共和国者）享有返回的权利，并宣布已经采取适当措施，使他们能够尽速行使其返回的权利。

日内瓦的会谈表明，自从朝鲜战争以来，北京和华盛顿之间对立的关系有了缓和。这理所当然对北京和台湾的关系产生了影响。

自从周恩来在万隆会议上第一次公开提出以和平方式解决台湾问题，当即引起世界各国的注意，人们猜测着北京究竟会以什么样的和平方式解决台湾问题。

其实早在1950年，毛泽东已经考虑了和平解决台湾问题。毛泽东遴选从事和平解决台湾问题的人物时，首先想及了那位号称"和平大使"的张治中。张治中确实是非常恰当的人选。他曾是国共谈判时的国民党首席代表，台湾有着他的众多的旧部好友，他和蒋介石也有着颇深的渊源，就连蒋介石下野之后，他还两度赴溪口聆教……

1950年，张治中任人民革命军事委员会委员兼国防研究小组组长、西北军政委员会副主席。3月11日，毛泽东致电张治中，全文如下：

张副主席文白先生：

寅微电悉，极感盛意。先生现正从事之工作极为重要，尚希刻意经营，借收成效。

毛泽东
寅真[1]

内中，"寅"为代月地支，亦即3月。"微""真"为代日韵目，分别为5日、11日。

毛泽东电报中提及的"先生现正从事之工作"，指经中共中央和毛泽东的批准，张治中在进行为争取和平解决台湾问题的工作。这在当时，是极为机密的。不过，那时国共大决战刚刚结束，尘埃尚未落地，海峡两岸的对立情绪还非常严重，张治中的和平使命难以实行。

当周恩来在万隆会议上首次披露了愿意和平解决台湾问题的意见之后，从上海来了一位毛遂自荐者，愿赴台湾去见蒋介石。此人名唤袁希洛。

袁希洛给中国民主建国会主任委员黄炎培写信，其中附了一封致毛泽东的信。黄炎培将信交中共中央统战部副部长徐冰（即邢西萍），请他转毛泽东。1955年8月17日，毛泽东作了如下批语：

刘、周、陈、邓、彭真、陈毅阅，退毛。

似可允其来京一行，并参加国庆观礼。此人是江苏教育会派要人之一，似可考虑给以某种名义。

毛泽东
8月17日[2]

"刘、周、陈、邓"，即刘少奇、周恩来、陈云、邓小平。

袁希洛其人，确实颇有点来历。他是辛亥革命时的同盟会会员，临时议会代表，1920年代曾任江苏启东县县长。

袁希洛到了北京，说是可以去见蒋介石。

为此，毛泽东于10月12日在袁希洛要求去见蒋介石的信上，作了如下批示：

---

[1]《建国以来毛泽东文稿》第1册，中央文献出版社1987年版，第271页。
[2]《建国以来毛泽东文稿》第5册，中央文献出版社1991年版，第306页。

刘、周、陈毅、彭真阅，退毛。

　　此人要求之（去）见蒋，我说须得台湾许可才能去，因此他写了一封信，似可听其去。此人书生气很重，人是好人。

毛泽东
10月12日

退徐冰处理。[1]

后来，此事不了了之。不过，袁希洛后来担任了上海市人民政府参事室参事、上海市文史研究馆馆员。

章士钊和程思远各负特殊使命

　　为了着手和平解决台湾问题，和平解放台湾委员会在北京成立。主任委员为张治中，秘书长为邵力子，他俩均为当年国民党谈判代表。委员之中，还有章士钊，亦为当年国民党谈判代表。1949年4月20日，国共谈判破裂，章士钊和张治中、邵力子一起留在北京。

　　章士钊跟毛泽东有着很深的友谊，早在1919年便结识了毛泽东。他是湖南长沙人，1917年任北京大学教授，1918年任广州军政府秘书长，南北议和时的南方代表。

　　毛泽东的岳父——杨开慧之父杨怀中——是章士钊的挚友。章士钊称毛泽东为"润公"。

　　1956年春日，章士钊接受了特殊使命，由他出面，把中共致蒋介石的一封信，托香港友人转往台湾。

　　这封信提出了解决台湾问题的四种方案，供蒋介石考虑：

　　一、除了外交统一中央外，其他台湾人事安排、军政大权，由蒋介石管理；

　　二、如台湾经济建设资金不足，中央政府可以拨款予以补助；

　　三、台湾社会改革从缓，待条件成熟，亦尊重蒋介石意见和台湾各界人民代表进行协商；

---

[1]《建国以来毛泽东文稿》第5册，中央文献出版社1991年版，第417页。

毛泽东与章士钊交谈

毛泽东会见李宗仁夫妇，左一为程思远

四、国共双方要保证不做破坏对方之事，以利两党重新合作。

中共的信末，还转达了蒋介石故乡的信息："奉化之墓庐依然，溪口之花草无恙。"

蒋介石收到了来自北京的信，并未马上表态。

虽说蒋介石默不出声，客居美国的一位国民党要员却公开表态了。此人便是李宗仁。

李宗仁仔仔细细研读了周恩来的万隆讲话，于1955年8月在美国发表了关于解决台湾问题的具体建议。

李宗仁说，他与蒋介石绝无个人恩怨。他曾一度期望蒋先生继承孙中山先生遗训，把台湾建成"三民主义实验区"。但是蒋先生自1949年到台以来，所作所为，无不与三民主义背道而驰。诸如凭借外方，孤芳自赏；钳制舆论，削除异己；独裁专制，尤有甚于大陆时代。且他侈言"反攻复国"，此实为不切实际的滥调，而长期分裂苟安，反陷其自身于日益不利的境地。

为此，李宗仁认为解决台湾问题，只有以下两条道路：

一、国共再度和谈，中国问题由中国人自谋解决，美国人不应插手。经过国共谈判，希望能为国家统一作出适当安排。

二、美国应正式声明，承认台湾是中国神圣领土的一部分，然后在美国撤走其第七舰队的同时，实行台湾地区非军事化。

1956年4月28日，李宗仁的政治秘书程思远应邀前来北京观光。5月12日，周恩来在中南海紫光阁接见了程思远。

据程思远回忆，周恩来十分赞赏李宗仁的建议，但有一点他不能同意。周恩来说："台湾不能像李先生所说的那样非军事化，祖国统一以后，台湾还需要那里的驻军维持地方治安嘛！"

周恩来还对程思远说了一番重要的话："我们主张爱国一家，和为贵，团结对外。我们欢迎李宗仁先生和所有在海外的国民党人士都回来看看，保证来去自由。"

周恩来的这番话，由程思远带给了李宗仁，使他动了回归之念。

1956年6月28日，周恩来在第一届全国人民代表大会第三次会议上，花了相当多的时间谈台湾问题。这一回，他把和平解决台湾问题，说得更为明白："我国政府曾经再三指出：中国人民解放台湾有两种可能的方式，即战争的方式和和平的方式；中国人民愿意在可能的条件下，争取用和平的方式解放台湾。"[1]

周恩来还说：

> 现在我代表政府正式表示：我们愿意同台湾当局协商和平解放台湾的具体步骤和条件，并且希望台湾当局在他们认为适当的时机，派遣代表到北京或者其他适当的地点，同我们开始这种商谈。[2]

曹聚仁为北京和蒋经国牵线

就在周恩来说了关于和平解决台湾问题那一番话之后，从香港又来了一位特殊人物。

他是以新加坡工商考察团随团特派记者的名义于1956年7月1日飞抵北京的，前往机场欢迎的是和平解放台湾委员会的秘书长邵力子，表明此人来历不凡。

他叫曹聚仁。他的女儿曹雷这么勾画他的形象："五短身材，操着一口浙江官话，嗓音也没什么特点，唱什么歌都像吟古诗那样哼哼，右脸颊上还因儿时患牙龈炎留下了一条深深的疤槽。"

曹聚仁是一位记者、作家、学者。他的一辈子，差不多都是在笔耕中度过。据云，他一生的著作，多达上千万字。

他是浙江浦江县蒋畈村（现属兰溪县）人氏。1916年他在浙江省立第一

---

[1]《中国共产党执政四十年》，中共党史资料出版社1989年版，第115页。
[2]《中国共产党执政四十年》，中共党史资料出版社1989年版，第115页。

师范读书时，担任学生自治会主席，陈望道是他的老师。1921 年，他来到上海，在爱国女中任教，同时为邵力子主编的《国民日报》副刊《觉悟》撰稿，得到邵力子的提携，所以他跟邵力子有着很久的友情。

此后，他担任过许多报纸的主编、记者，其中有几段经历是颇为重要的：

一是自 1933 年起他跟鲁迅有过许多交往；

二是在 1939 年春，曾在浙江金华中国旅行社采访过周恩来；

三是此后不久，蒋经国在赣南，邀他担任《正气日报》主笔、总编辑，跟蒋经国有过密切的交往。所以他后来写了《蒋经国论》一书，于 1971 年 9 月由香港创垦出版社出版。

曹聚仁其人，不满于国民党的腐败，曾在文章中写过"国民党不亡，是无天理"。

正因为这样，他不愿凭借他和蒋经国的关系去台湾。

曹聚仁其人，又感到中共不大适合于他那自由主义的"自我"。这样，他又不愿留居中国大陆，遂于 1950 年别妻离雏，移居香港，任《星岛日报》编辑。

1954 年，他脱离该报，为新加坡《南洋商报》撰稿。

他与邵力子有着通信。邵力子知道他与蒋经国有着深厚的友谊，便向周恩来建议请他来北京。周恩来认识他，便想通过他架起北京和蒋经国之间的桥梁。

正巧，新加坡工商考察团要访问北京，曹聚仁作为新加坡《南洋商报》的特派记者，随团来到了北京。他在北京受到了不平常的礼遇。

7 月 16 日晚，周恩来在颐和园宴请他，陈毅作陪。旧友重逢，分外欣喜。

作为记者，曹聚仁当然不会放过这么好的采访机会。

他直截了当地问周恩来："你许诺的'和平解放'的票面里面有多少实际价值？"

周恩来答道："'和平解放'的实际价值和票面完全相符。国民党和共产党合作过两次，第一次合作有国民革命军北伐的成功；第二次合作有抗战的胜利，这都是事实。为什么不可以有第三次合作呢？我们对台湾，决不是招降，而是要彼此商谈，只要政权统一，其他都可以坐下来共同商量安排的。"

曹聚仁

周恩来这一段话，首次提出了"国共第三次合作"。

听了周恩来的话，曹聚仁颇有感触地说道："国共合作，则和气致祥；国共分裂，则戾气致祸。"

曹聚仁用他的笔，向海外转达了周恩来发出的这一重要信息。他在8月14日《南洋商报》上，发表了《颐和园一夕谈——周恩来总理会见记》。海外报纸迅即纷纷转载此文。

由于周恩来的推荐，毛泽东也决定接见曹聚仁。

当时，中共八大刚刚结束，印度尼西亚总统苏加诺于9月30日访华，毛泽东于10月3日下午接见了曹聚仁。

关于毛泽东的谈话，曹聚仁不便马上加以报道。一年之后，他才在《北行小语》中加以透露。他写道：

> 因为毛氏懂得辩证法，世间的最强者正是最弱者。老子说："天下之至柔，驰骋天下之至坚。天下莫柔于水，至坚强者莫之能胜。"从这一角度看去，毛泽东是从蔑视蒋介石的角度转而走向容忍的路的。他们可以容许蒋介石存在，而且也承认蒋介石在现代中国上有他那一段不可磨灭的功绩的。在党的仇恨情绪尚未完全消逝的今日，毛氏已经冷静下来，准备和自己的政敌握手，这是中国历史又一重大转变呢。

曹聚仁回到香港，报界对曹聚仁北京之行猜测纷纷。也难怪，作为新加坡工商考察团的随团特派记者，在北京竟然会受到毛泽东、周恩来的亲切接见，人们怎不把他视为负有特殊使命的人物？

面对众说纷纭，曹聚仁笑着只说了一句话："诚所谓假作真时真亦假，无为有处有还无。"

对于曹聚仁，陈毅的印象是："此公好作怪论，但可喜。"

周恩来则说他："终究是一个书生，把政治问题看得太简单了。他想到台湾去说服蒋经国易帜，这不是自视过高了吗？"

蒋介石派出宋宜山密访北京

在1956年，北京对台湾发起了一阵阵和平攻势，蒋介石终于在1957年初作出表态了。

那时海峡两岸对立，香港成了"中转站"。毛泽东的和平攻势通过香港传往台湾，蒋介石的反应，也通过香港传过来。

那信息是从蒋介石会晤许孝炎时透露出来的。许孝炎来自香港，他是国民党派往香港负责文宣工作，并主持《香港时报》的。《香港时报》是国民党在香港的机关报。

蒋介石对许孝炎说了这么一番颇为重要的话："基于'知己知彼，百战不殆'的原则，针对中共发动的和平统一攻势，决定派人到北京一行，实际了解一下中共的真实意图。至于人选，不拟自台湾派出，而在海外选择。"

遵照蒋介石的意思，许孝炎提出了在海外的三个人供蒋介石选用：曾经担任过"立法院长"的童冠贤，担任过"立法院"秘书长的陈克文，担任台湾"立法委员"的宋宜山。

蒋介石认为三人均可，请许孝炎征求他们本人的意见，然后从三人中择一前往北京。

许孝炎回到香港，经征求意见，童冠贤摇头，陈克文和宋宜山点头。

经过比较，蒋介石最后选中了宋宜山。蒋介石为什么选中宋宜山呢？这有两方面的原因：

第一，宋宜山长期在国民党中央党部工作，担任过国民党中央组织部人事处处长这一机要职务，蒋介石信得过；

第二，宋宜山的胞弟乃宋希濂，国民党中将，正关押于北京功德林战犯管理所。

宋宜山以探亲名义前往北京，"名正言顺"，不大会引人注意。

宋希濂，湖南湘乡人氏。1924年，宋希濂进入黄埔军校一期，成为蒋介石的学生。1933年，他担任国民党第三十六师师长，参加过对红军的"围剿"。1937年，宋希濂任西安警备司令，此后，历任第七十一军军长、中国远征军第十一集团军总司令、新疆警备司令、华中"剿匪"司令。

1949年初，西南吃紧，蒋介石调宋希濂出任川湘鄂绥靖专署主任，兼第十四兵团司令。

蒋介石兵败如山倒。1949年11月，宋希濂手下尚有数万兵马，在荒乱中节节败退，宋希濂本人于11月19日被俘于大渡河北岸一座小庙之中。

宋希濂被俘后的一幕，颇为有趣。一位首长模样的解放军来看他，他称之"军长"，对方摇头；呼之"师长"，也摇头。原来，那人叫阴法唐，是一个团长，令宋希濂大吃一惊！

因为在他的心目中，解放军的追兵起码是几个军。当时的情景如下：

阴团长见宋希濂这般误会疑虑，连忙摇头笑着说："我不是军长，也不是师长。我是第五十二师第一一五团的团长。沿大渡河在后面追击的先头部队只有我这一个团，确切地说，只有八百人的兵力，仅相当于一个加强营。"

宋希濂一听说，在后面追击他的只是一个团，而且只有八百人的兵力，便"唉"地长叹了一声，懊悔地坐在椅子上，喃喃自语："我总以为在后面追击我的有几个军，有情报说是九个军。早知如此，就是有三个团、五个团，我也有力量……"

这回轮到宋希濂大叫"亏得冤枉"了。[1]

从此，宋希濂成了阶下囚，他先是被关在重庆的白公馆，跟当年的四川省主席王陵基等关在一起。王陵基笑称在白公馆过着"四望"生活："夜里望天亮，早上望吃饭，中午望晚饭，晚上望睡觉。"宋希濂那时成天价和他的黄埔军校一期同学钟彬下象棋。

后来，宋希濂被押往北京功德林战犯管理所，跟被俘的国民党要员们关押在一起。

功德林战犯管理所，其实是人们叫惯了的俗称，只是由于附近有一所名叫"功德林"的庙宇罢了。那里的前身，是京师第二模范监狱，位于北京德胜门外，内有350多间监房，可容1000多名犯人。

1957年4月，宋宜山从香港来到了北京。他是为了到功德林探望弟弟宋希濂而来的，所以并不怎么引人注目。他一到，一位名叫唐生明的人便与他联络。

唐生明乃国民党名将唐生智之弟。唐生智是湖南东安人，担任过国民党湖南省政府主席、第四集团军总司令、南京卫戍司令。他跟宋希濂不同，在1949年8月，通电起义，投向中共。所以他与"功德林"无缘，而是担任湖南省人民政府副主席。

在唐生明的安排下，宋宜山到北京的第三天，周恩来便接见并宴请他。这表明了中共对于蒋介石来使的重视。周恩来向宋宜山面谈了和平解决台湾问题的有关原则。周恩来说，具体问题将由中共统战部部长李维汉与他会谈。

也真巧，李维汉是湖南长沙人。这样，宋宜山、唐生明、李维汉，三个湖南老乡聚在一起。

---

[1] 陈宇：《宋希濂怎样兵败被俘》，台湾《传记文学》1993年第5期。

1950年代，蒋介石与宋美龄在台湾合影

在会谈中，李维汉向宋宜山阐述了中共关于台湾问题的四项原则：

一、两党通过对等谈判，实现和平统一；

二、台湾为中国政府统辖下的自治区，实行高度自治；

三、台湾地区的政务仍归蒋介石领导，中共不派人前往干预，而国民党可派人到北京参加对全国政务的领导；

四、美国军事力量撤离台湾海峡，不容许外国干涉中国内政。

这四项原则，实际上也就是邓小平后来提出的"一国两制"的设想。

在会谈之余，宋宜山到"功德林"看望了弟弟宋希濂，也在北京进行了参观访问。

5月，宋宜山回到了香港，向许孝炎作了汇报。许孝炎嘱他写成书面报告，以便转呈蒋介石。

宋宜山在报告中写了与周恩来、李维汉会晤的情形，也写了北京欣欣向荣的景象。

蒋介石阅罢，大为不悦。蒋介石对许孝炎说，今后宋宜山不必再回台湾了！

此后，1959年12月，宋希濂获特赦出狱，1980年赴美。他在言词之中，对中共颇多赞语。1984年4月4日，台湾《中央日报》斥之为"中共鹰犬"。而同年6月，台湾政论家李豪发表长文，题为《鹰犬将军》，为之申辩。宋希濂晚年从事写作长篇自传，耐人寻味的是，该书出版时，他竟用《鹰犬将军》作为书名。他认为这是一个极好的书名，坦然道："若不是别人奉送，自己再冥思苦想也是想不出来的。"1993年初，宋希濂病逝于美国。

宋希濂的胞兄宋宜山，则因1972年出席在香港举行的章士钊追悼会，被蒋介石以"附共"之名撤销了"立法委员"职务。

第十二章
未完的棋

◎ 光阴荏苒，岁月飞逝，国共双方的旗手都垂垂老矣。毛泽东和蒋介石不约而同都在考虑一个问题：由谁接班？由谁继承？

万炮齐轰金门震惊了世界

1958年8月23日中午12时整,全世界被金门岛上震耳欲聋的爆炸声所震惊。

这天的炮击共分为三个波次,第一波作战暗语"台风",第二波作战暗语"暴雨",第三波是一次短促的急袭。如同疾风暴雨,在短短的85分钟内,仅前两个波次,中国人民解放军就发射了近3万发的炮弹,大约六百吨钢铁落在金门的预定目标区上面。

岛上的蒋介石部队,毫无思想准备。倾盆而下的炮弹,一下子使驻守金门的蒋军三位副司令赵家骧、章杰、吉星文丧生。正在金门视察的国民党"国防部部长"俞大维受伤,国民党第十二兵团司令长官、金马防区上将总指挥胡琏和美国军事总顾问,差一点被炸死。蒋军伤亡达六百多人……

据当时小金门的驻军长官郝柏村告诉笔者:"我的指挥所是在山洞里。我正从指挥所走向外面的厕所。我刚刚上厕所,回来,进了指挥所的门,一发炮弹把厕所打掉了,我几乎被打倒,却没有受伤……本人以分秒之差,免于被直接命中。"[1]

这阵突如其来的猛烈炮击,使海峡两岸形势骤然紧张,自1956年以来的和平景象消失了。

蒋介石接到金门告急电报,大吃一惊,以为毛泽东下令攻占金门岛,甚至以为这是进攻台湾的信号弹。

万炮齐轰金门岛,这命令确实是毛泽东亲自下达的。

对于中共来说,金门有着难忘的一箭之仇……

那是1949年10月17日,中国人民解放军第三野战军第十兵团经过两天两夜的激烈战斗,终于歼灭了汤恩伯所率的蒋军2.7万人,占领了厦门。他们马不停蹄,在18日便下达了进攻大小金门岛的作战部署命令。

---

[1] 2011年10月24日,本书作者在台北采访国民党前"行政院"院长郝柏村。

金门岛位于厦门东北,离大陆最近处只有 5 海里。金门岛分大金门岛和小金门岛,大金门岛为 124 平方公里,小金门岛则只有 15 平方公里。

毛泽东于 10 月 25 日以军委名义,给第十兵团下达如下命令:

华东局并告华南局:

> 同意 10 月 22 日 23 时电所提第十兵团解除出击潮汕的任务,以便于攻克金门后迅速部署福建全省的剿匪工作。
>
> 军委
> 10 月 25 日

第十兵团司令员为 34 岁的叶飞。他原名叶启亨,福建南安县人。他对于厦门人熟地熟,因为他当年和二哥叶启存是在厦门中山中学读书的。1928 年,他在厦门加入共产主义青年团,在项英的领导下于厦门从事地下工作,一度被捕。1931 年他离开了厦门,翌年加入中共,尔后成为中国工农红军闽东独立师师长。后来,他成为新四军第一师副师长。

中国人民解放军第三野战军第十兵团,实际上就是由原先的新四军演变过来的。叶飞部队在山东孟良崮曾大胜国民党王牌第七十四师张灵甫,又率部从上海打到福州又打到厦门。重回当年走上红色之路的地方,叶飞心情是非常激动的⋯⋯

镇守金门的汤恩伯获知中共部队集结,欲攻金门,急忙于 10 月 20 日电告蒋介石,声称"金门即将不守"。

蒋介石得知,立即回电:"金门不能丢,必须就地督战,负责尽职。"

蒋介石急调胡琏兵团增援金门。

叶飞得知胡琏兵团从台湾向金门增援,决定抢在胡琏兵团到达之前攻下金门。

进攻金门,是在 10 月 24 日晚 7 时开始的。第十兵团下辖的第二十八军第一梯队登船,向金门岛扑去,于 25 日凌晨 2 时登陆。按照计划,第一梯队登陆后,船队

1958 年,解放军炮击下的金门机场

要马上返航，以便运送第二梯队上岛。意想不到，当时正是涨潮最高峰，国民党军队在海滩所布下的障碍物被潮水所淹没，许多船冲到了障碍物之上。潮水稍退，船队受阻于障碍物，无法动弹了。于是后续部队难以继续登陆，而已经登陆的第一梯队成了一支孤军。

蒋介石命令汤恩伯部队猛烈反击，胡琏兵团又赶到金门，投入了战斗……

毛泽东于10月29日发出电报给"各野战军前委、各大军区"，通报了金门之战失利的情况，要求各军从中汲取教训。

毛泽东的电报如下：

各野战军前委、各大军区：

据第三野战军粟裕袁仲贤周骏鸣三同志10月28日致第十兵团叶陈及福建省委电称，"10月27日8时电悉。你们以三个团登陆金门岛，与敌三个军激战两昼夜，后援不继，致全部壮烈牺牲，甚为痛惜。查此次损失，为解放战争以来之最大者。其主要原因为轻敌与急躁所致。当你们前次部署攻击厦门之时，拟以一个师攻占金门，即为轻敌与急躁表现。当时，我们曾电你们，应先集中力量，攻占厦门，而后再转移兵力攻占金门，不可分散力量。但未引起你们深刻注意，致有此失。除希将此次经验教训深加检讨外，仍希鼓励士气，继续努力，充分准备，周密部署，须有绝对把握时，再次发起攻击。并请福建省委，用大力为该军解决船只及其他战勤问题。至失散人员，仍望设法继续收容"等语，特为转达，请即转告各兵团及各军负责同志，引起严重注意。当此整个解放战争结束之期已不再远的时候，各级领导干部中主要是军以上领导干部中容易发生轻敌思想及急躁情绪，必须以金门岛事件引为深戒。对于尚在作战的兵团进行教育，务必力戒轻敌急躁，稳步地有计划地歼灭残敌，解放全国，是为至要。

金门一仗，中共付出了沉重的代价，登岛的部队三个多团，9086人，大部分战死，一部分被俘，成为自1946年6月国共决战爆发以来，中国人民解放军最重大的一次败仗。

国民党虽说保住了金门岛，但也付出了伤亡9000多人的代价。

叶飞沉重地总结金门之败，说道："指挥员尤其是我的轻敌，是金门失利的最根本的原因。"

对于金门之败，叶飞曾请求处分。毛泽东说："金门失利，不是处分的问题，而是接受教训的问题。"

好在毛泽东还要打金门，叶飞要"戴罪立功"。

1950 年，毛泽东在中国人民解放军第三野战军副司令员粟裕的作战计划上作了如下批语：

粟裕同志：
　　先打定海、再打金门的方针应加确定，待定海攻克后拨船拨兵去福建打金门。是否如此，请考虑告我。

毛泽东
3 月 28 日 [1]

毛泽东确定了"先打定海、后打金门"的方针，是考虑到定海易打、金门难啃，来了个先易后难。然而，突然爆发的朝鲜战争，打乱了毛泽东的计划。这样，打金门的计划就搁置下来。

不过，1953 年 7 月 16 日，叶飞有了一次和胡琏交手的机会：胡琏率部袭击福建东山岛，叶飞予以还击，打了大胜仗，歼敌 1.3 万人，正好和金门之败倒了个个儿……

金门成了毛泽东和蒋介石争斗的焦点

在朝鲜战争结束，1955 年 1 月打下一江山岛、大陈岛之后，金门成了中国大陆沿海唯一被蒋介石部队占领的岛屿。金门这横卧在厦门跟前的小小的岛屿变得十分显眼。

蒋介石和毛泽东都十分看重金门。

蒋介石看重金门，是不言而喻的。蒋介石说："今日东南亚的金门，可比今日欧洲的西柏林及第二次世界大战期间的马尔达岛，这是一座反共堡垒。"

蒋介石还这样形容金门的战略地位："金门是反攻大陆的桥头堡。如果金门失守，马祖亦势必难保，直接影响台湾的安全。"

毛泽东呢？他最初是要攻取金门的，当年惨烈的金门之战，便是明证。

可是，后来，当中共的海军、空军变得颇为强大，完全可以攻克那近在眼前的金门时，毛泽东却不去部署攻取金门。

---

[1]《建国以来毛泽东文稿》第 1 册，中央文献出版社 1987 年版，第 282 页。

这是为什么呢？毛泽东以战略的眼光，看待这一步棋。毛泽东曾作过这样的分析，认为还是把金门留给蒋介石为好：

第一，蒋介石要把金门作为"反攻大陆"的桥头堡，势必要在金门驻扎大批的部队，一年到头，要从台湾运送大批的物资，这等于给蒋介石背上一个沉重的包袱；

第二，更为重要的是，一旦占领了金门，也就使大陆跟台湾"一刀两断"。隔着海峡，变得鞭长莫及。留个金门在跟前，蒋介石表现不好时，用大炮轰一阵，惩罚他一下。

于是，金门炮战，便成了海峡两岸关系的晴雨表。

1954年9月3日，叶飞曾奉毛泽东之令对金门猛烈炮击。那是因为蒋介石准备与美国签订《共同防御条约》，毛泽东要给蒋介石一点颜色看，那炮弹成了献给《共同防御条约》的"礼物"。

1954年9月9日，叶飞又奉毛泽东之命猛轰金门。那是因为在这一天，美国国务卿杜勒斯抵达台北，作为时五小时的访问。毛泽东这一回，要给蒋介石和他的美国客人一点颜色看。

此后，凡是海峡两岸关系一紧张，金门一带就响起了炮声：要么是蒋介石打过来，要么是毛泽东打过去。

自从1956年4月，周恩来在万隆会议上首次提出和平解决台湾问题，大陆的大炮就不大"开口"了，以表示一种和平的姿态。

蒋介石呢？也曾一度表示和平的姿态，金门的大炮一度沉默。

1957年4月16日，苏联最高苏维埃主席团主席伏罗希洛夫访问北京，毛泽东发出了关于台湾问题的重要信号。

那时，曾任国民党"行政院"院长的翁文灏已于1951年1月回到大陆，曾任东北"剿总"司令的卫立煌则于1955年3月15日回到大陆。伏罗希洛夫来到北京，周恩来举行盛大国宴欢迎，卫立煌也在座。周恩来在向伏罗希洛夫介绍卫立煌时，说及"国共两党过去已经合作过两次"，毛泽东当即接着说了一句："我们还准备进行第三次合作。"

毛泽东的这句话，引起各方注意。翌日，《人民日报》不寻常地立即在头版报道毛泽东这句话，而且加上了醒目标题："毛主席说：我们还准备进行第三次国共合作。"

在这种气氛之下，毛泽东许久不曾下令炮击金门。

1957年10月，在台北召开的国民党"八全"大会，提高了反共的调门。那是因为1956年秋在东欧发生了匈牙利事件、波兰事件，赫鲁晓夫又在苏共二十大激烈抨击斯大林，世界红色阵营产生动荡，毛泽东和赫鲁晓夫之间产生公开分歧。蒋介石以为，已是"反攻复国之最有利的形势"。这样，他在"八全"大会上，提出了"反攻复国"的政治纲领。

蒋介石连任国民党总裁，他提出"本党设副总裁案"，陈诚当选为副总裁。

针对新的形势，毛泽东写出了《关于正确处理人民内部矛盾的问题》，蒋介石则写出20多万字的《苏俄在中国》。

蒋介石在毛泽东发出"我们还准备第三次国共合作"的信号之后，依然故我，依然在那里鼓吹"反攻大陆"，依然把"反攻复国"定为政治纲领，这使毛泽东颇为恼火。毛泽东决计要揍蒋介石一顿——这成了导致"八二三"炮轰金门的潜因。

叶飞透露了炮击金门的内情

1958年8月20日，叶飞忽接北京电话，要他即飞北戴河。那时，中共中央政治局扩大会议正在北戴河举行。叶飞知道，要他急飞北戴河，事关重大。

据叶飞回忆，由于半途遇雷雨，他不得不在开封降落、过夜，于21日中午才飞抵北戴河。下午3时，毛泽东便在住处接见了叶飞，彭德怀、林彪也在那里。毛泽东紧急召见叶飞，便是为了炮击金门。

叶飞后来在回忆录《征战纪事》中，这么写及毛泽东决定炮轰金门的原因：

> 毛主席选择这个时机大规模炮击金门，摆出我军要解放金门以至台湾的姿态，一是警告蒋介石，二是同美帝国主义进行较量，把美国的注意力吸引到远东来，以调动当时正在侵略中东的美国第六舰队，支援中东人民的斗争。[1]

其中关于"支援中东人民的斗争"，毛泽东一个月前——7月18日——在中央军委会议上，曾这样谈及：

> 美军在黎巴嫩、英军在约旦登陆，企图镇压黎、约两国人民及中东人民的反侵略斗争和民族解放运动，为了支持阿拉伯人民的反侵略斗争，游

---

[1] 叶飞：《征战纪事》，上海文艺出版社1988年版。

行示威是一个方面,是道义的支援,还要有实际行动的支援。选择哪个方向进行实际行动的支援呢?只有选择金门马祖地区,主要是打蒋介石。金门、马祖是我国领土,打金门、马祖是我国内政,敌人找不到借口,而对美帝国主义有牵制作用。

由于多日未曾炮击金门,所以金门岛上的国民党官兵猝不及防。据云,第一阵炮弹落下时,差一点炸死蒋经国的儿女亲家、"国民政府国防部"部长俞大维以及叶飞的老对手胡琏。

"八二三"炮击,导致国共双方陆海空开战:陆军互相炮击,海军、空军直接交战。

叶飞

这样的战争,持续了四十多天,使台湾海峡陷入一片紧张之中。蒋介石以为毛泽东要占金门,并准备进攻台湾。

毛泽东呢,在金门硝烟弥漫之际,他倒潇潇洒洒地在写文告,一连写了五篇之多。这些文告,在当时都是以"中华人民共和国国防部部长彭德怀"名义发表的。这些文告写得泼辣、调侃,一派毛氏风格。当时,大陆的语言学家朱德熙便发表了《评国防部文告的风格》一文,分析了那与众不同的国防部文告的语言特色:

> 一般政府文告的特点是态度严肃,语气庄重。国防部几个文告不仅做到了这一点,同时进一步吸取了散文中生动、活泼的笔调。一方面庄重严肃,气势磅礴,另一方面,娓娓而谈,又让听话的人感到亲切。

虽说在当时便有很多人猜测是毛泽东写的——毛泽东和蒋介石不同,蒋介石的文告要别人为之捉刀,而毛泽东不仅自己的文告自己写,还常常替别人捉刀!例如,当年毛泽东曾以朱德名义发表过不少文告;如今,当然完全可能以彭德怀的名义发表这些文告。后来这些文告被收入1981年出版的《毛泽东军事文选》,证实了当年人们的猜测。

说实在的,如果对《毛泽东选集》作个统计,在前四卷(1926年3月至1949年9月),出现频率最高的名词要算是"蒋介石"了;可是,在1949年10月起的毛泽东著作中,"蒋介石"出现的频率大大降低,表明毛泽东的主要精力用于治理大陆内政，偏居于海岛一隅的蒋介石，不再是他的议事日程上的主题。在炮轰金门的那些日子里，毛泽东连续写下了一系列文告，表明了他对老对手蒋介石的新看法……

曹聚仁在紧张时刻出现在北京

　　毛泽东所写的第一篇文告，曰《告台湾同胞书》，于1958年10月6日以彭德怀的名义发布。

　　毛泽东在文告中说明了炮打金门的原因，他写道：

　　　　我们都是中国人。三十六计，和为上计。金门战斗，属于惩罚性质。你们的领导者们过去长时间太猖狂了，命令飞机向大陆乱钻，远及云、贵、川、康、青海，发传单，丢特务，炸福州，扰江浙。是可忍，孰不可忍？因此打一些炮，引起你们注意。台、澎、金、马是中国领土，这一点你们是同意的，见之于你们领导人的文告，确实不是美国人的领土。台、澎、金、马是中国的一部分，不是另一个国家。世界上只有一个中国，没有两个中国。这一点，也是你们同意的，见之于你们领导人的文告。你们领导人与美国人订立军事协定，是片面的，我们不承认，应予废除。美国人总有一天肯定要抛弃你们的。

　　毛泽东所说的"你们领导人"，不言而喻，指的是蒋介石。尽管毛泽东和蒋介石乃敌对的双方，但如毛泽东所言，双方都一致承认："世界上只有一个中国，没有两个中国。"

　　毛泽东又一次申明了和谈之意：

　　　　你们和我们之间的战争，三十年了，尚未结束，这是不好的。建议举行谈判，实行和平解决。这一点，周恩来总理在几年前已经告诉你们了。这是中国内部贵我两方有关的问题，不是中美两国有关的问题……

　　　　中华人民共和国与美国之间并无战争，无所谓停火。无火而谈停火，岂非笑话？

　　　　台湾的朋友们，我们之间是有战火的，应当停止，并予熄灭。这就需要谈判。当然，打三十年，也不是什么了不起的大事，但是究竟以早日和平解决较为妥善。何去何从，请你们酌定。

值得注意的是，就在毛泽东的《告台湾同胞书》发表的前1日，即10月5日，那家与曹聚仁有着密切关系的《南洋商报》，以消息极为灵通的姿态，发表独家重要新闻。此新闻署"本报驻香港记者郭宗羲3日专讯"，其中称：

毛泽东以彭德怀元帅名义发布《告台湾同胞书》

据此间第三方面最高人士透露，最近已有迹象，显示国共双方将恢复过去边打边谈的局面。据云：在最近一周内已获致一项默契，中共方面已同意从10月6日起，为期约一星期，停止炮击、轰炸、拦截台湾运送补给在金门、马祖的一切船只，默契是这些船只不由美舰护航。

毛泽东的《告台湾同胞书》中的一段话，表明《南洋商报》的消息完全准确。毛泽东宣告：

为了人道主义，我已命令福建前线，从10月6日起，暂以七天为期，停止炮击，你们可以充分地自由地输送供应品，但以没有美国人护航为条件。如有护航，不在此例。

一家远在新加坡的民间报纸，能够如此准确事先披露北京高层的重要动向，足以表明此报有人"通天"，表明曹聚仁非同一般的背景。

果真，在炮击金门的紧张时刻，曹聚仁来到了北京。曹聚仁带来了海峡彼岸的信息。

毛泽东于1958年10月1日，致函周恩来，这样谈及曹聚仁："曹聚仁到，冷他几天，不要立即谈。我是否见他，待酌。"

显然，对于曹聚仁此次来京，毛泽东故意"冷"了他一下，与上一回全然不同。那一次，毛泽东原本是要出席欢迎印度尼西亚总统苏加诺的大会，却未赴会，抽出时间会晤曹聚仁。

毛泽东"冷"落曹聚仁，其实是做给蒋介石看的。

毛泽东不理会曹聚仁，却在此后所写的《再告台湾同胞书》稿中，忽地提及了新加坡的《南洋商报》：

> 好几个星期以前，我们的方针就告诉你们的领导人了，七天为期，6日开始。你们看见10月5日的《南洋商报》了吗？行人有新闻观点，早一天露出去，那也没有什么要紧。政策早定，坚决实行，有什么诡计，有什么大打呢？

在一份政府文告中，如此显眼地提到海外一家并不很有影响的报纸，是不寻常的。

这份《再告台湾同胞书》原定10月13日发表，毛泽东临时改变了主意，不发表了。其中的原因，据云是由于有一段文字写及台湾那位孙立人将军，称之"美国走狗"，而台湾国民党军"陆军总司令"兼"保安司令"孙立人因"阴谋叛乱罪"被蒋介石于1955年8月撤职，后遭软禁。

毛泽东在这篇未发表的文告中，还曾算了一笔国共历史之账：

> 让我们算一下账吧。我们和你们历史上有过两次和谈。一次，1945年，各党派开政治协商会议，地点重庆，通过了一个全民团结共同建国的协定。是谁撕毁这个协定的呢？国民党。又一次，1949年，两党代表团聚于北京，议定了四十八条和平协定，双方全权代表签字同意。是谁不愿意批准这个协定宁愿继续打下去的呢？国民党。由此看来，你们经验虽多，不会总结。你们不自反省，反而归结为共产党不可信任。颠倒是非，一至于此！

戏剧性的炮击金门

炮击金门，是世界战争史上罕见的战例。万炮齐鸣，不是为了去占领金门，而只是为了示威，停停打打，打打停停，没完没了。除了8月23日那天的炮轰是突然袭击之外，此后的炮击竟事先通知！打了一阵了，考虑到金门给养发生困难，那就"高抬贵手"几天，等给养运上来了再打……天底下，哪有这等打法？

10月13日那天，毛泽东没有发表写好的《再告台湾同胞书》，另外发表

炮轰金门时的蒋经国

了由他起草的《中华人民共和国国防部命令》。在这份命令中，毛泽东便宣布：

> 金门炮击，从本日起，再停两星期，借以观察敌方动态，并使金门军民同胞得到充分补给，包括粮食和军事装备在内，以利他们固守。兵不厌诈，这不是诈。

毛泽东还指出：

> 在台湾国民党没有同我们举行和平谈判并且获得合理解决以前，内战依然存在。

> 台湾的发言人说：停停打打，打打停停，不过是共产党的一条诡计。停停打打，确是如此，但非诡计。你们不要和谈，打是免不了的。在你们采取现在这种顽固态度期间，我们是有自由权的，要打就打，要停就停。

毛泽东在10月25日，发表了《中华人民共和国国防部再告台湾同胞书》。这一文告，并非上次未发表的《再告台湾同胞书》，是毛泽东另写的一篇新文告。

这一回，毛泽东以彭德怀名义发出新的命令：

> 我已命令福建前线，逢双日不打金门的飞机场、料罗湾的码头、海滩和船只，使大金门、小金门、大担、二担大小岛屿上的军民同胞都得到充分的供应，包括粮食、蔬菜、食油、燃料和军事装备在内，以利你们长期固守。如有不足，只要你们开口，我们可以供应。化敌为友，此其时矣。逢单日，你们的船只、飞机不要来。逢单日我们也不一定打炮，但是你们不要来，以免受到可能的损失。

天底下会有这样的战争，堪称史无前例。

毛泽东还以张学良之父张作霖为例，警告蒋介石：

>你们知道张作霖将军是怎样死去的吗？东北有一个皇姑屯，他就是在那里被人治死的。世界上的帝国主义分子都没有良心。美帝国主义者尤为凶恶，至少不下于治死张作霖的日本人。同胞们，我劝你们当心一点儿。我劝你们不要过于依人篱下，让人家把一切权柄都拿了去。

在10月31日，毛泽东在给周恩来等的信中，对于炮击金门又作了新的规定：

>应将逢双日不打的地方加以推广，就是说，逢双日一律不打炮，使蒋军可以出来活动，晒晒太阳，以利持久。只在单日略为打一点炮。由内部通知福建实行，暂不再发声明。

11月3日，是单日，毛泽东忽然下令大打，猛轰金门。毛泽东于11月2日上午5时在郑州下达如下命令：

>建议明日（逢单）大打一天，打一万发以上，对一切军事目标都打，以影响美国选举，争取民主党获胜，挫败共和党。

也真有趣，蒋介石则希望共和党取胜，民主党失败。

炮击金门，就这样戏剧性地持续下去，停停打打，打打停停，半停半打，半打半停。

每逢节日，诸如春节，则以国防部部长的名义发表公告，声明节日期间停止炮击，以便金门军民和大陆同胞共度节日。只是从1959年9月17日起，国防部文告是以新部长林彪名义发布的。

1960年6月17日和19日，毛泽东下令大打金门，其中的原因是美国共和党总统艾森豪威尔在那几天访问台湾。

顺便提一句，艾森豪威尔自1952年11月4日首次当选美国总统，1953年1月20日出任美国第34任总统；又于1956年11月6日再次当选总统，1957年1月20日连任，1961年1月20日卸任。

尽管毛泽东只是炮击金门，并不准备攻占金门，蒋介石也知道毛泽东的用意，反而把调子唱得更高了。按照蒋介石的习惯，每年的"双十节"、元旦和青年节，他都要发表文告。这些文告都是经蒋介石反复修改后发表的，据云有的改了十次之多。在这些文告中，蒋介石反复强调"誓死坚守金门"，"金、马、

解released军炮击金门场景

台、澎为亚洲反共阵营之中流砥柱"，"金门为坚不可摧的反共前哨"。

蒋介石还一次次组织人马，前往金门视察、劳军，声称金门的一寸土地也不能送给中共。其中，光是蒋经国到金门便达123次之多……

自1962年起，台湾"行政院新闻局"逐年为台湾影片和影艺人颁发"金马奖"。

"金马奖"以金质战马奖杯为奖品，取义是双关的：既是"如金之真纯，如马之奔腾"，又是金门岛和马祖岛的象征。以金门、马祖命名"金马奖"，据云是为了褒扬"英勇的抗击精神"。

戏剧性的炮击金门，从1958年一直延伸到1979年元旦，才由中华人民共和国国防部部长徐向前发表文告，宣布结束炮击金门。徐向前的文告说：

> 为了方便台、澎、金、马的军民同胞来往大陆省亲会友、参观访问和在台湾海峡航行、生产等活动，我已命令福建前线部队，从今日起停止对大金门、小金门、大担、二担等岛屿的炮击。

如今，当笔者前往厦门采访，厦门前线却已成了旅游"热点"——人们争着在那里用望远镜一睹金门风光，所见对岸，一片和平景象，国民党士兵毫无顾忌来来往往，与当年炮击金门别若天渊……

笔者还曾从台北飞往金门，自由自在地作"自由行"。金门与厦门之间的"小三通"，已经非常"热络"了。

2010年9月21日，郝柏村重返金门，以贵宾身份出席纪念"金门协议"二十周年活动。"金门协议"是海峡两岸红十字组织代表韩长林、陈长文等于1990年9月中旬在金门就双方海上遣返事宜举行的工作商谈，是1949年以来海峡两岸分别授权的民间团体签订的第一个书面协议，是海峡两岸和解的先声。当时，正是郝柏村主持台湾"行政院"的时候。

郝柏村在"金门协议"二十周年纪念会上不胜感慨，他回顾1949年以来的两岸关系时，坦诚地说，"前三十年，我也是战场的打手"。此言一出，在场人士发出一阵笑声。

郝柏村说，后三十年两岸实现停火，他也是缔造两岸和平、务实交流的参与者之一。他认为，历史的潮流，已经到了中国人必须终结打中国人的时代，只有终结中国人打中国人，整个中华民族才有光明远大的前途。

毛泽东的经济政策失误使蒋介石幸灾乐祸

蒋介石自从退到台湾之日起，便念念不忘"反攻大陆"。早在1950年6月，蒋介石就已提出这样的战略性口号："一年准备，两年反攻，三年扫荡，五年完成。"

一年过去了，两年过去了，三年、五年过去了，蒋介石年年在号召"反攻大陆"，年年成了一句空话。

不过，细细探究，倒也可以从中发现规律：每当国际形势发生不利于毛泽东的变化时，或者由于毛泽东的政策失误使大陆发生困难时，蒋介石的"反攻大陆"的调子就提高了。其中，到大陆的"三年自然灾害"期间，达到了高潮。

所谓"三年自然灾害"，一般泛指1960年至1962年那段困难时期。虽然名为"自然灾害"，其实是三分天灾、七分人祸。

毛泽东早在1949年3月5日于中共七届二中全会上所作的报告，便已说过：

> 我们很快就要在全国胜利了……夺取这个胜利，已经是不要很久的时间和不要花费很大的气力了；巩固这个胜利，则是需要很久的时间和要花费很大的气力的事情。

毛泽东在1949年6月30日发表的《论人民民主专政》一文中，也这么说过：

> 严重的经济建设任务摆在我们面前。我们熟悉的东西有些快要闲起来了，我们不熟习的东西正在强迫我们去做。这就是困难。帝国主义算定我们办不好经济，他们站在一旁看，等待着我们的失败。

1961年，毛泽东同主管经济的刘少奇、陈云交谈

毛泽东在中华人民共和国还没有成立之前所说的这两段话，就把国共大决战结束之后的形势说得明明白白。

确实，"严重的经济建设任务"是毛泽东所"不熟习的东西"。毛泽东不熟悉经济建设工作，发出了"向苏联学习"的口号。他照搬苏联模式，使他吃了大亏，使中国大陆经济吃了大亏。

其实，国共在大规模的决战结束之后，又在另一个战场上开始新的比试。这个新的战场，就是经济建设。

蒋介石作为一位军人，对经济也并不在行，中国在他的统治之下，经济也一团糟。

退到台湾之后，蒋介石痛定思痛，在经济上倒是采取了一些有益的措施，使台湾经济慢慢复苏。比如，他实行和平土改政策，即政府用低息贷款给农民，购买地主的土地，实现耕者有其田，又规定地主把所得的钱必须购买股票，转入工商业，从而促使农业和工商业的发展。蒋介石还制订了一期又一期的"四年计划"，从宏观上引导经济各部门均衡发展……

经济的竞赛，不像战争那样"立竿见影"。毛泽东可以用一百多天的时间接连发动辽沈战役、淮海战役、平津战役，消灭蒋介石主力，赢得决定性的胜利。大陆和台湾的经济竞赛，却是经历了相当长的时间才慢慢显示出差距——最初，在1950年代，两岸的经济竞赛，并没有明显地显示出差距。

蒋介石在美国的帮助下，亦即靠着"美援"实行四年计划，度过了台湾经济最初最艰难的日子。毛泽东则在苏联"老大哥"的帮助下，靠着"苏援"，实行五年计划，度过了大陆经济百废待兴的那些日子。

1957年11月，在庆祝苏联十月革命四十周年的日子里，毛泽东第二次访问苏联。

赫鲁晓夫提出和美国进行和平竞赛："今后15年内不仅赶上并且超过美国。"

毛泽东立即响应，他在莫斯科说："我也可以讲，15年后，我们可能赶上或者超过英国。"

毛泽东定下了不切实际的高指标，把当年打仗那一套搬到经济建设上来。他以诗人的浪漫和军事家的决断搞建设，急于求成，于是来了个"大跃进"，来了个"大炼钢铁"，来了个"亩产万斤放卫星"……

"大跃进"的虚火，使中国大陆的经济陷入了泥潭。

此时此际，毛泽东和"老大哥"的关系又日益紧张。毛泽东指斥赫鲁晓夫为"现代修正主义"，于是，中苏关系恶化，赫鲁晓夫撤走了派驻中国的专家、撕毁了合同。

也就在此时此际，中国大陆又遭到了自然灾害。

于是，毛泽东陷入空前未有的困境，人祸天灾一齐袭来。

以打败蒋介石而在党内享有崇高声誉的毛泽东，不得不在1962年1月至2月在北京召开的"七千人大会"上作了自我检查。所谓"七千人大会"，即扩大的中央工作会议，因有七千多人参加而得名。

毛泽东面对七千多人说，在去年6月12日中央工作会议上，他"讲了自己的缺点和错误"，这一回，他要在更大的范围中检查。

毛泽东说："凡是中央犯的错误，直接的归我负责，间接的我也有份，因为我是中央主席。"

毛泽东坦率地承认自己对于经济的外行："拿我来说，经济建设工作中间的许多问题，还不懂得。工业、商业，我就不大懂。对于农业，我懂得一点，但是也只是比较地懂得，还是懂得不多。"

毛泽东这话，其实也就是他在1949年所说的"我们不熟习的东西正在强迫我们去做"。

如果真正意识到自己对于经济建设"不熟习""不懂得"倒也罢，严重的问题是毛泽东在"不熟习""不懂得"的情况下急于求成，造成了大陆经济陷入危机，亦即所谓"三年自然灾害"。

也正如毛泽东早在1949年便已说过的那样："帝国主义者算定我们办不好经济，他们站在一旁看，等待我们的失败。"

那时，毛泽东没有把"手下败将"蒋介石放在眼里。其实，蒋介石和"帝国主义者"们一样，也"站在一旁看"，等待着毛泽东的失败。

毛泽东陷入经济困境，使蒋介石兴高采烈。蒋介石这种幸灾乐祸之情，在1963年11月召开的国民党"九全"大会上，达到了高峰。

在"九全"大会上，由蒋介石的副手、国民党副总裁陈诚作政治报告。

陈诚说，由于"三面红旗"，毛泽东"惨重地失败了""造成空前未有的严重饥荒""使大陆经济全面破产""激起了大陆人民的强烈反抗""政权随

1960年代初蒋介石在台湾

时可能崩溃瓦解"。

陈诚还把1958年八二三炮击金门以来渐渐沉寂的炮声称为国民党"台海炮战的辉煌胜利",是"反攻复国斗争过程中一个非常重要的里程碑"。

蒋介石则号召,"向反攻复国的目标迈步前进"。

国民党"九全"大会,通过了《关于对敌斗争与大陆革命工作之决议案》,并决定筹建"中华民国反共建国联盟"。

1964年12月2日,蒋介石视察金门,发动了"勿忘在莒"运动。莒,今日山东莒县一带。公元前284年,燕国大将乐毅率兵大败齐国,齐国国土大部分丧失,只剩下莒和即墨两座城池。莒人不忘复仇,苦心经营5年,终于在齐国大将田单的率领下,打败燕军,反攻复国,获得大胜。蒋介石发动"勿忘在莒"运动,就是要台湾军民向莒人学习,"反攻复国"。

毛泽东呢?也喜欢中国古代寓言,他向来访的法国总理孚尔讲述了一则故事。据孚尔回忆,毛泽东说:"中国有一则《鹬蚌相争》的寓言,鹬在海滩上啄起一只蚌,但是蚌也紧夹住鹬的嘴。他们开始争论不休。蚌对鹬说,你会在三天之内死去。鹬也对蚌说,你没水喝,也会在三天之内死去。双方都不肯让步,这时渔夫经过,就把鹬蚌都捕捉去了。"

毛泽东把中国大陆和台湾比喻为鹬和蚌,而那渔夫,毛泽东说是长着高鼻子的——美国渔夫。

蒋介石和毛泽东都在那里寻找中国典故,他俩所选用的"勿忘在莒"和"鹬蚌相争",正好表达了他们不同的政治意图。

在中国大陆"三年自然灾害"期间,蒋介石的"反攻大陆"活动日趋活跃。不过,他只能派小股部队骚扰、派飞机侦察、撒传单、空投特务。论军力,蒋介石无法跟毛泽东相比。因此,蒋介石的"反攻大陆",只能以失败告终:

其所派43股特务,亦即"国军游击队",全部被歼,有来无回;

蒋军飞机,被击落十多架;

美国无人驾驶侦察机,被击落二十多架。就连最新式的高空侦察机"U-2"

型飞机，也一次次被击落……

毛泽东笑谓李宗仁归来"误上贼船"

进入1965年，海峡两岸的形势，仍如绷紧了的弦。

元旦刚过，1月2日，一架美军无人驾驶高空侦察机便在中国大陆东南地区上空被击落；

1月10日，蒋军一架美制"U-2"型高空侦察机在中国大陆华北地区上空被击落；

3月18日，蒋军一架美制"RF-101"型飞机在中国大陆东南沿海上空被击落；

3月31日，美军一架无人驾驶高空侦察机在中国大陆华南地区上空被击落；

4月3日、18日，两架美军无人驾驶高空侦察机在中国大陆中南地区上空被击落；

5月2日，中国人民解放军击沉蒋军"东江"号巡逻舰，近百名国民党士兵葬身大海；

8月6日，激烈的海战又起。在福建南部诏安海湾，两艘国民党军舰运载一批特种部队准备登陆，遭到中国人民解放军猛烈反击。两舰名叫"漳州"号和"剑门"号的军舰均沉没海底，死伤达数百人。尤其是"剑门"号，排水量为890吨。这次两舰覆没，台湾为之震惊……

就在两次海战之间，7月14日，香港《快报》刊出独家新闻，使台湾一片哗然："李宗仁将返大陆！"

翌日，美联社自日内瓦发出电讯称："香港报章推测中国前总统李宗仁可能前往北京，此间台湾官员对此表示怀疑。"

就在"台湾官员对此表示怀疑"之际，7月18日上午11时，李宗仁和夫人郭德洁出现在上海虹桥机场，受到早已在那里等候的周恩来、陈毅、叶剑英的热烈欢迎。

7月20日，当李宗仁夫妇飞往北京，周恩来提前20分钟起飞，又在北京机场迎接他的到来。

7月26日，毛泽东在中南海宴请李宗仁夫妇，表示热忱的欢迎。

毛泽东一见李宗仁，语出惊人："德邻先生，你这一次归国，是误上贼船了！"

李宗仁一听，一时不知如何答复。

毛泽东哈哈大笑："蒋介石口口声声叫我为'匪'，还把中国大陆称为'匪区'。你今天到'匪区'来见'匪'，岂不是误上贼船！"

听毛泽东这么一说，李宗仁也不由得哈哈大笑起来……

李宗仁回归北京，其实是意料中的事。李宗仁与蒋介石的深刻矛盾，使他理所当然倒向北京。

早在1950年7月，李宗仁便向美国共和党领袖罗伯特·塔夫脱谈及国民党失败的原因，尖锐地抨击了蒋介石："就我所知，国民党所以失败，实由于蒋介石二十年的独裁专制，政治腐败，人心离散；军事上指挥错误，士无斗志。这些是主要因素。"

在1958年至1962年由李宗仁口授、唐德刚笔录的《李宗仁回忆录》中，他便这样论及毛泽东和蒋介石：

> 中共席卷大陆以来，政权已渐稳定。唯中共急于工业化和实现共产社会理想，不无躁进之嫌。然中共十余年来百废俱兴，建设规模之大与成就之速，皆史无前例。国势日振，真可说举世侧目。我本人虽失败去国，而对北平诸领袖的日夜孜孜，终有今日，私心弥觉可喜。
>
> 至于台湾，十余年来，蒋小朝廷内的一切作风似仍沿袭大陆时代的恶习而无甚改进，且有甚于大陆时代。如此而犹欺人自欺，动辄以"反攻大陆"作宣传，岂不可笑。一种政治宣传，如果连自己都欺骗不了，又如何能欺骗世人呢！

李宗仁还回忆起他跟毛泽东最初的交往：

毛泽东与李宗仁

> 我和毛泽东第一次见面，是在国民党二中全会的会议席上。他那时任国民党中央党部所办的农民讲习所所长，并担任短时期的国民党中央宣传部代理部长。他身材高大，时常穿一件蓝布大褂。在会议席上，他虽发言不多，但每逢发言，总是斩钉截铁，有条不紊，给

我印象很深，觉得这位共产党很不平凡。

1963年7月14日，意大利米兰《欧洲周报》发表李宗仁对该报女记者奥古斯托·玛赛丽的谈话。他这么谈及蒋介石：

> 许多年来，蒋一直是中国元首，而现在他的举动好像他的经验还没有一个村长多，他不懂历史。每年一度他站在金门、马祖海边的悬崖上发表演说。他总是重复着同样一句话："我们一定要回去！"很难说他本人是否了解这一事实，回大陆是不可能的。

李宗仁接着又谈到了他自己：

> 我像蒋介石和国民党一样，是一个失败者。唯一的区别是，我完全不把这件事放在心上。作为个人来说，我自己无关紧要，我不能妨碍中国的前途和她的进步。我由于自己的失败而感到高兴，因为从我的错误中一个新中国正在诞生……什么时候我们曾经有过像我们今天有的这样一个强大的中国呢？

经过李宗仁的政治秘书程思远幕后穿梭，多次密访北京，由周恩来作了安排，这样1965年6月13日，李宗仁以陪夫人前往瑞士治病的名义，飞往苏黎世小住。然后悄然前往巴基斯坦卡拉奇，由那里转往广州……

李宗仁的归来，在中国大陆刮起一阵"李宗仁旋风"。中共各方要人、国民党各地旧部，纷纷宴请李宗仁夫妇。其中最为有趣的是，末代皇帝溥仪握着他的手说："欢迎你回到我们伟大祖国怀抱里来！"末代皇帝和末代总统的相见，一时传为佳话。

李宗仁于1969年1月1日，死于直肠癌，终年78岁。

曹聚仁穿梭于北京—香港—台北

就在李宗仁归来的那些日子里，一位神秘的人物穿梭于"香港—北京—香港""香港—台北—香港"。

此人在1958年八二三炮击金门的紧张时刻，负台湾方面的使命出现于北京,毛泽东曾"冷他几天"。

此人便是曹聚仁。

1959年10月1日,北京举行中华人民共和国成立十周年盛大庆典,他也应邀来到北京,下榻于北京崇文门的新侨饭店。国务院给他派了专车,供他使用。

一天清早,曹聚仁尚在睡梦中,忽闻敲门之声。一开门,门口竟站着十年未曾见面的结发之妻王春翠。曹聚仁来来去去于香港、大陆之间,因负有特殊使命,很少有机会跟妻子王春翠相见。王春翠住在浙江兰溪县蒋畈村,交通甚为不便。这一回,曹聚仁从香港乘飞机到达广州,马上给王春翠汇去一笔钱,请她来北京相会。果真,妻子赶来了。

几天后,周恩来宴请曹聚仁,未见王春翠同来。一问,才知道王春翠从乡间来到大城市,生活不习惯,病了。言谈间,曹聚仁说起想把妻子送到南京,和年已九旬的老母住在一起,只是生怕无法报进南京户口。周恩来当即答应可以迁入。此后,王春翠果真迁往南京安居……

这一回,在李宗仁归来前夕,曹聚仁匆匆赶往北京,为的是报告来自台北的重要信息。据他的台湾朋友告知,将接他去台北。周恩来向曹聚仁谈了中共关于和平解决台湾问题的有关意见。

在曹聚仁返回香港之后,李宗仁从海外回到北京。人们纷纷从李宗仁谈到蒋介石,猜测蒋介石会不会仿效李宗仁。

台湾果真来人接曹聚仁去台北。在蒋经国的陪同下,曹聚仁拜会了蒋介石。曹聚仁转达了周恩来的意见。经过密谈,初步谈成了一些意向。这些谈话,原属绝密之事。近来,有传闻道,双方初步达成以下六条,不过,是否可靠,尚待若干年后由档案文件证实:

一、蒋介石偕同旧部回到大陆,可以定居在浙江省以外的任何一个省区,仍任国民党总裁。北京建议拨出江西庐山地区为蒋介石居住与办公的场所。

二、蒋经国任台湾省长。台湾除交出外交与军事外,北京只坚持农业方面必须耕者有其田,其他政务,完全由台湾省政府全权处理。以二十年为期,期满再行洽商。

三、台湾不得接受美国任何军事与经济援助;财政上有困难,由北京照美国支援数额照拨补助。

四、台湾海、空军并入北京控制。陆军缩编为四个师,其中一个师驻在厦门、金门地区,三个师驻在台湾。

五、厦门与金门合并为一个自由市,作为北京与台北间的缓冲与联络地区,该市市长由军师长兼任。此一师长由台北征求北京同意后任命,其资格应为陆军中将,政治上为北京所接受。

六、台湾现任文武百官官阶、待遇照旧不变。人民生活保证只可提高,不准降低。

曹聚仁从台湾返回香港,再度北上。他坐火车途经金华时,想念尚在兰溪的妻子王春翠,但因重任在身,无法去看望她,于是,只得写诗一首,略表思念之情:

> 细雨霏微薄如纱,
> 横云绕处是金华。
> 山称南北弓牛背,
> 塔或有无问井蛙。
> 意涩怯题八咏壁,
> 舌干苦忆白莲花。
> 初平叱石浑何事,
> 归梦年年不到家。

国共密谈,由于中国大陆的"文革"临近而终止。

1972年7月23日,曹聚仁病逝于澳门镜湖医院,终年七十有二,他的夫人邓珂云及长女、次子在侧。

在他去世后,他的夫人邓珂云在曹聚仁的《我与我的世界》一书后记中,隐隐约约写及他为国共和谈奔走的业绩:"他终于能为祖国和平统一事业效力而感到自慰。他为此奔走呼号,竭尽全力,直至生命的最终。"

后来,在1993年,他的同龄人夏衍在《随笔》杂志发表《怀曹聚仁》一文,写出了曹聚仁一生的特点:"他不参加任何党派,但和左右两方面都保持着个人的友谊,都有朋友,虽然爱独来独往,但他基本上倾向于进步和革命。"

也正因为他"独来独往",又在海峡两岸领导层中保持"个人的友谊",所以他成了穿梭于两岸的颇为恰当的牵线人。

"文革"狂潮时期的毛泽东和蒋介石

毛泽东曾说,他的一生只做过两件大事:一是打败了蒋介石,二是发动了"文化大革命"。

1966年,由毛泽东发动的"文革"狂潮,席卷中国大陆。

前文已经引述过,1966年7月8日,毛泽东在给江青的那封信中谈到了蒋介石,讲述了蒋介石"滚到一群海岛上去"的历史过程。紧接着,毛泽东在信中断言:"中国如发生反共的右派政变,我断定他们也是不得安宁的,很可能是短命的……"

这样,毛泽东把中共内部的右派,跟蒋介石紧紧地联系在一起。

毛泽东发动"文革",其矛头所向是"走资派"。

毛泽东说:"无产阶级文化大革命所要解决的根本矛盾,是无产阶级和资产阶级两个阶级、社会主义和资本主义两条道路的矛盾。运动的重点,是斗争那些党内走资本主义道路的当权派。"

在1968年4月10日的《人民日报》《解放军报》联合社论《芙蓉国里尽朝晖》中,发表的毛泽东一段"最新指示",则把"文革"视为国共两党斗争的继续:

> 无产阶级文化大革命,实质上是在社会主义条件下,无产阶级反对资产阶级和一切剥削阶级的政治大革命,是中国共产党及其领导下的广大革命人民群众和国民党反动派长期斗争的继续,是无产阶级和资产阶级阶级斗争的继续。

这么一来,也就把"走资派"视为国民党反动派在中共党内的代理人。

这么一来,也就在全国开展"清理阶级队伍"运动,要把那些"国民党的残渣余孽"清理出去。

这么一来,毛泽东也就把他平生所做的两件大事联系在一起,即"文革"是打败蒋介石的继续。

在"文革"中,人们还经常引用毛泽东1955年6月10日在《〈关于胡风反革命集团的第三批材料〉按语》里的一段关于蒋介石的话:

> 在地球上全部剥削阶级彻底灭亡之后多少年内,很可能还会有蒋介石

王朝的代表人物在各地活动着。这些人中的最死硬分子是永远不会承认他们的失败的。

这么一来，"文革"也就成了一场继续和国民党斗争的运动，成了一场继续和蒋介石斗争的运动。

在"文革"岁月，蒋介石成了中国大陆最可憎的人物。一位当年的中学生，曾如此回忆他在"文革"中的奇特经历：

他与蒋介石毫无瓜葛，只是姓蒋罢了。他刚出生时，很小，像只猫，父亲就给他起名"蒋如猫"。他年岁稍长，就觉得这个名字不好听，父亲按谐音把他的名字改为"蒋如毛"。

"文革"时期的毛泽东

不料，"蒋如毛"这名字，在"文革"中闯下大祸。红卫兵们把他拉上高台，叫他低头认罪。在批判了他的名字如何反动之后，斥责他道："以后不许姓蒋，姓蒋的通通改成姓毛。"

那位"蒋如毛"只得从命，从此改名换姓，曰"毛向东"。打那以后，这位"毛向东"也就太平无事。

在批判"蒋如毛"之时，台下另一位中学生心惊肉跳。他叫"金大陆"，有人曾说他的名字取义于"进攻大陆"。后来，他母亲作了解释，他出生时正值1949年，他又姓金，取名"金大陆"，乃"金色大陆"之意。虽经母亲解释，红卫兵们仍十分怀疑。正因为这样，他生怕斗罢"蒋如毛"，会接下去斗他"金大陆"……

这位"金大陆"后来在1988年8月25日上海《新民晚报》发表《寻找"蒋如毛"》一文，方使人们相信以上"文革"笑话，乃是完全真实的故事。

从"蒋如毛"的故事中，可以看出，当年"文革"中激烈的反蒋情绪。

自然，在那样的岁月，国共之间很难找到共同的语言。

在海峡彼岸，"文革"的狂潮激起蒋介石"反攻大陆"的狂热之情。

中国大陆在"文革"中出现大规模的武斗，出现全国性的混乱局面，铁路阻断，生产停滞。蒋介石处于兴奋之中，认为这是他"卧薪尝胆"多年，终于到来的"反攻大陆"的最好时机。

1960年代的蒋介石

1966年3月，蒋介石第四次当选"总统"。他就大陆的"文革"对美国记者说，目前是给予毛泽东"致命打击的最好时机"。

蒋介石表示，"一日不收复大陆，一日誓不罢休"。

蒋介石主持召开了国民党九届三中全会，他在开幕词中号召"反攻复国"，在闭幕词中强调"当前反共形势，我操必胜"。

这次全会针对大陆"文革"，制定了《大陆重建工作基本方针》。

美国国务卿杜勒斯曾说过一句广为流传的话：把和平演变的希望，寄托在中国的第三代身上。

由于"文革"的到来，使蒋介石确信，复辟的希望并不那么遥远。他断言，中国大陆正处于"全面混乱""全面暴动""全面动摇""全面崩溃"之中。

这时，蒋介石挂在口头的一句话是："挥师北伐，必成必胜。"

于是，1967年初，上海的造反派在张春桥、姚文元、王洪文的率领下一举夺权，毛泽东表示支持；而1967年2月7日的台湾《中央日报》则认为大陆大乱，政权落在造反者手中，也为之欢呼："中国历史上的春天来了！"

台湾"驻美大使"周书楷这时宣称："1967年很可能成为光复大陆的决定年！"

虽说蒋介石为中国大陆的大动乱而兴奋不已，但是，随着毛泽东渐渐控制了局势，他的兴奋度也就随之降低，转为"静观其变"，转为谴责"文革"……

那时，毛泽东对蒋介石的称谓为"蒋帮"；蒋介石对毛泽东的称谓为"毛共"。

毛泽东和蒋介石都着手安排身后事

毛泽东和蒋介石都是终身领袖：

毛泽东是"终身主席"，自1943年3月20日成为中共中央主席以来，一直担任此职，直至他逝世；

蒋介石是"终身总裁"，自1938年4月1日当选国民党总裁以来，一直担任此职，直至他离开人世。

光阴荏苒，岁月飞逝，国共双方的旗手都垂垂老矣。毛泽东和蒋介石不约而同都在考虑一个问题：由谁接班？由谁继承？

毛泽东称之"接班人"；蒋介石称之"继承人"。

蒋介石是按照国际惯例，称之为"继承人"的。

毛泽东比蒋介石更为注意用字遣句，他曾细细推敲过"继承人"一词。

他问过那位曾在胡宗南身边潜伏多年、为中共立下大功的熊向晖，"继承人"的英文怎么写？

熊向晖答："Successor。"

毛泽东跟他的英文秘书林克学过一点英文，当即说："Success 我知道，是'成功'的意思。加上 or，怎么就变成了'继承人'？"

熊向晖解释说，在西方，"成功"意味着有财产，而财产则存在继承问题，需要指定继承人。

毛泽东笑道："我一无土地，二无房产，银行里也没有存款，继承我什么呀？'红领巾'们唱歌，'我们是共产主义接班人'。我看，还是叫'接班人'好，这是无产阶级的说法。"

从此，毛泽东采用"接班人"一词，不用"继承人"。

他俩采取的是同一方法：由自己在生前选定接班人或继承人。

虽说蒋介石比毛泽东年长6岁，但首先考虑接班人问题的是毛泽东。

促使毛泽东早早考虑接班人问题，是由于斯大林之死。毛泽东这样说过：

> 共产党没有王位继承法，但也并非不如中国古代皇帝那样聪明。斯大林是立了继承人的，就是马林科夫。不过呢，他立得太晚了。斯大林生前没有公开宣布他的继承人是马林科夫，也没有写遗嘱。马林科夫是个秀才，水平不高。1953年斯大林呜呼哀哉，秀才顶不住，于是乎只好来个三驾马车。其实，不是三驾马车，是三马驾车。三四匹马驾一辆车，又没有人拉缰绳，不乱才怪。赫鲁晓夫利用机会，阴谋篡权，此人的问题不在于用皮鞋敲桌子，他是两面派：斯大林活着的时候，他歌功颂德；死了，不能讲话了，他作秘密报告，把斯大林说得一塌糊涂，帮助帝国主义掀起12级台风，全世界共产党摇摇欲坠。这股风也在中国吹，我们有防风林，顶住了。

毛泽东还曾说，他不见得会等到"寿终正寝"，那属于正常死亡。因为"天有不测风云，人有旦夕祸福"，他也很可能非正常死亡。

毛泽东曾列举了他的五种死法："被敌人开枪打死，坐飞机摔死，坐火车翻车翻死，游泳时淹死，生病被细菌杀死。"

正因为存在着非正常死亡的可能，所以他不能不很早就考虑接班人问题。

毛泽东首次公开谈论接班人之事，是在他68岁的时候。那是1961年9月23日，毛泽东在武汉会晤英国蒙哥马利元帅，答复他的问题时，说及接班人。翌年，蒙哥马利在由伦敦考林斯书店出版的《三大洲》一书中，这么记述毛泽东跟他所谈的接班人（蒙哥马利仍称之为"继承人"，因为在英文中没有"接班人"一词）：

涉及的问题之一是年龄。我说，自从1949年中华人民共和国成立以来的12年中，他排除了混乱，取得了伟大成就；但是要做的事情仍然很多，他必须健康地活下去，保持精力，以便使这个国家坚定地沿着他所安排的道路前进。他的答复是有趣的。他说，有一个古老的中国传说，把73岁和84岁作为人的一生中的困难年代，谁要是连续闯过这两关，就能活到100岁。他本人不想活到73岁以上，那就是还有4年。此后他希望去陪伴卡尔·马克思。这是他的英雄——几乎是他的上帝。我强烈地抗议说，中国人民需要他，他必须至少活到84岁这一关。他说，不，他有很多事要同马克思讨论，而在这里，再有4年就足够了！我说，如果我知道马克思在什么地方，我要就这一问题同他谈几句。这把他逗得大笑！我接着就问到他的继承人，我举出几个例子——印度的尼赫鲁，葡萄牙的萨拉查，联邦德国的阿登纳，英国的麦克米伦，法国的戴高乐。谁将继承他呢？他说，在中国，继承是清楚的，并且已经确定了——那将是刘少奇。我问，刘以后又是谁呢？他说他不知道，也不过问；他本人将同卡尔·马克思在一起，他们在中国能够为自己解决这件事。

毛泽东明明白白告诉蒙哥马利，刘少奇是他的接班人。

其实，早在1945年4月至6月的中共七大时，毛泽东已安排刘少奇为他的副手。也正因为这样，1945年8月，毛泽东在赴重庆谈判之前，花了一整天时间向刘少奇交代诸事——去重庆谈判，有可能去了回不来，毛泽东不能不作最坏的打算……

这一回，毛泽东以极为肯定的语气，向蒙哥马利这么说及刘少奇是他指定的

第十二章 未完的棋

接班人：

> 八大通过的新党章里头有一条：必要时中央委员会设名誉主席一人。为什么要有这一条呀？必要时谁当名誉主席呀？就是鄙人。鄙人当名誉主席，谁当主席呀？美国总统出缺，副总统当总统。我们的副主席有六个，排头的是谁呀？刘少奇，我们不叫第一副主席，他实际上就是第一副主席，主持一线工作。刘少奇不是马林科夫。前年，中华人民共和国主席换姓了，不再姓毛名泽东，换成姓刘名少奇，是全国人民代表大会选出来的。以前，两个主席都姓毛，现在，一个姓毛，一个姓刘。过一段时间，两个主席都姓刘。要是马克思不请我，我就当那个名誉主席。谁是我的继承人？何需战略观察！这里头没有铁幕，没有竹幕，只隔一层纸，不是马粪纸，不是玻璃纸，是乡下糊窗子的那种薄薄的纸，一捅就破。[1]

如此言之凿凿，刘少奇的接班人地位似乎铁定了。

然而风云变幻莫测。才五年工夫，1966年5月16日由刘少奇主持通过的中共中央《五一六通知》，提出"赫鲁晓夫那样的人物，他们现正睡在我们的身旁"。

蒋介石呢？虽然没有明确地谈论继承人之事，但实际上，1949年初，他在考虑退路时，任命陈诚为台湾省主席、蒋经国为国民党台湾党部书记，便是安排了继承人。

相对而言，蒋介石安排的继承人比毛泽东的接班人稳定。蒋介石在1950年3月复职"总统"之后，便由陈诚接替阎锡山出任"行政院"院长，在台湾形成"蒋陈体制"。1957年在国民党"八全"大会上，经蒋介石提议，陈诚出任国民党副总裁。

毛泽东（左一）与林彪（左二）、刘少奇（左三）在一起

---

[1] 熊向晖：《毛泽东主席对蒙哥马利谈"继承人"》，载《新中国外交风云》，世界知识出版社1990年版。

为栽培蒋经国，蒋介石颇费了一番心思。图为蒋介石夫妇与蒋经国在台湾时的合影

蒋经国与陈诚

1960年，陈诚又出任"副总统"。这样，陈诚的继承人地位确定无疑。在国民党内，人们戏称陈诚"小委员长"。

陈诚自1924年在黄埔军校追随蒋介石，对蒋介石一直忠心耿耿。经蒋介石一手提拔，从炮兵队的区队长直至升为国民党副总裁，两度出任"行政院"院长，三度当选"国民政府副总统"，晚年甚至兼副总裁、"副总统"和"行政院"院长于一身，成为"一人之下，万人之上"的人物。无奈，陈诚虽然小蒋介石10岁，却先蒋介石而去，在1965年3月5日死于肝癌。

其实，蒋介石真正内定的接班人，是长子蒋经国。蒋介石所奉行的是中国封建世袭制，即所谓"家天下，父传子"。人谓："孙中山奉行的是'天下为公'，蒋介石奉行的是'天下为私'。"

就这一点来说，毛泽东比蒋介石开明。毛泽东把长子毛岸英送往朝鲜战场，1950年11月25日上午11时，毛岸英死于美军扔下的炸弹。至今，毛岸英仍安葬在朝鲜平安道桧仓郡。

蒋介石有意栽培儿子蒋经国，只是儿子毕竟在国民党内资历甚浅，一步登天，不孚众望。蒋介石对蒋经国有一个扶植过程：1950年3月蒋经国出任"国防部"政治部主任，此后历任"中国青年反共救国团"主任。1960年，蒋经国升为"陆军二级上将"。

此后出任"国防部"副部长、部长。

蒋经国的权力不断膨胀，以至与陈诚之间产生争权龃龉。陈诚虽是蒋介石

"钦定"的继承人，但在"蒋太子"面前不得不礼让三分。所幸在蒋经国出任"国防部"部长的第二个月，陈诚便病故。

也正因为这样，台湾《传记文学》杂志在1993年第5期发表《陈诚年谱》时加了前言，称《年谱》在陈诚去世后不到四个月即已完成，但当时"为了避免触犯忌讳，不拟发表"，因为在当时有关陈诚的"一切言行，均被视为敏感问题"。其中缘由，便是蒋经国和陈诚的不和。

陈诚在病重之际，便于1963年向蒋介石辞去"行政院"院长之职。虽然蒋介石已内定蒋经国为继承人，但此时尚不能由蒋经国继陈诚之职。蒋介石提名严家淦于1963年12月出任"行政院"院长。1966年，严家淦出任"副总统"兼"行政院"院长。

严家淦实际上是一个过渡性人物，虽说他取代陈诚成为台湾的第二号人物。

就在严家淦上台之际，毛泽东也更换了第二号人物，即以林彪取代刘少奇。林彪并非过渡性的人物，而是毛泽东指定的新的接班人。为了使林彪成为"铁定"的接班人，1969年4月召开的中共"九大"，史无前例地在中共党章中载明："林彪同志是毛泽东同志的亲密战友和接班人。"

毛泽东的接班人，处于不稳定状态。就在中共新党章印行才一年零四个月，在1970年8月末至9月初召开的中共九届二中全会上，林彪的接班人地位就完全垮掉了。会议批判的是陈伯达，实际上矛头所向是林彪。终于，又过了一年零一个月，1971年9月13日，林彪叛离毛泽东，私自上飞机出逃，摔死于蒙古温都尔汗。

毛泽东只得三择接班人。这一回，毛泽东选定上海年轻的造反派领袖王洪文为接班人。

在1973年8月召开的中共十大上，王洪文直线上升成为中共中央副主席，排名于毛泽东、周恩来之后，成为中共第三号人物。毛泽东让王洪文主持中共中央日常工作，处于接班人地位。

在毛泽东选定王洪文稍前，1972年6月1日蒋经国出任台湾"行政院"院长。这样，蒋介石最终完成了"父传子"的程序。蒋经国作为蒋介石的继承人的地位，已经完全巩固。

不过，毛泽东很快发现王洪文不适宜于接班。王洪文跟毛泽东的妻子江青以及张春桥、姚文元拉帮结派，毛泽东称之为"四人帮"。

毛泽东不得不四择接班人。他起用原本被作为"中国第二号走资派"而打倒的邓小平，给他以中共中央副主席、国务院第一副总理、中共中央军委副主席兼中国人民解放军总参谋长这样党、政、军的显赫职位。

邓小平上台之后，大力整顿，否定了"文革"那"左"的一套，引起江青为首的"四人帮"极度不满，也使毛泽东不悦。

于是，毛泽东只好五择接班人。华国锋作为"黑马"，被毛泽东选定为接班人——虽说江青极力想抢班夺权。

从刘少奇而林彪，而王洪文，而邓小平，而华国锋，毛泽东五择接班人，足以表明中国大陆政争之激烈。

台湾政治舞台，原本也非风平浪静，仅从蒋经国和陈诚的权力之争，便可窥见一斑。只是由于蒋经国凭借父亲蒋介石之势力，这才使他的对手们无法跟他较量……

基辛格密访北京如同爆炸了原子弹

毛泽东和蒋介石都步入了晚年。然而，毛泽东晚年在台湾扔了一颗"原子弹"，使蒋介石跟跟跄跄，使台湾这艘"永不沉没的战舰"在太平洋的万顷波涛中剧烈摇晃……

毛泽东所掷的这颗"原子弹"，是在1971年7月15日"爆炸"的。这天晚间7时，美国总统尼克松在洛杉矶通过电视台向全国、全世界宣布了一项非同寻常的公告：

> 周恩来总理和尼克松总统的国家安全事务助理基辛格博士，于1971年7月9日在北京进行了会谈。获悉，尼克松总统曾表示希望访问中华人民共和国，周恩来总理代表中华人民共和国政府邀请尼克松总统于1972年5月以前的适当时间访问中国。尼克松总统愉快地接受了这一邀请。
>
> 中美两国领导人的会晤，是为了谋求两国关系的正常化，并就双方关心的问题交换意见。

与此同时，周恩来总理在北京宣布了同样内容的公告。

这一公告，成为全世界当时的头号新闻。

中美公告以强大的冲击波，冲击着台湾，冲击着蒋介石。

台湾"驻美大使"沈剑虹听到消息，几分钟说不出话来。良久，才说了一句："我简直不相信我的耳朵！"

台湾"总统府"秘书长张群说了一句绝妙的话："人类已经走到了走向乐园或堕入地狱的十字路口。"

蒋介石沉默不语。半晌，发出一声长叹。

美国一直是蒋介石的外交支柱。退往台湾之初，美国杜鲁门总统一度要抛掉台湾，使蒋介石处于风雨飘摇之中。所幸借助于朝鲜战争，美国转变了对台政策，由"抛蒋弃台"转为"扶蒋保台"，使蒋介石终于度过了危机。

1951年5月18日，美国主管远东事务的高级官员腊斯克曾说："我们承认中国国民政府，不管在它管辖下的土地是如何狭小。"

多少年来，美国一直奉行这样的政策。虽说自1955年8月1日起，中美大使级谈判在日内瓦举行，但是谈判旷日持久，比当年的国共谈判还要"马拉松"！这一中美谈判从1955年起，至1970年中断，长达15年之久，总共会谈了136次，开创了谈判的世界纪录！

然而，美国政府毕竟渐渐认识到，不能置庞大的、广有影响的中华人民共和国于不顾而坚持"承认中国国民政府，不管在它管辖下的土地是如何狭小"。

在肯尼迪出任美国总统时，他的办公桌上便放了一部《毛泽东选集》。

尼克松在1968年11月5日当选美国第37任总统，虽说他曾以反共著称，但不能不正视现实。他上任不久，便宣布结束美国军舰在台湾海峡的永久性游弋。在他的政府文告中，开始称中国大陆为"中华人民共和国"，而不再是过去所用的"赤色中国""共产党中国"。

美国政府的对华政策处于改变之中，毛泽东和周恩来迅速抓住了机会，谋求和美国改善关系。

于是，那位戴着宽边黑框眼镜的基辛格博士，1971年7月8日在巴基斯坦演出了戏剧性的一幕。他在巴基斯坦总统叶海亚的晚宴上假装肚子疼，而明白其中缘由的叶海亚也就当众宣布："基辛格阁下身体不舒服，不妨在伊斯兰堡多停留几天。还是让我来安排一下吧，到纳蒂亚加利山间别墅去休息几

1971年7月9日，基辛格秘密访华，受到周恩来的接见

天，你会很快恢复健康的。"

这位基辛格博士，早在他执教哈佛大学时，便指定班上的学生研讨毛泽东著作。他对毛泽东有着深入的了解。

正是在外界以为基辛格去"山间别墅"的那些日子里，基辛格出人意料地出现在北京！

他在装肚子疼的翌日清晨，便乘他的波音707专机，作那次神秘的飞行……

于是，产生了1971年7月15日那颗震撼台湾岛的"原子弹"！

值得顺便提一笔的是，就在基辛格访问北京之前，海峡两岸差一点有了一次不寻常的接触机会：

那是宋子文突然在1971年4月病逝。宋子文自1949年后，先是去法国，后来定居于美国。

宋子文的葬礼，理所当然他的三姐妹都应出席。

马上传出消息：宋氏三姐妹都要来。

宋庆龄身为中华人民共和国副主席，要去美国，而美国与中华人民共和国尚无外交关系，没有直航班机。她只得与英国航空公司联系，经伦敦飞往美国。

宋美龄在台北。她的专机已由台北飞往檀香山，正准备飞美国。听说宋庆龄要去，蒋介石怕中"中共统战圈套"，嘱宋美龄返台。

宋庆龄呢，因一时包不到专机，只得作罢。

结果，唯有在美国的宋霭龄出席了宋子文的葬礼，宋庆龄和宋美龄失去了一次见面的机会……

台湾被逐出联合国成了太平洋中的孤舟

紧接着到来的，便是第二次冲击波——1971年10月25日晚间，联合国大会以76票赞成、35票反对、17票弃权的压倒多数，通过了阿尔巴尼亚、阿尔及利亚等23个国家提出的提案，即"恢复中华人民共和国在联合国的一切合法权利和立即把蒋介石集团的代表从联合国的一切机构中驱逐出去"的提案。

台湾的"外交部"部长周书楷，悄然地退出了联合国。

差不多在一夜之间，近20个国家和蒋介石的"中华民国""断交"！

毛泽东赢得了巨大的外交胜利：在1969年，跟中华人民共和国建交的国家不足50个，而跟台湾"建交"的国家多达近70个，超过了中华人民共和国。

然而，在1971年，中华人民共和国进入联合国之后，"比分"改为69比

54，毛泽东超过了蒋介石。

到了1972年，北京远远超过了台湾：承认中华人民共和国的国家多达87个，而承认台湾的只有39个！

这外交之战的势头，有点像当年国共之间的三大战役，毛泽东又一次大胜蒋介石。

台湾，一下子成了太平洋上的孤舟，处于外交"大地震"之中！

蒋介石蒙此沉重打击，于被逐出联合国的翌日，发表《告全国同胞书》。蒋介石大骂联合国"向暴力屈服""向邪恶低头"。不过，蒋介石也承认，如今他不能不在"风云变幻莫测的海洋中操舟前进"。

蒋介石宣告：

> 古人常言，天下之事，在乎人为……只要大家能够庄敬自强，处变不惊，慎谋能断，坚持国家及国民独立不挠之精神，那就没有经不起的考验。

然而，蒋介石尚未从这两次冲击中站稳脚跟，第三次冲击波又接踵而至。

这第三次冲击波，便是美国总统尼克松在1972年2月21日至28日，访问中国大陆一周。虽说这一回不像基辛格访问北京那样突如其来，是在公告中早已宣布了的，但毕竟美国总统前去拜见毛泽东，这不能不对蒋介石构成极大的压力。

须知，在1949年以前，还没有一位美国总统访问过中国。在蒋介石败退台湾之后，只有美国总统艾森豪威尔在1960年6月来台湾作了短暂的一天多的访问。

这一回，尼克松访问北京，阵营颇为强大，除了基辛格之外，还有国务卿罗杰斯。

当时，毛泽东正在病中。然而，病榻上的毛泽东仍然关注着尼克松到达北京的时间。尼克松一行到达北京才四小时，毛泽东就会晤了他。

新华社的报道写道："毛泽东主席在他的住所会见了美国总统尼克松一行，并同他们进行了一个小时的会谈。"

这一报道中，没有出现"文革"中毛泽东的"专用"形容词"神采奕奕""红光满面"之类。

台湾作家梁实秋还敏锐地从发自北京的照片中，发现毛泽东和尼克松之间的地上放着一只痰盂。他由此写了一篇散文《痰盂》。

这些细节，无意之中透露了毛泽东正在病中——虽说在当时这是极端保密的。

尼克松眼中的毛泽东和蒋介石

毛泽东与尼克松

尼克松在担任美国副总统时，曾于1953年11月访问过台湾，和蒋介石作过交谈。

这一回，他又会晤了毛泽东。这样，尼克松对毛泽东和蒋介石有着一种比较之感。后来，他写了回忆录《领袖们》一书，其中对毛泽东、周恩来、蒋介石作了颇有见地的比较。

尼克松写道：

半个世纪以来的中国史，在很大程度上是三个人的历史：一个是毛泽东，一个是周恩来，还有一个是蒋介石。打败了蒋家军队，毛泽东巩固了在大陆的统治。中国共产党人把毛蒋之间的斗争看成是上帝与魔鬼之争……周恩来则往往不露锋芒，孜孜不倦地工作，是保持国家机器不断运转的赤胆忠心的官员。蒋介石在台湾实行个人专制，不像毛那样过分自我尊大，他维护自己的威严，努力使经济起飞，鼓励在台人员保持有朝一日返回大陆的希望。

三人中，我认识蒋的时间最长。我把他和蒋夫人看作朋友，不同于另外两人，我们有私交，那是共同信念和原则的产物。但是毛和周是在中国大陆取得了战争胜利的人，而在两人中，周是得天独厚的人，对权利的实际情况洞若观火。现在他们三人都成为古人了，但是周留下的影响，在当代中国将与日俱增。

尼克松比较了毛泽东和蒋介石的手势，发觉两人都喜欢"用手一挥"。尼克松于是把毛泽东和蒋介石作了如此比较：

1972年毛向我提起一件事。他讲时用手一挥，指的也许仅仅是我们的会晤，也可能指的是整个中国。他说："我们共同的老朋友蒋介石委员长是不会赞成的。"隔一会儿，他又补充了一句，"我们同他来往的历史，比起你们同他来往的历史，要长得多。"

1953年我同蒋第一次见面时，他谈到中国也用手一挥，清楚地表示，他的话既指孤悬海外的台湾堡垒，也指中国大陆。

我觉察到他们两人在提到自己的国家时，都有点秦始皇帝的口吻。两人的姿态和讲话似乎给人一种感觉，他们的命运同国家的命运是连在一起的。两个这样的领袖在历史中相逢，只会冲突，不会妥协。一个成为征服者，另一个成为被征服者。

在和毛泽东见面时，尼克松跟他当面谈起了蒋介石。

尼克松说："蒋介石称主席为匪，不知道主席叫他什么？"

毛泽东一听，哈哈大笑起来。周恩来趁这机会，替毛泽东作了答复："一般地说，我们叫他'蒋帮'。有时在报上我们叫他匪，他反过来也叫我们匪。总之，我们互相对骂。"

尼克松这样写及他对毛泽东的印象：

> 毛举止随便，说话爱简略，给我的印象是有成打的问题同时在他脑里转动。他讲他的意见，心平气和，语调平淡，在一个规模较小的会场会引人注意，但不是雄辩之才。
>
> 即使在说明重大观点时，他也喜欢语惊四座。"你们上次选举时，我投了你一票。"他笑着说。我说他准是两害相权取其轻。"我喜欢右派分子。"他回了我一句，似甚得意。
>
> "有人说，你们是右派分子（共和党是站在右翼的），说希恩首相也是右翼的。"我加戴高乐的名字，毛有点迟疑，说戴高乐另当别论，却又说，"他们说西德的基督教民主党也是右翼的。我比较喜欢右翼人士执掌政权。"我在提到我们恢复外交关系时总结了一句，我说：

尼克松与蒋介石夫妇

"我认为最重要的一点是应该注意到在美国，至少在目前，是右翼人士能够采取行动，而左翼人士只会说说而已。"

尼克松也写下了对蒋介石的印象：

蒋披一件十分整洁的黑色斗篷，头剃得光秃秃的，在私人场合，同他那肃穆寡言笑的态度相得益彰。在我说话时，他惯于不假思索地连声说"好，好"，显得有一点紧张。

他双眼的神采给人自信和执拗的印象。眼眸是漆黑的，有时闪出光芒，在我们交换意见之前，不时环视办公室各处，在我们谈话的整个过程中，就盯着我的眼睛看。

尼克松甚至还对毛泽东和蒋介石的夫人作了比较。

尼克松在台北和蒋介石谈话时，由宋美龄担任翻译。在尼克松的印象中，"蒋夫人远远不只是她丈夫的翻译"，"我认为蒋夫人的智慧、说服力、道义上的勇气，单凭这些就足够使她成为一个领导人物。""她妩媚端庄，这样或多或少地冲淡了蒋那副冷酷的形象"。

尼克松把宋美龄和江青作了如下比较：

蒋夫人同毛的第四位夫人江青相比，比之蒋毛本人之间的对照更加鲜明。蒋夫人有教养，打扮入时，很有女性的风度，但又是很坚强的人。江青粗野，毫无幽默感，完全没有女人特点……我从来没有见过比她更加冷酷、更加俗气的人。她为我的访问安排了一个文化宣传的节目，我们坐在一起，她没有一点毛的温暖热情，也没有一点周的翩翩风度。她是如此之紧张，以致手上额上出现了汗珠。她头一句带有意见的话，典型地表现了她令人讨厌的挑衅态度。她问我："你为什么到了现在才来中国呢？"

在世界上，既见过蒋介石又见过毛泽东的人不少，能够用尼克松如此敏锐的目光把两人加以深刻比较的，却不多见。

尼克松这次访问中国大陆的成果，凝结于2月28日在上海和周恩来所签署的《中美联合公报》，史称《上海公报》中。《上海公报》中的妙笔，是那位"智多星"基辛格博士想出的：

美国政府认识到，在台湾海峡两边的所有中国人都认为只有一个中国，台湾是中国的一部分。美国政府对这一立场不提出异议。

基辛格巧妙地抓住了毛泽东和蒋介石的共同点——只有一个中国——在公报中写上了这段既不得罪毛泽东又不得罪蒋介石，却申明了美国政府立场的话。《上海公报》发表之后，台湾又一次为之震动。台湾人士称："《上海公报》之宣布，实是一叶知秋的事，因为它暗示美国与中共的建交是迟早的事了。"

毛泽东派章士钊赴港"重操旧业"

就在尼克松访问中国大陆之后，1973年5月中旬，一架漆着"中国民航"字样的飞机降落在香港启德机场，引起了人们的注意。

这架从北京飞来的客机，是出现在香港的第一架中国民航飞机。不过，飞机上所载不是普通的旅客，而是一位92岁的老人及其家人。这是他的专机，飞来香港，据说是探亲。

显而易见，这位长者来历非凡，他当时的职务是中央文史研究馆馆长，全国政协常委。不过，一位文史馆的馆长，带着女儿、儿子、秘书、医生、护士以及厨师，乘着专机前来香港探亲，这派头未免太大了点。

这位馆长，就是当年国共和谈时，国民党方面的代表章士钊。

说是探亲，倒也确实有亲可探。他的奚夫人于1970年死于肺炎，另一位殷夫人在香港，已多年未见。他来探亲，就是探殷夫人。

其实，年已九旬的他，何必兴师动众乘专机来香港探亲，邀殷夫人去北京不就行了吗？

他非来香港不可，是因为他另有使命。他还是干他的"老本行"——国共和谈。

不过，这一回他不是国民党代表，却是毛泽东亲自指派的。也正因为是毛泽东所派，为了照料年届高龄的他，给他特地派了专机，还派了那么一班子人照料他。

屈指算来，当年留下来的国民党和谈首席代表张治中，已于1969年4月6日在北京病逝；代表邵力子，1967年12月25日病逝；代表黄绍竑，于1966年9月去世……因此，毛泽东点将，非章士钊莫属了。

章士钊为了促进海峡两岸和解，曾于1961年、1964年两度赴港。这一回，

毛泽东与蒋介石

《于右任望大陆诗意图》（周旭作）

台湾，80岁的蒋介石坐在海边，手拿望远镜遥望大陆

毛泽东考虑到，随着基辛格、尼克松访问中国大陆以及台湾被逐出联合国，台湾正处于动荡之中，需要加强和谈工作。正巧，章士钊也有意于此。这样，毛泽东和周恩来商量，以探亲名义，派章士钊飞往香港。

章士钊到了香港之后，通过他的各种老关系跟台湾国民党联系。不料，他毕竟年事已高，来香港一个半月后，于1973年7月1日病逝在那里。

章士钊去世之后，北京方面倚重屈武，从事张治中、邵力子、章士钊未竟之业。屈武原本是国民党和谈代表团顾问。

屈武在国民党方面亦广有影响，他是国民党元老于右任的女婿，而且跟蒋经国在莫斯科有着同窗之谊。1949年初，蒋介石下野之后，张治中两赴溪口，屈武和他同往，向蒋介石请示和谈方针……

于右任在1949年到了台湾之后，妻子及女儿仍在大陆。于右任思念妻女，常通过香港友人吴季玉联系。

1961年3月，于右任在给吴季玉的信中说及，妻子高仲林的八十寿辰即将来临，十分挂念。正巧，章士钊在香港，得知消息，报告了周恩来。周恩来即嘱屈武，为其岳母在西安隆重祝寿。事后，屈武托吴季玉转信给于右任，说是"濂溪先生"关照为老夫人祝寿。此"濂溪先生"之称，外人莫知，乃在重庆时于右任和周恩来交往时，对周恩来的隐称。邵力子知道这一隐称，嘱屈武写上。

果真，于右任回函，托屈武向"濂溪先生"致谢！

于右任于 1964 年 11 月 10 日病逝在台北。病重之际，他写下《望大陆》（又名《于右任遗歌》）一诗，表达自己对故土的思恋：

> 葬我于高山之上兮，望我故乡；
> 故乡不可见兮，永不相忘。
> 葬我于高山之上兮，望我大陆；
> 大陆不可见兮，只有痛哭。
> 天苍苍，野茫茫，
> 山之上，国有殇。

于右任这首《望大陆》，写出了多少背井离乡的国民党人浓浓的思乡情、汩汩的思乡泪！

2010 年 9 月 24 日，笔者在台北参观了于右任故居"梅庭"。据"梅庭"工作人员介绍，1964 年 11 月 10 日，于右任先生在台北病故，终年 86 岁。在于右任弥留之际，他的长子于望德，会同于右任僚属李嗣璁、刘延涛、王文光、陈肇英、李崇实、程沧波等，一起打开于右任的自用保险柜，以求查找于右任遗嘱。

于右任的长子于望德细细阅读父亲的日记，发现父亲晚年体力日衰，在 1962 年初就预料自己余日不多，在日记中写下类似遗嘱的话。1962 年 1 月 12 日，于右任在日记中写道："我百年后，愿葬于玉山或阿里山树木多的高处，可以时时望大陆。"在这段话的下方，于右任署名"右"字，而且还加注一句话："山要最高者，树要大者。"接下去，于右任又写道："远远是何乡，是我之故乡，我之故乡是中国大陆，不得大陆不能回乡。"

十天之后，于右任又在日记中写道："葬我在台北近处高山之上亦可，但是山要最高者。"两天后，于右任在日记本上写下一首歌，旁注："天明作此歌"。这首歌，就是《于右任遗歌》。

值得提到的是，《于右任遗歌》的最后一句是"山之上，国有殇"。可是当时台湾中央社在发表有关于右任遗言的电讯中，误为"山之上，有国殇"，以致许多引用者均误为"山之上，有国殇"。

毛泽东和蒋介石都垂垂老矣

蒋介石和毛泽东都垂垂老矣！

生老病死，他们都由老而病，由病而死。

毛泽东比蒋介石小6岁，却先在1972年初得病。毛泽东正是在病中会见美国总统尼克松的。会见时，他的脚肿得很厉害，不得不临时赶做了一双肥大的圆口黑布鞋。当时他已经一个多月没有理发，胡子老长老长，临时请理发师为他理发、剃须。

在医护人员搀扶下的晚年毛泽东

毛泽东的身体是不错的，平日无大病，无慢性病。所以，他的保健医生曾说，给毛泽东当保健医生相当轻松，主要精力用在让他劳逸结合及调配他的营养上。

在1971年夏，毛泽东还巡视大江南北，一路发表讲话，身体相当好。

毛泽东在1971年9月13日"亲密战友"林彪叛离事件之后，受到极大的精神刺激，身体状况急剧转坏。

在中共九大，林彪作为毛泽东的接班人，写入了党章。才两年工夫，林彪就从"亲密战友"转为谋杀毛泽东的策划者，最后公开叛离而去……

"九一三"事件之后，毛泽东常常陷入痛苦的沉思之中，明显地衰老了。

偶然，毛泽东得了感冒，竟然转为支气管炎，再转为大叶性肺炎。1972年1月中旬，毛泽东突然休克，经医生抢救，这才脱离危险——这是他一生从未有过的。

当时，周恩来闻讯赶来，紧张得好久下不了车。

也正因为他患大叶性肺炎，痰很多，所以在他会见尼克松的照片上，才会那么醒目地在他脚边出现那个痰盂。

毛泽东为"林彪事件"深受刺激，蒋介石则因基辛格、尼克松访问北京，联合国又逐出台湾代表，这三次冲击给他刺激颇深。

也就在这时，蒋介石患老年性疾病，即前列腺炎。

1972年3月，蒋介石动了手术。不料，从此转为慢性前列腺炎，并一直折磨着他。从此，他的身体每况愈下。

就在1972年，1月，毛泽东休克；3月，蒋介石动手术；而到了5月，向来身体不错、每天工作14小时以上的周恩来，在例行的身体检查中，发现患癌症！

周恩来在"文革"中，精神抑郁，以江青为首的"四人帮"不断折磨着他，使他不断受刺激。

这样，在1972年上半年，毛泽东、蒋介石、周恩来同时"由老而病"了！其中，周恩来年岁最小，他比毛泽东小5岁，比蒋介石小11岁。然而，三人之中，周恩来的病最重。

他们三人同时病倒，除了因为上了岁数，又各自有着各自所受的精神刺激——毛泽东因"林彪事件"，蒋介石因外交失利，周恩来因"四人帮"干扰。精神刺激乃疾病的催化剂。

1972年7月，蒋介石也因感冒引起肺炎，和毛泽东的病差不多，不得不住入台北"荣民总医院"。"屋漏偏遇连阴雨"，蒋介石的汽车在阳明山士林外的岔道上又遇意外的车祸。这样，蒋介石在医院一住，就住了一年零四个月。

由于蒋介石久不露面，外界对他猜疑纷起。道路传闻："蒋公病重，不能视事，已秘密引退，由长子蒋经国掌权，蒋夫人卷款存往美国……"

为了辟谣，1973年7月，台湾报纸借蒋介石的第四个孙子蒋孝勇结婚之际，刊登蒋介石和新婚夫妇的合影，以表明他的健康状况良好，稳定台湾人心。

不过，毛泽东没有住院。他生病，对外也严格保密。早已和毛泽东分居的江青，在各种场合，总要宣传："我要报告大家一个好消息，毛主席的身体非常健康。"于是，群众便高呼："敬祝毛主席万寿无疆！万寿无疆！"

独坐山路的晚年蒋介石

毛泽东在病中，还照常不断接见外宾，发表谈话。所以，外界并不知道他曾一度休克，身体每况愈下。

蒋介石在从"荣民总医院"出来后，身体变得虚弱。1974年12月，蒋介石感染了流行性感冒，再度引发肺炎，又引发心脏病。

蒋介石最后遗照

毛泽东自1974年春开始，发现视力减弱。他是一个手不释卷的人，又日夜亲自批复文件，所以，视力减弱，对他来说极为痛苦。在1974年8月，毛泽东被确诊为"老年性白内障"。虽说白内障是老年人常见病，但由于必须等白内障成熟才能动手术，毛泽东在一年多的时间内，蒙受近乎失明的折磨，直至1975年7月29日，他动了手术，才重见光明。

周恩来在1974年3月11日病重，不得不住入医院检查，但因事务冗杂，又不得不随即出院。在4月28日，5月19日、23日、25日，周恩来四次发生缺氧症状。

这样，周恩来终于在1974年6月1日，住进北京解放军305医院。从此，他在病榻上度过一生最后的岁月。

蒋介石自知不起口授遗嘱

1974年10月31日是蒋介石的87岁寿辰——也是他一生中最后一次过生日。

这天，台湾模仿大陆"文革"中人人佩戴毛泽东像章的做法，在这天发行了"蒋总统万岁"的纪念章。另外，这天台湾向大陆飘送许多巨型气球，把一千万张蒋介石的相片送往大陆。

1975年元旦，蒋介石发表了一生中最后的一个新年文告，依然念念不忘"光复大陆"。

蒋介石在病中，一直写《病中随笔》。

他写道："国际间变化不测，万事未可逆料。但吾人已作最恶劣之打算与充分之准备，必能独立生存于世界。"

显而易见，蒋介石是针对美国对台政策的大变化而发出感慨的。

蒋介石还写道："切勿存有依赖心理和失败主义，不顾本身之力量专看外人之眼色，以免重蹈大陆沦陷之覆辙。"

1975年1月9日夜，蒋介石在睡眠中发生心肌缺氧，虽经抢救转危为安，但已预示着他的来日不多了。此后，他因肺炎未愈，不时发烧。

3月29日，蒋介石自知不久于人世，便仿照孙中山临终的做法，在台北草山别墅口授遗嘱，由国民党中央委员会副秘书长秦孝仪笔录。

蒋介石遗嘱如下：

> 余自束发以来，即追随总理革命，无时不以耶稣基督与总理信徒自居，无时不为扫除三民主义之障碍，建设民主宪政之国家艰苦奋斗。近二十余年来，自由基地日益精实壮大，并不断对大陆共产邪恶……展开政治作战。反共复国大业，方期日新月盛，全国军民，全党同志，绝不可因余之不起，而怀忧丧志！务望一致精诚团结，服从本党与政府领导，奉主义为无形之总理，以复国为共同之目标，而中正之精神，自必与我同志、同胞长相左右。实践三民主义，光复大陆国土，复光民族文化，坚守民主阵容，为余毕生之志事，实亦即海内外军民同胞一致的革命职志与战斗决心。唯愿愈益坚此百忍，奋励自强，非达成国民革命之责任，绝不中止。矢勤矢勇，毋怠勿忽。
>
> 蒋中正
中华民国六十四年三月二十九日

4月5日，是中国的清明节。早上，当蒋经国前来请安时，蒋介石已经起床，面带笑容坐在轮椅上。蒋介石问起张伯苓先生百岁诞辰之事。张伯苓生于1876年，按照中国习惯，1975年是他百岁诞辰。张伯苓是周恩来在天津南开学校就读时的校长，后来任国民参政会副议长、国民政府考试院院长，1951年病逝于天津。

到了下午，据医疗小组报告："腹部不适，同时小便量减少。医疗小组认为蒋公心脏功能欠佳，因之血液循环不畅，体内组织可能有积水现象，于是授以少量之利尿剂，此使蒋公排出500CC之小便。下午4时许，小睡片刻。"

可是，到了晚上8时半，蒋经国前来探望父亲时，发觉情况有变。医疗小组的报告如下：

> 下午8时1刻，病情恶化。医生发现老人脉搏又突然转慢，当即施行心脏按摩及人工呼吸，并注射药物等急救。一两分钟后，心脏跳动及呼吸即恢复正常。但四五分钟后，心脏又停止跳动，于是再施行心脏按摩、人工呼吸及药物急救。然而此次效果不佳，心脏虽尚时跳时停，呼吸终未恢复，须赖电击以中止不正常心律，脉搏、血压已不能测出。
>
> 至11时30分许，蒋公双目瞳孔已经放大，急救工作仍继续施行，曾

数次注入心脏刺激剂，最后乃应用电极直接刺入心脏，刺激心脏，但回天乏术。

蒋介石死后，由"副总统"严家淦继任"总统"。

4月28日，蒋经国出任国民党中央主席。蒋介石先前所任是国民党总裁，据蒋经国解释，自他父亲去世后没有再设总裁，以资纪念。这样，国民党的最高领袖，也就由孙中山时称总理，到蒋介石时称总裁，到蒋经国时称主席，三易其名。

病危的毛泽东给华国锋写了"你办事，我放心"

对于蒋介石之死，毛泽东反应冷淡，远不及当年他在保安时听说张学良拘捕了蒋介石那么兴奋。因为在西安事变时，蒋介石是毛泽东的头号大敌；而此时此际，在毛泽东的眼里，蒋介石只不过是"滚到一群海岛上"的"穷寇"罢了。所以，毛泽东只是轻轻说了一句："哦，他死了。"

在蒋介石死后半年多，1976年1月8日，周恩来在北京病逝。

周恩来在人民中间享有极高声望。这样，在1976年清明节到来的时候，天安门广场人民英雄纪念碑前，花圈堆积似山。人们一边含泪悼念周恩来，一边写诗讽刺江青。

以江青为首的"四人帮"下令连夜运走花圈，激怒了北京群众，由此爆发了"天安门事件"。江青在镇压那些怀念周恩来的群众时，有一荒唐的借口。江青说，那些花圈不是悼念周恩来，而是悼念蒋介石——因为这年清明节正是蒋介石逝世一周年的日子！

这时的毛泽东，已是重病缠身。他说话含糊不清，写字手已发抖。

1975年10月21日，基辛格又一次在北京受到毛泽东接见。当时中美尚未建交，后来成为美国总统的布什当时担任美国驻中国联络处主任。布什陪同基辛格一起来到毛泽东的书房，毛泽东一见面，就向他们说了一句惊人的话："我不久要归天了，我已经接到了上帝的请柬。"

布什在他的《布什自传》中写道："世界上最大的共产党国家的领袖说出这种话，真使人大吃一惊。"

其实，毛泽东说的是真话。

两个多月后，即1975年除夕，毛泽东接见美国前总统尼克松的女儿朱莉。

朱莉这么写道:"毛主席被疾病折磨得眉蹙嘴歪,而且是精疲力竭了。"

1976年2月,因"水门事件"而下台的尼克松再访北京,又晤毛泽东。尼克松写道:

> 毛泽东的健康状况已严重恶化了,他的话语听起来就像是一些单音字组成的嘟哝声。但是,他的思想依然那样敏捷、深邃。我说的话他全能听懂,但当他想回答时,就说不出话来了。他以为翻译听不懂他的话,就不耐烦地抓起笔记本,写出他的论点。看到他的这种情况,我感到十分难受。无论别人怎样看待他,谁也不能否认他已经战斗到最后一息了。

尼克松还写及病中毛泽东的倔强细节:

> 由于帕金森氏病的侵袭,毛泽东的行动当时已很困难。他不再是体魄健壮的人了。
>
> 这位83岁的、步履蹒跚的农民,现在变成了一个拖着步子的老人。毛泽东像晚年丘吉尔那样,仍旧非常自尊。我们谈话结束时,他的秘书们把他从椅子上扶起来,让他和我一起朝门口走去。但是,当电视镜头和聚光灯对着我们,要录下我和他最后握手的镜头时,毛泽东推开他的助手,独自站在门口和我们告别。

1976年5月27日,毛泽东最后一次会见外宾——巴基斯坦总理布托。电视中出现的毛泽东,面容憔悴,甚至还出现一闪而过取纸头揩口角垂下的口水的镜头。从那以后,毛泽东再也没有接待外宾,也再也没有在电视中出现。

6月初,毛泽东突然心肌梗塞,经全力抢救,这才保住了生命。

7月6日,朱德在北京去世。毛泽东叹道:"朱毛、朱毛,朱已不在,毛将焉附?"

毛泽东在病榻上吟哦南北朝庾信的《枯树赋》:

"此树婆娑,垂意尽矣!……昔年种柳,依依汉南;今看摇落,凄怆江潭;树犹如此,人何以堪!"[1]

自比枯树,毛泽东不胜感慨。

毛泽东虽知余日不多,却未写遗嘱之类。他只是给他最后指定的接班人华

---

[1] 1990年6月22日,本书作者在北京采访为毛泽东侍读的芦荻时所记。

国锋写了歪歪扭扭的六个字："你办事，我放心。"

他没有签名，没有署明日子，虽说那字仍可看出是"毛体"。

9月2日，毛泽东病情恶化。

9月5日，毛泽东病情转重。

9月8日，毛泽东已病危。晚7时10分，毛泽东呼吸变得急促。他低声地对身边的护士说："我很难受，叫医生来。"

这句话，成为他毕生的最后一句话。

医生赶紧给毛泽东的鼻孔里插输氧管。毛泽东的呼吸开始平静，但却昏迷过去。

毛泽东塑像

中共中央政治局常委们全部赶到，在毛泽东住处的过道里观看电视荧屏显示的毛泽东心电波曲线。

9月9日零时10分，那曲线在颤动几下之后变成了一根直线。毛泽东的一生，从此画上了句号。

邓小平和蒋经国继续着那盘没完的棋

从1975年4月5日至1976年9月9日，短短的一年半时间里，蒋介石、周恩来、朱德、毛泽东这四位曾经叱咤中国当代历史风云的国共主帅相继离世。他们的终年分别是：

蒋介石88岁；

周恩来78岁；

朱德90岁；

毛泽东83岁。

在这四位主帅去世之后，国共双方都从第一代领袖转入第二代领袖。

虽说蒋介石曾是世界"四巨头"之一，然而他去世时毕竟只是中国一个小海岛上的领袖。他的死，对于这个小海岛，如同地震一般。为他的死，台湾"国

毛泽东追悼大会在北京天安门广场隆重举行，百万人出席

丧"一个月。250万人排起长队瞻仰他的遗容。

在世界上，对于蒋介石之死，却反应冷淡。美国的福特总统最初只打算派农业部部长布兹前往台北出席蒋介石葬礼。后来，台湾舆论愤愤不平，福特才临时决定改派副总统洛克菲勒前去台湾吊唁。当华盛顿大教堂为蒋介石去世举行追悼仪式时，尽管白宫不过一箭之遥，却没有任何美国政府高级官员露面。

在蒋介石的葬礼上，显赫的贵宾只有韩国总理金钟泌。

毛泽东逝世，由于他已是当时世界上举足轻重的领袖人物，在国内外引起强烈反响。

"文革"树立了毛泽东的绝对权威。"心中最红最红的红太阳"的陨落，中国大陆几乎被泪水所淹没。北京规定9月9日至18日停止一切娱乐活动。9月18日下午3时，在天安门广场，百万人为毛泽东举行追悼会。江青一身黑衣黑裤黑头巾，显眼地站在天安门城楼上。

毛泽东去世之后，中共中央宣布："不邀请外国政府、兄弟党和友好人士派代表团或代表来华吊唁。"

蒋介石在生前曾自选墓址。他最初希望死后葬在故乡溪口母亲墓旁，此后又认为奉化城北响铃岗的地势高爽、幽静，选定了岗上的仁湖作为自己身后之地。

1936年，蒋介石到南京江宁县方山视察驻扎那里的装甲兵团时，又对那里产生了兴趣。方山，又名天印山，是一座死火山，山顶平坦，形如方玺。蒋介石重风水，认为日后倘安卧于方玺之上，当可万世吉祥。十年之后，蒋介石

台湾民众吊唁蒋介石

曾带风水先生来方山秘密踏勘过一番……

不过,蒋介石最后选中南京钟山南麓的一块墓地。那里东邻中山陵,西毗明孝陵,既有国父之光,又有帝王之气。那里又背倚紫金山,面对紫霞湖,有山色,有湖光,何况"紫"向来为吉祥之色,所谓"紫气东来"。同去的宋美龄也认为不错,因为在西方,紫色乃尊贵之色,在英语中,"出身紫色"即"出身贵族"之意。这样,蒋介石最后选定了此处作为墓地。1947年春,那里先建一亭,蒋介石题写了"正气亭"三字。另外,蒋介石还题一联:"浩气远连忠烈塔,紫霞笼罩宝珠峰。"

蒋介石死后,安厝于台北南面六十公里的桃园县慈湖。他的遗体经过防腐处理,放在黑色大理石石棺之中。据云,他希望有朝一日,能够从台湾迁往南京,葬入他生前选定的墓地。

毛泽东对于身后事,显得很豁达,不像蒋介石那样连墓地都事先自己精心选好。毛泽东曾在1961年对英国元帅蒙哥马利说过:"人死后最好火葬,把骨灰丢到海里去喂鱼!"

正因为这样,他带头在实行火葬的倡议书上签名。他在生前,也从未考虑过死后葬在哪里。

不过,毛泽东一死,便"身不由己"了。他的遗体,被安放在天安门广场南面的"毛主席纪念堂"内,华国锋题写了横额。

蒋介石和毛泽东的一生,言论、电文、文告均极多。蒋介石比毛泽东多日记,毛泽东比蒋介石多诗词。

蒋介石生前,台湾于1956年出版了24卷《蒋总统言论汇编》。蒋介石死后,1984年台湾出版了《先总统蒋公全集》3册,1985年出版《先总统蒋公思想言论总集》40卷。

毛泽东生前,只出版《毛泽东选集》4卷。第5卷虽在毛泽东生前已经编定,但毛泽东无意马上印行。毛泽东死后,于1977年4月出版。虽然第5卷的《出版说明》中说,第5卷"以后各卷也将陆续出版",但此后再也未见印行。其中的原因是由于从第 5 卷起，所收的是毛泽东在 1949 年 10 月 1 日之后的著作，其中一些篇目已不适合中国大陆现行政策。只是由中共中央文献研究室编辑了多卷本《建国以来毛泽东文稿》，少量印行，供内部参考之用。

毛泽东和蒋介石的离世，留下一盘没有下完的棋。双方的接班人和继承人，接着下这盘未完的棋。

在蒋介石死后，蒋经国先是出任国民党中央主席，接着在 1978 年 5 月 20 日就任"中华民国"第六届"总统"，成了蒋介石名副其实的继承人。

邓小平

蒋经国在就任"总统"的当天，宣布三项指示：

一、今后不要有"蒋经国时代"之类名词出现在报刊上。"今天是一个民主的时代，不应再有个人英雄主义色彩"。

二、今后不要称他为领袖。"国民党只有两位领袖，一是孙中山先生，一是已故的蒋介石总裁。除了他们两人之外，没有人可以再称为领袖。"

三、今后不希望有"万岁"的口号出现。"只有国家民族的万岁，只有三民主义及国民党的万岁，没有个人的万岁。"

蒋经国

在毛泽东去世后不到一个月，10 月 6 日晚，华国锋、叶剑英、汪东兴等一举擒获"四人帮"，即江青、张春桥、姚文元、王洪文，结束了"文革"浩劫。

华国锋只是过渡性的人物。1978 年 12 月召开的中共十一届三中全会，邓小平成了中共的实际领袖——虽说此时华国锋仍担任着中共中央主席。

邓小平和蒋经国早在 1925 年便结识于莫斯科中山大学。这年年底，蒋经国加入共产主义青年团，团小组长为邓希贤，亦即后来的邓小平。他俩是同班同学，由于他俩个子都不高，站队时，总是站在一起，肩并着肩。想不到，半个多世纪之后，他俩分别成了国共两党的第二代领袖。

从此，开始了邓小平和蒋经国的对弈，邓小平执红棋，蒋经国执蓝棋，继续着毛泽东和蒋介石那盘没有下完的棋……

2013 年 6 月 26 日，改定于上海"沉思斋"